劍花室詩集校注

江寶釵◎校注

臺灣學生書局 印行

本書為國科會計畫

「**傳統性、現代性與殖民性——連雅堂文學校注
與研究**」（NSC 96-2411-H-194-028-）之研究成果
並獲科技部人文社會中心「補助期刊審查專書書
稿」推薦

目次

壹、導讀

貳、校注正文

劍花室詩集

連橫文學彙刊編輯校注體例

一、 詩文集皆分三大部分：（一）導讀；（二）校注正文；（三）附錄。

二、 集中詩文若牽涉不同版本時，以「最完整版本」中之最早者為底本，再參照其他版本，以「對校法」校訂。

三、 對校後若發現有底本遜於他本之情形，則於內文逕改之，並於其後加注說明依據何本修改暨原因。

四、 詩文集中錄人名、地名、書名，個別事跡或歷史事件，若有與相關文獻用字不相符者，以相關文獻為主，並以「他校法」校訂並注解之。

五、 針對詩文集之行文語氣，以「本校法」及「理校法」校訂並注解之。

六、 由於本輯注解量龐大，為節約篇幅，凡屬膾炙人口之詩家，不作生平說明。詩人生平載在古籍者，不附卷次頁碼。

七、 各集中凡有引述古人語者，皆查檢原文；未能檢得原文者，則保留原貌，不再另以「不詳」注解。

八、 詩中重出的典故、字詞、人名等，僅於第一次出現時標注、加粗體，並於書末索引標列所在頁數，以利檢索。惟漢詩經常化用典故、嵌插他字、倒裝、簡稱或合稱，涉及詩句詮釋者，則仍以「參前註 n」標示之。

九、 校注的行文中，以〔〕表示對典籍原文之異體字、略文的補充說明，以【】表示逕改原文錯字。

十、 本集【寧南詩草】卷帙過長，為注釋標目之便，據連橫自序「起甲寅冬、訖丙寅之夏，凡二百數十首，名曰『寧南詩草』，誌故土也。」「自〈寧南春望〉至〈別臺北〉，凡二百五十四首。」分為「自甲寅至丙寅」（上）、「自丁卯至癸酉」（下）兩部。

偶然與必然──校注序

　　生命是一則弔詭的方程式:「國家不幸詩家幸,人生不幸文章幸。」我讀連橫詩,重編連橫詩集,這句話說出我不斷有的感觸。如果連橫不曾有過他自己以為懷才不遇的一生,他不會寫下這些作品。如果連橫不是在不同時代發生各種爭議,也許輪不到我來重編、校注他的文學作品。而如果不是因為我身在偏鄉大學,遭遇種種挫敗,我應該也沒有心情與時間投入這麼長程的學術工作吧?

　　許多過去中不值一哂的偶然,造成今日低眉莞爾的必然。

　　我要特別感謝黃清順博士對本計畫長期的協助。而「全臺詩」的主編施懿琳博士於我尚在團隊中時,與團隊分享所有的成果,便成為「連橫詩集」重注的底本。學術的進步來自持續而共同的、不斷接力下去的耕耘,我們非常需要這樣的合作。

　　除了新作品的出現,教我感到莫大的興奮,解詩的過程,對我來說,也是一個甜蜜的挑戰,而且,因此而常常與師友的交流裡產生道性相長的喜悅。在連橫文學研究的結論裡,我試著要將這樣的詮釋現象理論化,在這裡,我則是要以一種隨興雜談的方式,留下我們的對話。〈長春〉一詩裡寫道:

> 寬城馬上有箏琶,一路平蕪盡落花。回首長春宮外望,金駝朱鳥已無家。

這首詩的用典,教我十分困惑,於是,我向林文龍先生請益。以下所述,俱是他的高見。他認為「朱鳥」指清宮,他說:

> 午門城牆之上排列五座樓,五峰突起,勢若朱鳥展翅,故又稱「五鳳樓」。

清人是崇拜鳥的民族，故曰賞戴花翎、藍翎，最重要的吉祥鳥是烏鴉而不是鳳凰，所以，他的結論是朱鳥就不能解為鳳凰了。

金駝朱鳥另一解是：金駝，嘉興西門外之金駝坊有岳武穆祠，其後人奉祀不絕。《本草綱目》以「鳳，南方朱鳥也。」朱鳥，按《韓詩外傳》云：「**鳳之象，鴻前麟後，燕頷雞喙，蛇頸魚尾，鸛顙鴛腮，龍紋龜背。羽備五采，高四五尺。翱翔四海，天下有道則見。**」這裡以金駝朱鳥無家表示戰爭離散。

再一解，所謂「金駝」云云，即毛色金黃的駱駝，其重要產地之一，就在大陸的內、外蒙古，乃至於東北地區，因此，可用以譬指「元朝」與「滿清」；而「朱鳥」，按《韓詩外傳》云：「**鳳之象，鴻前麟後，燕頷雞喙，蛇頸魚尾，鸛顙鴛腮，龍紋龜背。羽備五采，高四五尺。翱翔四海，天下有道則見。**」顯然代指「朱明王朝」。連橫遊歷紫禁城時，已是民國時代了，當他於「長春宮」對外眺望，過去封建帝國的元朝、明朝、清朝，都已經落下它們的旗幟，就像金黃的駱駝、朱紅的雀鳥，不能再把此處視為自家天下了。與〈長春〉之命意相彷彿，連橫〈出關〉四首之四：

> 長白山頭望，松花水不波。黃龍今痛飲，朱鳥命如何！對月懷前事，臨風發浩歌。故人重握手，一醉且婆娑。

「黃龍府」本為東北首要之地，此處代指滿清。故詩中所謂「黃龍朱鳥」一句，對於封建帝國的消逝，頗生感觸。

與林先生的討論，難以釋我心中對這首詩的疑問，於是，我又寫信請教長於古典詩書寫的男弟辛金順。金順說，他不明白連橫寫這首詩的背景，或是他在怎樣的情境下寫下這首〈長春〉七絕。他猜測應該是在 1913 年期間吧！亦即他到吉林的報社工作的時候。他指出，詩人寫詩，多以想像，典故、意象雖有所指，未必是百分百的現實。「朱鳥」之意甚明，一般上都指鳳之象，被有紋采，又屬南方圖騰，可喻為王家貴族，但某方面也可自喻（連橫從南方北上，當時台灣處

於日殖時刻，武裝抗日激烈，距噍吧哖或西來庵事件也只兩年而已）；至於「金駝」是否跟岳武廟所處的「金駝坊」是否相關，印證於連橫另一首詩〈出關〉的「黃龍今痛飲，朱鳥命如何」來看，「黃龍痛飲」雖出自〈岳武穆傳〉，係直搗黃龍或攻克敵腹之意，但兩首詩所陳述的意指不同。「金駝」未必是指岳武穆廟的「金駝坊」，而是「銅駝荊棘」的山河破敗之感。北方的金駝，係比銅駝更珍貴的金駝，與南方的朱鳥，都同是淪為無家和離散之人了。這與他的另一首詩〈吉林晤香禪〉中的「莫嫌身世同萍梗，且向雞林印爪鴻」有著同悲同感之意。

我參考這兩個說法，再請教男弟張淵盛。最後，決定解釋這首詩如後。

這首詩的寫作背景，應是他到吉林的報社工作的時期，可能是大正二年（1913）前後。「金駝」即「銅駝」[1]，用「銅駝荊棘」典，「朱鳥」則出自謝翱（字皋羽，一字皋父，號晞髮子。1249 年-1295 年）於文天祥遇難後第八年，為其招魂之辭：「魂朝往兮何極？莫歸來兮關水黑。化為朱鳥兮，有咮焉食？」謝翱在元兵南下時，率鄉兵數百人投歸文天祥的部隊，擔任諮議參軍。至元十九年（1283），文天祥就義，謝翱悲不能禁，常暗中祭拜。此典用在此地，應是指如今革命成功，民國肇建，中國卻陷入軍閥割據，山雨欲來，大戰將起。先賢魂兮歸來，將歸底處？故詩中所謂「金駝朱鳥」一句，對於政權的起落，頗生山河破敗、興廢無常之慨。印證於底下這首〈出關〉之四的詩：

> 長白山頭望，松花水不波。黃龍今痛飲，朱鳥命如何！對月懷前事，臨風發浩歌。故人重握手，一醉且婆娑。[2]

---

[1] 晉時索靖知天下將亂，指洛陽宮門的銅駝嘆曰：「會見汝在荊棘中爾。」典出《晉書》卷六〇〈索靖傳〉。後用來形容國土淪喪後的殘破景象。

[2] 連橫，《劍花室詩集》，頁 14。

「黃龍府」本為東北首要之地，此處代指滿清。「黃龍痛飲」出自〈岳武穆傳〉，為直搗黃龍或攻克敵腹之意，這裡指如今已償夙願，痛飲稱慶，當可告慰先賢。詩末以酣暢婆娑收束，連橫擯滿興漢的民族意識，不言可喻。

以上的討論，可以說為古人「詩無達詁」的教訓作了最佳詮釋。

為詩義所困時，倍覺辛苦；為詩義得解時，狂喜不已。是這樣與文字交遊的過程使得這個校注的工作產出無限的價值與意義，如今回顧，仍是這樣美好的一條路。特此為記。

江寶釵

己亥年歲首於嘉義民雄中正大學寧靜湖畔

壹、導讀

關於連橫詩的幾個問題

江寶釵

前言

　　《劍花室詩集》為民國四十九年（1960）臺灣銀行經濟研究室將其詩作加以整理，收錄為《臺灣文獻叢刊》第九四種。全書分為「大陸詩草」、「寧南詩草」、「劍花室外集之一」、「劍花室外集之二」四部分。「大陸詩草」為民國元年到三年（1911-1914），連橫赴中國旅遊之詩作。「寧南詩草」則記載連橫在民國三年（1914）回台後，迄因「鴉片有益論」而離台之詩作。此二者為連橫生前親自編選而成。至於「劍花室外集之一」、「劍花室外集之二」則為連震東取連橫手稿加以編纂。「劍花室外集之一」為連橫在民國元年（1911）以前之少作，「劍花室外集之二」則為離台赴上海定居之晚年未定稿。計收錄詩作九百一十五首，洋洋可觀。民國八十一年（1992），臺灣省文獻委員會編印《連雅堂先生全集》，亦將本書影印收錄其中。

一、收錄詩篇數量校勘

　　連橫《劍花室詩集》初版於民國四十三年（1954）10 月（林熊徵學田基金會出版，于右任封面題簽）；民國四十九年（1960）臺灣銀行「經濟研究室」重印，收錄為「臺灣文獻叢刊」第九四種，此書附有雅堂公子連震東〈弁言〉，可知經其董理，允為善本，本書註解即以此為根據，另參酌相關版本校訂而成（如〈劍花室外集之二〉篇末增收〈寄沁園〉一首）。

雅堂《劍花室詩集》共分〈大陸詩草〉、〈寧南詩草〉、〈劍花室外集之一〉、〈劍花室外集之二〉四篇,據連震東〈弁言〉所云:

> 先父雅堂先生之詩,可分為四部分:一、大陸詩草:此集為壬子至甲寅先生遊大陸時之作,凡一百二十六首,曾於民國十年(1921)出版。二、寧南詩草,又名龍耕詩草:先生於甲寅(1914)冬歸自大陸,仍居寧南,嗣邅淡北;丙寅(1926)夏移家杭州。自「寧南春望」至「別臺北」,凡二百五十四首,為此十三年間之作。丁卯(1927)自杭州又回臺南,至癸酉(1933)離臺赴滬,所作凡二十一首,先生亦親自編入此集中。三、劍花室外集之一:此集為先生自乙未(1895)割臺以後,至辛亥(1911)遊大陸之前青年期之作,凡四百六十五首。四、劍花室外集之二:此集為先生自癸酉至乙亥(1935)晚年之詩,間有缺字或缺句者,蓋先生未完成之作也,凡四十九首。

以上,連氏統計,〈大陸詩草〉收載 126 首、〈寧南詩草〉275 首、〈劍花室外集之一〉465 首、〈劍花室外集之二〉49 首,共計 915 首。檢覈該書內容,收錄詩作「總數」並無二致,惟各分篇內容之數,則與連氏所云略有出入,此或連氏筆誤,茲依「臺灣文獻叢刊」第九四種《劍花室詩集》內容細校,分析如下:

第一〈大陸詩草〉:詩題凡八十八首,中有「組詩」若干(如〈京漢道中,展讀史記,拉雜得詩〉收入四首,等等),一一計數,則共126 首,此部分與連震東所云相符。

第二〈寧南詩草〉:詩題凡一百三十七首,「組詩」若干,共計275 首。惟連氏所謂「自『寧南春望』至『別臺北』,凡二百五十四首」云云,非是,實則「自『寧南春望』至『別臺北』」收入250首,「丁卯」年後,返臺南詩作共25首,合計275首。

　　第三〈劍花室外集之一〉：詩題凡一百三十五首，「組詩」若干，共計 466 首。連震東所謂「凡四百六十五首」云云，漏計其一。

　　第四〈劍花室外集之二〉：詩題凡三，「組詩」若干，共計 48 首。連震東所謂「凡四十九首」云云，較諸實際收錄內容，多增其一。此或係組詩〈茶〉闕載一首所致。按：組詩〈茶〉原文下註「二十二首」，校勘內容，則實收 21 首，該書漏佚其一，緣由目前尚難斷定。

　　綜上所述，總覈《劍花室詩集》實際收入詩作，〈大陸詩草〉計錄 126 首、〈寧南詩草〉275 首、〈劍花室外集之一〉466 首、〈劍花室外集之二〉48 首，共計 915 首。本書註解則於〈劍花室外集之二〉篇末增錄〈寄沁園〉一首（該詩原收於雅堂《臺灣詩薈》），故總計收有 916 首。

　　另外，「臺灣文獻叢刊」版《劍花室詩集》，該書篇末附雅堂詞四闋，分別為：〈如此江山〉、〈念奴嬌 天津留別香禪〉、〈水龍吟〉、〈念奴嬌 箇人〉，因與本書註解「詩集」宗旨相左，茲不收入。

二、詩歌寫定年代略考

　　雅堂《劍花室詩集》收錄其一生詩作，按該書體例，《詩集》計分〈大陸詩草〉、〈寧南詩草〉、〈劍花室外集之一〉、〈劍花室外集之二〉四部分，然若依時序分類，則當以〈劍花室外集之一〉為最早，〈大陸詩草〉次之，〈寧南詩草〉再次，而〈劍花室外集之二〉居殿。茲略述內容如下：

　　其一，劍花室外集之一（自乙未〔1895〕至辛亥〔1911〕）：連震東曰：「此集為先生自乙未割臺以後、至辛亥遊大陸之前青年期之作。」（〈劍花室詩集弁言〉），考察詩作內容，緣於青年期的雅堂親歷「乙未事變」並丁父憂，國土淪胥、山河易色，兼以失怙之痛、天倫有憾，故其詩歌已多遺民慨歌之意，如開篇〈桃花扇題詞〉所謂：「到此衣

冠亦可憐，金陵王氣委荒煙」、「悵絕王孫歸未得，念家山破走天涯」、「煙花三月揚州路，誰向平山話劫灰」、「羞殺衣冠文武輩，登場盡是假鬚眉」、「無端風月話南朝，故國沈淪恨未消」云云，箇中既評書詠史，復借古喻今，詞氣頗見悲憤；又如〈題桃花源圖〉：「六國淒涼劫火餘，念家山破恨何如。匹夫亦有興亡責，忍愛桃花自隱居。」等語，除卻感傷離黍之外，亦可見及詩人亟思「有所作為」的心思，至若〈重過怡園晤林景商〉所言「眼看群雄張國力，心期吾黨振民權。西鄉月照風猶昨，天下興亡任仔肩。」、〈留別林景商〉所謂「我輩頭顱原不惜，共磨熱力事維新」云云，則更透露詩人積極用世的志向，此係雅堂年輕氣盛、慷慨激昂之作。惟騷人自屬性情中人，故另有其風流倜儻的一面，諸如〈綺懷〉、〈無題〉、〈水仙詞〉等作，箇中豔語如「一轉秋波無限思，撩人春睡尚迎眸」、「愛河十丈難飛渡，恨不同生離恨天」、「昵人最是湘裙下，羅襪凌波步也香」云云，明白凸顯其惜花多情的旖旎性格。要之，俗諺所謂「三歲看大，七歲看老」，而《劍花室詩集》之整體創作風格，則可從雅堂青年時期作品之中「思過半矣」。

其二，大陸詩草（自壬子〔1912〕至甲寅〔1914〕）：雅堂自云：「連橫久居東海，鬱鬱不樂，既病且殆，思欲遠遊大陸，以舒其抑塞憤懣之氣……名曰『大陸詩草』，所以紀此游之經歷也」（〈大陸詩草自序〉）。以上，可知「大陸詩草」係雅堂遊歷中國大江南北抒懷之作，考察其內容，與青年期作品相彷彿，「感時悲國」仍為創作主軸，蓋詩人旅次神州，借景言志、書史託情之舉，顯係藉以澆漑遺民胸中之壘塊，故多有直抒胸臆的特質，李逸濤評曰：「著書直括三千載，潑墨橫流十二州」（〈題大陸詩草〉）、趙雲石論為：「讀書萬卷行萬里，使筆如劍氣如虹。宋艷班香合身手，河黃塞紫吞胸中」（詩題同上）云云，頗中肯綮。此階段作品中之「香奩」體式亦略為點綴其間，諸如〈江樓夜飲贈賈晴雯〉、〈杞人持贈海棠紅小影，乞題〉、〈贈江海萍〉、〈錦秋墩〉等等皆是，然深味其旨，諸如「玲瓏寶髻墜青螺，憔悴春

山壓翠娥」、「釵橫鬢亂初睡起，細絲巾角微含歡」等語，冶豔之中已含滄桑之態，此或係詩人長期「鬱鬱不樂」心境之映照，至若深情憶舊、刻骨銘心如與王香禪之綺情糾葛，詩作〈秋心〉、〈天上〉等作，有大膽露白的自剖。

其三，寧南詩草（自甲寅〔1914〕至丙寅〔1926〕、自丁卯〔1927〕至癸酉〔1933〕）：雅堂自云：「寧南者，鄭氏東都之一隅也。自吾始祖卜居於是，迨余已七世矣。乙未之後，余家被毀，而余亦飄泊四方，不復有故里釣遊之樂。……而落日荒濤，時縈夢寐，登高南望，不知涕淚之何從矣！客中無事，爰取篋中詩稿編之，起甲寅冬，訖丙寅之夏，凡二百數十首，名曰『寧南詩草』，誌故土也。」（〈寧南詩草自序〉）考察詩文內容，本階段創作泰半為懷舊傷時、悼唁故交之作，蓋雅堂自大陸歸台，仍鬱鬱不得其志，亡國離家、飄零坎壈，浮沉半世，其落寞慨歎之意顯然，而故友舊知相繼棄世，更添詩人傷苦。另外，頗值注意者，雅堂遊歷佛剎暨與修道僧侶交往之作，亦較多呈現於本階段，篋中內容諸如「朝誦楞嚴經，暮持般若呪……孤坐澹忘歸，清磬一聲了。」（〈觀音山〉）、「祇樹曾聞法，禪房且賦詩。佛燈還照夜，塵夢欲何之。」（〈夜宿凌雲寺〉）、「塵劫未銷惟有法，海天無際且孤吟。他年鼓棹瀛洲過，共倚潮頭聽梵音。」（〈送志圓法師歸南海，即用前韻〉）等語，道盡詩人藉助宗教撫慰心靈的一面。

其四，劍花室外集之二（自癸酉〔1933〕至乙亥〔1935〕）：據連震東云：「此集為先生自癸酉至乙亥晚年之詩，間有缺字或缺句者，蓋先生未完成之作也，凡四十九首。」（〈劍花室詩集弁言〉），檢視內容，共三題組詩，依次為〈茶〉廿一首（按：原註「二十二首」，實闕其一），〈關中記遊詩〉三首，〈驪山弔秦始皇陵〉廿四首。篋中或記遊、或詠物，因屬「未完成之作」，故不加評介。

連橫在日治時期報刊雜誌尚有若干未被收入詩集中的發表，雖已完成蒐集，但闕漏嚴重，將與散文佚篇合編，來年另作整理、編輯與校注。

結語

連橫根植深厚，富於才情，加之歷乙未世變，行履遍臺灣南北、海陸神州，觀四海藏書，視野不凡，堅信文章千古事業的傳統，以「修史」為己任，自比「白衣卿相」之流，勉力完成「絕業名山」之著。詩文皆有可觀。因應新時代潮流，力主廢除帝制，實施現代民權；風流深情知紅顏，順應時代新思潮，主張男女平權；詩歌兼擅各體，深於故實，敏於所見，律體妥貼沉雄，言情思則清麗，寫感慨則沉痛，論世情則透徹，尤擅不拘形式之歌行體，奔放豪壯，獷放奇肆而縱橫自如，堪稱為三台之冠。

貳、校注正文

劍花室詩集

大陸詩草魏序

　　甲寅（1914）冬，連子歸自北京，夜款[1]余關，出所為「大陸詩草」，以序屬[2]余；既而別去，重以書相屬。余於詩非所長，何敢為序？第念我先民自中華大陸來居茲土，涉重洋、冒危難，披荊斬棘，以闢田廬、宏子姓。當其時，豈暇治文字哉？其後騷人墨客蟬聯[3]競起，類皆寄滄洲[4]之逸興，寫鯤海[5]之風光，取材不富；欲求如連子行數萬里路、大暢厥辭者，奚可多覯[6]？連子涉江、渡河，入燕都，出長城，登陰山；忖其志，豈徒欲以詩鳴哉？將牢騷滿腹，目之所擊、足之所履，人力舟車之所至，懷古傷時，慨然著為吟詠；道山川美好，不可不惜，歷史興亡、國家民族凌轢[7]隆替，不可不鑑。故前後百數十首，義存乎揚厲[8]，不嫌其夸；情迫於呼號，不病其激。而其奔放處，苦心孤詣，務去陳言，其辭雖騁，其旨實歸。左太沖[9]、阮嗣宗[10]〈詠史〉、〈詠懷〉之亞[11]也。

---

[1] 款：叩、敲。
[2] 屬：同「囑」，叮嚀、託付。
[3] 蟬聯：連續相承。
[4] 滄洲：水濱。
[5] 鯤海：臺灣之別名。
[6] 覯：音「夠」，遇見。
[7] 凌轢：亦作「陵轢」，欺陵、壓倒。
[8] 揚厲：發揚、激揚奮發。
[9] 左太沖（約 250-305）：左思，字太沖，西晉時齊國臨淄（今山東淄博）人，著有〈三都賦〉，風行一時，世人爭相傳抄，洛陽為之紙貴。又有〈詠史〉八首以詠懷。
[10] 阮嗣宗（210-263）：阮籍，字嗣宗，竹林七賢之一。三國時陳留（今河南省尉氏縣）人，曾任步兵校尉，世稱阮步兵。以詩〈詠懷〉八十二首，文〈大人先生傳〉、〈通老論〉、〈達莊論〉、〈通易論〉，賦〈清思賦〉、〈首陽

連子為人如其詩。五年前與余訂文字交。未游大陸，文多於詩；既游之後，詩文益變。連子南人，名橫，字雅堂，武公其號也。

乙卯（1915）春，**潤庵魏清德**[12]序於臺日報社。

山賦〉、〈鳩賦〉、〈獼猴賦〉聞名。其父阮瑀（?-212），字元瑜，為建安七子之一，與陳琳齊名，軍國檄文多出其二人之手。

[11] 亞：流亞之省，指同類的人物。

[12] 魏潤庵（1886-1964）：魏清德，潤庵為其字，筆名潤、雲、潤庵生、佁儗子，新竹人。幼習漢學，長而接受新式教育，明治卅六年（1903）畢業於新竹公學校、卅九年（1906）自總督府國語學校師範部畢業；四十年（1910）入《臺灣日日新報》社，歷任記者、編輯員、漢文部主任；同年加盟瀛社，歷任副社長、社長。擅漢詩文，兼及書、畫、金石、燈謎，亦撰著文言通俗小說。著有《滿鮮吟草》（1935）、《潤庵吟草》（1952）、《尺寸園瓿稿》（1963）。

大陸詩草自序

　　連橫久居東海，鬱鬱不樂，既病且殆，思欲遠遊大陸，以舒其抑塞憤懣之氣。當是時，中華民國初建，悲歌慷慨之士雲合霧起，而余亦戾止滬瀆[13]，與當世豪傑名士美人相晉接，抵掌譚天下事，縱筆為文，以譏當時得失，意氣軒昂，不復有癃[14]憊之態。既乃溯江、渡河、入燕都，出大境門至於陰山之麓，載南而東渡黃海，歷遼瀋，觀覺羅氏之故墟而吊日俄之戰跡，若有感於東亞興亡之局焉。索居雞林[15]，徘徊塞上，自夏徂冬，復入京邑。將讀書東觀[16]，以為名山絕業[17]之計，而老母在堂、少婦在室，馳書促歸，棄之而返。至家，朋輩問訊，輒索詩觀。發篋[18]視之，計得一百二十有六首，是皆征途逆旅之作，其言不馴。編而次之，名曰「大陸詩草」，所以紀此游之經歷也。

　　嗟乎！余固不能詩，亦且不忍以詩自囿。顧念此行窮數萬里路，為時幾三載，所聞所見，徵信徵疑，有他人所不能言而言者、所不敢言而亦言者。孤芳自抱，獨寐寤歌，亦以自寫其志而已！殺青既竟，述其梗概，將以俟後之瞽史[19]。

　　　　　　　　　乙卯（1915）仲春，臺南雅堂連橫序於劍花室。

---

[13] 滬瀆：代指上海。古水名，指吳淞江下游近海處一段（今黃浦江下游）。

[14] 癃：年老衰弱多病。

[15] 雞林：即吉林。吉林為吉林烏拉之簡稱，滿語之譯音，即沿江之意。唐代劉禹錫有「口傳天語到雞林」之句，據乾隆皇帝考證，今吉林應為唐代雞林之音轉。

[16] 東觀：東漢時皇家藏書樓，在洛陽南宮，也是宮中著述和修史的地方。指雅堂入清史館事。

[17] 名山絕業：指著書立說之事。按：司馬遷〈報任少卿書〉：「僕誠以著此書，藏諸名山，傳之其人。」連橫「名山絕業」之語典此。

[18] 篋：音「竊」，指箱子。

[19] 瞽史：周代的兩個官職，瞽為樂師，掌樂；史為太史，掌陰陽、天時及禮法。此指史家。瞽，目盲；瞽史或指左丘明，雅堂期待後世能有如左丘明般的史家記載雅堂之聞見、中國之風物。

題大陸詩草　　　臺中林資修幼春[20]

萬里歸來連劍花[21]，朔風[22]吹髮動鬖髿[23]。久懸佳傳規倉米[24]，滿寫新詩入壁紗[25]。是處釣游[26]名士轍[27]，中宵歌哭酒人家。出門我亦方西笑[28]，看汝先驅建德[29]車。

---

[20] 林資修（1880-1939）：字幼春，號南強，晚號老秋，臺中霧峰人。清末振威將軍文察從孫、粵省候補知縣朝選之子、茂才朝崧（癡仙）從子、民國參政獻堂從侄。詩名甚著，與連橫（雅堂）、胡殿鵬（南溟），同被譽為「日治時期臺灣三大詩人」。明治四十四年（1911），梁任公履痕臺灣，曾於霧峰萊園做客，梁與「櫟社」諸君唱酬，且以「南海才子」稱許南強。

[21] 連劍花：連橫號「雅堂」，又號「劍花」。

[22] 朔風：北風。

[23] 鬖髿：音「三梭」，毛髮散亂貌。

[24] 久懸佳傳規倉米：「規」，繩準、法度、準則，此處作動詞解，喻指「等同於」、「被視為」；「倉米」，官署儲存的米。按：「久懸佳傳規倉米」意謂連橫的作品被視為官倉的米那樣被珍藏著。

[25] 滿寫新詩入壁紗：「壁紗」，當即「碧紗櫥」，清代富貴人家內簷裝修中隔斷的扇門，其上往往書寫或繡有傳世詩詞。此指連橫新寫的詩作被置於房內碧紗櫥上，流傳後世。

[26] 釣游：取意姜太公釣游於渭水之濱以待世用之意。

[27] 名士轍：名士，一指有名望而不出仕者，一指以學術詩文稱著者。轍，途徑，門路。

[28] 出門我亦方西笑：語本《昭明文選·卷四十二·與吳季重書》：「過屠門而大嚼，雖不得肉，貴且快意。」唐·李善注引《桓子新論》曰：「人聞長安樂，則出門向西而笑，知肉味美，對屠門而大嚼。」後以「長安西笑」一詞，意指知快意之所在。

[29] 建德：唐時郡名，今浙江省建德縣一帶，位於杭州西南方，借指中國。按：孟浩然〈宿桐廬江寄廣陵舊遊〉有「建德非吾土，維揚憶舊遊」之語，林資修因連雅堂自大陸歸來，以「看汝先驅建德車」表示對雅堂壯遊神州的欣羨及嚮往。

題大陸詩草　　　臺北李書逸濤[30]

挾策[31]中原試壯遊，俗儒狂笑腐儒愁。著書直括三千載，潑墨橫[32]流十二州[33]。大塊文章[34]歸史筆，小廬風雨惱詩囚[35]。無端復唱江東去[36]，絕響銅琶[37]弄未休。

---

[30] 李書（1876-1921）：字逸濤，號亦陶、煙花散人，筆名半讀閣主、海沫、煙花散人、逸濤漁史、逸濤山人、逸濤散士、逸濤禪侶、煙花仙史等，台北人。少從臺北名士邱亦芝學，明治二十九年（1896）入國語傳習所，同年入《臺灣新報》（該報 1898 年與《臺灣日報》合併為《臺灣日日新報》）任漢文記者，前後達二十餘年；為台北玉山吟社、瀛社成員。工詩文，兼作小說，以小說聞名當世，其中有〈蠻花記〉膾炙人口。

[31] 挾策：手拿書策。

[32] 編者按：「橫」，臺灣分館藏本誤作「檔」。

[33] 十二州：相傳堯治之世，分天下為十二州。《漢書·地理志》：「堯遭洪水，褒山襄陵，天下分絕，為十二州，使禹治之。」顏師古注：「九州之外有并州、幽州、營州，故曰十二。水中可居者曰州。洪水汎大，各就高陸，人之所居，凡十二處。」

[34] 大塊文章：典出李白〈春夜宴從弟桃花園序〉「大塊假我以文章」之語。「大塊」即大地、大自然，此喻大陸地區。按：「大塊文章歸史筆」意謂連橫大陸之行將全國風光景物、人文現象以「太史公法」寫詩。

[35] 詩囚：典出金·元好問〈放言〉詩：「長沙一湘纍，郊島兩詩囚。」意謂孟郊、賈島二人，以苦吟作詩，猶如為詩所拘囚。按：此處寓指寫詩的艱難。

[36] 江東去：語本宋·蘇軾之〈念奴嬌〉：「大江東去，浪淘盡。」

[37] 絕響銅琶：聲音激越如同絕響，形容文章風格豪氣萬千。清·二石生《十洲春語·評花小詩·杭州繡鳳》：「鐵板銅琶唱〈大江〉，西來潮氣未全降。」所謂「黃鍾大呂，得音響之正；鐵板銅琶，得聲情之激越」。

題大陸詩草　　　　臺南趙鍾麒雲石[38]

天地生才本不豐，**七鯤**[39]乃有連武公[40]。讀書萬卷行萬里[41]，使筆如劍氣如虹[42]。宋艷班香[43]合身手，河黃塞紫[44]吞胸中。一篇大陸新吟草[45]，雕繡人間作虎龍。

送劍花歸臺南　　　　武進吳堅痀鴑

舤髒京塵剩墨妍，古心[46]同抱亂雲眠。盧前王後[47]居相侶，島瘦郊寒[48]窮益堅。陳夢雞林詩有價，新聲**鴻館**[49]筆如椽[50]。**關山**[51]頗耐**姮娥**[52]冷，侍擁紅閨[53]貼玉肩。

---

[38] 趙雲石（1863-1936）：趙鍾麒，字麟士，雲石為號，晚年又號老雲、老云。明治三十九年（1906）與連雅堂、胡南溟、謝籟軒籌創南社。趙雲石能詩外，其「板橋書體」亦享譽當代。

[39] 七鯤：早年臺南外海有數沙洲，名為一鯤鯓至七鯤鯓，與陸地環成台江內海，今已淤積而陸連。此代指台南府城。

[40] 連武公：連橫，字武公。

[41] 讀書萬卷行萬里：讀萬卷書，如同行萬里路。形容多讀書，則見多識廣。

[42] 氣如虹：氣勢直貫天際，如跨越天地之彩虹，形容氣魄宏大。

[43] 宋艷班香：宋，宋玉。班，班固。班、宋二人之辭賦，文辭華美，風格富麗，故稱「宋艷班香」。

[44] 河黃塞紫：河黃，指黃河。塞紫，為紫塞，指北方邊塞。

[45] 吟草：詩稿。

[46] 古心：古人之風度。

[47] 盧前王後：初唐四傑王勃（650-676）、楊炯（650-693）、盧照鄰（634？-689）、駱賓王（619-684?）合稱，然楊炯以為「愧在盧前，恥居王後」。（《舊唐書·楊炯傳》）

[48] 郊寒島瘦：語出蘇軾〈祭柳子玉文〉：「元輕白俗，郊寒島瘦。」寒指清寒枯槁，瘦指孤峭瘦硬，兩者含義相似。郊、島之詩，清奇悲淒，幽峭枯寂，講究苦吟推敲，錘字煉句，往往予人寒瘦窘迫之感。

[49] 鴻館：「鴻臚館」之省，為舊時之驛館，《大清一統志·卷一七九·西安府二》「鴻臚館」條：「在高陵縣。《長安志》在高陵縣南十八里，今廢。」此處當指迎賓的酒樓。

劍花歸來，再主南報，賦此以贈　　臺南黃欣茂笙[54]

一代才華信有餘，**梁園**[55]無地借相如[56]。關河[57]到處難為客，風雨中宵且著書。太史自稱牛馬走[58]，伊人[59]宛在鷺鷗居[60]。江湖我亦扁舟侶[61]，擬買青山共結廬[62]。

---

[50] 筆如椽：椽，屋頂的柱子。是謂筆大如屋頂上之柱子，用以稱揚寫作才能極高，或形容善為文章。《晉書·卷六十五·王珣傳》：「珣夢人以大筆如椽與之，既覺，語人云：『此當有大手筆事。』俄而帝崩，哀冊諡議，皆珣所草。」

[51] 關山：關口和山岳。

[52] 姮娥：即嫦娥，因偷吃不死之藥而飛昇月宮。《淮南子·覽冥篇》：「羿請不死之藥于西王母，羿妻姮娥竊奔月，托身於月，是為蟾蜍，而為月精。」漢代為避文帝諱，改「姮」為「嫦」。

[53] 紅閨：指閨中女子。

[54] 黃茂笙：黃欣（1885-1947），字茂笙，後改南鳴，號固園主人、四梅主人、西圃、萬年布衣，臺南人。幼時偕其弟溪泉從胡殿鵬習漢詩；後二度負笈日本，畢業於明治大學法科專門部正科。其父經營糖業，商號「錦祥記」，欣留學返臺後亦從事實業，經營有成，並任多項公職。欣好漢詩，為南社成員，大正三年（1914）偕胞弟溪泉在「錦祥記」原址闢建庭園，名為「固園」，並為騷壇定期集會及聯吟的場所，胡南溟則稱譽其兄弟為「固園二雅」。昭和十一年（1936）繼趙鍾麒任南社社長。詩作頗多，載於報刊，惟隨寫隨棄，未輯而佚。

[55] 梁園：漢代梁孝王所建的苑囿，又稱兔園，在今河南省開封縣東南。梁孝王好賓客，常於梁園會賓客。

[56] 相如：即司馬相如，嘗為梁孝王之賓客。

[57] 關河：關山河阻，喻艱難的旅途。

[58] 牛馬走：走，僕役、馳走之人，為自謙之辭。

[59] 伊人：此人、彼人，此地指連橫。

[60] 鷺鷗居：與鷺鷗為友之居處，指隱居。

[61] 扁舟侶：取意范蠡「乘扁舟，浮於江湖。」（《史記·貨殖列傳》）范蠡，字少伯，號陶朱公，別名鴟夷子皮。范蠡為越王勾踐謀吳，後攜妻子歸隱。

[62] 結廬：築屋舍。

寧南詩草胡序

寧南[63]為台灣首善之區。三百年中,詩文充汗,有其名而無其詩,有其詩而卒少有人焉為之後者,豈以玄海[64]為鴻溝哉?近代卓越如連子,**旗鼓騷壇**[65],獨饒著作,其亦可謂三百年**文獻**[66]中之秀者歟!然而海桑身世,為時屈、為地屈、為名與利屈,則其人品、文品、詩品亦為之一變。有心文獻者,無不為連子惜,並為寧南人惜也。

余與連子為文字交,又同里閈[67],所以屬望者甚殷。而連子能獨以文豪,且非僅以文豪也,落日神洲,仗劍壯游,其人奇、其氣奇,則其詩亦無之而不奇。甚不可以寧南第二人自命也!連子少主報政,論大事幾二十載,獨介然[68]不為功名富貴動其心;雖歷試諸艱,不挫所守,嗚呼賢矣!

中國革命以來,搶攘昏墊[69],棘地荊天,出其死力以與五千年史學相抗衡,噩噩落落、莽莽蒼蒼,為文獻中備一席。其造就豈等凡哉!嗚呼!台灣之時何如時、地何如地、名何如名?「寧南詩草」之傳不

---

63 寧南:寧南坊,鄭氏時期分承天府(臺南舊城)為東安、西定、寧南、鎮北四坊,均在今台南市東區、中西區境內。寧南坊以孔廟為中心,明鄭到日治時期皆為人文薈萃的文教區。範圍代有增減,今日之寧南坊約在開山路(東界)、樹林街二段(南界)、西門路(西界)、中正路(北界)之間。此地代指臺南。

64 玄海:原指北方之海或陰間苦海。此應代指台灣海峽的黑水溝。

65 旗鼓騷壇:旗鼓,軍旗和戰鼓,引申為首領、典型。騷壇,詩壇、文壇。

66 文獻:本指典籍和熟知文化掌故的賢人,後專指具歷史價值的典籍資料。

67 里閈:里閭、里巷。閈音「漢」。

68 介然:堅定不移貌。

69 搶攘:紛亂貌。昏墊:原指困於水患中,受苦不已。《尚書・益稷》:「洪水滔天,浩浩懷山襄陵,下民昏墊。」孔穎達《正義》:「言天下之人,遭此大水,精神昏瞀迷惑,無有所知,又若沉溺,皆困此水災也。鄭云:『昏,沒也;墊,陷也。禹言洪水之時,人有沒陷之害。』」後世用以比喻人民因為災禍而深陷於苦難之中。

傳,何待序哉?何待序而始著哉?寸心自足千古,持此以序寧南之
詩,而寧南之詩為何如矣!

丁卯(1927)孟諏[70],台南**胡殿鵬**[71]序。

---

[70] 諏:諏訾之省,亦作娵訾,古代十二星次之一。十二星次乃按黃道作十二
等分,用以觀測星象;亦可對應於十二時辰、二十八星宿、二十四節氣。
諏訾為亥時,壁宿、室宿,節氣為立春(國曆 2 月 3-5 日)、驚蟄(國曆
3 月 5 或 6 日)。孟諏即諏訾之初,為 2 月上旬。

[71] 胡殿鵬(1869-1933):乳名巖松,字子程,號南溟,臺南安平人,為日治
時期臺灣三大詩人之一。少自負,有奇氣,疏狂奔放,嘗任《臺澎日報》
記者,與連橫共主漢文筆政,未久去。迨明治三十八年(1905)連氏在廈
門創辦《福建日日新報》,邀其佐助,乃又內渡。不數月辭歸,居安平故
里,索居陋巷,不事生產,困頓莫名。昭和八年(1933)10 月卒於臺南,
年六十四。胡氏為文有奇氣,詩則題材廣泛,氣勢磅礡,汪洋浩瀚,每一
篇出,士林翕然推重,名動八閩三臺。惜所作未梓行,泰半散佚,存詩僅
數十首而已。著有《南溟詩草》、《大冶一爐詩話》等書。

寧南詩草自序

甲寅（1914）冬，餘歸自北京，仍居寧南。寧南者，鄭氏東都之一隅也。自吾始祖卜居於是，迨余已七世矣。乙未之後，余家被毀，而余亦飄泊四方，不復有故里釣游之樂。今更遠隔重洋，遁跡明聖，山色湖光，徘徊幾席；而落日荒濤，時縈夢寐，登高南望，不知涕淚之何從矣！

客中無事，爰取篋中詩稿編之，起甲寅冬、訖丙寅之夏，凡二百數十首，名曰「寧南詩草」，志故土也。

嗟乎！寧南雖小，固我**延平郡王**[72]締造之區也。王氣銷沈，英風未泯，**鯤身**[73]、**鹿耳**[74]間，其有晞髮[75]狂歌[76]與余相和答者乎？則余之詩可以興矣！

丙寅（1926）仲秋，台南連橫序於西湖之瑪瑙山莊。

---

[72] 延平郡王：指鄭成功（1624-1662）。成功名森，字明儼、大木，幼名福松，生於日本平戶。南明唐王隆武帝賜姓朱、賜名成功，故稱國姓爺；桂王永曆帝封延平郡王，故稱鄭延平、延平王。按：成功薨後鄭經襲延平王爵位，多稱「嗣王經」。

[73] 鯤身：海外沙洲。昔日臺南外海有沙洲七個，稱一鯤身至七鯤身，今多與陸地相連；此指安平（一鯤身）。

[74] 鹿耳：鹿耳門，位於今台南市安南區。昔為水道，由濱外沙洲（南汕、北汕）所夾，鄭成功船艦攻安平時即由此進入台江內海，清代設港與福建對渡，今已淤積。

[75] 晞髮：將頭髮披散使之乾爽。常指高潔脫俗的行為。陸雲〈九愍〉：「朝彈冠以晞髮，夕振裳而濯足。」

[76] 按：《論語‧微子》：「楚狂接輿歌而過孔子曰：『鳳兮！鳳兮！何德之衰？往者不可諫，來者猶可追。已而，已而！今之從政者殆而！』孔子下，欲與之言。趨而辟之，不得與之言。」楚國狂人接輿係一隱士，以歌聲諷刺孔子於天下大亂之際不知潔身自保。後來李白有「我本楚狂人，鳳歌笑孔丘」之詩句，即指此。此處連雅堂希冀有隱逸高士與之唱和。

【大陸詩草】

自壬子（1912）至甲寅（1914）

至南京之翌日，登雨花臺[77]，弔太平天王，詩以侑[78]之（四首）

龍虎相持地[79]，風雲變態中。江山歸故主，冠劍[80]會群雄。民族精神在，興王事業空[81]。荒臺今立馬，來拜**大王風**[82]。

漢祖原英武，項王豈懦仁。顧[83]天方授楚[84]，大義未誅秦[85]。王氣驕**朱鳥**[86]，陰風慘白燐[87]。蕭蕭石城[88]下，重見國旗新[89]。

---

[77] 雨花臺：江蘇名勝，在南京市中華門外。平頂低丘，原稱聚寶山。多石英質卵石，晶瑩圓潤，並有雨花泉等。相傳梁武帝時雲光法師在此講經，感動諸天雨花，花墜為石，故稱。

[78] 侑：音「又」，酬答、報答。

[79] 龍虎相持地：指南京，古稱金陵，又名建業、建康。北有幕府山，西濱長江，東有鍾山，南有雨花臺，江山險固，氣象雄偉，向為兵家必爭之地。《太平御覽》卷一五六引晉·張勃《吳錄》：「蜀主曾使諸葛亮至京口，覩秣陵山阜，嘆曰：『鍾山龍盤，石頭虎踞，帝王之宅』。」

[80] 冠劍：戴冠佩劍。

[81] 興王事業空：指勵精圖治開創霸業，終究成空。

[82] 風：風采之謂，語本宋玉〈風賦〉：「此獨大王之風耳」。

[83] 顧：連詞，不過、但是。

[84] 天方授楚：上天正在幫助楚國，亦即楚國正受上天的眷顧而壯大。語本《左傳·宣公十五年》載：宋人使樂嬰齊告急於晉。晉侯欲救之，伯宗曰：「不可，古人有言曰：『雖鞭之長，不及馬腹。』天方授楚，未可與爭，雖晉之強，能違天乎！」

[85] 大義未誅秦：指君權天授，秦持天命，尚不足以使其覆滅。秦以來有君權天授之說，暴君覆滅、新君登位，皆為天命。

[86] 朱鳥：即朱雀，上古四大神獸之一。狀如錦雞，五彩羽毛各不同，其身覆火焰，終日不熄。據五行學說，朱雀為南方赤色代表。按：太平天王起兵大陸「南方」的廣西。

早用東平策⁹⁰，終成北伐⁹¹勳。畫河師不進⁹²，棄浙敗頻聞⁹³。同室戈相鬩⁹⁴，中原劍失群。他年修國史，遺恨在湘軍。

玉壘雲難蔽⁹⁵，金陵氣未消⁹⁶。江聲喧**北固**⁹⁷，山影繪南朝⁹⁸。弔古沙沈戟⁹⁹，狂歌夜按簫。神靈終不閟¹⁰⁰，化作往來潮。

87　白燐：音「林」，同「磷」，俗稱鬼火。舊傳為人畜死後血所化，實為屍骨分解中所生磷化氫，於燃燒時發出白中帶藍綠色之火焰。

88　石城：南京城垣高大寬廣，堅如岩石，故又名石頭城，古人云：「鍾山龍蟠，石頭虎踞。」即指南京城之險要。

89　重見國旗新：喻國權移轉。壬子年（大正元年，1912），時值滿清覆國。

90　東平策：錢江（約1800-1853），字東平，號曉峰，清末長興縣人，人稱「長興奇士」。咸豐三年（1853）清廷創設江北大營以圍剿太平天國，錢江隨即獻策，首創釐金制度，使清軍餉糧不匱，但商民大苦。

91　北伐：咸豐三年（1853），太平軍林鳳祥、李開芳等奉命率師北伐，一度進至天津附近，然因孤軍深入，終究兵敗。

92　畫河師不進：指主帥畫地自限，不能果斷進取。

93　棄浙敗頻聞：同治元年（1862）6月，洪秀全命令李秀成回援天京，李集結二十萬兵力，10月起大戰湘軍四十餘天，未能取勝。12月，李秀成奉命北渡長江。同年李鴻章攻江蘇南部，左宗棠攻浙江。二年（1863），李鴻章率淮軍會同常勝軍，克復蘇州，左宗棠收復杭州，全浙底定。三年（1864），曾國荃攻陷南京，洪秀全自殺，李秀成奉幼主洪福出走江西，為清軍擒殺，太平天國遂亡。

94　同室戈相鬩：咸豐六年（1856）「天京事變」，致使東王楊秀清、北王韋昌輝及燕王秦日綱被殺，禍及軍民二萬人喪生，翼王石達開又見疑於洪秀全，遂而出走，太平天國元氣大傷。

95　玉壘雲難蔽：指如玉壘山變幻莫測之浮雲，仍無以遮蔽此處戰死之魂魄。

96　金陵：鍾山最早的名稱，後為南京的地名。

97　北固：即北固山，位於江蘇鎮江市區東北長江邊，山勢險固，號稱「京口第一山」。

98　南朝：即宋、齊、梁、陳四朝代的總稱，四朝皆建都建康（今南京）。

99　沙沈戟：語本杜牧〈赤壁〉：「折戟沈沙鐵未銷。」斷折的戟沉埋在沙裡，形容慘烈戰鬥之後的戰場遺跡。

100　閟：音「必」，關閉、深閉。《說文解字》：「閟，閉門也。」段玉裁注：「引申為凡閉之偁。」

莫愁湖[101]弔粵軍戰死者墓

英雄**碧血**[102]女兒香，**管領**湖山[103]各擅場。春水綠添新字碣[104]，落花紅漬舊征裳。中原立馬頻回首，曉夢啼鶯總斷腸[105]。一角勝棋樓[106]尚在，揮鞭重上鬱金堂[107]。

謁明孝陵[108]

漢高唐太皆無賴[109]，皇覺寺僧[110]亦異人。天下英雄爭割據，中原父老痛沈淪。亡秦一劍風雲會[111]，破虜[112]千秋日月新。鬱鬱鍾山[113]王氣盡，國權今已屬斯民。

---

101 莫愁湖：位於南京秦淮河西，舊稱橫塘，又稱石城湖，素有南京第一名湖之稱號。相傳南朝齊有美女莫愁，家貧，賣身葬父，嫁至金陵，不見容於夫家，因而投湖自盡，鄉民感念其人，遂名此湖為莫愁湖。
102 碧血：為正義而流的血，周大夫萇弘忠心為國而遭奸人讒毀，自殺明志。《莊子·外物》：「人主莫不欲其臣之忠，而忠未必信，故伍員流于江，萇弘死于蜀，藏其血三年而化為碧。」後亦用為借代，指忠臣烈士。
103 管領湖山：管領，管教、定使之意；湖山，指山水或江山。
104 字碣：圓頂石碑。碣，音「節」，刻有文字的圓形石碑。
105 曉夢啼鶯總斷腸：拂曉時，夢中聞鶯啼聲，而生悲傷之情。
106 勝棋樓：為莫愁湖之一角，相傳明太祖朱元璋與中山王徐達對弈之處。徐達棋藝高超，據言只差一子便使朱元璋全軍覆沒，元璋情急，滿頭大汗，徐達復請其細看棋盤，只見棋盤黑子經巧妙設計，擺出「萬歲」兩字。元璋大喜，將莫愁湖賜予徐達，後人遂將此樓取名為勝棋樓。
107 鬱金堂：為莫愁女故居，位於莫愁湖之內。
108 明孝陵：位於江蘇省南京市鍾山南麓玩珠峰下，明太祖朱元璋與馬皇后合葬於此。
109 無賴：出身低微或品行不端者。按：漢高祖劉邦出身低微，唐太宗李世民則誅殺兄弟，故詩人謂其「無賴」。
110 皇覺寺僧：指明太祖朱元璋。朱元璋年幼時曾至皇覺寺為僧。
111 風雲會：比喻同類事物相感，而際遇得時，泛指際遇。
112 破虜：指明太祖滅元朝建立明朝；元人以異族入主中國，因以虜稱之。

秦淮[114]

畫舫笙歌一夢休，秦淮春水尚風流。晚風**桃葉**迎前渡[115]，落日楊花[116]撲酒樓。千古美人空有恨，六朝天子總無愁。瓊林璧月知何處，不及青溪控紫騮[117]。

秋風亭弔鏡湖女俠[118]

安慶之役[119]，秋瑾被殺，其友吳芝瑛[120]葬諸西湖。光復後，芝瑛復募款修墓，築秋風亭蔽之，蓋用女俠就義語[121]也。余至西湖，曾拜其墓，愴然[122]以弔。

---

[113] 鬱鬱鍾山：鬱鬱，草木茂盛。鍾山，在江蘇省南京市區東，因南京古稱「金陵」，又稱「金陵山」；又因山石呈紫紅色，陽光照映呈紫金色，故又名「紫金山」。此山有明孝陵、中山陵、靈谷寺等名勝。

[114] 秦淮：流經南京，是南京市名勝之一。相傳秦始皇南巡至龍藏浦，發現此處有王氣，於是鑿方山、斷長壟為瀆入於江，以泄王氣，故名秦淮。

[115] 桃葉迎前渡：桃葉，東晉大書法家王獻之愛妾，王獻之當年常在渡口迎送桃葉，該渡口獲名為「桃葉渡」。又按：桃根、桃葉為姊妹，皆為王獻之愛妾，故常並列出現。

[116] 楊花：指「柳絮」。

[117] 紫騮：駿馬。

[118] 鏡湖女俠：指秋瑾（1875-1907），浙江紹興人，字璿卿，號競雄，自稱鏡湖（鑒湖）女俠。

[119] 安慶之役：光緒三十三年（1907）5月革命人士徐錫麟在安慶籌謀起義，計劃泄露，起義失敗，參與人士遭清廷逮捕。同時，秋瑾在浙江主持的起義也遭清廷得知，秋瑾被捕處死。

[120] 吳芝瑛（1868-1934）：字紫英，別號萬柳夫人，安徽桐城人。光緒二十九年（1903）年，秋瑾回北京，與吳氏為鄰，彼此意氣相投，遂結為姐妹。秋瑾留學日本，得吳氏資助。三十三年（1707），秋瑾不幸犧牲，吳氏與徐自華將秋瑾葬於杭州西冷橋畔，吳氏親自撰寫碑文。爾後，積極參與革命事業，民國二十三年（1934）於無錫逝世，享壽66歲。

[121] 女俠就義語：秋瑾就義前曾留有「秋風秋雨愁煞人」之詩句。

[122] 愴然：悲傷哀痛貌。

鏡湖女俠雌中雄，稜稜[123]俠骨凌秋風。隻身提劍渡東海，誓振女權起閨中。歸來吐氣如長虹[124]，磨刀霍霍殲胡戎[125]。長淮之水血流紅，奔流直到浙之東。花容月貌慘摧折，奇香異寶猶騰烘[126]。鵑啼猿嘯有時盡，秋風之恨恨無窮。

蘇小墓[127]

桃花成雪[128]我來遲，繫艇垂楊獨賦詩。管是[129]酒殘人去後，西泠橋[130]畔月如眉。

孤山[131]

孤山一角春如海，放鶴歸來日未斜。名士美人分管領，梅花開後又桃花[132]。

---

123 稜稜：威嚴不阿。
124 吐氣如長虹：參前〈題大陸詩草〉「使筆如劍氣如虹」，注42。
125 胡戎：北方蠻夷民族，此指滿清。
126 騰烘：喧騰。
127 蘇小墓：位於西湖西泠橋側。蘇小小（479-約502）為南齊時錢塘著名歌妓，貌美艷麗，聰慧多才，歷代文人多有傳頌。李紳〈真娘墓〉詩序云：「嘉興縣前有吳妓人蘇小小墓，風雨之夕，或聞其上有歌吹之音。」
128 桃花成雪：桃花開時，長達數里，宛如粉紅的春雪。
129 管是：準是。
130 西泠橋：或稱「西陵橋」，在浙江省杭州西湖孤山與蘇堤之間，為西湖十景之一。
131 孤山：位於浙江杭州西湖中，孤峰獨聳，秀麗清幽。宋朝林逋曾隱居於此，種梅養鶴，世稱孤山處士，孤山北麓有放鶴亭和梅林。
132 作者注：「馮小青葬於此。」孤山瑪瑙坡旁原有一座小石墳，墓碑上刻有：「明詩人小青女史之墓」。馮小青，明代廣陵世家女，姿容冠絕。父死家敗，委身富家子馮生，為大婦所不容，乃幽居西湖孤山，抑鬱而卒。

西湖遊罷，以書報少雲[133]，並繫以詩

一春舊夢散如煙，三月桃花撲酒船。他日移家湖上住，**青山青史**[134]各千年。

滬上逢陳楚楠[135]

十年我作遄逃[136]客，萬里君為**黨錮**[137]人。我自**騎鯨**[138]歸**故國**[139]，君今走馬踏香塵[140]。樓臺歷歷天如畫，歌舞紛紛地是春。且向花間拚一醉，東南海上月華[141]新。

---

[133] 少雲：連橫妻沈璈，字筱雲，又字少雲。

[134] 青山青史：青山，青色的山，或指吳山，在今浙江杭州市南方，緊鄰杭州西湖。青史，史書的代稱。雅堂於明治四十一年（1908）著手撰寫「台灣通史」，詩謂雅堂期待《台灣通史》能與青山美景媲美，各自於大自然造化物與知識份子「立言」的領域中，流傳不朽。

[135] 陳楚楠（?-1971）：原名連才，別號思明洲之少年，祖籍福建廈門，生於新加坡，著有《晚晴園與革命史略》。

[136] 遄逃：逃走、逃亡。《說文解字》：「遄，亡也。」《左傳・僖公十五年》：「六年其遄，逃歸其國而棄其家。」

[137] 黨錮：亦作「黨禁」，禁止某政治團體或派別中之人員，任官職，且限制其活動。

[138] 騎鯨：傳說鄭成功是東海大鯨轉世。王必昌《重修臺灣縣志・卷六・祠宇志》：「鄭成功起兵猖獗，有僧識其前因，語人曰：『此東海大鯨也』。問：『何時而滅』？僧曰：『歸東即滅矣』。凡成功兵到處，海水皆暴漲。順治辛丑（十八年，1661）攻臺灣，紅毛先夢見一人冠帶騎鯨，從鹿耳門入；未幾，成功突至，紅毛遂遁。明年五月，其轄下人復夢一鯨，冠帶乘馬由鯤鯓出外海，而成功遂卒。正應『歸東即滅』之語，異哉！」

[139] 故國：此處指中國。

[140] 香塵：芳香之塵，此喻上海「十里洋場」的酒樓。

[141] 月華：月光，月色。

弔陳瘦雲[142]並寄南社[143]諸子

落花聲裏雨如絲，一別真成夢覺時。他日**寧南門**[144]下過，青燈重寫菜畦詩[145]。

示曼君[146]

奇才未必天能妒，豔福從今**取次**[147]修。千古美人原不老，一時名士盡低頭。藉憑雨雨風風意，管領**鶯鶯燕燕**[148]愁。劍影簫聲同此夕，銀河**迢遞**[149]笑牽牛。

---

[142] 陳瘦雲（1879-1912）：陳渭川，字瘦痕，亦作瘦雲，號菜畦。明治卅年（1897）連橫自上海回台，與陳瘦雲等詩友組「浪吟詩社」。

[143] 南社：活動於台南，與臺北瀛社、臺中櫟社並稱為臺灣三大詩社，明治卅九年（1906）由連橫、陳渭川邀集謝石秋、趙鍾麒、鄒小奇、楊宜綠所組成。

[144] 寧南門：明鄭時期，台南設有東安、西定、寧南、鎮北四坊。寧南門即今俗稱大南門，位於台南市南門路和樹林街交會處之南門公園內。

[145] 作者注：「瘦雲工詩，別號菜畦。」

[146] 曼君：即上海名妓張曼君，其人頗有女俠風範，能讀報，曾為姐妹求自由，倡議籌建青樓進化團，以演劇籌款。連橫為其自愛、自立之行所動，作此詩，稱其為女中豪傑。（孫風華，〈連橫的三次上海之行〉，《新民晚報》，2009.06.28）

[147] 取次：指次第、挨次。

[148] 鶯鶯燕燕：比喻嬌妻美妾，或年輕女子。

[149] 迢遞：遙遠。

滬上逢香禪女士[150]

淪落江南尚有詩，東風**紅豆**[151]子**離離**[152]。春申浦[153]上還相見，腸斷天涯杜牧之[154]。

幼安[155]、香禪邀飲杏花樓[156]，並約曼君同往

畫燭雙行照綺樓，酒舷[157]詩卷儘風流。已開芍藥春婪尾[158]，謾采[159]芙蓉豔並頭。太史文章牛馬走[160]，美人心事燕鶯愁。他年各有湖山[161]約，管領風雲百自由。

---

[150] 香禪女士：即王香禪（約 1886-?），名夢癡，本名罔市，號留仙，臺北艋舺人。原為臺北著名藝妲，後南下賣藝；嫁舉人羅秀惠，仳離後出家，最後適新竹謝介石，並赴中國，中國赤化後下落不明。香禪年輕貌美，追求者眾，惟獨鍾情於連橫。連橫早已婚娶，香禪有意屈居側室，連橫素來反對男人蓄妾，主張男女平等，遂婉拒美意。八年後，兩人於上海偶遇，香禪已嫁作謝介石婦，移居上海。夫婦二人屢邀連橫共宴，連橫以此詩記述兩人相逢時的感懷。

[151] 紅豆：別名為相思子，後人以此表示相思懷念之情。

[152] 離離：盛多貌。張衡〈西京賦〉：「神木靈草，朱實離離。」薛綜注：「離離，實垂之貌。」

[153] 春申浦：即黃浦江，又名黃浦、歇浦，相傳為春申君黃歇所鑿，故名。

[154] 杜牧之（803-852）：即杜牧，牧之其字，京兆萬年人，為人不拘小節，放蕩不羈，風流韻事極多。腸斷事應指《全唐詩》卷五二七杜牧〈悵詩〉題下有序云：「牧佐宣城幕，遊湖州。刺史崔君張水戲，使州人畢觀，令杜牧閒行閱奇麗，得垂髫者十餘歲。後十四年牧刺湖州，其人已嫁，生子矣，乃悵而為詩：『自是尋芳去較遲，無須惆悵怨芳時。』」

[155] 幼安：謝愷（1878-?），字介石，號幼安，一作又安，一署怡庵，新竹人。謝愷能詩文，為新竹名士，與王石鵬齊名，並稱「新竹二石」。少時風流，傾慕王香禪，說其還俗（香禪仳離後出家），結為夫婦。後出任滿洲國之外交總長、駐日大使等，抗戰勝利後以漢奸罪下獄。

[156] 杏花樓：上海著名之酒樓。

[157] 酒舷：猶酒杯。

[158] 婪尾：婪音「藍」，最後、末尾。芍藥在暮春五月開花，故又稱「婪尾春」，意指貪戀春天。

蘇州旅次[162]

狂來擊劍餓吹篪[163]，淪落江南一夢遙。西子[164]**神光乍離合**[165]，夫差[166]
霸氣未蕭條。花飛香徑鶯能妒，柳折蘇臺[167]馬亦驕。獨倚吳篷聽秋雨，
萬千哀樂及明朝[168]。

聞張振武[169]之獄

> 張振武為武昌起義之人，黎元洪[170]忌之，派赴軍事會議，密電袁總
> 統請誅，遂與方維戮於市。國人冤之。

159　謾采：即「漫採」，隨意採擷。
160　太史文章牛馬走：指太史公為著史書，如牛馬般，辛勞驅奔。
161　湖山：湖水與山巒。此謂歸隱於湖山之中。
162　旅次：旅途中小住的地方，亦指旅途中暫作停留。
163　吹篪：伍子胥獲罪於楚，被楚平王追殺，終於逃到吳國國都梅里。無以
　　　為生，遂在市上吹篪（音「遲」，一種像笛的竹管樂器）乞食，後人以此
　　　比喻在街頭行乞，等待時機，東山再起。事見司馬遷《史記·范雎蔡澤
　　　傳》。元代李壽卿本此故事作雜劇《伍員吹簫》。
164　西子：春秋時代越國美女西施。
165　神光乍離合：指神情失守，精神忽離忽合。
166　夫差：春秋末期吳國國君，吳王闔閭之子，即位後先於夫椒（今江蘇吳
　　　縣西南太湖中）打敗越兵，後乘勝攻破越都，迫使越王勾踐屈服。
167　蘇臺：即姑蘇台，又名胥台，在蘇州姑蘇山，相傳為吳王闔廬所築，夫
　　　差復於台上立春宵宮，作長夜之飲。越國攻吳，吳太子友戰敗，遂焚其
　　　台。
168　萬千哀樂及明朝：語本龔自珍《乙亥雜詩》96 首：「誰分蒼涼歸棹後，
　　　萬千哀樂聚今朝。」
169　張振武（1877-1912）：原名堯鑫，字春山，又名竹山。武昌起義首義者
　　　之一，被尊為共和元勳，和孫武、蔣翊武並稱辛亥三武。因武昌起義時
　　　曾提議處決黎元洪，和其結怨，中華民國建立後，與方維在北京被黎元
　　　洪、袁世凱以「貪污」罪名處死。
170　黎元洪（1864-1928）：字宋卿，湖北黃陂人，天津北洋水師學堂畢業，
　　　服役於廣東水師，甲午戰敗後投靠張之洞，曾多次赴日本學習軍事以督
　　　練新軍，後駐守湖北武昌，宣統三年（1911）武昌起義，革命黨員推舉

哀哀三字獄[171]，志士不可辱。昂昂七尺軀，生死無須臾。君不見陽夏
風雲會龍虎[172]，一時健者張振武。馬上喑呼[173]起戰征，帳前慷慨徵歌
舞。副總統曰：噫[174]。愛既不能，忍又不可，殺之宜。大總統曰：俞
[175]。爾有罪，法當誅。城門校尉執以趨。長安夜半天模糊，雙彈洞胸
[176]棄路隅。君不見彭越醢[177]、韓信俎[178]，古來冤獄無時無[179]。

為湖北軍政府都督，爾後任職中央軍政府大都督、副元帥、大元帥、臨
時副總統、大總統等，民國十七年（1928）於天津病逝。

[171] 三字獄：指宋朝名將岳飛之冤獄，三字，即「莫須有」。《宋史・岳飛傳》：
「『莫須有』三字，何以服天下？」後以「三字獄」泛指冤獄。

[172] 陽夏風雲會龍虎：武昌起義（1911.10.10），震驚清廷。清廷隨即於10月
18日出戰漢口，至11月27日漢陽失陷，前後41天，史稱「陽夏戰爭」。
此41天之中，湖南、陝西、江西、山西、雲南、浙江、貴州、江蘇、安
徽、廣西、福建、廣東、四川等，先後獨立。關內十八省僅甘肅、河南、
直隸、山東四省仍效忠清朝，故陽夏之戰於辛亥革命之成功，具有重大
意義。

[173] 喑呼：喑，音「因」，意謂喑嗚叱吒，怒吼之意。

[174] 噫：音「依」，嘆詞，表示感慨、悲痛、歎息。

[175] 俞：音「于」，答應、允諾。

[176] 雙彈洞胸：指行刑時胸膛受子彈貫穿留下兩個洞孔。

[177] 彭越醢：彭越（?- B.C. 196），原為劉邦手下大將，後遭以謀反罪名貶為
庶人、發配蜀地，途中逢呂后，懇請發配至故鄉昌邑，遂從呂后回洛陽，
隨即遭醢刑，並誅族。醢，音「海」，肉醬。醢刑為古代酷刑，將人殺死
後剁成肉醬。

[178] 韓信俎：韓信（?- B.C. 196），淮陰人，漢初三傑之一。後因才遭忌，被
控謀反，遭呂雉（即呂后）、蕭何誘入宮內，處死於長樂宮鐘室。俎，音
「組」，割肉用之砧板。

[179] 無時無：從來不曾沒有，即總有冤獄存在。

壬子（1912）十月十日

三月三，春**修禊**[180]。五月五，湘**纍**[181]祭。九月之九作重陽，何如十月之十國民呼萬歲。萬歲呼，甘馳驅。武昌一戰誅東胡[182]，共和之國此**權輿**[183]。嗚呼！共和之國此權輿，慎勿內訌外侮為人奴。

過新亭[184]

六朝古黛夢中橫[185]，**脈脈**[186]春流繞石城。如此江山且歌舞，收將舊淚過新亭。

曉渡揚子江

一鉤殘月照樓臺，風定潮平兩槳開。桃葉桃根在何處，渡江不見美人來。

180　修禊：禊，音「細」，古代之民俗活動，於季春臨水洗浴，以祓除不祥。
　　該日稱上巳節、三日節、三月三，舊俗為農曆三月的第一個巳日，魏晉
　　以後統一為三月初三。連橫《台灣通史》：「三月初三日，古曰上巳，漳
　　州人謂之三日節，祀祖祭墓。而泉州人以清明祭墓，謂之當墓。」
181　湘纍：纍，指冤死之人。屈原投湘江自盡，故稱「湘纍」。
182　東胡：蠻族、蠻邦，此指滿清。
183　權輿：起始。《詩·秦風·權輿》：「今也每食無餘，於嗟乎！不承權輿。」
　　朱熹《集傳》：「權輿，始也。」
184　新亭：古地名，在今南京市的西南，依山臨江，風景秀麗。晉室南渡後，
　　士大夫常群聚於新亭，某日，對於江山美好而國事蜩螗，相對流淚。惟
　　獨座中王導呵罵眾人不應做「楚囚相對」，垂頭喪氣，反而應該互相砥礪，
　　振奮精神，為克復神州而努力。典出南朝宋·劉義慶《世說新語·言語》。
185　六朝古黛夢中橫：語出龔自珍〈乙亥雜詩〉122首：「六朝古黛夢中橫，
　　無福秦淮放棹行。」
186　脈脈：水潺潺不止。

南海[187]

聖人[188]生南海，上書變法君之宰。寡人處南海，衣帶奉詔[189]臣之罪。
南海水，何悠悠。君若臣，恨未休。嗚乎！聖人不死，大盜不止[190]。
寡人有母，不能奉甘旨[191]。

---

[187] 南海：位於中國北京市西城區，為紫禁城內三海（北海、中海、南海）
之一，開鑿於明代，戊戌變法失敗後，光緒帝被囚禁於瀛臺。作者注：「內
有瀛臺為清德宗被幽處。」

[188] 聖人：指「康聖人」，即康有為。按：康有為（1858-1927），原名祖詒，
字廣廈，號長素，又號明夷、更生、西樵山人、游存叟、天游化人，廣
東南海人，人稱「康南海」，光緒廿一年（1895）進士，與門徒梁啟超上
書力勸光緒帝變法圖強，史稱「戊戌變法」，事敗，出逃，後主張君主立
憲，反對革命，民國成立之後為「保皇黨」領袖。康有為係清末「公羊
學」重要人物，曾著《孔子改制考》、《新學偽經考》，力主經世致用之學。
因康氏以聖人自許，故時稱「南海聖人」、「康聖人」。

[189] 衣帶奉詔：藏在衣帶之密詔。康有為變法失敗後，光緒皇帝遭軟禁，康
氏得李提摩太牧師、英國領事館職員協助，搭乘重慶號，於上海海面轉
船至香港，復由香港逃往日本，自稱持有皇帝衣帶密詔，組織保皇會，
鼓吹君主立憲，反對革命。

[190] 聖人不死，大盜不止：語出《莊子·外篇·胠篋》：「聖人已死，則大盜
不起，天下平而無故矣！聖人不死，大盜不止。」意謂聖人死去，大盜
就不會興起，天下即可太平無事。如果聖人不死，大盜反而不會停止。
蓋莊子以為善惡、聖盜皆為「對立概念」，無此即無彼，無所謂「善」，
自然無所謂「惡」，沒有「聖人」的概念，自然也不會有「大盜」的概念。
按：康有為「戊戌變法」致使光緒帝被幽禁至死，其反對革命的主張，
也為時議不容，故連橫詩中方有此語。

[191] 甘旨：美味。

煤山弔明懷宗[192]

人生不幸為天子，四海何以處寡人。社稷存亡甘一殉，江山破碎慘無春。鼎湖龍去[193]餘弓劍，廢苑鵑啼[194]亂鬼燐。我欲排天[195]叫閶闔[196]，中原已見國旗新。

萬牲園[197]弔彭烈士

> 烈士諱家珍，字席儒，四川金堂人。辛亥之役，狙擊良弼[198]，烈士亦中彈死，距共和告成僅浹辰[199]爾。追贈義烈大將軍。民國元年秋八月丁丑，改葬於萬牲園，以張、黃、楊三烈士[200]附之。三烈士者，炸袁世凱於東長安街，不中而死者也。

---

192 明懷宗：即明思宗朱由檢（1611-1644），亦即崇禎皇帝，明朝最後一任皇帝。崇禎十七年間（1644），李自成攻克內城，崇禎出玄武門登景山（煤山），自縊在山東側一株槐樹上，廟號懷宗。

193 鼎湖：縣名，相傳黃帝鑄鼎於荊山下，鼎成，黃帝於此處乘龍飛天。後以此喻君王去世。

194 廢苑鵑啼：鵑指杜鵑。相傳蜀主名杜宇，號望帝，死後化為杜鵑，春月晝夜悲鳴，蜀人聞之，曰：「我望帝魂也。」。

195 排天：排擊風雲，直上天霄。

196 閶闔：天門。屈原〈離騷〉：「吾令帝閽開關兮，倚閶闔而望予。」

197 萬牲園：即今北京動物園，在北京西直門外，原為皇家的三貝子花園，光緒三十二年（1906）改建為「萬牲園」，園內植被豐富，種類繁多，更有動物供人參觀。

198 良弼（1877-1912）：覺羅良弼，字賚臣，滿洲鑲黃旗人，清末立憲派大臣、宗社黨首領，官至旗軍副都統，武昌起義後，良弼反對起用袁世凱，亦反對革命，意欲「以立憲彌革命，圖救大局」。民國元年（1912）1月26日遭四川武備學堂畢業生彭家珍投擲炸彈，傷左腿，搶救三日，29日卒。

199 浹辰：浹，音「夾」，古代以干支紀日，稱自子至亥循環一次的期間（十二日）為「浹辰」。

200 張、黃、楊三烈士：指張先培、黃之萌、楊禹昌三位烈士。按：據王欽祥、宰學明《袁世凱全傳》云：「1912年1月16日，革命黨人分組布置在袁世凱去故宮的路旁。上午近12點，袁世凱乘雙套馬車由衛隊保護著

大風從南來，捲起朔雲黑。燕市[201]十丈塵，化作血花碧[202]。桓桓[203]彭夫子，大勇世無敵。談笑呼雷霆[204]，萬夫皆辟易[205]。一彈炸良弼，虜廷[206]奪其魄。**巍巍**[207]北京城，爭樹漢幟赤。我來弔英靈，義烈猶震赫。此地盛俠徒，至死衽**金革**[208]。國魂尚未死，筑聲[209]滿巷陌[210]。驅車入闤門，快浮三大白[211]。

出了東華門，行至東華門大街時，突然從酒樓上飛出三顆炸彈，『 轟轟 』兩聲巨響——有一顆未炸，護衛管帶袁金標當場被炸死，雙套馬車的兩匹馬也被炸傷，但是，袁世凱卻毫髮未損。在衛兵的簇擁下，急忙逃走。張先培、黃之萌、楊禹昌等 10 人被捕。17 日，袁世凱下令將張、黃、楊三人殺害，其餘七人因無證據被保釋。」（青島市：青島出版社，1998年版，頁 233）。

[201] 燕市：指燕京，即今北京市。

[202] 化作血花碧：參前〈莫愁湖弔粵軍戰死者墓〉「碧血」，注 202。

[203] 桓桓：音「環」，威武雄壯貌。

[204] 雷霆：雷暴、霹靂。

[205] 辟易：退避、閃避。《史記·卷七·項羽本紀》：「是時，赤泉侯為騎將，追項王，項王瞋目而叱之，赤泉侯人馬俱驚，辟易數里，與其騎會為三處。」

[206] 虜廷：古時對非漢人所建政權的貶稱，此指滿清。

[207] 巍巍：高聳雄偉貌。

[208] 衽金革：衽，即「衽」，睡覺用的席子。金革，兵器、甲冑。謂以兵器、甲冑為臥席。喻時刻保持警惕，隨時準備迎敵。《禮記·中庸》：「衽金革，死而不厭，北方之強也。」

[209] 筑聲：筑，清·段玉裁《說文解字注》：「〈吳都賦〉李善 注 作：『似箏，五弦之樂也。』……《御覽》引《樂書》云：『以竹尺擊之。如擊琴然。』」按：《史記·刺客列傳》：「高漸離擊筑，荊軻和而歌，為變徵之聲。士皆垂淚涕泣。又前而為歌曰：『風蕭蕭兮易水寒，壯士一去兮不復還！』復為羽聲慷慨，士皆瞋目，髮盡上指冠。於是荊軻就車而去，終已不顧。」

[210] 巷陌：大街小巷之通稱。

[211] 快浮三大白：暢快痛飲三大杯酒。按：浮白，本為宴樂場合罰酒暢飲的套數，後亦用於放開胸懷，暢快飲酒的描述。

東長安街[212]弔三烈士[213]

黑雲壓城天不開，長安市上驅車來。荊卿之歌[214]漸離筑[215]，使我聞之心膽摧。停車道旁出相見，快呼美酒傾千杯。生為姦雄[216]死盜跖[217]，竊鉤竊國[218]紛紛來。一擊不中頭顱碎，血花狼藉[219]黃金臺[220]。嗚呼！燕丹亦奇士，至今易水風悲哀。

---

212 東長安街：長安街是北京城之中軸線著名大街，是世界上最長、最寬之街道。長安街以天安門廣場為界，往東為東長安街；往西為西長安街。

213 三烈士：即前注張先培、黃之萌、楊禹昌三位烈士。

214 荊卿之歌：出自宋・陸遊〈東屯高齋記〉：「嗟乎，辭之悲乃至是乎！荊卿之歌，阮嗣宗之哭，不加於此矣。」荊卿，指荊軻。

215 漸離筑：參前〈萬牲園弔彭烈士〉「筑聲」，注 209。

216 姦雄：亦作「奸雄」，弄權欺世、竊取高位的人。按：陳壽《三國志・魏志・武帝紀》裴松之 注 引《世語》曰：「〔曹操〕嘗問許子將：『我何如人？』子將不答。固問之，子將曰：『子治世之能臣，亂世之奸雄。』太祖大笑。」

217 盜跖：傳說是先秦時柳下惠（展氏，名獲，表字禽、一字季）之弟，為率領九千盜匪、橫行於各諸侯國的大盜。《莊子・盜跖》：「孔子與柳下季為友，柳下季之弟名曰盜跖。盜跖從卒九千人，橫行天下，侵暴諸侯。穴室樞戶，驅人牛馬，取人婦女。貪得忘親，不顧父母兄弟，不祭先祖。所過之邑，大國守城，小國入保，萬民苦之。」跖音「值」。

218 竊鉤竊國：指小盜則小竊；大盜則竊國。竊鉤，偷腰帶鉤。竊國，竊取國家政權。

219 狼藉：凌亂、散亂。亦通假「狼籍」。

220 黃金臺：地名，位今河北省易水縣。戰國時燕昭王欲招納賢士，以雪齊人滅國之恨，於是以郭隗為師，為之築臺，布金於上，稱為「黃金臺」，以招致四方豪傑。後指招攬賢良之地，簡稱「金臺」。

出居庸關[221]

萬山東走護居庸，一劍當關路不通。大漠盤鵰秋氣黑，長城飲馬[222]夕陽紅。**棄繻**[223]慷慨能籌策，投筆[224]功名記**鑿空**[225]。今日匈奴猶未滅，**妖氛**[226]直逼塞垣雄[227]。

張家口[228]

到此真堪遂壯游，春風楊柳滿關頭。誰知塞上玄冰地，也有**笙歌**[229]起畫樓。

---

[221] 居庸關：位於北京西北，是長城上一座關隘，與八達嶺長城同為北京西北方之重要屏障。

[222] 長城飲馬：語本漢代樂府〈飲馬長城窟行〉，相傳古長城邊有水窟，可供飲馬。

[223] 棄繻：指年少立志，求取功名。典出《漢書·終軍傳》：「終軍，字子雲，濟南人也。年十八，選為博士弟子。……初，軍從濟南步入關，關吏予繻。軍曰：『以此何為？』吏曰：『為復傳，還當以合符。』軍曰：『大丈夫西遊，終不復傳還。』棄繻而去。」初，終軍離鄉入長安，守關吏與之憑證，終軍棄之，以示不復還鄉。

[224] 投筆：指班超投筆從戎之事，見《後漢書·班超傳》。班超是史家班彪之子、《漢書》編撰者班固之弟，世稱三人為「三班」。班超少時在官府做抄寫工作，一日擲筆長歎：「大丈夫無它志略，猶當效傅介子、張騫立功異域，以取封侯，安能久事筆硯間乎？」遂決心參軍。後人便用投筆從戎比喻棄文從武，在沙場上為國家斥敵，建功立業。

[225] 鑿空：指開通道路。空，孔道。

[226] 妖氛：不祥之雲氣，喻指凶災、禍亂。

[227] 作者注：「時庫倫獨立，方傳牧馬南下。」

[228] 張家口：位於河北省西北部，是河北與內蒙古自治區交通要衝。

[229] 笙歌：笙歌，和笙之歌，泛指奏樂唱歌。

宿張家口，出大境門，至陰山[230]之麓，悵然而返

大漠起寒雲，連天暗秋色。**蜿蜒**[231]萬里城，到此勢忽扼[232]。群山抱東南，大河橫其北。壯哉此雄關，攻之不易克。如何景泰[233]孱[234]，一戰竟敗績。**巍巍**齊化門[235]，亦遭胡騎迫。天子幸生還，也先[236]已無敵。緬念文皇猷[237]，**威稜**[238]震絕域。屏翰[239]固**金湯**[240]，**燕雲**[241]資羽翼。子孫宴深宮，淪亡忽頃刻。固知山河險，守之在人力。有清起瀋陽，蒙兒供驅策。左控科爾沁[242]，右擒厄魯特[243]。凱旋幸熱河，宮花[244]侵御

---

230 陰山：陰山山脈，東西向，是黃河流域北部的天然界線，亦是河套地區的北部屏障，為歷代漢族地區的北緣。山脈橫亙於內蒙古中部，東起河北省西北的樺山，西止於內蒙古巴彥淖爾盟中部的狼山，東西長 1,200 多公里，南北寬 50 至 100 公里。

231 蜿蜒：縈迴屈曲貌。

232 扼：阻礙、堵住。

233 景泰：明代宗朱祁鈺（1428-1457）之年號。明英宗正統十四年（1449）土木堡之變，英宗為瓦剌所俘，祁鈺即立為帝，遙奉英宗為太上皇。

234 孱：音「纏」，軟弱，弱小。

235 齊化門：即朝陽門，元稱齊化門，北京內城九門之一，位於內城東垣正中，今已拆毀。

236 也先（1407-1454）：明代蒙古瓦剌部首領，又譯額森。正統十四年（1449）大舉侵明，於土木之變中俘明英宗，並脅其包圍北京城，後為于謙擊卻，議和，送還英宗，恢復貢市。景泰五年（1454）為部下阿剌知院等所殺，瓦剌遂衰。

237 文皇猷：文皇，明成祖朱棣（1360-1424）之諡號。永樂年間，成祖先後五次征伐盤據於漠北元殘餘，韃靼、瓦剌與兀良哈三部落。韃靼王子也先土干率部眾降明，成祖隨即封也先土干為忠勇王。猷，功績。

238 威稜：聲勢、威名之盛如山稜。

239 屏翰：遮蔽保衛。

240 金湯：「金城湯池」之簡稱，意指防守堅固之城池。

241 燕雲：燕指幽州，雲指雲州，泛指華北地區。

242 科爾沁：在中國內蒙古東部的通遼市境內，原為蒙古族部落名稱。

243 厄魯特：中國古代對西部蒙古之稱呼，明代稱瓦剌。

244 宮花：古時進士及第，天子賜宴，狀元、榜眼、探花所簪的金花。

席。鹿酒宴盟王,雀翎[245]環貝勒[246]。百里置一堠[247],十里馳一驛。壯哉此雄關,往來無停息。昔日界華夷,於今通貿易。逶迤[248]駱駝群,鈴聲接朝夕。沿河十萬屯,亦可藝[249]黍稷。其次馬牛羊,放牧資繁殖。西北重邊防,群胡馴羈勒[250]。固知山河險,守之尤在德。中葉事偷安,朝政愈不飭[251]。陽夏會風雲[252],輝煌漢幟赤。五族共一家,庫倫忽反側[253]。曠野豎旌旗,排雲列劍戟。活佛本庸愚,俄人為鬼蜮[254]。虎視日眈眈[255],狡謀肆蠶食[256]。保大[257]定藩封,犁庭[258]在一擊。當塗[259]遂包容,拊循[260]豈得策。壯哉此雄關,勿為丸泥[261]塞。我志欲請纓[262],

---

[245] 雀翎:指孔雀或鶡的尾毛。清代用作賞賜貴族與高級官員的冠飾,有單眼、雙眼、三眼之分。

[246] 貝勒:滿語「多羅貝勒」的簡稱,清廷賜予宗室和蒙古外藩的爵名,位階在郡王之下,貝子之上,為宗室爵位的第五等。

[247] 堠:堠,音「後」,古代瞭望敵情的土堡。

[248] 逶迤:音「威移」,彎曲迴旋貌,此狀駱駝隊伍綿長而蜿蜒,謂數量眾多。

[249] 藝:種植。

[250] 羈勒:管束。

[251] 不「飭」:音「赤」,整頓,使整齊。

[252] 陽夏會風雲:參前〈聞張振武之獄〉「陽夏風雲會龍虎」,注 172。

[253] 庫倫忽反側:清宣統三年(1911),辛亥革命後,在沙皇俄國駐庫倫(現烏蘭巴托)領事之策動下,外蒙古活佛八世哲布尊丹巴在庫倫宣佈獨立,建立「大蒙國」政府。

[254] 鬼蜮:鬼怪。《詩經·小雅·何人斯》:「為鬼為蜮,則不可得。」後比喻陰險之小人。蜮,音「玉」,傳說中在水裏暗中害人之怪物。

[255] 眈眈:音「丹」,威視貌,注視貌。虎視眈眈:如老虎般貪狠的注視。

[256] 蠶食:喻逐漸侵佔。

[257] 保大:保護大局。

[258] 犁庭:將庭院犁平為田,喻徹底毀滅敵方。

[259] 當塗:當道,執掌大權,身居要職者。

[260] 拊循:音「府巡」,慰撫。

[261] 丸泥:兩漢間王元說服隗囂守兵函谷關以東拒劉秀,曰:「今天水完富,士馬最強,……元請以一丸泥為大王東封函谷關,此萬世一時也。」見《後漢書》卷十三〈隗囂傳〉。後比喻封守要塞。

[262] 請纓:從軍。

慷慨事金革。提劍出國門，驅車度沙磧[263]。眼底隘居庸，浩氣吞戎狄。因思古人豪，銘功耀玄幕[264]。班超亦書生，手平卅六國。[265]及今尚未衰，繼起追前跡。戈揮瀚海[266]雲，月冷沙河笛。翹首望陰山，撫然長歎息。

蘆溝橋[267]

襴衫[268]曾染麴塵黃[269]，揮手東華事可傷[270]。鄉夢漸多春夢減，蘆溝橋畔月如霜。

石家莊弔吳大將軍祿貞[271]

岡前立馬叱風雲[272]，隻手能麾十萬軍。三晉[273]山河原險阻，兩湖[274]兵甲自紛紜[275]。犁庭未飲屠龍酒，破壁驚傳刺虎文[276]。突兀崇碑方泐[277]字，佇看光復溯奇勳。

---

263 沙磧：細沙子和碎石塊。此指蒙古戈壁（大戈壁），為粗砂、礫石覆蓋在硬土層上的荒漠地形。
264 玄幕：天蓋，古人認為天為一覆碗，蓋於大地之上。玄，黑色，指天。幕，音「密」，覆物之黑巾。
265 班超亦書生，手平卅六國：《後漢書·班梁列傳》載，建初三年（78），班超原擔任公務員，抄繕公文書，後投筆從戎，先率疏勒、康居、于寶、拘彌等國士兵一萬人，進攻姑墨石城，破之，接著，班超又上疏請兵，最後平定西域諸國。
266 瀚海：蒙古戈壁。
267 蘆溝橋：亦稱永定橋，位於北京市豐台區永定河上。
268 襴衫：古代文人之家居服飾。《宋史·輿服志五》：「襴衫，以白細布為之，圓領大袖下施橫襴為裳，腰間有辟積。進士及國子生、州縣生服之。」
269 麴塵黃：酒麴所生的細菌，色黃，引申為淡黃色。
270 揮手東華事可傷：語出龔自珍〈送南歸者〉：「布衣三十上書回，揮手東華事可哀。」東華，指京城。
271 吳大將軍祿貞：吳祿貞（1880-1911），字綬卿，湖北雲夢人。早年留學日本，先後參加興中會與華興會。武昌起義後，赴灤州約藍天蔚、張紹曾等舉兵反清，復歸石家莊組織燕晉聯軍，策劃北方新軍起義。宣統三年（1911）11 月 7 日，為袁世凱收買之侍衛長誅於石家莊（河北省城）。

渡黃河

南來事事感懷多，莫謾[278]停雲[279]發浩歌[280]。生恐濁流汙我足，汽車載夢渡黃河。

過邯鄲[281]

叢臺置酒英風歇，趙女[282]彈箏夜月闌[283]。北望關山南望雁，竟無隻夢墜邯鄲[284]。

廣武山[285]

大旗落日馬飛揚，蔓草平沙闢戰場。天以黃河限南北，我來廣武弔興亡。八千子弟**沙蟲**泣[286]，一代君臣走犬狂。終告美人[287]恩莫庇，楚歌楚舞總淒涼。

---

[272] 叱風雲：形容聲勢極大。叱，音「赤」，怒斥聲。

[273] 三晉：原為戰國時韓、趙、魏三國合稱，其地約當今之山西省及河北省中部、南部，河南省北部、中部。後「三晉」又為山西省別稱。

[274] 兩湖：中國湖南和湖北兩省的合稱。

[275] 紛紜：眾多而雜亂貌。

[276] 刺虎文：青銅器紋飾之一。戰國金銀錯銅鏡上的部分圖案，傳為河南洛陽金村出土，刻劃一勇士騎馬上，與猛虎搏鬥的場面。

[277] 泐：音「勒」，雕刻、銘刻。

[278] 謾：通「漫」，徒自、隨意。

[279] 停雲：感懷家人。陶淵明〈停雲·序〉：「停雲，思親友也。」

[280] 浩歌：大聲唱歌。

[281] 邯鄲：戰國時趙國首都，位於河北省。

[282] 趙女：趙地美女，泛指美女。

[283] 夜月闌：闌：殘，晚，將盡。

[284] 竟無隻夢墜邯鄲：邯鄲有「黃粱夢」之事，參唐·沈既濟《枕中記》。

[285] 廣武山：作者注：「史記：楚、漢俱臨廣武而軍，即此。」其位於河南省鄭州滎陽市東北約 17 公里。

虞祠[288]

我登廣武喟然歎[289]，不弔英雄弔美人。百戰江山無寸土，千秋粉黛有餘春。魂來黑塞鴉能舞，詩咽黃河馬不馴。淒絕楚宮風雨夜，**蕭蕭**[290]衰柳尚含顰[291]。

京漢道中[292]，展讀史記，拉雜[293]得詩（四首）

中原睥睨**無餘子**[294]，亂世功名看爾曹[295]。窮盡黃河九千里，我來廣武但狂歌[296]。

相公昨日牽黃犬[297]，上帝今朝殺黑龍[298]。幾個出門西北笑[299]，霸材王佐[300]亦沙蟲。

---

286 八千子弟沙蟲泣：此指項羽率江東子弟八千人，渡江而西，全數戰死。沙蟲，沙子和小蟲。唐·歐陽詢編《藝文類聚》卷九十引晉·葛洪《抱朴子》：「周穆王南征，一軍盡化，君子為猿為鶴，小人為蟲為沙。」後遂以「沙蟲」比喻戰死的將士或因戰亂而遭殃的民眾。
287 美人：此指項羽之虞姬。
288 作者注：「在廣武山麓，為鄉人祀楚虞妃處。」
289 喟然歎：因感慨而歎氣。
290 蕭蕭：冷落淒清貌。
291 含顰：顰，音「貧」，謂皺眉，形容哀愁。
292 京漢道中：從北京到湖北漢口。
293 拉雜：零亂、無條理。
294 中原睥睨無餘子：猶云傲視中原，無人能敵。睥睨，音「必逆」，眼睛斜看，形容高傲貌。餘子，餘，剩餘、多出，「餘子」意謂其他的人。
295 爾曹：你們。
296 我來廣武但狂歌：句尾字「歌」為歌韻；第二句末字「曹」為豪韻。閩語中，有「歌豪同韻」之說。
297 黃犬：喻為官遭禍，抽身悔遲。典出《史記·李斯傳》。秦二世欲除李斯，使趙高治罪，乃以謀反論，行刑前，「〔李斯〕顧謂其中子曰：『吾欲與若復牽黃犬俱出上蔡東門逐狡兔，豈可得乎！』遂父子相哭，而夷三族。」
298 黑龍：此出於《史記·日者列傳第六十七》：「墨子北之齊，遇日者。日者曰：『帝以今日殺黑龍於北方，而先生之色黑，不可以北。』」

豎儒幾敗而公事[301]，**孺子可為帝者師**[302]。聞道白登圍未解[303]，陳平六計[304]本無奇。

馬上縱橫得天下[305]，廁中踞傲見公卿[306]。叔孫[307]議禮多牽強，笑殺迂儒魯二生[308]。

---

[299] 出門西北笑：參前〈題大陸詩草〉「出門我亦方西笑」，注 28。

[300] 王佐：王者的輔佐，佐君成王業之人。

[301] 豎儒幾敗而公事：《史記‧卷五十五‧留侯世家》：「漢王輟食吐哺，罵曰：『豎儒，幾敗而公事！』」豎儒，對讀書人的鄙稱。

[302] 孺子可為帝者師：指張良「圯下取履」一事。《史記‧卷五十五‧留侯世家》：「孺子可教矣。後五日平明，與我會此。」良因怪之，跪曰：「諾。」……有頃，父亦來，喜曰：「當如是。」出一編書，曰：「讀此則為王者師矣，後十年興。十三年孺子見我濟北，谷城山下黃石即我矣。」遂去，無他言，不復見。旦日視其書，乃《太公兵法》也。孺子，指小孩。

[303] 白登圍未解：指劉邦困於「白登」一事。《史記‧匈奴列傳》載：漢高祖七年（B.C. 200），匈奴冒頓單于攻晉陽（今山西太原），圍劉邦於平城白登山（今山西大同東北），達七日之久。

[304] 陳平六計：陳平，漢初陽武（今河南省陽武縣東南）人。幼嗜讀書，容貌俊美，足智多謀，曾為劉邦六次出奇謀，以定天下。《史記‧陳丞相世家》：「其後常以護軍中尉從攻陳豨及黥布。凡六出奇計，輒益邑，凡六益封。奇計或頗祕，世莫能聞也。」

[305] 馬上縱橫得天下：喻指武功建國。《史記‧酈生陸賈列傳》：「陸生時時前說稱《詩》《書》。高帝罵之曰：『乃公居馬上而得之，安事《詩》《書》！』陸生曰：『居馬上得之，寧可以馬上治之乎？……』」

[306] 廁中踞傲見公卿：《史記‧汲鄭列傳第六十》：「大將軍青侍中，上踞廁而視之。」謂衛青為武帝身旁侍中，武帝踞廁而見衛青。廁，一云牀邊，踞狀視之。一云溷廁。

[307] 叔孫：即叔孫通，漢初薛國（今滕州張汪、官橋鎮一帶）人，為劉邦整理朝綱，制定符合當時形勢所需之政治、禮儀制度，撰有《漢儀十二篇》、《漢禮度》、《律令傍章十八篇》。

[308] 魯二生：《史記‧劉敬叔孫通列傳》：「叔孫通使徵魯諸生三十餘人。魯有兩生不肯行。……叔孫通笑曰：『若真鄙儒也，不知時變。』」後以「魯二生」，喻保持節操，不與時俗同流合污者，亦指迂腐不知時變者。

登大別山[309]謁禹王宮[310]，是辛亥激戰之處，彈痕猶在

慘澹[311]龍蛇戰血紅，紅流[312]終護禹王宮。荊襄[313]作鎮人才歇，吳楚爭衡霸業空。萬里風雲登大別，百年日月送英雄。苦心締造憐吾黨，一例[314]艱難竟始終。

漢皋[315]遇雪

漢水盈盈綠泛槎[316]，酒愁詩夢滯天涯。如何解珮[317]春風裏，不見桃花見雪花。

寄香禪滬上

春堤楊柳綠毿毿[318]，二月征衣[319]浣尚藍。辜負沙棠[320]舟上檝，酒杯詩卷夢江南。

---

309 大別山：長江與淮河之分水嶺，位於豫、鄂、皖三省邊境。
310 禹王宮：位於河南省開封東南隅禹王台公園內，其北方之蘋果園西南角，有孫中山銅像與辛亥革命烈士墓。
311 慘澹：暗淡。
312 紅流：譬喻辛亥革命義士所流之鮮血。
313 荊襄：泛指古荊州及襄陽郡地區。
314 一例：一律、同樣。猶言照例。
315 漢皋：今湖北省漢口市。
316 泛槎：泛舟。槎，音「察」，木筏。
317 解珮：亦作解佩。相傳周代鄭交甫於漢皋臺下遇見兩位女子，身上都佩帶著兩顆珠子，他請她們把珠子送給他，二女解佩，鄭藏入懷中。往前走了十步，手伸入懷中，竟發現珠子不見了。回頭一看，二女已不見蹤影。後以「漢皋解珮」，喻男女鍾情而互贈定情之禮。事見《文選·郭璞·江賦》李善注引《韓詩內傳》。
318 毿毿：音「三」，細長貌。
319 征衣：旅人的衣服，亦指戰衣。
320 沙棠：樹名，生於崑崙，材可作舟，果實人食之，不溺，見《山海經·西山經》。

登黃鶴樓[321]

關山風雪阻歸程，匣底青萍夜夜鳴[322]。血戰群龍喧大陸，狂歌一鳳起滄溟[323]。文章幾輩論成敗，天下英雄半死生。滾滾長江天欲暮，怒濤亂打武昌城。

訪琵琶亭[324]故址

隔水**騷魂**[325]未可招，潯陽江畔[326]且**停橈**[327]。蒼葭斷雁[328]無消息，賴有琵琶慰寂寥。

小姑山[329]

春草春波入畫圖，風**鬟霧鬢**[330]影模糊。昨宵夢到彭郎浦，睡起揚舲看小姑。[331]

---

[321] 黃鶴樓：建於三國吳黃武二年（223），故址在今湖北省武漢市蛇山的黃鵠磯頭。傳說王子安自此地乘鶴仙去。

[322] 匣底青萍夜夜鳴：青萍，三國以前的名劍，與干將齊名。東漢·陳琳〈答東阿王牋箋〉：「君侯體高俗之材，秉青萍干將之器。」晉·王嘉〈拾遺記〉：「未用之時，常於匣裏，如龍虎之吟。」原指劍之神通，後喻有大材的人希望為世所用。

[323] 滄溟：大海，或指蒼天。

[324] 琵琶亭：在江西省九江市西，長江東南岸。唐·白居易任江州司馬時，送客溢浦口，夜聞鄰舟琵琶聲，作〈琵琶行〉，後人因以名亭。

[325] 騷魂：指屈原，泛指死去的詩人。

[326] 潯陽江畔：長江流經江西九江北之一段。白居易曾於潯陽江頭，作〈琵琶行〉。

[327] 停橈：停船。橈音「饒」，船槳。

[328] 蒼葭斷雁：蒼葭，蘆葦。葭，音「加」。斷雁，失群的雁，孤雁。

[329] 小姑山：即小孤山，位於安徽省宿松縣城東南 65 公里之長江中，南與江西彭澤縣僅一江之隔。

[330] 風鬟霧鬢：形容女子頭髮秀美。鬟，音「還」，環形髮髻。鬢，即「鬢」，臉旁近耳處的頭髮。

黃花祭

西風一夜吹黃花[332]，黃花落地起咨嗟[333]。誓將烈士血，造成新中華。中華興，烈士逝，中華亡，烈士繼，年年三月廿九黃花祭。[334]

刺虎行[335]

君不見馮婦搏虎[336]虎負隅[337]，卞莊刺虎[338]虎怒呼。如何匣底一聲飛霹靂[339]，虓虓[340]老虎殲其軀。彼何人哉智且勇，虎狼之秦不足誅。嗚呼！虎狼之秦不足誅，老熊當道[341]復何如。

---

331 彭郎浦、望小姑句：彭澤縣的澎浪磯與小姑山。宋·歐陽修《歸田錄》卷二：「江西彭澤縣南岸有澎浪磯，隔江與大、小孤山相望，俚因轉『孤』為『姑』，轉『澎浪』為『彭郎』，云：彭郎者，小姑壻也，後遂以此相傳。」舲：有窗之小船。

332 黃花：即菊花。

333 咨嗟：音「資接」，歎息。

334 黃花祭：弔祭辛亥廣州起義七十二烈士。宣統三年（1911）4月（農曆三月廿九日），以黃興為首，百餘人攻入兩廣總督衙門，分路與清軍展開巷戰。經一晝夜激戰，寡不敵眾，計有七十二烈士陣亡，震動全國，不久武昌起義爆發。

335 作者注：「揚州鎮守使，徐寶山被刺；寶山綽號老虎。」行，指歌行體，中國古代樂府詩的代稱。

336 馮婦搏虎：馮婦，春秋時期晉國人，善搏虎。典出《孟子·盡心下》：「齊饑。陳臻曰：『國人皆以夫子將復為發棠，殆不可復。』孟子曰：『是為馮婦也。晉人有馮婦者，善搏虎，卒為善士。則之野，有眾逐虎，虎負嵎，莫之敢攖。望見馮婦，趨而迎之，馮婦攘臂下車，眾皆悅之，其為士者笑之。』」

337 負隅：負，依靠。隅，音「餘」，角落。

338 卞莊刺虎：卞莊，春秋卞邑大夫，以勇著名，嘗刺虎，一舉而獲兩虎，齊人懼之，不敢伐魯。漢朝時，因避明帝（劉莊）諱，改莊為嚴，或稱為「卞嚴」、「卞嚴子」、「弁嚴子」。卞，音「遍」。

339 霹靂：雷暴。

340 虓虓：音「消」，猛虎怒吼。《說文解字》：「虓，虎鳴也。」

出關別曼君

孔雀南飛[342]馬首東[343]，虯髯俠拂感懷同[344]。心傷雲雨飄零後，眼倦**魚龍曼衍**[345]中。**上帝夢夢**[346]天亦醉，群雌**粥粥**[347]女偏雄。涉江欲采芳馨贈，十丈芙蓉落晚紅。

遼東道上寄少雲

關門楊柳馬前紅，萬里音書寄**塞鴻**[348]。莫向閨中驚曉夢，**征人**[349]今日渡遼東。

---

[341] 老熊當道：亦作「老羆當道」，比喻勇將鎮守要塞。《北史·王羆傳》：「王羆，字熊羆，……神武〔北齊神武帝高歡〕遣韓軌、司馬子如從河東宵濟襲羆，羆不覺。比曉，軌眾已乘梯入城。羆尚臥未起，聞閤閤外洶洶有聲，便袒身露髻徒跣，持一白棒，大呼而出，謂曰：『老羆當道臥，貉子那得過！』敵見，驚退。」

[342] 孔雀南飛：典出〈孔雀東南飛〉，原為感嘆夫妻離別之詩，此處借指與張曼君各奔東西的心境。

[343] 馬首東：馬首東望，示不忘根本也，寓寄懷鄉、懷妻之意。

[344] 虯髯俠拂感懷同：杜光庭〈虯髯客傳〉中紅拂女與虯髯客一見如故，結拜為義兄妹。此地雅堂自況虯髯，紅拂譬喻曼君，表示彼此懷抱相同，亂世情深，有如兄妹。

[345] 魚龍曼衍：原指各種雜戲同時演出，後用來形容事務雜亂，或變化頗多。魚龍、曼衍，皆為漢代百戲的名稱。魚龍，一種魚化為龍的雜技。曼衍亦作「漫衍」、「蔓延」，巨獸名，古代仿照其樣態排演百戲。

[346] 上帝夢夢：指上天昏昧。《詩經·正月》：「民今方殆，視天夢夢。」

[347] 粥粥：音「周」，眾多雌鳥和鳴。韓愈〈琴操十首之八〉：「當東而西，當啄而飛，隨飛隨啄，群雌粥粥。」後用以比喻婦女聚集，聲音嘈雜。

[348] 塞鴻：塞外的鴻雁。塞鴻秋季南來，春季北去，遂以喻對遠離家鄉親人的懷念。

[349] 征人：遠行之人。征，遠行。

紅柳詞

關外有紅柳，傳謂之檉[350]。柔條萬縷，如泣如訴。樹猶如此，人何以堪。胭脂塞上[351]夕陽殷，馬後桃花未忍攀。綰[352]盡征人離別恨，一時紅淚滿關山。

游清故宮[353]

松杏山前百戰功[354]，曼殊[355]宮闕鬱雲中。等閒落盡竿頭雪[356]，付與詩人弔朔風。

小河沿[357]

駐馬旗亭[358]好選歌，歌聲搖動柳條多。莫嫌塞外無春色，一隊紅粧壓紫駝[359]。

長春

寬城[360]馬上有箏琶，一路平蕪[361]盡落花。回首長春宮[362]外望，金駝朱鳥[363]已無家。

350　檉：音「撐」，木名，亦稱「三春柳」、「紅柳」。
351　胭脂塞上：即紫塞。秦所築長城之土皆紫色，故稱。亦指北方邊塞。
352　綰：盤繞，繫結。
353　清故宮：位於北京市中心，又稱紫禁城，是明清兩代的皇宮。
354　松杏山前百戰功：此指松錦大戰。皇太極稱帝後，改後金為清，南下攻明，崇禎十五年（1642），清軍以紅夷大炮轟毀杏山城垣，松山、錦州、杏山三城盡沒，洪承疇投降，經此決戰，明軍於關外之主力盡失。
355　曼殊：滿洲別稱，亦作「滿珠」、「曼珠」。
356　作者注：「宮庭南隅樹一長竿，聞為祭神之用。」
357　小河沿：位於遼寧省瀋陽。
358　旗亭：酒樓。因其樓外懸旗，故稱為「旗亭」。
359　紫駝：赤栗色駱駝。

長春道上寄友人

少年棘矢桑弧[364]志，倦矣珠槃玉敦[365]時。惘惘[366]出關成底事[367]，半為弔古半尋詩。

大風雨中渡飲馬河[368]

短衣長劍出關遙，萬里征人唱渡遼[369]。漠漠山河秋瑟瑟，凄凄風雨馬蕭蕭[370]。歌翻敕勒[371]笳聲[372]健，杯酌葡萄酒力驕。今夕松花江畔路，有人攜手慰無聊。

---

360 寬城：位於吉林省長春市區之北部。

361 平蕪：雜草叢生之平原。

362 長春宮：紫禁城內廷西六宮之一，為明清兩代後妃居住之宮殿。同治皇帝親政後，西太后亦曾居於此。

363 金駝朱鳥：紫禁城長春宮外有銅龜、銅鶴各一對。此處金駝朱鳥應非實指。金駝或為「銅駝」，古代為置於宮門外之裝飾。朱鳥，指「朱雀」，即鳳凰，古代鳳為后妃代稱。長春宮明清皆為妃嬪居所。結合句末「已無家」三字，或喻國家滅亡。

364 棘矢桑弧志：指壯志、大志。棘矢桑弧，又作桃弧棘矢，桃木做弓，棘枝做箭，古人用以辟邪除災。《左傳·昭公四年》：「其出之也，桃弧棘矢，以除其災。」杜預注：「桃弓棘箭，所以禳除凶邪。」

365 珠槃玉敦：古代盟誓時歃血示誠的器皿，引申為彼此訂立盟約。《周禮·天官·玉府》：「合諸侯則供珠槃玉敦。」鄭玄注：「敦，槃類，珠玉以為飾。古者以槃盛血，以敦盛食。合諸侯者必割牛耳，取其血歃之以盟。珠槃以盛牛耳，尸盟者執之。」

366 惘惘：失意、惆悵貌。

367 底事：何事、為何。清·李漁〈蜃中樓·怒遣〉：「歸向慈親告，底事羞還怕。」按：孫錦標《通俗常言疏證·人事·底事》引清·趙翼《陔餘叢考》：「江南俗語，問何物為底物，何事為底事，唐以來已入詩詞中。」

368 飲馬河：吉林松花江之支流。

369 渡遼：度遼水，雜曲歌辭之一。

370 蕭蕭：馬鳴聲。李白〈送友人〉：「揮手自茲去，蕭蕭斑馬鳴。」

371 歌翻敕勒：唱起〈敕勒歌〉。〈敕勒歌〉相傳為東魏高歡命部將斛律金所作。本為鮮卑語，北齊時譯為漢語。最早見錄於宋·郭茂倩編《樂府詩

吉林重晤香禪

萬里**投荒**[373]一劍雄，出門真覺氣如龍。山河**兩界**[374]留詩卷，風雨千秋付酒觴。塞草未霜遲客綠，園花半老對人紅。莫嫌身世同**萍梗**[375]，且向雞林印爪鴻[376]。

出關四首

淪落江南客，淒涼塞北風。劍磨秋氣健，詩帶夏聲[377]雄。山海千年在，雲煙一覽空。棄繻酬壯志，今日有終童[378]。

黃河天上遠，躍馬出關來。遼瀋[379]銷王氣，**扶餘**[380]弔霸才。荒城迷落日，驛路走輕雷。寂寞古**雞塞**[381]，傷心問**劫灰**[382]。

集·雜歌謠辭》：「敕勒川，陰山下，天似穹廬，籠蓋四野，天蒼蒼，野茫茫，風吹草低見牛羊。」

[372] 笳聲：胡笳吹奏的曲調，亦指邊地之聲。

[373] 投荒：此指來到荒遠之地。

[374] 兩界：亦作「兩戒」，國家疆域的南北界限，亦指界內之全境。《新唐書·天文志一》：「一行以為天下山河之象，存乎兩戒……故《星傳》謂北戒為胡門，南戒為越門。」

[375] 萍梗：浮萍、斷梗，皆漂泊流徙，故以喻人行止無定、居無定所。

[376] 印爪鴻：留下記錄，如詩句「山河兩界留詩卷」之謂。語出蘇軾〈和子由澠池懷舊〉：「人生到處知何似？應似飛鴻踏雪泥。泥上偶然留指爪，鴻飛那復計東西。」

[377] 夏聲：北方文學的意思。劉師培〈南北文學不同論〉：「河濟之間，古稱中夏，故北音謂之夏聲。」

[378] 終童：即終軍。《漢書·終軍傳》：終軍，濟南人，字子雲。少好學，年十八選為博士弟子。武帝任為謁者給事中，累擢諫議大夫。奉命赴南越（今兩廣地區），說南越王入朝。南越王願舉國內屬，其相呂嘉不從，舉兵殺王及終軍。其死時年僅二十餘，時稱「終童」，後用以稱頌少年有為之人。

[379] 遼瀋：今遼寧省瀋陽市及其周圍地區，為滿清的祖居之地。

東海揚塵日[383]，觀兵駐馬蹄。江流侵岸闊，山勢抱城低。楛矢[384]他年貢，銅標舊跡迷。揮鞭楊柳下，怕聽暮鴉啼。

長白山頭望，松花水不波。**黃龍**今痛飲[385]，朱鳥命如何。對月懷前事，臨風發浩歌。故人重握手，一醉且**婆娑**[386]。

江樓夜飲贈賈晴雯[387]

旗亭鬥酒句爭工，莫負花枝映肉紅。一曲黃河天上遠，玉關楊柳有春風。

---

380 扶餘：古國名，位於松花江平原。晉太康年間為鮮卑族慕容氏所破，復受他族襲擾，至南朝宋、齊間亡。唐・杜光庭《虬髯客傳》言虬髯客入海上「扶餘國」成事自立，詩中「霸才」一語即指此事。

381 雞塞：指邊疆塞外。

382 劫灰：劫火的餘灰，謂戰爭過後殘存之灰燼，亦謂大火毀壞後的殘跡或灰燼。佛教以為世界將毀時，劫火將現，燒毀萬物為灰燼。典出南朝梁・慧皎《高僧傳・竺法蘭》：「昔漢武穿昆明池底，得黑灰，問東方朔。朔云：『不知，可問西域胡人。』後法蘭既至，眾人追以問之，蘭云：『世界終盡，劫火洞燒，此灰是也。』」

383 東海揚塵日：指世事發生巨變之時。揚塵，指征戰。

384 楛矢：以楛莖為箭桿的箭。楛音「戶」，植物名，《詩經・大雅・旱麓》孔穎達《正義》：「楛，其形似荊而赤，莖似蓍。上黨人織以為牛筥、箱器，又屈以為釵。」又《史記・孔子世家》：「有隼集于陳廷而死，楛矢貫之，石砮，矢長尺有咫。陳湣公使使問仲尼。仲尼曰：『隼來遠矣，此肅慎之矢也。昔武王克商，通道九夷百蠻，使各以其方賄來貢，使無忘職業。於是肅慎貢楛矢石砮，長尺有咫。……。』」清・魏源《聖武記》卷一：「有古肅慎氏之國。」自注：「肅慎國在今遼東吉林寧古塔地，肅慎即女真之轉音，楛矢肇騎射之本俗。」「楛矢之貢」泛指東北藩屬之貢物。

385 黃龍今痛飲：黃龍，指黃龍府，為金國都城。岳飛抗金時，發誓直攻金人巢穴，並暢飲慶賀，見《宋史・岳飛傳》。此謂已攻破敵人都城、把酒慶祝。

386 婆娑：娑，音「梭」，形容盤旋、舞動貌。

387 賈晴雯：《紅樓夢》中賈寶玉貼身丫環名「晴雯」，深受寶玉寵愛，後為王夫人逐出大觀園。此處「賈晴雯」當係酒樓妓女之藝名。

湘煙湘雨待湘靈[388]，彈罷雲和[389]側耳聽。我自江南望江北，遠峰眉黛入簾青。

玉鉤亭角月溶溶[390]，珍重尊前一笑逢。莫怨秋風易**搖落**[391]，涉江攜手采芙蓉[392]。

玲瓏[393]寶髻墜青螺[394]，憔悴春山蹙翠蛾[395]。記得西湖千頃水，憑欄曾唱采菱歌。

吉林巴爾虎門外是熊烈士成基[396]流血處，癸丑（1913）七月連橫至此，詩以弔之

千金謾學[397]**屠龍技**[398]，兩臂空彎射虎弓[399]。生就奇才天亦妒，死能殺賊鬼猶雄[400]。血痕浪籍[401]土花碧，淚雨空濛[402]塞草紅。九世之仇[403]今已報，九京[404]含笑陋沙蟲。

388　湘靈：傳說中的湘水之神。

389　雲和：琴、瑟、琵琶等絃樂器之統稱。《文選・張協・七命》：「吹孤竹，拊雲和。」李周翰注：「雲和，瑟也。」

390　玉鉤亭角月溶溶：玉鉤，喻新月。月溶溶，形容月光和暖氤氳，朦朧流盈的唯美景致。

391　搖落：凋殘、零落。

392　采芙蓉：語出組詩〈古詩十九首〉：「涉江采芙蓉，蘭澤多芳草」。

393　玲瓏：精巧貌。

394　青螺：即青螺髻，古時髮型之一。

395　蹙翠蛾：蹙，皺眉。翠蛾，婦女細而長曲之黛眉。

396　熊烈士成基：熊成基（1887-1910），字味根，反清義士，辛亥革命之先驅。宣統二年（1910）2月27日，吉林巴爾虎門外九龍口，成基為清軍押赴刑場，時年僅24歲。刑前，臨危不懼，視死如歸，叱罵滿清腐敗無能，呼籲人民抗戰到底。

397　謾學：徒學。謾，通「漫」。

398　屠龍技：指不為世用的絕技。

399　兩臂空彎射虎弓：典出《史記・李將軍列傳》，指李廣射虎之事。

400　鬼猶雄：原典出自戰國・屈原《九歌・國殤》：「身既死兮神以靈，魂魄毅兮為鬼雄。」後宋・李清照〈夏日絕句〉有「生當作人傑，死亦為鬼

秋日渡江遊吉林公園，歸途集定庵[405]句得詩八首

大宙東南久寂寥[406]，秋心如海復如潮[407]。祇今曠劫重生後[408]，江上騷魂亦可招。[409]

小道群芳一稿車[410]，又來蕭寺問年華[411]。梅魂菊影商量遍[412]，不看人間頃刻花[413]。

雄」之句。意謂：活著時候理當成為人中豪傑，就算死了也應該是鬼中的英雄。

[401] 浪籍：亦作「狼籍」，音「郎及」，亂七八糟；散亂、零散。

[402] 空濛：迷茫。

[403] 九世之仇：本指齊哀公因紀侯進讒言，為周天子處死。九世之後，齊襄公終為先祖報仇，消滅紀國，見《公羊傳・莊公四年》。後比喻歷時長久，不共戴天之仇恨。

[404] 九京：墓地。

[405] 定庵：龔自珍（1792-1841），名易簡，字伯定；後更名鞏祚，號定盦，又號羽琌山民，浙江仁和（今杭州）人。清末名詩人，學問淵博，涉獵百家，文風瑰詭奇肆、氣勢雄放。晚年〈乙亥雜詩〉頗名，其詩今存 800餘首，輯有《龔自珍全集》。

[406] 大宙東南久寂寥：語出龔自珍〈乙亥雜詩〉之 95：「大宙東南久寂寥，甄陀羅出一枝簫。簫聲容與渡淮去，淮上魂須七日招。」

[407] 秋心如海復如潮：語出龔自珍〈秋心〉三首之一：「秋心如海復如潮，惟有秋魂不可招。」

[408] 祇今曠劫重生後：語出龔自珍〈乙亥雜詩〉之 34：「祇今曠劫重生後，尚識人間七體書。」曠劫，即無數劫。

[409] 江上騷魂亦可招：語出龔自珍〈乙亥雜詩〉之 105：「生還重喜醉金焦，江上騷魂亦可招。」

[410] 小道群芳一稿車：語出龔自珍〈乙亥雜詩〉之 204：「難忘槐市街南宅，小疏群芳稿一車。」（憶京師鷺枝花）

[411] 又來蕭寺問年華：語出龔自珍〈棗花寺海棠下感春而作〉：「詞流百輩花間盡，此是宣南掌故花。大隱金門不歸去，又來蕭寺問年華。」蕭寺，僧寺、寺院。梁武帝造寺院，令蕭子雲飛白大書「蕭」字，至今一「蕭」字存焉，後稱佛寺稱為「蕭寺」。

[412] 梅魂菊影商量遍：語出龔自珍〈乙亥雜詩〉之 261：「梅魂菊影商量遍，忍作人間花草看。」

天風鸞鶴怨三生[414]，**終賈**年華氣不平[415]。今日當窗一奩鏡[416]，六朝古黛夢中橫[417]。

秋光媚客似春光[418]，絕色秋花各斷腸[419]。償得三生幽願否[420]。他身來作水仙王[421]。

側身天地我蹉跎[422]，紅豆年年擲逝波[423]。又被北山猿鶴笑[424]，滿襟清淚渡黃河[425]。

---

[413] 不看人間頃刻花：語出龔自珍〈乙亥雜詩〉之 203：「君家先塋鄧尉側，佳木生之雜紺碧。不看人間頃刻花，他年管領風雲色。」（從西鄰徐屏山乞樹栽，屏山允至鄧尉求之。）

[414] 天風鸞鶴怨三生：語出龔自珍〈小遊仙詞〉十五首之一：「歷劫丹砂道未成，天風鸞鶴怨三生。是誰指與遊仙路，抄過蓬萊隔岸行。」鸞鶴，鸞與鶴，相傳為仙人所乘之禽鳥。

[415] 終賈年華氣不平：語出龔自珍〈乙亥雜詩〉之 47：「終賈華年氣不平，官書許讀興縱橫。」終賈，即漢終軍與賈誼之並稱，兩人皆早成，後因以指年少有才者。氣不平，指具不凡之政治抱負。

[416] 今日當窗一奩鏡：語出龔自珍〈乙亥雜詩〉之 184：「今日當窗一奩鏡，空王來證鬢絲班。」奩，音「連」，盛裝梳妝用品之小匣子。《後漢書·皇后紀上·光烈陰皇后紀》：「會畢，帝從席前伏御床，視太后鏡奩中物，感動悲涕。」

[417] 六朝古黛夢中橫：語出龔自珍〈乙亥雜詩〉之 122：「六朝古黛夢中橫，無福秦淮放棹行。」

[418] 秋光媚客似春光：語出龔自珍〈乙亥雜詩〉之 222：「秋光媚客似春光，重九尊前草樹香。」

[419] 絕色秋花各斷腸：語出龔自珍〈乙亥雜詩〉之 234：「連宵燈火宴秋堂，絕色秋花各斷腸。」

[420] 償得三生幽願否：語出龔自珍〈乙亥雜詩〉之 187：「償得三生幽怨否？許儂親對玉棺眠。」

[421] 他身來作水仙王：語出龔自珍〈夢中述願作〉：「湖西一曲墜明璫，獵獵紗裙荷葉香，乞貌風鬟陪我坐，他身來作水仙王。」

[422] 側身天地我蹉跎：出自龔自珍〈乙亥雜詩〉之 65：「詩漸凡庸人可想，側身天地我蹉跎。」蹉跎，虛度光陰。

[423] 紅豆年年擲逝波：出自龔自珍〈乙亥雜詩〉之 182：「秋風張翰計蹉跎，紅豆年年擲逝波。」

商量出處到紅裙[426]，選色譚空結習存[427]。撐住東南金粉氣[428]，此山不語看中原[429]。

彤墀小立綴鴛鸞[430]，意思精微窈窕間[431]。綰住同心堅俟汝[432]，兩人紅淚濕青山[433]。

木犀風外等秋潮[434]，劍氣簫心一例消[435]。且買青山且鼾臥[436]，清尊讀曲是明朝[437]。

---

[424] 又被北山猿鶴笑：語出龔自珍〈乙亥雜詩〉之 234：「又被北山猿鶴笑，五更濃掛一帆霜。」

[425] 滿襟清淚渡黃河：語出龔自珍〈乙亥雜詩〉之 274：「亦是今生未曾有，滿襟清淚渡黃河。」（渠興道中再奉寄一首）

[426] 商量出處到紅裙：出自龔自珍〈乙亥雜詩〉之 241：「難向史家搜比例，商量出處到紅裙。」紅裙，指美女。

[427] 選色譚空結習存：語出龔自珍〈乙亥雜詩〉之 102：「網羅文獻吾倦矣，選色譚空結習存。江淮狂生知我者，綠牋百字銘其言。」（讀某生與友人書，即書其後。）譚空，譚同談，謂談論佛教「空」理。結習，積習，亦指煩惱。

[428] 撐住東南金粉氣：語出龔自珍〈乙亥雜詩〉之 246：「對人才調若飛仙，詞令聰華四座傳。撐住東南金粉氣，未須料理五湖船。」（此二章，謝之也。）金粉，形容繁華奢侈。

[429] 此山不語看中原：語出龔自珍〈乙亥雜詩〉之 8：「太行一脈走蝹蜿，莽莽畿西虎氣蹲。送我搖鞭竟東去，此山不語看中原。」（別西山）

[430] 彤墀小立綴鴛鸞：語出龔自珍〈乙亥雜詩〉之 46：「彤墀小立綴鴛鸞，金碧初陽當畫看。」彤墀，彤（音同），紅色；墀（音持），台階上的空地，亦指台階。按：彤墀，本義為用紅漆塗飾的台階，後借指宮殿的赤色台階，以隱喻朝廷，如唐·韓愈〈歸彭城〉：「我欲進短策，無由至彤墀。」綴，排列。鴛鸞，本為鸞鳳之屬，後以比喻賢臣，也用來比喻朝官、同僚。

[431] 意思精微窈窕間：語出龔自珍〈乙亥雜詩〉之 200：「靈簫合貯此靈山，意思精微窈窕間。邱壑無雙人地稱，我無拙筆到眉彎。」

[432] 綰住同心堅俟汝：語出龔自珍〈乙亥雜詩〉之 269：「美人捪閣計仍頻，我佩陰符亦可憑。綰就同心堅俟汝，羽琌山下是西陵。」綰住，結合。綰，音「晚」。

[433] 兩人紅淚濕青山：語出龔自珍〈補題李秀才夢游天姥圖〉卷尾詩：「一卷臨風開不得，兩人紅淚溼青山。」

讀報二首

奇男子

奇男子,何海鳴[438]。闞如虎[439],疾如鷹。隻身突入**石頭城**[440],手挈欃槍[441]呼雷霆[442]。獨立獨立士以興,力戰不屈死猶生。紫金山[443],雨花臺[444]。北軍渡江如潮來,旌旗無光萬馬哀。萬馬哀,猶倔起。何海鳴[445],奇男子。

---

[434] 木犀風外等秋潮:語出龔自珍〈乙亥雜詩〉之 157:「問我清遊何日最?木樨風外等秋潮。忽有故人心上過,乃是虹生與子瀟。」(吳虹生及固始蔣子瀟孝廉也。)木犀,即桂花。

[435] 劍氣簫心一例消:語出龔自珍〈乙亥雜詩〉之 96:「少年擊劍更吹簫,劍氣簫心一例消。誰分蒼涼歸櫂後,萬千哀樂集今朝。」劍氣,喻雄心壯志。簫心,喻哀怨之情。一例,一律、一同。

[436] 且買青山且鼾臥:語出龔自珍〈送南歸者〉:「布衣三十上書回,揮手東華事可哀。且買青山且鼾臥,料無富貴帶人來。」

[437] 清尊讀曲是明朝:語出龔自珍《乙亥雜詩》105 首:「生還重喜酹金焦,江上騷魂亦可招。隔岸故人如未死,清樽讀曲是明朝。」清尊讀曲:指飲酒聽歌。

[438] 何海鳴(1884-1944):原名時俊,筆名海、海鳴、一雁、求幸福齋主等,湖南衡陽人,文學「鴛鴦蝴蝶派」重要人物。青年時,投入湖北新軍,同時參加群治學社、振武學社。抗戰期間,身陷南京,貧病交加,然能堅不任偽職,保持晚節。民國三十三年(1944)病歿,竟無棺為殮。

[439] 闞如虎:闞,音「喊」,虎怒吼聲。《詩·大雅·常武》:「闞如虓虎。」

[440] 隻身突入石頭城:指何海鳴於民國二年(1913)8 月 8 日於南京放砲起義之事。石頭城,南京的代稱。按:石頭城在今南京市清涼山,原屬楚國金陵邑,孫權重建時改名「石頭城」,為一軍事要塞,其地勢北臨長江,南瀕秦淮河,另有鍾山盤繞,自古視為「龍蟠虎踞」之象;後亦為南京的代稱。

[441] 手挈欃槍:挈,音「竊」,提、帶、領。欃槍,音「禪撐」,彗星之別名,《爾雅·釋天》:「彗星為欃槍。」此喻戰爭。

[442] 雷霆:雷暴、霹靂,此喻大怒。

[443] 紫金山:又名鐘山,位於南京城東。

[444] 雨花臺:位於南京城南中華門外。

[445] 編者按:「鳴」,臺灣分館藏本作「鳴」,誤。

張蠻子[446]

城頭啼烏饑[447]欲死，群向城隅啄螻蟻。殷紅者血白者髓，狼籍髑髏[448]不忍視。殺人者誰張蠻子。

癸丑（1913）十月十日

南風終不競[449]，北斗吐光芒。白璧[450]埋庭室，黃金買議郎[451]。功名成豎子[452]，冠劍集中央。他日修民史，漸臺[453]事渺茫。

寄曼君

痛飲黃龍未可期，投荒猶憶李師師[454]。杏花春雨江南夢，衰柳寒笳[455]塞北詩。此日飛鴻傳尺素[456]，他時走馬寄胭脂。鏡中幸有人如玉，位置蘆簾紙閣[457]宜。

---

446 蠻子：對男子的鄙稱。
447 饑：古通「飢」，餓也。
448 髑髏：音「讀樓」，亦稱為「骷髏」，死人頭骨。
449 不競：不強，不振。
450 白璧：白色璧玉，引申賢明之士。
451 議郎：職官名。秦代設置，掌論議，晉以後廢除。按：「黃金買議郎」，當喻指袁世凱以重金賄賂國會「代議士」。而詩文首句「南風」與二句「北斗」對比，南風或指廣東孫中山先生所代表的南京政府，北斗即暗喻袁世凱的北洋軍政府。
452 豎子：罵人愚懦無能。
453 漸臺：臺名，在陝西省長安縣。漢末劉玄兵從宣平門入，王莽逃至漸臺上，為眾兵所殺。
454 李師師（生卒年不詳）：北宋汴京人，名妓。四歲時亡父，落入娼籍李家，改名李師師，與周邦彥、晁沖之有詩詞互贈，又與宋徽宗過從。靖康二年（1127），金人破汴，師師下落不明，一說其捐家產助宋軍抗金，後出家於慈雲觀；一說吞金簪自殺；另說嫁為商人妾。此詩以李師師代稱曼君。
455 寒笳：古代軍中號角，其聲悲壯，令人生寒。或稱悲笳。
456 尺素：書信。

松花江晚眺

沿隄[458]十里柳絲絲[459]，羌笛[460]吹殘日已移。回首西泠[461]三月路，落花如雪立多時。

與香禪夜話

旗鼓東南戰伐頻，玉關[462]楊柳拂征塵。誰知風雪穹廬[463]夜，竟有敲詩鬥茗[464]人。

秋心

錦屏紅燭話秋心[465]，十日騷魂[466]感不禁[467]。山下**蘼蕪**[468]香滿手，江干[469]**蘭芷**[470]淚沾襟。天風樓閣能來往，**弱水蓬萊**[471]自淺深。青史他年修福慧，檢書[472]看劍有知音。

---

[457] 紙閣：以紙糊窗、壁，多為清貧者所居。

[458] 沿隄：沿岸。隄，同「堤」，岸也。

[459] 柳絲絲：形容楊柳枝條細長如絲。

[460] 羌笛：即羌笛，一名羌管，以高山油竹製成雙管直併的樂器，每管鑿有數孔（舊時多為五孔，今日則多為六孔），直豎吹奏，音色清脆高亢，兼含悲涼之感，古代多以傳達思念感傷之情。

[461] 西泠：在杭州孤山西北盡頭處，是自孤山入北山必經之路。

[462] 玉關：即玉門關。

[463] 穹廬：蒙古人所住之氈帳，中央隆起，四周下垂，形狀似天，故稱「穹廬」。

[464] 敲詩鬥茗：敲詩，推敲詩句；「鬥茗」亦作「鬭茗」，猶鬥茶。按：「敲詩鬥茗」者，即詩題「與香禪夜話」之連雅堂、王香禪。另：本詩以下〈秋心〉、〈天上〉二首，俱與香禪密切攸關。

[465] 話秋心：秋、心，合二字為「愁」。話秋心，互相傾訴愁緒。按：宋·吳文英〈唐多令〉有「何處合成愁，離人心上秋」之名句。

[466] 騷魂：本指屈原，此處借指心懷愁緒、牢騷滿腹的苦楚，猶如屈原感時憂國的魂魄附身。

[467] 不禁：不能自制。

天上[473]

天上秋將過，人間恨已平。棄繻歌出塞，結彎[474]拜傾城[475]。岸柳新陰[476]遠，池荷褪粉輕。來時呼咄咄[477]，往事問卿卿[478]。憶昔遊蓬島[479]，相逢在太清[480]。高樓居弄玉[481]，閬苑[482]降飛瓊[483]。瑟鼓湘妃[484]曲，絃

---

[468] 蘼蕪：香草名，亦稱為「江蘺」、「芷蘺」。多年生草本植物，其莖葉靡弱而繁蕪，花白色，風乾後可以做香料。

[469] 江干：江邊、江岸。

[470] 蘭芷：蘭草與白芷，皆香草。

[471] 弱水蓬萊：弱水，《山海經》載：「崑崙之北有水，其力不能勝芥，故名弱水。」後就泛指遙遠險惡、或汪洋浩蕩的河流。蓬萊，神話中的東海中的仙山之一，泛指仙境。

[472] 檢書：讀書。

[473] 天上：詩題「天上」實表「人間」，本詩係連雅堂與王香禪「重逢夜話」之後，有感而作。詩中敘述詩人拜訪佳人、追憶往昔與香禪綢繆情深之景。如第二首「秦雲俱有意，楚雨更含情」云云，更明示二者情感之深、關係匪淺。

[474] 結彎：盤起韁繩。彎，音「配」，控制牛馬等牲口之韁繩。

[475] 傾城：李延年獻歌漢武帝：「北方有佳人，絕世而獨立，一顧傾人城，再顧傾人國。寧不知傾城與傾國，佳人難再得。」後世遂以「傾城」代指絕世美女。按：連雅堂此處借指王香禪。而「拜傾城」一語更點出雅堂拜訪香禪。

[476] 新陰：春夏之交，新生枝葉逐漸茂密而生成樹蔭。

[477] 咄咄：音「墮」，嘆詞，表示驚訝或感歎。按：此處表示王香禪驚訝連雅堂的來訪。

[478] 卿卿：古人對妻子或關係密切的友人之稱呼，此處借指王香禪。

[479] 蓬島：傳說中的仙島，詩人常用以代喻臺灣。按：「憶昔遊蓬島」一語以下，均係雅堂回憶與香禪在臺灣相聚時候的情景，而此處「蓬島」與後文「太清」等語，係象徵如同神仙眷侶般在天庭相會。

[480] 太清：指天上、天空。

[481] 弄玉：秦穆公之女，好音樂，嫁善吹簫之蕭史，日就蕭史學簫作鳳鳴，穆公為作鳳台以居之，後夫妻乘鳳飛天仙去。

[482] 閬苑：音「郎院」，神仙居住之宮苑。

[483] 飛瓊：仙女名，後泛指仙女。

[484] 湘妃：指舜二妃娥皇、女英。相傳二妃沒於湘水，遂為湘水之神。

調趙女[485]箏。波翻[486]裙帶動，風引**佩環**[487]鳴。鏡檻[488]看文鳳，簾鉤喚錦鸚。秦雲俱有意，楚雨更含情[489]。蝴蝶醒前夢，**鴛鴦**訴此生[490]。已憐憔悴影，無那[491]惱儂[492]聲。釵拆雙鬟股[493]，棋殘一局枰[494]。匆匆聞話別，渺渺賦長征[495]。我自消離恨，君真負盛名。申江[496]重握手，子夜續詩盟[497]。細捲珍珠箔，還依翡翠屏。有時同詠燕，無處不聽鶯。歇浦[498]春潮滿，袁臺[499]夜月明。蘼蕪香**婉晚**[500]，芍藥意輕盈[501]。別淚

485　趙女：即趙飛燕（B.C. 32- B.C. 1），原名宜主，天賦極高，學得一手好琴藝，舞姿出眾，後為西漢漢成帝之后。或指趙地美女。

486　波翻：波浪翻滾貌，此指裙擺搖曳貌。

487　佩環：古代女子繫於身上之玉器，走動時則發出聲響。

488　鏡檻：鏡臺。檻，音「件」。

489　秦雲俱有意，楚雨更含情：此二句嵌字「雲雨之情」。按：先是，王香禪有意委身連雅堂，惟雅堂以早有家室婉拒，但今日吉林相會，舊情重燃，二者情意依然濃厚，故此二句或指舊事（委身之事）重憶，或者顯示文人情感上的綢繆及不能自拔。

490　蝴蝶醒前夢，鴛鴦訴此生：此二句表示詩人的「願望」，希望當下能如「莊生夢蝶」般自當前的「虛幻夢境」中醒來；讓兩人可以在今生完成鴛鴦眷侶的關係。

491　無那：「無限」、「非常」之意。

492　儂：本義「我」。

493　釵拆雙鬟股：以髮釵拆解兩道環形髮髻。

494　枰：音「平」，棋盤。《文選·韋昭·博弈論》：「然其所志，不出一枰之上，所務不過方罫之閒。」按：「棋殘一局枰」暗喻雅堂、香禪兩人姻緣不果。

495　長征：長途旅行。

496　申江：黃浦江之別名，亦稱春申浦、春申江。代指上海。

497　詩盟：詩人的盟會。

498　歇浦：此為上海之代稱。

499　袁臺：不詳所指。按：「歇浦春潮滿，袁臺夜月明」二句，「歇浦」與「袁臺」對舉，如上注所云，「歇」為黃歇，則「袁」者，必為人名，推斷或以袁世凱為喻，因袁氏在北京就任總統組成北方政府，故「袁」可視為北方的象徵，而「袁臺」當係詩人用以代喻北方的樓臺。此時雅堂人在吉林（連氏 1903 年在《新吉林報》任職，且前有〈松花江晚眺〉之詩可知），故此處或者喻指連氏橫夜訪王香禪時，所相會樓宇的陽臺。如此，「袁臺夜月明」即為描述當時晚景的實筆，而「歇浦春潮滿」則是帶有象徵

鮫長濕[502]，閒愁雁計程[503]。相思傳錦字[504]，惆悵倚疏櫺[505]。五里花如霧，三春[506]絮化萍。片帆遼海[507]去，一劍薊門[508]行。雞塞雲停夜[509]，龍潭[510]雨乍晴。乖期方積思[511]，含笑重歡迎。駬秣芝田館[512]，鳳棲竹塢亭[513]。投壺逢玉女[514]，搗藥見**雲英**[515]。畫染芙蓉豔，詩吟荳蔻[516]馨。

意涵的虛筆，一則點示當時為明亮的滿月（故「滿潮」），另則象徵詩人當時「春意」瀰漫，因當時季屬秋末（前詩有「天上秋將過」之語），故「春潮」非事實描述。

[500] 晼晚：日將西落。晼，《康熙字典》：「景昳也。」景，日光；昳，太陽偏西。

[501] 芍藥意輕盈：《本草綱目》：「芍藥，猶婥約也。婥約，美好貌。此草花容婥約，故為名。」可見芍藥綽約之風姿。

[502] 鮫長濕：取意鮫人泣珠之事。傳說的海中鮫人，其淚珠能變成珍珠。

[503] 雁計程：計算雁飛之行程。

[504] 錦字：織在錦上之字句，後泛指妻子寄予丈夫之書信。

[505] 疏櫺：門窗欄杆上雕花之方格。

[506] 三春：此指暮春。

[507] 遼海：指渤海遼東灣。

[508] 薊門：亦作「薊丘」，古地名，在北京城西德勝門外西北隅。按：由「遼海去」、「薊門行」二語可知，連橫將要北行。

[509] 雲停夜：陶淵明〈停雲·序〉：「停雲，思親友也。」故此處「停雲夜」指思念友人（很可能即王香禪）的夜晚。

[510] 龍潭：比喻極險惡之地。

[511] 乖期方積思：乖期，耽誤時期，此處作「錯失姻緣」解。積思，刻骨相思。

[512] 駬秣芝田館：駬秣，馬之飼料，此指餵馬。芝田，靈芝田。語出曹植〈洛神賦〉：「爾迺稅駕乎蘅皋，秣駬乎芝田。」又芝田館，李商隱〈可嘆〉有「宓妃愁坐芝田館，用盡陳王八斗才」句，此應指意中人樓宿之所。

[513] 竹塢亭：以竹林圍成牆面所搭建而成的亭子。

[514] 投壺逢玉女：語出東方朔《神異經·東荒經》：「東荒山中有大石室，東王公居焉，長一丈，頭髮皓白，鳥面人形而虎尾，載一黑熊，左右顧望。恆與一玉女更投壺。每投千二百矯，設有人不出者，天為之噓嘘；矯出而脫誤不接者，天為之笑。」張華注：「言笑者，天口流火炤灼，今天上不雨而有電光，是天笑也。」後遂以「玉女投壺」借指閃電或雷雨等。玉女即仙女，此處喻意中人。

金爐香裊裊[517]，銀燭夜熒熒[518]。射覆[519]猜紅豆，藏鉤[520]賭綠橙。晚涼粧欲卸，卯飲[521]醉初醒。錦濯松花水，裙煎[522]芳草汀[523]。梅魂爭冷瘦，桂魄[524]比**娉婷**[525]。公子懷蘭芷，佳人寄杜蘅[526]。天涯同作客，感此二難並[527]。

朔風

朔風起天末[528]，寒氣迫深秋。看菊仍多淚，搴[529]蘭亦有愁。孤燈兒女夢，一劍塞垣樓[530]。莫作征人怨，雙魚[531]到十洲[532]。

---

[515] 雲英：仙女名。相傳與唐‧裴航相遇於藍橋驛，其容姿絕世，航乃重價求得玉杵臼為聘，娶英為妻。事見唐‧裴鉶《傳奇‧裴航》。後作意中人之代稱。

[516] 荳蔻：多年生草本植物，外形似芭蕉，花呈淡黃色，果實扁球形，種子似石榴子，有香味，果實和種子可入藥。

[517] 裊裊：音「鳥」，形容煙氣繚繞升騰。

[518] 熒熒：音「迎」，微弱閃動貌。

[519] 射覆：原為一種猜物遊戲，將物品藏在碗盆下，讓人猜想，亦作占卜用。後為一種酒令，於喝酒行令時，出題者先以詩文、成語或典故隱喻某事物，讓猜謎者以另一種詩文、成語、典故揭開謎底，若猜不出，或猜錯，或出題者誤判，皆須罰酒。

[520] 藏鉤：古代的一種遊戲。相傳漢昭帝母鉤弋夫人出生時手即握拳，無人可開，入宮後，漢武帝展其手，得一玉鉤，後人乃作藏鉤之戲。

[521] 卯飲：早晨飲酒。白居易〈卯飲〉：「卯飲一杯眠一覺，世間何事不悠悠。」

[522] 裙煎：煎，同湔，音「間」，洗也。舊俗正月元日至月底，士女酹酒洗衣於水邊，可以避災度厄，洗除晦氣。

[523] 芳草汀：水邊芳草平地。

[524] 桂魄：月亮。傳說月中有桂樹，故稱。

[525] 娉婷：音「乒停」，形容女子容貌姿態嬌好貌。

[526] 杜蘅：香草名。馬兜鈴科細辛屬，多年生草本，有地下根莖，葉呈心臟形，有長葉柄，葉面有白斑，冬至春天開暗紫色小花。

[527] 並：《全臺文》主編黃哲永建議作「并」，按底本作「並」，不合格律。

[528] 朔風起天末：此係化用杜甫〈天末憶李白〉的首句：「涼風起天末。」

[529] 搴：音「千」，拔取、採取。

[530] 塞垣樓：邊關城樓。

久居吉林，有歸家之志，香禪賦詩挽留，次韻[533]答之

小隱青山共結廬[534]，秋風黃葉夜攤書。天涯未老閒情減，且向松江食鱖魚[535]。

【附】雅堂先生有歸去之意，詩以慰之　　　王香禪

數株松竹繞精廬[536]，絕色天花[537]伴著書。此味年來消受慣，秋風底事憶鱸魚[538]。

秋雪

龍磧[539]秋風緊，雞林瑞雪飄。關山雖寂寞，樓閣忽瓊瑤[540]。頃刻花齊放，繽紛[541]絮不消。胡塵一掃蕩，牧草失根苗。積疊埋青塚[542]，清輝

531　雙魚：書信。按：東漢樂府〈飲馬長城窟行〉有「客從遠方來，遺我雙鯉魚。呼兒烹鯉魚，中有尺素書」之語，後因以「雙鯉」、「魚書」、「雙魚」代指書信。

532　十洲：泛指仙境。道教稱海中有十處名山勝境為神仙居所。漢・東方朔〈海內十洲記〉：「漢武帝既聞王母說八方巨海之中有祖洲、瀛洲、玄洲、炎洲、長洲、元洲、流洲、生洲、鳳麟洲、聚窟洲。有此十洲，乃人跡所稀絕處。」

533　次韻：按照原詩之韻字及其次序來和詩。

534　結廬：築房舍。

535　鱖魚：又名桂魚，魚身側扁，背部隆起，體厚、尖頭，肉質細嫩，刺少而肉多，其肉呈瓣狀，味道鮮美，為魚中之佳品。唐・張志和〈漁歌子〉所謂「桃花流水鱖魚肥」云云，即指此魚。

536　精廬：精緻優雅之房舍。

537　天花：天境才有的絕美花朵。此處當係王香禪自喻。

538　憶鱸魚：典自「蓴鱸之思」，此處比喻連橫懷念家鄉。按：《晉書・張翰傳》：「翰因見秋風起，乃思吳中菰菜、蓴羹、鱸魚膾。」後人以此，將「蓴鱸之思」比喻懷念故鄉的心情。

539　龍磧：邊疆沙漠地區。磧，音「氣」，水中沙堆，引申為沙漠。

540　瓊瑤：喻雪。

541　繽紛：繁多而雜亂。

透碧霄[543]。桂寒**銀漢**鏡[544]，柳咽玉門籥。豔奪閼氏[545]色，經露狄女翹[546]。河冰朝立馬，雲壓夜盤鵰。千帳牙旗[547]捲，三邊羽騎[548]遙。**枕戈**[549]思壯士，看劍起長宵。獵火[550]弓驚虎，嚴霜[551]酒換貂。鴻飛賓影冷，鵝亂戰聲驕。暫稅東陲駕[552]，頻看北斗杓[553]。早梅香有訊，叢菊淚無憀[554]。作賦誇梁苑[555]，尋詩憶**灞橋**[556]。乾坤猶溳洞[557]，投筆愧班超[558]。

---

[542] 青塚：此指漢王昭君墓。在今內蒙古自治區呼和浩特市南，傳說當地多白草而此塚獨青，故名。

[543] 清輝透碧霄：清輝，清光，多指日月之光輝。碧霄，青天。

[544] 銀漢鏡：指月亮。銀漢，天河、銀河。

[545] 閼氏：音「淹之」，漢時匈奴君長之嫡妻稱「閼氏」。

[546] 狄女翹：狄女，北狄女子。翹，舊時女子置於頭上的飾物。

[547] 牙旗：天子或將軍於軍營前所立之大旗，因竿上以象牙為飾，故名。

[548] 羽騎：古代禁衛軍之名稱，謂其如羽之疾，如林之多。漢武帝時置建章營騎，後改名為羽林騎。

[549] 枕戈：以武器為枕稍作休息，等待上陣，謂殺敵報國之心殷切。按：《晉書·劉琨傳》：「吾枕戈待旦，志梟逆虜，常恐祖生先吾著鞭。」

[550] 獵火：打獵時焚山驅獸之火，亦指古代遊牧民族出兵打仗之戰火。

[551] 嚴霜：凜冽之霜雪。

[552] 暫稅東陲駕：稅，古或作「說」，休止之謂，《康熙字典》：「《詩·鄘風》：『說于農郊。』注：『說，本或作稅。《毛》云：舍也。』」陲，邊疆，國境。駕，車馬。

[553] 北斗杓：實指朝廷中樞。

[554] 憀：音「聊」，悲恨。

[555] 梁苑：即梁園，西漢梁孝王所築宮苑，用以宴飲賓客、文人。

[556] 尋詩憶灞橋：典出《北夢瑣言》：「詩思在灞橋風雪中驢子上。」灞橋在陝西省西安市東，築於灞水之上，人常於此折柳送別，後引申為離別之地。

[557] 溳洞：迷濛無間、瀰漫無際、混沌不明貌。溳，音「關」。杜甫〈自京赴奉先縣詠懷五百字〉：「憂端齊終南，溳洞不可掇。」按：「乾坤猶溳洞」，此處乾坤意謂天下，即當時的中國。因袁世凱於民初即位總統之後，即野心勃勃地擴大權限，更懷有「稱帝」的野心，故詩人以「乾坤猶溳洞」表示當時的國家情勢非常混沌不明。

[558] 投筆愧班超：東漢班超「投筆從戎」，此處詩人自愧不能如班超那般投筆報國，故自言「愧對班超」。

留別幼安、香禪

平生不作離愁語，今日分襟[559]亦惘然。客舍扶持如骨肉，人間聚散總因緣。塞雲漠漠[560]遲春色，海月娟娟[561]憶去年。賓雁[562]未歸征馬健，一簫一劍且流連。

夜入山海關[563]

一關峙山海，萬里護風雲。城上笳聲急，天邊雁影昏。回頭看北斗，揮手指中原。莫作刀環[564]夢，明朝入國門。

感懷示陳召棠[565]

蒼蒼莽莽[566]中原氣，漠漠淒淒[567]塞上風。龍劫前身餘少女，**狗屠**[568]幾輩識英雄。酒邊絲竹[569]他年感，劍外關山一覽空。且莫高歌搖櫓[570]去，江東今日有阿蒙[571]。

---

[559] 分襟：別離。

[560] 漠漠：分散布列的樣子。

[561] 娟娟：美好細長而彎曲貌。

[562] 賓雁：鴻雁。

[563] 山海關：明代萬里長城東端第一關，位於河北省秦皇島市境內，扼遼西走廊西南口，城固樓雄，自古為交通要衝。

[564] 刀環：刀頭上的環。因環、還同音，後因以「刀環」為「還歸」之隱語。

[565] 陳召棠：居里不詳。

[566] 蒼蒼莽莽：無邊無際。

[567] 漠漠淒淒：廣闊而寒涼。

[568] 狗屠：以殺狗為業者，古時燕地狗屠多為激越之士。後泛指卑賤者。明．曹學佺〈至屠夫徐五家見懸上聯〉：「仗義半從屠狗輩，負心多是讀書人。」

[569] 絲竹：見《世說新語．言語》。謝太傅語王右軍曰：「中年傷於哀樂，與親友別，輒作數日惡。」王曰：「年在桑榆，自然至此，正賴絲竹陶寫。恆恐兒輩覺，損欣樂之趣。」

[570] 搖櫓：划船使之行進，此處喻指隱避世外桃源。按：「且莫高歌搖櫓」一語係勸勉陳召棠勿灰心隱邈。

頤和園[572]看牡丹

如此江山刻畫工，又將**金粉**[573]繪春風。樓臺影拂千重紫，歌舞香留一撚紅[574]。宰相定呼花綽約[575]，君王長愛月玲瓏[576]。可憐一夢鈞天[577]後，沈醉霓裳[578]曲未終。

萬牲園看牡丹

長安三月春如海，便為看花走馬來。萬種繁華誇國色，一時**爛熳**[579]費天才[580]。蜂狂蝶鬧紛紛醉，露浥[581]煙籠[582]朵朵開。自是**紫皇**[583]貪富貴，遂令桃李作輿臺[584]。

---

571 阿蒙：典出「吳下阿蒙」，喻人學識淺薄。按：呂蒙少時未受教育，後因孫權勸勉而發憤讀書，乃成為智勇雙全的將領。

572 頤和園：位於北京市西北海澱區，乃巨大皇家園林和清朝行宮。

573 金粉：繁華綺麗。

574 一撚紅：牡丹之一種。一撚，音「捻」，一點點，可撚在手指間，形容小或纖細。

575 綽約：指身姿優雅。

576 玲瓏：明亮的樣子。

577 鈞天：《史記‧趙世家》載：戰國趙簡子一日睡醒時，敘說夢遊鈞天，聞廣樂九奏之事。後以「鈞天」指好夢或泛指夢幻。

578 霓裳：即羽衣曲，唐代樂曲名。一說為開元中河西節度使楊敬忠所獻，初名〈婆羅門曲〉，經唐玄宗潤色填詞，後改用今名。又說唐玄宗登三鄉驛望女兒山及遊月宮，密記仙女之歌，歸而所作之曲，雖荒誕不可信，然每為詩人搜奇入句。

579 爛熳：音「濫曼」，亦作「爛漫」、「爛縵」，色彩煥發。

580 天才：天然之資質。

581 露浥：指花為露水沾濕。浥，音「億」，沾濕。

582 煙籠：煙霧彌漫。

583 紫皇：道教傳說中的至高之神。《太平御覽》引《秘要經》曰：「太清九宮，皆有僚屬，其最高者，稱太皇、紫皇、玉皇。」

584 輿臺：古代將人之階級分為十等，輿是第六等，臺是第十等，故「輿臺」泛指操賤役者，或奴僕。

柳

黎副總統入京，潛居南海，感而作此[585]。

武昌城角垂垂柳，管領東風春八九。[586]自從移入漢宮來，昔日風流今在否。雖免別離愁，攀折在人手。帶雨和煙青復青，莫漫飛花出禁城。

法源寺[587]看丁香[588]

寺為唐憫忠寺故址，太宗瘞[589]征遼戰士於此。宋亡，謝疊山[590]入燕，被幽此地，遂不食死。春時丁香盛開，數往游焉。

蕩蕩紅塵迫禁宸[591]，獨攜詩卷叩禪關[592]。憫忠戰士瘞遼水，餓死文人哭疊山。故國已蕪難化鶴[593]，夕陽何處得飛鵑[594]。牆[595]頭徙[596]倚丁香樹，且為春風一破顏[597]。

---

585 此詩以象徵筆法，描述黎元洪形格勢禁，受制於袁世凱。故詩中有「昔日風流今在否」、「攀折在人手」、「莫漫飛花出禁城」等語。

586 武昌城角垂垂柳，管領東風春八九：詩中以柳喻黎元洪。按：黎於宣統三年（1911）辛亥革命武昌起義後，擔任副總統，有分權之勢，故民國二年（1913）袁世凱迫黎赴京，安置在瀛台，如此形同「軟禁」。

587 法源寺：又稱憫忠寺，位在北京宣武門外，為北京城內現存歷史最悠久之佛寺。唐貞觀十九年（645），唐太宗詔令於幽州城內建寺，以悼念東征高句麗陣亡之將士。寺中文物極多，尤以丁香著名。

588 丁香：常綠喬木，葉長橢圓形，花淡紅色，果實長球形，長於熱帶地方。

589 瘞：音「億」，掩埋。

590 謝疊山（1226-1289）：謝枋得，字君直，號疊山，南宋信州弋陽（今屬江西）人。寶祐四年（1256）與文天祥同科進士，性好直言，得罪賈似道，遭黜。後抗元，兵敗，妻、女、弟皆死。南宋亡後隱居，以賣卜教書度日。元朝多次徵聘，堅辭不就，遭強押至大都，絕食而死，門人私諡文節。著《疊山集》16 卷，其評點之《文章軌範》，以文章類別編選，乃南宋一部重要之評注選本，集宋人評點學之大成。

591 禁宸：指禁區。

592 禪關：本指禪宗道場，此處借指「法源寺」。

遊南苑[598]

大紅門外草菲菲[599]，萬騎傳呼看打圍[600]。他日射聲環御仗[601]，祇今羽血上弓衣。鶯啼廢苑春無主，馬落平蕪雪正肥。莫說清時忘講武，五陵[602]佳氣尚塵飛。

當筵

黑龍北徙天能殺[603]，白馬西來氣不雄[604]。**紅拂**[605]奇情紅線俠[606]，當筵願拜美人風。

---

593 化鶴：化為仙鶴，以喻人去世。語本晉·陶淵明《搜神後記·卷一》：「丁令威，本遼東人，學道于靈虛山，後化鶴歸遼，集城門華表柱。」此指歸鄉。

594 鶹：或作「鶹」，雉類的一種，生長大陸地區的，多屬白鶹、黑鶹，惟臺灣特有藍鶹（又名藍腹鶹）。按：古代多以「白鶹」入詩，李白〈贈黃山海公求白鶹 并序〉云：「此鳥耿介，尤難畜之」，故可知連雅堂「夕陽何處得飛鶹」之語，實感嘆世間如謝翱山般忠耿之人，已難再有。

595 墻：牆之異體字。

596 徙：當係「徒」字之訛，空自、徒自、獨自之意。

597 破顏：比喻果實成熟，或開花。

598 南苑：即南海子，在北京永定門外。明永曆中始建為園囿，園中養殖禽獸，專供皇帝游獵享樂。

599 草菲菲：草茂盛而美麗。

600 打圍：田獵。

601 御仗：天子之儀仗。

602 五陵：即長陵、安陵、陽陵、茂陵、平陵等五座漢代帝王陵寢，皆位於長安，西漢為鞏固統治，遷豪族於周圍居住，形成了「五陵」都會，為豪俠巨賈集聚之地，亦用為豪門的代稱。

603 黑龍北徙天能殺：黑龍，神話中黑色的龍，水精也。《墨子·貴義》：「且帝以甲乙殺青龍於東方，以丙丁殺赤龍於南方，以庚辛殺白龍於西方，以壬癸殺黑龍於北方。」《淮南子·覽冥訓》：「於是女媧煉五色石以補蒼天，斷鼇足以立四極，殺黑龍以濟冀州。」唐·楊炯〈唐上騎都尉高君神道碑〉：「媧皇受命，殺黑龍而定水位。」

狂歌示陳彥侯[607]、陳召棠

我生結交多奇士，長安又得兩陳子。大陳熱血噴**九天**[608]，小陳落魄[609]
歌**燕市**[610]。長安三月桃花開，美人一笑傾酒來。我時狂歡忽大醉，舉

604　白馬西來氣不雄：白馬西來，據《隋書·經籍志·佛經》載：「後漢明帝，
　　　夜夢金人飛行殿庭，以問於朝，而傅毅以佛對。帝遣郎中蔡愔及秦景使
　　　天竺求之，得佛經四十二章及釋迦立像。并與沙門攝摩騰、竺法蘭東還。
　　　愔之來也，以白馬負經，因立白馬寺於洛城雍門西以處之。」以上，可
　　　知連雅堂「白馬西來」的用典與佛法攸關。考雅堂用「白馬」入詩者，
　　　尚有「白馬西來山已塹，黑龍北徙海生瀾」（〈甲寅（大正三年，1914）
　　　十月十日〉）、「白馬馱經萬里歸，慈恩功德古來稀」（〈驪山弔秦始皇陵〉）
　　　等，其中「白馬馱經萬里歸」一語堪為注腳，故詩人實以「白馬西來」
　　　代指「佛法西來」。按：據雅堂〈觀音山〉一詩所謂「佛力既廣大，佛法
　　　何銷沈」的反詰，可知在連橫心目中，民初中國的動亂是佛力無法挽救
　　　的，換言之，「白馬西來氣不雄」意謂佛法無力救世。氣不雄，即無法施
　　　展雄風。另外，本句與前面「黑龍北徙天能殺」之語，主要「反襯」後
　　　文「紅拂奇情紅線俠」的壯偉不凡，故雅堂隨之戲稱「當筵願拜美人風」
　　　（願意下拜美人的風采）。吟誦此詩之際，或者雅堂正與氣慨非凡的巾幗
　　　女子杯酒酬酢，故有上述之語。
605　紅拂：紅拂女，本名張出塵，楊素府中家妓，因手持紅拂而得名。拂年
　　　輕貌美，機智果敢，風姿颯爽，慧眼視出李靖與虬髯客之不凡，嫁與李
　　　靖為妻，與虬髯客義結金蘭。見唐·杜光庭〈虬髯客傳〉。曹雪芹《紅樓
　　　夢》中，林黛玉曾賦詩讚紅拂女：「長揖雄談態自殊，美人巨眼識窮途；
　　　尸居餘氣楊公幕，豈得羈縻女丈夫。」
606　紅線俠：傳說中的唐代女俠，原為潞州節度使薛嵩之青衣，後掌箋表，
　　　號內記室。時魏博節度使田承嗣將併潞州。嵩日夜憂悶，計無所出。紅
　　　線乃夜往魏郡，入田寢所，盜床頭金盒歸，以示儆戒。嵩復遣書承嗣，
　　　以金盒還之。承嗣遣使謝罪，願結姻親。紅線辭去，不知所終。（見唐·
　　　袁郊《甘澤謠·紅線》）
607　陳彥侯：居里不詳。
608　九天：天之至高處，形容極高。傳說古代天有九重，故又稱「九重天」、
　　　「九霄」。
609　落魄：即「落拓」，意謂豪放不拘小節。
610　歌燕市：《史記·刺客列傳》：「荊軻既至燕，愛燕之狗屠及善擊筑者高漸
　　　離。荊軻嗜酒，日與狗屠及高漸離飲於燕市，酒酣以往，高漸離擊筑，

足踢倒黃金臺。大陳聞之走相訪，謂我放蕩非凡材。小陳見之拍手笑，謂我腕底驅風雷。我時[611]不知三皇五帝如小孩，我時不知孔丘盜蹠如塵埃，我時不知老彭[612]不死如胚胎，我時不知陶朱[613]萬金如土坏[614]，我但狂呼呼快哉。駕玉龍，驂文駃[615]。渡弱水，游蓬萊。金銀宮闕排雲開，仙姬綽約[616]長徘徊。並肩密語長相偎，是鄉樂矣不思回。大陳小陳呼止[617]止[618]，古來莫為多情死。嗚乎！古來莫為多情死，使我聞之心歡喜，使我見之弩目[619]視。

題恭邸長公主[620]紈扇[621]獨立圖

九天文鳳愁禁舞，蜀魂[622]未解鴛鴦苦。女蘿山鬼若為[623]情[624]，蘭紅芷綠春無主[625]。問年十五十六餘，早持紈扇驚秋雨。九疑帝子[626]不可攀，日暮獨立瀟湘浦[627]。描取春山一角青，寫作清宮十眉[628]譜。

荊軻和而歌於市中，相樂也，已而相泣，旁若無人者。」燕市，戰國時燕國之國都。

[611]　時：此處作「是」解。《康熙字典》：「時：……《廣韻》：『是也』。《書‧堯典》：『黎民於變時雍。』《傳》：『時，是也。』」

[612]　老彭：傳說中長壽的彭祖。彭祖善養生，有導引之術，活八百高齡，因封於彭，故稱。

[613]　陶朱：即陶朱公，春秋時越國大夫范蠡之別稱，後泛指大富者。

[614]　土坏：山丘、土堆。

[615]　驂文駃：驂，乘、駕之意。文駃，身有紋彩的馬。駃，《說文解字》：「駃，馬七尺為駃。」

[616]　綽約：綽，音「輟」，形容女子姿態柔美動人。

[617]　編者按：「止」，臺灣分館藏本作「正」。

[618]　止止：不停、不斷。

[619]　弩目：瞪眼，猶怒目。

[620]　恭邸長公主（1854-1924）：清末恭親王奕訢之女，自幼為咸豐皇帝養於宮中，遂封為榮壽固倫公主。

[621]　紈扇：用細絹製成的團扇。紈，音「完」。

[622]　蜀魂：鳥名。指杜鵑。相傳蜀主名杜宇，號望帝，死後化為杜鵑。春月晝夜悲鳴，蜀人聞之，曰：「我望帝魂也。」

[623]　若為：怎樣的。若為情即「怎樣的有情意」。

杞人[629]持贈海棠紅小影,乞題

春陰冉冉[630]春雲寒,海棠直壓紅闌干。釵橫鬢亂[631]初睡起,鈿[632]絲巾角微含歡。搗麝成塵[633]亦多事,驚鴻豔影[634]來無端。貯之金屋醉以酒,長臥屏風側側看。

贈江海萍[635]

柳花夙有何冤孽[636],狼藉[637]東風化作萍。鏡影描春疑是恨,簫聲咽月若為情。江山寂寞三秋燕,歌舞紛紜[638]一院鶯。便把柔鄉[639]埋俠骨,風流仍屬**女荊卿**[640]。

---

[624] 女蘿:植物名,又名松蘿,多附生在松樹上,成絲狀下垂。女蘿山鬼若為情,化用屈原〈九歌·山鬼〉:「若有人兮山之阿,被薛荔兮帶女蘿。」「被石蘭兮帶杜衡,折芳馨兮遺所思。」詩謂少女精心打扮、擬與情人相會的殷切神情。

[625] 蘭紅芷綠春無主:此以蘭、芷喻美人,形容美人猶未出嫁。

[626] 九疑帝子:九疑,山名,在湖南省藍山縣西南,因其九座山峰異嶺而同勢,行者見而疑惑,故稱為「九疑山」。帝子,指堯女娥皇、女英。

[627] 瀟湘浦:唐·李白〈遠別離〉:「古有皇英之二女,乃在洞庭之南,瀟湘之浦。」瀟湘,即湘江。

[628] 十眉:泛指眾美女。

[629] 杞人:杞,音「起」。疑指步鳳藻(1874-1933),字章五,號翰青,自號杞人、林屋山人。袁世凱任大總統時,聘為總統府秘監、清史館協修。

[630] 春陰冉冉:春日之時光緩緩。

[631] 釵橫鬢亂:形容女子初醒未整理之形貌。

[632] 鈿:音「店」。《說文解字》:「鈿,金華也」,係古代一種嵌有金花的首飾。

[633] 搗麝成塵:將麝香碾作塵泥,香氣依舊。

[634] 驚鴻豔影:形容女子輕盈豔麗之身影。

[635] 江海萍:居里不詳。

[636] 柳花夙有何冤孽:作者注:「用譚復生句。」譚嗣同〈似曾詩〉:「柳花夙有何冤業?萍末相遭乃爾奇。直到化泥方是聚,祇今墮水尚成離。」冤孽,冤仇。

錦秋墩[641]

憔悴[642]城南白日昏，踏青又上錦秋墩。三年碧化萇弘血[643]，一夜紅啼**杜宇魂**[644]。從古文人多狡獪，祇今士女[645]慟溫存。蘼蕪欲采還誰贈，手擷寒香[646]拭淚痕。

柴市[647]謁文信國公祠[648]（四首）

一代豪華客，千秋正氣歌。艱難扶社稷，破碎痛山河。世亂人思治，時乖[649]將不和。秋風柴市上，下馬淚滂沱[650]。

---

637 狼藉：亂七八糟，雜亂不堪，此處作「狂亂」解。按：「狼藉東風化作萍」意謂：在狂亂的春風之下，柳絮飛散化入水中為萍。此句隱含憐惜「江海萍」漂泊身世之意。

638 紛紜：多而雜亂貌。

639 柔鄉：謂女色迷人之境。

640 女荊卿：即女荊軻，謂女子為女中荊軻。《史記‧刺客列傳》：「荊軻者，衛人也……，燕人謂之荊卿。」

641 錦秋墩：位於北京陶然亭公園內，園中林木蔥蘢，樓閣參差。湖心島上，有錦秋墩、燕頭山，與陶然亭成鼎足之勢。

642 憔悴：本指「失意」，此處作「黯淡」解，意謂城南錦秋墩處天色黯淡，白日猶覺昏晦。

643 萇弘血：指忠臣烈士的犧牲，詳參前〈莫愁湖弔粵軍戰死者墓〉「碧血」，注 202。

644 一夜紅啼杜宇魂：相傳周末蜀王杜宇，號望帝，失國而死，其魄化為杜鵑，日夜悲啼，淚盡繼以血，哀鳴而終，後以杜鵑啼血比喻故國之思或哀傷至極。

645 士女：同「仕女」。

646 寒香：清冽之香氣，亦借指梅花。

647 柴市：位於北京。元時殺宋丞相文天祥於此，明初於此建文丞相祠。

648 文信國公祠：文天祥祠，在柴市（北京東城府學胡同 63 號）。文天祥封信國公，故又稱文信國。

649 時乖：時運乖違。

650 淚滂沱：音「乓駝」，比喻淚流極多。

宏範甘亡宋[651]，思翁[652]不帝胡[653]。忠奸爭一瞬，義節屬吾徒。嶺表[654]驅殘卒，崖門哭藐孤[655]。西臺晞髮客[656]，同抱此心朱[657]。

忠孝參天地，文章自古今。紫雲[658]留故硯，夜雨寄孤琴。景炎[659]中興絕，臨安[660]半壁沈。巍巍瞻廟貌，松柏鬱森森[661]。

我亦遭陽九[662]，伶仃[663]在海濱。中原雖克復，故國尚沉淪[664]。自古誰無死，寧知命不辰[665]。凄涼衣帶語[666]，取義復成仁。

651　宏範甘亡宋：張宏範（1238-1280），字仲疇，河北定興人，為元將張柔（1190-1268）第九子。南宋祥興二年（1279），張宏範窮追宋帝昺入廣東崖山，宋將張世傑兵敗溺斃，陸秀夫負帝昺蹈海。張宏範於崖山鐫石：「大將軍張宏範滅宋於此」。明代理學家陳白沙（廣東新會人）憑弔崖山時，於此碑文冠一宋字，成「宋大將軍張宏範滅宋於此」，以為春秋之筆。

652　思翁：指心懷宋室。翁為宋之隱語，如鄭思肖（1241-1318），原名之因，宋亡後改名思肖（諧音思趙）、字憶翁（諧音憶宋）。

653　不帝胡：「帝」作動詞解，「以……為帝」之意，句意為「不尊胡人為帝」。

654　嶺表：五嶺以外之地，指嶺南，在今廣東省一帶。

655　崖門哭藐孤：崖門，在廣東省新會縣南，珠江三角洲西南側，為潭江和西江分支的出海口。南宋末年宋樞密副使張世傑以舟師碇海中，為元兵所敗。陸秀夫負帝昺於厓山沉海。藐孤，幼弱之孤兒。臨安失守後，文天祥領兵由江西入廣東，於潮陽一帶阻擊元軍，不幸於海豐縣五坡嶺遭襲被俘，拘禁於元軍船艦中，親睹宋軍崖門大敗。

656　西臺晞髮客：指謝翱（1249-1295，字皋羽，一字皋父，號晞髮子）哭臺事。翱在元兵南下時，率鄉兵數百人投歸文天祥的部隊，任諮議參軍。元十九年（1283），文天祥就義，悲不能禁，常暗中祭拜，今浙江富春山西臺留有「謝翱哭臺」。入元不仕，遊於浙東山水之間。

657　同抱此心朱：共同擁有赤誠之心。

658　紫雲：紫色雲，古以為祥瑞之兆，借指紫石硯。

659　景炎：南宋末年益王趙昰之年號，七歲即位，十歲亡。

660　臨安：在浙江省杭州市西部，為南宋首都。

661　森森：樹木繁茂眾多貌。

662　遭陽九：遭，遇也。陽九，窮困之時運。

663　伶仃：亦作「伶丁」、「零丁」，孤獨貌。按：文天祥〈過零丁洋〉詩有「惶恐灘頭說惶恐，零丁洋裏歎零丁」語，雅堂「我亦遭陽九，伶仃在海濱」云云，當與文信國相呼應。

寄少雲

三年鄉夢落關河，大地風雲**昔昔**[667]過。詩愈雄奇身愈健，此行足慰**細君**[668]多。

米鹽碎瑣家常事，文酒風流俠少時。我不封侯[669]卿未老，青山**招隱**[670]阻歸期。

男兒鑄史女繡詩，武公[671]之子乃爾奇。賴君為母兼為父，晝課男兒夜女兒。

藏書已得九千卷，論史旁通廿五朝。從此潛心求**絕業**[672]，名山[673]風雨不飄搖。

---

[664] 中原雖克復，故國尚沉淪：意喻中華民國已經推翻滿清成立了，但故鄉臺灣仍在日本人的統治之下。

[665] 不辰：不得其時。

[666] 衣帶語：文天祥於大都就義後，從其衣帶發現絕筆書，其詞曰：「孔曰成仁，孟云取義，惟其義盡，所以仁至。讀聖賢書，所學何事？而今而後，庶幾無愧！」

[667] 昔昔：夜夜。

[668] 細君：妻子之代稱。

[669] 封侯：封拜侯爵，泛指顯赫功名。

[670] 招隱：招人歸隱。語本《楚辭・小山招隱》：「桂樹叢生今山之幽」之句意。

[671] 武公：連橫，字武公。

[672] 絕業：非凡之事業。

[673] 名山：借指著書立說。

重九日示李耐儂[674]

三年共作離家客,萬里愁登弔古臺。風雨迫寒[675]秋易老,江山無恙菊初開。艱難漫灑憂時淚,潦倒猶為**不世才**[676]。今日與君須痛飲,明朝明鏡**鬢**毛摧[677]。

寄林南強

大墩[678]別後久無詩,塞北江南一夢之。我愛張良[679]如好女[680],人言魯肅[681]是狂兒[682]。湖山劫換鶯花[683]老,風雨秋高雁札[684]遲。便欲討春東海去,倚欄重續牡丹詞。

---

674 李耐儂（約 1876-1936）：李黃海,字漢如,號耐儂,另有筆名少潮、滄海,澎湖人。師從澎湖碩儒陳梅峰,並參澎湖西瀛吟社。畢業於臺灣總督府國語學校,後出任《臺灣日日新報》記者（約明治三十八年,1905年）。明治四十年（1907）赴廈門主《全閩新日報》,後往返於日、台、中之間。與林獻堂、連橫、吳子瑜甚相得,《臺灣青年》發刊時被舉為名譽會員。有詩、文、小說散見於《臺灣日日新報》、《臺灣教育會雜誌》、《臺灣青年》、《臺灣》等刊。

675 編者按：「寒」,臺灣分館藏本作「零」,誤。

676 不世才：不是一個世代（一世為三十年）所能出現的天才,比喻極為罕見的人才。

677 鬢毛摧：兩鬢之頭髮已經斑白。

678 大墩：台中市昔稱大墩,位於柳川和綠川之間。

679 張良（?- B.C.186）：字子房,封為漢留侯,諡號文成。張良因暗殺秦始皇失敗,為躲避追查而改其名,後為漢高祖劉邦之謀臣,漢王朝開國元勳之一,與蕭何、韓信同為漢初三傑。

680 好女：容貌姣好的女子。司馬遷《史記‧留侯世家‧贊》：「余以為（張良）其人計魁梧奇偉,至見其圖,狀貌如婦人好女。」

681 魯肅（172-217）：字子敬,東漢臨淮東城（今安徽定遠縣）人,為孫權謀士,在周瑜去世後接掌前線軍事,力主與劉備聯合對抗曹操。

682 狂兒：陳壽《三國志‧吳志‧魯肅傳》裴松之《注》引韋昭《吳書》：「（魯）肅體貌魁奇,少有壯節,好為奇計……父老咸曰：『魯氏世衰,今乃生狂兒。』」

683 鶯花：本指鶯啼花開,春日景色,此指縱情聲色。

甲寅（1914）十月十日（四首）

天安門上閱兵來，萬馬無聲紫禁開。九派龍蛇將起陸[685]，一時鷹犬[686]亦登臺。秋風故國驚華髮[687]，落日**昆池話劫灰**[688]。莫說當塗[689]能代漢，本初[690]健者是粗才。

回首金陵一戰平，孫黃[691]功罪漫譏評。國魂飄蕩天難問，民氣摧殘世莫爭。不分英雄多失勢，遂令豎子[692]竟成名。西林亦有南洲望[693]，獨向蠻荒老淚橫。

---

684 雁札：亦稱雁書，指書信。

685 龍蛇起陸：宋・朱熹《陰符經考異》：「天發殺機，龍蛇起陸，人發殺機，天地反覆。天人合發，萬化定基。」朱熹注：「殺機者，機之過者也，天地之氣一過則變異見，而龍蛇起陸矣。人之心一過則意想生，而天反地覆矣。」此謂世局變異、動盪。

686 鷹犬：指權貴豪門之爪牙。

687 華髮：花白的頭髮。

688 昆池話劫灰：昆池，昆明池，漢武帝於上林苑所建之人工池，位於今日西安。劫灰：天地歷劫毀滅時，劫火焚燒的灰燼，後指戰亂。晉・干寶《搜神記・卷十三》：「漢武帝鑿昆明池，極深，悉是灰墨，無復土。舉朝不解。以問東方朔。朔曰：『臣愚不足以知之。』曰：『試問西域人。』帝以朔不知，難以移問。至後漢明帝時，西域道人來洛陽，時有憶方朔言者，乃試以武帝時灰墨問之。道人云：『經云：「天地大劫將盡，則劫燒。」此劫燒之餘也。』乃知朔言有旨。」

689 當塗：指曹魏。西漢末年流傳讖文曰：「代漢者、當塗高」，時幾無人可解。周舒釋曰：「當塗高者，魏也。」後譙周求教於杜瓊，杜瓊釋曰：「魏，闕名也，當塗而高。」因此代漢者，曹魏也。

690 本初：袁紹（?-202），字本初，豫州汝南人（今河南商水）。袁家四世三公，袁紹曾入宮誅殺宦官，統領反董卓聯軍，統一河北，然官渡之役敗於曹操，乃至滅亡。按：雅堂「本初健者是粗才」云云，借「袁本初」之典隱喻袁世凱。

691 孫黃：即孫中山、黃興。黃興（1874-1916），原名軫，改名興，字克強，中華民國開國元勳。辛亥革命時期，聞名當時，與孫中山並稱「孫黃」。

692 豎子：懦弱愚昧，無能之人。此處暗喻袁世凱。

693 西林亦有南洲望：西林，不知何指。中國歷史上曾設置多個南洲，此地應泛指南方。

亂世人才本最難，沐猴[694]終讓楚人冠[695]。三章約法翻新樣，九品[696]威儀復舊官。白馬西來山已塹[697]，黑龍北徙海生瀾。試看周召[698]共和史，生恐鴟鴞[699]毀室歎。

九有[700]傳家繼夏商，漫言遜位[701]紹虞唐。祭天已定新儀注[702]，畫地空移舊土疆。三海風雲天帝怒，五湖煙雨酒徒狂。東華[703]夾道多楊柳，應有詞臣賦未央[704]。

---

[694] 編者按：「猴」，臺灣分館藏本誤作「獸」。

[695] 沐猴終讓楚人冠：化用沐猴而冠，語出《史記卷七・項羽本紀》：「人言楚人沐猴而冠耳，果然。」喻性情暴躁、徒具衣冠而無人性之人。詩謂民國政府之中樞，多為依附權勢、虛有其表者。沐猴，獼猴之別名，因喜拭面，其狀如沐，故稱。

[696] 九品：中國古代官吏之等級，始於魏晉。

[697] 白馬西來山已塹：與前文〈當筵〉詩所謂「白馬西來氣不雄」有異曲同工之意，均謂佛法無力救世（詳參前注 604）。山已塹，塹，音「倩」，坑坎、壕溝，此處作「凹陷」解。「白馬西來山已塹」意謂，就算白馬西來——佛法再興——高山也早已崩頹（以「山」暗喻中國）。

[698] 周召：周公旦和召公奭之合稱。周成王時二人共輔朝政，稱「周召共和」。

[699] 鴟鴞：音「吃消」，俗稱貓頭鷹，比喻貪惡之人。

[700] 九有：九州，借指全中國。

[701] 遜位：退位。

[702] 儀注：指制度、儀節。

[703] 東華：此指北京城東華門。

[704] 未央：指未央宮，漢宮名，故址在今陝西省長安縣，泛指帝王所居之宮殿。

秋日游陶然亭[705]，悵然有感[706]

凌晨忽不樂，散髮走荒郊。鴟鴞鳴在樹，磔磔[707]語聲囂。前村斷炊火，瘦狗肆咆哮[708]。行行[709]二三里，重上城南坳[710]。天地既慘澹，悲風生白茅[711]。鬼氣森迫人，燐火[712]戰相交。當時葬花塚，桃李紛飄搖。美人化為厲[713]，碧血猶未消。茫茫大劫愁，短歌亦無聊[714]。安能酹[715]杯酒，一醉及明朝。

大盜竊國柄，小盜亂市朝[716]。群盜爭殺人，磨刀迫中宵。京師首惡地，車蓋盛官僚。朝登新華門[717]，夕入胡同窰[718]。行人爭避道，的的馬蹄驕。歡樂不可再，悲苦來迢迢。安能酹杯酒，一醉及明朝。

705　陶然亭：在北京市區南隅，右安門內東北。原在遼金古寺慈悲院內，清康熙三十四年（1695）工部郎中江藻在其中西部建廳三間，取唐·白居易〈與夢得沽酒閑飲且約後期〉：「更待菊黃家醞熟，共君一醉一陶然」之意，名陶然亭，亦稱為「江亭」，舊日士大夫常游宴於此。

706　按：《劍花室詩集》將本題視為一首七言排律，然究其體例，應為四首，皆以「安能酹杯酒，一醉及明朝」作結。《全臺詩》（第三十冊）亦作四首。

707　磔磔：音「折」，形容鳥鳴聲。

708　咆哮：音「庖孝」，高聲大叫。

709　行行：不停地前行。

710　坳：音「凹」，地勢較低之處。

711　白茅：俗稱「茅草」。葉線形或披針形，花穗上密生白毛。

712　燐火：俗稱鬼火。

713　厲：惡鬼、鬼怪。

714　無聊：無以聊賴，即無所依靠、無可奈何。按：「短歌亦無聊」，短暫高歌亦無法解除內心無可奈何的苦悶（因國事蜩螗，非個人之力所能挽回）。

715　酹：音「類」，以酒灑地而祭。

716　市朝：市，民間貿易之場所。朝，政府辦事之處。市朝，泛指人口聚集之公共場所。

717　新華門：原名寶月樓，清朝乾隆年間所建，現為中南海正門，位於北京市西城區西長安街上。

718　胡同窰：指清末民初北京前門外的窰子，當時為妓院集中地，後用以代指妓院。

趙燕多奇士，悲歌夜相邀。美人豔顏色，挾瑟彈六么[719]。一彈使君愁，再彈使君嘵[720]。三彈淚如綆[721]，四座慘不驕[722]。荊軻今不作，易水風蕭蕭[723]。酒徒亦零落，筑聲久寂寥。虓虓[724]武士道，重把國魂招。安能酹杯酒，一醉及明朝。

我生多喪亂，抗志[725]凌雲霄。提劍來大陸，流血購自繇[726]。文章遭鬼擊，百怪亂呼呶[727]。窮時恣登眺，攬古歌風謠。蘆花慘作雪，白日沒昭昭[728]。安能酹杯酒，一醉及明朝。

燕京雜詩（十首）

寶馬香車盡日[729]游，看花又上暢觀樓[730]。綠楊紅杏春無數，一局湖山現十洲。

十里蘆塘綠濕衣，陶然亭畔醉初歸。明朝復作看山計，驢背詩瓢上翠微[731]。

---

719 六么：樂曲名。以琵琶為起調，其散序多攏撚，節奏繁急，或作「錄要」、「綠腰」。
720 嘵：音「消」，號叫、吼叫。
721 淚如綆：比喻眼淚似井繩一般往下流不止。綆，音「梗」，汲水所用之繩子。
722 慘不驕：此處「慘」作副詞用，非常之意，如東漢・張衡〈西京賦〉：「冰霜慘烈」；驕，得意貌，「不驕」猶言「不樂」。按：以「慘不……」句式入詩者，歷來多有，如明・王恭〈霜天曉角〉：「鐵面將軍慘不驕，碧眼羌兒淚先落」；宋・李若水〈捕盜偶成〉：「殺人紛紛翦草如，九重聞之慘不樂」；民國・陳獨秀〈遠遊〉：「驕陽不馭世，冥色慘不舒」，等等。
723 蕭蕭：此狀風聲。
724 虓虓：音「消」，虎吼聲，喻兇悍、勇猛。
725 抗志：高尚其志。
726 自繇：即「自由」。繇，音義同「由」。
727 呶：音「撓」，大聲喧鬧。《說文解字》：「呶，讙聲也。」
728 昭昭：明亮、光明。
729 盡日：猶終日，整天。
730 作者注：「暢觀樓在萬牲園內，為前清兩宮遊宴之處。」

櫻桃斜畔[732]月如鉤，十丈歌聲起畫樓。管領東風春百里，一時花國拜紅侯。

金鰲玉蝀[733]倚中天[734]，太液池頭[735]奏管絃。夜半軘車[736]空碾月，**紅墻**[737]一角隱秋煙。

錦衣璀璨[738]馬蹄驕，兩部甘陵[739]一旦消。官柳未黃人已去，夕陽無賴象坊橋[740]。

西風**獵獵**[741]雨沙天，鎮日[742]攤書擁被眠。賴有**素心人**[743]慰藉，瓶花茗椀[744]自**翛然**[745]。

---

[731] 驢背詩瓢上翠微：詩瓢，指貯放詩稿之器具。翠微，作者注：「翠微山為京西名勝。」

[732] 作者注：「櫻桃斜在八大胡同附近，為都中女閭之地。」

[733] 金鰲玉蝀：亦作「金鰲玉棟」，橋名，位於北平西苑內，跨太液池，為北海與中海之分界，東西向，東西兩端立兩坊，西坊題「金鰲」，東坊題「玉蝀」。鰲，音「熬」；蝀，音「動」。

[734] 中天：天空、天頂。

[735] 作者注：「北海即太液池，自開禁後非復舊時清閟。」

[736] 軘車：即車子。軘，音「零」，橫在車前後兩旁，以禦風塵之車闌。

[737] 紅墻：紅色的牆，指宮牆。

[738] 璀璨：光明燦爛。

[739] 兩部甘陵：指政黨對立。語本《後漢書·黨錮列傳》：「桓帝為蠡吾侯，受學於甘陵周福，及即帝位，擢福為尚書。時同郡河南尹房植有名當朝，鄉人為之謠曰：『天下規矩房伯武，因師獲印周仲進。』二家賓客，互相譏揣，遂各樹朋徒，漸成尤隙，由是甘陵有南北部，黨人之議，自此始矣。」

[740] 作者注：「過象坊橋，參眾兩院均在此處，自解散後忽寂寞矣。」

[741] 獵獵：狀聲詞，風聲猛烈之謂。

[742] 鎮日：從早到晚，整天。

[743] 素心人：心地純潔、世情淡泊的人。

[744] 茗椀：茶碗。

[745] 翛然：無拘無束貌，自由超脫貌。翛，音「消」。作者注：「都中風起，飛塵滿天，惱人特甚。」

四圍山色醮[746]空流，隔水清歌起櫂謳[747]。我亦偷閒來試茗，敗荷殘柳不勝秋[748]。

弔古傷時且莫論，屠門一醉幾黃昏。荊卿已死漸離[749]廢，無復歌聲起國魂[750]。

終賈華年已不群[751]，俗儒姍笑[752]復奚云[753]。他時刻石寒陵上，始信人間有大文[754]。

海雲瀛月夢中虛，**雙鯉**[755]**迢迢**[756]慰索居[757]。昨夜子歸[758]啼未了，今朝又得細君書[759]。

---

[746] 醮：音「叫」，祭也。

[747] 櫂謳：即船歌，搖槳行船所唱之歌。謳，音「歐」，歌唱。

[748] 作者注：「游十剎海。」

[749] 荊卿已死漸離廢：荊卿，荊軻；漸離，高漸離。《史記‧刺客列傳》：「高漸離擊筑，荊軻和而歌，為變徵之聲。士皆垂淚涕泣。又前而為歌曰：『風蕭蕭兮易水寒，壯士一去兮不復還！』復為羽聲慷慨，士皆瞋目，髮盡上指冠。於是荊軻就車而去，終已不顧。」

[750] 作者注：「市樓題壁。」

[751] 終賈華年已不群：終賈，漢終軍與賈誼之並稱，兩人皆早成，後因以指年少有才。不群，卓越、不平凡。

[752] 姍笑：譏笑、嘲笑。

[753] 奚云：何云、何謂。

[754] 作者注：「感事。」

[755] 雙鯉：古人常將書信結成雙鯉形或將書信夾在鯉魚形的木板中寄出，故以雙鯉魚為書信之代稱。

[756] 迢迢：形容遙遠。

[757] 索居：孤身獨居。

[758] 底本作「歸」，臺灣分館藏本作「規」，《全臺文》主編黃哲永建議改作「規」。子規，杜鵑鳥。

[759] 作者注：「得家書。」

鬱鬱

鬱鬱久居吾老矣，栖栖[760]不息某何為。聖人不死[761]談仁義，上帝無靈放魍魎[762]。風雨一天秋寂寞，家山萬里夢迷離。長安冠蓋[763]多豪貴，慚愧梁鴻[764]詠五噫[765]。

出都別耐儂

春秋據亂[766]吾修史，風雅無邪[767]女[768]論詩。三載中原同按劍，廿年絕島共觀棋。屠龍萍漫[769]才如此，歌鳳楚狂歎已而[770]。此去五湖煙水闊，應依南斗寄相思。

---

760 栖栖：音「七」，亦作棲棲，忙碌不安貌。《詩·小雅·六月》：「六月栖栖，戎車既飭。」朱熹《集傳》：「栖栖，猶皇皇不安之貌。」

761 聖人不死：典出《莊子·胠篋》，參前〈南海〉「聖人不死，大盜不止」，注 190。此處用來譏諷當世大談仁義者多儼然以「聖人面目」示之，惟天下之亂皆由此輩所引起。

762 魍魎：音「往吃」，古代傳說的山澤鬼怪，比喻各式各樣的惡人。

763 冠蓋：指官吏之冠服和車蓋，用以官員代稱。

764 梁鴻（生卒年不詳）：字伯鸞，東漢扶風平陵人（今陝西省咸陽縣西北），家貧，好學，耿介有節操，以世道混亂，不願事權貴，與妻子孟光隱居霸陵山，後改姓運期，改名耀，字侯光，居齊、魯間，為人傭工春米，卒於吳。

765 五噫：梁鴻過京都洛陽時，見宮殿巍峨富麗，感嘆耗費巨大民力，而作五噫之歌。《後漢書·卷八十三·逸民傳·梁鴻傳》：「因東出關，過京師，作五噫之歌曰：『陟彼北芒兮，噫！顧覽帝京兮，噫！宮室崔嵬兮，噫！人之劬勞兮，噫！遼遼未央兮，噫！』肅宗聞而非之，求鴻不得。」

766 據亂：據，根據、因應；亂，亂世。按：東漢·何休《春秋公羊傳注·序》：「傳《春秋》者非一，本據亂而作。」唐·徐彥疏：「孔子本獲麟之後得瑞門之命，乃作《春秋》。公取十二，則天之數，是以不得取周公、成王之史，而取「隱公」以下，故曰『據亂而作』，謂據亂世之史而為《春秋》也。」

767 風雅無邪：風雅，《詩經》有〈國風〉、〈大雅〉、〈小雅〉等部分，後世以「風雅」泛指詩文。子曰：「詩三百，一言以蔽之，思無邪。」無邪，心歸純正，無邪意。

展莊嘯谷墓

嘯谷，思明人，壯年走南洋，投身革命，為泗水漢文報經理。光復
之際，被舉為華僑代表。嗣以泗水之案[771]，久居北京，而國事蜩螗
[772]，鬱鬱不樂，遂病死滬上。余在吉林，聞訃慟之。甲寅（1914）
十月，歸次滬上，邀友人謝碧田、白蘋洲[773]展其墓。傷我故人，黯
然淚下。

零亂春愁蕩[774]夕曛[775]，停舟歇浦為招魂。艱難久歷龍蛇鬥，寂寞空聞
鳥鵲喧。革命已成身可死，懷才未試血猶溫。江山到處傷搖落，手采
寒花酹墓門。

---

768 女：通汝，指「你」。
769 屠龍萍漫：「萍漫」當作「泙漫」，典出《莊子‧列禦寇》：「朱泙漫學屠
龍於支離益，單〔殫〕千金之家，三年技成，而無所用其巧。」
770 歌鳳楚狂歎已而：陸通，字接輿，春秋楚人。昭王時，政令無常，接輿
乃披髮佯狂不仕，人稱楚狂。後以此代指佯狂者。《論語‧微子》載楚狂
接輿歌而過孔子曰：「鳳兮！鳳兮！何德之衰？往者不可諫，來者猶可
追，已而，已而！今之從政者殆而！」下，欲與之言。趨而辟之，不得
與之言。按：「已而」，已，止也，「已而」猶言「罷了」。
771 泗水之案：民國元年（1912）2月19日，荷屬爪哇島泗水市華僑，紛紛
上街頭，舉行集會，升起五色旗，鳴放爆竹，慶祝中華民國成立。荷蘭
殖民當局竟以武力干涉，開槍打死華僑三人，傷十餘人，百餘人被捕。
憤怒華僑以閉門罷市抗議，荷蘭殖民當局進而出動大批軍警強迫開市，
又逮捕千餘人，釀成轟動一時之「泗水事件」。
772 蜩螗：音「條唐」，比喻喧鬧、紛擾不寧。
773 謝碧田、白蘋洲：新加坡華僑。與吳世榮等人在上海組織南洋華僑聯合
會（後改名華僑聯合會）。對於清末民初的革命事業、東征北伐，貢獻良
多。
774 蕩：搖盪之謂。
775 夕曛：曛，音「熏」，日暮時夕陽之餘暉。

歸家示少雲

三載浪遊何所得，百篇詩卷壓歸舟。昂頭太華山[776]低笑，濯足溟滄[777]水倒流。天以奇才錫[778]憂患，我聞綺語[779]敭離愁。今宵酒綠燈紅[780]畔，共倚闌干看斗牛[781]。

---

[776] 太華山：即華山，中國五嶽之西嶽，位於陝西省關中平原東部之華陰縣境內。

[777] 溟滄：大海。

[778] 錫：通「賜」，給予、賜給。

[779] 綺語：指纖婉言情之辭，或華美之語句。按：由詩題〈歸家示少雲〉可知，此處「綺語」即少雲之語。

[780] 酒綠燈紅：形容熱鬧的飲宴場面。

[781] 斗牛：星名，二十八星宿中之斗宿與牛宿，此代稱星辰。

【寧南詩草】（上）

自甲寅（1914）至丙寅（1926）

寧南春望

寧南春色夢中橫，劫後登臨氣未平。青草白沙**烏鬼渡**[1]，綠天紅雨赤嵌城。豹文暫隱[2]何曾變，龍性難馴[3]或一鳴。淒絕釣游舊時地，夕陽空下**馬兵營**[4]。

五更

五更推枕角聲哀，攪起詩潮**莽莽**[5]來。百世功名餘斷簡，一生憂患況奇才。鶯啼燕語都無賴，月落星稀首重回。十畝園花齊怒放，漫天春色手親栽。

---

[1] 烏鬼渡：在台南鎮北坊，為烏鬼渡船口。按：明永曆年間，荷蘭人領臺，引入黑奴從事粗重勞動，時人謂之「烏鬼」。

[2] 豹文暫隱：豹隱之省，指隱居不仕，或隱藏出色之才華。出漢·劉向《列女傳·陶答子妻》:「『妾聞南山有玄豹，霧雨七日而不下食者，何也？』『欲以澤其毛而成文章也，故藏而遠害。』」

[3] 龍性難馴：脾氣如龍一般有著桀傲難馴的性情。南朝宋·顏延之〈五君詠·嵇中散〉:「中散不偶世，本自餐霞人。形解驗默仙，吐論知凝神。立俗迕流議，尋山洽隱淪。鸞翮有時鎩，龍性誰能馴。」後因以「龍性」代喻個性倔強卻又嫉惡如仇的文人。

[4] 馬兵營：雅堂的祖居。作者注：「馬兵營、鄭氏駐兵處，在寧南門內，水木明瑟，自吾始祖卜居於此，迨余七世。乙未（明治二十八年，1895）之後，全莊被遷，余家亦遭毀。此恨綿綿，何時能已？」

[5] 莽莽：寬廣無邊貌。

年來

年來心事漸平奇，盪氣迴腸[6]此一時。眼底已**無餘子**[7]在，鏡中幸有美人知。小山叢桂能招隱，遠道芙蓉寄所思[8]。刪盡風花[9]三百首，**鬖絲禪榻**[10]恰相宜。

春人

柳鬖花粲總天工[11]，脈脈春人[12]在眼中。噓氣樓臺喧曉日，銷魂城郭漾東風。中年對酒心先醉，劫後題詩句尚雄。生恐**霸才**[13]零落盡，萬千哀樂繫征鴻[14]。

春日謁延平郡王祠[15]

天地留奇氣，風雲護彩椽。梅花春正放[16]，榕葉影多圓[17]。下馬瞻崇宇，**騎鯨**恨逝川[18]。英雄偏不偶[19]，忠孝未能全。浴日生滄溟[20]，從雲

---

[6] 盪氣迴腸：指令人極度悲傷、苦惱或痛苦。盪同蕩，動搖；迴，回轉。

[7] 餘子：即成語「目無餘子」，雅堂藉此展現其豪邁氣魄。

[8] 遠道芙蓉寄所思：語出〈涉江采芙蓉〉之六：「涉江采芙蓉，蘭澤多芳草。采之欲遺誰，所思在遠道。」

[9] 風花：此指堆砌詞藻、內容貧乏空洞之詩文。

[10] 鬖絲禪榻：鬖同「鬖」，鬖髮如絲；禪榻，僧床。本指老僧之生活，亦指老年人近於僧人之清靜生活。

[11] 天工：天然形成之高超技藝。

[12] 脈脈春人：脈脈，情意深長；春人，遊春之人。

[13] 霸才：才能超拔者。

[14] 征鴻：亦作「征雁」，遷徙的雁，多指秋天南飛的雁。

[15] 延平郡王祠：又名開山王廟或鄭成功廟，位於台南市中西區，為清治時期最早之官祀鄭成功祠，採福州式建築，前身為民間所建開山王廟。此廟每年農曆正月十六日舉行祭禮。殿後庭院內有古梅一株，傳說為鄭成功手植。

[16] 編者按：「正放」，連橫《臺灣詩薈》（上）作「爛熳」，第三號，1924 年 4月，頁 135。

正少年[21]。恩深蒙賜姓,力小欲回天。燕薊[22]胡塵暗,閩甌[23]戰火然。艱危辭紫陛[24],痛哭對青氈[25]。父命雖當報,君仇詎[26]可捐。麾戈[27]情激烈,焚服涕潺湲[28]。兩島初經略[29],三軍集後先。旌旗愁粵嶺,斧鉞[30]下漳泉。幕府[31]稱多士,王封錫大權。樓船逾十萬,鐵騎突三千。糾糾龍驤[32]鎮,蕭蕭虎衛弦。登壇宣敵愾[33],哭廟掃腥膻。北伐空驅

---

17 編者按:「多圓」,連橫《臺灣詩薈》(上)作「翩翩」,第三號,1924 年 4 月,頁 135。

18 騎鯨恨逝川:感嘆鄭成功逝去已久。騎鯨,傳說鄭成功是千年鯨魚精轉世,其亡故時,乃騎鯨歸天。逝川,即逝水,比喻逝去的時間事物。

19 不偶:不逢時,或指時運不佳。

20 浴日生滄澥:浴日,指朝陽初自水面升起。滄澥,滄海、大海。澥,音「謝」。連橫《臺灣詩薈》(上)作「滄海」,第三號,1924 年 4 月,頁 135。

21 連橫《臺灣詩薈》(上)作「正妙年」,第三號,1924 年 4 月,頁 135。

22 燕薊:今河北省以北。

23 閩甌:武夷山之古稱。

24 紫陛:借稱朝廷或皇帝。

25 青氈:指祖先遺留之舊物。氈,音「沾」。《晉書·卷八十·王羲之傳》:「夜臥齋中而有偷人入其室,盜物都盡。獻之徐曰:『偷兒,氈青我家舊物,可特置之。』群偷驚走。」

26 詎:音「句」,怎麼、豈。

27 麾戈:指揮戰爭。麾,音義同「揮」。

28 焚服涕潺湲:順治三年(1646)鄭芝龍降清,清兵挾芝龍北上,成功母自縊而死。時成功駐兵金門,聞訊哀號,悲憤異常,至南安孔廟,哭廟、焚儒服云:「昔為孺子,今為孤臣,向背去留,各有所用,謹謝儒服,祈先師昭鑒。」潺湲,音「禪元」,本指水緩流貌,這裡指淚流不止的樣子。

29 經略:籌畫治理。

30 斧鉞:指殺戮之事。

31 幕府:舊時將帥辦公之處,後泛指衙署。

32 糾糾龍驤鎮:英勇之軍隊,若龍馬昂首威武雄壯捍衛國土。糾糾,雄壯威武貌。龍,古稱八尺以上的馬為龍。驤,馬昂首貌。龍驤,本指駿馬,後泛指英勇之軍隊。

33 敵愾:抵抗所憤恨的敵人。愾,音「慨」,憤怒、憤恨。

矢，南歸或扣舷。運勞陶侃甓[34]，憤逐祖生鞭[35]。養銳聊藏豹[36]，當秋
待化鸇[37]。中原嗟板蕩[38]，絕海一飛騫[39]。月落鯤身畔，潮高鹿耳前。
紅彝[40]爭拜伏，烏鬼[41]舞迴旋。故土歸疆域[42]，新皋闢市廛[43]。脩文明
校序[44]，偃武[45]勵屯田。桔柣延朝旭[46]，檞榔[47]隱暮煙。口琴螺女脆[48]，

---

[34] 陶侃甓：甓，音「僻」，磚。《晉書·陶侃傳》：「侃在州無事，輒朝運百甓
於齋外，暮運於齋內。人問其故。答曰：『吾方致力中原，過爾優逸，恐
不堪事，故自勞耳。』」意指陶侃珍惜寸陰，稍得片暇，則運磚習勞。

[35] 祖生鞭：比喻奮勉爭先，或先占一著之意。語出《晉書·卷六十二·列傳
第三十二·劉琨傳》：「琨少負志氣，有縱橫之才，善交勝己，而頗浮誇。
與范陽祖逖為友，聞逖被用，與親故書曰：『吾枕戈待旦，志梟逆虜，常
恐祖生〔祖逖〕先吾著鞭。』」後以「祖生鞭」一詞，勉人努力進取。

[36] 養銳聊藏豹：養精蓄銳，藉以隱藏出色之才華。藏豹，即豹隱之典。參前
〈寧南春望〉「豹文暫隱」，注 2。

[37] 鸇：音「沾」，猛禽名，亦稱「晨風」。化氄，變化為猛禽。見清·姚炳《詩
識名解》：「鷂之為鸇，鸇之為布穀，布穀久復為鷂，則其先後變化之序。
如此者，大抵鷹類始生為鷂，鷂羽翼長成能嚮風，搖翅為鸇。」

[38] 板蕩：本《詩經》篇名，指周厲王昏淫無道，後用以比喻時局動盪危急。

[39] 飛騫：飛行。騫，音「千」，高舉，飛起。

[40] 紅彝：通「紅夷」。漢籍文獻或臺灣地方志中稱荷蘭人為「紅毛番」、「紅
毛」、「紅彝」。

[41] 烏鬼：指荷蘭人掠獲來台為奴的黑人。

[42] 疆域：連橫《臺灣詩薈》（上）作「彊域」，第三號，1924 年 4 月，頁 135。

[43] 新皋闢市廛：皋，音「高」，水邊高地。市廛，市集。廛，音「纏」。

[44] 校序：指學校。序，指庠序，地方辦的學校。

[45] 偃武：停止武備。

[46] 桔柣延朝旭：桔柣，音「節跌」，原為春秋時鄭國都城之門。永曆十五年
（1661），鄭成功克臺灣，就荷蘭城以居，改建內府，臺人謂之王城，別
闢一門曰桔柣，以春秋鄭國有此門也。朝旭，初升之朝陽。

[47] 檞榔：檞，連橫《臺灣詩薈》作「桄」，第三號，1924 年 4 月，頁 135。
檞榔，又稱臺灣海棗，別名桄榔，屬棕櫚科常綠矮小喬木，臺灣特有之原
生植物。

[48] 口琴螺女脆：口琴，長方形管樂器，以口吹小孔發聲。螺女，神話傳說人
物，俗稱田螺姑娘，事見晉·陶潛《搜神後記》卷五。脆，指聲音清脆悅
耳。

腰鼓蜑兒妍[49]。始創承天府[50]，欣頒永曆錢[51]。群蠻通貿易，百姓樂安便[52]。讖說金甌[53]缺，終期玉璽還[54]。滇池龍已去[55]，員嶠鳥猶填[56]。正朔存荒服[57]，衣冠守漢筵。**田橫**[58]能得客，**徐福**[59]豈求仙。封鹿[60]秋

---

[49] 腰鼓蜑兒妍：腰鼓，打擊樂器，短圓柱形，兩頭略小，掛在腰間敲打。蜑，音「但」，蜑族，中國少數民族之一，居廣東、福建延海一帶，終年舟居，以捕魚或行船為業。妍，美好。

[50] 承天府：永曆十五年（1661）鄭成功入臺後，於赤嵌樓設承天府衙門，作為明鄭的行政中心。

[51] 永曆錢：永曆三年（1649）桂王封鄭成功為「延平郡王」，鄭氏乃奉永曆年號。永曆五（1651）年，得日本協助於長崎開爐鑄造永曆錢。鄭經嗣主臺灣後，又於永曆二十年（1666）及二十八年（1674）二次遣使至日本續鑄永曆錢。三十七年（1683），臺灣為清兵攻佔，鄭氏永曆錢並未全禁，直至康熙二十七年（1688），清廷於臺灣鑄康熙錢後，鄭氏永曆錢始銷毀改鑄。至此，鄭氏永曆錢之流通，計 37 年之久。

[52] 安便：便，安適。

[53] 金甌：金製的盛酒小盆，以喻國土。金甌缺即喻國土或主權不完整。

[54] 終期玉璽還：玉璽，君主的印信，此處借喻為明朝正朔。意即「反清復明」的事業成功。

[55] 滇池龍已去：滇池，即昆明池，傳說池中有龍宮，所居龍，掌降雨事。典出北宋‧釋贊寧《宋高僧傳‧唐京兆西明寺道宣傳》：「時天旱，有西域僧於昆明池結壇祈雨，詔有司備香燈供具，凡七日，池水日漲數尺。有老人夜詣〔道〕宣求救，頗形倉卒之狀，曰：『弟子即昆明池龍也，時之無雨，乃天意也，非由弟子。今胡僧取利於弟子，而欺天子言祈雨，命在旦夕，乞和尚法力加護。』宣曰：『吾無能救爾，爾可急求孫先生。』老人至〔孫〕思邈石室冤訴再三云：『宣律師示我，故敢相投也。』邈曰：『我知昆明池龍宮有仙方三十首，能示余，余乃救爾。』老人曰：『此方上界不許輒傳，今事急矣，固何所恪。』少選捧方而至，邈曰：『爾速還，無懼胡僧也。』自是池水大漲數日，溢岸，胡僧術將盡矣，無能為也。」

[56] 員嶠鳥猶填：員嶠，神話中，仙山之名。《列子‧湯問》：「渤海之東不知幾億萬里，有大壑焉……其中有五山焉：一曰岱輿，二曰員嶠，三曰方壺，四曰瀛洲，五曰蓬萊。」嶠，音「喬」。鳥猶填，取意《山海經》精衛銜木石，填平大海之故事，本喻仇恨極深，立志報復，後喻意志堅決，不畏艱難。

[57] 正朔存荒服：正朔，指帝王新頒之曆法。古代帝王易姓受命，必改正朔。荒服，古「五服」之一，《尚書‧禹貢》載，王都向四周每五百里為一「服」，依序為甸服、侯服、綏服、要服、荒服。此指臺灣。

行獵，聞雞夜不眠。寧知風折樹，遂至日沈淵。巴蜀悲諸葛，扶餘失**仲堅**[61]。邦基方肇造[62]，國步反迍邅[63]。有子能繩武[64]，生孫不象賢[65]。權臣參幃幄[66]，叛將厲矛鋋[67]。大廈傾誰柱，危巢實可憐。飈焚[68]澎島艦，雷逐吼門船[69]。南國江山改，東都[70]日月懸。祇今尊節義，尚足

---

58 田橫（?- B.C.202）：秦末狄縣人，本齊國宗室族，楚漢爭霸時，田橫立其兄子田廣為齊王，韓信破齊後自立為王，率從屬五百人逃往海島，劉邦稱帝後嘗招降，橫羞為漢臣，遂自盡，餘五百人聞橫死，亦皆自裁。事見《史記‧田儋列傳》。後以亦以「田橫島」指忠烈之士亡命之處。

59 徐福：即徐市（亦作徐芾），字君房，秦朝時齊地人，為方士，曾為始皇之御醫。始皇二十八年（B.C.219），福上書謂海中有蓬萊、方丈、瀛洲三仙山，始皇遂命福率領童男童女數千人，入海求仙，然福率眾出海數年，未嘗有獲。或云福東渡日本，遂為日本第一代天皇（神武天皇）。

60 封鹿：底本作「封鹿」，連橫《臺灣詩薈》（上）作「射鹿」，第三號，1924年4月。《全臺文》主編黃哲永建議作「射鹿」。

61 仲堅：即虬客客，唐傳奇小說中之人物。隋末人，姓張，行三，赤髯如虬，故號「虬髯客」。時天下方亂，欲起事中原，於旅邸遇李靖、紅拂，與紅拂認為兄妹，後因李靖得見李世民（唐太宗），以為「真天子」，乃遁去。悉以其家所有贈靖，以佐世民。臨行云：「此後十年，當東南數千里外有異事，是吾得事之秋也。」貞觀十年，南蠻入奏：「有海船千艘，甲兵十萬，入扶餘國，殺其主自立。」靖知虬髯客成事，歸告紅拂，瀝酒賀之。詳參唐‧杜光庭〈虬髯客傳〉。

62 邦基方肇造：謂國家之根基正在初建。肇造，始建。

63 迍邅：音「諄沾」，處境困頓。

64 繩武：繼承家業。繩，繼承。武，祖武之省，祖先的事功。按：此處指鄭經繼承父志。

65 不象賢：謂子孫不效法有德行之先人。《書經‧微子之命》：「殷王元子，惟稽古，崇德象賢。」此處指鄭克塽。按：鄭經逝後，權臣馮錫範聯合鄭經從弟鄭哲順等宗室將領發動政變，擁立年僅十二歲的鄭克塽為延平王，明鄭經此動盪，國力大減，終至敗亡。

66 幃幄：原指帷幔、帳幕。引申內庭、內室。

67 厲矛鋋：厲，磨，使鋒利。矛、鋋皆指兵器。

68 飈焚：烈焰。

69 飈焚澎島艦，雷逐吼門船：康熙二十二年（1683）6月14日，施琅親率大小戰船六百艘、兵六萬，自福建銅山出兵攻澎。劉國軒則以船三百艘，兵二萬餘駐守澎湖。是時，鄭軍兵力僅清軍三分之一，且居下風，雖力拼

起愚孱[71]。故老談遺事,宗臣薦豆籩[72]。表忠原有觀[73],墜淚[74]已無阡[75]。每覺滄桑換,徒驚歲律[76]遷。我王真突兀,賤子[77]致誠虔。未作中興頌,先修本紀[78]篇。蜉蝣[79]驅俗論,鸞鳳[80]仰高詮。巨闕摩霄漢[81],神威震海壖[82]。大星猶**赫赫**[83],長射赤嵌巔。

延平王祠古梅歌

我聞諸葛廟前古柏柯如銅,堅貞不拔回天工。又聞岳王墳上古檜高摩空[84],萬枝南向表臣衷。我謂古木無知,何得人推崇,千古見者猶思

死戰仍難逃敗戰惡運,劉國軒眼見大勢已去,則率殘部由「吼門水道」逃回臺灣。

[70] 東都:鄭成功於臺南建都東都明京,成功死後,鄭經改東都為東寧王國。

[71] 愚孱:音「餘禪」,愚笨而孱弱之人。

[72] 薦豆籩:指舉行祭儀。薦,進獻、祭獻。豆籩,古代祭祀及宴會時,常用之禮器。木制為豆,竹制為籩。

[73] 觀:道教之廟宇。

[74] 墮淚:指百姓追念已逝之統治者。墮淚碑之典,為紀念西晉征南大將軍羊祜(221-278)的碑石。祜鎮守襄陽時頗為百姓愛戴,祜病逝後百姓乃建廟立碑、逢節拜祭、每每落淚,祜之繼任者杜預(222-285)乃名之為墮淚碑。

[75] 阡:本義為田間南北向的小路,此作墳墓。

[76] 歲律:歲時,節令。

[77] 賤子:謙稱自己。

[78] 本紀:紀傳體史書中的帝王傳記。《史記》稱「本紀」,《漢書》以降只名「紀」。《史記·太史公自序》:「罔羅天下放失舊聞,王跡所興,原始察終,見盛觀衰,論考之行事,略推三代,錄秦漢,上記軒轅,下至于茲,著十二本紀,既科條之矣。」又《史記索隱》:「紀,記也,本其事而記之,故曰本紀。」「又紀,理也,絲縷有紀,而帝王書稱紀者,言為後代綱紀也。」

[79] 蜉蝣:亦作「蜉蝤」,蟲名,比喻淺薄狂妄之人。

[80] 鸞鳳:鸞鳥和鳳凰,比喻賢能之士。

[81] 巨闕摩霄漢:巨闕,指巍然高大之宮殿。摩,追近、接近。霄漢,雲霄與天河。

[82] 海壖:海邊地,泛指沿海地區。壖,音「ㄖㄨㄢˊ」

[83] 赫赫:顯盛、顯赫。

[84] 摩空:摩,接近、迫近;空,天空。

二人之精忠。諸葛存漢岳驅戎，繼其武[85]者唯我延平真英雄。延平祠
宇凌穹窿[86]，中有古梅繽紛開花重。巨榦[87]槎枒[88]葉蒼蘢[89]，暗香浮動
度春風[90]。我謂古梅無知，何得精神通，直使游者觀者弔者詠者猶思
延平羅心胸。延平義憤起孤童[91]，登天直欲跨飛熊[92]。手提長劍倚崆
峒[93]，不能**魯陽麾戈**[94]日再中，亦當立馬天山早掛弓。如何北征南渡
半挫功，闢地開天乃在東海東。神鯨一去[95]水濛濛，**毗舍**[96]江山漲妖
烽。桑田滄海幾度難尋蹤，唯見古梅歲歲開花花屢濃[97]。盤根錯節生
氣充，下有雪凍上雲封。千秋萬劫神幪幪[98]，直使夭桃俗李未敢爭纖

---

[85] 繼其武：追隨前人的腳部，繼承前人志業、精神。武，足跡也。《詩經·
大雅·生民》：「履帝武敏歆，攸介攸止。」

[86] 穹窿：天空。形容天之形狀，似四周低垂而中間隆起狀。穹、窿，皆指隆
起、高起。

[87] 榦：音義同「幹」，事物的主體部分。《淮南子·主術》：「枝不得大於榦，
末不得強於本。」

[88] 槎枒：音「察牙」，樹木枝杈歧出貌。

[89] 蒼蘢：青翠茂盛。

[90] 暗香浮動度春風：梅花散發的清幽香味隨著春風隱隱飄送過來。按：此句
化用宋·林逋〈山園小梅〉：「疏影橫斜水清淺，暗香浮動月黃昏」之句。

[91] 延平義憤起孤童：順治三年（1646）鄭芝龍降清，清兵挾芝龍北，又侵辱
其婦女，成功母自縊而死。成功聞訊悲憤，乃焚儒服、大事整軍抗清，時
年 23 歲。

[92] 飛熊：比喻君王得賢臣輔佐。據《武王伐紂平話》：西伯侯夜夢飛熊一隻，
來至殿下，周公解夢謂必得賢人，後果得賢人姜尚，當時姜尚正在渭水之
濱垂釣。後因以「飛熊」指君主得賢之徵兆。

[93] 崆峒：音「空同」，山名，相傳黃帝問道於廣成子之所。

[94] 魯陽麾戈：指力挽危局。麾，即揮。典出《淮南子·覽冥訓》：「魯陽公與
韓構難，戰酣日暮，援戈而撝〔揮〕之，日為之反三舍。」略譯為：魯陽
公與韓國結仇交戰，戰鬥正處難分難解之際，而太陽即將西沉，魯陽公於
是揮動武器大喝止，太陽竟為之退避三舍。亦可省作揮戈、揮戈返／反日。

[95] 神鯨一去：指被傳說為東海大鯨轉世的鄭成功逝世。詳參前〈滬上逢陳楚
楠〉「騎鯨」，注 138。

[96] 毗舍：毗舍耶之省，為臺灣的舊稱之一。毗，音「皮」。

[97] 連橫《臺灣詩薈》（上）作「愈濃」，第五號，1924 年 6 月，頁 272。

[98] 幪幪：音「平盟」，帳幕，引申為庇蔭、保祐。

穠[99]。紅墻一角月玲瓏，中宵夜冷劍光衝[100]。我來歌歗[101]尤無窮，放眼**九州**[102]心忡忡。不見高岡威鳳鳴梧桐[103]，不見青天一鶴棲喬松，但見梅花如海春溶溶[104]。我欲召廣平[105]命**和靖**[106]，使之為我寫花容。二子載拜辭未工，粗才恐被梅花恫[107]。銅瓶紙帳[108]小家風，名士美人亦惺忪。我時痛飲酒千鍾，我氣盤鬱口吐虹[109]。手把大筆畫地畫天寫萬叢，花大如斗枝如龍[110]。古香古色不與凡花同，擲筆大笑眼矇矓，醉臥梅下魂何從，夢見延平對我拍手驚相逢。

寄王香禪女士津門[111]

短衣躍馬出關時，一笑歸來鬢未絲[112]。兩戒山河曾展覽，百年日月任奔馳。書生合具屠龍技[113]，烈士空吟伏驥詩[114]。準擬閉門求寂靜，禪心玄味遠相期。

---

[99] 穠穠：盛美貌。

[100] 連橫《臺灣詩薈》（上）作「沖」，第五號，1924 年 6 月，頁 273。劍光衝，此指古梅之氣魄似劍之光芒直衝天上。

[101] 歌歗：吟詠歌唱。歗，音義同「嘯」。

[102] 九州：《尚書·禹貢·序》：「禹別九州，隨山濬川，任土作貢。」將上古時之疆域劃為九個行政區，後乃以九州泛指中國。

[103] 高岡威鳳鳴梧桐：典出《詩經·大雅·卷阿》：「鳳凰鳴矣，于彼高岡；梧桐生矣，於彼朝陽。」比喻才高者有發揮之機會。

[104] 春溶溶：形容春光蕩漾。

[105] 廣平：宋璟（663-737），字廣平，唐邢州南和人，玄宗開元初期的宰相。著有〈梅花賦〉。

[106] 和靖：林逋（967-1028），字君復，北宋錢塘人，性恬淡好古，擅長行書，好作詩，隱居西湖孤山，終身不仕、不娶，以植梅養鶴為樂，人譽為「梅妻鶴子」，又稱其為「孤山處士」。卒，諡和靖先生，故又稱林和靖。

[107] 恫：音「動」，嚇唬。

[108] 紙帳：以藤皮繭紙縫製的帳子。

[109] 口吐虹：參前〈題大陸詩草〉「氣如虹」，注 42。

[110] 枝如龍：枝幹盤虯如蟠龍之勢。

[111] 津門：即天津，又稱「津沽」。

[112] 鬢未絲：鬢髮尚未斑白。

答李如月[115]女士贈詩

玉瑝緘札[116]孕來春[117]，一段溫馨字字真。遠道問梅花有信，閒庭詠絮雪無塵。神仙歷劫為名士，天帝胡然[118]是美人。多謝藐姑時女[119]意，猶將堯舜入陶甄[120]。

113　屠龍技：指不為世用的絕技。按：此處與清‧黃景仁「百無一用是書生」之語類似，均謂書生空有絕技（如史識）卻不為世所用。

114　伏驥：喻年老而有壯志。三國魏‧曹操〈步出夏門行‧龜雖壽〉：「老驥伏櫪，志在千里；烈士暮年，壯心不已。」按：此句意同上句，意謂空談夢想，卻不獲明主，無力執行。

115　李如月（1890-1980）：亦名汪李如月，別號團卿，李春生之孫女，夫婿為汪宗埕牧師（1892-1985）；如月能詩，長年協助汪牧師傳道。按：李春生（1838-1924），福建廈門人，幼年受洗、接受西學，來臺後經營茶葉、煤油致富。篤信基督教、力行西化，認為日本所以變法強大，乃開放人民信奉基督教之故，頗與日人親善；台灣首任總督樺山資紀於明治二十九年（1896）返日時，邀春生同往考察 64 日，並攜帶孫輩 6 人赴日留學，成為台灣最早的留學生；春生鑑於日本的西化進步，乃於客中斷辮髮、改西裝，回台後著《東遊六十四日隨筆》以志聞見，又有關於宗教、哲學之論著多種，後人輯為《李春生著作集》。

116　玉瑝緘札：玉瑝，耳珠。緘札，書信。

117　孕來春：孕，含藏也。孕來春，內含溫暖的春意。

118　胡然：為何，表示疑問或反詰。《詩‧鄘風‧君子偕老》：「胡然而天地？胡然而帝也？」鄭玄　箋：「胡，何也。帝，五帝也。何由然女見尊如天帝乎？」

119　藐姑時女：指仙女。《莊子‧逍遙遊》：「藐姑射之山，有神人居焉。肌膚若冰雪，綽約若處子，不食五穀，吸風飲露，乘雲氣，御飛龍，而遊乎四海之外。」此處指李如月女士如仙女般出塵。

120　陶甄：甄，音「真」，製造陶器所用之旋盤。後世多以陶工轉動旋盤製器，比喻聖王治理天下。

柳絮限韻同南社諸子

餳春聲裏唱吳謳[121]，萬點霏霏[122]撲畫樓。三月煙花隨去馬，一隄晴雪逐浮鷗。玉鉤簾外人如夢，紅板橋[123]頭水亦愁。莫怨東風太零亂，他生能化綠萍不。

題南社嬉春圖[124]

大道有端倪[125]，真人得其竅。鑿破混沌心[126]，各擅平生䏁[127]。娥娥[128]南社徒，嬉春恣奇䏁。變化若有神，一一盡窮肖。而我獨好奇，化作美人妙。[129]羅裙六幅裁，拈花睞[130]微笑。以此不壞身，幻為天花繞。

---

[121] 謳：音「歐」，歌曲。

[122] 霏霏：指濃密盛多，或指飄灑、飛揚。

[123] 紅板橋：位於蘇州城東南葑門外，跨葑門塘，北接葑門橫街；舊為木板橋，橋欄漆以紅漆，故名。

[124] 按：「南社嬉春圖」為大正四年（1915）1月1日，南社於黃欣的固園舉辦化妝集會，歡迎雅堂歸臺的活動，眾人變裝打扮，吟詩賦文，並合影留念，出席者暨其扮裝為：張榜山（獵人）、林珠圃（相命仙）、曾右章（藝妓）、連雅堂（貴婦人）、謝石秋（護士）、陳筱竹（和尚）、陳介臣（學童）、黃壽山（醫師）、莊大松（軍人）、蔡津涯（道士）、黃少松（士紳）、許鏡山（老師）、黃茂笙（兒童）、趙雲石（烏龜頭）、黃谿荃（和尚頭）、楊宜祿（閹豬），黃惠適（印度人）、莊燦珍（卜命仙）、許燕珍（武士）、嚴煥臣（護士）、陳壽山（武士）、吳筱霞（小丑）、謝星樓（武士）、謝溪秋（老翁）、陳明沛（刑警）、翁俊明（和尚）、黃福（竊盜）、洪登安（人力車侠）、黃兆彪（外國士紳）、盧塭山（尼姑）、汪祈安（士紳）、張振樑（黑人）。參陳昀秀〈固園到青田街：黃天橫夫婦訪談小記（上）〉，https://tmantu.wordpress.com/2010/06/18/固園到青田街：黃天橫夫婦訪談小記（上）/。

[125] 端倪：頭緒、跡象。

[126] 鑿破混沌心：混沌心，本喻單純質樸之天性。此指無知無識。《莊子・應帝王》：「南海之帝為儵，北海之帝為忽，……日鑿一竅，七日而混沌死。」

[127] 䏁：音義同「妙」。

[128] 娥娥：美好貌。

[129] 按：雅堂變裝為貴婦人。

吁嗟[131]造物心，眾生亦微藐。虫臂與鼠肝[132]，隨形赴所召。斷鶴而續
鳧[133]，其名為詭弔[134]。吁嗟南社徒，游戲亦夭矯[135]。紛紛濁世中，面
目誰能曉。盜蹠而孔丘，衣冠虛其表。臧獲[136]即侯王，貴賤本同調。
況值春光和，萬物各震曜[137]。寫此春人圖，收作春詩料。我亦圖中人，
題圖發大笑。

城南雜詩（十二首）

三年不上城南路，新柳新蒲覆道陰。便約詩人討詩去，踏春聲裏一登
臨。

拋卻塵囂拾得閒，一春無日不看山。何當觸我興亡感，忍淚新亭且破
顏。

---

[130] 睊：看、注視。此或化用「佛祖拈花，迦葉微笑」之典故。

[131] 吁嗟：音「須接」，有所感觸之嗟嘆詞。

[132] 蟲臂與鼠肝：意謂造物賦形，變化無定，人之四肢內腑亦可化作蟲臂鼠
肝。惟隨緣而化，方能所遇皆適。語本《莊子‧大宗師》：「以汝為鼠肝
乎？以汝為蟲臂乎？」成玄英疏：「歎彼大造，弘普無私，偶爾為人，忽
然返化。不知方外適往何道，變作何物。將汝五藏為鼠之肝，或化四支
為蟲之臂。任化而往，所遇皆適也。」虫，《全臺文》主編黃哲永建議作
「蟲」。

[133] 斷鶴而續鳧：鳧，音「福」，野鴨。截斷鶴之長腿以接續野鴨之短腿，比
喻行事違反自然規律。

[134] 詭弔：即「弔詭」，怪異、荒謬，不可思議之事。按：「弔詭」典出《莊
子‧齊物論》，原文作：「丘也與女，皆夢也；予謂女夢，亦夢也。是其
言也，其名為弔詭。」唐‧陸德明《經典釋文》：「『弔』，如字；又音的，
至也。詭，異也。」

[135] 夭矯：飄忽恣縱。《昭明文選》張衡〈思玄賦〉：「偃蹇夭矯，娩以連卷兮。」
唐‧李善注：「夭矯，自縱恣貌也。」

[136] 臧獲：奴婢。古者奴婢皆有罪者為之，故謂之臧獲。

[137] 震曜：顯耀。

才人不偶傷鸚[138]鵡[139]，楚客高歌哭鳳凰[140]。今日寧南門下過，招魂一慟菜畦狂[141]。

十道豐碑贔屭[142]崇，樓船橫海建奇功。祇今僵臥荒煙裏，破碎江山鬼不雄[143]。

魁斗山[144]頭白日斜，飄零龍種痛無家。春風不解冬青恨，碧血猶開帝子花[145]。

環佩聲殘翠羽微[146]，殯宮[147]蕭索落花飛。生愁山鬼逢人笑，手擷蘼蕪薦五妃[148]。

入世居然色相空，天花無影我無蹤。敲殘一局棋枰冷，來聽溪邊萬壑松[149]。

138　連橫《臺灣詩薈》（上）作「鸚」，頁 209。
139　才人不偶傷鸚鵡：才人不偶，有才之人不得時運。傷鸚鵡，指三國時名士禰衡，為人恃才傲物，先後得罪曹操與劉表，一日，於宴會上即席作〈鸚鵡賦〉，賦假鸚鵡托物言志，抒述托身事人之遭遇與憂讒畏譏之心理。
140　楚客高歌哭鳳凰：參前〈出都別耐儂〉「歌鳳楚狂歎已而」，注 770。
141　作者注：「過陳菜畦故宅。」按：即陳瘦痕，浪吟詩社社友。
142　贔屭：音「必細」，龍生九子之一，似龜而好負重，故多作為馱碑之飾，台南赤嵌樓內有石碑九座，碑下靈獸即是。
143　作者注：「過福大將軍生祠故址。」按：「破碎江山鬼不雄」反用宋‧李清照〈夏日絕句〉「生當作人傑，死亦為鬼雄」之語，意謂：在國土淪亡之下，就算是人中豪傑，死後也無法成為鬼中英雄。
144　魁斗山：又稱斗山、桂子山，位於臺南市南區仁和里，上有五妃廟。
145　帝子：指明寧靖王朱術桂從殉之姬妾。作者注：「自寧南門至五妃墓道。」
146　環佩聲殘翠羽微：環佩，指女子所繫帶之佩玉。翠羽，翠鳥。
147　殯宮：古時下葬前臨時安置靈柩之處所。殯，音「鬢」。
148　五妃：寧靖王之妾妃袁氏、王氏、秀姑、梅姐、荷姐。永曆三十七年（1683）施琅克澎湖，鄭克塽降清，寧靖王欲以身殉國，五妃請賜綢帛，自縊於中堂。寧靖王葬五妃於南門城外魁斗山（俗稱鬼仔山，後以諧音而雅稱「魁斗山」或「桂仔山」）。乾隆年間（1746）巡台御史范咸感五妃之氣節，下令修建並立墓碑，為「五妃墓」。作者注：「弔五妃墓。」
149　作者注：「竹溪寺小憩，聽萬壑松壁間語也。」

乘槎[150]何處訪桃源，攬古來尋**夢蝶園**[151]。春夢已醒蝴蝶化，先生歸去佛無言。

信是周餘靡孑遺[152]，淒涼人世海之涯。葬身幸有一坏土，閒散頭銜石虎碑[153]。

生還重喜醉延平，一樹梅花尚未零。擾我桑田多少恨，狂歌飛入小南城[154]。

雲石山人是我師，憐才欲築一莽[155]詩。網羅文獻吾徒責，玉敦珠槃看小兒[156]。

一坵一壑吾能隱，某水某山任釣游。閒[157]與**兒曹**[158]談掌故，胸中自有魯春秋[159]。

城東雜詩（七首）

滄海歸來已夕暉，夢中**五嶽**[160]尚依稀。書生未與興亡責，除卻看山百事非。

---

150 乘槎：乘船。槎音「察」，木筏。
151 夢蝶園：位於舊時台南南門外，明鄭李茂春所築，臺灣入清後，改建為法華寺，位於今台南市中西區法華街 100 號。作者注：「訪夢蝶園故址。」
152 信是周餘靡孑遺：本謂周朝之眾民無一人能逃脫旱災之侵害。王先謙集疏引趙岐《孟子章句》：「周餘黎民，靡有孑遺。志在憂旱災民，無孑然遺脫，不遭旱災者，非無民也。」後指蕩然無存，毫無遺留。孑遺，音「節宜」，殘存者，遺民。
153 閒散頭銜石虎碑：作者注：「弔閒散石虎之墓。」台南之郊，有閒散石虎之墓者，不知何時人，不詳其邑里，雅堂斷為明之遺民，並為之撰〈閒散石虎墓記〉、〈祭閒散石虎文〉。
154 作者注：「謁延平郡王祠。」
155 莽：音「安」，古「庵」字。莽，《全臺文》主編黃哲永建議作「庵」。
156 作者注：「趙雲石社長議就夢蝶園改建南社詩莽。」
157 閒：連橫《臺灣詩薈》（上）作「間」，頁 210。
158 兒曹：兒輩，尊長稱呼後輩之用詞。
159 作者注：「震兒隨行。」

迎春門[161]外草如煙，累得詩人拜杜鵑。故國已蕪王氣盡，口碑[162]猶說永和年。

大岡山接小岡山，山影低徊夕照間。屹立城東三十里，曾從絕巘俯**塵寰**[163]。

野水山花繞墓門，綠衣[164]還見讀書孫。生兒古有孫征虜[165]，手挈[166]江東定一分[167]。

十畝閒閒好種桑，維南維北[168]免思量。他年衣被蒼生志[169]，付與天孫織七襄[170]。

夾道香塵簇管絃[171]，錦衣寶馬擁神仙。東門楊柳垂垂盡，不見鞭春[172]二十年。

---

[160] 五嶽：中國五大名山的總稱，分別為東嶽：山東泰山，西嶽：陝西華山、中嶽：河南嵩山，北嶽：山西恆山，南嶽：湖南衡山。

[161] 迎春門：即大東門，位於台南市東門路與勝利路路口。舊時在城門外有「春牛亭」，每年立春前一天，官員在此舉辦迎春之禮，故城內門題有「迎春門」，城外門則題為「東安門」。

[162] 口碑：指眾人口頭上的讚頌。

[163] 絕巘俯塵寰：絕巘，極高之山峰。巘，音「眼」。塵寰，人間罪惡太多，故佛家稱人世間為「塵寰」。作者注：「兒時曾侍先府君登山兩次。」

[164] 綠衣：應指青衣，即青衿，指少年，或喻學子。

[165] 生兒古有孫征虜：唐·李商隱〈漫成〉之三：「生兒古有孫征虜，嫁女今無王右軍。借問琴書終一世，何如旗蓋仰三分。」孫征虜，即指三國時期孫堅。

[166] 手挈：挈，音「妾」，提。

[167] 作者注：「震兒隨謁先塋。」

[168] 維南維北：維，表示判斷，相當於乃、是、為。

[169] 衣被蒼生志：指有造福百姓之志向。衣被，給人衣穿，比喻加惠於人。

[170] 天孫織七襄：天孫，織女。唐·司馬貞《史記索隱》：「織女，天孫也。」七襄，指精美之織錦。作者注：「城隅有模範桑園。」

[171] 簇管絃：管絃重奏。簇，聚集。

[172] 鞭春：鞭打春牛以示迎春。舊時，府、縣官員於立春前一日，以土為牛，舉行春牛迎春祭祀儀式，以祈豐年，故立春俗稱打春。

幾日騷魂未可追，風光冉冉思離離[173]。**刺桐**[174]花落城隅晚，記繫春**驄**[175]聽賦詩[176]。

蓬萊曲

蓬萊水隔三千里，金銀宮闕排雲起。群仙歡樂不知愁，萬樹桃花紅映水。桃花開落自年年，不管人間海作田。采藥幸逢劉阮侶[177]，避秦卻入武陵船[178]。西風一夜吹蒿里[179]，座有東方饑欲死[180]。臣朔前身是歲星[181]，浮沈遊戲諸天裏。天魔跋扈天女愁，禍水橫流滿十洲。**雲雨行**

---

[173] 風光冉冉思離離：風光，指風景、景色。冉冉，光亮閃動貌。思離離，離別後的思緒。

[174] 刺桐：亦稱海桐、山芙蓉，落葉喬木。按：臺南府城別名刺桐城。清領初，不許台人築城牆，虞明鄭舊部據地反叛；居民乃植刺竹、刺桐之屬為籬，各縣皆然。後幾經民變，城多不守，終於乾隆五十三年（1788）始築府城之土牆。《臺灣縣誌》載：「總鎮營盤，在鎮北坊。遍植莿桐，環以木柵，東西南北，各建草樓。夜則撥兵輪守，以司啟閉。」

[175] 驄：毛色青白相雜之馬。《說文解字》：「驄，馬青白雜毛也。」

[176] 作者注：「歸途訪陳芳園。」陳芳園，即陳逢源（1893-1982），字南都，一字芳園，臺南人。

[177] 采藥幸逢劉阮侶：《太平廣記·卷六十一·天臺二女》載：劉晨、阮肇，入天臺采藥，遠不得返。經十三日，……女遂相送，指示還路，既還，鄉邑零落，已十世矣。

[178] 避秦卻入武陵船：語出陶淵明〈桃花源記〉，文謂晉孝武帝太元年間，一武陵漁人沿溪行走，意外發現桃花林。

[179] 蒿里：原為喪歌，士大夫所用。代指墓地。

[180] 座有東方饑欲死：《漢書·東方朔傳》載：東方朔不滿其地位及待遇，乃對漢武帝曰：「朱儒長三尺餘，奉一囊粟，錢二百四十。臣朔長九尺餘，亦奉一囊粟，錢二百四十。朱儒飽欲死，臣朔饑欲死。臣言可用，幸異其禮，不可用，罷之，無令但索長安米。」後以此典表示不滿於不公正之待遇。

[181] 臣朔前身是歲星：歲星，即木星。相傳東方朔是木星下凡，朔嘗謂同舍郎曰：「天下知朔者，唯大王公耳。」及朔卒，武帝召大王公問之，對以不知。問何能？對以善星曆。乃問諸星皆在否？曰：「諸星具在，獨不見歲星十八年，今復見耳。」帝仰天歎曰：「東方朔生在朕傍十八年，而不知是歲星哉！」見漢·郭憲《東方朔傳》。

時驚楚夢[182]，鳳凰飛去空秦樓[183]。更聞牛女相對泣，聘錢十萬徵求急[184]。維南有箕不可揚，維北有斗不可挹[185]。南斗生稜[186]北斗紅，此時王母宴春宮。階下微聞臣朔奏，翩然騎鶴來虛空。佩環隱隱天風下，集靈臺[187]上停雲駕。娥娥侍女皆傾城，五銖衣[188]薄薰蘭麝。神光離合乍陰陽，閃閃星辰**夜未央**[189]。從此青樓弄明月，不須銀漢阻紅墻[190]。霓裳一曲羽衣舞[191]，生春疊奏**催花鼓**[192]。三千珠履[193]多若雲，十萬銀

---

[182] 雲雨行時**驚楚夢**：用楚王遊陽臺夢遇巫山神女事，指男女歡會，亦借指短暫之美夢。相傳赤帝之女姚姬，未嫁而卒，葬於巫山之陽，楚懷王游高唐，晝寢，夢與其神相遇，自稱「巫山之女」，見宋玉〈高唐賦·序〉及李善注。

[183] 鳳凰飛去空秦樓：秦樓，秦穆公為其女弄玉所建樓，亦名鳳樓。漢·劉向《列仙傳》載弄玉好樂，蕭史善吹簫，作鳳鳴，秦穆公以弄玉妻之，建鳳樓。二人吹簫，鳳凰來集，遂乘鳳飛升而去。

[184] 聘錢十萬徵求急：諺云：「有錢十萬可通仙」。

[185] 維南有箕不可揚，維北有斗不可挹：指徒有虛名或虛有其表。《詩·小雅·大東》：「維南有箕，不可以簸揚；維北有斗，不可以挹酒漿。」這是說南方天上有箕星，狀似箕，惟不能簸米揚糠；北方天上有北斗星，狀似斗，惟不能舀取酒漿。

[186] 生稜：稜，音「ㄌㄥˊ」，木材四角交接處稱為「稜」。《說文解字》：「稜，柧也。」

[187] 集靈臺：唐時臺名，在長生殿側。《舊唐書·玄宗紀下》：「新成長生殿，名集靈臺，以祀天神。」此借用其名。

[188] 五銖衣：指神仙所穿之衣服，輕而薄，僅數銖或半銖之重。

[189] 夜未央：夜未盡，謂夜深尚未到天明時。屈原《離騷》：「及年歲之未晏兮，時亦猶其未央。」王逸 注：「央，盡也。」

[190] 不須銀漢阻紅墻：銀漢，天空聯亙如帶的星群。李商隱〈代應〉詩：「本來銀漢是紅牆，隔得盧家白玉堂。」

[191] 霓裳一曲羽衣舞：霓裳指唐代霓裳羽衣曲，舞者雲霓為裳，著羽毛衣，隨著音樂翩翩起舞，形容樂曲之動人，舞蹈之美麗。傳說這是唐玄宗登三鄉驛望女兒山及遊月宮時，所見之歌舞。

[192] 催花鼓：指打鼓為樂，使花早開。唐·南卓《羯鼓錄》：「嘗遇二月初詰旦，〔明皇〕巾櫛方畢，時當宿雨初晴，景色明麗，……左右相目將命備酒，獨高力士遣取羯鼓，上旋命之，臨軒縱擊一曲，曲名〈春光好〉，神思自得，及顧柳杏，皆已發拆。上指而笑謂嬪御曰：『此一事不喚我作天公可乎。』」後因有「催花鼓」之語。

燈落如雨。微波渺渺暗通辭，香夢惺忪蝴蝶癡。薦枕甄妃[194]猶惝恍，吹簫秦女[195]劇相思。此時遍酌群仙酒，交梨火棗[196]勞纖手。漢皋游女洛川姬[197]，十二金釵齊頫首[198]。鍊方已乞息肌丸[199]，擣藥修成不死丹。誰分[200]天魔還震怒，卻從銀海翻波瀾。樓臺曼衍魚龍戲，蠹蟬[201]食盡神仙字。淮南雞犬[202]亦倡狂，狐女狐姬更妖媚。王母聞言起歎嗟，罡風[203]吹落自由花。金鈴莫繫花枝弱，紅粉空描花影斜。花影花枝春狼籍，蓬山[204]隔斷春消息。蜀魄[205]於今尚泣紅，**楚魂**[206]何日能成碧。三教朱英[207]著意修[208]，大羅天上[209]足無愁。莫因貶謫人間去，笑倒仙人太乙舟[210]。

193　三千珠履：喻貴賓眾多且豪華奢侈。珠履，以寶珠為綴飾的鞋。

194　薦枕甄妃：薦枕，女子獻身侍寢。甄妃，魏文帝曹丕妻，美麗絕倫，知書達禮，又才兼詩文。曹丕稱帝後，移愛別寵而慘遭賜死；曹植〈洛神賦〉寫他夜夢甄氏薦枕歡會，即雅堂所本。

195　吹簫秦女：指秦穆公女弄玉，〈蓬萊曲〉「鳳凰飛去空秦樓」，注 183。

196　交梨火棗：道教所稱之仙果。

197　漢皋游女洛川姬：指漢水、洛水之女神。漢皋游女，語出「漢皋珠」一事，參前〈漢皋遇雪〉「解珮」，注 317。洛川姬，指洛神宓妃。

198　頫首：即俯首，低頭。頫音「俯」。

199　息肌丸：傳說服用可使體態輕盈，容顏美麗。

200　誰分：誰料。

201　蠹蟬：蠹、蟬皆為蛀蟲名。

202　淮南雞犬：喻投靠他人而得勢者。漢・王充《論衡・道虛》：「淮南王劉安坐反而死，天下並聞，當時並見，儒書尚有言其得道仙去，雞犬升天者。」

203　罡風：道教謂高空之風為罡風，後泛指勁風。罡，音「剛」。

204　蓬山：即蓬萊山，相傳為仙人所居。

205　蜀魄：取意「望帝啼鵑」一事。相傳蜀主名杜宇，號望帝，死化為鵑。春月晝夜悲鳴，蜀人聞之，曰：「我望帝魂也」。蜀魄，即鵑魂。

206　楚魂：指楚屈原。

207　三教朱英：應作《三教珠英》，為詩歌選集的類書。武周聖曆二年（699），武則天令學士 47 人修《三教珠英》，其皆為詩人、學者，人稱珠英學士，修書期間「日夕談論，賦詩聚會」，為唐初最大的宮廷詩人群會，崔融編錄其詩為《珠英學士集》。

208　連橫《臺灣詩薈》（下）作「脩」，頁 758。

春樹曲 （有序）

春樹、淡北人，年十四，明眸皓齒，嬌小玲瓏。霧峰[211]某公子見而說之，納之下陳[212]。公子多內寵，有如夫人[213]者六，不數月而愛弛[214]。春樹遂去，再入樂籍，豔名尤甚。時余客大墩，曾見之公子家。迨今已十載矣。春宵買醉，忽遇驚鴻[215]，香國埋愁，劇憐去燕。粧痕未浣[216]，眉黛猶濃，影事[217]重提，綺懷[218]別抱。既聞小小[219]之歌，為譜圓圓[220]之曲，未免有情，聊以志感[221]。

---

[209] 大羅天上：道教所稱三十六天中最高一重天，泛指仙界。

[210] 太乙舟：即太一蓮舟。太乙，傳說中的天神。宋‧胡仔《苕溪漁隱叢話前集‧韓子蒼》載：北宋名畫家李公麟繪有〈太一真人圖〉，圖繪真人臥一大蓮葉中，執書仰讀。韓駒題詩有「太一真人蓮葉舟」句。

[211] 霧峰：台中市霧峰區，舊稱「阿罩霧」，位於台中盆地和台中山地交界處。以車籠埔斷層為界，西側屬沖積扇地形，東側為丘陵地形，多山。

[212] 下陳：古代殿堂下供陳放禮品、婢妾站列的地方。《戰國策‧齊策四》：「狗馬實外廄，美人充下陳。」後多借指後宮婢妾。唐‧駱賓王〈為徐敬業討武曌檄〉：「昔充太宗下陳，曾以更衣入侍。」按：此處「下陳」指春樹為霧峰公子小妾。

[213] 如夫人：美稱他人之妾，身份「如同夫人」之意。語出《左傳‧僖公十七年》：「齊侯好內，多內寵，內嬖如夫人者六人。」也作如君。

[214] 愛弛：謂女子不再得寵。弛，減退。

[215] 驚鴻：形容女子輕盈如雁之身姿。

[216] 粧痕未浣：殘粧未洗。浣，音「晚」，洗、滌。《說文解字》：「浣，濯衣垢也。」

[217] 影事：佛教中指世界上一切事物皆如夢幻泡影，並非真實。

[218] 綺懷：猶言風月情懷。

[219] 小小：指「蘇小小」，為南齊時錢塘名妓，豔聞天下，歷代文人多有題詠。

[220] 圓圓：即「陳圓圓」，為明末吳三桂的愛妾，傳說吳氏為她引清兵入關。吳偉業因此事寫下傳誦千古的〈圓圓曲〉，篇中有句「衝冠一怒為紅顏」，膾炙人口。

[221] 聊以志感：姑且以此記述所感。

玉樓夜冷燒紅燭，酒酣耳熱琵琶促。四絃寂寞忽無聲，聽我一歌春樹曲。淡江有女豔如花，十四玲瓏未破瓜[222]。碧玉麗年嬌待字[223]，綠珠[224]聲價已無瑕。勾闌[225]日暮教歌舞，翠袖紅牙[226]不知數。帳裏楊風[227]唱采春，簾前梨月翻珠樹。樹底流鶯宛轉聲，回眸一笑若為情。朱唇唧雨遮紈扇，綠鬢堆雲[228]倚畫屏。霧峰公子豪華客，承明自擅通侯籍[229]。碎擊珊瑚叱蠢奴[230]，盡傾珠玉求佳色。**北里**[231]相逢問宿緣，千金又出買花錢。早攜嬌鳥籠中住，但作鴛鴦不羨仙。春慵[232]睡起微含笑，開奩[233]自把菱花[234]照。大姨風調小姨嬌，**爭似**[235]新人年更少。新人宜笑又宜顰，密意濃情在一身。好是芙蓉開並蒂，風流占斷大墩春。承歡侍側纔三月，掩袖低徊恩愛絕。東西溝水自分流，朝暮巫雲猶出沒。

---

[222] 破瓜：瓜字可分成兩個八字，故稱女子十六歲時為「破瓜之年」。又可稱女子初次與人性交。

[223] 待字：舊時女子嫁人才能取「字」，故以待字稱待嫁。

[224] 綠珠：指西晉石崇寵姜梁綠珠，後泛指歌女。

[225] 勾闌：又作構欄，賣藝場所，或指妓院。

[226] 紅牙：樂器名，指拍板。

[227] 楊風：即春風。

[228] 綠鬢堆雲：形容黑色鬢髮密集而盛多。鬢，同「鬢」。

[229] 承明自擅通侯籍：自稱在朝為官，寫入諸侯名冊。承明，指入朝或在朝為官。

[230] 碎擊珊瑚叱蠢奴：以西晉·石崇與王愷爭豪的故事，形容霧峰公子出手豪奢、不惜金錢。《世說新語》：「石崇與王愷爭豪，並窮綺麗以飾輿服。武帝，愷之甥也，每助愷。嘗以一珊瑚樹高二尺許賜愷，枝柯扶疏，世罕其比。愷以示崇。崇視訖，以鐵如意擊之，應手而碎。愷既惋惜，又以為疾己之寶，聲色甚厲。崇曰：『不足恨，今還卿。』乃命左右悉取珊瑚樹，有三尺、四尺條幹絕世、光彩溢目者六七枚，如愷許比甚眾。愷惘然自失。」

[231] 北里：指唐代長安城城北平康里，其地為妓院所在。後因用以泛稱娼妓聚居之地。

[232] 春慵：形容在春天時，慵懶之情。

[233] 奩：音「蓮」，化妝盒。

[234] 菱花：指菱花鏡。古代銅鏡多為六角形，背面刻有菱花。

[235] 爭似：怎似。

登車宛轉淚空流，一斛珠連[236]萬斛愁。教曲伎師憐尚在，舊時姊妹憶同游。春江夜月多笙吹，酒闌[237]未忍孤衾[238]睡。真成薄倖[239]怨阿郎，誰念姬姜[240]竟蕉萃[241]。繡閣花開年復年，落花無主意纏綿。蜂愁蝶怨憑誰訴，絮亂絲繁亦可憐。我昔曾游大墩麓，捲簾瞥見長蛾綠[242]。十載青樓夢覺時，又聞山下蘪蕪曲。蘪蕪生長繫相思[243]，何處春風好護持。舊侶已多嗟薄命，美人未嫁惜芳時。昨宵夢斷東西陌[244]，一種春聲忘不得。絮果蘭因[245]即是空，冶葉倡條[246]偏相識。等是[247]人間墜溷[248]花，芳情脈脈起咨嗟。斑騅欲繫**王孫**住，楊柳依依又水涯。[249]

---

[236] 一斛珠連：形容流淚極多。古時一斛為十斗。

[237] 酒闌：指酒筵將盡。闌，盡。

[238] 孤衾：單獨而眠。

[239] 薄倖：薄情、負心。

[240] 姬姜：泛指美女。《文選·任昉·王文憲集序》：「室無姬姜，門多長者。」李周翰 注：「姬姜，美女也。」

[241] 蕉萃：《全臺文》主編黃哲永建議作「憔悴」。

[242] 長蛾綠：指女子細長而黑之眉毛。

[243] 蘪蕪：草名，芎藭的苗，葉有香氣，此以喻歌女。

[244] 夢斷東西陌：夢斷，猶夢醒。東西陌，田間東西方向之道路。

[245] 絮果蘭因：蘭因，喻美好之前因。絮果，指飄絮離散之結果。後世多以「蘭因絮果」喻男女始合終離，婚姻不幸。

[246] 冶葉倡條：指婀娜多姿之柳條，泛指美麗多姿之花草樹木。後借指歌伎、妓女。

[247] 等是：同樣是、都是。

[248] 溷：音「ㄏㄨㄣˋ」，一指骯髒、混濁，一指廁所。

[249] 斑騅欲繫王孫住，楊柳依依又水涯：騅，音「追」，顏色混雜的馬。王孫，王爵之子孫，泛指貴族子孫，亦用以尊稱一般青年男子。古詩文中楊柳通用，泛指柳樹。依依是輕柔的樣子。古人送行，折柳相贈，表示不捨的惜別之意。這裡是說儘管王孫有意留住，現實無情，卻又不得不在水濱折柳贈別。

得香禪書卻寄

銀河迢遞隔紅牆，耿耿[250]星辰夜未央。遠道幸投青玉案[251]，幾○[252]重上鬱金堂[253]。九歌公子思南國，一笑佳人在北方。莫怨秋蕖[254]漸零亂，昵[255]他紅處護鴛鴦。

再寄香禪

名山絕業足千年，猶有人間未了緣。聽水聽風還聽月，論詩論畫復論禪。家居鹿耳鯤身畔，春在寒梅弱柳邊。如此綺懷消不得[256]，一簫一劍且流連。

中秋 (四首)

八年不看臺南月，獨上高樓自放歌。盈缺匆匆愁裏過，一輪還照舊山河。

塞北江南月有情，聽歌載酒月中行。天津橋上還相憶，靜對姮娥坐到明。

木犀[257]花發透層霄，隔院笙歌未寂寥。更喜團圓簾外月，清尊[258]清話度清宵。

---

[250] 耿耿：明亮貌。
[251] 青玉案：東漢·張衡〈四愁詩〉：「美人贈我錦繡段，何以報之青玉案。」後世因取以為詞調名，又泛指古詩。唐·杜甫〈又示宗武〉：「試吟青玉案，莫羨紫羅囊。」仇兆鰲 注：「青玉案，謂古詩。」
[252] 編者按：「○」，臺灣分館藏本作「時」。
[253] 鬱金堂：《玉台新詠》卷九引南朝·梁武帝〈河中之水歌〉：「盧家蘭室桂為梁，中有鬱金蘇合香」之句，描繪盧家婦莫愁之居室，後因以「鬱金堂」或「鬱金屋」稱女子芳香高雅之居室。
[254] 秋蕖：秋荷。蕖，音「渠」，荷花之別稱。
[255] 昵：音「逆」，通「暱」，親近。
[256] 消不得：消，銷也，難以排解之謂。

絲竹中年[259]百不宜，況逢佳節苦無詩。紙屏獨倚秋光冷，奪餅[260]紛紛看小兒。

哭林癡仙[261]

來日大難君竟死，此時痛哭我何癡。江山憔悴秋先老，風雨飄零夢亦疑。胸有千秋唯縱酒，交從十載況論詩。汴溪[262]流水聲嗚咽，他日招魂拜子規[263]。

過故居有感

海上燕雲[264]涕淚多，劫灰零亂感如何。馬兵營外蕭蕭柳，夢雨[265]斜陽不忍過。

---

257 木犀：即桂花。常綠灌木或小喬木，葉橢圓形，花簇生於葉腋，黃色或黃白色，有極濃郁之香味，可製作香料。
258 清尊：亦作清樽、清罇，酒器也，亦借指清酒。
259 絲竹中年：《晉書·王羲之傳》：「謝安嘗謂羲之曰：『中年以來，傷於哀樂，與親友別，輒作數日惡。』羲之曰：『年在桑榆，自然至此，頃正賴絲竹陶寫。』」後因謂中年人以絲竹陶情排遣哀傷為「絲竹中年」。
260 奪餅：中秋節的習俗，流行於閩南與台灣，《諸羅縣志·卷八·風俗志·漢俗·歲時》：「中秋……四境歌吹相聞，謂之社戲。會飲賞月，製大餅以象之；士子硃書「元」字，用骰子擲四紅奪餅，預取『秋闈奪元』之兆。」
261 林癡仙（1875-1915）：林朝崧，字俊堂（一作峻堂），號癡仙、無悶道人，臺中人，霧峰望族，林家下厝林文明的養子。光緒十四年（1888）生員，乙未割臺時，隨家人西度福建泉州，明治三十二年（1899）返台定居。三十五年（1902）與姪子林幼春、彰化賴紹堯倡組「櫟社」，為創社九老之一。四十三年（1910）梁啟超訪臺，勉勵櫟社社子勿以遺民自居，癡仙遂投入臺中學及臺灣同化會的創設，後同化會遭總督府打壓而失敗，癡仙憤懣不已，不久病卒。著有《無悶草堂詩存》。
262 汴溪：於台中太平鄉境內。
263 子規：杜鵑鳥之別名。相傳周末蜀王杜宇，號望帝，失國而死，其魄化為杜鵑，日夜悲啼，淚盡繼以血，哀鳴而終。

半月樓[266]

騎秋[267]風雨暗城南，禊事[268]重修酒正酣。半月樓空歌舞歇，亂蛙衰葦滿寒潭。

西風

南臨百粵北居庸[269]，兩界山河在眼中。誰料閉門貪寂靜，打窗落葉又西風。

264　海上燕雲：此借指清廷割讓臺灣予日本，猶如海上的燕雲十六州。五代時，石敬瑭割讓燕雲十六州予契丹，遂建立後晉。見《新五代史·晉高祖紀》。

265　夢雨：迷濛細雨。

266　半月樓：位於台南法華寺（「夢蝶園」舊址）內，該寺原為明鄭遺老李茂春故居，建於明永曆年間，茂春死後改為準提庵。乾隆三十年（1756）臺灣知府蔣允焄於寺前鑿池以關觀美人競渡，該池原名「南湖」，因形像半月，亦稱「半月池」，池南邊建一幢榭臺，名為「半月樓」。

267　騎秋：秋雨連旬，謂之騎秋。諺云：「騎秋一場雨，遍地出黃金。」按：連橫《雅堂文集》云：「臺灣景色之可入詩者，美不勝收，余曾採取數十條，載於《詩乘》及《漫錄》中。如秋雨連旬，謂之『騎秋』。『騎秋』二字入詩甚新。」

268　禊事：即修禊。參前〈壬子（大正元年，1912）十月十日〉「修禊」，注 180。

269　南臨百粵北居庸：百粵，居江、浙、閩、粵一帶。居庸，長城重要關口，在北京市西北。

哭賴悔之[270]

酒徒**寥落**[271]今何世，詞客飄零亦足哀。搔首問天成獨醉，狂歌斫地[272]
負奇才。死生一瞬乾坤小，風雅千秋[273]道義隤[274]。月黑楓青難再見，
可能化鶴夢中來。

法華寺畔有閒散石虎之墓[275]，余以為明之遺民也，將遭毀掘，乃為移葬夢蝶園中，為文祭之，復繫一詩

草長鵑啼事渺茫，殘山剩水更悲傷。姓名未入遺民傳，碑碣[276]空留古
寺旁。夢蝶客歸園月冷，騎鯨人去海波荒。南無樹下優曇畔[277]，寸土
猶能發異香[278]。

270　賴悔之（1871-1917）：賴紹堯，字悔之，彰化人，光緒年間生員。日治
　　後常與林癡仙、林幼春詩酒唱和，癡仙因喻為「天荒地老三詩客」。明治
　　三十五年（1902）三人議創櫟社，大正元年（1912）被推舉為社長。自
　　署作品為《逍遙詩草》，未輯而佚，雅堂據《櫟社第一集》及《臺灣詩薈》
　　彙輯其作，名《悔之詩鈔》。

271　寥落：稀疏，冷清，或指衰敗、破落。

272　斫地：砍地，表示憤激。斫，音「卓」。

273　風雅千秋：風雅，泛指詩文之事。千秋，千年。

274　隤：音「頹」，毀，敗壞。

275　閒散石虎之墓：日治以前，法華寺北邊發現古墓，墓碑題：「閒散石虎之
　　墓」。大正五年（1916），擴建台南第一公學校（即現臺南大學附屬小學）
　　時，墓移葬法華寺，墓碑則立於法華寺納骨塔前。

276　碑碣：碑刻的統稱。方者為碑，圓者為碣，後多混用。碣，音「結」。

277　南無樹下優曇畔：南無，音「難魔」，禮敬、皈依之意，此指佛寺。優曇，
　　即優曇鉢花，產印度，其花隱於花托內，一開即斂，不易被看見。按：
　　法華寺內之曇花，即臺灣獨稱之曇花，非《法華經》中之優曇鉢花，亦
　　非俗稱之瓊花。

278　作者注：「園中有南無十數株，又有優缽曇花，則葬於此。」

海濱夜宿

頻年漂泊未曾休，況是蕭條海上秋。曲渚[279]斷蘆依淺水，故園叢菊憶
孤舟。簷前月出神蟲叫[280]，沙際潮平鬼蟹游[281]。賴有村翁能解事，剪
燈閒話[282]夜悠悠。

---

[279] 渚：音「主」，小洲，水中之小陸地。

[280] 作者注：「神蟲即守宮，入夜能鳴，其聲如雀，號為知更，然臺南以外則
　　否，亦地氣使然耶。」按：陳慶浩、王秋桂《臺灣民間故事集》：「臺灣
　　民間把壁虎視為神蟲，稱之『鐵甲將軍』，其由來是：相傳民族英雄鄭成
　　功當年率領大軍收復臺灣時，由鹿耳門登陸占領南部赤崁後，再猛攻安
　　平城，強迫荷蘭殖民軍隊投降。不料，荷蘭殖民者詭計多端，一面偽裝
　　投降，一面暗中派人向爪哇的荷蘭軍隊大本營求救。半個月後的一個深
　　夜，爪哇的荷蘭援軍趕來了，悄悄通知城裡的荷蘭殖民軍，準備內外夾
　　攻，妄圖把鄭成功一口氣消滅。壁虎是在夜裡出來尋找食物的，當它們
　　看到鄭成功的軍隊都不知情，絲毫沒有防備，於是急忙召集濁水溪以南
　　所有的壁虎，全都聚集在鄭軍營壘四周，壁虎本來是不會叫的，但當時
　　情勢危急萬分，便鼓起全身氣力，試張開嘴，大聲喊叫，果然發出了嘰
　　嘰嘎嘎一陣陣響聲，驚醒了鄭軍士兵，起而備戰。敵人偷襲不成，反而
　　傷亡慘重，大敗而逃。戰事結束，大家追查聲音來源，才發現原來是壁
　　虎相助。於是鄭成功封壁虎為『鐵甲將軍』，稱為神蟲，並且特別准許它
　　們自由進出官邸，也可任意高聲鳴叫，還通令軍民不得對其加害。但是
　　濁水溪以北地區的壁虎，它們的形狀和南部的壁虎一樣，因為沒有參戰，
　　所以叫不出聲來，也沒有受封。」（臺北：遠流出版公司，1989 年版，
　　頁 299-300。）

[281] 作者注：「鬼蟹大徑尺，狀如傀儡，產臺灣。」

[282] 剪燈閒話：「剪燈」本泛指明代以「剪燈」為名的相關「志怪」筆記小說，
　　此處借以比喻詩文中「神蟲」、「鬼蟹」等軼事。按：喬光輝《明代剪燈
　　系列小說研究》：「瞿佑的《剪燈新話》……該書完稿於洪武十一年
　　（1378），『既成，客聞而求觀者眾』，產生很大的影響。不久，就有模仿
　　它的作品問世。永樂庚子（十八年，1420）李昌祺著《剪燈餘話》……
　　明中葉以後，文網稍寬，仿效作品則更多，如周禮著《秉燭清談》五卷、
　　丘燧著《剪燈奇錄》六卷、周八龍著《挑燈集異》八卷、陳鍾盛著《剪
　　燈紀訓》、邵景詹著《覓燈因話》二卷、佚名《剪燈續錄》十卷以及託名
　　自好子編輯的《剪燈叢話》十二卷等。」（北京：中國社會科學出版社，
　　2006 年版，頁 1-2）。

寒鴉歎

凍雲壓城城欲沉[283]，悲風獵獵摧空林。林間棲鴉忽驚起，飛來屋角相
追尋。屋中有人方夜讀，攤書未睡起沉吟。啁啾咿啞[284]為何事，開門
一見天森森。北斗無芒寒月墜，中宵氣冷侵衣襟。汝巢既覆汝身瘦[285]，
羽毛未滿天又陰。徹彼桑土[286]計非晚，汝手拮据汝口瘖[287]。我生以來
多憂患，劬勞[288]筋骨苦志心。每思古訓自鞭策，沃土之民逸則淫。日
日賣文博斗酒，歸來婦子相勸斟。醉後歌聲出金石[289]，俯視塵世微古
今。侏儒飽死臣朔餓[290]，如何惻惻[291]哀[292]微禽。鴉兮鴉兮汝勿哭，會
見朝陽威鳳求好音[293]。

---

[283] 凍雲壓城城欲沉：指黑雲密佈城之上空，勢將城墻壓塌。喻戰事將近，
    或喻惡勢力之氣焰囂張。凍雲，嚴冬之陰雲。語出唐・李賀〈雁門太守
    行〉：「黑雲壓城城欲摧，甲光向日金鱗開。」

[284] 啁啾咿啞：啁啾，鳥鳴聲。咿啞，音「衣壓」，象聲詞，轉動或搖動聲。

[285] 連橫《臺灣詩薈》（下）作「瘠」，第十三號，1925 年 1 月，頁 3。

[286] 徹彼桑土：典出《詩經・國風・豳風・鴟鴞》：「迨天之未陰雨，徹彼桑
    土，綢繆牖戶。」按：迨，及、趁著；徹，通「撤」，剝取；桑土，土，
    「杜」之借字，桑杜，即桑根，此處指桑根之皮；綢繆，纏縛，密密纏
    繞之意。「迨天之未陰雨，徹彼桑土，綢繆牖戶」略譯為：趁着天空尚未
    陰雨，啄取那桑皮桑根，將窗扇門戶的縫隙縛緊。以上，後世遂以「未
    雨綢繆」比喻及早準備。按：雅堂「徹彼桑土計非晚」之語，表面上是
    說：寒鴉若能啄取桑根樹皮的話重補「覆巢」的話，那麼還不算晚。但
    觀看後文即可知曉，實際上無法做到（即「汝手拮据汝口瘖」之謂）。另，
    進一步看，此處寒鴉「覆巢」或隱喻失國離家，故無法單憑一己之力彌
    補禍患。

[287] 瘖：音「因」，不能言語、不能出聲。

[288] 劬勞：劬，音「渠」，勞苦、辛勤。

[289] 醉後歌聲出金石：醉後歌聲似由樂器發出之聲音，形容醉後歌聲悅耳動
    聽。金石，古時打擊樂器。

[290] 侏儒飽死臣朔餓：詳參前〈蓬萊曲〉「座有東方饑欲死」，注 180。按：
    此處雅堂自喻如東方朔般「鬻文」為生，卻只能獲致微薄的酬勞，故無
    法對寒鴉有所幫助。

[291] 惻惻：悲痛、懇切。

丁巳（1917）元旦

莽莽星球又一旋[294]，人間何處得春先。新蒲細柳皆爭長，冶燕[295]癡鶯亦可憐。三海**屠龍**[296]成浩劫，中原躍馬待明年。椒醑[297]醉後婆娑舞，快讀螣蛇烈士[298]篇。

北望[299]

北望風雲暗，東來草木新。中原猶戰鬥，故國欲沉淪。豈是唐虞禪[300]，偏生莽卓臣[301]。黃花[302]如可問，愁絕淚沾巾。不惜民權貴，唯知帝制尊。可憐華盛頓，竟作拿波崙。國會遭摧折，邦基又覆翻。共和纔五[303]載，興廢與誰論。新室[304]當朝詔[305]，齊臺勸進[306]牋。文人甘作賊，

292　哀：哀憫。
293　朝陽威鳳求好音：比喻有能力者得以一展所長。威鳳，難得之賢才。求好音，猶言好消息。
294　又一旋：旋，轉也，此處指地球又公轉一周，即又過了一年。
295　冶燕：野燕。冶，古同「野」。
296　屠龍：比喻與強敵爭鬥。
297　椒醑：音「交許」，以椒浸制之烈酒。醑，美酒。
298　螣蛇：螣，音「疼」，亦作「騰蛇」。傳說中龍之一種，能乘雲霧升天。典出曹操〈龜雖壽〉：「神龜雖壽，猶有竟時。騰蛇乘霧，終為土灰。老驥伏櫪，志在千里。烈士暮年，壯心不已。」
299　作者注：「袁世凱僭帝時作。」連橫《臺灣詩薈》（下）作「北望八首」，作者注，則同，頁139。
300　唐虞禪：指堯帝德治禪讓虞舜。《孟子・卷九・萬章上》：「孔子曰：『唐虞禪，夏後殷周繼，其義一也。』」按：「豈是唐虞禪」譏諷袁世凱稱帝非古聖賢時代的「禪讓」。
301　莽卓臣：指王莽、董卓篡漢，此處指袁世凱稱帝。按：袁世凱於民國四年（1915）12月宣佈自稱皇帝，改國號為中華帝國，建元「洪憲」，引發全面性地「護國運動」，後來在做了83天皇帝之後宣佈取消帝制。本詩寫於〈丁巳（大正六年，1917）元旦〉之後，故明顯地指涉袁世凱「稱帝」事件。
302　黃花：「黃花崗」之省，指辛亥革命為國捐軀的黃花崗烈士。
303　連橫《臺灣詩薈》（下）作「四」，頁139。

武士復爭權。豺虎衡途臥，鯤鵬絕海騫[307]。中宵愁不寐[308]，翹首望南天。**玉弩**[309]滇池[310]外，金戈越**海隅**[311]。**唐衢**[312]真痛哭，蔡澤[313]願馳驅。**露布**[314]傳千里，風聲遍九區。**桓桓**[315]諸義士，討賊莫踟躕[316]。白馬來盟日[317]，黃龍痛飲時。登壇齊歃血[318]，破陣待然脂[319]。楚水連天闊，

---

[304] 新室：王莽新朝別稱。

[305] 朝詔：詔書、詔令。

[306] 勸進：指王莽受勸進。

[307] 鯤鵬絕海騫：指鯤鵬揚翼於極遠之大海。喻小人當道與君子路窮。騫，音「千」，高舉、飛起。

[308] 連橫《臺灣詩薈》（下）作「中宵憂耿耿」，頁 140。

[309] 玉弩：流星。古人以為流星出現，是天下將亂的徵兆。《尚書·帝命驗》：「天鼓動，玉弩發，驚天下。」鄭玄 注：「秦野有枉矢星，形如弩。其星西流，天下見之而驚呼。」

[310] 滇池：亦稱昆明湖、昆明池，古稱滇南澤，位於中國雲南省昆明市西南部，為雲南省面積最大的高原淡水湖。

[311] 海隅：海角、海邊，常指僻遠之地方。

[312] 唐衢：唐朝人，每讀文章或喝酣時，則大哭。《舊唐書·列傳·卷第一百一十》：「唐衢者，應進士，久而不第。能為歌詩，意多感發，見人文章有所傷歎者，讀訖必哭，涕泗不能已。每與人言論，既相別，發聲一號，音辭哀切，聞之者莫不淒然泣下。嘗客遊太原，屬戎帥軍宴，衢得預會。酒酣言事，抗音而哭，一席不樂，為之罷會，故世稱唐衢善哭。」後用為傷時失意之典。按：此以唐衢借指與蔡鍔一同起護國戰爭的唐繼堯。

[313] 蔡澤：戰國時代燕國人，天下雄俊弘辯智士，後入秦，位至卿相，見《史記·范睢蔡澤列傳·第十九》。按：此處以蔡澤借指當時發起「護國運動」的蔡鍔。

[314] 露布：軍隊之捷報或告示。

[315] 桓桓：音「環」，威武勇猛貌。

[316] 踟躕：音「池除」，徘徊，心中猶疑，亦作「踟躇」。連橫《臺灣詩薈》（下）作「踟躇」，頁 140。

[317] 白馬來盟日：白馬盟誓之日。《史記·呂太后本紀》：「高帝刑白馬盟曰：『非劉氏而王，天下共擊之！』」

[318] 歃血：古人盟會時，微飲牲血，或含於口中，或塗於口旁，以示信守誓言之誠意。歃，音「煞」。

秦雲入地奇。更聞巴蜀險，得失繫安危。逐鹿[320]悲項羽，投龜哭楚靈[321]。烏江終不渡，漢水恨難平。黃屋[322]他年夢，丹旐[323]故里行。淒涼洹[324]上土，枯骨塚中輕。日月低燕樹，雲霞繞漢宮。西山方射虎，南海又屠龍。**擊楫中流**[325]淚，麾戈再造功。群兇如不殺，終恐化妖虹。國是雖無定，人謀自可臧[326]。同袍爭敵愾，大廈免淪亡。水息魚龍靜，風恬[327]燕雀翔。春江無限好，濯足詠滄浪[328]。

偕少雲觀永樂班女伶（四首）

放眼春光驀地[329]多，紛紛**鶯燕**[330]盡婆娑。香車夜碾城西月，半為看花半聽歌。

銀燈歷亂[331]照紅粧，**寶髻雲鬟**[332]列兩行。爭似女兒能變化，一時粉墨即侯王。

---

319 破隯待然脂：隯，音「導」，古同「島」。然脂，點燃火炬。《三國志・魏志・劉馥傳》：「孫權率十萬眾攻圍合肥……然脂照城外，視賊所作而為備。」

320 逐鹿：語出《史記・淮陰侯列傳》：「秦失其鹿，天下共逐之。」鹿，喻指帝位。後以「逐鹿」指爭奪天下。

321 投龜哭楚靈：投龜，指占卜。楚靈，指屈原。

322 黃屋：指帝王權位。《續資治通鑒・宋高宗紹興八年》：「朕本無黃屋之心，今橫議若此，據朕本心，惟有養母耳。」

323 丹旐：猶丹旌，古時葬禮時用的紅色幡旗。旐，音「照」，旗畫龜蛇者稱旐。

324 洹：音「還」，水名，在今河南省，亦稱安陽河。

325 擊楫中流：指晉祖逖統兵北伐，渡江中流，拍擊船槳，立誓收復中原。後以此頌揚立誓收復失地之壯志。

326 人謀自可臧：人之計畫可以細密完備。謀，謀畫。臧，善。

327 恬：安靜、安然。

328 濯足詠滄浪：語本《孟子・離婁上》：「滄浪之水清兮，可以濯我纓。」後引申除去人間雜陳紛擾，以保亮潔之品德。

329 驀地：陡然地，令人感到意外。

330 鶯燕：黃鶯與燕子，泛指春鳥，或指歌姬、舞女。

331 歷亂：紛亂，雜亂。

亦有佳人字莫愁，當筵自撥鈿箜篌[333]。離離紅豆多情種，移向東風[334]較自由。

玉樓春帳可憐宵，劍影簫聲慰寂寥。一種傾城傾國恨，桃花扇底話南朝[335]。

雜詩寄林南強（四首）

啁啾眾鳥沸如雷，想見高岡一鳳哀。左倚桂旗[336]右蕙蓋，年年清淺看蓬萊[337]。

旗鼓騷壇張一軍[338]，亦狂亦俠亦溫文[339]。詩家別有維摩壘[340]，五字長城待策勳[341]。

---

[332] **寶髻雲鬟**：指髮髻。髻，盤在頭頂或腦後之髮結。鬟，環形之髮髻。

[333] 箜篌：弦樂器，形似瑟而較小，弦數不一，少至五根，多至二十五根，用木撥彈奏，或稱為「空侯」、「坎侯」。

[334] 東風：此指春風。

[335] 桃花扇底話南朝：桃花扇，傳奇名，孔尚任作，敘述侯方域與名妓李香君之故事，並及南明興亡，謂弘光昏昧，葬送江南大好江山。《桃花扇·入道》：「白骨青灰長艾蕭，桃花扇底送南朝。」

[336] 桂旗：繫上桂花的旗子。《楚辭·九歌·山鬼》：「乘赤豹兮從文狸，辛夷車兮結桂旗。」王逸 注：「結桂與辛夷以為車旗，言其香絜也。」

[337] 蓬萊：東海中的仙島。此指臺灣。

[338] 旗鼓騷壇張一軍：旗鼓，喻整頓再起。騷壇，詩壇、文壇。張一軍，喻另闢新領域。張，設立；一軍，軍隊。

[339] 亦狂亦俠亦溫文：又狂放，又俠氣，又溫文儒雅。按：雅堂此句典出龔自珍〈己亥雜詩〉第二十八首〈別黃蓉石比部玉階〉：「不是逢人苦譽君，亦狂亦俠亦溫文；照人膽似秦時月，送我情如嶺上雲。」龔自珍此詩以「亦狂亦俠亦溫文」盛讚好友黃玉階（廣東番禺人，曾任刑部主事），而雅堂以之轉贈林資修，更覺貼切。蓋資修體貌溫文，為詩則以肆放縱橫、慷慨閎奇見稱，故其人既具狂態、有俠氣，也細膩溫文，正符合「亦狂亦俠亦溫文」之謂。

[340] 詩家別有維摩壘：謂詩人各有洞天。維摩居士之居室，雖一丈見方，其所包容極廣。《維摩經·文殊師利問疾品》載：長者維摩詰現神通力，即

天地奇文未敢私，幾人剽竊幾人知。夢夢上帝無言日，跳盪披猖[342]任小兒。

仙才[343]已死鬼才殤[344]，剩有悲歌哭楚狂[345]。行盡黃河九千里，濯纓濯足在滄浪[346]。

端午弔屈平

秦人大笑楚人哭，懷王入關[347]今未復。楚人大笑秦人號，咸陽一炬[348]豈能逃。天下紛紛說秦楚，強者如狼弱如鼠。問天呵壁[349]彼何人，亡

時彼佛遣三萬二千師子坐，高廣嚴淨，來入維摩詰室，其室廣博，包容無所妨礙。

341 五字長城待策勳：五字長城，稱譽擅長於作五言詩者。策勳，記功嘉獎。
342 披猖：恣意狂亂貌。
343 仙才：指林癡仙。
344 殤：未成年而夭折曰「殤」。
345 楚狂：指佯狂者，詳參前〈出都別耐儂〉「歌鳳楚狂歎已而」，注 770。
346 濯纓濯足在滄浪：指除去人間雜陳紛擾，以保亮潔之品德，參前〈北望〉「濯足詠滄浪」，注 328。
347 懷王入關：楚懷王熊槐，楚威王之子。《史記‧楚世家》載，懷王三十年（B.C.299），秦伐楚，取八城。秦昭王致書懷王，邀至武關會盟。昭睢與懷王庶子子蘭意見相左，懷王猶豫不決，最後聽從庶子意見赴秦。懷王一到武關立刻被劫持到秦都咸陽。昭王脅迫懷王割巫、黔中之都。懷王不從。楚國大臣見懷王拘於秦，另立太子橫為新君，是為楚頃襄王。秦王怒，攻楚，取十五城。頃襄王二年（B.C.297），懷王潛逃，仍被秦軍追回。隔年，懷王病逝於秦。楚秦絕。
348 咸陽一炬：秦末項羽攻陷咸陽，放火燒「阿房宮」。語見唐‧杜牧〈阿房宮賦〉「六王畢，四海一，蜀山兀，阿房出……楚人一炬，可憐焦土！」。
349 問天呵壁：漢‧王逸〈天問‧序〉：「屈原既放，悲憤鬱結，見神廟中之壁畫，就其所畫內容，對天質問若干事象，且將其所問書於壁上。」後用此指文人失意時，無奈憤懣之情。

國之讎不共處。年年五月江水寒，**靈旗**欲下雲容與[350]。楚雖三戶足亡秦，郢中且記南公語[351]。

寄李耐儂夫婦北京[352]（四首）

我依秋水思君子，每對春雲憶美人。一自京華[353]分手後，隔江消息斷雙鱗[354]。

梳頭逆旅逢張妹[355]，割肉堂前見李郎[356]。匹馬化龍東海去，虯髯從此閟[357]行藏。

十年飽看魚龍戲，萬里空懷猿鶴群[358]。痛飲狂歌猶似昔，幾時尊酒重論文。

---

[350] 靈旗欲下雲容與：靈旗，戰旗，出征前必祭禱之，以求旗開得勝，故稱。容與，徘徊不定，猶豫不前。

[351] 郢中且記南公語：《史記‧項羽本紀》：「夫秦滅六國，楚最無罪。自懷王入秦不反，楚人憐之至今，故楚南公曰：『楚雖三戶，亡秦必楚』也。」南公，當時楚國著名之陰陽家及術士，嘗於秦鼎盛時預言：「楚雖三戶，亡秦必楚！」意指楚國就算只剩三戶人家，亦能滅亡秦國。比喻力量雖小，決心大亦可成功。郢中，即郢都，楚國都城，在今湖北省江陵縣附近。

[352] 連橫《臺灣詩薈》（上）無「北京」二字，題下另有「己未」（即大正八年，1919），頁 484。

[353] 京華：國都所在，為文物、人才匯集的地區，故稱為「京華」。《文選》郭璞遊仙詩七首之一：「京華遊俠窟，山林隱遯樓。」這裡代指北京。

[354] 雙鱗：代指書信。漢樂府〈飲馬長城窟行〉：「客從遠方來，遺我雙鯉魚。呼兒烹鯉魚，中有尺素書。」

[355] 梳頭逆旅逢張妹：語出〈虯髯客傳〉中紅拂女與虯髯客以兄妹相稱的故事。逆旅，客舍、旅店。張妹，紅拂女本名張出塵。

[356] 割肉堂前見李郎：李郎即李靖，句謂〈虯髯客傳〉中虯髯客與李靖、紅拂初會於旅店中事。

[357] 閟：音「必」，掩蔽。

[358] 空懷猿鶴群：懷抱隱逸之心。猿鶴，借指隱逸之士。

司馬情書含**悱惻**[359]，公羊大義[360]未凋零。治經治史家常事，但願兒曹識一丁。

八卦山行[361]

天狼晝明天狗惡[362]，黑旗無光日色薄。萬雷澒洞撼孤城，八卦山頭雲漠漠[363]。驀然一騎突圍來，左甄右甄相刺斫[364]。鼻頭出火耳生風[365]，五百健兒齊踴躍。是何意態偉且雄，延陵季子神磅礴[366]。書生抵死在疆場，志士不忘在**溝壑**[367]。城存與存亡與亡，萬民空巷吞聲哭。裹屍馬革復何慚，弩目牛皮[368]今非昨。提刀大笑向天行，中宵幾見旄頭落

---

[359] 司馬情書含悱惻：形容內心悲苦淒切。連橫《臺灣詩薈》（上）作「司馬憤書誠悱惻」，頁 484。按：司馬即司馬遷，「情書」意謂充滿情感的史書，若作「憤書」則謂發憤著書。

[360] 公羊大義：指公羊高《公羊傳》一書，旨在闡發《春秋》之微言大義。

[361] 八卦山行：指黑旗軍在八卦山的抗日戰役。

[362] 天狼晝明天狗惡：天狼，星名，為夜空中最亮之恆星，又名天狗星，主侵掠。屈原《九歌·東君》：「青雲衣兮白霓裳，舉長矢兮射天狼」。王逸注：「天狼，星名，以喻貪殘。」按：古人為天狼星出現或星光由青白轉紅時，為不祥、災厄、疾病之徵兆。

[363] 雲漠漠：指雲密佈，或雲迷濛。

[364] 左甄右甄相刺斫：猶左翼軍與右翼軍互相攻擊。甄，軍隊之兩翼。斫，音「卓」，《說文解字》：「斫，擊也。」以刀斧砍削。

[365] 鼻頭出火耳生風：鼻頭出火，指情緒激昂。耳生風，形容馳驅極速。

[366] 延陵季子神磅礴：春秋時吳公子季札，為吳王壽夢第四子，人稱公子札，封於於延陵邑，又稱「延陵季子」。吳王壽夢欲傳位予札，札推拒並避居山野。神磅礴，指氣勢盛大貌。磅礴，音「滂柏」。

[367] 志士不忘在溝壑：有志之士，雖死於荒野山谷，而無遺恨。比喻時刻不忘為正義而獻出生命。典出《孟子·滕文公下》：「志士不忘在溝壑，勇士不忘喪其元。」

[368] 弩目牛皮：弩目，指生氣時瞪眼。牛皮，比喻性韌。

[369]。我來山上弔英靈，獨汲寒泉薦秋菊。國魂飄蕩**國殤**[370]哀，哀哉今人氣蕭索[371]！

臺中感舊

酒徒不見林無悶，詞客難尋賴悔之[372]。我過東墩[373]頻灑淚，斜陽影裏立多時。

秋日偕少雲游海會寺[374]（四首）

海國扶餘霸業空[375]，禪林寥廓[376]又秋風。萬千劫後留真諦[377]，二十年來證**大雄**[378]。池水有波分劍[379]綠，天花無影著衣紅[380]。鵑魂蝶夢[381]尋常事，佇看銀瓶擊毒龍[382]。

369　旄頭落：旄頭，星名，白虎七宿之昴宿。《漢書・卷二六・天文志》：「昴曰旄頭，胡星也，為白衣會。」旄頭落指胡人敗亡之兆。

370　國殤：指死於國事，為國犧牲者。

371　蕭索：衰敗蕭條貌。

372　賴悔之：即賴紹堯。按：雅堂寫此詩時，林朝崧、賴紹堯均已過世。

373　東墩：台中市昔稱「大墩」、「東墩」。

374　海會寺：即開元寺，位於今台南市北區北園街。明永曆十六年（1662），鄭經於此鑿井築室，為避暑別館。康熙廿九年（1690），改別館為佛寺，翌年落成，名為「海會寺」。爾後取唐代開元年間佛法大興，廣建大寺之意，改名「開元寺」，自此成為定稱。

375　海國扶餘霸業空：此借虬髯客入扶餘國成事自立一事（見〈虬髯客傳〉），意指霸業到頭終是一場空。

376　禪林寥廓：禪林，佛教寺院的別稱。寥廓，清幽遼闊貌。

377　真諦：真實的意義。按：此處係遊賞「海會寺」而作，故當指佛教真理。《佛光大辭典》：「真諦：指真實不妄之義理。如謂世間法為俗諦，出世間法為真諦。」

378　大雄：佛的代稱。按：《佛光大辭典》：「大雄：梵語 mahā-vīra。為偉大之英雄之意。為佛之德號。因佛具有大智力，能降伏魔障，故稱大雄。《法華經・從地踊出品》：『善哉！善哉！大雄世尊。』我國寺院大殿之供奉佛陀者，即稱大雄寶殿。』（大九・四〇中）」

379　分劍：分界、分股、分支。

北郭荒涼弔古來，為搜詩碣剔蒼苔。**草雞**[383]已失英雄氣，雲狗難消佚蕩才[384]。佛說有緣成世界，我聞彈指現樓臺。十分心事歸平淡，不向空王話劫灰[385]。

他生福慧此生修，**法界**[386]圓融[387]悟得不。但祝**慈雲**[388]長庇護，每逢吉日便邀遊。國中公子懷無忌[389]，湖上佳人署莫愁。紅粉青山誓偕隱，及身早自定千秋。

---

[380] 天花無影著衣紅：此用《維摩詰所說經》中「天女散花」故事。按：維摩詰居士本係大乘菩薩，為因機示教而稱病，文殊菩薩承釋迦牟尼之命率眾慰問，期間，「天女散華〔花〕於諸菩薩及舍利弗等，然以舍利弗等尚未泯絕思慮分別，故天華不著諸菩薩，僅著於舍利弗等之體。」（《佛光大辭典》，頁1335）

[381] 鵑魂蝶夢：鵑魂，此借「望帝啼鵑」之典，形容悲哀淒慘之啼哭。蝶夢，語出《莊子·齊物論》：「昔者莊周夢為蝴蝶，栩栩然蝴蝶也。自喻適志與，不知周也，俄然覺，則蘧蘧然周也。」後因以「夢蝶」比喻虛幻無常，百歲光陰一夢蝶。

[382] 毒龍：比喻存於人心之貪欲、妄想。

[383] 草雞：指鄭成功。按：廈門有僧掘地得古甄，上有隸文曰：「草雞夜鳴，長耳大尾，干頭銜鼠，拍水而起，起年滅年，六甲更始，康小熙魄，太和千紀。」凡四十字，識者曰：「草雞大尾長耳，鄭字也。干頭銜鼠，甲子也。康小熙魄，寓年號也。」謂鄭氏勢力始自芝龍於天啟甲子（四年，1624）起海中為盜，至康熙甲子（二十三年，1684）而滅。

[384] 雲狗難消佚蕩才：雲狗，比喻事物變化不定，如白雲蒼狗。佚蕩，音「億盪」，超脫、無拘束。

[385] 不向空王話劫灰：空王，佛之尊稱。佛說世界一切皆空，故稱「空王」。劫灰，佛教謂壞劫之末有水、風、火大三災，劫灰即劫災後之餘灰。

[386] 法界：《佛光大辭典》：「梵語dharma-dhātu意譯，音譯為達磨馱都。指意識所緣對象之所有事物。……廣義泛指有為、無為之一切諸法，亦稱為法界。」

[387] 圓融：指破除偏執，圓滿融通。

[388] 慈雲：佛教語。比喻慈悲心懷如雲之廣被世界、眾生。

[389] 無忌：指戰國四公子之一的信陵君魏無忌。

擊劍吹簫意爽然，且拋塵事學逃禪[390]。林花淡淡經秋媚，水竹蕭蕭映日妍。**省識**[391]是空還是色，自然如帝又如天。歸車謾趁[392]疏鐘[393]晚，遙指寒鴉幾點煙。

一電（四首）

一電傳來復辟[394]文，道傍爭說莽張勳。豈真**丹穴**[395]求明主，也學朱虛奪北軍[396]。禍水瀰漫通皖水，妖雲慘憺蔽燕雲。共和兩度遭摧折[397]，國本飄搖未忍論。

長白山頭水倒流[398]，冥冥王氣已全收。虞賓倖免遭喞璧[399]，周主猶聞擁綴旒[400]。落日昆池灰[401]早死，秋風故國髮長留。東華門[402]外垂楊老，忽見龍旗在上頭。

---

[390] 逃禪：指遁世而參禪。

[391] 省識：猶認識。

[392] 謾趁：謾，音「蠻」，且也，通作漫。

[393] 疏鐘：亦作「踈鐘」。稀疏的鐘聲。

[394] 復辟：民國六年（1917）7 月 1 日，張勳偕同康有為等保皇黨於北京擁護已退位的清帝溥儀重新登基。段祺瑞組織討逆軍，出師討伐張勳。7 月 12 日討逆軍攻入北京，復辟僅 12 天而終。

[395] 丹穴：指禹穴，夏禹葬地。

[396] 朱虛奪北軍：朱虛，指漢朱虛侯劉章。漢初呂后死，呂產為相國，聚兵長安以威大臣，欲奪劉政權。朱虛即與丞相陳平、降侯右太尉周勃等大臣商量，智取左太尉兼相國呂產之兵權，事見《漢書·高五王傳》。

[397] 共和兩度遭摧折：中華民國成立之後，發生兩次復辟，第一次是洪憲帝制（1915.12.12-1916.03.22），第二次是張勳復辟（1917.07.01-1917.07.12）。

[398] 長白山頭水倒流：連橫以譬喻筆法指滿清氣數已盡。按：長白山為滿清發源地。

[399] 虞賓倖免遭喞璧：虞賓，指堯之子丹朱。丹朱不肖，國亡，後因以喻失位之君。喞璧，指國君投降。《書·益稷》：「虞賓在位，羣後德讓。」宋·蔡沉《集傳》：「虞賓，丹朱也。堯之後為賓於虞。」《後漢書·獻帝紀贊》：「獻生不辰，身播國屯。終我四百，永作虞賓。」唐·李賢注：「虞賓謂舜以丹朱為賓，《虞書》曰『虞賓在位』是也。以喻山陽公為魏之賓也。」

[400] 綴旒：音「墜流」，喻指居虛位而無實權者。

馬廠倉皇起誓師[403]，紛紛直北羽書[404]馳。可知玉弩驚天日，正是金甌墜地時。十道新軍齊敵愾，兩朝危局賴扶持。段公[405]慷慨饒忠勇，驅遣貔貅[406]逐魑魅。

捭闔縱橫[407]說異同，那堪一國實三公。十年豹變[408]藏妖霧，萬里鵬摶[409]待好風。功首罪魁今已定，聖人大盜本相通[410]。白魚朱鳥[411]荒唐事，莫再吹來劫火紅。

401　昆池灰：指劫火的餘灰，後指戰亂。

402　東華門：明、清兩代皇宮北京紫禁城（北京故宮）的東宮門。

403　馬廠倉皇起誓師：民國六年（1917）6 月，在國務總理段祺瑞暗中支持下，張勳以「調停」府院之爭為名率兵入京，驅走總統黎元洪，擁廢帝溥儀復辟。7 月，段祺瑞又藉口反對復辟，組成「討逆軍」，自任總司令，於天津附近馬廠誓師討張，進軍北京驅走張勳後，擁馮國璋為大總統，自任為總理。

404　直北羽書：直北，正北。羽書，古代插有鳥羽的緊急軍事文書。

405　段公：指段祺瑞。

406　貔貅：音「皮修」，一種兇猛野獸，借喻勇猛的將士。

407　捭闔縱橫：指一面分化，一面拉攏，係戰國時游說之方法，喻外交上應付適當。捭闔，音「百合」，開合。縱橫，合縱連橫。

408　豹變：謂如豹紋發生顯著之變化。

409　鵬摶：音「朋團」，指鵬展翅盤旋而上，喻人之奮發有為。語本《莊子‧逍遙遊》：「鵬之徙於南冥也，水擊三千里，摶扶搖而上者九萬里。」

410　聖人大盜本相通：語出《莊子‧胠篋》，詳〈南海〉「聖人不死，大盜不止」，注 190。保皇黨首揆康有為策動張勳「復辟」，康氏時稱「康聖人」，故此地以聖人大盜為諷。

411　白魚朱鳥：祥瑞的徵兆。《史記‧周本紀》：「武王渡河，中流，白魚躍入王舟中，武王俯取以祭。既渡，有火自上復於下，至於王屋，流為烏，其色赤，其聲魄雲。」

寶玉曲[412]

燕人愛珷玞[413]，鄭人呼鼠璞[414]。可憐席上珍，棄置同流俗。獨有楚卞和，能識荊山玉。[415]載拜獻王庭，不遇甘刖[416]足。一朝發奇光，萬夫皆側目。巨價重連城，趙秦爭一鹿[417]。至今二千年，久韞[418]賈人櫝[419]。眾女嫉蛾眉，群雌徒粥粥。何如完璧歸，抱向荊山哭[420]。我昔游玉峰，萬花發奇馥。復曾夢玉京[421]，仙姬多綽約。琅琅[422]天風鳴，駕下淡江曲[423]。高樓夾道旁，絲管雲中促。桃李灈春華[424]，香車馳繡轂[425]。翩

---

[412] 連橫《臺灣詩薈》（上）題下有「戊午」，即大正十四年（1925）。頁 621。《台灣日日新報》載，詩題：〈寶玉曲為林六作〉，詩序：「寶玉，稻江妓也，任九間仔街，明媚柔婉，尤善清談，毫無勾欄習氣。近聞□澤林六將為脫籍，余喜其事，為賦此曲，以寫閒情。」（1919.02.28，第 6 版。）句讀注者所加。

[413] 珷玞：音「武夫」，似玉的美石。

[414] 鼠璞：未臘制的鼠。語本《尹文子·大道下》：「鄭人謂玉未理者為璞，周人謂鼠未臘者為璞。周人懷璞謂鄭賈曰：『欲買璞乎？』鄭賈曰：『欲之。』出其璞視之，乃鼠也，因謝不取。」後用以指低劣的有名無實的人或物。

[415] 獨有楚卞和，能識荊山玉：意指慧眼獨具的不易、可貴，用和氏璧故事，見《東周列國志》：楚屬王末年，楚人卞和得玉璞於荊山，獻於屬王。王使玉工相之，以為石，乃刖和之左足；武王繼位，和又獻玉，玉工又以為石，遂刖和之又足；文王繼位，和欲獻玉，奈雙足俱廢不能行動，乃抱璞於懷，痛哭於荊山之下。文王聞卞和事，乃使人剖其璞，果得美玉，因製為璧，名曰和氏之璧。荊山，在湖北省西部。

[416] 刖：音「越」，砍斷雙腳之刑。

[417] 爭一鹿：喻爭奪政權。

[418] 久韞：久藏。韞，音「運」，包藏、蘊含。

[419] 韞櫝：韞，收藏；櫝，匣子。韞櫝比喻懷才不用。《論語·子罕》：「有美玉於斯，韞櫝而藏諸？求善賈而沽諸？」

[420] 荊山哭：指楚人卞和抱璞玉於懷中，痛哭於荊山之下。

[421] 玉京：道家稱天帝所居之處，泛指仙都。

[422] 琅琅：音「郎」，象聲詞，形容金石撞擊之聲音

[423] 淡江曲：曲折的淡水河。

[424] 春華：喻嬌豔之容顏。

然[426]見美人，自言名寶玉。寶玉年幾何。二十尚未足。娥娥紅紛[427]粧，爛爛雲錦服。纖纖媚語柔，裊裊[428]腰肢弱。相見便相思，相思更相謔[429]。飲我琥珀杯，醉我瓊瑤釄[430]。掛我玳瑁簪[431]，貽我珊瑚鐲。曉起看梳頭，晶簾影秋菊。同夢戀春風，夜談燒銀燭。我名號青萍，卿意憐結綠[432]。如此素心人，寧忍依草木。我欲命蹇修[433]，貯之以金屋。圍以翡翠屏，垂以珍珠箔[434]；衣以雪羅襦，襲以冰綃縠[435]。我既賦閒情，卿亦修清福。但恐玉鏡臺[436]，不為太真[437]屬。不然聘雲英，玉杵搗靈藥。璧合會有時，珠聯猶未速。並世有怡紅[438]，為譜瀟湘曲[439]。

---

[425] 繡縠：指香車。縠，音「古」，車輪中心，有洞以插承軸處，借指車輪或車。

[426] 翩然：輕疾貌。

[427] 原作份，《全臺文》主編黃哲永建議作「粉」。

[428] 裊裊：音「鳥」，體態柔美貌。

[429] 相謔：互開玩笑，多指男女間互相戲謔狎玩。謔，音「虐」。

[430] 瓊瑤釄：瓊瑤，美玉。釄，音「路」，美酒。

[431] 玳瑁簪：以甲殼製成之髮簪。玳瑁，音「代茂」，海中似大龜之爬行動物，甲殼黃褐色，有黑斑，甚光滑，可入藥，或為裝飾品。

[432] 我名號青萍，卿意憐結綠：青萍，寶劍名。結綠，美玉名。按：雅堂以「寶劍」青萍自喻擬配歌妓寶玉，而寶玉即美玉也，故雅堂稱「卿意憐結綠」，意謂歌妓心慕「結綠」那樣質美溫潤的美玉。

[433] 蹇修：相傳為伏羲氏之臣子，專理婚姻、媒妁，後為媒人之代稱。

[434] 珍珠箔：即珠簾。箔，音「泊」，簾子。

[435] 綃縠：音「消胡」，泛指輕紗之類的絲織品。

[436] 玉鏡臺：指晉・溫嶠之玉鏡臺。溫嶠北征劉聰，獲玉鏡臺一枚。從姑有女，囑代覓婿，溫有自娶意，因下玉鏡臺為定。事見《世說新語・假譎》。後引申作婚娶聘禮之代稱。

[437] 太真：楊貴妃號。

[438] 怡紅：即《紅樓夢》之怡紅公子賈寶玉。

[439] 瀟湘曲：《紅樓夢》中林黛玉在詩社中被稱為「瀟湘妃子」，故「瀟湘」常作林黛玉之代稱。

春愁

浩蕩春愁昔昔來，枕邊簾畔費疑猜。星辰閃鑠猶昨夜，雲雨荒唐認舊臺。天上有蟾能搗藥[440]，人間無鴆[441]可成媒。蛾眉謠諑[442]何須怨，終恐**陳思**[443]是陋才。

春燕限韻，同瀛社[444]諸子

東風剪剪[445]漾微波，腸斷江南舊恨多。草長紅橋尋故壘，花飛香徑定新窠。六朝才子烏衣巷[446]，一代佳人白紵歌[447]。羨煞盧家饒豔福[448]，玳梁[449]雙宿影婆娑。

---

[440] 天上有蟾能搗藥：傳說嫦娥奔月後化為蟾蜍，《淮南子・覽冥篇》：「羿請不死之藥於西王母，羿妻姮娥竊奔月，托身於月，是為蟾蜍，而為月精。」根據聞一多的說法，蟾蜍原來叫「顧菟」，屈原〈天問〉即云「顧菟在腹」，「菟」與「蜍」音近，又與「兔」同音，因為諧音，顧菟或為蟾蜍，或為玉兔，踵事增華，又增益了月宮搗藥的情節，在民間故事中流傳。

[441] 鴆：音「鎮」，毒鳥。《楚辭・離騷》：「吾令鴆為媒兮，鴆告予以不好。」王逸 注：「鴆羽有毒，可殺人，以喻讒佞賊害人也。」後因以「鴆媒」指善用讒言害人者。

[442] 謠諑：音「搖濁」，毀謗、謠言。

[443] 陳思：即陳思王曹植。曹植（192-232），字子建，沛國譙（今安徽省亳州市）縣人，曹操嫡出的第三子。魏明帝封為陳王，死諡「思」，後人常稱陳思王、陳王、陳思。

[444] 瀛社：創於明治四十二年（1909），與台中「櫟社」、台南「南社」並稱日治時期臺灣三大詩社。瀛社社址在臺北，在三社中成立最晚，但活動力最強，創社至今，吟聲未歇。

[445] 剪剪：飄動貌。

[446] 烏衣巷：在今江蘇南京，為東晉士族名門聚居處。

[447] 白紵歌：樂曲名。流行於吳地的舞曲歌辭，或稱白紵舞歌，或稱「白苧詞」。

[448] 盧家饒豔福：梁武帝蕭衍〈河中之水歌〉：「河中之水向東流，洛陽女兒名莫愁。十五嫁為盧家婦，十六生兒字阿侯。盧家蘭室桂為梁，中有鬱金蘇合香。」編者按：「盧」，臺灣分館藏本作「廬」，誤。

[449] 玳梁：畫梁之美稱。

寄懷胡南溟

詞人競說胡天地[450]，痛飲狂歌世莫知。歲月駸駸[451]成老大，文章落落[452]負雄奇。西風愁入黃河曲，南吼聲沈赤嵌詩[453]。記取**澄臺**[454]共觀海，栽桑何日慰**襟期**[455]。

著書

物外蟲蟲[456]別有天，著書還恨少華年。人間蝶夢[457]誰長短，世上蝸爭[458]劇變遷。坑士劫灰秦已冷，迎賓臘酒漢猶延。他時尸祝[459]吾何敢，**畏壘**[460]窮居即是仙。

---

[450] 胡天地：作者注：「南溟作詩，無論題目大小，輒有天地二字，吾黨稱為胡天地。」

[451] 駸駸：音「親親」，飛逝貌。

[452] 文章落落：指文章孤高，不隨流俗。

[453] 作者注：「南溟作黃河、長江兩曲，各近三千字，又有南吼行一首，絕佳。」

[454] 澄臺：在台南府治道署內（今為台南市中西區永福國小），康熙時巡道高拱乾所建，臺高四丈餘，東挹群山，西臨大海，所謂「澄臺觀海」，即郡治八景之一。

[455] 襟期：襟懷、志趣。

[456] 蟲蟲：宜作「蚩蚩」，喧擾紛亂貌。「物外蚩蚩別有天。著書還恨少華年。」連雅堂，〈著書〉，《詩報》1 期（1930.10.30），頁 2。

[457] 蝶夢：見《莊子‧齊物論》載莊子夢見身為蝴蝶，夢醒之後反思「不知周之夢為蝴蝶與，蝴蝶之夢為周與？」雅堂借問「誰長短」，意謂也許人世間的一切是蝴蝶夢境所呈現，那麼時間的長短也就難以論定。詳〈秋日偕少雲游海會寺〉「鵑魂蝶夢」，注 381。

[458] 蝸爭：即「蝸角之爭」，比喻為了極小的事物而引起的大的爭執。《莊子‧則陽》：「有國於蝸之左角者，曰觸氏，有國於蝸之右角者，曰蠻氏。時相與爭地而戰，伏屍數萬，逐北，旬有五日而後反。」

[459] 尸祝：祭祀時主讀祝文之人。

[460] 畏壘：借指鄉野。

家居

人生哀樂尋常事，其奈光陰昔昔過。忙裏著書聊習靜[461]，有時對酒亦狂歌。庭花爛熳秋容好，山影低徊畫意多。便與荊妻[462]相瀹茗[463]，起看新月漾簾波。

陋園即事，贈主人顏雲年[464]

天地為蘧廬[465]，風雲為戶牖[466]。日月為庭除[467]，山川為左右。我生大氣中，居之何陋有。朝讀一卷書，夕飲一杯酒。世事看龍蛇[468]，功名視芻狗[469]。去住本無常，憂樂自天受。我聞顏聖人[470]，陋巷且不朽。農山言志時[471]，欲致太平久。孔曰爾多財，吾為爾宰否[472]。何以利吾

---

[461] 習靜：謂習養靜寂之心性，亦指過幽靜生活。

[462] 荊妻：對人謙稱己妻。

[463] 瀹茗：煮茶。瀹，音「岳」，煮。

[464] 顏雲年（1875-1923）：本名燦慶，字雲年，號龍吟，以字行，基隆堡瑞芳（今新北市瑞芳區）人。北臺礦業鉅子。雲年能詩文，曾為瀛社社員，既富，頗能提倡公益慈善事業。家有庭園曰陋園，築環鏡樓，廣邀名流蒞止，擊缽吟唱，合編為《環鏡樓唱和集》，著有《陋園吟集》。

[465] 蘧廬：音「渠爐」，古代驛傳中供行人休憩之屋舍，猶今之旅館。《莊子·天運》：「仁義，先王之蘧廬也，止可以一宿，而不可久處。」郭象 注：「蘧廬，猶傳舍。」

[466] 戶牖：門窗，牖，音「友」，窗戶。

[467] 庭除：庭前階下，或庭院。除，臺階。

[468] 龍蛇：此指懷才隱退。

[469] 芻狗：古代祭祀時用草紮成的狗。《老子》：「天地不仁，以萬物為芻狗；聖人不仁，以百姓為芻狗。」魏源本義：「結芻為狗，用之祭祀，既畢事則棄而踐之。」

[470] 顏聖人：此指顏淵。《史記》卷六十七〈仲尼弟子列傳〉：「孔子曰：『賢哉回也！一簞食，一瓢飲，在陋巷，人不堪其憂，回也不改其樂。』」

[471] 農山言志時：劉向《說苑·指武》：孔子北遊，東上農山，子路、子貢、顏淵從焉。孔子喟然歎曰：「登高望下，使人心悲，二三子者，各言爾志。丘將聽之。」

身，一笑王曰叟[473]。金穴鑿洪濛[474]，五丁[475]供奔走。以此大地藏[476]，為畀[477]民生厚。經濟發文章，際會良非偶。十笏[478]築騷壇，旗鼓相先後。佳節會良朋，黃花醉重九[479]。左拍洪厓肩，右挹浮邱袖[480]。刻燭快傳箋[481]，從此分勝負。勝者奪錦標，負者酌大斗。況有美人來，娥

---

[472] 孔曰爾多財，吾為爾宰否：原文「有是哉，顏氏之子！使爾多財，吾為爾宰。」略譯為：好啊，顏家有你這樣的子孫，若你是有錢人，我願意當你的管家。宰：主管、主持。按《史記·孔子世家》載孔子一行人遭圍於陳、蔡間，絕糧，孔子見弟子有慍色，乃各召子路、子貢、顏回而問：「《詩》云『匪兕匪虎，率彼曠野。』吾道非邪？吾何為於此？」顏回的回答最得孔子心意，這段話是孔子對顏回的回答。又：雅堂或以此暗示欲為顏雲年掌事務、有求職之意。

[473] 何以利吾身，一笑王曰叟：化用孟子見梁惠王的典故，「孟子見梁惠王。王曰：『叟！不遠千里而來，亦將有以利吾國乎？』」載《孟子·梁惠王上》。叟音「藪」，老人。按：孟子見梁惠王乃欲推行其仁義之道，雅堂此處亦有自售之暗示。

[474] 洪濛：指太空，宇宙。

[475] 五丁：傳說中的五位大力士，北魏·酈道元《水經注·沔水注》：「秦惠王欲伐蜀，而不知道，作五石牛，以金置尾下，言能屎金，蜀王負力，令五丁引之成道。」蜀王的五位力士有鑿山開道之能，雅堂以此恭維顏雲年匯集能工巧匠，修築陌園就有如「金穴鑿洪濛」。

[476] 大地藏：化用「名山藏」，古人著書藏之名山，以期流傳後世，陌園則藏之大地，同樣流傳後世。

[477] 畀：音「必」，賜與、給予。

[478] 十笏：笏，古代大臣朝見君主時所執的手板，以玉、象牙或竹製成。「十笏」語出唐人《法苑珠林·感通篇》，書謂：印度吠哩國有維摩居士故宅基，唐顯慶中王玄策出使西域，過其地，以笏量宅基，只有十笏，故號方丈之室。後以「十笏」形容佔地極小。

[479] 黃花醉重九：農曆九月初九為重陽節，亦稱重九。黃花，即菊花。重陽節俗為登高、賞菊花、飲菊花酒，文人多亦同時舉辦吟詠雅集。

[480] 左拍洪厓肩，右挹浮邱袖：語出晉·郭璞〈遊仙詩〉之三：「左挹浮丘袖，右拍洪崖肩。」洪崖，傳說中的仙人，黃帝臣子伶倫之仙號。浮邱，即浮丘公，古代傳說中的仙人，不知其名姓，相傳曾與容成子於黃山之天都峰下煉丹，後升仙而去，黃帝曾向其問道。挹，牽引。

[481] 刻燭快傳箋：以刀在蠟燭上刻痕，並拈題於唱唱酬酬。此指顏雲年在陌園舉辦擊缽吟詠之會。

眉擁螓首[482]。不惜醉紅裙，小謫風流藪[483]。浩歌詠滄浪，翩然出塵垢。
我時問主人，斯園陋何有。主人載拜辭，祖德未敢負。簞瓢[484]樂家風，
敬哉子孫守。我聞主人言，還為主人壽。願保千金軀，泉石長無咎[485]。

圓山雜詩（十二首）[486]

作史評詩且得閒，春光催我上圓山。幾人領略遊山意，看到精微窈窕
[487]間。

此間山水足嶔奇[488]，石老林深位置宜。太古巢[489]空人已去，可憐迂谷
[490]不知詩。

視師[491]海上久留銘，一劍東來氣已橫。何日化龍天外去，至今爭說鄭
延平[492]。

廢殿荒涼浸綠苔，忽聞彈指現樓臺。可知佛力彌天大，亦待黃金布地
來[493]。

482　蛾眉擁螓首：形容女子容貌美豔。《詩經·衛風·碩人》：「螓首蛾眉。」
　　螓，音「秦」，蟬之一種。螓首，比喻美人之額頭方廣，如螓之頭部。

483　小謫風流藪：小謫，指神仙謫降（塵世），以李白借喻詩人。藪，喻人或
　　物薈聚之處。

484　簞瓢：音「丹嫖」，盛飯食之簞和盛湯水之瓢，形容生活簡樸，安貧樂道。

485　泉石長無咎：謂一如泉石歷久不壞。

486　按：此詩載於《漢文臺灣日日新報》有序：「春日偕內人往遊拉雜而來不
　　假修飾所謂遊山之詩也錄呈白水潤庵兩詞宗一政」（1921.04.26，06 版。）

487　精微窈窕：精深微妙而美好。

488　嶔奇：音「親其」，山高峻貌。

489　作者注：「太古巢在今明治橋下，為陳迂谷孝廉所建，今廢。」

490　迂谷：陳維英（1811-1869），字碩芝，又字實之，號迂谷，淡水廳人。
　　曾掌教仰山、學海兩書院，並任明志書院講習，故時人尊呼為「陳老師」，
　　晚年隱居讀書於劍潭之畔，名其廬曰「太古巢」，著有《太古巢聯集》、《鄉
　　黨質疑》、《偷閑錄》等書。

491　視師：謂督率軍旅。

492　作者注：「故老相傳，劍潭為延平投劍處，實則延平未至臺北。」

王謝爭墩[494]事亦奇，百年名字有誰知。眼前即是滄桑感，劫後重來祇有詩。

隔寺傳來一杵鐘，鐘聲驚起劍潭龍。他時為雨為雲去，灑遍諸天[495]法界濃。

淡江新漲夜停橈，兩岸垂楊羃[496]畫橋。刮地[497]笙歌嫌太俗，不如此處獨吹簫。

北投亦是蕭閒[498]地，妖女狂且[499]蹀躞[500]行。我替山靈深惋惜，在山泉水不能清。

卿能讀畫我能歌，絕代佳人愛薛蘿[501]。持較孤山梅鶴侶[502]，人間清福汝儂[503]多。

---

[493] 黃金布地來：《彌陀經》：「極樂國土有七寶蓮池，池底以金沙布地。」作者注：「劍潭寺荒廢已久，近由辜氏獨力修建。」

[494] 王謝爭墩：王安石於江寧之宅，地名謝公墩，原為東晉謝安舊居。王安石嘗作詩曰：「我名公字偶相同，我屋公墩在眼中，公去我來墩屬我，不爭墩姓尚隨公。」謝安，字安石，與王安石名同，後有生事者藉此，謂王安石生性好爭，退隱後猶與死人爭地界。

[495] 諸天：《佛光大辭典》：「依諸經言，欲界有六天（六欲天），色界之四禪有十八天，無色界之四處有四天，其他尚有日天、月天、韋馱天等諸天神，總稱為諸天。」

[496] 羃：音「密」，覆蓋，遮蓋。

[497] 刮地：猶大風掠地。

[498] 蕭閒：蕭灑悠閒、寂靜。

[499] 狂且：指行動輕狂的人。典出《詩經·鄭風·山有扶蘇》：「不見子都，乃見狂且。」毛《傳》：「狂，狂人也。且，辭也。」且，音「居」。

[500] 蹀躞：音「跌洩」，小步行走貌。臺灣分館藏本作「躞蹀」。

[501] 薛蘿：音「必羅」，薛荔和女蘿，皆野生植物，常攀緣於山野林木或屋壁之上。《楚辭·九歌·山鬼》：「若有人兮山之阿，被薜荔兮帶女蘿。」王逸注：「女蘿，兔絲也。言山鬼仿佛若人，見於山之阿，被薜荔之衣，以兔絲為帶也。」

[502] 孤山梅鶴侶：宋朝林逋隱居西湖孤山，植梅養鶴，終生不娶。

[503] 汝儂：你我。儂，本義「我」。

此間福地亦嫏嬛[504]，著得無愁便是仙。他日棠雲添一閣，圓山山上夢同圓[505]。

大隱何妨在城市，小山亦足起風雲。記從五嶽歸來後，獨愛吾鄉猿鶴群。

半日清游半賦詩，歸家恰值上燈時。從今又墜塵寰去，收拾雄心付酒卮[506]。

劍潭[507]

群龍血戰喧雷雨，騰拏[508]十丈紛旗鼓。中有一龍墜潭中，化為長劍猶起舞。潭水千年血尚腥，潭花寂寞酬山靈。紅毛[509]壘毀寒潮齧[510]，赤崁城高落日橫。獨有詩人愛清絕[511]，苦吟自對空潭月。蘆荻蕭蕭秋復秋，微茫星斗時出沒。回頭忽見朝墩[512]紅，遠山萬朵青芙蓉。且提長劍倚天嘯[513]，他日屠龍大海東。

---

504 嫏嬛：音「郎還」，神話中天帝藏書處。
505 作者注：「內人擬於此處築一別墅棠雲閣，為余與內人同樓之室。」
506 卮：音「之」，古代盛酒之器具。
507 劍潭：在臺北圓山下。傳說鄭成功一日領軍過此潭，潭中蛟龍，興風作浪，害人無數，鄭成功擲劍平妖，從此潭水平靜，故名為「劍潭」。
508 騰拏：「疼拿」，拽拉騰空貌。
509 紅毛：以前臺人稱荷蘭人紅毛番、紅毛，以其髮紅也。
510 齧：音「聶」，侵蝕。
511 清絕：清雅超絕。
512 朝墩：應作朝暾，早晨的陽光，即晨曦。暾，音「吞」，初昇之太陽。
513 倚天嘯：倚天，靠著天。形容在極高處，對天放聲長呼。

圓山貝塚[514]

巍巍臺北城，萬瓦魚鱗覆。蜃氣[515]幻樓臺，龍宮耀珠玉。我來淡江濱，
獨愛圓山麓。貝塚尚可尋，千年出幽谷。土色隱斕斑[516]，波紋斷復續。
云是原人居，穴處傳其族。結繩雖云遙，石鋤猶可劚[517]。惜無龜甲文，
得[518]饋今人讀。今人號文明，猶見狉榛[519]俗。倉頡製奇書，天愁鬼夜
哭[520]。憂患自茲來，貧富日爭逐[521]。富者饜膏粱[522]，貧者甘藜藿[523]。
勞逸苦不均，生涯常侷促[524]。乃知人世間，所爭在飲啄。何如無懷民
[525]，食飽還鼓腹[526]。緬懷太古前，獨倚潭邊竹。

---

[514] 連橫《臺灣詩薈》（下）詩題作「圓山貝塚是原人穴居之跡紀之以詩」，
頁 347。又貝塚在山之麓，貝殼堆積累累，不可勝數。

[515] 蜃氣：蜃，音「慎」，海上或沙漠，因折光而生的奇異幻象，古人誤以為
蜃吐氣而成，故稱。

[516] 斕斑：斕，音「藍」，斑痕狼藉，顏色駁雜貌。

[517] 劚：音「主」，砍。

[518] 連橫《臺灣詩薈》（下）作「留」，頁 347。

[519] 狉榛：音「丕真」，草木叢生，野獸橫行。狉榛俗，指原始的習俗。

[520] 倉頡製奇書，天愁鬼夜哭：典出《淮南子·本經》，原文作：「昔者倉頡
作書，而天雨粟，鬼夜哭。」略譯：往昔倉頡創造文字之後，上天遂下
起粟雨，鬼神夜晚哭泣。

[521] 連橫《臺灣詩薈》（下）作「馳逐」，頁 347。

[522] 饜膏粱：饜，滿足，此謂飽食。膏粱，肥肉和細糧，泛指肥美之食物。

[523] 藜藿：音「離霍」，野菜。

[524] 侷促：不安貌。

[525] 無懷民：無懷氏之人民。無懷氏為上古帝王，在伏羲之前，儒家認為上
古之民生活淳樸，為理想社會。語出晉·陶潛〈五柳先生傳〉：「無懷氏
之民歟？葛天氏之民歟？」又《管子》：「管仲曰：『古者封泰山、禪梁父
者七十二家，而夷吾所記者十有二焉，昔無懷氏，封泰山、禪云云，虙
羲封泰山、禪云云，……。』」房玄齡 注：「無懷氏：古之王者在伏羲前。」

[526] 鼓腹：飽食而閒暇無事，亦指上古純樸的生活。語出《莊子·馬蹄》：「夫
赫胥氏之時，居民不知所為，行不知所之，含哺而熙，鼓腹而遊。」

淡水水源地是世界第三泉，詩以紀之[527]

我昔遊[528]金山，曾汲中泠[529]水。北上採[530]**翠微**[531]，亦飲玉泉美。**朅來**[532]在南荒，沿[533]海地多滓[534]。夜雨入簾來，新泉繞階阯[535]。驅車恣登臨，憑弔紅毛壘。萬木翳[536]鳴蟬，苔花浮玉蕊[537]。娟娟絕纖塵，空明浸寒漪[538]。倚杖聽瓢聲，**泠**[539]**然**[540]萬慮止。況當炎熇[541]時，潤滌**詩腸**[542]喜。大地毓[543]名泉，此為第三爾。臨流幾萬家，井渫[544]受福祉。餘

---

[527] 連橫《臺灣詩薈》（上）詩題作「夏日遊淡江水源地是世界第三泉」，第七號，1924 年 8 月，頁 407。
[528] 連橫《臺灣詩薈》（上）作「游」，第七號，1924 年 8 月，頁 407。
[529] 中泠：泉名。在今江蘇鎮江市西北金山下的長江中。相傳其水烹茶最佳，有「天下第一泉」之稱。今江岸沙漲，泉已沒沙中。
[530] 連橫《臺灣詩薈》（上）作「探」，第七號，1924 年 8 月，頁 407，底本作「採」。《全臺文》主編黃哲永建議作「探」。
[531] 翠微：青翠的山氣。
[532] 朅來：去來。朅，音「傑」，離去。連橫《臺灣詩薈》（上）作「歸」，第七號，1924 年 8 月，頁 407。
[533] 連橫《臺灣詩薈》（上）作「濱」，第七號，1924 年 8 月，頁 407。
[534] 多滓：多汙濁。滓：音「紫」。
[535] 階阯：台階兩旁所砌之斜石，借指堂前。阯，音「事」。
[536] 翳：音「亦」，遮蔽，障蔽。
[537] 玉蕊：指花苞。
[538] 空明浸寒漪：空明，空曠澄澈。寒漪，音「含衣」，清涼之水波。
[539] 連橫《臺灣詩薈》（上）作「冷」，第七號，1924 年 8 月，頁 407。
[540] 泠然：寒涼貌、清涼貌。
[541] 炎熇：音「言賀」，暑熱。
[542] 詩腸：詩情之謂。潤滌詩腸即滌蕩詩情，清新詩興。
[543] 毓：同「育」，指生育、養育。
[544] 井渫：音「景蟹」，謂井已浚治。

瀝⁵⁴⁵溉良疇，春雲侵耒耟⁵⁴⁶。在山泉水清，逝者如斯矣。我志在滄浪，濯纓歌孺子⁵⁴⁷。

觀音山（四首）

朝誦楞嚴經⁵⁴⁸，暮持般若咒⁵⁴⁹。蠟屐⁵⁵⁰朝名山，天風吹短袖。古木鬱蒼崖，新泉穿石溜。巍巍梵王宮⁵⁵¹，地僻無塵垢。更上一層峰，游心

---

545 餘瀝：喻所剩餘的點滴利益。
546 耒耟：音「壘寺」，一種似犁之翻土農具。
547 濯纓歌孺子：語本《孟子離婁上》：「有孺子歌曰：『滄浪之水清兮，可以濯我纓。滄浪之水濁兮，可以濯我足。』孔子曰：『小子聽之，清斯濯纓，濁斯濯足，自取之也。』」故「濯纓濯足」，是言或濁或清，或禍或福，咸由自取。
548 楞嚴經：大乘佛教經，印順法師以為屬於「如來藏系」（認為眾生佛性本自「如來藏自性清淨心」）經典，本經全名為《大佛頂如來蜜因修證了義諸菩薩萬行首楞嚴經》，簡稱《大佛頂首楞嚴經》或《首楞嚴經》，唐・中天竺沙門般剌蜜帝譯，懷迪證義，房融筆受，因此經迄今尚未發現梵文原本，故自唐代譯經傳出之後即多有質疑其為「偽經」者，清末梁啟超、民初呂澂均大力斥其偽造，佛教修行者則護持此經，並將之視為「經中之王」之一，有「開慧在《楞嚴》」之稱（另一經王則是「成佛在《法華》」），且佛門禪寺每日早課必誦「楞嚴咒」，可見其重要性。按：《楞嚴經》以阿難受摩登伽女誘惑將毀戒體，佛陀請文殊菩薩加以解救為始，後因阿難之請而開示義理，並揭示修行法門與修行次第，且最重要者，經中詳說修行禪定中的五十種陰魔境界，可照破五十種陰魔（五陰十魔），故佛陀於經中預言：此經於末法時期為第一部被破壞之經典。
549 般若咒：般若，梵文 Prajñā 之音譯，音「撥惹」，意指了悟「空性」的真正智慧，故又稱「般若空慧」。般若空慧異於世間智慧，故譯經家不以意譯而以音譯。般若咒，蓋指「般若」為咒。
550 蠟屐：塗蠟的木屐，古時的一種登山鞋。
551 梵王宮：指大梵天王之宮殿，泛指佛寺。

超宇宙。東望群山平，西臨滄海陋。芥子現須彌[552]，胸中吞八九。彈指數大千，人天同一壽。持此問觀音，觀音應點首。

我聞諸佛力，偉哉觀世音。化身三十二[553]，長坐落伽[554]林。諸天散花雨，大地布黃金。佛力既廣大，佛法何銷沈[555]。西來求淨土，風火亂相侵。東來求樂國，鬼氣迫人森。我身欲何之，不如入山深。山中何所有，修篁[556]鳴素琴。山中何所住，白雲覆巖[557]陰。山中何所食，長鑱劚藥葰[558]。山中何所飲，清泉當酒斟。但恨人間世，苦海多呻吟。我欲拯救之，龍[559]象[560]亦馴瘖[561]。願入三摩地[562]，以發菩提心。

---

552 芥子現須彌：佛教語，謂廣狹、大小等相容自在，融通無礙。語出《維摩經不思議品》：「以須彌之高廣，內芥子中，無所增減。」指偌大一座須彌山塞入一小菜籽之中，亦不增不減。芥子，芥菜種子。

553 化身三十二：觀世音菩薩的化身有三十二種。按：觀世音菩薩為攝化而自在示現之形象應有「三十三種」，據丁福保《佛學大辭典》「三十三觀音」條：「三十三觀音者：楊柳觀音、龍頭觀音、持經觀音、圓光觀音、遊戲觀音、白衣觀音、蓮臥觀音、瀧見觀音、施藥觀音、魚籃觀音、德王觀音、水月觀音、一葉觀音、青頸觀音、威德觀音、延命觀音、眾寶觀音、岩戶觀音、能靜觀音、阿耨觀音、阿麼提觀音、葉衣觀音、琉璃觀音、多羅尊觀音、蛤蜊觀音、六時觀音、普慈觀音、馬郎婦觀音、合掌觀音、一如觀音、不二觀音、持蓮觀音、灑水觀音是也。」

554 落伽：音「洛茄」，山名，即「普陀山」，位於浙江省定海縣東，供奉觀音菩薩之佛教聖地。連橫《臺灣詩薈》（上）作「師子林」，第七號，1924年3月，頁70。

555 銷沈：衰退沒落。

556 修篁：修竹、長竹。

557 連橫《臺灣詩薈》（上）作「岩」，第七號，1924年3月，頁70。

558 長鑱劚藥葰：長鑱，音「嘗纏」，古踏田農具。劚，音「煮」，砍。藥葰：藥參。葰，音「深」。

559 連橫《臺灣詩薈》（上）作「能」，第七號，1924年3月，頁71。

560 龍象：指羅漢像。

561 瘖：音「因」，嗓啞不能出聲。

562 三摩地：即「三昧耶」（梵語 Samādhi）之另外音譯，一般略稱「三昧」，成語「個中三昧」即本此，《楞嚴經》卷六：「彼佛教我，從聞思脩，入三摩地。」按：《佛光大辭典》「三昧」條：「三昧：……意譯為等持、定、正定、定意、調直定、正心行處等。即將心定於一處（或一境）的一種

天風何迢迢，白雲何渺渺。聲聞何悠悠[563]，名心何擾擾[564]。我來此山中，俯視人間小。人間憂患多，山中俗塵少。孤坐澹忘歸，清磬[565]一聲了。暝色入深林，虛空度飛鳥。耳根既圓通，萬緣皆縹緲[566]。稽首[567]見如來，拈花證微笑。

我家在城陰，觀音日對門。我來此山中，觀音寂無言。色相[568]雖可參，妙法不得聞。譬如掬水月，水去月無痕。又如觸花氣，花謝氣何存。我身非我有，萬物同其源。萬物非我有，天地分其根。天地非我有，大造[569]闢其元。大造非我有，佛法轉其輪。上窮億萬劫[570]，下至億萬孫。唯佛心無畏，唯佛道獨尊。湛然[571]觀自在，一洗眾生喧。

夜宿凌雲寺[572]

萬籟[573]沉人海，天花[574]落不知。宿雲歸岫[575]遠，新月出山遲。祇樹[576]曾聞法，禪房且賦詩。佛燈還照夜，塵夢[577]欲何之。

安定狀態。又一般俗語形容妙處、極致、蘊奧、訣竅等之時，皆以『三昧』稱之。」

[563] 聲聞何悠悠：聲聞，名譽、名聲。悠悠，長久、遙遠。

[564] 名心何擾擾：名心，求功名之心。擾擾，紛亂貌，煩亂貌。

[565] 清磬：佛寺的法器，缽型，於課誦時敲擊以引導眾人的合掌、問訊、轉身、禮拜等動作。磬，同「罄」，玉石或金屬製的打擊樂器，矩形，可懸於架上，為古代朝會、祭祀等場合所用的正樂。

[566] 縹緲：音「ㄆㄧㄠˇ ㄇㄧㄠˇ」，隱隱約約，若有若無。連橫《臺灣詩薈》（上）作「渺」，第七號，1924 年 3 月，頁 71。

[567] 稽首：音「起手」，出家人所行之常禮，一般於見面時用。

[568] 色相：形質相狀之謂。丁福保《佛學大辭典》：「色相：謂色身之相貌現於外而可見者。《華嚴經一》曰：『無邊色相，圓滿光明。』」

[569] 大造：指天地、大自然。

[570] 億萬劫：此指無限長的時間。佛經認為世界每歷時若干萬年即從生到滅一次，稱為一劫，週而復始。

[571] 湛然：淡泊，亦指清靜。湛，音「站」。

[572] 凌雲寺：昔稱「凌雲古剎」，由謝建賢創建於清乾隆四年（1739），主祀南海觀音佛祖，俗稱內岩(巖)，為新北市五股區歷史最悠久之寺廟。

曉起

塵夢陡然覺，眾香不得聞。諸天猶寂靜，下界已紛紜。石老[578]常含雨，篁[579]多欲拂[580]雲。山中無俗垢[581]，花木亦清芬。

碧潭（四首）

昨宵清夢墜城南，一縷詩魂繞碧潭。好是日斜風定候，半江波影醮[582]春衫。

番風[583]颭過楝花天[584]，兩岸垂楊盡著綿。刻意留春留不住，落紅飛上酒人船。

573　萬籟：自然界中萬物發出的各種聲響。
574　天花：此指雪花。
575　岫：音「秀」，山巒
576　祇樹：指祇樹園，全名「祇樹給孤獨園」，為祇陀太子所置之園林，是佛陀傳法的道場之一，後借指佛寺。
577　塵夢：塵世之夢幻。
578　連橫《臺灣詩薈》（上）作「潤」，頁9。
579　篁：竹子、竹林。
580　連橫《臺灣詩薈》（上）作「起」，頁9。
581　連橫《臺灣詩薈》（上）作「事」，頁9。
582　醮：祭也。
583　番風：廿四番信風，應花期而吹來的風。按：相傳花信風共有廿四番。其有二說，其一分派每月兩種，共計廿四，南朝・梁元帝《纂要》：「一月二番花信風，陰陽寒暖，冬隨其時，但先期一日，有風雨微寒者即是。」其二，自小寒至穀雨，凡四月，共八節氣，一氣三候，凡一百二十日，每五日一候，計二十四候，每候應以一種花的信風，其順序依次為：「小寒」：一候梅花、二候山茶、三候水仙；「大寒」：一候瑞香、二候蘭花、三候山礬；「立春」：一候迎春、二候櫻桃、三候望春；「雨水」：一候菜花、二候杏花、三候李花；「驚蟄」：一候桃花、二候棣棠、三候薔薇；「春分」：一候海棠、二候梨花、三候木蘭；「清明」：一候桐花、二候麥花、三候柳花；「穀雨」：一候牡丹、二候荼蘼、三候楝花。此說較為普遍。若依此說，是則一年花信風梅花最先，楝花最後，經過廿四番花信風之

濯纓他日記滄浪[585]，相約流觴[586]興倍長。春水初添三四尺，登盤已薦
鰈魚[587]香。

檽聲[588]燈影亂中流，入夜笙歌起畫樓。待到四更人靜後，一船明月淡
江頭。

江山樓[589]題壁

如此江山亦足雄，眼前鯤鹿[590]擁南東。百年王氣消磨盡，一代人才侘
傺[591]空。醉把酒杯看浩劫，獨攜詩卷對秋風。登樓儘有無窮感，萬木
蕭蕭落照中。

後，以立夏為起點的夏季便來臨了。換言之，楝花風之後，即宣告時序
已然漸次邁入夏季。

[584] 楝花天：時當暮春。宋・周煇《清波雜誌》卷九：「江南自初春至首夏有
二十四番風信，梅花風最先，楝花風居後。」編者按：「楝」，臺灣分館
藏本作「凍」，誤。

[585] 濯纓他日記滄浪：語本《孟子・離婁上》：「滄浪之水清兮，可以濯我纓。」
比喻摒除世間塵俗，保有崇高之節操。

[586] 流觴：古人每逢農曆三月上巳日於彎曲水渠旁集會，於上游放置酒杯，
杯隨水流，流至孰前，則取杯飲酒，稱流觴。

[587] 鰈魚：臺灣香魚。鰈，音「節」。

[588] 檽聲：划船時，船槳撥水之聲。檽，音意同「槳」。

[589] 江山樓：位於台北大稻埕日新町三丁目（今台北市大同區寧夏街與歸綏
街一帶）。日治時期著名酒樓，創立於大正六年（1917），經營者為吳江
山。因建築富麗堂皇，備佳餚美酒，又兼有藝旦彈琴助興，不僅富商、
顯貴流連於其中，也是文人聚會之處。戰後，江山樓宣告歇業，結束 32
年的經營歷史。

[590] 鯤鹿：鯤，鯤身，代指台南府城。鹿，鹿耳門，在鯤身與赤崁樓間，台
江水道之最北入處。

[591] 侘傺：音「剎赤」，失志潦倒貌。

卜宅

卜宅江湑[592]歲兩更，側身天地一浮萍。狗屠幾輩知朱亥[593]，鴻館無人笑白丁[594]。落日放船秋載酒，西風閉戶夜談經。生涯差喜[595]稻粱足，何用勞勞[596]過野亭。

夜游劍潭

奇愁鬱勃[597]不可說，走向空潭弄明月。姮娥顧影愛清姿，玉樓迢遞[598]銀河沒。歸來閉戶讀離騷，芬芳悱惻悠悠發。背燈覓夢倚秋屏，夢見湘魂[599]呼咄咄。

八月二十七日觀臺北祀孔，有感[600]

百仞宮墻跡已沈，鴟鴞紛集泮池[601]林。堂前禮樂傷崩壞，劫後詩書共探尋。道大未堪歌鳳歎[602]，時艱難遣獲麟心[603]。春秋據亂今何世，我欲因之溉釜鬵[604]。

---

592 卜宅江湑：卜宅，選擇住地。江湑，音「純」，江邊。
593 朱亥：戰國時俠客，魏大梁人，有勇力，隱於屠肆。秦兵圍趙，信陵君既計竊兵符，帥魏軍，又慮魏將晉鄙不肯交兵權，遂使亥以鐵椎擊殺晉鄙，奪晉鄙軍以救趙，事見《史記·魏公子列傳》。
594 白丁：指目不識丁的文盲。按：此句刻繪酒樓「重利輕文」的現實性，即便是白丁只要有錢即可。
595 差喜：略微歡喜。差，略微、比較。
596 勞勞：憂傷，或悵惘若失貌。
597 鬱勃：鬱結壅塞。
598 迢遞：高聳貌。
599 湘魂：指屈原。
600 此詩又載連橫《臺灣詩薈》。編者按：《臺灣詩薈》題作〈八月二十七日觀臺北祀孔有感〉。
601 泮池：舊時官學內有水池，呈半圓形，稱泮池；官學故稱「泮宮」，童生獲生員資格方得入學，稱「入泮」。泮音「判」。

感事（四首）

天上威弧[605]且莫張，萬方爭集太平洋。可能玉帛修盟府[606]，自免干戈
啟戰場。兄弟比鄰親魯衞[607]，提封絕域[608]失江黃。春秋據亂誰稱霸，
秦穆齊桓在一匡[609]。

拒楚賓秦計早成，競傳韓魏是同盟。已聞古佛生天竺[610]，復見蚩尤[611]
出漢城。南極一星朝北斗，東風萬里接西溟[612]。爛柯山[613]上傍觀懶，
勝負紛紛判此枰。

---

[602] 歌鳳歎：《論語‧微子》載楚狂接輿歌而過孔子曰：「鳳兮鳳兮！何德之
衰？往者不可諫，來者猶可追。已而，已而！今之從政者殆而！」後遂
以此為避世隱居之典。詳參前〈出都別耐儂〉「歌鳳楚狂歎已而」，注 770。
[603] 獲麟心：指孔子對獲麟一事的感傷。春秋魯哀公十四年，西狩獲麟。孔
子見而感傷，曰：「吾道窮矣！」乃因魯史記作《春秋》，上起魯隱公元
年下至獲麟（722-481），見《史記‧孔子世家》。
[604] 溉釜鬵：《詩經‧檜風‧匪風》：「誰能烹魚？溉之釜鬵。」溉，音「蓋」，
洗滌。釜鬵，釜和鬵（音「禽」），皆古代炊具。意指有賢德之人能匡輔
時政，救國救民，故言有能烹魚者，則洗滌釜鬵與之烹煮。
[605] 威弧：星官名，即弧矢，屬井宿，共九星，八星如弓，外一星如矢。弧
矢九星在狼東南，天弓也。
[606] 玉帛修盟府：以玉器、絲織品為交際，修盟國與國之關係。
[607] 兄弟比鄰親魯衞：魯與衞比鄰，親若手足。
[608] 提封絕域：提封，猶今人言大凡，諸凡也。《漢書‧食貨志上》：「地方百
里，提封九萬頃。」絕域，極其遙遠的地方。
[609] 一匡：使天下得到匡正。《論語‧憲問》：「管仲相桓公，霸諸侯，一匡天
下。」何晏《集解》引馬融曰：「匡，正也。天子微弱，桓公帥諸侯以尊
周室，一正天下。」
[610] 天竺：古印度。
[611] 蚩尤：古代九黎族首領，以金作兵器，與黃帝戰於涿鹿，失敗被殺，後
為惡人之代稱。
[612] 西溟：西海。
[613] 爛柯山：又名石室山，相傳晉代王質上山砍柴，遇仙人下棋，置斧而觀，
後見斧柄朽爛，返家時，已百歲，時人皆不識，見南朝梁‧任昉《述異
記‧卷上》。後以「爛柯」，比喻人世之變換轉移。

橫海樓船壯伏波，且騎天馴[614]渡天河。弭兵[615]有客疑衷甲[616]，耀武何人肯止戈。侵略雄心排**彼得**[617]，平和遺訓守**門羅**[618]。魚龍寂寞江湖冷，愁聽陰山敕勒歌。

雄關百二鬱崔嵬[619]，越水燕雲眼倦開。同室稱戈爭割據，登臺杖劍且徘徊。可憐苦雨淒風夜，誰是經天緯地才[620]。莽莽中原秋欲暮，傷心忍對菊花杯。

臺灣通史刊成，自題卷末（八首）[621]

傭書碌碌[622]損奇才，絕代詞華謾[623]自哀。三百年來無此作，拚將心血付三臺[624]。

---

614 天馴：神馬。
615 弭兵：平息戰爭。
616 衷甲：在衣中穿鎧甲。《左傳・襄公二十七年》：「辛巳，將盟於宋西門之外，楚人衷甲。」杜預 注：「甲在衣中。」
617 彼得：彼得一世（Peter the Great1, 1682-1725），俄國羅曼諾夫王朝第四代沙皇，亦稱彼得大帝。制定西化政策，使俄國躋身歐洲強國之林。
618 遺訓守門羅：門羅訓，指「門羅宣言（Monroe Doctrine）」。1823 年，美國總統詹姆斯・門羅（James Monroe）向國會提出三點國情咨文，內容大致可歸納為三：一、歐洲列強不應再殖民美洲，或涉足美洲國家之主權相關事務。二、對歐洲各國間之爭端，或各國與其美洲殖民地間之戰事，美國保持中立。三、相關戰事若發生於美洲，美國將視為具敵意之行為。
619 崔嵬：高大險峻貌。
620 經天緯地才：規劃天地。形容人的才能極大，能做非常偉大的事業。
621 承台北教育大學台灣文化研究所翁聖峰教授提醒，《臺灣日日新報》原題〈臺灣通史刊成自題卷末竝示同好〉（1921.05.07，第 3 版。）在八首之一到之六，詩後另有引注，依序如下：
（余臺人也。誓撰此書。以報臺灣）
（歸里以後。仍居寧南門內。此書則成於此）
（列傳六十篇。尤為苦心之作。持示先民。亦當許我）
（余撰此書。勤苦十年。內人贊助尤多）
（讓山總督惠題名山絕業四字。刊之卷首）
（海南長官賜序。以余為當代逸民。且感且慚）

一杯差喜醉延平，東海風雲氣尚橫。記得寧南門下月，梅花紅映讀書燈。

馬遷而後失宗風[625]，游俠書成一卷中。落落[626]先民來入夢，九原[627]可作鬼猶雄。

韓潮蘇海[628]浩無前，多謝金閨國士[629]憐。從此不揮閒翰墨，青山青史尚青年。

絕業名山幸已成，網羅文獻責非輕。而今萬卷藏書富，不讓元侯[630]擁**百城**[631]。

---

[622] 傭書碌碌：受雇為人抄書，泛指為人做筆札工作。《後漢書·班超傳》：「家貧，常為官傭書以供養。」碌碌，平平庸庸。

[623] 謾：音「蠻」，莫，不要。

[624] 三臺：本天上星垣之稱，位於太微垣外西北，《史記·天官書》稱：「魁下六星，兩兩相比者，名曰三能。」蘇林 注：「『能』音『臺』」，司馬貞《索隱》：「即泰階三臺。分上臺、中臺和下臺，各二星。」前人官制比擬天上星垣三臺，漢時以尚書為中臺，御史為憲臺，謁者為外臺，合稱三臺。《後漢書·袁紹傳》曰：「坐召三臺，專制朝政。按：雅堂「拚將心血付三臺」，意謂希望其《臺灣通史》此一名山大作能為朝廷「三臺」所鑑賞。三臺或泛指掌權者。又：若將北臺、中臺、南臺視為「三臺」，則雅堂此語意謂將此著作獻予全臺之人。

[625] 馬遷而後失宗風：馬遷，即司馬遷。宗風，指各流派獨有之風格與思想。按：史家宗風即「秉直而書」，雅堂感嘆自司馬遷《史記》之後，史官因受朝廷約束，不敢秉直而書。而《臺灣通史》即有紹承史遷之志，故書中特列「游俠傳」一卷。

[626] 落落：零落、稀疏。

[627] 九原：本為山名，在今山西新絳縣北。相傳春秋時晉國卿大夫的墓地在此，後世因稱墓地為九原。

[628] 韓潮蘇海：指韓愈、蘇軾之文章，氣勢磅礴，猶海潮一般。後以「韓潮蘇海」或「蘇海韓潮」，形容文章風格雄偉豪放。

[629] 金閨國士：指朝廷之傑出才士。

[630] 元侯：諸侯之長，或指重臣大吏。

[631] 百城：坐擁百城之省，形容藏書豐富。

一代頭銜署逸民[632]，千秋事業未沈淪。山川尚足供吟詠，大隱何妨在海濱。

詩書小劫火猶紅，九塞[633]談兵氣尚雄。枉說健兒好身手，不能射虎衹雕蟲[634]。

一氣蒼茫接混冥[635]，眼前鯤鹿擁**重瀛**[636]。渡江名士如相問，此是人間野史亭[637]。

寄南社諸子[638]

我依北斗思南斗，每覺春聲雜夏聲。天上樓臺原是夢，人間草木豈無情。中年蕩蕩多哀樂，故舊寥寥[639]感死生。差喜固園今夜月，酒籌[640]詩筆互縱橫。

游靈泉寺

蓮社風流[641]久不聞，芒鞋踏破嶺頭雲。看山他日曾留約，病酒於今且絕葷。塵海琴樽傷寂寞，禪房花木苾[642]清芬。我來別有談空處，欲借泉靈洗俗氛。

632　逸民：遁世隱居之人。

633　九塞：九處險要之地。《呂氏春秋・有始》：「山有九塞……何謂九塞？大汾、冥阨、荊阮、方城、殽、井陘、令疵、句注、居庸。」後泛指邊塞險要之地。

634　雕蟲：比喻細小不足道之技能。此謂寫作辭賦文章。

635　混冥：音「ㄏㄨㄣˋ ㄇㄧㄥˊ」，混沌不明之狀態。

636　重瀛：重重海洋。泛指海外各地。

637　野史亭：金・元好問之亭名。《金史・文藝傳下・元好問》：「晚年尤以著作自任，以金源氏有天下，典章法度幾及漢唐，國亡史作，已所當任。」乃築「野史亭」，致力於保存金代文獻，因名曰「野史」。野史，舊指私人編撰的史書。

638　作者注：「是日會於黃氏固園。」

639　寥寥：形容數量少。

640　酒籌：飲酒時用以記數或行令之籌子。

櫟社[643]大會，示同社諸子

寥落吾徒未有奇，孤芳獨抱一編詩。廿年舊淚傷鋤蕙[644]，千古高風繼採薇[645]。**裙屐**[646]漸欣鄉國盛，文章足起**劫塵**[647]衰。莫談櫟社終無用，佇看輪囷[648]拔地時。

櫟社席上有懷林癡仙、賴悔之二兄

劫火圖書共**陸沈**[649]，清秋風雨苦相侵。周秦以下無奇氣，山水之間有正音[650]。舉瑹[651]或憐春酒薄，敲詩每覺夜鐘深。年來事事傷哀樂，又向**萊園**[652]一恨吟。

---

641 蓮社風流：蓮社，佛教淨土宗最初的結社。晉代廬山東林寺高僧慧遠，與僧俗十八賢結社念佛，因寺池有白蓮，故稱。風流，超逸佳妙，禪宗所謂「不說一字，盡得風流」。

642 芯：音「必」，芳香。

643 櫟社：明治三十五年（1902）林癡仙、賴紹堯等人成立，社名取意：「學非世用，是為棄材；心若死灰，是為朽木。今夫櫟，不材之木也，吾以為幟焉。」

644 鋤蕙：除去蕙草，比喻賢者遭遇禍害。蕙，香草之一種。

645 採薇：《史記·伯夷列傳》載：伯夷、叔齊反對周武王伐殷，武王滅殷後，義不食周粟，隱於首陽山，采薇而食，及饑且死。後以此喻隱居不仕。

646 裙屐：六朝貴族子弟之衣著，借指衣著時髦之富家子弟。

647 劫塵：凡塵，人世。

648 輪囷：此狀樹形屈曲盤繞，或高大貌。囷，音「均」。

649 陸沈：陸地陷落，以喻國土陷沒。

650 正音：指雅正之樂聲，或指雅正之詩什。

651 瑹：音「展」，以玉所製成之酒杯。

652 萊園：霧峰林家（林獻堂）的花園。萊園以「十景」（木棉橋、擣衣澗、五桂樓、小習池、荔枝島、萬梅崦、望月峰、千步磴、夕佳亭、考槃軒）著稱，與台南吳園、新竹北郭園及板橋林本源園邸，合稱臺灣四大名園。光緒十九年（1893），林文欽（獻堂之父）鄉試中舉後，築萊園於霧峰之麓，奉觴演劇侍其母羅太夫人以游，命名取自老萊子彩衣娛親。作者注：「萊園為社友聚集之處，今亦會此。」

哭陳滄玉[653]

悔之既沒癡仙逝[654]，寥落騷壇又失君。廿載知交肝膽在，一朝大化[655]
死生分。杯停夜雨萊園[656]酒，筆絕秋風櫟社文。他日枕山[657]山下過，
落花衰草哭斜曛[658]。

題蔡愧怙[659]先生遺墨

三矢誓天人有恨，一戈返日[660]我何為。中宵風雨雞鳴[661]後，奈此斑斑
血淚辭。

---

[653] 陳滄玉（1875-1922）：陳瑚，字滄玉，號枕山，苗栗苑裡人。幼讀經史，
習制藝，早年即以詩聞。明治卅五年（1902）林癡仙等創設櫟社於臺中
霧峰，隨即加入，為創社九老之一。後又加入臺灣文社，其詩文皆雄健，
著有《趣園詩鈔》、《枕山詩鈔》。

[654] 悔之既沒癡仙逝：悔之，即賴悔之。癡仙，即林癡仙。

[655] 大化：謂人生之重要變化。此謂死亡。

[656] 作者注：「萊園會時，歲每相見。」

[657] 枕山：苗栗苑裡枕頭山，陳滄玉葬於此山麓。見〈陳滄玉氏葬期〉，《臺
灣日日新報》，1922.11.25，第 6 版。

[658] 曛：落日餘暉。

[659] 蔡愧怙（1846- 1881）：蔡孝好，字文仁，學名壽山，自號愧怙，別號志
義，晉江塘邊（石獅寶蓋鎮塘邊村）人。一度為儒，後改儒就商。據《龍
淵蔡氏族譜》載：「蔡孝好，改儒就商，支撐門戶，會計餘閒，輒博覽群
書，無商賈氣，自奉儉樸而厚待儒，培養弟侄儀文臻至。居鄉則見義勇
為，睚眥爭端，一經解決，兩造各得其平。當是時，鄉黨間饒有和親康
樂之遺風。然自是積勞成疾矣，里人禱天請命。既彌留，自知不起，力
疾而成〈淚墨〉遺書，舉生前之閱歷，身後之希望，精誠貫徹，具馨於
楮墨間，為可傳哉。」

[660] 一戈返日：謂將戈一揮，可使西下太陽回轉，後多用以比喻力挽狂瀾、
扭轉危局。此處則喻指蔡愧怙彌留之際，並無法「起死回生」。

[661] 編者按：「鳴」，臺灣分館藏本作「鳴」，誤。

題美國南北戰史[662]

七年血戰垂青史，萬歲歡呼放黑奴。我愛慈悲宗義俠，瓣香[663]林肯繡批荼[664]。

題印度佛教史

法界圓融色界空，諸天西向水流東。佛佗去後祇園[665]寂，惟見芙蓉滿地紅。

東游雜詩（四十首）

五嶽歸來已七秋，又攜仙眷上蓬洲[666]。此行為愛櫻花好，料理詩篇紀俊遊[667]。

---

[662] 美國南北戰爭：又稱美國內戰（American Civil War, 1861.04-1865.04）。1860年主張廢除奴隸制度亞伯拉罕・林肯（Abraham Lincoln, 1809-1865）當選總統，美國南部11州因此退出聯邦，於1861年組邦聯政府，宣布獨立，推舉傑佛遜・戴維斯（Jefferson Davis）為首任總統並發動戰爭。林肯領導北方各州阻止南方叛亂，歷時四年，北方獲勝。此次戰役除了確立北方的政治領導地位，也一併廢除了南方的奴隸制度。

[663] 瓣香：形狀像瓜瓣的香，用於表示禱祝、敬慕之意。

[664] 批荼：美國女作家哈利葉・比奇爾・史托夫人（Harriet Beecher Stowe，1811-1896）。1852年史托夫人撰《湯姆叔叔的小屋》（又為《黑奴籲天錄》）一書，導致美國南北戰爭，林肯遂言：一小婦人引發一場解放黑奴之革命。

[665] 祇園：指「祇樹給孤獨園」。祇樹給孤獨園（Jetavana Monastery），略稱祇園或祇樹、祇園精舍，位於中印度憍薩羅國舍衛城之南，釋迦牟尼佛講法的重要場所。按：祇樹乃祇陀太子所有樹林之略稱；給孤獨即舍衛城長者須達（Sudatta）之異稱，因長者夙憐孤獨，好布施，故得此名。蓋此園乃須達長者為佛陀及其教團所建之僧坊，精舍建於祇陀太子之林苑，以二人共同成就此一功德，故稱祇樹給孤獨園。

[666] 蓬洲：即蓬萊島，東海中的仙島，此指日本。

[667] 俊遊：快意遊賞。作者注：「壬戌（大正十一年，1922）三月偕內人東遊。」

裊裊[668]垂楊拂水湄[669]，剪江一葉[670]月如眉。明朝繫纜春申浦，重聽吳孃唱柳枝[671]。

櫻花未看看桃花，兩岸垂楊拂鈿車[672]。記得舊時曾載酒，十分春色在龍華[673]。

此是東瀛[674]第一天，求書曾泊遣唐船[675]。祇今故國風雲亂，文物凋零愧後賢[676]。

櫻花如雪月如潮，難遣春光是此宵。卿意儂情同眷眷[677]，禪心詩味兩超超[678]。

揮手東寧[679]事可哀，騎鯨人去閟風雷[680]。迢迢平戶[681]船頭望，何日重生不世才[682]。

---

[668] 裊裊：形容細長柔軟之楊柳，隨風擺動。
[669] 水湄：水邊。
[670] 剪江一葉：剪江，指船破浪行於江面。一葉，指小船，似一只樹葉。
[671] 吳孃唱柳枝：吳孃，江蘇女子。柳枝，詞調名，又稱〈楊柳枝〉。作者注：「舟泊吳淞。」
[672] 鈿車：以金寶嵌飾之車。
[673] 龍華：位於上海市徐匯區。作者注：「龍華看桃花。」
[674] 東瀛：指日本。
[675] 遣唐船：指唐代日本派使節赴中國所乘的船。
[676] 作者注：「再至長崎。」
[677] 眷眷：愛戀，依戀不捨。
[678] 超超：謂超然出塵。作者注：「游正覺山，時適夏曆三月望夜。」
[679] 東寧：鄭經即位，改承天府為東寧府。此處「東寧事」指鄭經過世之後，權臣馮錫範聯合鄭經從弟鄭哲順等宗室、將領發動政變，擁立年僅十二歲的鄭克塽為延平王之事。按：鄭成功的母親為日本平戶人，故雅堂遊日本平戶時，有感而發。
[680] 騎鯨人去閟風雷：騎鯨人去，指鄭成功已逝世，詳參前〈滬上逢陳楚楠〉「騎鯨」，注138。閟，音「必」，掩蔽。
[681] 平戶：位於日本長崎縣西北部，鄭成功生於此。
[682] 作者注：「過平戶島弔鄭延平。」

兩山突兀擁嚴關，海國金湯豈等閒。落日荒濤望天末，不堪回首是臺灣[683]。

新潮漸漲舊潮低，一抹扶桑[684]日已西。夜半舵樓[685]頻翹首，星星漁火望中迷[686]。

舊跡重尋布引[687]泉，游蹤復泊攝津[688]船。淡雲微雨山陽道[689]，檢點征衫已十年[690]。

東西潮水此歸虛，津吏猌猌[691]禁挾書。笑問秦時舊童丱[692]，**祖龍**[693]政策更何如[694]。

參鸞[695]天外且停蹤，身在蓬山第幾重。三月風光人欲醉，尚留春色二分濃[696]。

---

[683] 作者注：「過馬關。」

[684] 扶桑：神樹名，在極東的海上，為太陽升起之處；代指太陽。一抹扶桑，即一片日光。

[685] 舵樓：船上操舵之室，亦指後艙室，因高起如樓，故稱。此借指乘船。

[686] 作者注：「瀨戶內海。」

[687] 布引泉：位於兵庫縣神戶市中央區。

[688] 攝津：位於大阪府中北部，澱川右岸之一市。

[689] 山陽道：日本五畿七道之一，位於本州的瀨戶內海側、畿內以西位置。範圍包括今兵庫縣西部至山口縣瀨戶內海沿岸。

[690] 作者注：「泊神戶游諏訪山。」

[691] 津吏猌猌：津吏，古代管理渡口、橋樑之官吏。猌猌，音「銀」，犬吠聲，比喻爭辯不休。

[692] 童丱：丱，音「灌」，童子髮式，分束成兩角突出貌，此借指童子。

[693] 祖龍：指秦始皇。《史記‧秦始皇本紀》：「（三十六年）秋，使者從關東夜過華陰平舒道，有人持璧遮使者曰：『為吾遺滈池君。』因言曰：『今年祖龍死。』」裴駰《集解》引蘇林曰：「祖，始也；龍，人君象。謂始皇也。」

[694] 作者注：「橫濱關吏搜檢書籍甚嚴，西客尤甚。」按：傳說秦始皇即位後派遣徐福帶領數百童男童女往海上尋訪仙山，徐福後不歸國，傳即登陸日本而為先祖，故橫濱搜書之舉，令詩人不滿，「笑問秦時舊童丱，祖龍政策更何如」云云，以秦始皇「焚書」之事作戲謔之詞。

[695] 參鸞：按驂鸞，乘鳳。

九十韶光信可人[697]，繽紛香雨浥[698]輕塵。我來正值花齊放，萬樹烘成上野春[699]。

環球競鼓弭兵風，祇在平和兩字中。省識春秋無義戰，巍巍一塔可銘功[700]。

英雄事業定千秋，一劍恩仇死未休。眼底庸奴何足數，範金誰得媲南洲[701]。

忍把詩魂葬此間，故鄉亦有好湖山。廿年舊淚三年別，絲竹淒涼哭謝安[702]。

江戶[703]花時萬事新，香車寶馬競游春。誰知十丈京塵[704]裏，竟有攤書閉戶人[705]。

---

[696] 作者注：「夜入東京。」

[697] 可人：適合人之心意。

[698] 浥：潤澤、沾濕。

[699] 上野：日本東京台東區西部一帶。作者注：「上野看櫻花。」

[700] 作者注：「平和塔。」

[701] 範金誰得媲南洲：範金，以模子澆鑄金屬。南洲，指西鄉隆盛（1828-1877），號南洲，日本江戶時代末期（幕末）的薩摩藩武士、政治家，與木戶孝允（桂小五郎）、大久保利通並稱「維新三傑」。作者注：「西鄉南洲銅像。」

[702] 哭謝安：此以謝安代指謝維巖。謝安（320-385），字安石，號東山，西晉陳郡陽夏（今河南省太康縣）人。初隱居東山，歷任吳興太守、侍中兼吏部尚書兼中護軍、尚書僕射兼領吏部加後將軍、揚州刺史兼中書監兼錄尚書事、都督五州、幽州之燕國諸軍事兼假節、太保兼都督十五州軍事兼衛將軍等職，是東晉在肥水之戰中獲勝的重大功臣。死後追贈太傅，追封盧陵郡公，人稱謝東山、謝太傅、謝傅、謝安石等。作者注：「護國寺展謝籟軒墓，籟軒臺南人。」謝維巖（1879-1921），字瑞琳，號籟軒，又號石秋，以號行。

[703] 江戶：東京在明治維新（明治元年，1868）以前稱為江戶。

[704] 京塵：亦作「京雒塵」，比喻功名利祿等塵俗之事。

[705] 作者注：「愛住町訪館森袖海。袖海為岡鹿門弟子，工漢文、通經術，嘗游臺灣，與訂文字交。」

滿天微雨亂紅酣[706]，習習[707]東風柳外驂[708]。竹簞[709]蘆簾春欲去，一時夢繞墨隄南[710]。

昨宵曾賦看花詞，今日風光在水湄。收拾詩囊討春去，莫教紅雨怨芳時[711]。

蓬川[712]隄畔繫輕舟，萬樹櫻花映水流。博得狂夫開口笑，明朝扶醉再來遊。

如雲如雪復如霞，看遍山涯更水涯。廿四番風誰管領，此行端[713]不負櫻花。

古柏森森夾道斜，山王臺[714]畔且停車。美人脂粉英雄血，拼[715]作東瀛第一花[716]。

此是東瀛第一花，春風爛熳滿天涯。昨宵怒放今朝謝，獨立高峰看落霞[717]。

淡淡春陰漠漠寒，十分花事九分殘。黃泥細雨深川路，濕透輕裘為牡丹[718]。

706　紅酣：形容花之濃盛、盛美貌。
707　習習：和舒也。
708　驂：泛指馬匹。
709　竹簞：古代盛飯之圓竹器。
710　墨隄南：墨隄，位於東京都墨田區，今植櫻花約 320 株。作者注：「寓樓靜坐。」
711　紅雨怨芳時：紅雨，比喻落花。作者注：「蓬川看櫻花三首。」
712　蓬川：位於兵庫縣南東。
713　端：根本，緣由。
714　山王臺：在東京上野公園內，立有西鄉隆盛銅像。
715　臺灣分館藏本作「挖」，誤。《全臺文》主編黃哲永建議作「拚」。
716　作者注：「上野再看櫻花，已漸謝矣。」
717　作者注：「飛鳥山看落櫻。」
718　作者注：「錦絲窟看牡丹。」

念家山破劇堪哀，萬樹流紅血染來。昨夜子規啼未了，今朝又報杜鵑開[719]。

澧芷沅蘭[720]亦有愁，楚魂終古哭江頭。紅心未忍花開落，欲采芳馨不自由。

雲霞簇簇[721]滿園中，可愛淺紅愛深紅。他日一杯來酹汝，登樓歌舞對東風。

春驄到處便流連，簫史[722]夫妻本是仙。但祝月圓花不謝，人間多住五千年[723]。

牡丹開罷杜鵑開，日日尋春去又來。且攝塵心參佛法，拈花笑上紫雲臺[724]。

鎌倉[725]山勢鬱嵯峨[726]，想見當年霸業多。一曲琵琶殘月墜，英雄無奈美人何[727]。

源平事業[728]總成空，賸[729]得荷花白復紅。放鶴岡頭頻悵望，江山無語夕陽中[730]。

---

[719] 作者注：「日比谷看杜鵑花三首。」

[720] 澧芷沅蘭：本指生於沅、澧兩岸之芳草，後以此比喻高潔之人或事物。《楚辭・九歌・湘夫人》：「沅有芷兮澧有蘭。」王逸　注：「言沅水之中有盛茂之芷，澧水之內有芬芳之蘭，異於眾草。」

[721] 簇簇：一叢叢；一堆堆。

[722] 簫史：傳說中善吹簫者。漢・劉向《列仙傳・簫史》：「簫史者，秦穆公時人也。善吹簫，能致孔雀白鶴於庭，穆公有女，字弄玉，好之，公遂以女妻焉，日教弄玉作鳳鳴。居數年，吹似鳳聲，鳳凰來止其屋，公為作鳳臺，夫婦止其上，不下數年，一旦皆隨鳳凰飛去。」

[723] 作者注：「游鶴見花月園。」

[724] 作者注：「游曹洞宗大本山，紫雲臺方丈名。」

[725] 鎌倉：位於東京西南方。

[726] 嵯峨：音「ㄘㄨㄛˊ ㄜˊ」，形容山勢高峻。

[727] 作者注：「游鎌倉。」

[728] 源平事業：指日本平安時代末期，1180 年至 1185 年間，源氏、平家兩大武士家族為爭奪權力而展開戰爭。戰後，源賴朝（1147-1199）於 1192

恆河世界須彌小[731]，佛說非身是大身[732]。如此塑來真突兀，搏沙[733]我亦解為人[734]。

銀燈萬點照紅霞，樓閣參差影欲斜。不忍池[735]邊可憐月，幾人同賞自由花[736]。

浩蕩春愁借酒澆，淒涼何處隔江簫。昏黃一片蘼蕪雨，曳杖[737]閒過淺草橋[738]。

萍蹤絮影[739]太迷離，客路相逢看鬢絲。珍重春風駘蕩[740]意，一杯毋負好花時[741]。

采藥求仙事總虛，劫灰何處覓秦餘[742]。袖中東海[743]歸來日，且買青山[744]讀我書[745]。

年就任征夷大將軍，於鎌倉設立幕府（1192-1333）。此彰示中央貴族統治時代之結束、幕府政權開始。

[729] 賸得：賸，音「勝」，同「剩」。

[730] 作者注：「登鶴岡。」

[731] 恆河世界須彌小：恆河，南亞大河，流經印度和孟加拉。須彌，原為古印度神話中的山名，後為佛教借用，指一小世界之中心，山頂為帝釋天所居，山腰為四天王所居。四周有七山八海、四大部洲。此謂廣狹、大小，相容自在，融通無礙。

[732] 大身：即虛空之大化身，對丈六之小身而言。按：《觀無量壽經》：「阿彌陀佛，神通如意，於十方國，變現自在，或現大，滿虛空中，或現小身，丈六、八尺。所現之形，皆真金色。」

[733] 搏沙：搏，音「團」，捏沙成團，比喻聚而易散。

[734] 作者注：「長谷寺大佛高三丈三尺有三寸。」

[735] 不忍池：東京上野公園中的天然池塘。

[736] 作者注：「夜游不忍池。」

[737] 曳杖：拖著手杖。曳，音「亦」，拖。

[738] 作者注：「淺草公園。」

[739] 萍蹤絮影：形容行蹤不定，似浮萍、棉絮般四處漂浮。

[740] 駘蕩：音「待盪」，放蕩、縱放，此處指令人舒暢的狂野春風。

[741] 作者注：「東京逢李耐儂。」

[742] 秦餘：指秦代之遺跡。按：徐福率眾出海尋仙藥不歸，傳說定居於日本，其後人則曰秦餘。

看花本是蕭閒事，聽曲偏多逸豫[746]時。左顧孺人右稚子[747]，游蹤到處祇題詩[748]。

插天千仞登[749]芙蓉，漫說[750]東瀛第一峰。踏遍神州[751]三萬里，羅羅[752]五嶽鬱心胸[753]。

江山半壁失扶持，孤憤南朝劇可悲。我過攝津[754]頻灑淚，篝燈[755]來讀湊川碑[756]。

新柳青青不可攀，扁舟蕩蕩[757]水雲間。廿年三過春帆[758]下，獨自無言對馬關[759]。

---

[743] 袖中東海：謂袖中懷有浩瀚東海。

[744] 且買青山：喻賢士歸隱。

[745] 作者注：「五月十五日出東京。」

[746] 逸豫：閒適安樂。

[747] 左顧孺人右稚子：孺人，婦人。稚子，稚子。稚，音義同「稚」。

[748] 作者注：「山陽道上。」

[749] 底本作「登」，臺灣分館藏本作「玉」。

[750] 漫說：莫說。

[751] 神州：古時稱中國為「赤縣神州」，《史記・孟子荀卿列傳》：「中國名曰赤縣神州，赤縣神州內自有九州。」後以「神州」為中國之別稱。

[752] 羅羅：排列、陳列。

[753] 作者注：「車中望富士山。」按：此詩對日本誇稱富士山為「東瀛第一峰」頗為不然，其心目中的高峰實為中國的「五嶽」——即泰山、衡山、華山、恆山和嵩山。

[754] 攝津：位於大阪府中北部，淀川右岸。日本南北朝時期（1334-1392），南朝的楠木正成於攝津國之湊川與北朝的足利尊氏交戰（即1336年湊川之戰），以寡擊眾、戰敗殉國，並留下「七生報國」之語，被視為忠臣與軍人之表率。明治天皇為表彰其忠貞報國、捍衛皇室的功勞，特於正成戰死地建湊川神社，以祀其族。

[755] 篝燈：即燈籠。篝，音「溝」。

[756] 作者注：「夜游湊川神社。」

[757] 蕩蕩：平坦、平易。

[758] 春帆：即春帆樓，位於日本下關市阿彌陀寺町。是昔日清、日代表簽署馬關條約之地。

豈真入海為求詩，貝闕龍宮[760]一望奇。鵬背摶風三萬里[761]，南溟到處
是天池[762]。

宿[763]白雲寺，示同遊李石鯨[764]

天上白雲不可捉，墜落人間熏五濁[765]。翩然[766]復上白雲行，白雲無心
在空谷。谷中有人方大笑，雲兮雲兮來何速。朝從山麓飛，暮向山頭
宿。左手驂青鸞[767]，右手招黃鶴。泠然萬籟寂無聲，為鼓雲璈[768]歌一
曲。娟娟涼月照前除[769]，一樹棠梨[770]自開落。回頭忽見佛燈紅，薄寒
中人[771]侵簾幕。鬢絲禪榻話春風，夜深臥聽瓶笙[772]作。煙霞舊侶[773]喜

759　馬關：今日本下關市，臨關門海峽（由本州島與九州島所夾）。作者注：
　　　「泊馬關。」
760　貝闕龍宮：富麗堂皇之水神宮殿。
761　鵬背摶風三萬里：語出莊子〈逍遙遊〉：「鵬之背不知其幾千里也。怒而
　　　飛，其翼若垂天之雲，……水擊三千里，摶扶搖而上者九萬里。」謂大
　　　鵬依恃颶風，盤旋而上直至三萬里高空。摶，音「團」，環繞而上。
762　作者注：「歸舟。」
763　連橫《臺灣詩薈》（下）作「遊」，頁279。
764　李石鯨（1882-1944）：李燦煌，字碩卿、石鯨，號秋鱗，晚號退嬰、樸
　　　亭，樹林人。壯歲寄寓基隆，曾主《臺灣日日新報》筆政；著有《東臺
　　　吟草》。民國五十三年（1964），門人李建興等集其遺作為《李碩卿先生
　　　紀念集》。
765　五濁：佛教謂五種不清淨之煩惱世界，即命濁、煩惱濁、劫濁、眾生濁、
　　　見濁。
766　翩然：形容動作輕鬆迅速貌。
767　驂青鸞：驂，音「餐」，乘、駕馭。青鸞，傳說中的神鳥，似鳳，五色備
　　　舉而多青。
768　雲璈：即雲鑼，打擊樂器。璈，音「熬」。
769　前除：臺階。
770　棠梨：俗稱野梨，落葉喬木，葉長圓形或菱形，花白色，果實小，略呈
　　　球形，有褐色斑點，可做嫁接各種梨樹的砧木。
771　薄寒中人：薄寒，輕微的寒氣。中人，傷人。指輕微寒氣亦能傷害於人。
772　瓶笙：古時以瓶煎茶，微沸時發音如吹笙，故稱。
773　煙霞舊侶：與山水結成伴侶，借指山林隱士。

同遊，胸中突兀盤**邱壑**[774]。翛然一枕抱雲眠，萬事不如春睡足。李生李生莫侷促，人生到處須行樂。他年駕雲復歸來，不見人民見城郭。

落花

昨夜東風狂，庭花落如雨。忍死抱殘紅，莫[775]化塵與土[776]。

次韻和林文訪[777]冬日感事[778]

惘惘屏風夜觸頭，談詩亦可解窮愁。琴書自占中年樂，風月難銷百歲憂。桑海日昏喧鬼市[779]，蓬山浪惡阻仙舟。**夔蚿**[780]身世相憐惜，破涕尊前[781]一笑酬。

次韻和文訪，並示同社[782]

寥落存吾志，徬徨看眾迷。危言驚市虎[783]，不寐聽晨雞。木折風敲戶，寒侵雨滿蹊[784]。討春遲舊約，詩卷共提攜。

---

774 邱壑：山岳溪谷。按胸中邱壑：指見多識廣，心中有不少山水勝狀。

775 連橫《臺灣詩薈》（下）作「不」，頁 283。

776 忍死抱殘紅，莫化塵與土：意謂在狂風中要堅忍其心，緊抱殘餘的花朵，不再因動盪而有所凋零，化作塵土。此係作者自喻其志。

777 林文訪（1896-1973）：林熊祥，字文訪，號宜齋，別署大屯山民，臺北板橋人，林本源家族長房「本記」林國華之曾孫，「益記」林爾康次子。少時博覽經史，工詩文、善書法。中年後研究佛學，初宗唯識，後研天臺。著有《臺灣史略》（即《臺灣省通志稿》卷首中〈史略〉之縮印本）、《書學原論》二書。

778 連橫《臺灣詩薈》（上）詩題作「次韻酬文訪並呈同社」，頁 11。

779 鬼市：唐代西域海西國一種無人售貨的集市，借指夜市。《新唐書·西域傳下·拂菻》：「西海有市，貿易不相見，置直物旁，名鬼市。」

780 夔蚿：夔，音「葵」，古代傳說形體似龍之獨腳獸。蚿，音「賢」，即「馬陸」，多足動物。夔一足而蚿多足，足之多寡雖異，各秉自然之屬性以成。不必以己之有，意人之有；以己之無，欲人之無。

781 尊前：酒樽之前，指酒筵上。

782 連橫《臺灣詩薈》（上）詩題作「次韻酬文訪並呈小眉」，頁 73。

次韻和志圓法師[785]

把臂[786]何時共入林，大千世界正沉沉。破魔願具神通力，救苦先存菩薩心。故國淒涼聞鶴唳，秋江寂寞起龍吟。梅花我亦稱知己，流水高山有賞音[787]。

【附】雅堂居士賦詩贈行，即用前韻答之　　　　釋志圓

聞道當年祇樹林[788]，自慚無力化迷沉。一船風月隨孤影，萬里江山感寸心。陳夢有痕重話舊，新詩遠賁[789]費低吟。相知惟有維摩士[790]，丈室[791]宏開妙法音。

783　危言驚市虎：危言，聳人聽聞之言論。市虎，市中老虎，然市本無虎，故喻流言蜚語。

784　蹊：小路。

785　連橫《臺灣詩薈》（下）詩題作「江山樓席上次韻和志圓法師」，頁72。志圓法師，湖南人，幼出家於南海，光緒末年渡臺，未幾去，大正八年（1919）再至，掛單龍山、寶藏、西雲諸寺。能詩、善畫，與連橫、趙一山等交最莫逆，後返普陀。

786　把臂：握持手臂，表示親密。

787　賞音：知音。

788　祇樹林：即「祇樹給孤獨園」（Jetavana Monastery），佛陀講法聖地，此處喻指佛寺。詳參前文〈題印度佛教史〉「祇園」，注665。

789　賁：音「必」，文飾、美好的裝飾。

790　維摩士：據《維摩詰所說經》載：維摩詰為毘耶離城中之大乘在家居士（實為大菩薩化身），與釋迦牟尼同時。嘗以稱病為由，向慰問之舍利弗與文殊師利等宣揚教義，為佛典中現身說法、辯才無礙之代表人物。按：此處釋志圓以維摩詰在家居士的形象比喻連雅堂。

791　丈室：猶斗室。

送志圓法師歸南海[792]，即用前韻

化雨長霑[793]紫竹林，談禪不覺夜鐘沉。一帆明月催歸意，百首梅花寫素心[794]。塵劫未銷惟有法，海天無際且孤吟。他年鼓棹瀛洲[795]過，共倚潮頭聽梵音[796]。

【附】江山樓席上呈連雅堂居士　　　　釋志圓

草鞋踏破萬重林，識浪[797]微微帶醉沉。大好江山無限意，寂然塵世入空心。昔年曾作敲魚曲，今日聊當集缽吟[798]。流落人間誰似我，雪窗梅月是知音。

贈歌者雲霞

酒邊昵汝更嬌歌，破碎河山可奈何。彈罷四絃春寂寞[799]，海紅[800]簾外落花多。

---

[792] 南海：今廣州市。
[793] 化雨長霑：指萬物長久受時雨之浸潤。語本《孟子・盡心上》：「君子之所以教者五：有如時雨化之者，有成德者，有達財者，有答問者，有私淑艾者。」
[794] 作者注：「法師臨別，留示畫梅百詠。」
[795] 瀛洲：浙江省東北部舟山市瀛洲縣。瀛，音「ㄨㄥˊ」。
[796] 梵音：指佛、菩薩之音聲。作者注：「余有參普陀之約。」
[797] 識浪：心體之真如，譬如海；諸識之緣動，譬如浪，故有識浪之譬喻。
[798] 集缽吟：又作擊缽吟。南朝齊竟陵王蕭子良，常於夜間邀集才人學士飲酒賦詩，刻燭限時，規定燭燃一寸，詩成四韻。蕭文琰以為此並非難事，乃與丘令楷、江洪二人改為擊銅缽催詩，缽聲一止，詩即吟成，見《南史・王僧孺傳》。按：連橫對「擊缽吟」有其看法，《雅堂文集》云：「擊缽吟為一種遊戲筆墨，朋簪聚首，選韻鬮題，鬥捷爭工，藉資消遣，可偶為之，而不可數。數則其詩必滑，一遇大題，不能結構。而今人偏好為之，亦時會之使然歟？」（頁262）
[799] 連橫《臺灣詩薈》（下）作「寂寂」，頁74。
[800] 海紅：山茶花。

題牡丹畫扇

有酒惟澆蘇小墳，有絲惟繡卓文君[801]。有娀姝女[802]不可見，我欲磨[803]刀割紫雲[804]。

葵花

春夢迷離春事[805]空，小樓昨夜過東風。夭桃穠李皆無色，惟有葵花得意紅[806]。

啼鴂

芷綠蘭紅[807]亦可悲，一聲啼鴂[808]怨芳時。江干寂寞春馨歇，獨向**空山**[809]讀楚詞。

---

801 卓文君：漢臨邛大富商卓王孫之女，好音律，新寡家居。司馬相如過飲於卓氏，以琴音挑之，文君夜奔相如，事見《史記·司馬相如列傳》。

802 有娀姝女：娀，音「松」，有娀氏之簡稱，古代部落名，在今山西省運城縣附近。姝女，美女。姝，音「亦」。《楚辭·離騷》：「望瑤臺之偃蹇兮，見有娀之佚女。」王逸注：「佚，美也。」有娀氏姝女，即商之女始祖簡狄，帝嚳之妃，殷始祖契之母。傳說因吞食玄鳥蛋而生商族之祖契。

803 連橫《臺灣詩薈》（上）作「橫」，頁350。

804 割紫雲：喻折紅梅。紫雲，原喻紫色石，後借喻為梅。

805 春事：特指花事。

806 葵花得意紅：此處「葵花」當指「蜀葵花」，因發現於原產古中國蜀地，故名。按：蜀葵古稱戎葵、大福琪、一丈紅，初夏時節開始吐紅露粉，不久便繁花似錦，在中國栽培歷史悠久，歷代詩文都給予很高的評價。

807 芷綠蘭紅：綠芷草與紅蘭草，比喻才質之美。

808 啼鴂：指杜鵑，子規。鴂，音「絕」。

809 空山：幽深人少之山林。

杜鵑

念家山破劇堪憐，夜夜傷心哭杜鵑。多少過江名下士[810]，春風歌舞落花前。

題陸丹林[811]紅樹室圖

寥落江山尚有詩，秋光冷豔使人悲。誰知丈室閒[812]吟日，正是群龍血戰時。

臺灣詩薈[813]發行，賦示[814]騷壇諸君子

大雅[815]今雖息，斯文尚未頹。淒涼懷故國，寥落感奇才。旗鼓騷壇建，詩歌汐社[816]開。傷麟宣聖淚[817]，歎鳳楚狂哀[818]。此土原榛莽[819]，先民

---

810 名下士：享有盛名之士。
811 陸丹林（1896-1972）：字自在，號非素，齋名紅樹室，廣東三水人，生於廣州，僑居上海。性喜書、畫，尤喜與美術界往還，擅長美術評論，書法亦極老練。著作極富，有藝術論文集、美術史話。
812 連橫《臺灣詩薈》（上）作「高」，頁761。
813 臺灣詩薈：大正十三年（1924）2月連雅堂創刊，內容分有詩鈔（今人詩稿）、詩存（古人吟稿）、文鈔（今人文稿）、文存（古人文稿），另有傳記、雜錄、詩鐘、騷壇記事。「臺灣詩薈」計發行22期，至大正十四年（1925）10月因財務困乏而停刊。連氏於〈詩薈餘墨〉自稱：「不佞之刊詩薈，厥有二義：一以振興現代之文學，一以保存舊時之遺書。夫知古而不知今，不可也；知今而不知古，亦不可也。故學術尚新，文章尚舊，採其長而棄其短，芟其蕪而揚其芬，而後詩中之精神乃能發現。」又曰：「不佞不能詩也，而敢為詩薈。詩薈者，集眾人之詩而刊之，仍以紹介於眾人，不佞僅任其勞，而臺灣之文學賴以振興，於臺灣之文化不無小補。」
814 編者按：「示」，臺灣分館藏本作「似」，連橫《臺灣詩薈》（上）作「呈」，第二號，1924年3月，頁69。
815 大雅：《詩經》組成之一部分，多為西周王室貴族之作，後指閎雅淳正之詩篇。
816 汐社：宋遺民謝翱所創的文社。

闢草萊[820]。**牛皮城**突兀[821]，鹿耳水瀠洄[822]。**趹浪**鯨驅矢[823]，騫雲鳥逐
桅[824]。中原王氣盡，海上霸圖恢。正朔存唐祚[825]，衣冠守漢祺[826]。天
教荒服啟，人為典章來[827]。復甫經綸[828]在[829]，斯庵痛哭催[830]。盧徐工
製作[831]，孫范[832]亦兼該[833]。漁唱喧崖畔[834]，檣音傍水隈[835]。快觀東海

---

817 傷麟宣聖淚：指孔子作《春秋》絕筆於獲麟，因麒麟出，人不識而殺之
　　於道，孔子傷麟而絕筆。
818 歎鳳楚狂哀：《論語》載接輿勸孔子，唱「鳳兮鳳兮，何德之衰也。往者
　　不可諫，來者猶可追」，詳參前〈出都別耐儂〉「歌鳳楚狂歎已而」，注
　　770。
819 榛莽：指草木叢生之地。
820 草萊：猶草莽，雜生的草。《南史・孔珪傳》：「門庭之內，草萊不翦。」
821 牛皮城突兀：牛皮城，即安平城，今安平古堡。突兀，高聳貌。丁紹儀
　　《東瀛識略》云：「臺灣舊志言『顏思齊引日本人屯臺灣，後荷蘭舟遭
　　風到臺，借土番一牛皮地，因築安平城。』」謂明天啟四年（1624），荷
　　蘭人初到臺灣，借土番土地，建「熱蘭遮城」，台民稱赤崁城。鄭成功驅
　　逐荷蘭人後，永曆十六年（1662）改名為「安平城」。
822 瀠洄：音「營回」，水流迴旋貌。
823 趹浪鯨驅矢：鯨破浪而行，快似奔馳的箭。趹浪：破浪、踏浪。
824 騫雲鳥逐桅：鳥於雲中飛翔，猶好似追逐船隻而飛。
825 正朔存唐祚：頒布曆法，延襲唐代之福祚。正朔，指曆法。祚，音「作」，
　　福也。
826 衣冠守漢祺：文明衣冠禮教，奉守漢代之祭祀。祺，音「梅」，祭也，祈
　　子之祭。
827 作者注：「舊史稱鄭氏之時，中土士夫奉冠裳而渡鹿耳者蓋七百餘人。」
828 編者按：「綸」，臺灣分館藏本作「論」，誤。
829 復甫經綸在：復甫，陳永華（1634-1680），字復甫，嘗為延平參軍。經
　　綸，比喻籌畫治理國家大事。
830 斯庵痛哭催：沈光文（1612-1688），號斯庵，明遺民，明永曆六年（1652）
　　漂流來臺，鄭成功薨後，因不滿鄭經若干施政，為文譏諷，幾遭不測，
　　遂落髮出家，避禍「羅漢門」山中。
831 盧徐工製作：盧徐，即盧若騰與徐孚遠，明遺民。作者注：「盧尚書若騰、
　　徐中丞孚遠均有著作。」連橫《臺灣詩薈》（上）作「盧尚書若騰、辜御
　　使朝薦均有著作。」第二號，1924年3月，頁69。
832 連橫《臺灣詩薈》（上）作「范」，第二號，1924年3月，頁69。臺灣分
　　館藏本誤作「苑」。

集[836]，復倒斐亭[837]杯。耆舊多詞藻[838]，江山供剪裁。**黑洋**[839]濤浩浩，白嶽雪皚皚[840]。虎井[841]煙初合，龍潭[842]月作陪。竹風消溽暑，蘭雨墜清埃[843]。綠浸南湖[844]柳，紅浮北郭[845]梅。簫聲沈四野，劍影耀三台[846]。弔古徒悲爾，豪吟亦壯哉。流觴逢曲水[847]，珥筆[848]剔殘苔。郢賦[849]抒孤憤，齊言雜笑詼[850]。幾人追李杜[851]，有客學鄒枚[852]。軼蕩捫朝日[853]，

833　孫范亦兼該：孫范，指孫元衡與范咸，清初遊宦詩人。兼該，即「兼賅」，兼備之意。作者注：「孫司馬元衡著赤崁集，范侍御咸著婆娑洋集。」

834　漁唱喧崖畔：漁唱，漁歌。作者注：「朱廣文仕玠著瀛崖漁唱。」

835　槎音傍水隈：槎音，木筏聲。槎，音「查」。水隈，水流彎曲處。隈，音「威」。作者注：「姚觀察瑩著東槎紀略。」

836　作者注：「光緒間，安溪林鶴年寓臺著東海集。」

837　斐亭：在台南府城，康熙時巡道高拱乾所建，光緒年間唐景崧修葺之，並時與文人在此舉辦文酒之會，有斐亭鐘聲之稱。作者注：「唐中丞景崧斐亭詩鐘流傳藝苑。」

838　耆舊多詞藻：耆舊，年高望重者。作者注：「近代如林鶴山、陳伯康、施耐公、邱仙根諸公各以詩鳴。」

839　黑洋：黑水洋之簡稱，即黑水溝，臺灣海峽中一條暗流湧急之深溝，為澎、廈之分界。

840　白嶽雪皚皚：白嶽，玉山，臺灣最高峰，峰頂雪白，故稱。皚皚，潔白貌。皚，音「捱」。

841　虎井：澎湖南方小嶼。作者注：「虎井沈煙為澎湖八景之一。」

842　龍潭：即鯽魚潭，位於台南永康。作者注：「龍潭即鯽潭，鯽潭霽月為台郡八景之一。」

843　竹風消溽暑，蘭雨墜清埃：竹風，新竹的風。溽暑，指盛夏氣候潮濕悶熱。蘭雨，宜蘭的雨。埃，灰塵。作者注：「竹風、蘭雨，臺北名勝。」

844　作者注：「南湖在臺南，即半月池。」

845　作者注：「北郭園在新竹，鄭祉亭儀部所建。」

846　三台：亦作三臺，日治時文人以三臺（臺北、臺中、臺南）代稱全台灣。

847　流觴逢曲水：古代習俗，每逢夏曆三月上旬巳日，於環曲水流旁宴集，於上游放置酒杯，任其順流而下，流至孰前，則取杯飲酒，此稱「流觴曲水」。

848　珥筆：插筆於冠側，以備記事。

849　郢賦：即楚辭。按：「郢」為戰國時期楚國首都，故借以代稱「楚」。

850　齊言雜笑詼：齊言，齊國東鄙野人之語，或指元朝周密所撰《齊東野語》。笑詼，猶戲謔，打趣、開玩笑。

奔騰起怒雷。狗屠[854]仍激越，蝶夢[855]且徘徊。慷慨存吾志，扶持賴眾材。秋蟬聊自苦，野鶴漫相猜。盛事傳瀛嶠[856]，新編繼**福臺**[857]。諸公能濟世，莫問劫餘灰。

贈施乾[858]有引

乾，臺北人，年二十七畢業工業學校，以其心力築愛愛寮[859]於艋舺，邀市中丐者處之。安其身，教其藝，供其疾病醫藥之資，化無用為

---

851 李杜：李白、杜甫。唐・韓愈〈調張籍〉：「李杜文章在，光焰萬丈長。不知群兒愚，那用故謗傷。蚍蜉撼大樹，可笑不自量。伊我生其後，舉頸遙相望。夜夢多見之，晝思反微茫。」按：盛唐時李白詩歌名滿天下，杜甫詩名猶不顯著。惟自中唐之後，社會寫實詩風興起，論者遂以杜甫為宗。韓愈則不以為然，認為兩者各擅勝場。後世為詩者，或者主李，或者主杜，然連橫則反問當時的臺灣詩壇，「幾人追李杜」，蓋其時流行「擊缽」詩體，匠氣頗見，連橫對之常有不以為然之意。《雅堂文集》云：「擊缽吟為一種遊戲筆墨，朋簪聚首，選韻鬮題，鬥捷爭工，藉資消遣，可偶為之，而不可數。數則其詩必滑，一遇大題，不能結構。而今人偏好為之，亦時會之使然歟？」（頁 262）又曰：「欲學作詩，切不可專工此道，僅爭一日之短長也。」（頁 265）
852 鄒枚：漢代鄒陽、枚乘，兩人皆以才辯著稱當時，後以「鄒枚」借指富於才辯之士。按：雅堂此處以「鄒枚」那種逞機鬥巧的性格暗喻「擊缽吟」走偏鋒。
853 軼蕩捫朝日：軼蕩，音「亦宕」，漂泊不受拘束。捫，撫持。
854 狗屠：以屠狗為業，古時燕地狗屠多為激越之士。
855 夢蝶：莊周夢蝶之典，比喻虛幻無常。
856 盛事傳瀛嶠：瀛嶠，原指瀛洲、員嶠二座仙島，此指臺灣。
857 福臺：即《福臺新詠》。作者注：「福臺新詠為沈斯庵、季蓉洲等唱和之什，一名東吟詩。」
858 施乾（1899-1944）：台北淡水人，大正十一年（1922）創辦愛愛寮，協助乞丐謀生。
859 編者按：「寮」，臺灣分館藏本作「藔」。連橫《臺灣詩薈》（下）作「寮」，第十四號，1925 年 2 月，頁 67。1920 年代，施乾於臺北萬華創辦乞丐收容所「愛愛寮」，希冀藉由關懷與教育，俾使臺灣乞丐絕跡。

有用。一室之內，與同起居，雖染癘毒，不以為苦，是天下之卓行[860]也。余見其事，為作此詩，以告世之士君子。

我聞伍大夫吹簫乞吳市[861]，又聞韓王孫投竿釣淮水[862]。英雄未遇時，困阨常如此。一朝際風雲，驚倒天下士。我佛更慈悲，乞食四姓裏[863]，佈施種福田，六度[864]自茲始。人天本同原，眾生平等視。法界具圓融，**輪迴**[865]超生死。如何貪癡人，謬執我與爾。強弱肆併吞，貧富相**訾毀**[866]。大道日以沉，世亂日以靡[867]。我欲往東方，東方遭震燬。我欲往西方，西方張戰壘[868]。我欲往南方，南方無蘭芷。我欲往北方，北方

860　卓行：高尚之品行。

861　伍大夫吹簫乞吳市：語見《史記》卷七十九〈范睢蔡澤列傳・范睢〉：「伍子胥橐載而出昭關，夜行晝伏，至於陵水，無以餬其口，膝行蒲伏，稽首肉袒，鼓腹吹篪（一作簫），乞食於吳市，卒興吳國，闔閭為伯。」

862　韓王孫投竿釣淮水：王孫，泛指貴族子弟。韓信為韓國貴胄，淮陰人稱韓信為「王孫」。《史記・淮陰侯列傳》載：信釣於城下，受漂母贈飯療飢，後以千金為報。

863　乞食四姓裏：指佛陀不分身分高低，在印度「種姓制度」之下，仍對四姓乞食。按：古印度自雅利安人入侵之後，以勝利者姿態創立此階級分明的社會制度。四姓即：一、婆羅門（祭司）；二、剎帝利（戰士和統治者）；三、吠舍（農人或牧人）；四、首陀羅（奴僕）。

864　六度：佛教語，又譯為「六到彼岸」，指使人由生死此岸度至涅槃（寂滅）彼岸之六種法門，此六法門，即佈施、持戒、忍辱、精進、精慮（禪定）、智慧（般若）。

865　輪迴：《佛光大辭典》：「梵語 Saṃsāra。音譯僧娑洛。謂眾生由惑業之因（貪、瞋、癡三毒）而招感三界、六道之生死輪轉，恰如車輪之迴轉，永無止盡，故稱輪迴。……本為古印度婆羅門教主要教義之一，佛教沿襲之並加以發展，注入自己之教義。婆羅門教認為四大種姓及賤民於輪迴中生生世世永襲不變。佛教則主張業報之前，眾生平等，下等種姓今生若修善德，來世可生為上等種姓，甚至可生至天界；而上等種姓今生若有惡行，來世則將生於下等種姓，乃至下地獄，並由此說明人間不平等之原因。」（頁 6186）

866　訾毀：中傷、詆毀。訾，音「紫」。

867　靡：音「迷」，糜散凋敝。

868　戰壘：戰爭時用以防守之堡壘。

多豺兕[869]。我欲上九天,天堂未可邇[870]。我欲下九地[871],地獄慘無比。
徬徨復徬徨,乃遇施乾子。邀我愛愛寮,告我經營意。即此**無告人**[872],
社會所不齒。云何造業緣,輾轉無窮底。或因墜聰明,或因遭蹇否[873]。
或因放蕩來,或因懶惰起。饑寒迫一身,黯淡街頭倚。顛沛辱泥塗[874],
無家可遷徙。哀哀無告人,亦我同胞耳。一夫有不獲,聖人以為恥[875]。
王政固無私,仁恩及犬豕。如何貪癡人,但知利一己。君看豪貴門,
般游[876]恣奢侈。買笑擲千金,夜闌擁歌妓。又看迷信徒,建醮求蕃祉
[877]。百萬化灰塵,鬼神未必喜。何如種福田,佈施及閭里[878]。即此愷
悌[879]心,定邀天顧諟[880]。我力雖云微,我願尚無已。居之以茅茨[881],
食之以**糠粃**[882]。教之以禮義,授之以工技。勉以樂生心,勵以自強理。
導以勤儉風,誠以肉食鄙。庶幾[883]無告人,或得一善止。我聞施乾言,

---

[869] 豺兕:音「柴肆」,豺與兕,皆凶獸,比喻兇猛之敵人。
[870] 未可邇:不可近。邇,近也。
[871] 九地:地底最深處,猶九泉。
[872] 無告人:有疾苦而無處訴說者。
[873] 遭蹇否:遭遇困頓,不順利。蹇,音「檢」,困也;否,音「匹」,不順
也。連橫《臺灣詩薈》(下)作「塞」,第十四號,1925 年 2 月,頁 67。
[874] 泥塗:污泥、淤泥,比喻地位卑賤低落。
[875] 一夫有不獲,聖人以為恥:典本《尚書・說命》:「一夫不獲,則曰時予
之辜」(按:時,是也;辜,罪也),意謂:殷高宗自言,即使只有一個
匹夫生活不能安適,也是「自己的責任」。
[876] 般游:遊樂。
[877] 建醮求蕃祉:建醮,音「件較」,僧道設壇為亡魂祈禱。蕃祉,音「翻指」,
多福。
[878] 閭里:鄉里,泛指民間。
[879] 愷悌:音「凱惕」,和樂平易。《左傳・僖公十二年》:「《詩》曰:『愷悌
君子,神所勞矣。』」愷,樂也;悌,易也。
[880] 顧諟:音「故事」,指敬奉、稟順天命。顧,還視。諟,是,古今之字異。
[881] 茅茨:茨,音「詞」,草屋。
[882] 糠粃:音「康筆」,比喻粗劣而無價之物。糠,穀皮。粃,不實或中空的
穀粒。
[883] 庶幾:希望、但願。

熱淚落如泚[884]。人生大宙中,性命自天委。貧窮會有時,富貴未足恃。
勿謂善不為,勿謂惡可弛[885]。地獄與天堂,出入僅尺咫[886]。願弘慈悲
心,大暢我佛旨。苦海渡眾迷,法輪轉平砥[887]。無我復無人,大道同
一軌。賦詩示施乾,此志或可企[888]。

次韻和南強獄中[889]落花[890]

九十韶光[891]一夢非,飄零猶自戀春暉[892]。沉沉風雨狂相妒,寂寂江山
落復飛。此日丹心甘歷劫,他年紅粉尚揚菲[893]。天涯謾說[894]無芳草,
故國鵑啼未忍歸。

寄魏潤庵

春來便欲看花去,忽憶城西魏潤庵。舉世紛紛爭賸[895]利,有時娓娓入
清談[896]。擁書萬卷吾能富,飲酒三升汝豈貪。惜取韶光莫輕過,滿隄
飛雨正紅酣[897]。

---

884 泚:音「此」,出汗。
885 弛:鬆懈,解除,延緩。
886 尺咫:音「齒止」,喻極近之距離。
887 法輪轉平砥:法輪,佛法如車輪旋轉,能轉凡成聖,能輾碎眾生之一切
　　煩惱。法輪轉,即宣說佛法。平砥:平直、平坦。
888 可企:可待,可盼望。
889 獄中:大正十二年(1923)林資修因「治警事件」判處入獄九十天。按:
　　大正十年(1921)林獻堂、蔣渭水、林資修等人發起「臺灣議會設置運
　　動」,訴請臺民治權,日本政府悍然拒絕,並且橫加阻撓,後來誣指相干
　　人士違犯「治安警察法」,周納入罪,株連甚廣。林資修以此被捕繫獄。
890 連橫《臺灣詩薈》(下)詩題作「落花詩和南強獄中韻」,頁351。
891 九十韶光:九十日的光陰。按:林資修因「治警事件」判處三個月,故
　　云。
892 春暉:春光、春陽。
893 揚菲:飄送濃郁香氣。
894 謾說:猶休說。連橫《臺灣詩薈》(下)作「漫」,頁352。
895 賸:音「聖」,多。

五月十三夜獨遊劍潭

繡旗大鼓沸城隅，百鬼猙獰白晝趨[898]。卻恨炎威[899]難退避，稍欣夜氣
足清娛。娟娟涼月侵衣袂[900]，渺渺微波入畫圖。獨倚橋欄望天末[901]，
空山仍有蕙蘭無。

櫟社同人以銀瓶贈傅鶴亭[902]社長，各賸[903]以詩

珠槃玉敦[904]久無聲，釜瓦紛紛一例鳴[905]。廿載文章歌鳳德，千秋道義
締鷗盟[906]。論心每念維嵒恥[907]，避世寧甘抱甕[908]情。他日躋堂來介壽
[909]，瓶花影裏祝長生。

896　有時娓娓入清談：有，連橫《臺灣詩薈》（下）作「此」，頁 352。娓娓，
　　勤勉不倦貌，滔滔不絕貌。清談，本指魏晉間，士大夫崇尚虛無，空談
　　哲理，後世泛指不切實際之談論。

897　紅酣：濃盛，盛美。酣，音「憨」。

898　作者注：「稻江歲以本日迎城隍，喬粧鬼卒千數百人，狀極詭怪，空巷出
　　觀。」

899　炎威：炎熱的威勢。

900　衣袂：袂音「妹」，衣袖，借指衣衫。

901　天末：天之盡頭，指極遠之地方。

902　傅鶴亭（1872-1946）：字復澄、薰南，號鶴亭，晚號滄廬老人，臺中潭
　　子人。鶴亭舊學深邃，工書法，喜吟詠，明治三十九年（1906）加入櫟
　　社，為創社九老之一；大正六年（1917）繼賴紹堯為社長，櫟社規模自
　　是始大，執臺灣騷壇牛耳。晚年退隱「滄廬」，日以詩書自娛。生平所作，
　　除分載櫟社第一、二集外，生前未嘗結集。歿後，遺有詩稿逾千首，其
　　外孫林雲鵬將遺稿重整，繫年為次，名曰《鶴亭詩集》。

903　賸：音「硬」，送也。

904　按：珠槃玉敦為古代盟誓所用之玉，特為典重，故雅堂以「珠槃玉敦」
　　代指賢能有分量的人。

905　釜瓦紛紛一例鳴：此用「黃鐘毀棄，瓦釜雷鳴」之典，本喻比喻有才德
　　的人被棄置不用，而無才德的平庸之輩卻居於高位。雅堂此處當指賢能
　　有分量的詩人，已經許久不曾發表大作，只剩下才能有限的晚輩恣意放
　　鳴。另外，此句亦可視為「謙辭」，因詩歌贈與傅錫祺，以其輩分之故，
　　雅堂等詩人之作自謙「釜瓦紛紛」。

次韻送林少眉[910]之鷺門[911]

夔蚿身世本相憐,況復斯文一脈連。歷劫未焚修史筆[912],埋名早蓄買書錢。綠波南浦[913]驪歌遠,碧月東瀛[914]蝶夢牽。珍重片帆閩海去,鐘聲燈影又何年。

宿栖雲巖[915] (四首)

昨從雲中來,今向雲中去。來去本無心,白雲在何處。

906　鷗盟:謂與鷗鳥為友,比喻隱退。

907　維罍恥:謂父母不得其所,即兒之恥辱。《詩·小雅·蓼莪》:「缾之罄矣,維罍之恥」。缾,小的酒器。罍,大的酒器。罄,盡。朱熹《集傳》:「言缾資於罍而罍資缾,猶父母與子,相依為命也,故缾罄矣,乃罍之恥。」後比喻休戚相關,彼此利害一致。

908　抱甕:比喻順其自然,不刻意。《莊子·天地》載子貢從楚國遊歷回晉國的路上,經過漢陰,見一位老人抱甕澆菜,看起來很吃力,建議他使用一種叫做「橰」的機器汲水,一日浸百畦,不費力而收效大。老人笑著回答他,如此,為人則有機心,「吾非不知,羞而不為。」後以「抱甕灌園」,譬喻安於拙樸之淳樸生活。

909　躋堂來介壽:躋堂,猶登堂。躋,音「基」。介壽,祝壽,一說為祈壽。語本《詩經·豳風·七月》:「為此春酒,以介眉壽。」介,助也。

910　林少眉(1893-1940):林景仁,字健人,號小眉,亦作少眉,板橋林維源嫡長孫,15歲時已精諸經,漢學根柢雄厚,曾赴英國牛津大學修業,通曉英、法、日、荷語,其妻為蘇門達臘橡膠王張煜南之女,昭和七年(1932)於日本在中國成立「滿州國」,任外交部歐美局情報司司長,詩名頗盛,著《摩達山漫草》、《東寧草》、《天池草》。

911　鷺門:廈門之古稱。連橫《臺灣詩薈》(上)詩題作「次韻送小眉之鷺門」,頁276。

912　史筆:指史冊。

913　南浦:南面水邊,後指送別之地。

914　東瀛:指臺灣。

915　栖雲巖:即西雲巖寺,在台北八里觀音山之麓,曰獅頭巖,乾隆三十三年(1768)胡林獻地建寺,一名大士觀。巖,即山寺,《彰化縣志》:「閩省漳泉南人,謂寺曰巖。」臺人沿之,大率祀奉觀音菩薩;巖亦作岩。

夜宿山上寺，晚[916]汲山下泉。紅埃飛不到，一夢亦翛然[917]。

萬木嘒寒蟬[918]，殘花啼一鳥。天籟自然鳴，令我詩魂悄。

寂寂貪枯坐，玄玄[919]悟色空[920]。無人無我相[921]，萬劫一塵中。

吳立軒[922]先生挽詩（三首）

儒術今彫敝，文章屬老成。一生懷古志，千載著書名[923]。薤露[924]歌何
急，槐雲夢易驚[925]。翛然聞訃日[926]，悽愴[927]若為情。

---

916 連橫《臺灣詩薈》（上）作「曉」，頁552。
917 翛然：連橫《臺灣詩薈》（上）作「幽」然，頁552。
918 嘒寒蟬：蟬鳴。嘒，音「惠」，象聲詞，形容小聲或清脆之聲音：《詩·
小雅·小弁》：「菀彼柳斯，鳴蜩嘒嘒」。
919 玄玄：深遠貌，幽遠貌。
920 色空：色，物質；空，無自性，亦即不永恆。按：此處「色空」指《般
若波羅蜜多心經》所謂「色不異空，空不異色，色即是空，空即是色」
的道理。蓋佛教以為一切世間皆「因緣和合」而成，依因待緣，本性為
空，但眾生執著，信以為「有」，導致輪迴六道，受苦不已。
921 無人無我相：典自《金剛經》「無我相、人相、眾生相、壽者相」之語。
《金剛經》原文作：「爾時，須菩提聞說是經，深解義趣，涕淚悲泣，而
白佛言：『希有，世尊！佛說如是甚深經典，我從昔來所得慧眼，未曾得
聞如是之經。世尊！若復有人得聞是經，信心清淨，則生實相，當知是
人，成就第一希有功德。世尊！是實相者，則是非相，是故如來說名實
相。世尊！我今得聞如是經典，信解受持不足為難，若當來世，後五百
歲，其有眾生，得聞是經，信解受持，是人則為第一希有。何以故？此
人無我相、人相、眾生相、壽者相。所以者何？我相即是非相，人相、
眾生相、壽者相即是非相。何以故？離一切諸相，則名諸佛。』」按：《金
剛經》，如牟宗三先生所云，是以「蕩相遣執」為宗旨，「蕩相」即不為
外相所拘，「遣執」即不執著。故《金剛經》所謂「無我相、人相、眾
生相、壽者相」，明言修行者當：無自我的執著，無對他人的執著，無分別
眾生的執著，無對生命年壽的執著。蓋如須菩提所理解的：「離一切諸相，
則名諸佛。」換言之，成佛的關鍵在於不執著外相。
922 吳立軒（1850-1924）：字德功，臺灣彰化人，為彰化望族。清同治十三
年（1873）補博士弟子員，著述頗多，臺灣省文獻會輯有《吳德功先生
全集》。

憶昔修臺乘[928]，相從訂史文[929]。郢書求錯落，燕說記傳聞[930]。共削南山竹[931]，毋忘故里枌[932]。春秋如可作，大義未紛紜。

世亂嗟何及[933]，時危道不孤。明詩垂閫教[934]，讀易立師模[935]。古月人俱遠，秋風淚已枯。他年來**掛劍**[936]，望斷卦山[937]蕪。

---

[923] 作者注：「先生著有戴案紀略、施案紀略、讓臺記及瑞桃軒詩文集。」

[924] 薤露：漢樂府相和曲辭，是古代的著名的挽歌。〈薤露〉原文作：「薤上露，何易晞。露晞明朝更復落，人死一去何時歸。」李善 注引崔豹《古今注》曰：「〈薤露〉、〈蒿里〉泣喪歌也。本出田橫門人，橫自殺，門人傷之，為悲歌。言人命奄忽，如薤上之露，易晞滅也。亦謂人死魂魄歸於蒿里。至漢武帝時，李延年分為二曲，〈薤露〉送王公貴人，〈蒿里〉送士大夫庶人。使挽柩者歌之，亦謂之挽歌。」薤，音「謝」。

[925] 槐雲夢易驚：此指「槐南一夢」，比喻人生如夢，富貴得失無常。唐‧李公佐《南柯太守傳》載：淳于棼飲酒古槐樹下，醉後入夢，見一城樓題大槐安國。槐安國王招其為駙馬，任南柯太守三十年，享盡富貴榮華。醒後見槐下有一大蟻穴，南枝又有一小穴，即夢中槐安國與南柯郡。

[926] 倏然聞訃日：倏然，迅疾貌。訃，音「附」，報喪通知。

[927] 悽愴：傷感悲痛。

[928] 臺乘：臺灣的史書，此指《臺灣通史》。乘，史書。

[929] 作者注：「曩撰臺灣通史，嘗就先生考證異同，獲益不少。」

[930] 郢書求錯落，燕說記傳聞：化用「郢書燕說」之典。郢，音「影」，春秋戰國時楚國都城。書，信。燕，即燕國。說，解釋。《韓非子‧外儲說左上》載：郢人夜書燕相國書，信中誤寫「舉燭」二字，而燕相亦誤解為尚明、任賢之義。原指牽強附會，曲解原意。此指對穿鑿附會之言，須交錯比對，記下所聞。

[931] 南山竹：中國在蔡倫發明紙以前，編竹簡以記事，這裡用《漢書‧公孫劉車王楊蔡陳鄭傳》：「南山之竹不足受我辭，斜谷之木不足為我械。」說作史的艱辛，採伐南山之竹，盡編為簡牘，還不足以完成著述。

[932] 故里枌：枌，音「焚」，一種榆樹。枌榆，代指家鄉。這裡是說作史不忘記家鄉事。

[933] 嗟何及：歎息已不及。嗟：歎息。

[934] 閫教：「閫」，音「綑」，門限之意，古時婦女大門不出、二門不邁，所居住活動場合均在門限之內，故以「閫」字泛指婦女的居處，此處「閫教」當指母教，慈母的教誨。

秋日寄李耐儂北京[938]

秋意雖寥落，詩情尚發皇[939]。江山隨月缺，草木逐風狂。暫作傭書計，寧忘按劍傷。故人今健在，莫負少年場。

次韻和林菽莊[940]先生九日登太[941]倉山[942]

魯戈[943]無力挽頹陽，一粟飄然渺太倉[944]。故國淒涼叢菊淚[945]，空山窈窕紫[946]蘭香。夢夢上帝天猶醉，落落[947]吾徒古也狂。為語麻姑[948]莫惆悵，蓬萊清淺看栽桑。

---

935 師模：猶師表。作者注：「先生曾輯彰化節孝傳略，並任臺中師範學校講席，造就頗多。」連橫《臺灣詩薈》（上）「傳略」下另有「修祠致祭」，頁549。

936 掛劍：春秋時吳國公子季札北過徐國，徐君愛季札劍，季札為使上國，未獻，然已心許之。後還至徐，徐君已死，札不背其承諾，乃解劍繫其塚樹而去，見《史記·卷三十一·吳太伯世家》。後傳重友誼、守信用及弔唁亡友之典範。

937 卦山：八卦山之省。

938 連橫《臺灣詩薈》（下）無「北京」二字，頁4。

939 發皇：使開朗、顯豁。

940 林菽莊（1875-1951）：林爾嘉，字叔臧，又作菽莊，別署百忍老人，臺北板橋人，林維源長子。少習經史，有經世之志。大正十三年（1924），留歐七年，遊歷歐亞各國，回國後隱居於鼓浪嶼，築菽莊別墅，吟哦度日，並創菽莊吟社。七七變起，攜眷避走上海；民國卅八年（1949）返台定居，重振家業，復創小壺天吟社，著《菽莊叢書》。

941 連橫《臺灣詩薈》（下）作「大」，頁5。應以「大」為是，詳下注。

942 太倉山：應指福建省福州市倉山區，境內多山，有高蓋山、長安山、煙臺山（倉山）等貫穿中、北部，東部有黃山與城門山。按：太倉位於江蘇省東南、上海市西北，屬於長江三角洲沖積平原，全境地勢平坦。

943 魯戈無力挽頹陽：《淮南子·覽冥訓》：「魯陽公與韓搆難，戰酣日暮，援戈而撝之，日為之反三舍。」後以「魯陽揮戈」指力挽危局。

944 一粟飄然渺太倉：化用「太倉一粟」之典。太倉中的一粒粟米，比喻極小。太倉，古代政府積藏糧食的地方。

945 叢菊淚：謂秋菊盛開，憶起過往，不禁淚下。

新店為臺北勝地，猝遭洪水，室廬盡沒，睹此淒涼，愴然以弔

萬派洪流捲地來，一時巨禍訝天籟。沈淪已分偕亡日，建設當須不世才。精衛[949]苦心啣恨石，昆明浩劫[950]認殘灰。茫茫東海波難返，淚滴桑田眼倦開。

傍市一首寄少眉攝津[951]

傍市**衡門**[952]鎮日關，小庭雨過蘚痕斑。山當大遯[953]宜招隱，人入中年漸愛閒。放眼風雲趨劍底，盤胸海嶽落杯間。詩成遠寄滄洲侶[954]，留與他時手自刪。

946　連橫《臺灣詩薈》（上）作「晼」，頁5。

947　落落：行為率真，不受拘束貌。

948　麻姑：傳說中的仙女，姓黎字瓊仙，修道於牟州東南姑余山，宋徽宗政和中，封為真人。晉·葛洪《神仙傳·卷七·麻姑》載：東海中有神仙名為麻姑，麻姑嘗謂：「已見東海三為桑田」。

949　精衛：古代神話中的鳥。相傳炎帝之女名曰女娃，遊於東海，溺而不返，化身為鳥，常銜西山之木石，以堙於東海，見《山海經·北山經》。後以此喻人含有深沉之遺憾。

950　昆明浩劫：參前〈甲寅（大正三年，1914）十月十日〉「昆池話劫灰」，注688。

951　攝津：位於大阪府中北部，澱川右岸。

952　衡門：「衡」者「橫」也，衡門，橫木為門，形容房屋簡陋。按：陶潛〈答龐參軍〉云：「衡門之下，有琴有書，載彈載詠，爰得我娛。豈無他好，樂是幽居。」因抒寫隱居之樂，故後世多以「衡門」比喻隱居者之房舍。

953　遯：音義同「遁」，逃。此有遁逃與大屯山（大遯山）之雙關。

954　滄洲侶：滄洲，濱水之處，喻隱士之居處。連橫《臺灣詩薈》（上）「客」，頁691。

大觀閣曉望[955]

凌空雲氣走蜿蜒，佇看山頭曉日懸。萬水爭流終匯海，一峰突出欲摩天[956]。胸中邱壑長盤鬱，眼底滄田劇變遷。如此風光殊不惡，未容高臥[957]謝時賢[958]。

次韻答香禪見寄[959]

寥落中天[960]雁一聲[961]，十年影事記分明。杏花春滿江南夢，衰柳寒生塞北情。黃絹詩詞傳女子[962]，白衣[963]談笑傲公卿。人間儘有埋愁地，獨抱孤芳隱大瀛[964]。

---

[955] 作者注：「閣在大瀝山上為李金燦別墅。」
[956] 摩天：迫近高天，形容山極高。
[957] 高臥：比喻隱居，亦指隱居不仕的人。
[958] 謝時賢：謝絕當今之賢達。
[959] 連橫《臺灣詩薈》（下）詩題作「次韻酬香禪女士見懷之作」，頁141。
[960] 中天：天空，天頂。
[961] 雁一聲：「雁」指飛雁，因雁行天空排成「人」字，故前人多以此宣示懷想家鄉、故人之意。惟雅堂此處「雁一聲」帶有雙關之意，其一即聞雁思人之意，其二則與「雁足傳書」典故攸關。按：據《漢書‧蘇武傳》所載：蘇武代漢出使西域，遇事遭羈留十九年。漢武帝歿，「昭帝即位，數年，匈奴與漢和親，漢求〔蘇〕武等，匈奴詭言武死。……使者謂單于，言天子射上林中，得雁，足有係帛書，言武等在某澤中……」，以上，由「雁足係書」之故，後世遂以「雁足」、「雁書」等，為書信代稱。雅堂此處「雁一聲」亦可視為收到王香禪來的一封信。
[962] 黃絹詩詞傳女子：即絕妙詩詞。典出宋‧劉義慶《世說新語‧捷悟》：「魏武帝過曹娥碑下，楊修從碑背上見題作『黃絹幼婦外孫韲臼』八字……修曰：『黃絹，絲色也，於字為絕；幼婦，少女也，於字為妙；外孫，女子也，於字為好；韲臼，受辛也，於字為辭，所謂絕妙好辭也。』」後引用此隱語作為文才高、詩詞佳之讚語。
[963] 白衣：指尚未發跡之讀書人。
[964] 大瀛：指宇宙、世界，或指大海。

【附】秋夜有懷雅堂先生　　　王香禪

白雲秋水雁來聲，可記今宵月正明。黃浦灘頭逢故友，松花江畔話離情。清尊[965]評句推林叟[966]，雙葉題詩寄**曼卿**[967]。十載此懷消未得，幾回翹首望蓬瀛[968]。

甲子（1924）除夕（四首）

炎徼[969]冬無雪，陽坡[970]歲又花。流年催短景[971]，清淚落悲笳。世事天多醉，吾生智靡涯[972]。草玄[973]聊自慰，門外謝軒車[974]。

未遂澄清志[975]，徒嗟軼蕩才[976]。**楚囚**[977]歌當哭，齊贅[978]笑含哀。憔悴傷寒菊，飄零對落梅。祭詩嗤賈島[979]，忍為酒尊開。

---

[965] 清尊：亦作「清樽」或「清罇」，酒器，借指清酒。

[966] 林叟：居於山林中之老者，此疑指林爾嘉（1875-1951），字菽莊，別署百忍老人。

[967] 曼卿：石曼卿（994-1041），名延年，北宋真宗朝學士，工詩畫，性情豪放，飲酒過人，不拘禮法，不慕名利，著有《石曼卿詩集》。死後有見之者，曰：「我今為仙，主芙蓉城。」故相傳曼卿死後為芙蓉城王。此借指連雅堂。

[968] 蓬瀛：蓬萊和瀛洲，神山名，泛指仙境，此指臺灣。

[969] 炎徼：南方炎熱之地。徼，音「較」，邊境、邊塞。按：此處指雅堂臺南住處，過年不見雪色。

[970] 陽坡：南側之山坡，或向陽之山坡。

[971] 流年催短景：流年，流逝之歲月、年華。短景，日影短，謂白晝不長或將盡。

[972] 靡涯：無邊無際。靡，無也。

[973] 草玄：起草《太玄》一書。按：《漢書‧揚雄傳下》：「哀帝時，丁、傅、董賢用事，諸附離之者，或起家至二千石。時雄方草《太玄》，有以自守，泊如也。」後因以「草玄」謂淡於勢利，潛心著述。

[974] 軒車：大夫以上所乘，有帷幕之馬車。此處比喻富貴人家。

[975] 澄清志：澄清天下之志，即有掃蕩天下不公平之事的大志。典出南朝宋‧劉義慶《世說新語‧德行》：「陳仲舉言為士則，行為世範，登車攬轡，有澄清天下之志。」

[976] 軼蕩才：出眾之才能。

大隱居城市，新交遍里閭[980]。幾人肝膽重，自分[981]鬢毛疏。孤憤偏耽史[982]，窮愁好著書。中原戈未息，且食淡江魚。

十載身多健，千秋業可期。搴[983]雲思遠道，破浪待天池。舉世雖無偶，斯文幸在茲。春秋今未泯，珍重一篇詩。

吾生一首次文訪韻

吾生墜塵寰，匆匆過四十[984]。偃蹇[985]衣食中，文壇幸自立。豈不抉網羅[986]，而甘羽翼戢[987]。緬維桑梓鄉[988]，井渫[989]猶可汲。大義覺沉冥，奇言排陋習。麟鳳德[990]未衰，馬牛風[991]相及。但恨罔利人[992]，操戈起

---

977 楚囚：指被囚禁者，或處於危難窘迫之人。語出《左傳·成公九年》：楚人鍾儀被晉俘虜，晉人稱其為「楚囚」。

978 齊贅：音「旗墜」，戰國時齊之贅婿淳于髡，以詼諧著稱，後借指善於諧謔之人。

979 祭詩嗤賈島：嗤，音「吃」，譏笑。中唐詩人賈島，每逢除夕，必將一年中所作詩，置於几案之上、以酒肉為祭，焚香再拜，口中念詞祝禱，祭畢痛飲，長歌而度歲。

980 里閭：里巷、鄉里。閭，音「驢」。

981 自分：自料，自以為。

982 孤憤偏耽史：謂孤高嫉俗之情，正好移轉於著述史作之上。耽，音「單」，沉溺。

983 搴：音「簽」，拔，或撩起、揭起。

984 連橫《臺灣詩薈》（下）誤作「十四」，頁205。

985 偃蹇：音「眼剪」。喻困頓、失志。

986 抉網羅：抉，戮、穿之意。宋·陸游〈寒夜歌〉：「既不能挺長劍以抉九天之雲，又不能持斗魁以回萬物之春。」。網羅，比喻束縛。按：抉網羅，意謂衝決羅網、擺脫束縛。

987 戢：音「及」，收斂。

988 緬維桑梓鄉：緬維，遙想。桑梓鄉，故里、故鄉。

989 井渫：謂井已浚治，比喻潔身自持。

990 麟鳳：麒麟和鳳凰，比喻品格高尚之人。按：孔子有傷麟、嘆鳳之典，此或暗指孔子之德。

991 馬牛風：無關係，不相干。

992 罔利人：指以不正當手段謀取利益之人。

同室。願宏悲智心，精靈亦感泣。前途雖云遙，顧影窮追急。當春扇陽和[993]，嗟余何敢息。

薔薇謠 （三首）

曄曄[994]薔薇花，生在蓬蒿[995]裏。無力臥晚枝，含笑臨春水。嬌小不知愁，酒暈朝慵起。初日照紅粧，豔色驚西子[996]。

曄曄薔薇花，移根在金屋。荳蔻[997]香正濃，荼蘼[998]夢未熟。慈雲倏西歸，夜來風雨惡。斑淚濕羅衣，佳人愛幽獨[999]。

曄曄薔薇花，當春在何處。芳心難自持，忍為容華[1000]誤。願作出水蓮，勿為沾泥絮。顧影自[1001]徘徊，紫皇未肯駐。

稻江冶春詞 （廿四首）

九十韶光信可憐，稻江[1002]風月更嬋娟[1003]。吹春聲裏春多少，攬起春愁又一年。

---

993 陽和：春日之暖氣。

994 曄曄：音「頁」，美盛貌。連橫《臺灣詩薈》（下）作「皎皎」，頁137。下二首皆同。

995 蓬蒿：茼蒿之別名，野菜，引申野地。

996 豔色驚西子：西子，即西施。豔色驚西子，意謂歌妓薔薇之美，連西施都要為之大驚失色。

997 荳蔻：草本植物，果實香氣濃烈，亦指女子正值青春（十三、四）歲時。

998 荼蘼：音「圖迷」，落葉灌木，以地下莖繁殖。荼蘼花於春季末夏季初開花，凋謝後即表示花季結束，喻某事已到尾聲，故有完結、結束之意。

999 幽獨：獨處。

1000 容華：指美好容貌。

1001 連橫《臺灣詩薈》（下）作「獨」，頁137。

1002 稻江：即大稻埕，位處臺北車站西北方，近淡水河濱一帶。昔人以稻埕緊鄰淡江，而稱稻埕為稻江。大稻埕於清末接替艋舺（今萬華），成為台北最繁華之地。

1003 嬋娟：形態美好貌。

牡丹吟社[1004]集群英，永夜鐘聲繼**斐亭**[1005]。寥落詩人多老去，蘼蕪綠遍撫臺庭。

打槳新從艋舺[1006]來，龍山寺[1007]外碧桃開。年來苦被東風惱，莫負花枝映酒杯。

大橋千尺枕江流，畫舫笙歌古渡頭。隔岸素馨[1008]花似雪，香風吹上水邊樓。

二重埔接三重埔[1009]，萬頃花田萬斛珠[1010]。穀雨[1011]清明都過了，采花爭似採茶無。

1004 牡丹吟社：光緒十九年（1893）由唐景崧發起（時駐台北），結合來臺游宦之士、臺籍詩人，如林鶴年、林景商（輅存）、施士洁、林仲良、郭賓石、林啟東、黃宗鼎、丘逢甲等為百餘人為社友。適因安溪人林鶴年辦理茶釐船捐等局務來臺，贈以數十盆牡丹，故取名為「牡丹吟社」。

1005 永夜鐘聲繼斐亭：永夜，長夜。斐亭鐘聲，指斐亭吟社之事。唐景崧任**臺灣道**時（駐台南），修葺道署內舊有斐亭，組「斐亭吟社」，並自撰楹聯懸掛亭柱；每逢春秋佳日，與台南進士、文人於道署內射虎助興。連橫《雅堂文集》「斐亭」條云：「斐亭在道署內，康熙三十二年（1693），巡道高拱乾建，莊年修之，煥乎其有文章矣。亭之左右多竹，風晨月夜，謖謖有聲，故有聽濤之景。光緒十四年（1888），灉陽唐景崧以越南之役，游說黑旗內附有功，分巡是邦，葺而修之。景崧固好詩，輒邀僚屬為文酒之讌。臺人士之能詩者皆禮致之，拈題選句，擊缽催詩。故景崧自撰楹聯云：『鐵馬金戈，萬里歸來真臘棹。錦袍紅燭，千秋高會斐然鐘。』蓋紀實也。」此詩酒之會，以競作詩鐘為能事，人稱「斐亭鐘聲」、「斐亭鐘」。

1006 艋舺：又稱文甲，平埔族語「Moungar／Mankah」，今名萬華，為台北市發源之地。

1007 龍山寺：艋舺龍山寺，在今台北市萬華區廣州街 211 號。清乾隆三年（1738）由移墾之三邑人士（福建泉州府之晉江、南安、惠安三縣）合資興建，五年（1740）竣工安座，主祀觀音佛祖；是當地居民的信仰中心、集會與議事場所。民國七十四年（1985）被列為二級古蹟。

1008 素馨：本名耶悉茗，佛書作「鬘華」。常綠灌木，初秋開花，花白色，香氣清冽，可供觀賞，性畏寒，原產印度，後移植於中國南方地區。以其花色白而芳香，故稱。

1009 二重埔接三重埔：二重埔，位於新臺市三重區境內，今略稱「二重」。

遊春爭說板橋園，歌舞臺空靜掩門。一樹寒梅猶孕雪[1012]，白頭作客弔西村。

錦帆十幅下江頭，江草江花接戍樓[1013]。霸氣已銷春尚在，怒濤猶作**海門**[1014]秋。

楝花[1015]十里接城南，禊事重修上碧潭。一舸[1016]歸來大溪口，樓頭正見月初三。

賭酒旗亭畫壁秋[1017]，一時名士盡風流[1018]。而今繫馬垂楊下，不見春風得意樓[1019]。

火樹銀燈[1020]鬧上元，稻新街[1021]上管絃喧。多情惟有春宵月，猶自娟娟照北門。

三重埔，即今新北市三重區。埔，指平原。

[1010] 萬斛珠：極言其多珍珠，古代以十斗為一斛。

[1011] 穀雨：二十四節氣之一。每年國曆 4 月 19 日至 21 日，雨水增多，有利於穀類作物之生長，故稱。

[1012] 一樹寒梅猶孕雪：春天裡猶有一株梅樹，長滿了白色的梅花，看起來像是白雪覆蓋的樣子。

[1013] 戍樓：瞭望臺，守邊軍士用來遠望之高樓。

[1014] 海門：海口，內河通海之處。

[1015] 楝花：落葉喬木，花色或淡紫，或紫紅、或紅黃、乃至於紫白，果實橢圓形，種子、種皮可入藥。

[1016] 舸：音「葛」，大船。

[1017] 賭酒旗亭畫壁秋：指唐代詩人王昌齡、高適、王之渙，酒樓賭酒劃記一事。唐・薛用弱《集異記・卷二・王之渙》載：王昌齡、高適、王之渙三人，一日於旗亭飲酒，私約以詩作為賭，以伶人所唱多寡，定其高下，並於牆上各自畫號，後王之渙以〈涼州詞〉略勝一籌。畫壁，在壁上劃記號。

[1018] 風流：指舉止瀟灑，富有才華。或指創立風尚、為當時景仰之人物。

[1019] 春風得意樓：日治時期臺北市四大酒家之一（另三為江山樓、東薈芳、蓬萊閣）。大正三年（1914）由林聚光創立於大稻埕，九年（1920）蔣渭水入股，擴大經營，後林聚光退股，十一年（1922）由蔣渭水接手，但不久亦倒閉。

[1020] 火樹銀燈：形容燈火通明，燈光燦爛之景象。火樹，樹上掛滿彩燈；銀

羯鼓催花[1022]春夜長，羽衣舊曲舞霓裳[1023]。可憐紅豆相思死，零落天邊桂子香[1024]。

怡和巷[1025]口夕陽斜，長樂街[1026]頭喚賣花。十二珠簾齊捲起[1027]，玉樓[1028]沈醉美人家。

劍潭春淥[1029]照修眉，自喜新粧恰入時。參罷觀音還默語，慈雲座下乞籤詩[1030]。

拂面春風被酒濃，草山[1031]山下草茸茸[1032]。驅車永福[1033]桃林過，折得桃花饋個儂[1034]。

春水初添新店溪[1035]，溪流淳蓄綠玻璨[1036]。香魚上釣[1037]剛三寸，斗酒雙柑去聽鸝[1038]。

花，指燈光雪亮。

[1021] 稻新街：大稻埕稻新街，今甘谷街，昔時因米穀行甚多而命名，又因位於土地廟之北，故稱「土地廟仔街」。

[1022] 羯鼓催花：敲擊羯鼓，使花早開。羯鼓，兩面蒙皮細腰的鼓，參前〈蓬萊曲〉「催花鼓」，注 192。

[1023] 羽衣舊曲舞霓裳：參前〈蓬萊曲〉「霓裳一曲羽衣舞」，注 191。

[1024] 桂子香：桂花之馨香。

[1025] 怡和巷口：大稻埕怡和巷街。

[1026] 長樂街頭：大稻埕長樂街（今民樂街、民生西路口）。

[1027] 十二珠簾齊捲起：「十二」，泛指多數；「珠簾齊捲」意謂開窗爭看，期待之至之謂也。蓋酒樓女子多以花飾，故聞賣花之聲即「珠簾齊捲」。

[1028] 玉樓：此處代指酒樓。

[1029] 淥：音「鹿」，清明透徹。

[1030] 慈雲座下乞籤詩：謂向佛求取詩籤。慈雲，佛教稱佛以慈悲為懷，如大雲覆蓋一切，故稱。座下，對尊者之敬稱。籤詩，寺廟中供卜問吉凶所編之詩句。

[1031] 草山：陽明山之舊稱。

[1032] 茸茸：茂盛貌。

[1033] 永福：位於台北永福橋一帶。

[1034] 個儂：又作箇儂，猶渠儂，那個人，或這個人。

[1035] 新店溪：位於臺灣北部，為淡水河水系三大支流之一。

[1036] 溪流淳蓄綠玻璨：淳，水流停滯貌。玻璨，猶「玻璃」，或琉璃。

細雨新泥簇蝶裙[1039]，皮鞋高底印苔紋。相將鬥草[1040]圓山去，姊妹花開日未曛[1041]。

大屯山[1042]影望依稀，落日簾前海燕飛。指點芝蘭[1043]新渡口，一篷煙雨載花歸。

罨畫[1044]樓臺蕩客愁，酒旗一一掛林楸[1045]。溫泉滑膩山花美，相約湔裙[1046]上北投。

穀雨初晴抹麗多[1047]，門前齊唱採茶歌。盈盈十五[1048]誇顏色，又把春衣試碧羅[1049]。

相思樹下寄相思，盡日凝粧[1050]鬥畫眉[1051]。贈芍採蘭君莫笑，女郎半解鄭風詩[1052]。

[1037] 編者按：「釣」，臺灣分館藏本作「鉤」。

[1038] 斗酒雙柑去聽鸝：唐・馮贄《雲仙雜記》卷二：「戴顒春攜雙柑、斗酒，人問何之，曰：『往聽鸝聲。』此俗耳針砭，詩腸鼓吹，汝知之乎？」後遂為春日雅遊之典故。

[1039] 蝶裙：繡有簇蝶之裙。

[1040] 鬥草：亦作「鬥百草」，一種古代遊戲。競采花草，比賽多寡優劣，常於端午行之。

[1041] 日未曛：指天色未到昏黃。

[1042] 大屯山：位於臺灣西北部陽明山國家公園內，為一錐狀火山。又稱大遯山。

[1043] 芝蘭：士林舊稱芝蘭堡，居民聚居於芝蘭街，臨雙溪，有渡口；日治時期又闢芝蘭新街，臨士林公學校、圓環及士林街役場、媽祖廟、公有市場、碼頭渡口等。

[1044] 罨畫，罨，音「演」，色彩鮮明之繪畫。

[1045] 林楸：楸，落葉喬木，幹高葉大，質地緻密，耐濕，可造船，亦可做器具。

[1046] 湔裙：湔，音「堅」，洗也。按：舊俗正月元日至月底，士女醉酒洗衣於水邊，可避災度厄，祛除晦氣。

[1047] 穀雨初晴抹麗多：穀雨，二十四節氣之一，自國曆 4 月 19 日至 21 日。抹麗，即茉莉花。

[1048] 盈盈十五：指花季少女，十五、六歲時。

[1049] 碧羅：碧綠之絲衫。

北里曾傳寶玉篇，墜歡重檢綺筵前。酒徒散盡佳人老，說到看花便惘然。

香國[1053]評春春事娛，二分明月勝姑蘇。江山樓上群花放，猶記傳臚[1054]唱碧珠。

簫鼓聲停酒未消，桃花燕子話南朝[1055]。賞心別有春燈謎，踏月江濱舊板橋。

舊遊如夢復如烟，況是飛花落絮天。鎮日閒愁無可遣，倚欄自寫冶春篇[1056]。

聞南強、鐵生[1057]、芳園出獄，走筆[1058]訊之

斗室耽高臥[1059]，關心畫地人[1060]。忽聞歸里語，已復自由身。風雨沈前夕，江山認舊春。新詩如可翫[1061]，檢點寄雙鱗[1062]。

1050 凝粧：盛裝。

1051 鬥畫眉：鬥，如「爭奇鬥豔」之「鬥」，爭勝、較量也。鬥畫眉，描畫雙眉使之蓋過佳人。

1052 鄭風詩：《詩》十五國風之一，內容多為情詩。此處暗喻「鄭衛之音」，其詩以淫靡、坦露著稱，傳統上衛道人士多斥為「淫聲」。按：雅堂以「女郎半解鄭風詩」隱喻男女談情說愛的氛圍。

1053 香國：猶花國。

1054 傳臚：殿試揭曉唱名之一種儀式。殿試公佈名次之日，皇帝至殿宣佈，由閤門承接，傳於階下，衛士齊聲傳名高呼，謂之傳臚。

1055 南朝：宋、齊、梁、陳四個短祚朝代的總稱（420-589）。

1056 冶春篇：即遊春篇。冶，音「野」。

1057 鐵生：蔡惠如（1881-1929），名江柳，字鐵生，為台中清水的望族。幼年受私塾教育，長乃經營家族實業。後加盟櫟社，成立臺灣文社、出版《臺灣文藝叢誌》，並大力資助日本留學生的文化抗日運動。

1058 走筆：揮筆疾書。

1059 高臥：高枕而臥，比喻 隱居。

1060 畫地人：喻受拘束之人。

1061 翫：音「萬」，研習、觀賞，通「玩」。

1062 檢點寄雙鱗：檢點，查看、查點。雙鱗，代指書信。

陳芳園[1063]過訪，出示獄中諸詩，率爾[1064]賦贈

湖海元龍[1065]氣**鬱陶**[1066]，圜墻[1067]雖小志彌高。讀書自負千秋業，鉤黨[1068]人稱一代豪。韓子說秦著孤憤[1069]，左徒[1070]**懷郢**[1071]託離騷。眼中**落落**[1072]多佳士，看汝飛揚**狎**[1073]怒濤。

[1063] 陳芳園（1893-1982）：陳逢源，字南都、芳園，臺南人。日治時期參與臺灣文化協會、創辦《臺灣民報》，並發起臺灣議會請願運動，大正十二年（1923）於治警事件遭判刑入獄。連橫《臺灣詩薈》（下）作「芳園」，頁 420。

[1064] 率爾：不加思索之謂，此處作「立刻」解。

[1065] 湖海元龍：元龍，指三國・陳登（170-208），字元龍。《三國志・魏志・陳登傳》：「許汜與劉備並在荊州牧劉表坐，表與備論天下人，汜曰：『陳元龍湖海之士，豪氣不除。』……備問汜：『君言豪，寧有事邪？』汜曰：『昔遭亂過下邳，見元龍。元龍無客主之意，久不相與語，自上大床臥，使客臥下床。』備曰：『君有國士之名，今天下大亂，帝主失所，望君憂國忘家，有救世之意，而君求田問舍，言無可採，是元龍所諱也。何緣當與君語？如小人，欲臥百尺樓上，臥君於地，何但上下床之間邪？』表大笑。」略謂，許汜稱許陳登為豪傑之士，劉備問其故，並責汜是個胸無大志、只求自我安身的俗漢，陳登怠慢他（自睡大床）是正常的，若是劉備自己，還要更進一步地睡在百尺高樓之上，讓許汜睡在地板。後人遂以「豪氣元龍」指桀驁不羈之士，以「元龍高臥」、「元龍百尺樓」、「樓上元龍」等語，表示主人豪氣干雲看不起庸俗的客人。有時也用於貶意，比喻主人對客人怠慢無禮。

[1066] 鬱陶：憂思積聚貌。按：《尚書・五子之歌》：「鬱陶乎予心」，孔安國《傳》：「鬱陶，言哀思也。」陸德明《經典釋文》：「鬱陶，憂思也。」

[1067] 圜墻：牢獄。圜，音「環」。

[1068] 鉤黨：指相牽引而為同黨者。

[1069] 韓子說秦著孤憤：韓子，即韓非（?-B.C.233），戰國時法家集大成之人，著有〈孤憤〉、〈五蠹〉、〈說難〉等篇，後世輯為《韓非子》。《史記・老子韓非列傳》：「〔韓非〕悲廉直不容於邪枉之臣，觀往者得失之變，故作〈孤憤〉。」

[1070] 左徒：代指屈原。原為戰國時楚國特有的官名，對內掌諷諫、圖議國事，對外則接遇賓客、應對諸侯，屈原曾任楚懷王左徒，後世因以「左徒」、「屈左徒」代稱之。

蔡鐵生出獄，以蟄龍吟寄示，走筆報之[1074]

滿天風雨**蟄龍**[1075]吟，大好河山痛陸沉。天下興亡原有責，丈夫得失本無心。九歌蘭芷[1076]多愁思，一誦榛苓報好音[1077]。我亦聞[1078]雞思戒旦[1079]，中宵起舞淚沾襟。

寄蔡北崙[1080]西湖[1081]

三潭明月六橋春[1082]，絕海長思蔡北崙。南渡江山餘涕淚，西歸書劍困風塵。埋名尚抱匡時策，避地寧甘隱遯[1083]身。他日中原重握手，臥龍躍馬[1084]彼何人。

[1071] 懷郢：郢，春秋時楚國的都城，故址在今湖北省江陵縣境。懷郢，即懷楚之意。

[1072] 落落：孤獨，或指孤高不隨俗。

[1073] 狎：音「霞」，輕弄，親近而不莊重。

[1074] 連橫《臺灣詩薈》（下）詩題作「鐵生出獄以蟄龍吟寄余走筆報之」，頁420。

[1075] 蟄龍：蟄伏的龍，比喻隱匿的志士。蟄，音「職」，隱藏潛伏。

[1076] 九歌蘭芷：指生於沅湘兩岸之芳草，比喻高潔之人或事物。《楚辭‧九歌‧湘夫人》：「沅有芷兮澧有蘭。」王逸　注：「言沅水之中有盛茂之芷，澧水之內有芬芳之蘭，異於眾草。」

[1077] 榛苓：榛木與苓草。《詩‧邶風‧簡兮》：「山有榛，隰有苓，云誰之思？西方美人。」孔穎達疏：「山之有榛木，隰之有苓草，各得其所。」後以「榛苓」，指賢者能各得其所之盛世。

[1078] 連橫《臺灣詩薈》（下）作「鳴」，頁420。

[1079] 聞雞思戒旦：怕失曉而耽誤正事，天未亮就起身。戒旦，警告人天將破曉。

[1080] 蔡北崙（1882-1964）：蔡伯毅，字北崙，號頑鐵道人，臺中人。日本早稻田大學畢業，中國同盟會會員，曾赴廣州參加革命。嗣以母老多病，返臺省親。大正十三年（1924）母逝後再赴中國，旅居滬、杭、南京各地，曾任勞動大學、法政大學及文化學院教授。戰後返臺，在臺中執律師業。

[1081] 連橫《臺灣詩薈》（下）詩題作「寄懷蔡北崙西湖」，頁282。

[1082] 三潭明月六橋春：三潭明月，杭州西湖十景之一。晴夜時，於此島塔中

我昔

我昔辭**南服**[1085]，寧為智北遊[1086]。側身[1087]雖偃蹇，抗志[1088]自優游。
道以千秋重，文從四海求。一編詩薈[1089]在，風雨獨登樓。

送蔡鐵生之榕垣[1090]

螯龍[1091]吟罷驚風雨，海水群飛龍戰苦。扁舟又訪**釣龍臺**[1092]，江山寂
寞今無主。釣龍人去釣臺空，扶桑日出海波紅。海中有龍能作怪，**驚
鳴蛟嘯**[1093]憑天風。七鯤山色鬱**蔥蘢**[1094]，騎鯨丈人[1095]真英雄。鞭笞虎

　　點燃燈燭，與月色映照，景色尤美，所謂「三潭塔分一月印，一波影中
　　一圓暈」。六橋春，指西湖六橋，蘇堤上由南而北之六座石拱橋，名為
　　映波、鎖瀾、望山、壓堤、東浦、跨虹。南宋時，蘇堤春曉被列為西湖
　　十景之首，元代又稱之為「六橋煙柳」。

[1083] 隱遯：隱居，逃避塵世。

[1084] 臥龍躍馬：臥龍，指諸葛亮。躍馬，指公孫述，字子陽，扶風人。西漢
　　末年，天下大亂，其憑蜀地險要，自立為天子，號「白帝」。此用杜甫
　　〈閣夜〉：「臥龍躍馬終黃土，人事音書漫寂寥。」句。

[1085] 南服：古代王畿以外地區分為五服，故稱南方為「南服」，此指臺灣。

[1086] 智北遊：古「智」通叚「知」，典自《莊子‧知北游》：「知北遊於玄
　　水之上。」此處作北游中國解。

[1087] 側身：猶廁身、置身。

[1088] 抗志：高尚其志。

[1089] 詩薈：指雅堂創辦的《臺灣詩薈》月刊，參前〈臺灣詩薈發行，賦示騷
　　壇諸君子〉「臺灣詩薈」注813。

[1090] 榕垣：即榕城，福州之別稱。

[1091] 龍，連橫《臺灣詩薈》（下）作「能」，頁488。

[1092] 釣龍臺：在福建閩侯縣南九里。相傳先秦時期東越王餘善在此垂釣，釣
　　得「白龍」，因此得名，後稱釣龍山。

[1093] 驚鳴蛟嘯：驚，音「熬」，駿馬。蛟，「郊」，古代傳說中一種能發洪
　　水的龍。

[1094] 蔥蘢：碧綠茂盛。

[1095] 騎鯨丈人：指鄭成功。鄭軍攻臺時，荷蘭官長夢見一人騎鯨自鹿耳門
　　入。詳參前〈滬上逢陳楚楠〉「騎鯨」，注138。

豹驅羆熊[1096]，威稜久著東海東。怒濤突起地維[1097]折，婆娑洋化修羅宮[1098]。修羅敢與帝釋戰[1099]，敗鱗殘甲滿蒼穹[1100]。山魈水魅[1101]肆吞噬，弱肉強食我[1102]心恫[1103]。即今群龍倡無首，玄黃之血灑寰中[1104]。其象元亨[1105]其兆吉，莘莘[1106]學子歆[1107]大同。嗚呼！丈夫生不乘龍[1108]死則已，破家[1109]亦學屠龍技。送君行矣誦君詩，他日龍門看燒尾[1110]。

[1096] 鞭笞虎豹驅羆熊：鞭笞，用鞭子抽打。笞，音「吃」。虎豹：代指精銳的士兵；三國時曹操挑選騎兵之精銳，編置「虎豹騎」，曹丕建魏後編入「武衛營」禁軍。羆熊，皆猛獸，此借喻勇猛的將士。羆，音「皮」，棕熊。

[1097] 地維：指地之四角。古人以為天圓地方，天有九柱支持，地有四維繫綴。

[1098] 修羅宮：即阿修羅宮，在大海底，如天富樂。

[1099] 修羅敢與帝釋戰：修羅，古印度神話中的惡神，居海底，常與天神鬥。佛教採其名，將其列為天龍八部之一，又列為輪回六道之一。帝釋，亦稱「帝釋天」，佛教護法神之一。佛家稱其為三十三天（忉利天）之主，居須彌山頂善見城。

[1100] 敗鱗殘甲滿蒼穹：敗鱗殘甲，殘敗零碎之鱗甲。蒼穹，音「倉窮」，蒼天、天空。

[1101] 山魈水魅：山魈，魈，音「蕭」，似獼猴的怪物，古代傳說的山怪。魅，傳說中的鬼怪。

[1102] 連橫《臺灣詩薈》（下）作「吾」，頁 488。

[1103] 恫：音「通」，悲痛之謂。

[1104] 玄黃之血灑寰中：玄黃，黑與黃。寰中，宇內，天下。

[1105] 元亨：猶言大通，大吉。

[1106] 莘莘：音「深」，眾多的樣子。

[1107] 歆：音「心」，歆慕，羨慕也。

[1108] 乘龍：此處作「凌志青雲」解，意謂為時所用，大展身手。

[1109] 破家：耗盡家產。

[1110] 龍門看燒尾：龍門，古代科舉試場之正門。燒尾，唐以來，士子登第或官吏升遷的慶賀宴席。

端陽已過，庭菊尚開，晚涼對此，寵之以詩

蒲紫榴紅[1111]映醉觴，庭前有菊尚芬芳。東籬[1112]得氣秋先到，南國餐英[1113]夏自長。大隱市中閒日月，高人世外忘炎涼。涉江欲采寒花贈，簫鼓紛紛競渡忙[1114]。

次韻酬蘇菱槎[1115]見寄[1116]

鷺鯤一水[1117]往來不。目斷齊州[1118]海上樓。故國啼鵑悲杜宇，荒園夢蝶感莊周。論詩秦漢聲存夏[1119]，結客[1120]江湖氣得秋。記取淡濱[1121]同聽曲，十千沽酒[1122]散奇愁。

[1111] 蒲紫榴紅：蒲，即蒲草，水生植物，嫩者可食，莖葉可供編織蒲席等物。榴，即石榴，落葉灌木或小喬木，開紅花，果實球狀，多子可食。
[1112] 東籬：東晉·陶淵明〈飲酒〉詩：「採菊東籬下，悠然見南山。」後因以指菊圃。
[1113] 餐英：以花為食，後隱寓高潔之意。
[1114] 競渡忙：競渡，競相渡過，指划船比賽。
[1115] 蘇菱槎（生卒年不詳）：蘇鏡潭，字菱槎，泉州人，蘇廷玉後裔，光緒十七年（1891）舉人，詩文精麗絕倫，書法為世所稱揚。
[1116] 連橫《臺灣詩薈》（下）詩題作「次韻酬菱槎」，頁141。
[1117] 鷺鯤一水：鷺，指鷺島，即廈門；鯤，指鯤鳥，即臺灣。一水，指兩地間相隔一水域。
[1118] 目斷齊州：目斷，竭盡目力所見。齊州，中州，猶言中國。
[1119] 聲存夏：指保存古代中原地區之語音。
[1120] 結客：結交賓客，或指結交豪俠之士。
[1121] 淡濱：即淡水河濱。淡水河光秀麗，為臺灣八景之一，昔日有「東方威尼斯」之稱。
[1122] 十千沽酒：十千，即一萬，猶言其多。沽酒，即買酒。

六月望夜宿凌雲寺，示[1123]莊瘦民[1124]

買山[1125]有願未能償，暫借僧寮避俗忙。花木蕭疏[1126]浮畫意，石泉清冽[1127]浣詩腸。當頭皓月圓還缺[1128]，入座和風暑亦涼。到此已無塵世念，白雲深處是吾鄉。

酷暑

酷暑薰蒸[1129]百度強[1130]，人間何處避驕陽。飲冰未汰[1131]趁時熱，抱月方知出世涼。辛苦夏畦[1132]心自樂，莊嚴淨土願能償。北窗[1133]睡起群囂息，領略池蓮淡淡香。

[1123] 編者按：「示」，臺灣分館藏本作「似」。

[1124] 莊瘦民（？-1931）：莊棣蔭，字怡華，號瘦民，福建惠安人，板橋富紳林維源之外甥。羈寓臺北數十年，功課餘暇，即耽詩學，嘗與連雅堂、謝雪漁、魏清德等分箋鬥巧，相互唱和，其詩有悱惻之情，曠逸之抱，有南國騷壇巨擘之譽，著有《耕餘吟草》。瘦，音「影」。

[1125] 買山：據南朝宋・劉義慶《世說新語・排調》：「支道林因人就深公買印山，深公答曰：『未聞巢由買山而隱。』」後以「買山」喻賢士歸隱。

[1126] 蕭疏：錯落、稀疏。

[1127] 清冽：清澈寒冷。

[1128] 作者注：「是夜月食。」

[1129] 薰蒸：形容悶熱使人難受。

[1130] 百度強：比一百度還高，喻指極為燠熱。

[1131] 未汰：未能消減。汰，音「太」，裁、刪。

[1132] 辛苦夏畦：指夏日在田裏勞動。畦，音「旗」。

[1133] 北窗：向北的窗戶，此處用陶淵明之典。按：晉・陶淵明〈與子儼等書〉云：「常言五六月中，北窗下臥，遇涼風暫至，自謂是羲皇上人。」後世遂以「北窗高臥」、「高枕北窗」、「北窗眠」、「北窗風」、「北窗興」、「北窗涼」、「陶窗」等等，表示悠閒自適；另用「北窗叟」、「羲皇人」、「羲皇上人」、「羲上人」、「羲皇上」等喻閒逸自適的人。

久雨

春來十日九日雨，滿地泥淤不出門。病鳥無聲巢已破，寒花欲吐雪先掀。最憐我輩肝腸熱，頗怪天公眼耳昏。偃蹇室中聊忍凍，幾時盤馬[1134]試蹄痕。

春宵

春宵無計抵奇寒，況是燈昏夢又殘。強讀古書尋奧義，自斟老酒拾陳懽[1135]。百年歲月忙中過，半壁江山劫後看。我欲吹竽[1136]學鄒衍[1137]，陽回黍谷[1138]未為難。

大屯山積雪

曉起開門望翠微，大屯山上雪霏霏。誰知南服炎荒[1139]地，也有東風凍合[1140]時。萬樹作花[1141]成頃刻，一天飛絮[1142]認依稀。忍寒老鶴雲中語，正是冰霜勵節持[1143]。

[1134] 盤馬：馳馬盤旋。
[1135] 陳懽：昔日之喜樂。懽，音「歡」。
[1136] 吹竽：此處作「吹律」解，參下下注。
[1137] 鄒衍（B.C.305-240）：戰國時齊人，創「五德終始」說，為陰陽家創始者。
[1138] 陽回黍谷：比喻絕地逢春。按：「鄒衍吹律」典出漢·王充《論衡·寒溫》：「燕有寒谷，不生五穀。鄒衍吹律，寒谷可種，燕人種黍其中，號曰黍谷。」
[1139] 炎荒：南方炎熱荒遠之地。
[1140] 凍合：猶言冰封。
[1141] 萬樹作花：冬雪垂掛樹枝，猶如開花一般。
[1142] 飛絮：典自謝道韞對雪花的比喻。《世說新語·言語》：「謝太傅寒雪日內集，與兒女講論文義。俄而雪驟，公欣然曰：『白雪紛紛何所似？』兄子胡兒曰：『撒鹽空中差可擬。』兄女曰：『未若柳絮因風起。』公大笑樂。」

自春徂夏[1144]，久雨連綿，蟄居[1145]小廬，抑鬱殊甚[1146]

久處埋冤地，真成缺陷天。一春長苦雨，四月尚穿棉。世亂身安寄，途窮志益堅[1147]。寒簷聞哭語，未忍擁書眠。

次韻和莊怡華殘春旅感

春風禪榻颺青絲[1148]，三十功名負夙期[1149]。煉石未完天缺處[1150]，栽桑應待海枯時[1151]。文章落落無餘子，成敗紛紛看小兒。收拾雄心消盡恨，一邱一壑[1152]且哦詩[1153]。

[1143] 勵節持：砥礪節操。

[1144] 自春徂夏：自春到夏。徂，音「ㄘㄨˊ」，往。

[1145] 蟄居：比喻人隱藏不出，猶動物蟄伏一般。

[1146] 殊甚：指非常。

[1147] 途窮志益堅：途窮，本指走投無路，後多以比喻處境艱困。南朝宋・顏延之〈五君詠・阮步兵〉：「物故不可論，途窮能無慟。」按：雅堂「途窮志益堅」之語，承孔子「君子固窮」，以及文天祥〈正氣歌〉所謂「時窮節乃見，一一垂丹青」的垂訓，策勉自身，勇於接受困境的挑戰。

[1148] 颺青絲：颺，音「揚」，飄盪。青絲，黑髮。

[1149] 夙期：猶夙願。

[1150] 煉石未完天缺處：語本《淮南子・覽冥訓》：女媧煉五色石以補蒼天。後以「煉石補天」以示力挽頹勢，或彌補缺陷。

[1151] 栽桑應待海枯時：取意「滄海桑田」一詞。指滄海變桑田，世事變化極大。

[1152] 一邱一壑：或作「一丘一壑」，本指山丘和谿壑。典自《漢書・敘傳上》：「漁釣於一壑，則萬物不奸其志；栖遲於一丘，則天下不易其樂。」後世遂以「一丘一壑」指隱居者所居之處，亦用以比喻歸隱在野，縱情山水。

[1153] 哦詩：吟詩。

喜蘇菱槎重至臺北,用瘦民韻

瀛嶠[1154]重來泛客船,樓頭買醉笑華顛[1155]。四年小別成春夢[1156],兩地相思對暮煙。季子貂裘[1157]游未倦,中郎雁帛[1158]恨猶牽。他時快讀滄浪記[1159],風月江山不計錢。

送菱槎歸里,即用前韻

江干揮手送歸船,破臘春風未放顛[1160]。客夢[1161]重圓鯤海月,鄉愁又繞鯉城[1162]煙。文章得失雙瞳剪[1163],時局安危一髮牽[1164]。料有雪堂嘆嘯傲[1165],買山早蓄賣詩錢。

[1154] 瀛嶠:即瀛洲與員嶠二仙山,此指臺灣。

[1155] 華顛:華,花也,指花白;顛,頭頂,代指頭髮。即頭髮花白,此喻年歲已長。

[1156] 春夢:春夜之夢,比喻好景轉瞬即逝,或指不能實現之願望。

[1157] 季子貂裘:季子,即蘇秦。指戰國時蘇秦入秦求仕,資用耗盡而歸之事。《戰國策·秦策一》:「〔蘇秦〕說秦王書十上而說不行。黑貂之裘弊,黃金百斤盡,資用乏絕,去秦而歸。羸縢履蹻,負書擔橐,形容枯槁,面目犁黑,狀有歸色。」後以「季子裘」,指旅途或客居中,困頓之處境。

[1158] 中郎雁帛:中郎,此指蘇武。雁帛,即書信,繫帛於雁足以傳書。漢蘇武、常惠出使匈奴,為匈奴所羈留;其後漢使至匈奴,常惠夜見使者,教其對單于說道,天子射上林中,見帛繫雁足,言武等在某澤中,蘇武遂得救回國,見《漢書·卷五十四·蘇建傳》。帛,臺灣分館藏本作「宗」,誤。

[1159] 滄浪記:北宋·蘇舜欽、明·歸有光,皆作有〈滄浪亭記〉,此指期待蘇菱槎的新作品。

[1160] 破臘春風未放顛:破臘,殘臘、歲末。放顛,放縱顛狂,此處指狂風大作。

[1161] 客夢:指異鄉遊子之夢。

[1162] 鯉城:位於福建省泉州市。

[1163] 雙瞳剪:形容眼睛清澈明亮。瞳,瞳孔,指眼睛。

[1164] 一髮牽:比喻細小之局部,足以牽動全體局勢。

[1165] 料有雪堂嘆嘯傲:雪堂,此借蘇軾在黃州築「雪堂」一詞。嘆,音「但」,

夏柳四首[1166]

灞橋飛絮餞春天，望盡平蕪一抹煙。拂地[1167]長條堪繫馬，吟風密葉
好藏蟬。隋堤[1168]十里花成雪，漢苑三眠[1169]日似年。準備棹船吳下[1170]
去，涉江荷蓋已田田[1171]。

館娃宮[1172]裏納涼時，綠壓闌干[1173]碧拂墀[1174]。擫笛[1175]樓頭人已倦，
投竿樹下客來遲。柔腰曾向東風舞，熱眼[1176]羞將大道窺。彈罷南薰
難解慍[1177]，火雲[1178]紅映賣冰旗。

六朝花事去堂堂[1179]，紅板橋頭列兩行。汁染葛衣青瀲灩[1180]，影搖紈
扇綠徬徨。奇峰缺處陰能補，細浪翻時午亦涼。聞道熱河宮[1181]草長，
謾將[1182]眉黛鬥濃粧。

　　豐厚貌。嘯傲，放歌長嘯，傲然自得，語多指隱士生活。
[1166] 作者注：「同莊瘦民、林絳秋作。」
[1167] 拂地：拂及地面。
[1168] 隋堤：編者按：「隋堤」，臺灣分館藏本作「隋提」，誤。隋煬帝時，
　　　沿通濟渠、邗溝河岸廣植柳樹。
[1169] 漢苑三眠：指檉柳（即人柳）之枝條於風中，時而伏倒。《三輔故事》：
　　　「漢苑中有柳狀如人形，號曰人柳，一日三眠三起。」故檉柳，又稱三
　　　眠柳。
[1170] 吳下：泛指江蘇省南部與浙江省北部一帶，亦稱吳中。
[1171] 田田：碧綠清脆貌。
[1172] 館娃宮：古代吳宮名。春秋吳王夫差為西施所造，在今江蘇省蘇州市西
　　　南靈岩山上，靈岩寺即其舊址。
[1173] 闌干：亦作「欄干」、「欄杆」。
[1174] 墀：音「池」，臺階上之空地，亦指臺階。
[1175] 擫笛：音「頁迪」，以手指按笛奏曲。
[1176] 熱眼：熱切之目光，此處指熱切期待。
[1177] 彈罷南薰難解慍：南薰，指〈南風〉歌，相傳虞舜所作，歌中有「南風
　　　之薰兮，可以解吾民之慍兮」等句。解慍，消除怨怒。慍，音「運」，
　　　怒火，此處指暑氣、火氣。
[1178] 火雲：紅雲，指炎夏。
[1179] 六朝花事去堂堂：六朝，指吳、東晉、宋、齊、梁、陳六朝代。花事，

江城五月落梅愁[1183]，萬綠爭妍罨畫樓。陌上歌殘金縷曲[1184]，天涯望斷木蘭舟[1185]。戀春鶯燕懷陳夢，遣暑湖山[1186]紀俊遊。生長水鄉消受慣，未甘憔悴入新秋。

北郭園[1187]雅集，賦示[1188]鄭幼香[1189]

詩界猶堪張一軍，北園花木更清芬。山河歷劫杯長在[1190]，風雨聯吟[1191]硯未焚[1192]。家世詁經[1193]傳異代，交游置驛[1194]重人群。竹城[1195]觴詠逢今夕，帶草堂開翰墨薰[1196]。

特指春日花盛之事。堂堂，指悠遠。
[1180] 汁染葛衣青澹蕩：葛衣，用葛布製成的夏衣。澹蕩，音「但宕」，猶駘蕩，謂使人和暢。
[1181] 熱河宮：即承德避暑山莊，又名承德離宮或熱河行宮，位於河北承德，建於康熙四十二年（1703），四十七年（1708）已初具規模，五十年（1711）康熙帝賜名為「避暑山莊」，後又歷經雍正、乾隆朝，才基本完工。山莊由皇帝宮室、皇家園林和宏偉寺廟群所組成。
[1182] 謾將：猶徒將。按：「謾」、「漫」古通叚，莫也。
[1183] 江城五月落梅愁：指為五月江城梅花凋落而傷懷。江城，指江夏（今湖北武昌縣），因江夏在長江之濱，故稱。
[1184] 金縷曲：詞牌名，又名〈賀新郎〉、〈乳燕飛〉。亦作曲牌名。
[1185] 木蘭舟：以木蘭樹所造的船。南朝梁‧任昉《述異記》卷下：「木蘭洲在潯陽江中，多木蘭樹。昔吳王闔閭植木蘭於此，用構宮殿也。七里洲中，有魯班刻木蘭為舟，舟至今在洲中。詩家云木蘭舟，出於此。」後常用為船之美稱，而非實指木蘭木所製。
[1186] 遣暑湖山：遣，音「幻」，避暑。湖山，湖水與山巒。
[1187] 北郭園：鄭用錫（1788-1858）所築。用錫字在中，號祉亭，淡水廳竹塹人，清道光三年（1823）進士，為臺籍第一人，有「開臺進士」、「開臺黃甲」之譽。晚年於竹塹城北修築「北郭園」自娛，俗稱外公館，與林占梅的潛園（內公館）同為竹塹文人雅集的重要會所。用錫善詩文，亦通經學，後人輯其作為《北郭園全集》。
[1188] 賦「示」：編者按：「示」，臺灣分館藏本作「似」。
[1189] 鄭幼香（1881-1941）：鄭神寶，字珍甫、幼香，新竹市人，為北郭園鄭用錫姪孫，鄭如蘭之子。幼讀漢學，能詩文，頗好客。昭和十一年（1936）辭退所有公職，築吟室於其側以護理北郭園，終日讀書賦詩。

別臺北

我居臺北十二載，年華雖老氣猶豪。屠龍空負千金技[1197]，躍馬[1198]還
思五夜勞[1199]。風雨潛修求絕業，乾坤倒挽[1200]看兒曹。赤崁潮水頻來
往，寥落人才未盡淘。

[1190] 杯長在：指飲酒多。長，時間久長。

[1191] 聯吟：猶聯句，兩人或多人共作一詩。

[1192] 硯未焚：焚硯，焚毀筆硯、不復創作之謂，此處「硯未焚」則指猶堅持
創作。典自宋·陳著〈次韻天寧僧宗芑見寄〉：「犁鋤聊自課，筆硯未
全焚。」

[1193] 詁經：解釋經中的文義。按：鄭用錫著有《周禮解疑》及《周易折中衍
義》。

[1194] 置驛：猶置郵，指傳遞文書訊息的驛站。

[1195] 竹城：即新竹。

[1196] 帶草堂開翰墨薰：帶草堂，北郭園諸景之一。翰墨薰，原指筆、墨，此
指文章、書畫之薰陶。

[1197] 屠龍空負千金技：此意喻詩人空懷文才，卻不為世所用。

[1198] 躍馬：策馬馳騁。

[1199] 五夜勞：指想起五更天裏的辛勞。

[1200] 乾坤倒挽：猶言旋轉乾坤，挽回艱難局勢。

【寧南詩草】（下）

自丁卯（1927）至癸酉（1933）

臺南

文物臺南是我鄉，曷來何必問行藏[1]。奇愁繾綣[2]縈江柳，古淚滂沱哭海桑[3]。卅載弟兄猶異宅[4]，一家兒女各他方[5]。夜深細共荊妻語，青史青山尚未忘。

安平

赫赫天聲震此間，霸圖[6]當日闢臺灣。黑洋巨浸驅風雨，赤崁孤城擁海山。破敵曾聞龍碽[7]出，潛師[8]不見虎旗還。萬方多難吾何往，獨對寧南淚暗潸[9]。

---

[1] 曷來何必問行藏：曷來，去來。曷，音「結」，行藏，行跡、來歷。

[2] 繾綣：音「淺犬」，纏綿不斷，難分難捨。

[3] 古淚滂沱哭海桑：古淚，思古之淚。滂沱，音「乓駝」，此指流淚極多。海桑，滄海桑田之省，喻世事變化極大。

[4] 作者注：「我家舊居馬兵營，已歷七世，自被毀後，兄弟諸姪遂分居各處。」

[5] 作者注：「兒子方赴南京，長女久寓上海，少女尚在淡水留學。」

[6] 霸圖：稱霸之雄圖。

[7] 龍碽：即龍碽砲。碽，音「公」。按：清·余文儀《續修臺灣府志》載：「龍碽者，大銅砲也。〔鄭〕成功泊舟粵海中，見水底有光上騰，數日不滅，意必異寶。使善泅者入海試探，見兩銅炮浮游往來；以報，命多人持巨綆牽之，一化龍去、一就縛。既出，斑駁陸離，若古彝鼎，光艷炫目，不似沉埋泥沙中物；較紅衣炮不加大而受藥彈獨多。先投小鐵丸斗許，乃入大彈；及發，大彈先出，鐵丸隨之，所至一方糜爛。成功出兵，必載與俱；名曰龍碽。」

[8] 潛師：秘密出兵。

[9] 獨對寧南淚暗潸：寧南，指臺南寧南門。淚暗潸，暗地流淚。潸，音「山」，形容流淚。

登赤崁城

七鯤山色鬱蒼蒼，倚劍來尋舊戰場。地剪牛皮[10]成絕險，潮迴鹿耳阻重洋。張堅尚有中原志，**王粲**[11]寧無故國傷。落日荒濤望天末，騎鯨何處弔興亡。

題鄭香圃[12]畫蘭

隔水騷魂尚可招，秋心漠漠似秋潮[13]。江干自有芳馨在，被髮[14]空山不寂寥。

題洪鐵濤[15]深山讀書圖

驅遣風雲[16]氣未平，且攜長劍叱龍耕。胸中自有陰符[17]在，不與時流競小名。

---

[10] 地剪牛皮：傳說荷蘭船隻遭颶風飄流至臺，借地於原住民，不許，乃紿之曰：「得一牛皮地，多金不惜」遂許之，因剪牛皮如縷，圍數十丈，築安平鎮。

[11] 王粲（177-217）：字仲宣，東漢山陽高平（今山東鄒縣）人，擅長辭賦，建安七子之一。漢末避亂，依附荊州劉表，未受重用，乃作〈登樓賦〉，以抒鬱家國喪亂之痛。後以「王粲登樓」喻士不得志而懷故土之思。

[12] 鄭香圃（1891-1963）：名水寶，字清渠，號香圃、伊人、梅癡山人、醉白，新竹人，北郭園鄭用錫之姪孫，善詩文，曾任新竹青蓮吟社社長；又長於水墨畫，有「詩書琴棋畫，拳頭燒酒」雅響。

[13] 秋心漠漠似秋潮：秋日之悲愁似廣闊的潮水。漠漠，廣闊貌。

[14] 被髮：即「披髮」，披散頭髮不束頭髻，此處意謂不受統治。

[15] 洪鐵濤（1892-1947），名坤益，號黑潮、花禪盦、野狐禪室主、剃刀先生，筆名鐵濤。出身赤崁望族，工詩文，為南社與春鶯詩社成員，善擊鉢，與張純甫並稱南北二大擊鉢健將；詩作編為《守墨樓稿》，另有擊鉢吟數冊。詩作之外，與南社成員趙雲石、連橫等創辦《三六九小報》，負責「花叢小記」、「開心文苑」專欄。

[16] 風雲：比喻時勢。

[17] 陰符：古兵書名。

臺南重晤王亞南[18]先生，即以贈別

蘭亭禊帖輞川詩[19]，寥落人間作畫師。故國廿年長戰伐，重瀛三渡暫**棲遲**[20]。胸中邱壑盤桓久，腕底風雲變化奇。待到萬梅花放日，扁舟來訪太湖湄[21]。

寄葉友石[22]先生臺北

歸鄉忽忽經三月，北望長懷葉水心。月落邂山[23]猶痛飲，潮迴淡浦助高吟。胸羅邱壑醫能隱，身歷風霜病不侵。肘後良方[24]如可假[25]，願分半撮起聾瘖[26]。

---

18 王亞南（?-1932）：號六希子，齋號蓬壺精舍，江蘇江陰人，以詩畫名世，曾任北京大學教授、北京女子大學教授，民國十四年（1925）東渡日本，昭和四年（1929）至臺灣，足跡遍臺北、新竹、嘉義、台南等地，書畫亦隨之流布臺灣，六年（1931）離臺。

19 蘭亭禊帖輞川詩：蘭亭禊帖，亦稱「蘭亭帖」，東晉永和九年（353）上巳日，王羲之與謝安等 41 人在此舉行修禊活動，羲之撰〈蘭亭集序〉以志此事，「禊帖」。蘭亭在浙江省紹興市西南之蘭渚山上。輞川詩，唐代王維，中年後於輞川溪谷修建別業隱居，並作詩歌詠此一帶的二十處勝景，輯為《輞川集》。輞川，在陝西省境內，西安市東南。按：此處「蘭亭禊帖輞川詩」意謂王亞南具有王維創作詩歌、王羲之寫書法那般的才分。

20 棲遲：滯留。

21 太湖湄：太湖，中國第三大淡水湖，在蘇、浙兩省間。湄，河岸，水與草交接的地方。作者注：「明春將赴金陵，擬順道過訪。」

22 葉鍊金（?-1937）：字友石，板橋港仔墘人，瀛社創社員，少從名醫黃玉階遊，及學成，懸壺於大稻埕永樂街，設恆升藥號，其醫術特異，參以中西，醫治鼠疫、腸病及霍亂，活人無計。葉氏工詩文，善書畫，所作淋漓盡致，蒼勁有法，書學董香光，見者讚不絕口。又喜酒、嗜茶，性詼諧，人稱為「鍊仙」。（參閱《臺北市志卷七・人物志》）

23 邂山：大邂山，即大屯山。

24 肘後良方：指晉葛洪所撰醫書《肘後備急方》，簡稱《肘後方》，意謂卷帙不多，可懸於肘後。後泛指隨身攜帶之丹方。

25 假：借用，假借。

26 半撮起聾瘖：半撮，形容微少。撮，音「左」。聾瘖，音「隆因」，聾和啞。

立春日[27]郊行

春陽初動柳條青，尚有寒花滿野塍[28]。載酒空尋黃檗寺[29]，搜詩重上綠榕亭[30]。百年日月催人老，半壁江山歷劫腥。好是索居無俗事，歸來仍誦法華經[31]。

迎春門[32]遠眺

迎春樓上對春風，北衛南屏一望中。拂水兩行垂柳綠，燒空萬朵刺桐紅[33]。彌陀寺古歸遼鶴[34]，羅漢門高斷塞鴻。省識興亡彈指[35]事，遺民猶說草雞雄。

---

[27] 立春日：二十四節氣之一，在 2 月 3、4 日或 5 日。

[28] 野塍：野外田間小路。塍，音「成」，稻田間之路界。作者注：「臺南氣候溫和，此時菊花尚盛。」

[29] 黃檗寺：位於台南大北門外，原為陳永華故居，康熙二十七年（1688）左營守備官孟太志興建成寺，名曰黃檗。作者注：「寺在鎮北門外，花木幽邃，今廢。」

[30] 綠榕亭：作者注：「亭在鴻趾園，一名四合亭。」

[31] 法華經：全名《妙法蓮華經》，妙法，意謂所說教法微妙無上，蓮華經，以蓮花譬喻經典之潔白完美，另外亦用以象徵每個眾生都有本來自性清淨如「蓮花」般的真如佛性，出淤泥而不染，亦用以比喻佛法之潔白、清淨、完美。本經中〈法師品〉曰：「是法華經藏，深固幽遠，無人能到。」〈同安樂行品〉曰：「此法華經，諸佛如來秘密之藏，於諸經中最在其上。」後世遂以《法華經》為經中之王之一，有「成佛在《法華》」之美稱。《佛光大辭典》載：「該經主旨，認為小乘佛教各派過分重視形式，遠離教義真意，故為把握佛陀之真精神，乃採用詩、譬喻、象徵等文學手法，以讚歎永恆之佛陀（久遠實成之佛）。稱釋迦成佛以來，壽命無限，現各種化身，以種種方便說微妙法；重點在弘揚「三乘歸一」，即聲聞、緣覺、菩薩之三乘歸於一佛乘，調和大小乘之各種說法，以為一切眾生皆能成佛。」（頁 2847）

[32] 作者注：「臺南府城已毀，惟迎春、寧南兩門尚存。」

[33] 燒空萬朵刺桐紅：燒空，映紅天空。刺桐，參前〈城東雜詩（七首）〉「刺桐」注 174。

哭蔣渭水³⁶

> 渭水、宜蘭人，為醫臺北。平素服膺中山主義³⁷，與諸同志組織文
> 化協會及民眾黨鼓吹改革，主張民權。數次下獄，堅毅不撓。歿時
> 年四十有二。余在臺南，猝聞靈耗，愴然以弔。

人海沈迷百鬼嗔³⁸，秋風淒絕稻江濱³⁹。十年牢獄身甘入，一死輪迴
志未伸⁴⁰。黨錮艱危⁴¹思范滂⁴²，賓筵寥落感陳遵⁴³。中山主義誰能繼，
北望神洲一愴神⁴⁴。

---

³⁴ 遼鶴：語本遼東丁令威得仙化鶴歸里一事。遼東人丁令威，學道後化鶴歸
遼，徘徊空中而言曰：「有鳥有鳥丁令威，去家千年今始歸。」事見晉·
陶潛《搜神後記》卷一。後以「遼鶴」，代指千年。

³⁵ 彈指：極短時間。

³⁶ 蔣渭水（1890-1931）：號雪谷，宜蘭人，九歲（1900）跟隨秀才張鏡光學
習漢文，十六歲（1907）進入公學校，明治四十三年（1910）考入臺灣總
督府醫學校（今台大醫學院前身）。大正九年（1920）開始參與臺灣議會
設置請願運動，次年（1921）與林獻堂等人共同創辦「臺灣文化協會」，
並發起「臺灣議會設置運動」，訴請臺民治權，但遭日本政府悍然拒絕，
又以此誣指蔣渭水等人違犯「治安警察法」，遭逮捕判刑四個月。昭和元
年（1926）「臺灣文化協會」因理念不合而分裂，蔣渭水退出，並於翌年
（1927）另組「臺灣民眾黨」，以「確立民本政治，建設合理的經濟組織
及改除社會制度之缺陷」為綱領，具體行動除動員群眾舉行演講之外，也
向總督府提出抗議與改革主張。昭和三年（1928）蔣渭水結合台北木工工
友會、台北石工工友會等二十九個團體，組成「臺灣工友總聯盟」，提出
保護勞工權利的要求。五年（1930）另組「臺灣地方自治聯盟」。六年（1931）
8 月因傷寒病逝。

³⁷ 中山主義：即孫中山的三民主義。

³⁸ 嗔：音「彳ㄣ」，怒、生氣。

³⁹ 稻江濱：即大稻埕岸邊。按：蔣渭水自臺灣總督府醫學校畢業後在此開設
「大安醫院」，並定居於此。

⁴⁰ 一死輪迴志未伸：人一死後就落入「六道輪迴」之中，可是蔣渭水的志業
尚未得到伸展、實踐。按：有關「六道輪迴」，丁福保《佛學大辭典》：「輪
迴：眾生無始以來，旋轉於六道之生死，如車輪之轉而無窮也。」六道，

楊笑儂[45]疊寄新詩，並惠鐵觀音佳茗，賦此以謝

九州鑄錯誰知識，如我仍為自在身[46]。細讀佳詩消磊塊[47]，復頒奇茗
慰清貧。白蓮池畔風華嫩，紫竹巖前露葉新。丈室維摩[48]消受慣，也
如天女散花頻。

日高睡足起常遲，罏[49]火瓶花位置宜。滌向玉壺[50]春腕晚，烹來銅鉢
水漣漪。一甌夢覺圓通境[51]，半偈行深般若時[52]。但得慈雲長庇護，
錚錚[53]傲骨袛耽詩。

即天道、人間道、修羅道、畜生道、餓鬼道、地獄道。另外可參看前文〈贈
施乾〉「輪迴」，注 865。

41　黨錮艱危：蔣渭水因籌組政黨，推行民主運動而屢遭日本當局打壓。

42　范滂（137-169）：字孟博，東漢汝南征羌人（今河南漯河市），有清譽，
屢彈劾權貴，後遭陷，死於靈帝時的黨錮之禍，見《後漢書‧卷六十七‧
列傳‧黨錮列傳第五十七‧范滂》。按：「黨錮艱危思范滂」將蔣渭水比作
不畏權勢，即使遭禁錮而死亦不畏縮的范滂。

43　陳遵（生卒年不詳）：字孟公，東漢杜陵（今陝西長安東南）人。性好客，
每邀賓客飲宴，必將客人之車轄投入井中，使其不得離去，見《漢書‧卷
九十二‧遊俠傳‧陳遵傳》。按：蔣渭水好客，然死後蕭條，故雅堂有此
一說。

44　愴神：愴，音「創」，傷心。

45　楊笑儂（1897-1982）：楊樹德，字笑儂，或作嘯雲，彰化人，應社成員，
開設「樹德醫院」，常為應社聚會場所。著有《白沙吟草》。

46　作者注：「觀自在即觀世音。」

47　磊塊：鬱積胸中的不平之氣。

48　丈室維摩：指維摩詰居士之方丈室，室雖一丈見方，其所包容極廣。

49　罏：通「爐」。

50　玉壺：酒壺的美稱。

51　一甌夢覺圓通境：甌，音「歐」，小瓦盆，或指喝茶、飲酒的碗杯。圓通
境，指修行到一種圓融無礙，智慧神通之境界。

52　半偈行深般若時：偈，音「技」，《康熙字典》：「釋氏詩詞也」，意謂：偈
佛家所唱誦的詩句，常由固定字數和音節組成。行深，行，修行、運行；
深，深入；般若，音「撥惹」，意指了悟「空性」的真正智慧，故又稱「般
若空慧」。按：「行深般若時」之語，典自《般若波羅蜜多心經》「觀自在
菩薩，行深般若波羅蜜多時，照見五蘊皆空」，據印順法師《般若經講記》：

蝴蝶蘭

幾日騷魂漾水涯，春園一夢悟**南華**[54]。託根無地依枯木，化羽[55]空山孕素花。玉佩娟娟秋月冷，粉痕栩栩[56]曉風斜。滕王畫本[57]分明在，活色生香[58]更足誇。

相思樹

文鳳祥鸞未肯棲，王孫一去草**萋萋**[59]。春心宛轉[60]求連理[61]，舊恨纏綿茁嫩稊[62]。南國種來紅豆豔，東風吹到綠陰齊。可憐紫玉成煙[63]後，二月飛花滿大隄。

「此說觀自在菩薩所修的法門。智慧，是甚深的。深淺本是相對的，沒有一定的標準，但此處所說的深，專指體驗第一義空的智慧，不是一般凡夫所能得到的，故名為深。般若經裡，弟子問佛：深奧是何義？佛答以：『空是其義，無相、無願、不生不滅是其義』。這空無相無願——即空性，不是一般人所能了達的，所以極為深奧。十二門論也說：『大分深義，所謂空也』。能『照見五蘊皆空』的，即是甚深般若慧。般若的悟見真理，如火光的照顯暗室，眼睛的能見眾色一樣。五蘊，是物質精神的一切，能於此五類法洞見其空，即是見到一切法空。」

[53] 錚錚：比喻剛正、堅貞。
[54] 南華：《南華真經》的省稱，即《莊子》之別名。
[55] 化羽：猶蛻變。
[56] 栩栩：音「許」，生動，活潑。
[57] 滕王畫本：指唐‧李元嬰畫冊。元嬰為唐高祖之子，封滕王，據《舊唐書》載：滕王李元嬰品行不端，驕縱失度，無政績可言，然其善畫蝴蝶，有「滕派蝶畫」鼻祖之譽。
[58] 活色生香：形容詩畫所描繪的景物生動逼真。
[59] 萋萋：音「妻」，草茂盛。
[60] 春心宛轉：相思愛慕之情輾轉不息。
[61] 連理：不同根之草木、枝幹連生一處，比喻恩愛夫妻。白居易〈長恨歌〉：「在天願作比翼鳥，在地願為連理枝。」
[62] 稊：音「提」，楊柳新長之枝葉。編者按：「稊」，臺灣分館藏本誤作「梯」。

國姓魚[64]

海國春回鹿耳東，漁人爭說大王風。鯨魚入夢潮初漲，龍種偕來路已通。恩錫朱家[65]天浩蕩，名傳臺嶠[66]水空濛。尺鱗[67]莫怨**南溟**[68]小，跋扈飛揚尚足雄。

木葉蝶[69]

深山寂靜野花香，春夢離奇幻一場。宿翅懶飛迷夕照，枯枝寒抱耐秋霜。寄身未判雌雄眼，閱世寧無冷熱腸。草草生涯消受慣，任他風雨四圍狂。

次韻和黃茂笙病中之作

海上寒威迫，寰中戰氣酣。書來知病訊，詩好抵清談[70]。世事誰消長，生涯歷苦甘。**固圉**[71]梅放[72]未，醞釀一枝含。

---

[63] 紫玉成煙：指少女逝世。《搜神記》：「吳王夫差小女紫玉悅童子韓重，欲嫁之，不得，氣結而死。重遊學歸知之，往吊於墓側，玉形見，贈重明珠，因延頸而作歌。重欲擁之，如煙而沒。」

[64] 國姓魚：即「虱目魚」（milkfish），其名當來自原住民語言「麻薩末」，因二者（「虱目」和「薩末」）音近。連橫《雅言》云：「『麻薩末』，番語也，一名『國姓魚』。相傳鄭延平入臺後，嗜此魚，因以為名。」另外，民間有底下軼聞：傳言鄭氏嚐此魚後，便問百姓「這是什麼魚」，或以其口音之故，百姓誤將「這是『什麼魚』」聽成了「這是『虱目魚』」，以為國姓爺替此魚命名，故後來即以「虱目魚」稱之。

[65] 恩錫朱家：恩錫，猶恩賜。錫，通「賜」。朱家，此指鄭氏一室，鄭成功本名「鄭森」，南明唐王隆武帝賜國姓朱。

[66] 臺嶠：此指臺灣。

[67] 尺鱗：此指虱目魚。

[68] 南溟：亦作「南冥」，南方大海，典出《莊子·逍遙遊》：「鯤之大，不知其幾千里也；化而為鳥，其名為鵬……是鳥也，海運則將徙於南冥。南冥者，天池也。」

[69] 作者注：「產臺灣埔里社，狀如木葉，宿於樹中，頗難分別。」

生死何須念，輪迴悟已真[73]。登天能證佛，入地即為人。兜率罡風[74]亂，恆沙[75]劫火頻。祇今居畏壘，情話一酸辛。

放眼高臺上，風雲孰主權。奇愁盤古劍，清淚墜春綿。叢桂能招隱，幽蘭任棄捐。蓬萊非樂土，何事去求仙。

自我歸閭里，關門避世知。魚潛青藻末，鳳老碧梧枝。同病情逾重，論交道莫歧。滔滔東去水，坐待種桑時[76]。

震東[77]自西安寄至漢驃騎將軍霍去病墳前石馬照像，其下所踏者匈奴也，為題長句，以念武勳[78]

長城萬里何岧嶢[79]，北維之虜馮[80]天驕[81]。秦皇漢祖不能伏，牧馬南下時鳴鐃[82]。天生武帝席遺業[83]，出師命將征招搖[84]。大將軍青[85]素忠勇，

---

[70] 清談：指魏晉間士大夫不務實際，空談哲理，後世泛指不切實際之談論。

[71] 固園：大正三年（1914）黃欣與胞弟黃溪泉於家族「錦祥記」之糖廍原址（今台南市東區東門路一帶），建置日式庭園，命名為固園，以示「手足情深、情誼永固」。固園佔地四千多坪，日式木屋以木造走廊相連，後有面積達百坪之水池，設有噴水、石橋、石燈籠、假山，並植有梅樹四株。黃欣與各地文士往訪交遊者甚多，固園遂成為騷壇定期集會及聯吟的場所。

[72] 放：「綻放」花朵之意。

[73] 輪迴悟已真：了悟佛教所說的「六道（天道、人間道、修羅道、畜生道、餓鬼道、地獄道）輪迴」為真實不虛。

[74] 兜率罡風：兜率，亦稱「兜術天」，梵語音譯。佛教謂天分若干層，第四層為兜率天，分內外二院，內院為彌勒菩薩之淨土，外院為天上眾生所居之處。罡風，道教謂高空之風，後泛指勁風。罡，音「崗」。

[75] 恆沙：指恆河的沙子，比喻數量極多，無法計算。

[76] 坐待種桑時：取意「滄海桑田」一詞，意指等待世事的變化。

[77] 震東：連震東（1904-1986），字定一，連橫獨子。

[78] 作者注：「壬申（昭和七年，1932）九月十八日。」

[79] 岧嶢：音「條搖」，山勢高峻貌。

[80] 馮：古通叚「憑」，倚賴。

桓桓驃騎尤雄驍[86]。銳兵轉戰絕大幕[87]，單于敗竄名王梟[88]。封狼居胥禪姑衍[89]，大漢天聲讋[90]夷獠[91]。論功第一食萬戶[92]，祁連賜塚[93]凌雲霄。道旁石馬氣颯爽[94]，兩蹄蹴踏匈奴腰[95]。勳勞異代猶震赫，昂頭一嘯風蕭蕭。大旗落日聽刁斗[96]，寥天[97]秋色關中遙。

---

[81] 天驕：漢代時北方匈奴自稱為「天之驕子」。《漢書・匈奴傳上》：「單于遣使遺漢書云：『南有大漢，北有強胡。胡者，天之驕子也。』」

[82] 鳴鐃：指發起戰事。鐃，指鐃吹或鐃歌，古時之軍樂。

[83] 席遺業：席，《韻會》：「資也，因也」。此作憑藉、倚仗解。遺業，前人傳下之事業，此處意指國力基礎。

[84] 招搖：張揚、炫耀以引人注意。

[85] 大將軍青：指衛青（？- B.C.105），字仲卿，西漢河東平陽（今山西臨汾西南）人，武帝時期抗擊匈奴之名將。

[86] 桓桓驃騎尤雄驍：桓桓，音「環」，威武貌。驃騎，音「票期」，飛騎，亦指古代將軍之名號。雄驍，勇猛。驍，音「消」。

[87] 絕大幕：穿越大沙漠。大幕，大漠、大沙漠。《漢書・五行志中之下》：「（武帝）遣大將軍衛青、霍去病攻祁連，絕大幕，窮追單于，斬首十餘萬級。」顏師古 注：「幕，沙磧也。」

[88] 王梟：驍悍雄傑之人，猶言雄長，魁首。梟，音「消」。

[89] 封狼居胥禪姑衍：指霍去病登狼居胥山（在內蒙古自治區西北部）祭天，又於姑衍山（在蒙古大漠以北）祭地，以告功成之事。《漢書・霍去病傳》：「驃騎將軍去病率師，躬將所獲葷允之士，約輕齎，絕大幕，涉獲單于章渠，以誅北車者，轉繫左大將雙，獲旗鼓，歷度難侯，濟弓盧，獲屯頭王、韓王等三人，將軍、相國、當戶、都尉八十三人，封狼居胥山，禪於姑衍，登臨翰海。」後用以指建立顯赫武功。封，在泰山築壇祭天。禪，在梁父山除地以祭地。

[90] 讋：音「折」，恐懼、喪膽。《漢書・卷六・武帝紀》：「匈奴讋焉。」顏師古 注：「讋，失氣。」

[91] 夷獠：古代對西南少數民族之稱。

[92] 食萬戶：指古代君主賜予臣下作為世祿，戰功第一者，有萬戶封地。

[93] 祁連賜塚：霍去病之賜塚，仿祁連山形。祁連，即祁連山，在甘肅、青海境內。

[94] 颯爽：豪邁。颯音「薩」。

[95] 蹴踏：蹴，音「醋」，踐踏。此句指霍去病墓前「馬踏匈奴」石刻。

[96] 刁斗：古時行軍之用具。銅製，有柄，夜間可用以打更，白天可當鍋煮飯，能容一斗米。

歸鄉養病，忽忽[98]二年，復有金陵之行，留別臺南諸友

養病家山歲又新，扁舟復作遠游人。夢魂長繞東寧[99]月，詩境還探北固春。鬱鬱久居情未忍，懨懨[100]將老志求伸。海邦此去方多事，莫遣音書斷羽鱗[101]。

席上

刻燭傳觴[102]盡此宵，平明[103]準看海門潮。春風梅柳當前秀，故國雲山入夢遙。蘇武居胡仍仗節[104]，伍員復楚且吹簫[105]。人生聚散何須念，回首枌榆[106]感寂寥。

---

[97] 寥天：遼闊之天空。

[98] 忽忽：匆匆。

[99] 東寧：明鄭時期臺灣的舊稱。

[100] 懨懨：音「淹」，指精神萎靡，或形容氣息微弱。

[101] 莫遣音書斷羽鱗：音書，音訊、書信。羽鱗，猶魚雁，代指書信。

[102] 刻燭傳觴：刻燭，典出《南史·王僧孺傳》：「竟陵王子良嘗夜集學士，刻燭為詩，四韻者則刻一寸，以此為率。」此指詩會上的擊鉢或即席作詩。傳觴，傳遞酒杯，指酒宴。

[103] 平明：天亮時，凌晨 3 到 5 點。漢代對 12 時辰的別稱，夜半（子）、雞鳴（丑）、平旦/平明（寅）、日出（卯）、食時（辰）、隅中（巳）、日中（午）、日昳（未）、晡食（申）、日入（酉）、黃昏（戌）、人定（亥）。

[104] 仗節：手執符節。古代大臣出使或大將出師，皇帝授予符節，作為憑證及權力之象徵。比喻堅守節操。

[105] 伍員復楚且吹簫：伍員至吳國後，苦無報仇機會，十八年來吹簫乞食為生，偶遇義士專諸願助其一臂之力。時楚昭公在位，伍員終於借得吳王十萬精兵攻打楚國。

[106] 枌榆：音「焚漁」，泛指鄉里、故居。

此行

飲馬長城[107]在此行，男兒端[108]不為功名。十年宿志償非易，九世深仇報豈輕。北望旌旗誅肅慎[109]，南歸俎豆[110]祭延平。中原尚有風雲氣，一上舵樓[111]大海橫。

舟中夜望

卅載蹉跎[112]歷險艱，片颿[113]今日去臺灣。春潮浩蕩南溟大，夜色蒼茫北斗寒。志士不忘在溝壑，男兒何必戀家山。他時擊楫歸來後，痛飲高歌七島間[114]。

---

[107] 飲馬長城：古長城，秦所築以備胡者，其下有泉窟，可以飲馬。後常以此比喻邊境荒涼之地，或戰火頻仍之處。

[108] 端：根本，緣由。

[109] 肅慎：古民族名，居中國東北地區。周武王、成王時曾以楛矢、石砮來貢。漢以後挹婁、勿吉、靺鞨、女真皆與其有淵源關係，後泛指遠方之國。

[110] 俎豆：俎和豆。古代祭祀、宴饗時，用來盛祭品之兩種禮器，泛指各種禮器。

[111] 舵樓：船上操舵之室，亦指後艙室，因高起如樓，故稱。

[112] 蹉跎：音「搓駝」，虛度光陰。

[113] 颿：音義同「帆」。

[114] 七島間：此指一至七鯤鯓，台南外海之沙洲。

劍花室外集之一

自乙未（1895）至辛亥（1911）

桃花扇[1]題詞（浪吟詩社[2]課題）（十首）

到此衣冠亦可憐，金陵王氣[3]委荒煙[4]。吳宮花草隋宮月[5]，一例春燈燕子箋[6]。

白門[7]秋柳幾寒鴉，輦道[8]荒蕪盡落花。悽絕王孫[9]歸未得，念家山破走天涯。

---

[1] 桃花扇：傳奇劇本。清·孔尚任作，係敘述南明興亡及侯方域與名妓李香君之故事。

[2] 浪吟詩社：光緒十七年（1891）許南英、連橫、李少青等人組成「浪吟詩社」，意謂其浪漫狂吟，猶如楚大夫之假託風騷，後「浪吟詩社」改組成「南社」。

[3] 金陵王氣：金陵，今之南京。戰國時楚威王埋金以鎮王氣，故曰金陵。後三國吳、東晉、宋、齊、梁、陳六朝皆建都於此。所謂「金陵王氣」即指帝王所在地金陵之祥瑞氣象。

[4] 委荒煙：委，拋棄、捨棄。荒煙，比喻空曠偏僻，冷落荒涼。

[5] 吳宮花草隋宮月：吳宮，三國孫權所造。隋宮，指隋煬帝下揚州時，所建離宮行苑，又稱江都宮。

[6] 一例春燈燕子箋：一例，一律、同樣。春燈燕子箋，指明末清初阮大鋮所作傳奇《春燈謎》、《燕子箋》。《春燈謎》敘宇文彥觀燈時與女扮男裝之韋影娘彼此唱和，後韋影娘誤入宇文家舟，為宇文之母認為義女；宇文彥醉入韋家官船，為影娘之父怒送獄中，故事全由一連串誤會寫成。《燕子箋》則寫唐代士人霍都梁與名妓華行雲、尚書千金酈飛雲之曲折婚戀故事。《春燈謎》、《燕子箋》所頌揚者，不出功名富貴之追逐及男女之情事。

[7] 白門：南京之別名。南京之正南門宣陽門，俗稱白門，故代稱南京。

[8] 輦道：供皇帝車駕行走之道路。

[9] 悽絕王孫：悽絕，謂極其悲涼或傷心。王孫，王爵之子孫，泛指貴族子孫。

內官選豔太匆匆，鳳泊鸞飄遍教坊[10]。夜半月斜歌舞寂，春朝流恨入宮墻。

半壁江山擁石頭[11]，談兵不上閱江樓[12]。君王自愛風流事，湖水千秋尚莫愁。

滾滾濤聲鐵鎖開[13]，紅梅嶺畔築高臺。煙花三月揚[14]州路，誰向平山[15]話劫灰。

文酒風流顧盼雄[16]，掄才復社幾終童[17]。過江名士多於鯽[18]，半入佳人賞識中。

青衫[19]短劍去從征，未嫁阿香[20]倍有情。畫得桃花留此扇，天涯何處贈侯生[21]。

---

10 鳳泊鸞飄遍教坊：鳳泊鸞飄，比喻才子不得志，飄泊無定所。教坊，古時管理宮廷音樂、舞蹈、戲曲之官署。

11 半壁江山擁石頭：半壁，半邊。石頭，指石頭城，即南京、金陵。此謂國土殘破，僅坐擁江南金陵城，一半山河。

12 閱江樓：位於江蘇南京古城西北角之獅子山上，臨近長江。明洪武七年（1374）春，明太祖朱元璋於此建一樓閣，親自命名為閱江樓。

13 鐵鎖開：打開守備城門的鐵鎖。按：此處當隱喻吳三桂開山海關引清兵入中原。

14 編者按：「揚」，臺灣分館藏本作「楊」，通「揚」。

15 平山：平山堂，位於揚州市西北郊蜀岡中峰大明寺內。宋仁宗慶曆八年（1048），揚州太守歐陽修於此建生祠，歲久祠廢，改祀為平山堂。

16 顧盼雄：形容左顧右盼，自視不凡。

17 掄才復社幾終童：掄才，掄，音「輪」，選拔人才。復社，明朝末期的政治、學術團體，明亡後，加入南明成為抗清組織，最終被迫解散。終童，即終軍（B.C.133-B.C.112），字子雲，西漢濟南歷城（今屬山東省濟南市歷城區仲宮鎮）人，漢朝政治家。

18 過江名士多於鯽：東晉於江南建立後，北方士族紛至江南，人數之眾，多於過江之鯽。後以此比喻來往之人眾多，或喻追求時髦流行之人極多。

19 編者按：「衫」，臺灣分館藏本作「袗」，以「衫」為是。

20 阿香：指孔尚任《桃花扇》中的名妓李香君。

21 侯生：指孔尚任《桃花扇》中的侯方域。

鐵板銅琶[22]不忍聽，大江東[23]去浪翻青。淒涼痛說寧南事，淚灑西風柳敬亭[24]。

乾坤莽莽幾男兒，狎客謳生[25]大足奇。羞殺衣冠文武輩，登場盡是假鬚眉[26]。

無端風月話南朝[27]，故國沈淪恨未消。剩有才人三寸筆，譜成遺事付漁樵。

六月既望，偕沈少鶴[28]、余君屏[29]、陳瘦雲、李兆陽[30]、郭壽青[31]泛舟安平渡口，黎明始歸（四首）

赤壁壯遊已千古，大江東去酒頻澆。今宵打槳安平渡，天際雄觀國姓潮[32]。

---

22 鐵板銅琶：參前李逸濤〈題大陸詩草〉「絕響銅琶」，注 37。

23 編者按：「東」，臺灣分館藏本作「木」，以「東」為是。

24 柳敬亭（1587-1670？）：曲藝開山祖，原名曹永昌，明末南通州余西場人。自幼強悍不羈，十四歲時得罪權貴，化名柳敬亭，往來於余西、通州城、如皋、海安、泰州、揚州、盱眙、金陵、蘇州、北京等地，說書言志，激勵同胞，反清復明。

25 狎客謳生：狎客，舊稱嫖客。狎，音「轄」。謳生，唱贊之人。

26 鬚眉：男子之代稱。

27 無端風月話南朝：無來由話及南朝風流。無端，無緣、無故。風月，本指清風明月，此指風流遺事。

28 沈少鶴（1876-1900）：名伯齡，連雅堂妻沈少雲之弟。與雅堂情誼甚篤，少鶴年二十五而卒，葬寧南門外，連氏撰〈沈少鶴傳〉一文及〈哭沈少鶴〉一詩弔之，收錄於《雅堂文集》與《寧南詩草》。

29 余君屏（1873-?）：南社成員。臺南州臺南市大宮町人，曾任漢文學校教師、雜貨商、臺灣車輛株式會社專務取締役、台南市協議會員、阿片煙膏請賣特許等。參見《南國之人士》（臺北：臺灣人物社，1936），頁 270。

30 李兆陽：居里不詳。

31 郭壽青（約 1876-約 1907）：名維嵩，臺南人，通曉金石絲竹等各類樂器，尤擅彈琵琶。連雅堂受其請託，撰〈郭壽青傳〉一文，詳述郭氏之學習背景與音樂技藝。

半船明月半蓬煙，對酒高歌雜管絃。夜半江魚驚出聽，一聲撥剌[33]落燈前。

鯤身漁火隔江明，鹿耳新濤拍岸鳴。歸際酒酣天欲曉，一燈微見赤嵌城。

何人灑酒臨江[34]夜，亦有中流擊楫過。如此壯心吾欲起，那堪安樂聽漁歌。

春江花月詞[35]（十首）

春江風景最清華，春草如煙漾碧紗[36]。絕好月明春似海[37]，洋場十里[38]去看花。

滬城[39]東北月如銀，萬朵仙花見未真。誰是嫣紅誰姹紫[40]，此中管領十分春。

十里樓臺映綠波，畫簾簫管隔銀河。不知春色誰家好，花裏遙聞**子夜歌**[41]。

32　國姓潮：此謂安平的潮水，因鄭成功的船艦於鹿耳門水道攻入臺江內海，故此地將潮水與鄭成連結。

33　撥剌：音「播辣」，魚尾撥水聲。

34　灑酒臨江：謂於江畔以酒灑地而祭，語見蘇軾〈前赤壁賦〉：「舳艫千里，旌旗蔽空，釃酒臨江，橫槊賦詩，固一世之雄也，而今安在哉！」

35　春江花月詞：唐・張若虛〈春江花月夜〉係傳誦千古的名作，該詩描繪春天夜晚江畔的景色並抒發詩人感懷，雅堂此處「春江花月詞」當承此而作。

36　春草如煙漾碧紗：指春草籠罩於煙霧之中，如青絹蕩漾。漾，動盪、蕩漾。碧紗，青色的絹。

37　春似海：春日景色似大海般深廣，即指四處春光明媚。

38　洋場十里：即十里洋場，上海的代稱，或比喻熱鬧繁華之地。舊時上海租界內有一東西向、長約十里的大街，洋人聚集，洋行與洋貨充斥，時稱十里洋場。

39　滬城：指上海。

40　誰是嫣紅誰姹紫：形容花開得鮮豔嬌美。姹，音「岔」，鮮豔。嫣，美豔。

隊隊紅粧[42]陌上[43]遊，香車寶馬[44]去悠悠。歸來恰見袁臺月[45]，祇照歡娛不照愁。

香澤[46]微聞到翠鈿[47]，酒酣歌沸劈吟箋[48]。電燈長照瓊臺[49]宴，花國真成不夜天。

錦帳香燈襯澤霞[50]，繡裙飛蝶**髻盤鴉**[51]。桃根桃葉環儂[52]笑，絕勝秦淮姊妹花。

射雉如皋[53]幾少年，揚[54]州騎鶴[55]夢如仙。春申浦上爭風月，贏得群花笑拍肩。

---

[41] 子夜歌：樂府〈吳聲歌曲〉名。相傳晉代女子子夜所作，現存晉、宋、齊三代歌詞四十二首，均寫男女戀情，形式為五言四句，詩中多用雙關隱語，活潑自然。

[42] 紅粧：盛裝的婦女，代指美女

[43] 陌上：林間小路。

[44] 香車寶馬：華美的車馬。

[45] 袁臺月：「袁臺」，北方的樓臺（參前〈天上〉「袁臺」，注 499）。「袁臺月」即泛指北方之月，其時為袁世凱所屬的北洋軍政府掌權，故詩人復云「祇照歡娛不照愁」。

[46] 香澤：香氣。

[47] 翠鈿：指用翠玉製成之首飾，或指婦女之頭飾。

[48] 酒酣歌沸劈吟箋：酒酣歌沸，謂酒喝得盡興暢快；歌唱得情緒高漲。劈，破開、分開。吟箋，詩稿。

[49] 瓊臺：瓊，美玉。指神話中的月宮樓臺，形容建築之華麗堂皇。

[50] 錦帳香燈襯澤霞：錦帳，錦製帷帳，泛指華美之帷帳。香燈，閨中的燈。澤霞，雲彩之光澤。

[51] 髻盤鴉：指婦女盤卷黑髮而成頭髻。

[52] 儂：音「農」，本義「我」。

[53] 射雉如皋：指男子以其才華博取女子之歡心。語出《左傳·昭公二十八年》：「昔賈大夫惡，娶妻而美，三年不言不笑，御以如皋，射雉，獲之，其妻始笑而言。」孔穎達疏：「《詩》云：『鶴鳴於九皋』。是皋為澤也。如，往也。為妻御車以往澤也。」後用為取悅美妻之典實。

[54] 編者按：「揚」，臺灣分館藏本誤作「楊」。

[55] 揚州騎鶴：指欲集做官、發財、成仙於一身，或喻貪婪、妄想。語見《四庫全書總目提要》卷一百三十七〈子部四十七·類書類存目一·姓源珠璣

一朵仙雲照眼[56]輝，兩行紅粉[57]競芳菲[58]。明朝載酒張園[59]去，痛飲狂歌待月歸。

楊柳樓臺隱暮煙，相思何處月長圓。花開花落春多少，笑問楞嚴十種仙[60]。

三千珠履久成塵，三月桃花照水濱。相約踏青黃浦去，裙釵[61]猶自拜春申[62]。

六卷〉：「嘗有四客各言志，一願為揚州刺史，一願有錢十萬，一願騎鶴上昇，一兼言腰纏十萬貫，騎鶴上揚州，則殆於戲具矣。」

[56] 照眼：光亮耀眼。

[57] 紅粉：借指年輕女子，或指美女。

[58] 芳菲：指芬香芳華。

[59] 張園：上海張園，位於今上海市南京西路以南，石門一路以西的泰興路南端，為清末上海最大之公共活動場所，被譽為「近代中國第一公共空間」。光緒四年（1878）由英國商人格龍營造為園。八年（1882），中國商人張叔和自和記洋行手中購得此園，總面積21畝，取名為「張氏味蓴園」，簡稱張園。

[60] 楞嚴十種仙：楞嚴，即《楞嚴經》，大乘佛教「如來藏系」經典，經中詳說修行禪定時種種應注意的法門，古人云：「自從一讀楞嚴後，不看人間糟粕書。」（可參前〈觀音山〉「楞嚴經」，注548。）十種仙，即一地行仙、二飛行仙、三遊行仙、四空行仙、五天行仙、六通行仙、七道行仙、八照行仙、九精行仙、十絕行仙。

[61] 裙釵：借指女子。

[62] 春申：指春申君。戰國時期楚人黃歇（?- B.C.238），楚考烈王元年出為相，封春申君。曾救趙卻秦，攻滅魯國。相楚二十五年，有食客三千，與齊孟嘗君、趙平原君、魏信陵君齊名，史稱戰國四君子。

過榕壇[63]故址（二首）

又是西風落木天，衣冠文物[64]總雲煙。老榕蕭瑟經壇[65]寂，劫火焚餘十二年。

徐公已死唐公去[66]，古樹婆娑[67]欲化龍。細讀殘碑思往事，隔壇猶認斐亭鐘。

五妃廟[68]題壁（四首）

娥江[69]有恨沈貞女，湘水多情哭帝妃[70]。爭似斗山青塚[71]在，年年春草綠成圍。

---

[63] 榕壇：海東書院有古榕一株，額曰「榕壇」。海東書院爲清代臺灣位階最高之書院，有「全臺文教領袖」之稱。康熙五十九年（1720）臺廈道梁文煊倡建，初建在臺灣府城（今臺南市）寧南坊，位於孔廟右側，格局、規模係全臺最大。

[64] 衣冠文物：文人眾多，文化興盛，用以譬喻太平盛世。

[65] 經壇：指書院。

[66] 徐公已死唐公去：徐公，指徐宗幹（1796-1866），字伯楨、樹人，江蘇通州人，道光二十八年（1848）擔任按察使銜分巡臺灣兵備道；徐氏博文多才，禮賢下士，任內振興文教，尤汲汲以育才為務，集諸生於海東書院，訓之以保身、敦行、積德、養氣、篤志、專心之方，勉之以讀書作文之法，強調「解經為根柢實學，能賦乃著作通才」，一時諸生競起，互相觀摩，事見《瀛洲校士錄》序。唐公，指唐景崧（1841-1903），字維卿，廣西灌陽人，曾任臺灣道（駐臺南），後陞任臺灣布政使（駐臺北）、臺灣巡撫，光緒二十一年（1895）被推舉出任臺灣民主國總統；在台期間重視文教，時相與遊宦、本土文人唱和，駐臺南時創「斐亭吟社」，駐臺北時創「牡丹詩社」。

[67] 婆娑：枝葉紛披貌。

[68] 五妃廟：位於臺南市南區仁和里魁斗山（又稱桂子山）上，為明末寧靖王朱術桂從死之姬妾袁氏、王氏、勝妾秀姑、梅姐、荷姐等五人合葬之處。

[69] 娥江：即浙江曹娥江，古稱舜江。東漢時因孝女曹娥投江尋父，遂改稱曹娥江。

[70] 湘水多情哭帝妃：相傳舜二妃娥皇、女英，沒於湘水，而為湘水之神。

[71] 斗山青塚：此指魁斗山五妃墓。

翠羽明璫[72]想舊顏，玉魚金盌[73]葬空山。貞魂[74]認得城南路，**環珮**[75]歸來夜月寒。

春風竹滬[76]草萋萋，落日桐城[77]杜宇啼。一例[78]同殉家國難，貞忠千古屬夫妻。

田橫島上有奇人，孤憤延平志未伸。**巾幗**[79]也知亡國恨，英雄兒女各千春[80]。

題桃花源圖（二首）

六國淒涼劫火餘，念家山破恨何如。匹夫亦有興亡責，忍愛桃花自隱居。

桑麻雞犬[81]自成鄰，流水桃花別有春。若使劉項皆避世，他年何以報強秦。[82]

---

72 翠羽明璫：翠羽，翠鳥的羽毛，古代多用作飾物，借指珍寶。明璫，以明珠製成的耳環。

73 玉魚金盌：指殉葬品。

74 貞魂：忠烈之魂。

75 環珮：圓形玉珮，借指美女。

76 竹滬：今高雄市湖內區竹滬村有寧靖王墓；又，高雄市路竹區竹滬里有華山殿，奉祀寧靖王。

77 桐城：臺南舊稱府城，又別名「刺桐城」。

78 一例：同是的意思。

79 巾幗：古代婦女的頭巾和髮飾，借指女子。

80 千春：千年，形容歲月長久。

81 桑麻雞犬：形容鄉村安靜之生活。

82 報強秦句：劉項，劉邦、項羽之並稱。句譯是「倘若秦末時像劉邦、項羽這樣有開國能力的英雄豪傑都去隱避了，日後怎麼會有滅掉強秦另開紀元的事蹟出現呢？」按：此語顯示雅堂報國入世之心的強烈。

閩中[83]懷古

無諸[84]在何處，猶見釣龍臺。荒井碧逾冷，危城青欲開。得時思將略[85]，撥亂負奇才。萬古浮雲去，三山[86]落日來。

馬江[87]夜泛

暝色迷天末[88]，清空起櫂謳[89]。山隨帆影轉，月逐浪花浮。橫槊[90]蒼涼夜，艱危擊楫秋。馬江嗚咽[91]水，何日挽東流。

閩中懷古（三首）

萬里秋風客，羅騷[92]弔古來。天高旗影動，日暮角聲[93]哀。滄海沈王氣，江山待霸材。茫茫無限感，獨上釣龍臺。

無諸在何處，猶見古蠻風。南越孤雲隔，西澎一水通[94]。潮聲衝岸猛，山勢抱城雄。倚遍闌干望，燒空落日紅[95]。

83　閩中：即福建。
84　無諸：漢時閩越王之名。建國於秦閩中郡，約在今福建省。《史記・東越列傳》：「閩越王無諸及越東海王搖者，其先皆越王句踐之後也。」
85　將略：指用兵之道。
86　三山：福州之別稱，因福州城內有于山（又稱九日山）、烏石山（又稱烏山）以及屏山（又稱岳山、越王山）。
87　馬江：又稱馬尾，位於福州東南，為閩江下游之天然良港。
88　暝色迷天末：暝色，暮色、夜色。迷，模糊不明。天末，天之盡頭。
89　櫂謳：音「照歐」，船家搖槳時所唱之歌謠。
90　橫槊：橫持長矛，或指從軍、習武。
91　嗚咽：形容水聲淒切。
92　羅騷：「羅」通叚「罹」，羅騷，即「罹騷」（諧音《離騷》），罹患憂愁之謂。
93　角聲：畫角之聲，其聲哀厲高亢，古時軍中多用以警昏曉，振士氣，肅軍容。
94　西澎一水通：指福建與澎湖間，僅隔臺灣海峽。
95　燒空落日紅：指落日映紅，有如火燒天際。

秦漢無餘地，橫天[96]劍氣衝。**中原**方**逐鹿**[97]，大海且屠龍。羽檄[98]馳三服[99]，雄關鎖一重。祇今思用武，幾度漲妖烽。

三山旅次[100]寄內[101]

赤嵌城泊晚來潮，烏石山童[102]落木凋。一樣秋風吹大地，英雄兒女客魂消。

寄內（二首）

南江水接北江潮，奈此重瀛隔阻遙。卿在吳頭儂楚尾[103]，就中打槳也魂消。

每勞錦注[104]勸加餐，一枕清涼夢亦安。老母嬰兒無恙也，朔風吹到客衣[105]寒。

96　橫天：橫陳天空。
97　中原逐鹿：喻群雄並起，爭奪天下。
98　羽檄：古代軍中緊急之文書。古時徵兵、徵召之文書，上插鳥羽以示緊急，須迅速傳遞。檄，音「席」。
99　三服：古代王畿週邊，以五百里為一區劃，自內而外，共有侯、甸、男、采、衛、蠻、夷、鎮、藩等九畿，其中夷、鎮、藩三服，為夷狄所居之地。
100　旅次：旅途中暫作停留。
101　寄內：寄給妻子的詩。
102　烏石山童：烏石山為福州城內三山之首。童，光禿的，此指山無草木。
103　卿在吳頭儂楚尾：吳地在長江上游，楚地在長江下游，兩地似首尾互相銜接，故名吳頭楚尾。
104　錦注：敬稱他人對一己之掛念、關注。
105　客衣：指客行者之衣著。

攜眷渡廈，舟泊淡水，偕妻子入臺北城竟日，歸舟記之（七首）

淡江潮退好停槎，趁早偕行[106]乘火車。暫洗征塵[107]動遊興，一時看遍稻城[108]花。

胭脂北部久聞名，扇影[109]衣香陌[110]上行。行過觀音山[111]下路，採茶隊裏湧歌聲。

艋津[112]夜月慣相思，南菜園[113]開待賦詩。六載名山[114]風雨感，匆匆難慰故人期。

蕭蕭官柳[115]拂長堤，馬上詩情倚醉[116]題。且向黃公壚[117]下憩，歸時忘卻日沈西。

106　偕行：音「協形」，與他人同行。
107　征塵：遠行中身上所沾染之塵土。征，遠行。
108　稻城：指大稻埕。
109　扇影：指女子歌舞搖扇時之風姿韻態。
110　陌：市中街道。
111　觀音山：位於新北市八里、五股區。
112　艋津：艋舺的別稱，以其為渡口之故。
113　南菜園：臺灣總督兒玉源太郎之別墅，位於台北市兒玉町四丁目，建於明治三十二年（1899），形式為簡樸之木造屋，由總督親自命名為「南菜園」。落成時，總督作一絕句：「古亭莊外結茅廬，畢竟情疏景亦疏。雨讀晴畊〔耕〕如野客，三畦蔬菜一床書。」
114　名山：借指著書立說。
115　官柳：大道上之柳樹。
116　倚醉：仗着醉意。
117　黃公壚：魏晉時王戎與阮籍、嵇康等竹林七賢會飲之處。南朝宋・劉義慶《世說新語・傷逝》：「〔王戎〕經黃公酒壚下過，顧謂後車客：『吾昔與嵇叔夜、阮嗣宗共酣飲於此壚。竹林之遊，亦預其末。自嵇生夭、阮公亡以來，便為時所羈紲。今日視此雖近，邈若山河。』」後以「黃公酒壚」作為傷逝憶舊之辭。

劍潭夜夜躍龍光[118]，古木參天蔭四旁。惜我不能潭上望，停鞭[119]一試水雲鄉[120]。

青疇十頃水田田[121]，野草山花亦可憐。聞說芝林鍾秀色[122]，明詩習禮幾嬋娟[123]。

瀕年作客滯天涯，差喜妻孥[124]共唱隨。攜手同遊又同返，歸舟恰是上燈時。

鷺門旅興（二首）

海上何人賦草薰[125]，天涯遊子暗傷魂。虎溪夜月鳳山雨[126]，手寫家書寄細君。

客囊[127]猶似昔年貧，塵海琴樽倍愴神。添箇新詩三五首，歸裝端好[128]贈同人。

---

118 劍潭夜夜躍龍光：龍光，指寶劍之銀亮光輝。傳說鄭成功一日領軍過此潭，河底冒出千年魚精，興風作浪，鄭成功擲劍平妖，從此潭水平靜，然寶劍亦沉沒於水底。
119 停鞭：謂駐足。
120 水雲鄉：水雲彌漫，風景清幽之處，多指隱者游居之地。
121 水田田：水面上一片碧綠鮮潤的樣子。
122 芝林鍾秀色：芝林，士林古名「八芝林」、「八芝蘭」。鍾秀色，集聚秀美之容色。
123 明詩習禮幾嬋娟：明詩，明白詩之旨趣。習禮，學習禮儀。嬋娟，形態美好。
124 妻孥：妻小。
125 賦草薰：賦，指誦讀、吟詠。草薰，即「薰草」，香草名，即蕙草，俗名佩蘭，又名零陵香。《山海經・西山經》：「〔浮山〕有草焉，名曰薰草，麻葉而方莖，赤華而黑實，臭如蘼蕪，佩之可以已癘。」按：屈原《離騷》好詠香草美人，蘭蕙語常出現於辭賦之中，故此處「賦草薰」或指誦讀《離騷》而言。
126 虎溪夜月鳳山雨：虎溪月、鳳山雨，皆為廈門景緻。
127 客囊：客中的錢袋，喻指所帶錢財。
128 端好：正好。

廈門秋感

虎頭**鹿耳**擁屏藩[129]，天險生成界海門。地近南洋通賈舶[130]，秋高北斗駐文軒[131]。半空鴻雁鳴聲急，大陸龍蛇戰氣昏。誰謂彈丸[132]難用武，當年孤島抗中原。

汕上[133]感懷（二首）

不向東洋靖**蜃樓**[134]，卻來南海弄漁舟。文能驅鱷[135]丹心[136]鬱，劍未屠龍碧血浮。自把**崑崙作肝膽**[137]，肯為蒙古賣顱頭。印波覆轍[138]堪悲痛，黃種何年種自由。

韓潮蘇海氣飛蟠[139]，欲把文壇作戰壇。倚馬[140]可能成露布，射鵰無力貫霜翰[141]。乾坤生我甘磨折，世界何人策治安。破碎山河輕一戰，枯棋今日又輸殘。

---

[129] 虎頭鹿耳擁屏藩：虎頭，指虎頭山，位於廈門港岸。鹿耳，指廈門鹿耳礁，又稱「六個礁」，即鼓浪嶼東南海中與陸上之印斗石、劍石、覆鼎石、米勒石、雞冠石、鹿耳石等六石塊。傳說印斗石、劍石為鄭成功之玉印和佩劍所變，覆鼎石為鄭軍水師之飯鍋所變。屏藩，屏風和藩籬。

[130] 賈舶：商用船隻。

[131] 文軒：華美之車。

[132] 彈丸：指地方狹小，僅容彈丸。

[133] 汕上：指汕頭，在廣東省。

[134] 靖蜃樓：靖，安定、平定。蜃樓，古人謂蜃氣變幻之樓閣，借指虛幻誇誕之事物。

[135] 文能驅鱷：此借唐代韓愈以〈祭鱷魚文〉驅走潮州鱷魚一事。《新唐書·韓愈傳》：「愈至潮洲，問民疾苦，皆曰：『惡溪有鱷魚，食民畜產且盡，民以是窮。』數日，愈自往視之，令其屬秦濟以一羊一豚投谿水而祝之……祝之夕，暴風震電起谿中，數日水盡涸，西徙六十里，自是潮無鱷魚患。」

[136] 丹心：忠誠之心。

[137] 崑崙作肝膽：崑崙，亦作昆侖，指橫空出世、莽然浩壯之崑崙山，喻人格崇高。

[138] 印波覆轍：指蹈印度被殖民、波蘭被瓜分的後塵。覆轍，重新走上翻過車的老路，比喻不吸取教訓，重覆同樣的失敗。

洪山橋[142]夜泊

扁舟蕩蕩水迢迢，雙槳風輕趁晚潮。絕好洪山橋畔月，照人清夢[143]可憐宵。

酬瘦雲並和南社諸子

去去神山遠，蓬萊水淺深。煙花縈別夢[144]，文字繫同心。淪落江南客，淒涼渚北[145]吟。可知羈旅[146]意，長望舊園林。

游鼓浪嶼[147]

倚劍來尋小洞天，延平舊蹟委荒煙。一拳頑石從空墜，五色鸞旗[148]絕海懸。帶水[149]尚存唐版籍，**伏波**[150]已失漢樓船。**日光巖**[151]畔鐘聲急，時有鯨魚跋浪前。

---

139 氣飛蟠：氣勢飛揚而盤曲。蟠，音「盤」，盤曲。
140 倚馬：靠在馬身上。南朝宋‧劉義慶《世說新語‧文學》：「桓宣武北征，袁虎時從，被責免官。會須露布文，喚袁倚馬前令作。手不輟筆，俄得七紙，絕可觀。」後人多據此典以「倚馬」形容才思敏捷。
141 霜翰：指白雁。
142 洪山橋：位於福建省福州市西城，跨越閩江北港。
143 清夢：猶美夢。
144 煙花縈別夢：煙花，霧靄中的花，或指春天美麗之景象。縈，繚繞。別夢，離別後思念之夢。
145 渚北：「渚」，水中的小陸地。此處或指海上的臺灣島。江南泛指長江以南之地；渚北，指長江以北，即中國北方。
146 羈旅：客居異鄉。
147 鼓浪嶼：位於廈門市思明區。鄭成功曾以此為軍事據點，屯兵操練，以抗清兵。
148 五色鸞旗：指中華民國建國之初（1911-1927），國旗由紅、黃、藍、白、黑五色橫列組成，以示漢、滿、蒙、回、藏五族共和。
149 帶水：指僅隔一水，極其鄰近。
150 伏波：平定風波，漢代有「伏波將軍」的勳名，此處指鄭成功。

中秋夜登鼓浪山[152]

拋卻湖山一笛秋，二分明月在南樓。人間未有埋愁地，獨上危峰看斗牛。

鹿泉[153]

痛飲狂歌試鹿泉[154]，中原何處著先鞭。麾戈且駐烏衣國[155]，倚劍重開赤嵌天。故壘陣圖雲漠漠[156]，荒臺碑碣水漣漣[157]。明朝鼓浪山頭望，極目鯤溟[158]幾點煙。

萬石巖[159]

江城落日鼓聲哀，東海騎鯨去不回。後起儒生幾人傑，吟詩空上讀書臺。

---

[151] 日光巖：俗稱「晃岩」，位於鼓浪嶼中部偏南之龍頭山頂端，海拔 92.68 米，為鼓浪嶼最高峰。岩頂築有圓臺，駐立峰巔，憑欄遠眺，廈鼓風光盡收眼底。

[152] 鼓浪山：指鼓浪嶼中南部之龍頭山。

[153] 作者注：「在鼓浪嶼怡園之內，相傳為延平郡王所鑿，園主人林景商泐銘記之，余亦有詩。」

[154] 著先鞭：著，策也。先鞭，指領先一著。語本《晉書·卷六十二·劉琨傳》：「吾枕戈待旦，志梟逆虜，常恐祖生先吾著鞭。」比喻先人一步。

[155] 烏衣國：神話中的燕子之國。傳說金陵人王榭，世以航海為業。一日，航海途中遭風暴翻船，漂流至烏衣國，娶妻成家，後復歸故里，事見宋·張敦頤《六朝事蹟·烏衣巷》。

[156] 故壘陣圖雲漠漠：故壘陣圖，指舊堡壘和陣營。雲漠漠，雲層密布。

[157] 水漣漣：水連綿不斷貌。

[158] 極目鯤溟：極目，遠望，盡目力所及。鯤溟，指鯤海，臺灣之別名，臺灣有七鯤身海口，故名。

[159] 萬石巖：位於廈門市區東部之獅山北麓。作者注：「內有讀書臺，為延平郡王讀書之處。」

重過怡園[160]晤林景商[161]（三首）

片帆又向鷺門來，千里風雲鬱不開。落葉打頭[162]同看劍，對花灑淚忍
啣杯[163]。扶餘[164]作客留豪氣，**江左**[165]傷時**賦大哀**[166]。我與林逋[167]曾舊
約，振興亞局仗群材。

湖山十笏闢園林，安石風懷[168]又見今。鹿耳礁留雲意濕，龍頭渡[169]拍
浪聲淫[170]。每憂割肉[171]分圖籍[172]，誰解烹魚溉釜鬵。同上日光巖畔望，
海天何處問升沈。

---

160 怡園：廈門鼓浪嶼上林鶴年故居。光緒二十一年（1895）臺灣割讓日本，
　　林鶴年偕好友林時甫、林維源內渡廈門，寓居鼓浪嶼，建怡園養年（怡
　　字，心懷臺灣，不忘臺灣之意）。
161 林景商（1879-1919）：林輅存，字景商，號鷺生，福建安溪人，林鶴年
　　（鼇雲）第四子。乙未（明治二十八年，1895）滄桑，臺灣割讓予日，
　　隨家人內渡，居廈門鼓浪嶼，其與連雅堂交情尤篤，雅堂過鷺門，常寓
　　居其家怡園，不時有寄贈懷人之作，散見於雅堂詩集中。
162 打頭：當頭、迎面而來的意思。
163 啣杯：口含酒杯，一般用以代指飲酒。
164 扶餘：唐·杜光庭《虬髯客傳》言虬髯客入海上「扶餘國」成事自立。
　　此處「扶餘」當指廈門鼓浪嶼島。
165 江左：地理上以東為左，江左即「江東」，指長江下游南岸地區，亦指東
　　晉、宋、齊、梁、陳統轄之域，即今江蘇省南部等地。
166 大哀：即〈大哀賦〉，明末抗清志士夏完淳所作。夏完淳（1631-1647），
　　字存古，松江華亭人。其父允彝，與陳子龍、徐孚遠、王光承等結「幾
　　社」，圖匡時救局，以是，夏完淳師事陳子龍。完淳弱齡早慧，七歲即能
　　賦詩，年十一，論天下形勢，「抵掌談烽警及九邊情形，娓娓可聽」。崇
　　禎十七年（1644），李自成破北京城，帝自縊景山，明朝傾覆，完淳隨父
　　起兵抗清，父歿，復隨陳子龍繼續反清大業。年十七，事敗被執，慷慨
　　赴義。〈大哀賦〉係夏完淳一連串抗清不利之下哀國感時、黍離之悲的產
　　物，文采宏逸，情詞哀惋，讀者無不感歎驚佩。雅堂此處賦歌〈大哀〉，
　　自是感傷臺灣仍在日本統治之下。
167 林逋：此處以林逋代指林景商。
168 安石風懷：指謝安之志向。謝安（320-385），字安石，號東山，東晉宰
　　相，曾隱居會稽東山，以山水文籍自娛，無出仕之意，然卻胸懷韜略，
　　留心時政，人喻為諸葛孔明。風懷，抱負、志向。

拔劍狂歌試鹿泉[173]，延平霸業委荒煙。揮戈再拓田橫島，擊楫齊追祖
逖船。眼看群雄張國力，心期吾黨振民權。西鄉月照[174]風猶昨，天下
興亡任仔肩[175]。

鷺江[176]秋感（四首）

西風落木鷺門秋，漂泊人如不繫舟[177]。家國事多難穩臥，英雄氣壯豈
長愁。霸才無主傷王粲，奇相伊人識馬周[178]。潦倒且傾村店酒，菊花
開到故園不。

登樓遙望海門東，萬派商聲失斷鴻[179]。漂泊風塵看劍老[180]，浮沈身世
笑詩雄[181]。連天雨腳[182]翻濤白，**極浦**雲根[183]射日紅。最是悲秋嘗作客，
傷今弔古恨無窮。

---

[169] 龍頭渡：位於鼓浪嶼。
[170] 淫：過多、過甚，此處作「充滿」解。
[171] 割肉：此處喻指滿清割讓臺灣予日本。
[172] 圖籍：地圖與戶籍，借指疆土人民。
[173] 作者注：「鹿泉在怡園內，相傳鄭延平手鑿，景商有銘泐石其旁。」
[174] 西鄉月照：西鄉隆盛（1828-19877）與月照和尚（1813-1858）。安政五年
（1858）二人同遭幕府追殺，逃回薩摩藩，藩不納，二人乃同於錦江灣
投海自殺，月照亡，西鄉倖存。按：戊戌政變時，譚嗣同向梁起超訣別
時說：「不有行者，無以圖將來；不有死者，無以酬聖主。程嬰、杵臼、
月照、西鄉，吾與足下分任之。」
[175] 仔肩：仔，音「紫」，肩負責任。
[176] 鷺江：即廈門。
[177] 不繫舟：典出《莊子‧列禦寇》：「飽食而敖遊，汎若不繫之舟，虛而敖
遊者也。」本謂自在逍遙的生活如同沒有用繩纜拴住的船，後亦用以比
喻漂泊不定的生涯，雅堂即用此義。
[178] 奇相伊人識馬周：此指唐太宗「三請馬周」破格用才一事。馬周（601-648），
字賓王，唐初博州茌平（今茌平鎮馬莊）人。少孤貧，勤讀博學，精《詩》、
《書》，善《春秋》。後到長安，為中郎將常何家客，曾代常何上疏二十餘
事，深得太宗賞識，授監察御史，後累官至中書令。

延平霸業久銷亡，兩島難將一葦[184]航。西北妖氛傳露布，東南大局失雲章[185]。滿城風雨思鄉淚，**匝地**[186]干戈弔國殤。入夜笳聲吹到枕，夢魂無定賦歸鄉。

天河萬里水橫斜，泛海難浮**博望槎**[187]。邊塞征夫彈劍鋏[188]，隔江商婦奏琵琶。琴樽寄興消豪氣，松菊驚秋感歲華[189]。咄咄書空[190]題雁字[191]，倚欄信手數歸鴉。

---

[179] 萬派商聲失斷鴻：萬派，形容支派眾多。商聲，商，傷也，物既老而悲傷。商聲在五音（宮、商、角、徵、羽）中最高，主西方之音。斷鴻，失群之孤雁，比喻書信不通，音信斷絕。

[180] 漂泊風塵看劍老：謂老邁疲癃流落江湖，辜負隨身之劍。

[181] 詩雄：傑出之詩人。

[182] 雨腳：指成線落下綿密之雨點。

[183] 極浦雲根：極浦，遙遠之水濱。《楚辭·九歌·湘君》：「望涔陽兮極浦，橫大江兮揚靈。」王逸 注：「極，遠也；浦，水涯也。」雲根，雲起之處。

[184] 一葦：《詩·衛風·河廣》：「誰謂河廣，一葦杭之。」一葦者，一束也，後為小船之代稱。

[185] 雲章：語出《詩·大雅·棫樸》：「倬彼雲漢，為章於天。」鄭玄 箋：「雲漢之在天，其為文章，譬猶天子為法度于天下。」失雲章，喻指執政當局失掉應有的法度和作為。

[186] 匝地：遍地。

[187] 博望槎：此謂仙船。槎，音「察」，木筏，代指船。博望，指西漢·張騫（?-B.C. 114），字子文。張騫破匈奴、開通絲路後，武帝封為博望侯，故稱張博望。相傳騫以校尉從大將軍衛青擊匈奴，曾乘船尋求黃河之源，事見《漢書·張騫傳》。又晉·張華《博物志》：「漢武帝令張騫窮河源，乘槎經月而去，至一處，見城郭如官府，室內有一女織，又見一丈夫牽牛飲河，騫問云：『此是何處？』答曰：『可問嚴君平。』織女取榰〔支〕機石與騫而還。」

[188] 彈劍鋏：彈擊劍把。鋏，音「頰」，劍把。據《戰國策·齊策四》載：齊人有馮諼者，為孟嘗君門客，不受重視。馮三彈其鋏而歌，孟嘗君一一滿足其要求，使馮食有魚，出有車，馮母供養無乏。於是馮全心為孟嘗君謀劃，營就三窟。後因以「馮諼彈鋏」比喻因處境困苦而有求於人。

[189] 歲華：年華。

在廈東鄉中諸友

陳瘦雲

詩界推君稱健將，文壇我欲建奇勳。中原逐鹿歸誰手，忙殺胡兒鼎足
分[192]。

趙雲石

能詩何礙作閒人，薄醉尤時[193]見性真。省識此中心樂地，風流道學兩
相鄰[194]。

謝石秋[195]

東山絲竹正華年[196]，醉月評花[197]結綺緣。惆悵銀河千里隔，願為青鳥
繫書傳[198]。

---

[190] 咄咄書空：咄咄，音「墮」，感慨聲，表示感慨、驚詫。《晉書・殷浩傳》
載：殷浩雖被黜放，口無怨言，但終日書空作「咄咄怪事」四字。後以
「咄咄書空」形容失志、激憤之態。

[191] 雁字：群雁飛行時常排成「人」字形，故古人多借以隱喻對人的思念。
雅堂此處當係思鄉、眷戀親人的表示。

[192] 鼎足分：猶鼎之三足，三者各立一方，比喻三方對立之局勢。作者注：「戲
調胡南溟。」

[193] 尤時：更加、格外。

[194] 作者注：「君家在清水寺旁，其比鄰一為東洋歌館、一為西國教堂，君自
題門上曰：道學風流，我在其中。」

[195] 謝石秋（1879-1921）：譜名瑞琳，一名維巖，字璆我，號籟軒、石秋，
臺南人。日治後，應雅堂之邀入《臺南新報》社漢文部為記者，後升任
主筆，前後工作長達十二年。石秋性好吟詠，明治三十九年（1906）與
蔡國琳、連雅堂、趙鍾麒、胡殿鵬等創設南社，其詩和平蘊藉，不矜才，
詩作不下千首，唯多散佚，民國五十四年（1965）其哲嗣謝國城蒐錄遺
作三十八題，刊印行世，題曰《謝籟軒詩集》，後盧嘉興又收錄十八題「集
外詩」。

陳鞠譜[199]

入門一笑忘賓主，四座雄談[200]輒鬨堂[201]。猶有元龍豪氣否，狂歌痛飲
夜方長[202]。

丙午（1906）除夕書感

六載混溟[203]握筆權，又從鷺島[204]築文壇。漫談天演[205]論成敗，一例人
生孰苦歡。君子乘時能豹變[206]，英雄末路且龍蟠[207]。年華如水[208]心如
火，彈指風光歲已闌[209]。

---

[196] 東山絲竹正華年：指人到中年，以聲韻之事作為消遣。華年，青春時期。
此據《晉書·謝安傳》載：謝安早年曾辭官隱居會稽之東山，朝廷屢次
徵聘，皆不應，竟日游山玩水，以絲竹消遣。

[197] 醉月評花：醉月，指對月酣飲。評花，比擬品評女子。

[198] 願為青鳥繫書傳：青鳥，《藝文類聚》卷九一引舊題漢·班固《漢武故事》：
「七月七日，上（漢武帝）於承華殿齋，正中，忽有一青鳥從西方來，
集殿前。上問東方朔，朔曰：『此西王母欲來也。』有頃，王母至，有兩
青鳥如烏，俠侍王母旁。」後遂以「青鳥」為信使之代稱。作者注：「南
妓月春有嫁君志，曩曾囑余為媒，而余現在廈，尚未締此良緣也。」

[199] 陳鞠譜（1865-1906）：陳鳳昌，字鞠譜、卜五，號小愚，臺南人。乙未
割臺後見事不可為，乃幽居於家，每眷懷時局，悲憤難抑，輒呼酒命醉。
時與連橫、胡殿鵬等相互對飲，抗論古今事，盤桓於殘山剩水之中，憑
弔遺跡。其詩才情敏妙，托興深微，悲憂窮蹙，感發於心。著有《拾唾》
四卷、《小愚齋詩稿》一卷。

[200] 雄談：高談闊論。

[201] 鬨堂：同「哄堂」，眾人同時大笑。鬨，音「ㄏㄨㄥˋ」。

[202] 作者注：「在鄉時，夜每就君談，朋輩滿座，夜闌始散。鬨堂，君讀書處
也。」

[203] 混溟：無分無跡，無始無終。語出《莊子·天地》：「致命盡情，天地樂
而萬事銷亡，萬物復情，此之謂混冥。」

[204] 鷺島：指廈門。

[205] 天演：自然界之變化，即進化。按：清末嚴復所翻譯的赫胥黎《天演論》
（1897），即闡述達爾論「進化論」的思想，箇中有句膾炙人口的名言——
「物競天擇，適者生存」。胡適《四十自述》云：「《天演論》出版之後，
不上幾年，便風行到全國，竟做了中學生的讀物了。讀這書的人，很少

作客鷺江，次莊仲漁[210]旅次題壁

塵塵[211]世界無公理，民族生存日競爭。孕育文明原善戰，脫除奴隸殲柔情。西歐血雨彌天布，東亞思潮匝地生。同是海隅飄泊客，先鞭快逐聽雞聲[212]。

留別林景商（四首）

舉杯看劍快論文，旗鼓相當共策勳[213]。如此江山如此恨，不堪回首北遙雲。

滄海橫波幻蜃樓，天風無力送歸舟。留將一幅英雄淚，灑向元黃[214]四百州[215]。

能了解赫胥黎在科學史上和思想史上的貢獻；他們能了解的，只是那『優勝劣敗，適者生存』的公式在國際政治上的意義。在中國屢次戰敗之後，在庚子辛丑大恥之後，這個『優勝劣敗，適者生存』的公式，確是一種當頭棒喝，給了無數人一種絕大的刺激。幾年之中，這種思想像野火一樣，延燒著許多少年的心和血。『天演』、『物競』、『淘汰』、『天擇』等等術語，都漸漸成了報紙文章的熟語，漸漸成了一班愛國志士的『口頭禪』。」

206 豹變：指瞬間之變化，或指變化極大。

207 龍蟠：盤臥之龍，喻豪傑之士隱伏待時。

208 年華如水：指時光、歲月如流水般輕易流逝。

209 歲已闌：指時光已盡或年歲已晚。

210 莊仲漁：居里不詳。

211 塵塵：佛教語，「塵塵剎土」之省，《佛光大辭典》：「塵塵剎土：剎，梵語 ksetra，為國土之意，剎土乃合華梵而稱。謂多如微塵數之無量國土，與塵剎同義。又一一微塵之中皆有國土，亦稱為塵塵剎土，或稱為塵塵剎剎。《六十華嚴經盧舍那佛品》：『此清淨地寶莊嚴，一切佛剎悉來入，其地一一微塵中，一切佛剎亦悉入。』（大九‧四一三中）」（頁5764）

212 先鞭快逐聽雞聲：先鞭，領先一著。指胸懷大志者應及時自我鞭策向上。《晉書‧卷六十二‧祖逖傳》：「與司空劉琨俱為司州主簿，情好綢繆，共被同寢。中夜聞荒雞鳴，遂蹴琨覺曰：『此非惡聲也。』因起舞。」

213 旗鼓相當共策勳：旗鼓相當，比喻雙方力量不相上下。策勳，將功勞記於簡策之上。

環球慘淡起腥風，熱血滂沱[216]灑地紅。到此乾坤無淨土，且提長劍倚崆峒[217]。

合群作氣挽洪鈞[218]，保種興王起劫塵。我輩頭顱原不惜，共磨熱力[219]事維新。

攜眷歸鄉，留別廈中諸友

蘇海韓潮湧**大觀**[220]，三年報界起波瀾。文能驚世心原壯，力可回天事豈難。地上雲深龍戰血，空中風勁**鷲傷翰**[221]。他時捲土重來日，痛飲高歌鼓浪山[222]。

澄臺觀海

深秋獨上澄臺望，眼底波濤勢沸奔。帆影橫斜青草渡[223]，漁燈明滅**白沙墩**[224]。萬山北向環瀛島[225]，一水東來界海門。太息[226]唐衢今已去，有誰冠劍哭**天閽**[227]。

---

214 元黃：指大地。
215 四百州：宋時天下有州三百餘，後取其成數「四百州」指中國全土。
216 滂沱：音「乓駝」，形容流血極多。
217 崆峒：音「空同」，指仙山。
218 洪鈞：造化、自然。
219 熱力：熱情的力量，此處指在報國熱血驅使下所洋溢的殷切力量。
220 大觀：形容景象盛大壯觀。
221 鷲傷翰：鷲，一種猛禽，毛色深褐，體大雄壯，嘴呈鉤狀，視力極強，亦稱「雕」。翰，長而堅硬的羽毛。
222 鼓浪山：指鼓浪嶼島上之山巒。
223 青草渡：位於台南市青草崙海岸。
224 白沙墩：指七鯤鯓，今高雄縣茄萣鄉白沙崙一帶。
225 瀛島：此指臺灣。
226 太息：嘆息。
227 天閽：天門。閽，音「昏」。

斐亭

萬派濤聲[228]四壁喧，一庭春雨澹[229]詩魂。我來不見蓬萊客，花落鳥啼日又昏。

欲別

欲別不堪別，淒涼淚暗彈。香消釵上燕[230]，花瘦鏡中鸞[231]。歸夢嫌宵短，當春怯早寒。相思裁尺素，寄與有情看。

秋感

傷心昔日田橫島，弔古來登赤嵌樓。萬派濤聲喧落日，四圍老木慘經秋。元龍湖海餘豪氣，庾信[232]江關[233]又暮愁。功業未成年已冠[234]，倚欄無賴對吳鉤[235]。

---

[228] 萬派濤聲：各種濤聲。萬派，指支派眾多。按：斐亭聽濤為臺灣八景之一，故言濤聲。

[229] 澹：通「淡」。

[230] 香消釵上燕：比喻美人消瘦。釵上燕，釵上之燕狀鑲飾物。漢·郭憲《洞冥記》：「元鼎元年，〔漢武帝〕起招仙閣於甘泉宮西，……青鳥，赤頭，道路而下，以迎神女。神女留玉釵以贈帝，帝以賜趙婕妤。至昭帝元鳳中，宮人猶見此釵。黃琳欲之，明日示之，既發匣，有白燕飛升天。後宮人學作此釵，因名玉燕釵，言吉祥也。」

[231] 花瘦鏡中鸞：比喻美人消瘦。按：南朝宋·范泰〈鸞鳥〉詩序：「昔罽賓王結罝峻祁之山，獲一鸞鳥。王甚愛之，欲其鳴而不能致也。乃飾以金樊，饗以珍羞，對之愈戚，三年不鳴。其夫人曰：『嘗聞鳥見其類而後鳴，何不懸鏡以映之？』王從其言。鸞睹形感契，慨然悲鳴，哀響中霄，一奮而絕。」後以「鏡鸞」比喻分離之夫妻。

[232] 庾信（513-581）：字子山，小字蘭成，北周文學家。初仕梁朝，出使西魏，梁亡後被扣留。官至驃騎大將軍、開府儀同三司，世稱「庾開府」。庾信前期作品，文藻豔麗，與徐陵齊名，時稱「徐庾體」；後期作品，常有鄉關之思，風格一變為沉鬱，語言清新。有《庾子山集》。

[233] 江關：猶言海內。

三日節[236]

衣香扇影[237]林投路，細雨輕風楝子天[238]。最是城南三日節[239]，踏青齊
到斗山前。

春日游海會寺

草雞聲歇霸圖空，一劫[240]風雲萬象中。梵殿[241]雨濃新柳綠，禪房春老
落花紅。超超[242]佛法無人相[243]，莽莽詩心[244]問大雄。獨立山門[245]感興
廢，騎鯨何處水朝東。

234　年已冠：指二十歲男子。
235　吳鉤：一種彎形的刀，相傳為吳王闔閭所做，後泛指鋒利之寶刀。
236　三日節：三月初三日，古曰上巳，漳人謂之三日節，祀祖祭墓。
237　衣香扇影：衣香，形容女子衣著華麗，後為女子之代稱。扇影，指女子
　　歌舞搖扇時之風姿韻態。
238　楝子天：二十四番花信風之一，時當暮春。楝，落葉喬木，種子與樹皮
　　可入藥。編者按：「楝」，臺灣分館藏本作「楝」，誤。
239　作者注：「漳人以三月初三日為三日節。」
240　一劫：佛教稱一世為一劫，泛指一段極長的時間。
241　梵殿：佛殿。
242　超超：超然出塵之意。
243　無人相：沒有人、我之別的形相執著。雅堂此語典自《金剛經》：「若菩
　　薩有我相、人相、眾生相、壽者相，即非菩薩。……所以者何？我相即
　　是非相、人相、眾生相、壽者相，即是非相。何以故？離一切諸相，則
　　名諸佛。」按：如《大乘入楞伽經》卷五〈剎那品〉云：「此中『相』者，
　　謂所見色等形狀各別，是名為『相』。」（大一六‧六二〇下），故《金剛
　　經》之所以摒棄「我相、人相、眾生相、壽者相」是要眾生放下執著外
　　相的分別心，以此了悟眾生平等、無差無別的真諦。
244　莽莽詩心：莽莽，遼闊、廣闊。詩心，作詩之心、詩人之心。
245　山門：寺院的大門。

曾鶴生[246]過訪，忽風雨驟至，口占[247]

滿庭生意長青苔，桃李當門兩扇開。舊雨[248]忽連新雨至，東風偏挾朔風來。半生熱血餘詩稿，一座清談對酒杯。道是天公能解意，不教落日送人回。

東林癡仙，並視臺中諸友

詩界當初唱革新，文壇鏖戰[249]過兼旬[250]。周秦以下無**餘子**[251]，歐美之間見幾人。廿紀風潮翻地軸，千秋事業任天民[252]。劫殘國粹相謀保，尼父春秋痛獲麟[253]。

送林景商歸鷺門

綠酒紅燈[254]水上樓，琵琶聲裏一天秋。忍聞折柳[255]桓伊笛[256]，暫棹迎桃子敬舟[257]。南國美人金粉艷，西風詞客芭蘭[258]愁。那堪夜月明如鏡，照徹離襟[259]古渡頭。

---

[246] 曾鶴生：浪吟詩社成員。

[247] 口占：謂口授其辭，或謂作詩文不起草稿，隨口而成。

[248] 舊雨：典出杜甫〈秋述〉：「秋，杜子臥病長安旅次，多雨生魚，青苔及榻。常時車馬之客，舊，雨來；今，雨不來。」後遂以舊雨指老朋友。

[249] 鏖戰：激烈之爭鬥。鏖，音「熬」。

[250] 兼旬：二十天。

[251] 餘子：猶後代，引申繼承者。

[252] 任天民：任，擔當、擔任。天民，此指天才。

[253] 尼父春秋痛獲麟：此借孔子傷獲麟一事。尼父，亦稱「尼甫」，對孔子之尊稱。參前〈臺灣詩薈發行賦示騷壇諸君子〉「傷麟宣聖淚」，注 817。

[254] 綠酒紅燈：形容繁華熱鬧之夜生活。

[255] 折柳：漢朝長安，凡送客至灞橋，常折柳枝相贈，後用以代指送別。

[256] 桓伊笛：《晉書·桓伊傳》載：桓伊為江州刺史，善吹笛，獨擅江左。謝安位顯功盛，為人所讒，孝武帝疑之。後帝召伊飲宴，安侍坐，帝命伊吹笛，吹一弄後，伊請彈箏，而歌〈怨詩〉曰：「為君既不易，為臣良獨

萊園夜宴

群龍血戰小乾坤[260]，塵垢秕糠[261]詎足論。四海弟兄難久聚，千秋道義
此長存。疏狂[262]未忍歌當哭，潦倒何辭酒痛吞。獨上高樓望天末，霧
峰山月正黃昏。

題呂厚庵[263]遺詩

人天分手後，破淚讀遺詩。落月懷[264]顏色[265]，秋風慘別離。文章遭鬼
妒[266]，道義足吾師。寂寞東塾[267]下，招魂採菊枝。

難，忠信事不顯，乃有見疑患。」聲節慷慨。安泣下沾衿，乃越席捋其
鬚曰：「使君于此不凡！」帝甚有愧色。後因以「桓郎笛」為善於以樂曲
傳達心曲之典故。

[257] 暫棹迎桃子敬舟：王獻之（344-386），字子敬，東晉書法家、詩人。相
傳王獻之常於桃葉渡口迎接其愛妾桃葉渡河。時秦淮河水面寬廣，桃葉
渡處水深湍急，若擺渡不慎，則時有翻船，為此王獻之作〈桃葉歌〉，歌
曰：「桃仙復桃葉，渡江不用楫，但渡無所苦，我自迎接汝。」以慰桃葉
之懼。

[258] 莔蘭：「莔」字，當作「茝」，音「ㄔㄞˇ」，《玉篇·艸部》：「茝，香草也。」
《楚辭·屈原·離騷》：「雜申椒與菌桂兮，豈維紉夫蕙茝？」王逸 注：
「蕙、茝皆香草也。」

[259] 照徹離襟：照徹，猶照亮。離襟，指離人思緒，或離別情懷。

[260] 乾坤：指天地。

[261] 塵垢秕糠：塵垢，塵土與污垢，喻微末瑣屑而無用的事物。秕糠，音「筆
康」，癟穀與穀皮，比喻粗劣而無價之物。

[262] 疏狂：豪放，不受拘束。

[263] 呂厚庵（1871-1908）：呂敦禮，字鯉庭，號厚庵，台中神岡筱雲山莊主
人呂汝玉長子。呂氏富甲一方，又重文尊儒，藏書冠全臺。厚庵幼承家
學，自小與林俊堂（癡仙）有同筆硯之親，而其妻覺滿，則為壽堂之女、
癡仙之姪，故與霧峰林家有姻戚之誼。乙未之役，厚庵內渡避亂。嗣復
返臺，致力於實用之學。明治三十五年（1902）林癡仙、幼春與賴紹堯
倡設櫟社，乃率先加入，為創社九老之一。自是隱於詩酒，四十一年（1908）
病卒，年僅三十八。生平所作隨手散佚，其父蒐集叢殘，得七十三首，
委林癡仙、陳槐庭編輯之，末附諸家輓詩七十首，經傳錫祺校正，題曰
《厚菴遺草》。

題洪逸雅[268]畫蘭帖[269]（二首）

美人遲暮懷天末[270]，騷客行吟[271]喚奈何。一卷畫蘭憔悴甚，傷心忍對舊山河。

搖落瀟湘九畹根[272]，祇今筆底為招[273]魂[274]。余懷信美[275]誰知識，獨向秋風弔屈原。

---

[264] 懷：感懷、思念之意。

[265] 顏色：指容顏。

[266] 文章遭鬼妒：意謂鬼神嫉妒呂厚庵的才分，故令其早逝。

[267] 東墪：即東墩，指台中。墪，古同「墩」，土堆、土墩。連橫《臺灣詩薈》（上）詩題作「墩」，頁410。按：呂厚庵葬於臺中大社（參張麗俊，〈1908年11月15日〉,《水竹居主人日記》）。

[268] 洪逸雅（1871-927）：洪以南，名文成，字逸雅，號墨樵，別署無量癡者。清淡水廳艋舺（今臺北市萬華）人。幼穎異，祖喜之，延泉州名孝廉龔顯鶴課讀，授諸經子史詩賦。乙未（明治二十八年，1895）割臺，內渡晉江，得遊泮水。後一年返臺。善詩文，詩書俱佳，能畫蘭竹，且家饒於貲，乃蒐集各地散佚圖籍、碑帖、文物，建達觀樓以貯之，為北臺著名藏書之所。四十二年（1909）與謝汝銓等共創瀛社，被推為第一任社長，著有《妙香閣集》。

[269] 編者按：「帖」，臺灣分館藏本誤作「喚」。又：雅堂此詩由洪逸雅所畫之「蘭」（君子的隱喻），聯想至屈原，故詩歌之中，多用《楚辭》典故，底下一一注明之。

[270] 美人遲暮懷天末：美人遲暮，慨歎人年老色衰。天末，天邊。按：「美人遲暮」典自屈原《離騷》：「惟草木之零落兮，恐美人之遲暮。」

[271] 騷客行吟：騷客，詩人。行吟，邊走邊吟唱。

[272] 搖落瀟湘九畹根：搖落，凋殘、零落。瀟湘，指湘江，因湘江水清深故名。九畹，《楚辭·離騷》：「余既滋蘭之九畹兮，又樹蕙之百畝。」王逸注：「十二畝曰畹。」一說，田三十畝曰畹。後以「九畹」為蘭花之典實。

[273] 編者按：「招」，臺灣分館藏本誤作「抬」。

[274] 招魂：屈原著有〈招魂〉詩。按：〈招魂〉詩或有以為宋玉所作（王逸《楚辭章句》），惟屈原所作的說法獲得大多數學者認同，至於所「招」對象，或以為屈原自招、或以為屈原招楚王，學界則莫衷一是。

[275] 信美：信，誠也。按：「余懷信美」典自屈原《離騷》：「紛吾既有此內美兮，又重之以脩能」、「雖信美而無禮兮，來違棄而改求。」

楝花[276]

嫣紅細唱桃花曲[277]，飛白[278]閒吟柳絮詞[279]。莫遣番風過廿四[280]，尋芳正是晚春時。

寧南門下有五妃墓道，碑上刻范九池[281]侍御[282]之詩，讀之悽惋[283]

千秋義節[284]桂山祠[285]，弔古蒼涼范九池。每過城南頻灑淚，斜陽影裏讀殘碑。

---

[276] 楝花：宋・羅願《爾雅翼》：「楝：木高丈餘，葉密如槐而尖，三四月開花，紅紫色，實如小鈴，名金鈴子。俗謂之苦楝，亦曰含鈴。子可以楝，故名。」。按：楝花屬落葉喬木，花色或淡紫，或紫紅、或紅黃、乃至於紫白，果實橢圓形，種子、種皮可入藥。因花色紅、白不同，故雅堂歌詠此花時，有時稱之「嫣紅」，有時譬喻「飛白」。

[277] 嫣紅：鮮豔之紅色。按：此處指淡紫紅或紅黃色的楝花，可能是「麻楝花」。

[278] 飛白：古人多喻指飛雪，此處則譬喻紫白色的楝花隨風飄飛，若雪花片片然。

[279] 柳絮詞：典自謝道韞「論雪」的說詞，《世說新語・言語》：「謝太傅寒雪日內集，與兒女講論文義。俄而雪驟，公欣然曰：『白雪紛紛何所似？』兄子胡兒曰：『撒鹽空中差可擬。』兄女曰：『未若柳絮因風起。』公大笑樂。」

[280] 番風過廿四：指花信風已過二十四番，已將屆夏日了。

[281] 范九池（生卒年不詳）：范咸，字貞吉，號九池、浣浦，浙江仁和人。雍正元年（1723）進士。乾隆十年（1745）四月任巡臺御史兼理學政，任職兩年，以故罷職。在臺期間，編纂《重修臺灣府志》。著有《婆娑洋集》、《浣浦詩鈔》。

[282] 侍御：唐代稱殿中侍御史、監察御史為侍御，後世因沿襲此稱。編者按：「侍」，臺灣分館藏本誤作「待」。

[283] 悽惋：音「七晚」，哀怨。

[284] 千秋義節：指千年節操與義行。

[285] 桂山祠：指五妃廟。明朝寧靖王親葬五妃於南門城外魁斗山（桂子山）。

哭曾鶴生[286]（三首）

昨夜文星墜海東，瓣香何處祝南豐[287]。一杯持向城頭哭，淒絕青山夕照中。

浪社開時樂唱酬，翩翩[288]裙屐自風流。無端忽被多情累，一劫煙花冷十洲[289]。

舉手招[290]魂望素旗，荒原夜月草迷離。西風一掬[291]詞人淚，忍聽秋墳鬼唱詩[292]。

哭沈少鶴（八首）

一別匆匆便渺茫，人間何處遣巫陽[293]。招魂獨向城南哭，淒絕秋風淚幾行[294]。

四年風雨話聯床[295]，一劫人天別恨長。今夕引杯[296]還看劍，張燈不見瘦腰郎[297]。

---

286 曾鶴生：浪吟詩社成員。
287 南豐：即曾鞏（1019-1083），字子固，世稱「南豐先生」。此處以代稱曾鶴生。
288 翩翩：喻文采風流。
289 一劫煙花冷十洲：一劫，佛教稱一世為「一劫」。煙花，指娼女。十洲，泛指仙境。
290 編者按：「招」，臺灣分館藏本誤作「抬」。
291 一掬：猶一捧。
292 忍聽秋墳鬼唱詩：語出李賀〈秋來〉：「秋墳鬼唱鮑家詩，恨血千年土中碧。」
293 巫陽：傳說中的女巫。《楚辭·招魂》：「帝告巫陽曰：『有人在下，我欲輔之。魂魄離散，汝筮予之。』」王逸 注：『女曰巫。陽，其名也。』
294 作者注：「君葬在城南。」
295 話聯床：指朋友或兄弟相聚，傾心交談。
296 引杯：舉杯，指喝酒。
297 作者注：「余寓君家，今四年矣。」

幾度相攜入醉鄉，酒籌歌板少年場[298]。花開花落春難駐，愁對旗亭夕照涼[299]。

紅樓一夢說荒唐[300]，憨玉癡顰[301]大可傷。獨向枕霞[302]甘下拜，拈花證果[303]出情場[304]。

章臺走馬[305]柳絲長，慘綠年華[306]竟擅場[307]。聞說秦宮[308]天上去，一時花下泣紅粧[309]。

---

[298] 酒籌歌板少年場：酒籌，飲酒時用以記數或行令的籌子。歌板，即拍板，歌唱時用以打拍子。少年場，年輕人聚會之場所。

[299] 作者注：「客年與君痛飲會春酒肆，題壁之詩尚存，而君不見。」

[300] 紅樓一夢說荒唐：《紅樓夢》開篇第一回，作者曹雪芹自嘲寫作之意，云：「滿紙荒唐言，一把辛酸淚，都云作者癡，誰解其中味？」

[301] 憨玉癡顰：憨玉，指《紅樓夢》中的賈寶玉，《紅樓夢》第三回作者如此描述寶玉：「看其外貌，最是極好，卻難知其底細。後人有〈西江月〉二詞，批這寶玉極恰，其詞曰：『無故尋愁覓恨，有時似傻如狂。縱然生得好皮囊，腹內原來草莽。潦倒不通世務，愚頑怕讀文章。行為偏僻性乖張，那管世人誹謗！』『富貴不知樂業，貧窮難耐淒涼。可憐辜負好韶光，於國於家無望。天下無能第一，古今不肖無雙。寄言紈袴與膏粱：莫效此兒形狀！』」。癡顰，林黛玉，一字「顰顰」（寶玉所贈），別號瀟湘妃子，因黛玉對寶玉一片癡情，故雅堂稱其「癡顰」。按：林黛玉〈葬花詞〉自云：「儂今葬花人笑痴，他年葬儂知是誰？」可知其情感豐富之極。此外，「甲戌年鈔本」《石頭夢》卷首有一題詞謂：「漫言紅袖啼痕重，更有情癡抱恨長」，則明示寶玉和黛玉俱屬「情癡」之流。

[302] 枕霞：《紅樓夢》中，史湘雲別號「枕霞舊友」。按：史湘雲在《紅樓夢》中呈現出率性豪邁、不拘小節的形象。

[303] 拈花證果：指悟入妙道。證果，泛指修行得道。《五燈會元‧七佛‧釋迦牟尼佛》：「世尊在靈山會上，拈花示眾，是時眾皆默然，唯迦葉尊者破顏微笑。世尊云：『吾有正法眼藏，涅槃妙心，實相無相，微妙法門，不立文字，教外別傳，付囑摩訶迦葉。』」

[304] 作者注：「君讀紅樓夢，獨愛湘雲，自稱枕霞侍者。」

[305] 章臺走馬：《漢書‧張敞傳》：「敞無威儀，時罷朝會，過走馬章臺街，使御吏驅，自以便面拊馬。又為婦畫眉。」章台街為漢代長安街名，多妓館。後因以「走馬章臺」指涉足娼館，追歡買笑。

[306] 慘綠年華：指風華正茂之青年時期。慘綠，黲綠、深綠色。典出唐‧張固〈幽閑鼓吹〉：「客至，夫人垂簾視之，既罷會，喜曰：『皆爾之儔也，

椿萱[310]衰暮[311]已堪傷，荊樹花殘[312]更斷腸。半畝池塘秋水冷，那堪比翼痛鴛鴦[313]。

論交肝膽凜秋霜[314]，況復深情在渭陽[315]。一語告君如皦日[316]，事親教子我擔當[317]。

朝夕摳衣上影堂[318]，一回思感一悲傷。年年擬向墳頭哭，絮酒[319]親澆弔白楊。

不足憂矣！末座慘綠少年何人也？』答曰：『補闕杜黃裳。』」慘綠少年原指深綠色衣服的少年，後用以指風度翩翩、意氣風發的青年才俊。

[307] 擅場：壓倒全場，或指技藝高超出眾。

[308] 秦宮（生卒年不詳）：河南洛陽人，東漢權臣梁冀之男寵。《御定佩文韻府》卷一之二「秦宮」條：「後漢梁冀嬖奴與冀妻孫壽通。」李賀〈秦宮詩 并序〉：「漢人秦宮，將軍梁冀之嬖奴也。秦宮得寵內舍，故以驕名大譟於人。」此以秦宮喻沈少鶴。

[309] 紅粧：代指女子。作者注：「勾闌中人聞君逝世，莫不痛惜。」

[310] 椿萱：音「春宣」，椿，香椿；萱，萱草，借指父母。

[311] 衰暮：遲暮，比喻晚年。

[312] 荊樹花殘：此指兄弟死別。南朝梁・吳均《續齊諧記・紫荊樹》：「京兆田真兄弟三人，共議分財，生貲皆平均；惟堂前一株紫荊樹，共議破三片，明日就截之。其樹即枯死，狀如火然。真往見之，大驚，謂諸弟曰：『樹本同株，聞將分斫，所以憔頓，是人不如木也。』因悲不自勝，不復解樹。樹應聲榮茂，兄弟相感，合財寶，遂為孝門。」後因以「荊枝」喻兄弟骨肉同氣連枝。

[313] 作者注：「嫂夫人尚少艾，二子大者四歲、小才兩月。」

[314] 論交肝膽凜秋霜：論交肝膽，謂以赤誠之心待人。凜秋霜，比喻威勢盛大、凜然。凜，寒冷。

[315] 渭陽：《詩・秦風・渭陽》：「我送舅氏，曰至渭陽。」後因以「渭陽」為甥舅情誼之典。

[316] 皦日：皎潔明亮之太陽。皦，音「腳」，古同「皎」，潔白、明亮。

[317] 作者注：「余祭文中有君之父母即余之父母等語。」

[318] 摳衣上影堂：摳衣，提起衣服前襟。古人迎趨之動作，表示恭敬。影堂，舊時供奉神佛或陳設祖先圖像之廳堂。

[319] 絮酒：謂祭奠用酒。

九日[320]

天地多秋氣，江山付我曹[321]。百年猶作客，九日獨登高。叢菊孤舟淚[322]，崇蘭玉珮歌。人生感行役[323]，一醉豈辭勞。

醉仙樓席上賦示癡仙、獻堂[324]

十載歡場顧盼雄[325]，哀絲豪竹[326]感懷同。每歌樂府愁難減，欲賦傾城曲未工[327]。塵海迷離春草碧，秋江憔悴落花紅。虯髯尚有中原夢，**匹馬如龍**[328]且莫東。

遣興

美人嫁傖父[329]，愁瘦[330]好容光。健卒隨孱將[331]，難得戰氣揚。我為美人恨，又為健卒傷。美人而老死，何如邯鄲[332]倡[333]。健卒空埋沒，何如綠林[334]王。人生貴適意，出處靡有常。及時而不作，身後徒茫茫。

---

[320] 九日：指重陽節。

[321] 我曹：我們。

[322] 叢菊孤舟淚：謂一葉孤舟靠岸繫繩，時秋菊盛開，不禁流下思鄉之淚。語出杜甫〈秋興〉八首其一：「叢菊兩開他日淚，孤舟一繫故園心。」

[323] 行役：泛稱行旅、出行。

[324] 獻堂：林獻堂（1881-1956），名朝琛，號灌園，出身霧峰林家頂厝，在頂厝各房中排行第三，人稱霧峰三少爺；與林癡仙（峻堂，林家下厝）同輩，為林資修（幼春，林家下厝）之叔。能詩，明治四十三年（1910）加入櫟社。日治時期積極參與文化、政治抗日運動，被譽為「臺灣議會之父」。戰後因中國國民黨猜疑迫害，以養病為由避居日本，病卒於異邦，著有《環球遊記》。歷史學者 Johanna M. Meskill 譽為「臺灣自治運動的領袖與文化的褓母」。

[325] 顧盼雄：左顧右盼，自視不凡。盼，音「戲」。

[326] 哀絲豪竹：指悲壯之樂聲。絲，指絃樂器；竹，指管樂器。

[327] 未工：指猶未精巧、精緻。

[328] 匹馬如龍：形容馬行疾速。語本《南史·曹景宗傳》：「景宗謂所親曰：『我昔在鄉里，騎快馬如龍。』」

梨花[335]（三首）

東風如醉怕開門，芳草萋萋綠滿園。歌舞樓臺春未老，鞦韆院落月無痕。玉鉤宛轉通詩意，金縷[336]依稀入夢魂。獨倚闌干看麗影，嫣紅姹紫[337]總難論。

誰移瑤種自瀛洲[338]，淡淡春情為爾[339]留。一樹瓊雲侵鏡檻[340]，滿庭玉雨[341]撲簾鉤。楊枝未嫁司勳瘦[342]，桃葉遲來子敬愁[343]。惆悵前溪舊詞曲，忍令寂寞下重樓。

---

329 傖父：傖，音「倉」，鄙賤之人。《晉書・卷九十二・文苑傳・左思傳》：「此間有傖父，欲作三都賦，須其成，當以覆酒甕耳。」

330 愁瘦：此處愁瘦當動詞用，意謂愁瘦了美好的容顏。

331 孱將：指軟弱、弱小之將帥。孱，音「蟬」，軟弱。

332 邯鄲：戰國趙都邯鄲，自古出美女。按：此處邯鄲喻指繁華熱絡的都會。

333 倡：古時以歌舞演戲為業的人，後多指賣藝陪酒的風塵女子，或書作「娼」。按：雅堂所謂「美人而老死，何如邯鄲倡」云云，意謂：與其讓美女終身伴隨拙夫抑鬱而死，還不如在都會酒樓長袖善舞，以歌藝演技贏得世人欽重。

334 綠林：西漢末年，王匡等人率饑民聚居於綠林山一帶，以抗官府，見《後漢書・卷十一・劉玄傳》。後泛指結夥聚集山林反抗政府之起義軍。

335 梨花：即白梨，一種梨屬植物，花色潔白，如雪六出，具有香氣。

336 金縷：指金縷衣，華服。

337 嫣紅姹紫：嫣，妖豔，美好；姹，美麗。形容花卉嬌豔、美麗。

338 瑤種自瀛洲：瑤種，形容珍貴美好之品種。瀛洲，傳說中神仙居住之處。

339 爾：代詞，你。

340 一樹瓊雲侵鏡檻：一樹瓊雲，指梨樹開滿潔白梨花，多如美麗之雲朵。鏡檻，此指水邊欄杆。

341 玉雨：指瀛洲玉雨，梨花之別名。

342 楊枝未嫁司勳瘦：楊枝，原指白居易之侍妾樊素。樊素善唱〈楊枝曲〉，故以曲名人。後泛指侍妾婢女或所思戀之女子。司勳，《周禮》夏官之屬，主管功賞之事。司勳指杜牧，李德裕失勢，內調為司勳員外郎，常兼史職。據傳杜牧曾遇一麗女，多年後再訪，女已婚家生子，詳前〈滬上逢香襌女士〉「杜牧之」，注 154。

343 桃葉遲來子敬愁：參前〈送林景商歸鷺門〉「暫棹迎桃子敬舟」，注 257。

一杯新釀醉江濱，日日看花意更親。亭角曉風尋舊夢，樓頭夜雨記前因。霓裳[344]倦舞憐妃子，香粉輕施鬥美人[345]。為語東皇[346]勤惜護，莫教葉底度殘春。

柬[347]林景商（四首）

浪嶼回來已半年，思明洲[348]畔夢如煙。故園松菊荒三逕[349]，歸篋琴書富一船。菽水承歡[350]欣母健，**簹燈**佐讀[351]愧妻賢。家山小住心猶昔，每聽春風猛著鞭[352]。

回首前塵[353]事已非，聽歌載酒每依依[354]。櫻雪千里傷分袂[355]，萍水三年感解衣[356]。自笑窺斑知豹變[357]，豈因鎩羽[358]弱鵬飛。吟槎曾泊田橫島[359]，香火詩緣弔五妃[360]。

344　霓裳：仙人服，以虹製成之衣裳，此指如虹霓之彩色衣服。
345　鬥美人：與美人爭勝。
346　東皇：此指司春之神。
347　柬：信件、名帖。此處作動詞用，意謂函寄。
348　思明洲：指廈門。清順治七年（1650），鄭成功為抗清而駐兵島上，稱「思明洲」，康熙年間改稱「廈門」。
349　故園松菊荒三逕：化用陶淵明〈歸去來辭〉：「三逕就荒，松菊猶存」。按：原典出東漢・趙岐《三輔決錄》：「蔣詡歸鄉里，荊棘塞門。舍中有三逕，不出，惟求仲、羊仲從之遊。」三逕原指庭園中的小路，引申為隱士居所。
350　菽水承歡：菽水，豆和水，指普通飲食。承歡，侍奉父母使其歡喜。語本《禮記・檀弓下》：「子路曰：『傷哉！貧也。生無以為養，死無以為禮也。』孔子曰：『啜菽飲水盡其歡，斯之謂孝。』」意指雖貧寒而能克盡孝道，使父母歡樂。
351　簹燈佐讀：簹燈，罩置燈於籠中。簹，音「勾」。佐讀，輔助讀書。
352　猛著鞭：指自我督促、鼓勵。著鞭，鞭策。
353　前塵：指從前或過去經歷之事情。
354　依依：戀戀不捨貌。
355　分袂：離別。袂，音「妹」。
356　萍水三年感解衣：謂偶然相遇三年中，感念其恩德。解衣，指脫衣予人穿上。

聞說南天試壯遊，六鰲海上釣吳鉤[361]。七星洋大籌藩服[362]，三寶船高壓島酋[363]。好握霸權伸國力，謾論[364]天演重人謀。匹夫例有[365]興亡責，肯為青山老白頭。

大江東[366]去浪淘沙，唱絕鐃歌[367]日未斜。渺渺予[368]懷思舊侶，盈盈帶水[369]阻天涯。分為異姓如兄弟，誓結同心報國家。寄語林逋[370]好珍重，怡園今已放梅花[371]。

---

[357] 窺斑知豹變：窺斑，指所見不全面。豹變，指瞬間之變化，或指變化極大。

[358] 鎩羽：羽毛摧落，比喻失敗或不得志。編者按：「鎩」，臺灣分館藏本誤作「鍛」。

[359] 作者注：「君於前年來臺，主余三日。」

[360] 作者注：「君近寄弔五妃廟詩，有香火結緣之句。」

[361] 六鰲海上釣吳鉤：相傳渤海之東有神仙所居之五山，然山浮海而動，天帝命巨鼇十五，分三批輪流負山，五山始屹立不動。而龍伯之國有大人，舉足不盈數步而暨五山之所，一釣而連六鼇，合負而趣歸其國，灼其骨以數焉。於是岱輿、員嶠二山流於北極，沉於大海，仙聖之播遷者巨億計，事見《列子·湯問》。後因以為善釣之典實。傳說李白自稱「海上釣鼇客」，意指有遠大抱負或豪邁不羈之人。吳鉤，春秋吳人善鑄鉤，故稱。後也泛指利劍。

[362] 七星洋大籌藩服：西沙群島，泉州人稱七星洋。藩服，古九服之一。古代分王畿以外之地為九服，其封國區域離王畿最遠者稱「藩服」。

[363] 三寶船高壓島酋：三寶，指三寶太監鄭和。島酋，島上住民的首領。鄭和（1371-1433），姓馬名三寶。明永樂三年（1405）明成祖命鄭和率領二百四十海船、二萬七千四百名船員，遠航西太平洋和印度洋，直至明宣德八年（1433），共有八次遠航。同年四月回程至古里時，於船上因病過世。

[364] 謾論：徒然論及。謾，通「漫」。

[365] 例有：謂按照慣例。

[366] 編者按：「東」，臺灣分館藏本誤作「朝」。

[367] 鐃歌：軍中樂歌。傳說為黃帝、岐伯所作，漢樂府中屬鼓吹曲，馬上奏之，用以激勵士氣，亦用於大駕出行，宴享功臣，或奏凱班師。

[368] 編者按：「予」，臺灣分館藏本誤作「於」。

[369] 盈盈帶水：比喻相隔不遠。盈盈，水清而淺貌。帶水，指僅隔一水。

[370] 林逋：此處以林逋代指林景商。

題扇

說劍評花迥[372]出群，柔腸俠氣兩紛紜。天涯落拓[373]誰知己，第一鍾情是筱澐[374]。

小西門[375]外近海，頗有水村風景，閒行到此，口占一詩

迢遞層城路可通，小西門外有村風。曉雲含雨珊瑚綠[376]，夕照回光硓砧紅[377]。結網漁人談海熟[378]，迎香鄉老祝年豐。歸來小憩榕陰下，燈火輝煌大道宮[379]。

澄臺秋望

返日麾戈志未摧，深秋苦恨獨登臺。萬方多難龍蛇鬥，十載埋名虎豹[380]來。烏鬼渡荒寒月冷，赤嵌城迥[381]晚濤哀。南溟自是興王地，攬轡澄清[382]待霸才。

---

[371] 作者注：「梅花開矣，春風到矣，豪傑乘時，努力自愛。」
[372] 迥：音「窘」，同「迥」，卓越。臺灣分館藏本作「迥」。
[373] 落拓：豪放、不受拘束。
[374] 筱澐：連橫妻沈璈，字筱雲，又作筱澐。
[375] 小西門：又名靖波門，初建於清乾隆四十年（1775），此門是「臺灣府城」八城門中最晚修築者。
[376] 作者注：「綠珊瑚，木名，枝榦杈枒，植為籬落，張鷺洲詩所謂家家籬落綠珊瑚。」
[377] 作者注：「硓砧，產海濱，取砌牆垣，能耐風雨。」
[378] 海熟：熟，豐收也；海熟即海中魚產甚為豐富。
[379] 大道宮：台南市北線尾「良皇宮」，傳建廟於明鄭時期，主祀「保生大帝」吳真人，俗稱「下大道」廟。作者注：「良皇宮在小西門內，祀吳真人（「人」，臺灣分館藏本誤作「宮」），俗稱大道宮。」
[380] 虎豹：比喻富有文采。
[381] 迥：音「窘」，同「迥」，遠。臺灣分館藏本作「迥」。
[382] 攬轡澄清：攬轡，拉住馬韁；澄清，平治天下。《後漢書‧范滂傳》：「滂登車攬轡，慨然有澄清天下之志。」

寧南門春眺

春風駘蕩酒初醒，問柳尋花出野坰[383]。半壁江山餘涕淚，百年身世感
飄零。名王[384]去後城留赤，妃子埋時塚尚青[385]。極目騎鯨人不見，怒
濤猶足捲南溟。

南社小集

斐亭鐘斷後，南社復興時。洗琖同釃酒[386]，傳箋快論詩。春花侵曲檻，
新月蘸[387]平池。獨倚飛峰[388]下，無端感黍離[389]。

送謝籟軒東游

東山絲竹擴襟期，載筆蓬瀛[390]眼界奇。搜索古書徐福墓，追懷戰蹟湊
川碑[391]。櫻花曉日添行色，柳絮春風繫遠思。莫說袖中滄海小，揭來
準讀紀游詩。

---

[383] 野坰：荒郊、遠野。坰，音「ㄐㄩㄥ」。
[384] 名王：原指胡人中聲名顯赫的王，泛指皇族有封號的王。按：此指寧靖
王。
[385] 妃子埋時塚尚青：青塚原指王昭君墓，位於今內蒙古呼和浩特玉泉區南
郊大黑河南岸，傳說周圍的草木一到秋天就會凋零，唯有昭君墓上草木
常青。按：此指五妃墓。
[386] 洗琖同釃酒：琖，音義同「盞」，小杯子。釃酒，鬥酒。釃，音「熬」。
[387] 蘸：音「戰」，以物沾水或沾取他物。
[388] 飛峰：飛來峰，為臺南吳園內景緻。
[389] 黍離：本為《詩·王風》中之篇名，形容蒼涼荒蕪之景象。《詩·王風·
黍離序》：「〈黍離〉，閔宗周也。周大夫行役，至於宗周，過故宗廟宮
室，盡為禾黍，閔周室之顛覆，仿徨不忍去而作是詩也。」後遂用作感
慨亡國之詞。作者注：「是日會於吳園飛來峰下。」
[390] 蓬瀛：此指日本。
[391] 湊川碑：神戶湊川神社左側石碑，上刻：「嗚呼忠臣楠子之墓」。社內祭
祀日本民族英雄楠木正成，人稱「楠公先生」。按：此地為湊川之戰戰場、
楠木正成兵敗殉國處。

五月五日

千古傷心日，三閭[392]絕命時。投江猶可弔，滅國有餘悲。懷郢思山鬼[393]，亡秦待俠兒。九歌[394]初讀後[395]，風雨下靈旗[396]。

弔林義士崑岡[397]

> 義士字碧玉，嘉義諸生也，居漚洪莊[398]。鐵線橋[399]之役，率鄉里子弟數百人持綿牌短刀鏖戰兩日夜，遂陣沒。越數日，鄉人殮之，倔強如生，聞者莫不感泣。

痛哭淪亡禍，同胞仗義爭。執戈齊敵愾，報國有書生。一死身何惜，三年血尚頳[400]。沙場呼欲起，咄咄[401]劍飛鳴。

---

[392] 三閭：三閭大夫，春秋時楚國職官名，職掌王族昭、屈、景三氏。屈原曾任三閭大夫，故借指屈原。

[393] 山鬼：屈原所作詩篇之一，收錄〈九歌〉之中。

[394] 九歌：《楚辭》之一篇，是屈原據民間祭神樂歌改作或加工而成，共十一章，即〈東皇太一〉、〈雲中君〉、〈湘君〉、〈湘夫人〉、〈大司命〉、〈少司命〉、〈東君〉、〈河伯〉、〈山鬼〉、〈國殤〉、〈禮魂〉。

[395] 連橫《臺灣詩薈》（下）作「罷」，頁489。

[396] 靈旗：祭祀神靈的旗子，此處借指招屈原魂靈的旗幟。

[397] 林義士崑岡：林崑岡（1832-1895），字碧玉，清末臺灣漚汪莊（今台南將軍區）人，人稱「武秀才」。光緒二十一年（1895）日軍掠鹽水港，崑岡集百數十莊人，推新營莊生員沈芳徽統之，而己為佐，起而抗日，先邀戰於鐵線橋（台南市新營區南端），復戰於溝仔頭，中彈亡，年四十五。

[398] 漚洪莊：在蕭瓏附近。台南市佳里區古稱「蕭瓏」，為西拉雅平埔族蕭瓏社聚落。

[399] 鐵線橋：《臺南縣志》：「鐵線橋之名乃荷人之沿稱，康熙年間有鐵線橋庄，隸屬茅港尾堡，雍正元年獨立劃為鐵線橋堡，管轄急水溪東西二十一庄社。這二十一庄社大抵分佈在新營、柳營、下營等三鄉鎮附近，由於行政區域的改編，以及庄頭的自然消失沒落等，現僅存十六處。」

[400] 頳：音「稱」，淺紅。

[401] 咄咄：音「墮」，感慨聲，表示責備、驚訝。

題荷人約降鄭師[402]圖

殖民略地[403]日觀兵，夾板[404]威風撼四溟[405]。莫說東方男子少，赤嵌城下拜延平。

開山宮[406]

在臺南城內，背山面海，為鄭氏所建，以祀隋虎賁中郎將[407]陳稜[408]，而府志以為吳真人，今且誤為開仙。既知其謬，不得不辯。

犵鳥蠻花地[409]，腥風瘴雨天[410]。禹圖[411]誰探險，秦客去求仙[412]。洋泛婆娑水，山浮毗舍煙。樵歌喧極浦，帆影落前川。古殿凌雲漢，危城

402　師：連橫《臺灣詩薈》（上）作「氏」，頁 554。

403　略地：巡視邊境。《左傳‧隱公五年》：「公曰：『吾將略地焉！』遂往。」

404　夾板：指夾板船，即舊時兩層木板之大帆船。清‧俞正燮〈癸巳存稿‧夾板船紅船〉：「高拱乾《臺灣府志》云：荷蘭船最大，用板兩層，斲而不削，製極堅厚，中國謂之『夾板船』，其實圓木為之，非板也，又多巧思，為帆如蛛網旋盤，八面受風，無往不順。」

405　四溟：四海。

406　開山宮：亦稱吳真人廟，為台南府城中最早的廟宇。按：據邱佩冠《台南市六興境開山宮研究》指出：「台南市六興境開山宮建廟於明永曆年間，為臺灣本島最早創建廟宇之一。原本是感念隋朝虎賁中郎將——陳稜將軍，於是便建祠奉為開山聖王祭祀，此便是六興境開山宮的前身將軍祠。後來從泉州白礁奉請保生大帝吳真人金尊前來，合祀於六興境開山宮，因而成為主祀神。」（玄奘大學宗教學系碩士論文，2012）

407　虎賁：《周禮‧夏官‧虎賁氏》載：「虎賁氏掌先後王而趨以卒伍。軍旅會同亦如之。舍則守王閑，王在國，則守王宮。國有大故，則守王門。大喪亦如之。」亦即宮廷之禁衛軍。漢置期門郎，漢平帝更名虎賁郎，置虎賁中郎將為統帥，至唐代廢。

408　陳稜（?-619）：字長威，廬江襄安（今屬安徽省蕪湖市無為縣）人。隋煬帝大業三年（607），拜陳稜為虎賁郎將。隋大業六年，稜與朝請大夫張鎮周由義安（今廣東潮州）出海討伐琉求國，獻俘萬七千口，功拜右御衛將軍。連橫《臺灣通史》：「台南市亦有陳稜廟，稱開山宮，為鄭成功所建，以稜有開台之功也」。

控斗躔[413]。老榕根踞虎[414]，苦楝[415]葉藏蟬。文物懷昭代[416]，威稜震遠邊。登高望滄海，不見虎賁船。

海燕

飛花落絮最消魂，海燕歸來日又昏。王謝[417]堂前今已改[418]，啣泥何處認巢痕。

鸚鵡

籠中鸚鵡太憨生[419]，紅豆拋殘[420]舌本輕[421]。不誦心經修福慧，但聞簾底罵人聲。

409　犵鳥蠻花地：指蠻荒之地。犵，音「器」，西南地區少數民族之一。按：《康熙字典》：「犵：犵狫，蠻也。明‧田汝成《炎徼紀聞》：『犵狫，一曰犵獠。種有五，蓬頭赤腳，輕命死黨。以布一幅，橫圍腰閒，旁無襞績，謂之桶裙，男女同制。花布者爲花犵狫，紅布者謂紅犵狫。各有族屬，不通婚姻。』」

410　腥風瘴雨天：腥風，喻兇殘之氣氛。瘴雨，指南方含有瘴氣之雨。

411　禹圖：指中國。相傳大禹治水後，以名山、大川爲疆界，劃定九州。

412　秦客去求仙：此指秦代徐福率船出海求仙藥之事。

413　斗躔：指北斗星。躔，音「纏」，日月星辰運行之軌跡。

414　老榕根踞虎：形容樹根雄偉，猶蹲坐之猛虎。踞，蹲或坐。

415　苦楝：即「楝樹」，又名黃楝，果實名曰金鈴子，味苦，可入藥。

416　昭代：政治清明之時代。

417　王謝：指東晉權貴王、謝兩大家族。

418　王謝堂前今已改：雅堂此語化用唐‧劉禹錫〈烏衣巷〉「舊時王謝堂前燕，飛入尋常百姓家」，意喻景物變遷，今昔殊隔。

419　太憨生：猶言太嬌癡。生，語助詞。

420　紅豆拋殘：指寄於紅豆以相思。

421　舌本：舌根、舌頭。

自題小照

杜牧清狂氣未馴，年來琴劍困風塵[422]。欲留姓氏千秋後，不作英雄作美人。

漁父

海門風湧起鯨波[423]，舟子迢迢擊楫歌[424]。欲把蓑衣殘照曝，釣[425]竿揮作魯陽戈。

題扇中畫虬髯公之圖

匹馬如龍去海東，中原無地處英雄。先機已破枯棋局，遍在紅顏賞識中。

咏海會寺牡丹

霸氣消沈冷夕陽，美人歌舞泣紅粧。而今寂寂山空寺，留得花王伴法王[426]。

---

[422] 杜牧：生平詳前〈滬上逢香禪女士〉「杜牧之」，注154。杜牧少年得志，頗放浪江湖，後失意，曾作〈遣懷〉：「落魄江湖載酒行，楚腰纖細掌中輕；十年一覺揚州夢，贏得青樓薄倖名。」此地清狂，或意在此。風塵：指風月場所。

[423] 鯨波：巨浪。

[424] 舟子迢迢擊楫歌：舟子，船夫。迢迢，悠遠貌，此狀歌聲悠長。擊楫歌，據下句「釣竿揮作魯陽戈」有力挽狂瀾之意，應為晉祖逖擊楫中流之典。祖逖統兵北伐，渡江中流，拍擊船槳，立誓收復中原。

[425] 編者按：「釣」，臺灣分館藏本誤作「鈞」。

[426] 花王伴法王：花王，花中之王，指牡丹。法王，佛教對釋迦牟尼之尊稱，亦借指高僧。

桂子山[427]

一鉤新月淡黃昏，環珮聲殘冷墓門。行過桂山山下路，落花無數美人魂。

半月樓

山色蒼濛斷翠霞，一池秋水落荷花。風流太守[428]今何在，半月樓空噪暮鴉。

題莫愁湖圖

石頭城畔幾東風，隄柳蕭蕭[429]又落紅。十里湖山誰管領，半歸兒女半英雄。

題杏林春燕畫扇

豔陽天氣試新衣，小立簾前日漸遲。燕子不歸花不落，春風長在手中吹。

題扇

笙歌初罷酒盈巵[430]，憔悴秋江杜牧之。醉倚花叢看明月，有人持扇乞題詩。

---

[427] 桂子山：即魁斗山，此山有五妃廟，是明寧靖王朱術桂從死姬妾——袁氏、王氏、秀姑、梅姐、荷姐等五人之墓塋與墓廟。
[428] 風流太守：指乾隆年間臺灣知府蔣允焄，蔣氏建半月樓以觀美人競渡，故雅堂稱之風流。
[429] 隄柳蕭蕭：形容岸上楊柳冷落淒清。
[430] 笙歌初罷酒盈巵：笙歌，和笙之歌，泛指奏樂唱歌。巵，音「之」，盛酒器皿。

聞歌

滿腔熱血半消磨，壯志猶存夜枕戈。如此江心如此月，倚樓無賴獨聞歌。

初晴

看花時節過清明，小立庭前雨又晴。春色十分今已半，綠陰深處去聽鶯。

曉起

秋水微波漾碧池，柳邊殘月五更時。昨宵夢入芙蓉路，曉起看花尚覺遲。

春郊散策[431]

東風十里草如氈[432]，乘興遨遊水竹邊。馬上詩情村店酒，買春不吝杖頭錢[433]。

431　散策：執杖散步。
432　草如氈：形容草茂盛豐茸，如毛毯一般。
433　杖頭錢：《晉書・阮脩傳》：「常步行，以百錢掛杖頭，至酒店，便獨酣暢。」
　　　後因以「杖頭錢」稱買酒錢。

讀盧梭[434]民約論[435]

平生最愛盧梭子，民約思潮湧大球[436]。革命已成專制死，文人筆戰勝
王侯。

消夏雜詠（四首）

碧荷筒裏暗香浮，宿酒初醒撩睡眸。花氣薰人知晝暖[437]，枇杷簾畔看
梳頭。

十里芙蓉出水鮮，池塘雨過試新泉。侍兒瀹取**釵頭**茗[438]，一盞瓊漿浸
碧漣[439]。

八面亭窗面面開，芭蕉搖綠上妝臺。夜深雨過微生潤，知有蘭香入座
來。

貪涼愛看研光羅[440]，風過迴廊湧碧波。浴罷蘭湯[441]回午[442]夢，隔墻閑
唱采蓮歌。

---

[434] 盧梭（Jean Jacques Rousseau, 1712-1778）：法國的啟蒙思想家、文學家，
　　對政治哲學與道德心理學貢獻甚偉。幼時境遇坎坷，及長，專力著述，
　　曾因言論不容於政府，先後流亡於瑞士和美國；主張人權平等，崇尚自
　　然，言論和作品多控訴社會不平，是法國革命思想倡導者之一。著有《民
　　約論》、《愛彌兒》、《懺悔錄》等書。

[435] 民約論：又稱「社會契約論」（Social Contract），主張「主權在民」，是
　　現代民主制度之基石。

[436] 大球：即地球。

[437] 花氣薰人知晝暖：聞著花朵芳香之氣薰陶醉人，就知道白晝回陽溫暖異
　　常。按：雅堂此一詩句，原典出自宋‧陸游〈村居書喜〉「花氣襲人知驟
　　暖」之語，後來曹雪芹《紅樓夢》據以更動一字而為「花氣襲人知晝暖」，
　　雅堂又將「襲人」改成「薰人」。

[438] 瀹取釵頭茗：瀹，音「岳」，煮。釵頭茗，白山茶花之別稱。宋‧陸游〈眉
　　州郡燕大醉中間道馳出城宿石佛院〉：「釵頭玉茗妙天下，瓊花一樹真虛
　　名。」作者注：「坐上見白山茶，格韻高絕。」

[439] 碧漣：綠水，清澈之水波。

安平

赤嵌城外柳條青，欲泊扁舟趁曉行。知否春潮今夜至，榜人欹坐[443]話延平[444]。

綺懷（四首）

可能十五嫁王昌[445]，願乞春陰上綠章[446]。一掬流離香草淚，者番[447]清夢落瀟湘。

團圓秋月照窗南，鬢亂釵橫睡未酣。僥倖書生稱豔福，半宵茗戰[448]助清談。

東西溝水兩分流，不解歡[449]娛不解愁。一轉秋波[450]無限思，撩人春睡尚迎眸。

題罷蠻箋[451]墨浪勻，嬌聲宛轉動歌唇。懷中剩有生花管[452]，也作纏頭[453]贈美人。

---

440 砑光羅：一種砑光之絲織品。砑，音「訝」，碾壓，用卵形或弧形之石塊碾壓或摩擦皮革、布帛等，使其緊實而光亮。

441 浴罷蘭湯：即浴於蘭湯（香草水）完了。古人以為蘭草可避不祥，故以蘭湯潔齋祭祀。《楚辭·九歌·雲中君》：「浴蘭湯兮沐芳，華采衣兮若英。」王逸注：「蘭，香草也。」

442 編者按：「午」，臺灣分館藏本誤作「千」。

443 榜人欹坐：榜人，指船工。欹，音「樓」，通「敧」，傾斜、依靠。欹坐，即歪斜著身子坐著。

444 話延平：閒話延平郡王鄭成功的傳聞軼事。

445 十五嫁王昌：語出崔顥〈王家少婦〉：「十五嫁王昌，盈盈入畫堂。自矜年最少，復倚婿為郎。」

446 綠章：即青詞，是道教舉行齋醮時獻給上天之奏章祝文，以紅色顏料書騈儷體於青藤紙上。

447 者番：這番、這次。

448 茗戰：猶鬥茶、品茶。

449 編者按：「歡」，臺灣分館藏本誤作「吹」。

450 秋波：原指秋天之水波，此指女子清亮之眼睛。

無題（五首）

無端花事太凌遲[454]，合作金鈴[455]好護持。我欲替伊求解脫，可憐剩蕊[456]怪風吹。

煙月漂零[457]恨亦多，買春無計奈春何。新愁舊恨渾[458]難說，淚灑風前子夜歌。

琵琶一曲感新秋，不寫相思渾寫愁。何處江州[459]白司馬[460]，傷心為爾暗低頭。

萍水遭逢露水緣[461]，依依顧影[462]兩堪憐。愛河十丈難飛渡，恨不同生離恨天[463]。

我亦天涯氣未伸，相逢何必感情真。押衙[464]長劍崑崙膽，誓挾雙龍護美人。

---

451 蠻箋：四川出產的箋紙。
452 生花管：指管筆生花，比喻傑出的寫作才能。
453 纏頭：古代歌舞藝人表演完畢，客以羅錦為贈，稱「纏頭」。
454 凌遲：折磨、衰敗，此處作「飽受摧殘」解。按：雅堂此處以「花」隱喻其於風月酒樓所遇到的歌妓美女。
455 金鈴：指驚走飛鳥的護花鈴。
456 蕊：音義同「蕊」。
457 煙月漂零：指煙花風月，風流韻事。漂零，飄落，墜落。
458 渾：副詞，簡直。
459 編者按：「州」，臺灣分館藏本誤作「舟」。
460 江州白司馬：唐代詩人白居易曾被貶為江州司馬，並作〈琵琶行〉：「座中泣下誰最多？江州司馬青衫濕！」後因以「江州司馬」代稱白居易，借指失意之文人。
461 露水緣：露水姻緣。
462 依依顧影：依依，不捨；顧影，自顧其影。
463 離恨天：佛經謂須彌山正中有一天，四方各有八天，共三十三天。民間傳說，須彌山三十三天中，最高者為離恨天。
464 押衙：管領儀仗之官。此用唐傳奇小說薛調〈無雙傳〉之典，劉無雙因父事沒入掖庭。古押衙受無雙之表兄王仙客請託，求得丹藥，使無雙舊

水仙詞（六首）

湘江洛浦[465]路非遙，喜有名花慰寂寥。我亦陳思時增枕，感甄[466]何處不魂消。

絕代丰神絕世姿，可憐端的[467]是嬌癡。沅蘭澧芷[468]堪相偶[469]，合付靈均[470]譜楚詞[471]。

高髻盤鴉卸豔粧，驚鴻嬌態幾翱翔。昵人最是湘裙[472]下，**羅襪凌波**步也香[473]。

鴛鴦侍闕[474]自分明，蝴蝶過牆暗送迎。縞袂[475]翩躚[476]人宛在，一簾花影畫難成。

婢采蘋假作中使，持入園陵，謂無雙逆黨，賜令自盡。古托以親故，贖其屍歸予仙客。三日後，無雙復活。古為絕追蹤而自殺。後用以稱仗義舍生之義士。

[465] 洛浦：洛水江濱。

[466] 感甄：曹丕將甄妃遺物玉鏤金帶枕贈與陳思王曹植，曹植睹物思人，於返回封地時，夜宿洛水江濱舟中，恍惚之間，遙見甄妃凌波御風而來，遂作〈感甄賦〉，以懷甄妃。

[467] 端的：果真、確實。的音「第」。

[468] 沅蘭澧芷：本指生於沅澧兩岸之芳草，後用以比喻高潔之君子或美人。按：此語典出屈原〈九歌‧湘夫人〉：「沅有芷兮澧有蘭」，王逸《楚辭章句》：「言沅水之中有盛茂之芷，澧水之內有芬芳之蘭，異於眾草。」

[469] 相偶：亦作「相耦」，指結為伴侶。

[470] 靈均：即屈原。屈原，字靈均。

[471] 楚詞：即「楚辭」，古代「詞」、「辭」通叚。

[472] 湘裙：指以湘地絲織製成之女裙。

[473] 羅襪凌波步也香：原典出自三國魏‧曹植〈洛神賦〉：「凌波微步，羅襪生塵」，呂向注：「步於水波之上，如塵生也。」後以「凌波微步」比喻美人步履輕盈，如乘碧波而行。

[474] 侍闕：指侍婢。

[475] 縞袂：音「稿魅」，白衣。

[476] 翩躚：《全臺文》主編黃哲永建議作「躚」。翩躚，飄逸飛舞貌，或形容輕盈之舞姿。

綺懷脈脈[477]感湘靈[478]，清瑟冷冷掩淚聽。每到酒闌歌歇後，隔江遙指數峰青[479]。

金釵十二幻情因[480]，香草多愁屬美人。姹紫嫣紅都看盡，二分明月淡江春。

庚子（1900）秋夕訪李蓮卿[481]於城西，賦此（四首）

半存俠氣半柔情，躍躍腰間隻劍鳴。燕市已無屠狗輩，酒場漸覓女荊卿。

果然悅己豈為容[482]，肝膽傾人[483]一笑逢。同是天涯淪落客，青衫黃袖[484]兩情濃。

滾滾神州湧火蓮，倩他嫻女補情天[485]。悲秋莫話無窮感，北里胭脂快著鞭[486]。

---

[477] 綺懷脈脈：綺懷，猶言風月情懷。脈脈，情意深長。形容眼神中表露出意味深長之綿綿情懷。

[478] 湘靈：湘水之神。此借湘水女神比擬水仙。

[479] 隔江遙指數峰青：原典出自唐・錢起〈省試湘靈鼓瑟〉：「曲終人不見，江上數峰青。」句。按：雅堂「隔江遙指數峰青」，與前述錢起詩句相彷彿。大意即：隔著江岸指著遙遠的數座青脆山峰。

[480] 金釵十二幻情因：謂男女之情，深且廣，而人卻身在虛幻、荒誕之情海中。

[481] 李蓮卿：庚子（明治三十三年，1900）之秋，台南曾開「赤城花榜」，遴選十美，李蓮卿奪冠。連橫為文道：「蓮卿，台南人，年十二，鬻于勾闌，姿容妨【妙】曼，體態溫柔，又能纏綿宛轉之歌，豔名日著，而蓮卿則自恫不已，蓋狂且之肆虐，由是而來，遂以病沒，年方十六。余傷其遇，以詩弔之，和者甚多，因成一帙，曰：『悼蓮集』。」

[482] 果然悅己豈為容：原典出自《史記・刺客列傳》：「士為知己者死，女為悅幾者容」。按：「女為悅己者容」意謂：女子為喜悅自己的人而妝扮，雅堂「果然悅己豈為容」之語與此意相彷彿。

[483] 肝膽傾人：謂以赤誠之心待人，使人傾心。

[484] 青衫黃袖：「青衫」代指男子，「黃袖」代指女子。

過江名士太無聊，水思雲情[487]隔目遙。王氣消沈金粉在，那堪風月話南朝。

題春日南社小集圖（八首）

蘭亭勝會已千古，輞水香山[488]亦渺然。猶有風流屬吾輩，吟詩同入畫中天。

萬花叢裏闢詩壇，一幅林巒湧大觀。絕好春風長入座，翩翩裙屐且盤桓。

同向冰壺[489]滌筆來，東風桃李滿園開。**枋橋**[490]此日留詩跡，好把文章繼福臺。

婆娑洋裏浪翻青，十載鐘聲斷斐亭。三傑七賢堪踵武[491]，文星旁見老人星[492]。

485　情天：語出唐・李賀〈金銅仙人辭漢歌〉：「衰蘭送客咸陽道，天若有情天亦老。」後因以「情天」稱情愛之境界。

486　快著鞭：用祖逖故事，比喻先人一步起義。

487　水思雲情：指男女歡會之情。

488　輞水香山：輞水，即輞川，王維曾置別業（別墅、別館）於此。香山，位於洛陽市南郊九公里處，伊水南岸，白居易晚年長居於此，並號「香山居士」。

489　冰壺：盛冰之玉壺，比喻品德清白廉潔。或借指月亮或月光。

490　枋橋：指台南枋橋頭之吳園。道光初，吳尚新聘名匠仿照漳州城外飛來峰之形勢，佈置假山、池台水閣、奇花異木，極盡美觀，名為「吳園」，俗稱「樓仔內」，與板橋「林家花園」、新竹「北郭園」、霧峰「萊園」等號稱臺灣四大名園。台南俚諺：「有樓仔內有的富，也無樓仔內的厝；有樓仔內有的厝，也無樓仔內的富」；連雅堂於〈台南古蹟志〉亦言：「枋橋吳氏，為府治巨室，園亭之勝甲全台，而飛來峰尤最。」

491　三傑七賢堪踵武：三傑七賢，指張甦園、謝維嚴（號籟軒）、陳渭川（字瘦雲）、張秋濃、張聯輝、楊鵬摶（號雲程）、楊宜綠（號癡玉）、胡殿鵬（號南溟）、鄒少奇（小奇）、趙鍾麒（號雲石）。踵武，指繼承前人之事業。

492　作者注：「圖中十一人，唯甦園年六十有餘。」

東山絲竹擅風流[493]，湖海元龍百尺樓[494]。各有遙情寄毫素[495]，畫眉京兆[496]更溫柔[497]。

唐時楊炯[498]好文章[499]，晉代胡威[500]亦古狂[501]。別有梁園詞客在，廿年作賦老鄒陽[502]。

陽春煙景[503]最繁華，鶯燕樓臺日未斜。我愛師雄[504]具清福，天寒月冷夢梅花。

---

[493] 作者注：「籟軒。」按：此以謝安代指謝籟軒。

[494] 作者自注：「瘦雲。」以陳元龍代指陳瘦雲。

[495] 各有遙情寄毫素：遙情，高遠之情思。毫素，指文章、書信。

[496] 畫眉京兆：指夫婦或男女相愛。語出《漢書‧張敞傳》：「〔敞〕又為婦畫眉，長安中傳張京兆眉憮。有司以奏敞。上問之，對曰『臣聞閨房之內，夫婦之私，有過於畫眉者。』上愛其能，弗備責也。然終不得大位。」

[497] 作者注：「張秋濃及聯輝。」

[498] 楊炯（650-692）：初唐四傑之一。幼聰敏博學，善屬文。年十一，舉神童，授校書郎，為崇文館學士，遷詹事司直。楊炯恃才簡倨，人容之，擅長寫邊塞詩，詩風氣勢軒昂，風格豪放。

[499] 作者注：「雲程、癡玉。」

[500] 胡威（?-280）：字伯虎，淮南壽春人。曹魏末年及西晉官吏，胡質之子，父子皆以清廉著名。胡威少有志尚，厲操清白，曾自駕驢車由洛陽到荊州，拜見父。臨辭，父賜絹一匹，為道路糧。胡威竟詢問絹布來歷，知是以俸祿購之，乃受之，辭歸，事見《三國志》卷二十七〈魏書‧胡質傳〉。

[501] 作者注：「南溟。」

[502] 鄒陽（?- B.C.120）：西漢散文家。文帝時，為吳王劉濞門客，以文辯著名於世。吳王陰謀叛亂，鄒陽上書諫止，吳王不聽，因此與枚乘、嚴忌等離吳去梁，為景帝少弟梁孝王門客。鄒陽為人有智略，慷慨不苟合，後為人誣陷入獄，險被處死。鄒陽在獄中上書梁孝王，表白心跡。梁孝王見書大悅，立命釋放，並尊為上客。作者注：「小奇。」

[503] 陽春煙景：指陽春三月之煙霞美景。煙景，雲靄、煙霧繚繞之景色。

[504] 師雄：趙師雄（生卒年不詳），隋人，嘗於羅浮山遇一女郎，與之飲酒交談甚歡，翌日醉醒，竟臥於梅樹下；後世遂以「羅浮夢」喻梅花、或指人生如夢。語出唐‧柳宗元《龍城錄‧趙師雄醉憩梅花下》。作者注：「雲石。」此處即以趙師雄代指趙雲石。

瀛南[505]山水本岑奇[506]，春日林花發滿枝。畫意詩情無限好，披圖[507]我亦現鬚眉。

曉發

曉風[508]料峭[509]酒旗飛，隄柳籠煙綠四圍。羨殺吳儂[510]饒豔福，一篙秋水載花歸。

即事

隔墻閑唱莫愁歌[511]，遙夢春隄想玉珂[512]。百尺情絲吹不斷，好風遍惹落花多。

感事

天演何心分勝敗，國魂今日倩誰招。歐風亞雨相磨盪，熱血流成革命潮。

---

[505] 瀛南：指鹿耳門一帶。
[506] 岑奇：岑，音「ちㄣˊ」，指山小而高奇。
[507] 披圖：展閱圖籍、圖畫等。
[508] 曉風：清晨的微風。
[509] 料峭：風力尖利而寒冷。
[510] 吳儂：指吳人。
[511] 莫愁歌：南朝梁·蕭衍所作，原文作：「河中之水向東流，洛陽女兒名莫愁。莫愁十三能織綺，十四採桑南陌頭。十五嫁為盧家婦，十六生兒字阿侯。盧家蘭室桂為梁，中有鬱金蘇合香。頭上金釵十二行，足下絲履五文章。珊瑚掛鏡爛生光，平頭奴子提履箱。人生富貴何所望，恨不嫁與東家王。」
[512] 玉珂：本指馬絡頭上的玉製裝飾物。因豪貴家庭方有此物，故亦用以借指高官貴人。

新正[513]疊訪雲石先生不遇，以詩代柬

一年爭說新春好，蠟屐來尋處士[514]家。不料主人偏外出，東風辜負滿庭花。

種花

一年無事祇栽花，萬紫千紅自足誇。鎮日倚欄看不厭，春風長在美人家。

題阿梅寫真，為無悶作

冰心鐵骨[515]玉無瑕，放鶴歸來月未斜。羨汝孤山林處士[516]，一春無事伴梅花。

以瓶插桃菊二花

一簾新雨漾茶煙，半榻琴聲落潤泉。最喜美人伴高士，桃花斜對菊花邊。

桃花

武陵[517]流水泛仙槎，別有天臺洞口霞[518]。一樣桃花能引客，吾生祇愛美人家。

---

[513] 新正：農曆新年正月，初一至初五日，謂之新正，或稱新春。
[514] 處士：有才德而不願做官之人。
[515] 冰心鐵骨：純淨高潔的心地與剛強不屈的骨氣。
[516] 孤山林處士：指林逋。
[517] 武陵：指避世隱居之寶地。
[518] 天臺洞口霞：傳說漢劉晨、阮肇入天臺山桃花洞遇仙女，後因以指仙境。詳注 177。

酬南強[519]

黃金何處築高臺[520]，已死燕昭老郭隗[521]。射虎屠龍原易事，拔天闢地有奇才。一生肝膽酬巾幗，千古文章付劫灰。三十功名塵與土[522]，且持尊酒對寒梅。

弔李鴻章（四首）

人材崛起齊俾格[523]，勳業終年讓大伊[524]。太惜中原多健者，如何孺子亦王師。

廿紀文明啟亞洲，功名僅比左彭儔[525]。問公第一快心事，同種相殘也策勳[526]。

聯俄主義亦良謨[527]，揖盜重門[528]半著輸。我欲殉公無別物，袖中一幅滿洲圖[529]。

519　按：雅堂此詩以和林幼春〈東劍花〉：「按劍隨侯世莫前，干將補履亦徒然。人間真有禽填海，天上原無蠱化仙。歷劫神鰲淪禹績，忍寒老鶴話堯年。孤山一掬冰霜淚，不敢憐君祇自憐。」

520　黃金何處築高臺：此用戰國燕昭王築黃金臺以招賢納士之典，參前〈東長安街弔三烈士〉「黃金臺」，注220。

521　郭隗：戰國時燕國之謀士。燕昭王欲招納賢士以報齊國之仇，往見郭隗，隗曰「今王誠欲致士，先從隗始。隗且見事，況賢於隗者乎？豈遠千里哉！」於是昭王為隗築宮而師之。樂毅自魏往，鄒衍自齊往，劇辛自趙往，士爭湊燕。事見《戰國策・燕策一》，後因以「郭隗請始」為賢良之士自薦之典故。

522　三十功名塵與土：語出宋・岳飛〈滿江紅〉：「三十功名塵與土，八千里路雲和月」。

523　俾格：指俾斯麥（Otto von Bismarck, 1815-1898）與加富爾（Camillo Benso Cavour, 1810-1861）。作者注：「德相俾士麥、意相格里士與李同時。」

524　作者注：「大隈重信、伊藤博文，日本維新之傑也。」

525　功名僅比左彭儔：左，指左宗棠；彭，指彭玉麟。儔，匹敵、相比。

526　策勳：策略計謀。作者注：「李使歐洲時，至德見俾相，問李平素功業，李歷敘平髮、平撚事，有得色。俾曰：公之功業誠巍巍矣，然我歐人，以能敵異種為功；自種相殘，歐人不取也，李有愧色。」

議和議戰兩模稜，也博維新愛國名。為問北洋儲將地，幾人汗馬[530]出門生。

東風

昨夜東風至，庭花發滿枝。有情方好色，無膽莫為詩。痛飲逢春社[531]，聽歌愛少時。簾前紅豆豔，憐汝慣相思。

聞歌

綠酒紅燈夜，聞歌喚奈何。當筵求玉杵[532]，舊夢隔銀河。柳弱愁難繫，花殘恨更多。可能倩雙鯉，情愫托微波。

四春園[533]雅集

太原公子褐裘[534]來，鯤島龍門[535]兩扇開。落葉打頭同看劍，對花握手且啣杯。歌場遇舊餘豪氣，詩界興新拓霸材。今日枋橋留盛會，墨雲飛灑滿庭苔。

---

[527] 良謨：良好計策。

[528] 揖盜重門：揖盜，拱手作禮，請盜匪入門。重門，指設置重關。

[529] 作者注：「聯俄主義，李一生固寵在此、破壞亦在此。」

[530] 汗馬：騎著戰馬四處奔波征戰而出汗。《北史·宇文貴傳》：「男兒當提劍汗馬以取公侯，何能為博士也！」按：雅堂「幾人汗馬出門生」係嘲諷北洋軍閥有幾個人是真正憑著自身戰功而獲致權柄的。

[531] 春社：古時於春耕前（周用甲日，後多於立春後第五個戊日）祭祀土神，以祈豐收，此謂之春社。

[532] 玉杵：唐·裴鉶《傳奇·裴航》載：裴航以玉杵臼為聘禮，娶雲英仙去。後因以玉杵指求婚之聘禮。

[533] 四春園：在吳園內，日治初期日人即向吳家租借大門旁一角，建造日式旅館「四春園」，因其能觀覽吳園景觀，遂成為臺南相當熱門的住宿與詩人聚會場所。明治四十年（1907）台南廳長津田毅一倡立「社團法人台南公館」，購置吳園以興建西式旅館，四十三年（1910）組織變更為「財團法人臺南公館」，旋即動工，四十四年（1911）落成。後更名為公會堂。

有贈

鄭家詩婢黨家緣[536]，惹我想思放我顛[537]。寶髻盤鴉同待月，繡裙飛蝶記遊仙。果能小玉藏金屋，願把明珠作聘錢。為問散花妙天女，春風幾度入情禪。

詠懷

酒酣拔劍舞，長嘯天微濛。未了平生志，**離憂**[538]在海東。波濤日潚湃，一水神州通。駕彼大鵬翩[539]，萬里凌長風。

哭李少青[540]（四首）

鯤島詩壇孰啟先，浪吟佳會集群賢。南豐[541]已逝東坡死，又向秋風哭謫仙[542]。

---

534 袒裼：古行禮時，袒外衣而露裼衣，且不盡覆其裘，謂之袒裼。非盛禮時，以此為敬。意指袒露裏衣，不拘禮儀。

535 鯤島龍門：鯤島，臺灣古老之稱謂。龍門，後漢時李膺有重名，後進有升其堂者，謂之「登龍門」，見南朝宋・劉義慶《世說新語・德行》。

536 鄭家詩婢黨家緣：鄭家詩婢，鄭玄好學，家中奴婢皆飽學之士。後人遂以此形容一門風雅，婢僕知書。黨家，陶穀買得黨太尉故妓。過定陶，取雪水烹團茶，謂妓曰：「黨家應不識此。」妓曰：「彼粗人，安得有此。但能銷金帳下，淺酌低唱，飲羊羔美酒耳。」陶媿其言（宋・無名氏《湘湖近事》）。後因以「黨家」比喻富豪人家。

537 顛：顛狂，此處意謂極度渴望。

538 離憂：即「罹憂」，遭遇憂患，「離」、「罹」通叚。

539 翩：音「盒」，翅膀。

540 李少青：浪吟詩社成員。

541 南豐：曾鞏（1019-1083），此處以代稱曾鶴生。

542 作者注：「丁酉（明治三十年，1897）春，余與李君及曾鶴笙、蘇捷稀諸人創浪吟詩社，極一時之盛。未幾而曾、蘇二君相繼死，今君又死，痛哉。」按：雅堂「南豐已逝東坡死，又向秋風哭謫仙」云云，係借同姓

曾參軍府慕西平[543]，鄴架[544]縱橫擁百城。戎馬書生空遠志，記功無福待來生。

豈真薄命是文人，別鶴離鸞[545]獨愴神。今日情根應劃盡[546]，拈花微笑悟前因[547]。

一代知交蘇玉局[548]，屏山崇抖當眉山[549]。他年化鶴歸來後，落葉西風失故關[550]。

壯悔堂[551]詩

舉杯拔劍起徘徊，鉦鼓[552]南天只覺哀。明月自臨曹女廟[553]，秋風多傍越王臺[554]。盧循[555]樓艦千檣集，姑蔑關河[556]萬馬來。此日軍書馳海內，安危誰是出群才。

古賢代指其友，如曾南豐（曾鞏）喻曾鶴笙、蘇東坡喻蘇捷秭，李謫仙（即李白）喻李少青。

[543] 作者注：「君弱冠有大志，入萬鎮軍幕內傭書，碌碌有投筆之概。」西平：唐・李晟（727-793），字良器，頗有戰功，爵封西平郡王，世稱李西平。

[544] 鄴架：唐・韓愈〈送諸葛覺往隨州讀書〉：「鄴侯家多書，插架三萬軸。」鄴侯，即唐代李泌，家藏書豐富。後因以「鄴架」比喻藏書處。

[545] 別鶴離鸞：比喻離散之夫妻。

[546] 劃盡：劃，音「產」。刪除淨盡。

[547] 作者注：「君少失偶，一妾又他去，鰥況數年，而今已矣。」

[548] 蘇玉局：指蘇軾。宋代成都北郊玉局村有一道觀，稱玉局觀。蘇軾晚年曾任玉局觀提舉，後人遂以「蘇玉局」稱之。編者按：「局」，臺灣分館藏本作「階」，誤。

[549] 屏山崇抖當眉山：屏山，屏東市舊名阿猴、阿緱，原本為一平埔族聚落，因在半屏山之東，故稱。眉山，即四川眉山，蘇軾為北宋四川眉山人氏。

[550] 作者注：「君流落屏東數年，阿猴蘇玉局先生特賞識之，任為記室。」

[551] 壯悔堂：位於河南商丘古城北門內，為明末才子侯方域（1618-1654）著書處。明朝滅亡後，侯方域返商丘老家，建「壯悔堂」，著有《壯悔堂文集》、《四憶堂詩集》。

[552] 鉦鼓：古代行軍時，擊鼓表前進，敲鉦表停止，故以鉦鼓喻軍事。

上巖

火山[557]奇絕窮天下，獨立峰頭眼界寬。萬頃平原茫似海，一輪曉日大
於盤。林深泉洌春花豔，寺古雲封佛火寒。到此詩情無限好，自題遊
記刻琅玕[558]。

火山觀出火穴[559]

吾鄉山水奇，火山推第一。火自水中生，水從火裏出。水火不同原，
如何相偶匹[560]。想見太古時，造化美譎術[561]。戲與玄武[562]妃，嫁與祝

---

[553] 曹女廟：即曹娥廟，位於浙江紹興上虞曹娥江西岸。東漢漢安二年（143）
五月，曹娥為救父盱，投江而死。元嘉元年（151），上虞縣令度尚改葬
曹娥於江南道旁，命邯鄲淳作誄辭，並立碑、建廟，以彰曹娥之孝烈。

[554] 越王臺：位於浙江紹興府山東南麓，傳說勾踐出征時的點將台，後人為
緬懷越王勾踐臥薪嘗膽復國雪恥而建。

[555] 盧循（?-411）：字于先，小名元龍，范陽涿縣人（今河北涿州）人。出
身門閥士族范陽盧氏，是司空從事中郎盧諶的曾孫。東晉末年隨孫恩以
「五斗米道」起事，孫恩敗死，盧循統孫恩餘眾繼續反抗朝廷，終為交
州刺史杜慧度所破而自殺。

[556] 姑蔑關河：姑蔑，在越國的西境（約當舊衢州府）。《國語·越語上》：「勾
踐之地，南至於句無，北至於御兒，東至於鄞，西至於姑蔑。」關河，
泛指山河。

[557] 火山：此指臺南關子嶺，今日關子嶺「碧雲寺」原名「火山廟」。雅堂所
歌詠者，當在此處。

[558] 琅玕：似玉的美石。

[559] 出火穴：即今日關子嶺「水火同源」，舊時又稱「水火洞」。位於臺南市
枕頭山西南方，由於地質構造特殊，崖壁有天然氣冒出，經點燃之後火
焰永不熄滅，而崖壁隙縫同時又有泉水涌流，於是形成水中有火、火中
有水的特殊景觀，被稱為臺南八景之一。

[560] 偶匹：匹配同存之意。

[561] 譎術：即騙術、魔術。按：「造化美譎術」意謂：大自然的新奇奧妙比起
魔術還完美。

[562] 玄武：北方之神，北方屬水，又屬水神。

融[563]室。同濟自調和，萬年無相失。吾昔聞人言，今來見始實。巨石立山頭，水火穴口集。其火光熊熊，炎威凌朝日。熊熊十丈高，入夜尤燁爗[564]。司昏駐離明[565]，青藜分太乙[566]。其水夾火流，滾滾不可吸。嗅之味酸鹹，中有琉磺質。水火本天成，大氣日呼翕[567]。有時氣沸騰，地球震倉卒[568]。人類生處間，危哉亦岌岌。我聞斐洲妖[569]，浴火顏芳溢。又聞至誠人，入水衣不濕。水火順自然，浩氣足貫壹。如何鄉氓[570]愚，謬言神宰執[571]。一到此山頭，持香手抖挕。我見亦稱奇，嘖嘖山頭立。

---

[563] 祝融：火神，借指火。祝融，帝嚳時的火官，後尊為火神，亦以為火或火災之代稱。

[564] 燁爗：燁，音「頁」，火盛、明亮，引伸為光輝燦爛。爗，音「避」，爆裂聲。

[565] 司昏駐離明：司昏，夜間當值者，此指黑夜。離明，日、日光。語本《易·離》：「離為火，為日。」

[566] 青藜分太乙：青藜，指藜杖。太乙，指天地未分前的混沌之氣。此句典出《三輔黃圖·閣》：「劉向於成帝之末，校書天祿閣，專精覃思。夜有老人，著黃衣，植青藜杖，叩閣而進。見向暗中獨坐誦書，老父乃吹杖端，煙然，因以見向，授《五行洪範》之文。（向）恐詞說繁廣忘之，乃裂裳及紳以記其言。至曙而去，請問姓名，云：『我是太乙之精，天帝聞卯金之子有博學者，下而觀焉。』」詩句謂水火同源之火光，猶如黑夜中太乙精靈的青藜杖發出的亮光。

[567] 呼翕：呼氣和吸氣。翕，音「系」，合、聚、和順。

[568] 編者按：「卒」，臺灣分館藏本作「率」，誤。「倉卒」即「倉猝」。

[569] 斐洲妖：非洲，舊譯斐洲。按：此疑為林紓（1852-1924）所譯《三千年豔屍記》情節，該書原作為英國通俗小說家哈葛德（Henry Rider Haggard，1856-1925）的冒險小說《She》（1887），書中描述統治非洲某原始部落的白人女王艾伊莎（Ayesha），因沐浴於生命之火中而更加美豔、並獲得長生。哈葛德作品為林譯小說數量之冠，在當時亦屬家喻戶曉。

[570] 鄉氓：即鄉民。氓音「忙」，古代稱庶民為「氓」。

[571] 謬言神宰執：宰執，即掌管。關子嶺所在的「枕頭山」另名為「麒麟山」，當地還有麒麟隧道、麒麟尾部落等地名。當地相傳，「水火同源」所在地是吐火的麒麟頭，麒麟尾部落是尾巴，而四隻腳分別落在關子嶺溫泉區四周，著名的溫泉是「麒麟尿」。日治時期，有信眾在此供奉「水火神君」作為鎮山之神，雅堂所不以為然者，或當指此。

今夕

柳花飄盡桃花落，一例人間薄命花。我愛癡情歌暮雨，卿留秀色鬥朝
霞。狂歡脫落當筵坐，笑語提防把扇遮。今夕月明人不見，沈沈消息
鳳兒家。

淡北諸公招飲，即席賦呈

官柳絲絲[572]繞短垣，旗亭相約酒盈尊。劍潭王氣餘山色，淡社詩聲振
國魂。千古但存文字貴，一生自信布衣尊[573]。醉中喜得裙釵愛，豪氣
如雲壓北門。

送吳季籛[574]遺骨歸粵東（二首）

千里臺澎浩劫窮，賦詩橫槊去從戎。七星旗[575]捲秋雲黑，八卦山圍戰
火紅。血濺草萊君不朽，胸羅經濟鬼猶雄。崁城苦雨淒風裏，遙望靈
旗大海東。

荒山薧葬[576]幾春秋，今日歸鄉遂首邱[577]。負骨專勞陳孺子[578]，撫孤深
望許文休[579]。羊城[580]落日悲英魄，鯤島驚濤撼舊愁。幕府青衫[581]留淚
血，肯因掛劍恨依劉[582]。

---

[572] 官柳絲絲：官柳，大道上之柳樹。絲絲，形容楊柳枝條細長如絲。

[573] 一生自信布衣尊：布衣，沒有官位權勢的平民百姓。按：雅堂此語當係
柳永〈鶴沖天〉「才子詞人，自是白衣卿相」的自信呈現。

[574] 吳季籛（1857-1895）：吳彭年，字季籛，浙江餘姚人。光緒二十一年（1895）
春來臺，候補縣呈，旋被劉永福延為幕賓；不久臺北淪陷，吳自請率七
星黑旗兵七百往守臺中，抵禦日軍進犯，於八月間戰歿於彰化八卦山。

[575] 七星旗：劉永福的黑旗軍，以北斗七星為戰旗。

[576] 薧葬：指簡易的埋葬。薧，音「槁」，草蓆之材料。

[577] 首邱：相傳狐狸臨死時，頭必朝向出生之山丘，比喻不忘本或懷念故鄉。
《禮記・檀弓上》：「古之人有言曰：『狐死正丘首』，仁也。」後以「首
邱」比喻歸葬故鄉。

登澄臺有感

高臺獨上黯消魂，萬派蒼溟氣欲吞。鹿耳潮連青草渡[583]，鯤身風湧白沙墩。舉頭牛女迴天漢，放眼波濤撼海門。登嘯每持長劍舞，古來興廢不須論。

正月十六日謁延平王祠率成[584]

英雄自有回天力，忠孝原由血性成。慨我懸弧[585]當此日，梅花香裏拜延平。

冬夜讀史有感（廿首）

> 滿人宅夏[586]二百六十年矣，國政紛紜，民憤磅礴，內訌外侮，昔昔交併。革命之鏡，已喧湘、贛，物極則反，天道何常。縱觀時事，追念前塵，心躍血湧，茹之欲出。率賦廿章，質諸觀者。

---

[578] 負骨專勞陳孺子：陳孺子，指陳平，典出《史記》：「里中社，（陳）平為宰，分肉食甚均。父老曰：『善，陳孺子之為宰！』平曰：『嗟乎，使平得宰天下，亦如是肉矣！』」此以陳平代指陳鳳昌（1865-1906），鳳昌攜彭年遺骨回廣東交與其母。

[579] 許文休（147-222）：許靖，字文休，三國時人物品評家許劭的堂弟，曾任巴郡、廣漢、蜀郡太守。此以許靖代指許南英。作者注：「臺南許蘊白刺史官粵時恤其孤。」

[580] 羊城：廣州，又名羊城、五羊城。

[581] 幕府青衫：幕府，古時軍隊主帥的府署設於帳幕內，故稱。後指軍政大官僚之府署。青衫，古時學子所穿之服，借指官員。

[582] 依劉：指吳彭年（季籛）為劉永福率領七星旗兵往守臺中事。

[583] 青草渡：位於台南市青草崙海岸。

[584] 率成：率，音「律」，於是完成、率性的完成。

[585] 懸弧：此指生而為男子。古代尚武，生男孩則於門左懸掛一張弓，後稱生子為「懸弧」。

[586] 宅夏：以華夏為宅，謂入主中原。

十丈寒濤拍岸湄，朔風吹雪冷天涯。海中故郡沈蒼兕[587]，雲裏靈旗望素蜺[588]。孤憤韓非原嫉世[589]，治安賈誼獨憂時[590]。傷心二百年來事，如此江山忍賦詩。

中夜呼天喚睡獅[591]，燭龍[592]未醒瘦蛟啼。紅羊浩劫[593]匆匆去，蒼狗浮雲[594]莽莽迷。大士[595]有心超苦海，眾生何罪墮泥犂[596]。祇今過渡風潮急，興漢亡胡一問題。

---

[587] 蒼兕：傳說中的水獸。兕，音「寺」。編者按：「兕」，臺灣分館藏本誤作「咒」。

[588] 素蜺：即素霓，白色的虹。蜺，音「泥」，古同「霓」，虹之一種。

[589] 孤憤韓非原嫉世：《史記・老子韓非列傳》：「〔韓非〕悲廉直不容於邪枉之臣，觀往者得失之變，故做〈孤憤〉。」

[590] 治安賈誼獨憂時：指賈誼懷憂時政，作〈治安策〉，指評缺失，文中提出「眾諸侯而少其力」，「驅民而歸之農」，以鞏固中央政權。

[591] 睡獅：沉睡的獅子。清末民初時常用以形容未覺醒的中國。清・黃遵憲〈病中紀夢述寄梁任父〉：「散作鎗礮聲，能無驚睡獅，睡獅果驚起，牙爪將何為？」民國・李大釗〈警告全國父老書〉：「今日歐洲莽怪之風雲，寧非千載一時，睡獅決起之機，以報累代之深仇，以收已失之土地，從此五色國徽。將亦璀燦光耀於世界。」

[592] 燭龍：《山海經・大荒北經》：「西北海之外，赤水之北，有章尾山。有神，人面蛇身而赤，直目正乘，其瞑乃晦，其視乃明，不食不寢不息，風雨是謁。是燭九陰，是燭龍。」按：此處「燭龍」亦用以借喻當時的中國。

[593] 紅羊浩劫：指國難。古人以為丙午、丁未為國家發生災禍之年。丙丁為火，色紅；未屬羊，故稱。

[594] 蒼狗浮雲：比喻事物變化不定。

[595] 大士：(1) 佛的尊稱之一。《佛光大辭典》：「大士：梵語 mahāpurusa，巴利語 mahāpurisa。對佛之尊稱之一。與『無上士』同義，意即最勝之士夫。據《雜阿含經》卷四十八……第二天子讚歎云：「大士之大龍，大士之牛王，大士夫勇力，大士夫良馬，大士夫上首，大士夫之勝。」（無量壽如來會卷上）」(2) 菩薩的美稱，民間尤用以代指觀音大士。按：《佛光大辭典》：「大士：梵語 mahāsattva。為菩薩之美稱。音譯作摩訶薩埵，又作摩訶薩。與『菩薩』同義。……菩薩為自利利他、大願大行之人，故有此美稱。」

[596] 泥犂：佛教語，梵語之譯音，指地獄。

山海雄關揖盜開[597]，驚聞胡騎[598]入京來。單于代漢為天子，回紇侵唐
上露臺[599]。朱鳥[600]笑談開國瑞，青駝[601]慘見劫餘灰。新亭淚灑征衫濕，
江左何人賦大哀。

風雨淒涼哭孝陵，鍾山何處種冬青[602]。畫江失守軍心潰，匝地陳屍戰
血腥。三月煙花難控鶴[603]，十年露草化流螢[604]。史公就義閣公死[605]，
節烈巍巍紹典型。

閩南突兀[606]起延平，報國忘家熱血傾。據地雄才爭鷺島，開天偉力闢
鯤溟[607]。卅年賜姓心存漢，再世降王[608]痛絕明。兩度北征功半挫，誰
從滄海覓神鯨[609]。

---

[597] 山海雄關揖盜開：指明末山海關守將吳三桂，開關門引入清兵。

[598] 胡騎：代指滿州清兵。

[599] 露臺：曬臺，陽臺，此處指朝廷的天臺。

[600] 朱鳥：形似鳳凰，古代神話中的南方之神，為南方赤色代表，見之則大
吉大利，天下安寧，子孫盛昌。

[601] 青駝：即銅駝。按：北宋·樂史《太平寰宇記》引《洛陽記》：「漢鑄銅
駝二枚，在宮之南四會道，夾路相對。俗語曰『金馬門外聚群賢，銅駝
陌上集少年』言人物之盛也。」後世遂借指京城、朝廷，也成為歷代興
亡的象徵物，《晉書·索靖傳》：「靖有先識遠量，知天下將亂，指洛陽宮
門銅駝，歎曰『會見汝在荊棘中耳！』」

[602] 種冬青：元代時，宋皇陵被盜，唐珏私下使人收葬被毀之陵寢，並種冬
青樹以識之。事見謝翱《晞髮集·冬青樹引注》。

[603] 控鶴：意指騎鶴，古人謂仙人騎鶴上天，故得道成仙之意。

[604] 十年露草化流螢：暗喻淒涼之處境。《禮記·月令》：「季夏三月……腐草
為螢」《格物論》：「螢是從腐草和爛竹根而化生。」

[605] 史公就義閣公死：史公，指史可法，史督師揚州，抗清殉城。閣公，指
閣應元，明末抗清名將。

[606] 突兀：突然、驟然。

[607] 鯤溟：指鯤海，臺灣之別名。

[608] 再世降王：「再世」指傳到第二世，此處指降清的鄭克塽。按：鄭成功
之子鄭經過世以後，權臣馮錫範聯合鄭經從弟鄭哲順等宗室、將領發動
政變，擁立年僅十二歲的鄭克塽為延平王，明鄭經此動盪，國力大減，
終致敗亡，而鄭克塽成為降清的「明王」（康熙皇帝封其為海澄公，隸屬
漢軍正紅旗）。

崑崙山勢走中華，**禹域**畇畇[610]大足家。每恨平原馴虎豹，幾時大陸起龍蛇。宙[611]間痛折驚天柱，海上空懸貫月槎[612]。故國沈淪無限感，秋隄衰柳盡寒鴉。

如何醜虜肆天驕，黷武[613]窮文禍水迢。三世主權[614]久烜赫[615]，皕年[616]民氣悉摧焦。杜鵑淚血啼前蜀，蹠犬狺聲吠帝堯[617]。粉飾昇平事偷息，內訌外亂已喧囂。

安樂君臣美睡濃，深宵忽警自由鐘。三軍慷慨吞朝羯[618]，六國縱橫殺祖龍[619]。傳檄粵西馳露布[620]，揭竿湖北應雲從。請提十萬新磨劍，誓復中原耀漢宗。

金陵形勢亦岐豐[621]，明社初墟繼有洪[622]。半壁山河爭逐鹿，八旗子弟[623]化沙蟲。可憐鑄錯終成鐵，未遂銘功竟折銅。太息天亡非戰罪[624]，項王雖敗總英雄。

609　神鯨：相傳鄭成功為東海大鯨轉世，詳注 138。
610　禹域畇畇：禹域，指中國領土範圍。畇畇，音「雲」，指田地開墾平整。《詩·小雅·信南山》：「信彼南山，維禹甸之。畇畇原隰，曾孫田之。」《毛傳》：「甸，治也。」本謂禹所墾闢之地，後指中國領土。
611　宙：天空。
612　貫月槎：指堯時西海中之發光浮木，借指舟楫。
613　黷武：用兵無度，濫行攻伐。
614　三世主權：指清初康、雍、乾三朝，為滿清盛世。
615　烜赫：名聲或威望盛大貌。烜，音「選」，明亮、旺盛貌。
616　皕年：二百年。皕，音「避」。
617　蹠犬狺聲吠帝堯：化用「桀犬吠堯」，盜跖之犬向堯狂吠，喻各為其主。典出《戰國策·齊策》：「蹠之狗吠堯，非貴蹠而賤堯也，狗固吠非其他也。」漢·鄒陽《獄中上吳王書》：「桀之狗可使吠堯，而蹠之客可使刺由。」蹠，音「值」，指盜跖。狺聲，音「吟」，狗吠聲。按：夏桀、盜跖並稱為桀跖，泛指兇惡殘暴之人。
618　朝羯：原指胡羯，匈奴之分支，此處代指滿清女真。
619　祖龍：本指秦始皇。此用以代指滿清皇帝。
620　傳檄粵西馳露布：傳檄，傳佈檄文。露布，軍隊之捷報或告示。按：此處指起兵廣西的洪秀全「太平軍」。

釋經執銳出曾胡[625]，功自邀天種自屠[626]。暴虎倡狂倀有鬼[627]，爛羊[628]資格士甘奴。事秦詎得如王猛[629]，滅楚居然是子胥。試問羅山[630]諸講學，春秋大義果明乎。

內亂雖平外侮侵，禁煙疏自則徐林。虎門[631]水漲通洋急，雞嶼[632]雲封伴陸沈。有客敲關[633]伸國力，幾回割地長戎心[634]。西方彼美東來嫁，我欲因之溉釜鬵。

---

621 岐豐：指帝王的舊都。典出《漢書·郊祀志下》：「大王建國於岐梁，文武興於酆鎬，由此言之，則岐、梁、豐、鎬之間，周舊居也。」

622 有洪：有，發語詞，「洪」，洪武帝朱元璋。此處指「漢人」血統的太平天國。

623 八旂子弟：八旂，即八旗，清旗人子弟。此處代指清兵。

624 太息天亡非戰罪：語出《史記·項羽本紀·垓下之戰》：「項王軍壁垓下，項王自度不得脫，謂其騎曰：『吾起兵至今八歲矣，身七十餘戰，……未嘗敗北，遂霸有天下。然今卒困於此，此天之亡我，非戰之罪也。』」

625 釋經執銳出曾胡：釋經，解釋經籍。執銳，手執鋒利武器。曾胡，指曾國藩、胡林翼。

626 功自邀天種自屠：參前〈弔李鴻章〉「同種相殘也策勳」，注526。

627 倀有鬼：傳說為虎噬死之人化為鬼，又助虎傷人。

628 爛羊：《後漢書·劉玄傳》：「其所授官爵者，皆群小賈豎，或有膳夫庖人，多著繡面衣、錦褲、襜褕、諸於，罵詈道中。長安為之語曰：『灶下養，中郎將。爛羊胃，騎都尉。爛羊頭，關內侯。』」後以「爛羊」為典，比喻濫授官爵，商人廚師皆得為官。

629 王猛（325-375）：字景略。三十歲時，東晉大將桓溫進兵關中，曾往見，捫虱而談天下大勢。後為苻堅謀士。苻堅即位後，官至丞相，任內執法嚴明，雷厲風行，為前秦統一北方，貢獻良多。

630 羅山：即羅澤南（1807-1856），字仲岳，號羅山，湖南人氏，晚清著名程朱派經學家、理學家，湘軍精神領袖。咸豐二年以後，羅澤南投筆從戎，與太平軍作戰，人稱「咸同中興名將之冠首」，「湖湘儒者之魁」，「無澤南，無湘軍」。

631 虎門：一曰虎頭門，在廣東省東莞市西南，扼珠江出海之口，東有大虎山，西有小虎山，兩山相對如門，故名。中外船舶之入廣州者，必由香港入珠江，經虎門，始達廣州。清道光年間，林則徐曾在此焚毀鴉片，並痛擊英國侵略軍。

瓜分慘禍痛波蘭[635]，猶太非洲一例看。黃種崛強箸可借[636]，黑奴壓制
網難寬。和戎鑄約金錢涸[637]，滅國新潮鐵血寒。眼看列強心逐逐[638]，
同胞無告盡南冠[639]。

滾滾妖氛滿市闤[640]，九重[641]忽下攘夷書。義和有術能驅鬼[642]，剛毅[643]
何知擁立儲。八國旌旗張鷙幟，六宮粉黛走鸞輿[644]。圓明一炬灰猶熱
[645]，再見烽煙[646]迫帝居。

---

632 雞嶼：雞籠嶼，即今基隆嶼，為基隆市東北方之一小島。按：道光二十
　　一年（1841），英艦曾兩次入侵基隆，皆被守軍擊退。
633 敂關：敂，音「扣」，指叩擊重門關口。
634 長戎心：長，音「掌」，助長；戎，古代戎狄蠻族，此處代指西方列強；
　　「心」指野心。
635 瓜分慘禍痛波蘭：18世紀，波蘭領土遭普魯士、奧地利和俄羅斯三鄰國
　　瓜分，致使波蘭滅亡。
636 箸可借：箸，音同「住」。典出張良借箸事，指籌劃、計劃。
637 涸：音「何」，本指水乾枯，此指金錢耗盡。
638 心逐逐：覬覦貌。《易‧頤》：「虎視眈眈，其欲逐逐。」
639 南冠：俘虜、囚犯。
640 市闤：猶市肆。闤，音「環」。
641 九重：指朝廷。
642 義和有術能驅鬼：指光緒二十六年（1900）的庚子拳亂。義和團聲稱能
　　「降神附體」、刀槍不入，在慈禧太后縱容包庇下，以「扶清滅洋」之名，
　　搗毀各式現代化建設（教堂、鐵路、電線等）、並對外國人與信教之中國
　　人燒殺擄掠，又殺害日本及德國公使；慈禧甚至對各國宣戰，引起英、
　　美、法、德、俄、義、日、奧八國聯軍攻佔北京，慈禧挾光緒帝逃往西
　　安，後簽訂辛丑和約。
643 剛毅（1837-1900）：字子良，滿族鑲藍旗人。按：戊戌政變後，慈禧企
　　圖廢黜光緒帝，光緒二十六年（1900）榮祿、剛毅等宗室大臣，建議慈
　　禧冊立端王載漪之子溥儁為儲君，此有逼光緒帝退位之意，國內大譁，
　　外國公使皆支持光緒，此事乃罷，稱「己亥建儲」事件。慈禧為此與各
　　國結怨，亦為日後縱容義和團殺掠、與列強宣戰的原因之一。
644 六宮粉黛走鸞輿：指慈禧太后在八國聯軍攻佔北京後，帶領清廷往西避
　　禍之事。
645 圓明一炬灰猶熱：指八國聯軍火燒圓明園之事。
646 烽煙：烽火臺報警之煙，借指戰爭。

幾回搔首望燕雲，國事紛紜豈忍論。變法果能如**趙武**[647]，維新直是假周文[648]。獨夫[649]性命囚南海，六士頭顱哭北門[650]。不信聖人[651]今未死，尚從丹穴苦求君。

極東殺氣夜傳烽[652]，中立難全鴨綠江。龍虎壯圖爭密約[653]，風雲悲劇唱新腔。無端局外金甌缺，可有筵前玉斗撞[654]。痛絕民權招國恥，誰言多難足興邦。

乘虯[655]披髮叩天閽，欲遣巫陽弔國魂。時勢未生華盛頓，英雄幾見[656]拿坡侖。朝綱顛倒君王醉，生計貧窮士女喧。立憲是真還是假，蚩蚩[657]歌舞說皇恩。

---

[647] 趙武：戰國時期的趙武靈王（B.C.340-295），嬴姓趙氏，名雍，在位時推行「胡服騎射」政策，趙國因得強盛，滅中山國，敗林胡、樓煩二族，闢雲中、雁門、代三郡，並修築「趙長城」。後於沙丘之亂中被幽禁餓死，諡武靈王。

[648] 周文：即周文王，在位 50 年，勤於政事，禮賢下士，廣羅人才，拜姜尚為軍師，問以軍國大計，使「天下三分，其二歸周」。

[649] 獨夫：無道之君，此指光緒皇帝。因為雅堂以漢人自許，不承認滿清政權，故稱光緒帝為「獨夫」。《荀子・議兵》：「誅桀紂，若誅獨夫。故泰誓曰：『獨夫紂。』此之謂也。」

[650] 六士頭顱哭北門：光緒二十四年（1898）戊戌政變，慈禧再次臨朝「訓政」，囚光緒帝於南海瀛台，維新黨作鳥獸散，譚嗣同等「戊戌六君子」被處死於菜市口。北門，指北京宣武門，在紫禁城西南方，清代刑場（菜市口）設置於宣武門外，故此門為囚車必經之所。

[651] 聖人：指「康聖人」，即康有為。康有為「戊戌變法」致使光緒帝被幽禁至死，其反對革命的主張，也為時議不容，故連橫方謂：「不信聖人今未死」。

[652] 傳烽：點燃烽火，逐站相傳，以報敵情。

[653] 龍虎壯圖爭密約：指明治四十年到大正五年之間（1907-1916），日本與俄國訂立四次侵略中國之秘密協定。

[654] 玉斗撞：指項羽的亞父范增於鴻門宴中欲以擊玦為號，刺殺劉邦之事。

[655] 乘虯：乘龍。虯，音「求」，古代傳說中有角的龍。

[656] 幾見：幾曾看見、何曾看見。

[657] 蚩蚩：音「吃」，亦作「嗤嗤」，喧擾紛亂貌。

東鄰有日國安全，北望俄羅亂已然。廿紀豈餘專制地，五洲將入大同天。學堂造就**虛無黨**[658]，報界昌言自主權。吳樾[659]鄒容[660]俱人傑，先驅後繼好揚鞭。

大呼革命起湘人，又見江西義旅伸。黃帝有靈民不死，神州克復國方新。群龍見首飛東土[661]，萬馬喧聲拱北辰[662]。自古南公曾示語，楚雖三戶足亡秦[663]。

深宵激憤看吳鉤，多少男兒死不休。東望崖山文信國[664]，南征瀘水武鄉[665]侯[666]。匈奴未滅時衝髮，俠少雖生肯斷頭。龍虎風雲欣際會，鳴鐃伐鼓渡遼州[667]。

---

[658] 虛無黨：以屠格涅夫（I. Turgeniiev）小說《父與子》中的人物「巴扎羅夫 Bazarov」為箇中代表，指否認一切傳統的「無行動」改革者。後來延伸到反對統治權力，而成為「無政府主義」（Anarchism），民初小說家巴金為代表人物之一。

[659] 吳樾（1878-1905）：字夢霞，後改孟俠，清安徽桐城（今安徽桐城）人，光復會會員，曾創辦《直隸白話報》，宣傳反清革命。光緒三十年（1904）冬組織「北方暗殺團」，隔年（1905）7 月 16 日於北京車站預以炸彈暗殺出洋之滿清五大臣，事敗被殺。孫中山後撰祭文，有「愛有吳君，奮力一擲」之句。

[660] 鄒容（1885-1905）：原名桂文，改名紹陶，字蔚丹，清四川省巴縣人（今屬重慶市）人。光緒二十八年（1902）留學日本，參加反清活動。次年回國，撰《革命軍》一書，倡導革命，後經《蘇報》刊文介紹，影響甚大，同年《蘇報》案爆發，鄒容被捕、判刑。三十一年（1905）死於上海獄中，年僅二十。著有《鄒容文集》。

[661] 東土：此指中國。

[662] 北辰：北極星，代指帝王或帝都。拱，圍繞。

[663] 自古南公曾示語，楚雖三戶足亡秦：參前〈端午弔屈平〉「楚雖三戶足亡秦，郢中且記南公語」，注 351。

[664] 崖山文信國：崖山，即厓山，亦稱厓門山、厓門，在廣東省新會縣。南宋末，張世傑奉帝昺扼守於此。兵敗，陸秀夫負帝昺蹈海死，宋亡。文信國，文天祥之封號。

[665] 編者按：「鄉」，臺灣分館藏本誤作「卿」。

[666] 南征瀘水武鄉侯：瀘水，位於雲南省西部偏北。武鄉侯，即諸葛亮。蜀建興元年，劉備白帝城托孤諸葛亮。劉禪封諸葛亮為武鄉侯。

飛龍夭矯[668]漢旗黃，十萬雄師耀四方。捲土重來仇可復，移山自信力非常。共和主義敷民德，尚武精神慰國殤。旭日中天輝大地，高歌冠劍抖軒皇[669]。

卻隱[670]

天下雖興亡，匹夫與有責。墨子不突黔[671]，仲尼不暖席[672]。人生社會間，當為國家役。何堪放義務，隻身貪安逸。吾聞古聖賢，自任為世式[673]。伊尹畊有莘[674]，相湯沃明辟[675]。武侯隱南陽[676]，佐漢討國賊。上以格君心[677]，下以布民澤。如何為國民，沈淪在泉石。理亂置不聞，政教亦不識。同袍哀嗷嗷，袖手任沒溺。旁觀實足恥，敗群失公德。國所重在民，無民何有國。滅種慘為奴，何地堪邅跡[678]。昔有**首陽**山

667　遼州：泛指遼東一帶。
668　夭矯：飛騰貌。
669　軒皇：即黃帝，軒轅氏。
670　卻隱：卻，阻卻、阻止；隱，隱居。雅堂此詩呈現積極入世的精神，駁斥隱居的消極思想，宣揚「行義以達道，大哉剛柔克」的「有為」精神。
671　墨子不突黔：原指墨翟東奔西走，每至一地，煙囪尚未熏黑，又移至別處。後以此為典，形容事情繁忙，猶言席不暇暖。
672　仲尼不暖席：指孔子急於推行其道，到處奔走，每至一處，坐席未暖，又急急他往，不暇安居。
673　為世式：為世人典範。
674　伊尹畊有莘：伊尹（B.C.1648-1549），名摯，西元前1600年輔助湯滅夏，建立商朝。有莘，國名，伊尹初隱之時，耕於有莘之國。
675　明辟：指嚴明的法律。《墨子閒詁‧尚賢中》：「〈湯誓〉曰：《書》敘云：『伊尹相湯伐桀，升自陑，遂與桀戰于鳴條之野，作湯誓。』」沃：澆水、灌溉，此謂制定律法猶如灌溉植物使其生長。
676　武侯隱南陽：三國蜀諸葛亮死後諡為忠武侯，後世稱之為武侯。南陽，諸葛躬耕處。
677　格君心：格，糾正、匡正。
678　邅跡：逃逸。

⁶⁷⁹，今無陶潛宅。種柳學採薇⁶⁸⁰，亦為強者斥。君居在中原，燎原火正赫。外力日擴張，覆亡僅頃刻。危幕燕難巢，沸釜魚必赤⁶⁸¹。內有客帝⁶⁸²居，祖宗遭痛擊。君仇尚未報，胡可偷旦夕。君身非女兒，胡以甘巾幗。為君進一言，願君志竹帛⁶⁸³。君觀班定遠⁶⁸⁴，投筆去沙磧⁶⁸⁵。又觀陶士行⁶⁸⁶，衙齋習運甓⁶⁸⁷。人生處世間，白駒急過隙⁶⁸⁸。況又**炎炎**⁶⁸⁹中，物競參天擇。速速棄衡門，出身立功勳。毋為巢與由⁶⁹⁰，當為禹與稷⁶⁹¹。行義以達道，大哉剛柔克。

---

⁶⁷⁹ 首陽山：位於河南省洛陽市東三十公里偃師境內。商末周初，伯夷、叔齊隱居於此山，義不食周粟而餓死。

⁶⁸⁰ 種柳學採薇：種柳，指晉陶潛（五柳先生），於門外種五柳樹。採薇，《史記・伯夷列傳》載：伯夷、叔齊反對周武王伐殷，武王滅殷後，遁入首陽山，誓不食周粟，采薇而食，及饑且死。後因以喻隱居不仕。

⁶⁸¹ 危幕燕難巢，沸釜魚必赤：比喻處境極不安全。幕，幃幕；釜，鍋。語出南朝梁・丘遲〈與陳伯之書〉：「今將軍魚游於沸鼎之中，燕巢於飛幕之上，不亦惑乎？」

⁶⁸² 客帝：指外來之君主。

⁶⁸³ 竹帛：代指史冊。

⁶⁸⁴ 班定遠：班超，封定遠侯。

⁶⁸⁵ 沙磧：沙漠。磧，音「器」。

⁶⁸⁶ 陶士行（259-334）：陶侃，字士行，西晉江州鄱陽郡梟陽縣（今江西省都昌縣）人，出身寒門，以軍功官至太尉，都督八州軍事並任荊江兩州刺史，亦頗有治績。

⁶⁸⁷ 運甓：甓，音「闢」，磚。指陶侃無事時，不願悠閒自處，朝運百甓於齋外，暮復運於齋內，事見《晉書・卷六十六・陶侃傳》。後世遂以「運甓」表示勤奮不懈，不懼往返重覆。

⁶⁸⁸ 白駒急過隙：形容時間飛逝。白駒，白色駿馬，比喻太陽；隙，縫隙。

⁶⁸⁹ 炎炎：陽光或火勢猛烈。

⁶⁹⁰ 巢與由：巢父和許由之並稱。相傳皆為堯時隱士，堯讓位於二人，皆不受。因用以指隱居不仕者。《漢書・薛方傳》：「堯舜在上，下有巢由。」

⁶⁹¹ 禹與稷：指夏禹與后稷。夏禹后稷受堯舜命整治山川，教民耕種，稱為賢臣。《孟子・離婁下》：「禹稷當平世，三過其門而不入，孔子賢之。」

招俠

吾生愛大俠，慷慨報國仇。國仇今未報，男兒死不休。荊軻挾匕首，
隻身虎狼投。子房潛博浪[692]，誓殺祖龍頭。曹沫聶政輩[693]，大勇亦足
儔[694]。片言相契合，便請肝膽酬。俠風日鼓吹，義氣薄[695]九州。及至
東西漢，士節尚剛遒。朱雲[696]請長劍，季布[697]怒橫矛。誅奸絕君惡，
征虜出邊陬[698]。黃金何足貴，談笑輕王侯。此時國亦強，綱紀尚飭修。
如何千年後，俠風渺悠悠。君威愈專制，民權愈馴柔。國權愈削弱，

---

[692] 子房潛博浪：指張良椎秦始皇於博浪沙（今河南省新鄉市）之事。張良，
字子房，本是韓國公子，秦滅韓，良欲復仇，乃聘人擲大錘擊始皇車駕
於博浪沙；不中，遂更姓名，隱於下邳，而受《太公兵法》於圯上老人。
後為高祖策畫定天下，封留侯，晚好黃老，學辟穀之術，卒諡文成。

[693] 曹沫聶政輩：二人皆刺客，事載《史記·刺客傳》。曹沫（生卒年不詳），
魯國人，有勇力，魯莊公任為將；率兵與齊國戰，三戰皆敗，遂隨莊公
於柯地與齊桓公議和；席上曹沫以刀刃挾持桓公、索要被侵吞之地；後
桓公不欲履約，經管仲勸諫，乃歸還。按，應作曹「沬」，音「妹」。聶
政（?- B.C.397），軹深井里人，年少殺人，與母、姐避居齊國，以屠為
業；韓國大夫嚴仲子與韓相俠累廷爭結仇，出逃濮陽，欲求可報仇者，
乃數訪聶政；政以母在，未允；殆母死，政感仲子知遇，隻身刺殺俠累，
並格殺侍衛數十人，因恐連累其姐瑩，遂持劍自破其面，挖眼、剖腹而
亡。韓國曝屍於市，懸重金求刺客姓名；瑩赴韓國認屍，言不能使政歿
世而無名，遂哀死於政旁。

[694] 足儔：可與相比者。

[695] 薄：迫近、接近。《易經·說卦傳》：「雷風相薄。」《左傳·僖二十四年》：
「薄而觀之。」

[696] 朱雲（生卒年不詳）：魯人，漢成帝時上書切諫，指斥朝臣尸位素餐，
請斬佞臣安昌侯張禹（成帝之師）以厲其餘。成帝怒，欲誅雲，令御史
將雲下，雲攀於殿檻，檻折；左將軍辛慶忌免冠、解印綬，為雲求情，
成帝乃止。事見《漢書·朱雲傳》。後以「朱雲折檻」為直臣諍諫之事典。

[697] 季布（生卒年不詳）：漢初楚人。初為項羽部將，後歸漢，任河東守。布
以任俠著名，重然諾，楚人有「得黃金百斤，不如得季布一諾」之諺，
見《史記·季布欒布列傳》。

[698] 邊陬：邊地。陬，音「鄒」。

志士愈難求。朝廷不知小,衣冠坐沐猴[699]。國民不知恥,淪隱狎沙鷗[700]。痛哭黃帝子,嗷嗷盡楚囚。俠風今未泯,請君一展眸。君看東海上,尊攘遍道周[701]。烈烈武士道,櫻花鑄吳鉤。又觀鄂羅士[702],虛無黨難收。飲刃殲民賊[703],流血求自由。君居中華國,豈無大俠遊。黃河日東下,烽煙迫斗牛。胡不棄卻慮,從我上酒樓。四顧風雲急,蒼茫天地秋。莫說江山好,有國無人謀。贈君一神劍,為君一狂謳。願君學大俠,慷慨報國仇。

激雷

黑雲激怒勃雷公,去向深山裂老榕。若有欲騷[704]天下意,不如驚起南陽龍[705]。

驟雨

潑墨[706]奔雲繞嶺腰,忽為飛雨逐歸樵。詞人亦有窮途苦,新漲盈沼[707]沒小橋。

---

[699] 衣冠坐沐猴:比喻虛有其表,形同傀儡。

[700] 淪隱狎沙鷗:淪隱,隱遁、埋沒。狎,親近。沙鷗,棲息沙洲之水鳥。

[701] 尊攘遍道周:指「尊王攘夷」的思想廣被流傳。道周,指路旁。

[702] 鄂羅士:Russia 之英譯,今譯為俄羅斯。

[703] 飲刃殲民賊:飲刃,鋒刃沒入肌體。殲,音「藝」,殺、滅絕。

[704] 騷:騷動。

[705] 南陽龍:指諸葛亮,隱居南陽隆中,人稱臥龍先生。按:此處意欲雷公激起如諸葛臥龍那般的人才,積極入世以拯救當時苦難的中國。

[706] 潑墨:比喻天氣呈暗黑色。

[707] 底本作「沼」,《全臺文》主編黃哲永建議作「河」。

題畫

題畫龍

風馳電掣[708]勢尤雄，古壁雲生咫尺中。千古丹青見靈活，堪稱妙筆奪天工。

題畫虎

深山虎嘯竹生風，炯炯雙瞳照幅中。只為咆哮聲不聞，猶難逸筆補天工[709]。

題畫鯉

噞喁[710]本是化龍身，眼似明珠金作鱗。一夜長風吹浪起，禹門飛躍不迷津[711]。

題畫松

老榦凌雲翠蓋濃，風霜不損一株松。清陰鬱鬱棲雙鶴，時作龍吟[712]傲逕東。

銀河

畫樓人靜四更天，漠漠銀河淡似煙。笑問牛郎離恨否，一年幾會鵲橋仙。

---

708 風馳電掣：形容非常迅速。掣，音「撤」。
709 只為咆哮聲不聞，猶難逸筆補天工：意謂雖則畫師將虎畫得栩栩如生，但可惜是無法真正咆嘯的「紙老虎」，所以無法和大自然的造化天工相比憑。
710 噞喁：音「ㄧㄢˇ ㄩㄥˊ」，魚口開合貌，借指魚。
711 禹門飛躍不迷津：禹門，即龍門，在山西河津縣西北，相傳為夏禹所鑿，故名。迷津，迷失渡口。
712 龍吟：龍鳴，借指大聲吟嘯。

同餞五溪[713]兄歸北

八載迢迢別恨濃，春風一笑酒邊逢。君如潮水來還去[714]，芳草天涯怨懊儂[715]。

淡江春水綠溶溶，此去相思隔幾重。今日送君同餞別，何時再聽斐亭鐘。

臺南竹枝詞[716]（十九首）

> 詠臺南竹枝者多矣，然皆數十百年之事，與今日風致大相懸殊。雨窗無事，撫景閑吟。其間半雜方言，僕雖略知一二，而疏漏亦多，簡中情景，尤欲質之司空見慣者。

歌舞樓臺狹道斜，鞭絲帽影[717]鬥豪華。明朝日曜[718]相攜手，好向城西去看花[719]。

散步閑吟萬葉歌[720]，翩翩裙履任婆娑[721]。美人樓畔推窗看，拍手相呼喚豔多[722]。

---

713 五溪：安江正直（生卒不詳），字/號五溪，日本美濃人。明治年間旅臺，以書法聞名。居台南時參加浪吟詩社，多有唱酬；後赴臺北，參與瀛社，明治四十三年（1910）西遊中國，北臺人士為倡「千書會」志之。曾刊〈家大人七十壽詩并序（六首）〉（《台灣日日新報》，1903.04.26，01 版），雅堂依韻和之，詳後〈五溪社兄壽令尊翁七秩（六首）〉。

714 作者注：「八年前，君留別詩有我如潮水去還來句。」

715 怨懊儂：怨懊，怨恨懊惱。儂，本義「我」。

716 竹枝詞：樂府曲名，又名〈竹枝〉。原為四川東部一帶民歌，唐·劉禹錫根據民歌創作新詞，多寫男女愛情和三峽風情，流傳甚廣。後代詩人多以〈竹枝詞〉為題，寫愛情和鄉土風俗，其形式為七言絕句。

717 鞭絲帽影：馬鞭和帽子，借指出遊。

718 日曜：日曜日，七曜日之第一日，即星期日。

719 作者注：「西門外南勢、南河等街，半為青樓之地，逢日曜日，遊人如織，競逐買春。日曜日即西洋所謂禮拜日也。」

橫匾明燈貸座敷[723]，屏前團坐月明初。桐家柳屋都看遍，別有高砂大女閤[724]。

執杖揚揚[725]眼飽看，買春相逐語翻讕[726]。今宵不惜纏頭錦[727]，昨日新陞判任官[728]。

亦有江東意氣豪，無錢遊興[729]兩三遭。偶然痛飲街頭醉，打鴨驚鴛[730]解佩刀。

手抱三絃上綺樓，低聲小語謝纏頭。一時姊妹皆微笑，擊鼓傳花疊唱酬[731]。

---

[720] 萬葉歌：即《萬葉集》，現存最早之日語詩歌總集，收錄 4 世紀至 8 世紀共 4,500 多首長歌、短歌，共計二十卷，按內容分為雜歌、相聞、挽歌等。

[721] 婆娑：本意為跳舞的姿態，《詩經・陳風・東門之枌》：「子仲之子，婆娑其下。」《毛傳》：「婆娑，舞也。」後引申為舒展、盤桓的樣子，此處作「裙襬隨風飄揚」解。

[722] 作者注：「萬葉集，古和歌名。臺語呼美少年曰『緣投』，一作『黃脰』，鳥也，性善鬥；『豔多』，音相似。」

[723] 貸座敷（かしざしき）：日文，妓院之謂。

[724] 女閤：春秋時齊桓公設於宮中的淫樂場所。《戰國策・東周策》：「齊桓公宮中七市，女閤七百，國人非之。」後世以指稱妓院。作者注：「貸座敷，即青樓也；桐家、柳屋、亦青樓之名也。高砂亭係貸座敷組合之代表者。」

[725] 揚揚：得意貌。

[726] 語翻讕：本為抵賴、不承認的意思，《說文解字》：「讕，抵讕也。」此處作反覆不定或討價還價解。

[727] 纏頭錦：古時舞者用彩錦纏頭，當賓客宴集，賞舞完畢，常贈羅錦於舞者為彩，稱為「纏頭」。賓客之於青樓歌妓，亦賜錦，或以財物代替，後將贈與歌伎或妓女之財物稱為「纏頭」。

[728] 作者注：「判任官，文官也，計有十等。」按：判任官（はんにんかん），日本官制，屬初等文官。

[729] 作者注：「無錢遊興，法律中語，而新聞亦慣用之。」按：無錢遊興，日語，不花錢就遊興（特別指酒色之玩樂），謂白吃白喝。

[730] 打鴨驚鴛：比喻打此而驚彼。

[731] 作者注：「業歌舞者曰藝妓，受金時則小語曰多謝。三絃、樂器也，以牙板撥之；或時擊鼓，淵淵作金石聲。」

花茵[732]重疊席寬舒，長踞伸腰斂翠裙[733]。酩酒御茶親料理，為言貴下樂何如[734]。

擊掌傳呼疊疊催，魚腥雞臠[735]進前來。軍中御用葡萄酒，一盞親斟說看杯[736]。

柳燧荷囊[737]勝小壺，座中親餉淡巴菰[738]。一枝銅管刻三寸，吸取煙雲醉味腴。

裀[739]裙六尺石榴紅，纖嫋腰肢對舞工。偶覺中單[740]花樣露，小開卿莫罵春風[741]。

鐘聲十二鎖[742]雲房[743]，子夜清歌引鳳凰。最是信州好蕎麥，情郎顏色恰相當[744]。

---

[732] 花茵：花墊、花褥、花毯。

[733] 按底本作「裙」，不合格律。《全臺文》主編黃哲永建議作「裙」。

[734] 作者注：「坐皆席地，以足承尻後，禮也。酒曰酩酒，酩名也。茶曰御茶，敬詞也。酒樓曰料理店。貴下猶言貴君也。」

[735] 雞臠：臠，音「鑾」。指雞肉塊。

[736] 作者注：「呼人以手不以口，則應者來。葡萄酒有軍中御用者，上品也。」

[737] 柳燧荷囊：柳燧，東人以名西制自來火，即火柴之俗稱。荷囊，即佩囊，用來盛放零星物件之小型佩袋。

[738] 淡巴菰：煙草（tobaco）之音譯。清·王士禎《香祖筆記》卷七：「呂宋國所產煙草，本名淡巴菰，又名金絲薰。」作者注：「呼菸曰淡巴菰，芝峰類謂出自日人，然西語亦如是稱，疑為小呂宋之語也。客至，出小筐置火爐於中及菰餉之。柳燧、自來火之別名也。」

[739] 《全臺文》主編黃哲永建議作「湘」。

[740] 中單：亦作「中襌」。古時朝服、祭服之裏衣，泛指汗衫。

[741] 作者注：「女子不著褲，圍有紅裙，深藏不露，即禮所謂中單也。按《說文》：『褲，脛衣也，實為今制。』《古今注》曰：『褲蓋古之裳，周武王以布為之曰褶，敬王以繪為之曰褲，俱不縫口；縫口之褲，始於漢代也。』」

[742] 編者按：「鎖」，臺灣分館藏本作「銷」，誤。

[743] 雲房：僧道或隱者所居住之房舍，此指妓院。

[744] 作者注：「古曲有『信州好蕎麥，情郎好顏色，不食麥狄可，遲郎愁故我』之句，蓋男女贈答之詞也。信州產麵，色白。日語謂麵曰蕎麥。凡貸座敷入夜鐘鳴十二下，即閉門休息。」

琵琶偷抱[745]到巫陽[746]，十五羞為夜度娘。白帽無端來剝啄[747]，被他驚起兩鴛鴦[748]。

浴池五尺鬱迷離，絕好羅衫對解時。一水盈盈遮不斷，春寒背面洗凝脂[749]。

輕攏寶髻重盤雲，尺五腰圍織錦紋。素手親攜蝙蝠傘[750]，豔陽天氣好遊春[751]。

屧韻[752]丁東響畫廊，凌波羅襪步生香。翻翔儘有驚鴻態，裙底鴛鴦比翼藏[753]。

---

[745] 琵琶偷抱到巫陽：此處雅堂化用「琵琶別抱」的典故。按：唐·白居易〈琵琶行〉：「門前冷落鞍馬稀，老大嫁作商人婦」、「千呼萬喚始出來，猶抱琵琶半遮面。」後人以此，稱婦女改嫁為「琵琶別抱」。惟此處青樓所在，自無改嫁之理，實則，雅堂巧用「偷抱」一語，意謂：年輕藝妓偷偷留下恩客過夜。緣於未成年賣淫為當時法律所不許，故以「偷」字畫龍點睛。

[746] 巫陽：即巫山。戰國·宋玉〈高唐賦〉序：「昔者先王嘗游高唐，怠而晝寢。夢見一婦人，曰：『妾巫山之女也，為高唐之客。聞君游高唐，願薦枕席。』王因幸之。」以此，後遂用為男女幽會之典實。

[747] 剝啄：敲門聲。

[748] 作者注：「日法：女子年未十八者為藝妓，不得賣淫；其或男女好說而相親暱者，為員警所知，罰鍰罪之。白帽者，即員警所戴也。」

[749] 凝脂：比喻光潔白潤之皮膚。作者注：「男女同池而浴，相去僅咫尺，而習俗成風，渾無愧色；然端莊不狎，猶古風也。」

[750] 蝙蝠傘：指大黑傘，洋傘之一種。

[751] 作者注：「婦女鬌分兩翼如鴉，髻如蜂腰，或作盤蛇。未及笄者，丫鬟雙垂，尤可人意。而耳不環、手不釧、髻不花、足不弓鞋，妙致天然。帶寬咫尺，圍腰兩三匝，倒捲而直垂之。衣袖尺許，襟廣微露。出則攜蝙蝠傘，舉止無羞澀之態。」

[752] 屧韻：指木屐聲。屧：音「謝」，木屐。

[753] 作者注：「婦女皆著屧，其形如梁，作人字形，以布練或紉蒲繫於頭，兩指夾之而行，故亦分兩歧。《虛閣雜俎》載楊太真作鴛鴦並頭蓮錦襪，又按古樂府有『黃桑柘屐蒲子履，中央有絲兩頭繫』之句，則中國古制亦如是也。」

娉婷鏡影豔留痕，底事桃花笑不言。莫怪別離人不見，寫真相對亦消魂[754]。

燈光射照鼓聲嗔[755]，翎箭親將控繡絃。左右射來皆中的，歡呼笑拍子南肩[756]。

鐵板敲殘錦幕開，一時歌舞上春臺。偶然灑落癡情淚，為看芝居[757]不忍回。

投票喧傳住姓名，別翻花樣出嵌城[758]。袖中一卷花千種[759]，李豔張嬌細品評。

---

[754] 作者注：「寫真，則照相也。其法始於西人，以熱蘭炯薰玻璃面，用琉璜水涅之，對人而照，使其影透入鏡中，然後以銀硝紙承影，日光隙入，痕留淡墨，神態如生。凡男女相悅者各以寫真贈答，示不忘也。」

[755] 嗔：通「瞋」。本意為「發怒」，此處作鼓聲熱絡、激昂解。

[756] 子南肩：此借春秋時期公孫楚（字子南）「射箭求婚」一事，比擬青樓中「射綵逸樂」的遊戲。雅堂自注云：「射所畫綵為鵠，雛姬環侍，中則鳴鼓報之，互拍其肩為樂。其場曰揚弓店，或曰射的場。」按：公孫楚，春秋時鄭國人，時鄭國徐吾犯有妹，貌美，楚先已納聘，楚的從兄公孫黑欲強奪，二人遂決定公平競爭；黑展現禮文風範，楚則身著戎裝，揚弓展示射箭英姿，獲得美人青睞；黑不甘，欲以武搶親，楚乃「擊之以戈」，趕走黑。事見《左傳·昭公元年》。

[757] 芝居（しばい）：日文，指戲劇、演戲。作者注：「芝居者，戲也；因舊演於興福寺生芝地，故名。每一齣止，則張幕護之，板亂敲，撤幕復出。亦演古來事，惟妙惟肖，觀者或為之淚下。」

[758] 嵌城：赤嵌城，指台南。

[759] 花千種：花，花名冊，指青樓「群芳譜」；千種，極力形容群芳之眾。作者注：「好事者投票於新聞，品評妓女，以多點者為佳。又有刊花千種者，其書悉載臺南妓女姓名住所。」

送林拱辰[760]赴鹿港

鹿津[761]舊夢半迢迢，堤柳青青慰寂寥。約汝春江花月夜，玉樓同度可憐宵[762]。

五溪社兄壽令尊翁七秩[763]（六首）

蓬萊從古萃神仙，瓊島[764]飛來結慧緣。今日稱觴[765]泛東海[766]，添籌[767]老叟記年年。

有酒如淮[768]且學仙，得山水處便怡然。人間自有長生術，造化逍遙不計年。

七十遐齡[769]世所稀，東來紫氣[770]故依依。兒孫開讌[771]承[772]歡日，還向萱堂[773]舞彩衣。

---

760 林拱辰（1864-?）：字星樞，號景其，宜蘭人，板橋林維源為其叔輩。光緒十二年（1886）生員，乙未時曾助宜蘭士紳組團練抗日。日治後改習醫，有醫名；明治三十年（1897）獲紳章。歷任宜蘭廳參事、宜蘭廳醫生公會會長、宜蘭街協議員等職。大正三年（1914）與李翰卿、林廷倫等人創立「仰山吟社」，振作蘭陽文風甚力。拱辰著作大半毀於 1945 年戰火，餘稿由陳長城編為《林拱辰先生詩文集》。

761 鹿津：即鹿港。

762 可憐宵：《爾雅》：「憐，愛也」，辛棄疾〈木蘭花慢〉「可憐今夕月」。以是，「可憐宵」即可愛的夜晚之謂。

763 七秩：即七十，古以十年為一秩。

764 瓊島：傳說中的仙島，仙人居所。

765 稱觴：舉杯敬酒，表示祝賀。

766 泛東海：此處雅堂化用平常祝壽慣用的「福如東海」之典。

767 添籌：比喻增添歲數。

768 有酒如淮：典出《左傳·昭十二年》：「有酒如淮，有肉如坻。」謂有酒如淮水滔滔，有肉如水中小島。

769 遐齡：高齡、長壽。遐，遠。

濃山晴雪久親陪，春日櫻花映酒杯。仙境瀛州齊奏樂，一時介壽白川[774]來。

而翁[775]矍鑠[776]竟殊[777]人，瀟灑襟懷獨出塵。有子能詩又宗俠，擁書萬卷不稱貧。

瓣香[778]遙祝在南天，曉日凝暉畫閣前。待到杖朝[779]親上壽，蟠桃再熟餉華筵。

王郎[780]

十五王郎擅少年，舞衫歌扇舊因緣。誰知淪落江南後，芳草萋萋日暮天。

---

[770] 東來紫氣：傳說老子過函谷關前，關尹喜見有紫氣從東而來，知將有聖人過關，果然老子騎著青牛而來（《史記·老子韓非列傳》）。後因以「東來紫氣」比喻吉祥之徵兆。

[771] 讌：同「醼」，宴飲。

[772] 編者按：「承」，臺灣分館藏本誤作「永」。

[773] 萱堂：本指母親之居室，後借指母親。

[774] 白川：即百川。古人云：「壁立千仞，無欲則剛；海納百川，有容乃大。」

[775] 而翁：而，是「你」的意思。而翁，你的父親。

[776] 矍鑠：音「決碩」，老而健壯。《後漢書·卷二十四·馬援傳》：「援據鞍顧眄，以示可用。帝笑曰：『矍鑠哉！是翁也。』」

[777] 殊：別也、不同也。「竟殊人」意謂不同於一般老耄人家。

[778] 瓣香：形狀像瓜瓣的香，用於表示禱祝、敬慕之意。

[779] 杖朝：八十歲可拄杖出入朝廷，此指八十歲。語出《禮記·王制篇》：「五十杖於家，六十杖於鄉，七十杖於國，八十杖於朝，九十者，天子欲有問焉，則就其室，以珍從。」

[780] 王郎：吳梅村〈王郎曲〉：「王郎十五吳趨坊，覆額青絲面皙長，……王郎水調歌緩緩，新鶯嘹嚦花枝暖。」

讀西史有感（卅七首）

歷山事業[781]照千秋，該撒[782]威稜遍五州。今日幾人能繼武[783]，雄風吹過海東頭。

釋迦滅度[784]耶穌死，猶太沈淪印度亡。不信偉人難救國，宗風[785]反化兩重洋。

難磨已試三燒玉[786]，不屈方為百鍊鋼。生死關頭無恐怖，芒芒[787]劍影即天堂。

---

[781] 歷山事業：指亞歷山大帝國。亞歷山大大帝（Alexander the Great, B.C.356-323），馬其頓國王，曾領軍馳騁歐亞非大陸，建立包涵希臘、波斯、埃及之大帝國，使古希臘文明得以廣泛傳播。

[782] 該撒：即蓋烏斯‧尤利烏斯‧凱撒（Gaius Julius Caesar, B.C.100-44），羅馬共和時代末期的政治領袖，曾征伐高盧（今法國）、日耳曼、不列顛、北非。

[783] 繼武：接上前人之腳印，即繼承大業。此處有寄語當時的中國之意。

[784] 滅度：佛教語，梵文係「nirvāna」，原義為命終證果，滅障度苦，亦為涅槃、圓寂、遷化之意。雅堂此處用法即指「證入涅槃」。按：「涅槃」，梵語 nirvāna，巴利語 nibbāna，又譯作泥洹，《佛光大辭典》：「意譯作滅、寂滅、滅度、寂、無生。與擇滅、離繫、解脫等詞同義。……原來指吹滅，或表吹滅之狀態；其後轉指燃燒煩惱之火滅盡，完成悟智（即菩提）之境地。此乃超越生死（迷界）之悟界，亦為佛教終極之實踐目的，故表佛教之特徵而列為法印之一，稱「涅槃寂靜」。」

[785] 宗風：原指佛教各宗系特有的風格、傳統，多用於禪宗，《佛光大辭典》：「禪宗特稱宗師家之風儀為宗風，如雲門宗風、德山宗風。又祖師禪風相承，乃該宗獨特之風儀，亦稱宗風，如臨濟宗風、曹洞宗風。」按：禪宗乃佛教東來之後「中國化」的宗教法門，因佛教在今日的印度已然式微，因此雅堂詩云「宗風反化兩重洋」，意謂中國宗教的風範將反過來渡過兩重海洋（太平洋、印度洋）重新化度彼處。

[786] 三燒玉：典出《淮南子‧俶真訓》：「鍾山之玉，炊以爐炭，三日三夜而色澤不變。」白居易〈放言〉五首之三：「燒玉需試三日滿，辨才需待七年期。」

[787] 芒芒：廣大貌、遠貌。

扁舟闢地科倫布[788]，信口開河勵節夫[789]。一樣艱難天下事，必然之力在吾徒。

共和已造新羅馬，專制爭誅小祖龍。南美紛紛皆獨立，深宵誰續自由鐘。

天堂非遠任[790]登探，魔界聞風舍退三。試看摩西親冒險，眼前樂土即迦南[791]。

楊墨[792]從來派不群，又聞洛蜀黨徒分[793]。為爭宗教開奇禍，畢世猶興十字軍。

飽死侏儒[794]大可哀，謾將閥閾[795]數人材。奢[796]華豈是豪門子，天助偏從自助來。

---

[788] 科倫布：即哥倫布（Christopher Columbus, 1451-1506），義大利航海家，生於熱那亞。1492 年 4 月，與西班牙國王簽定著名的「聖大菲協定」。同年 8 月 3 日，率船 3 艘，水手 90 名，自巴羅斯港出發，橫渡大西洋，於 10 月駛抵巴哈馬群島、古巴、海地等地，次年 3 月返航。此後十餘年間又三次西航至達牙買加、波多黎各諸島以及中南美洲大陸沿海一帶。

[789] 勵節夫：即斐迪南・麥哲倫（Ferdinand Magellan, 約 1480-1521），葡萄牙人，曾為西班牙、葡萄牙作航海探險。1519 年率領麥哲倫探險隊從西班牙出發，1521 年航行至菲律賓，捲入當地土著的紛爭，遂被害，但探險隊繼續西行，於 1522 年返抵西班牙，完成人類首次的環球航行。

[790] 任：任意。

[791] 迦南：古時稱亞細亞地中海沿岸及約旦河流域一帶為「迦南」，即今巴勒斯坦。

[792] 楊墨：戰國時代楊朱與墨翟之合稱。楊氏倡「為我」，所謂「損一毫利天下不與也，悉天下奉一身不取也」（《列子・楊朱》）；墨氏主「兼愛」，所謂「摩頂放踵，利天下為之」（語出《孟子・盡心》）。

[793] 洛蜀黨徒分：指洛黨和蜀黨，宋哲宗時元祐三黨中之兩黨。按：此處「楊墨從來派不群，又聞洛蜀黨徒分」，意調歷史上西方宗教的分裂。

[794] 飽死侏儒：指迎合權貴而得寵之人，參前〈蓬萊曲〉「座有東方饑欲死」，注 180。

[795] 閥閾：閾，音「玉」，界限。按：雅堂此處「閥閾」疑當「閥閱」之筆誤，由後文「奢華豈是豪門子」可知。蓋「閥閱」乃古代世族大家的代稱，漢・司馬遷《史記・表・高祖功臣侯者年表》：「太史公曰：古者人臣功

茫茫大地猶嫌小，勺水丸泥[797]占領頻。別有掞天[798]抒妙術，欲將星界[799]殖斯民。

西阻東侵拓霸材，驚聞北陸走風雷。汽車直下鮮卑里，百二雄關一旦開。

滿天風雪阻山河，百萬雄師盡曳戈。從此鄂羅[800]無勁敵，有誰立馬莫斯科。

叱咤群雄握主盟，東西爭戰孕文明。莫言一敗終難復，海島談兵氣尚橫。

會稽終報勾吳怨[801]，曹沫能歸魯國田。一戰法人心膽破，千秋又見老維廉[802]。

隊隊長征試馬蹄，崑崙山勢界天西。前狼後虎倡狂甚，一棒當頭喝睡獅。

麥西[803]古蹟供探討，埃及文風久不聞。塔影橫空江水碧，夕陽長弔帝王墳。

有五品，以德立宗廟定社稷曰『勳』，以言曰『勞』，用力曰『功』，明其等曰『伐』，積日曰『閱』。封爵之誓曰：『使河如帶，泰山若厲。國以永寧，爰及苗裔。』」後即以「伐閱」（或作「閱閱」）作為有功勳的世家大族的代稱，《幼學瓊林·卷三·宮室類》：「貴族稱為閥閱，朱門乃豪之第。」

796 編者按：「奢」，臺灣分館藏本誤作「拿」。

797 勺水丸泥：勺水，一勺水。丸泥，指一粒泥丸。皆喻數量少。

798 掞天：光芒照天。掞，音「宴」，照耀。

799 星界：新加坡。因新加坡島小如星，故華僑又稱它「星島」或「星洲」。按：此指 1818 年，英國萊佛士爵士（Sir Thomas Stamford Raffles）在馬來半島南端建立一個新的貿易港、開始殖民新加坡之事。

800 鄂羅：即俄羅斯。

801 會稽終報勾吳怨：春秋末年越王勾踐為吳國所敗，後臥薪嘗膽，刻苦圖強，終於滅吳，報會稽之恥。會稽為越國都城，會稽山上有越王城故跡。

802 老維廉：威廉·皮特，第一代查塔姆伯爵（William Pitt, 1st Earl of Chatham, 1708-1778），英國輝格黨政治家。在任職國務大臣期間，曾憑七年戰爭（又名法國—印第安戰爭），聲名大噪，後出任大不列顛王國首相一職。

瓜分慘禍痛波蘭，一劫風雲國破殘。弱肉固應強者食，有人北望泣南冠。

環球競鼓弭兵風，玉帛冠裳萬國同。壇坫門開**牛耳**執[804]，沈沈黑幕有人熊[805]。

糾糾干城[806]憤法狼，戰書捧讀氣飛揚。舉杯互祝從軍樂，立我功名發國光。

聯俄破法畫謀奇，魯水君臣盛一時。鐵血飛騰[807]公法晦，強權世界好男兒。

上相威權執太阿[808]，內謀吞併外平和。桓文功業[809]尋常事，神聖同盟[810]動力多。

一卷藍書[811]紀女皇，東西南北國旗揚。英倫三島[812]彈丸地，薄海皆稱撒遜強[813]。

---

[803] 麥西：Matsors，埃及古稱麥西，又稱卡米特，有黑土之意，希臘語方稱為埃及。

[804] 壇坫門開牛耳執：壇坫，會盟之壇台。牛耳，古代諸侯會盟時，盟主割牛耳取血，分與諸侯宣誓，以表守信；後遂稱主盟者或領導人為「牛耳」或「執牛耳」。

[805] 人熊：羆之別名，因其直立行走時象人，故稱。喻無敵之勇士。

[806] 糾糾干城：糾糾，健壯威武貌。干城，盾牌和城牆，比喻捍衛者。

[807] 鐵血飛騰：普魯士宰相俾斯麥（Otto von Bismarck, 1815-1898）主張以強權和武力統一德國；在此政策下，普魯士發動丹麥戰爭、普奧戰爭和普法戰爭。普魯士建立德國後，與奧匈帝國、俄羅斯締結「三帝同盟」，以孤立法國。

[808] 太阿：吳國干將所鑄的寶劍。喻權柄。

[809] 桓文功業：指春秋五霸中齊桓公與晉文公之功勳。

[810] 神聖同盟：拿破崙帝國瓦解後，1815 年 9 月 26 日，由俄羅斯、奧地利、德國在巴黎簽署建立，旨在重建拿破崙戰爭後的歐洲秩序、壓制各地民族主義思想與革命運動。

[811] 藍書：即藍皮書，其名稱為《英國議會文書》，是英國政府提交議會兩院之一種外交資料和檔案，因封皮為藍色，故名。

[812] 英倫三島：指英國本土，由英格蘭、蘇格蘭和威爾斯所組成。

薰蕕自昔難同器[814]，冰炭於今置一巵。莫說國中雙政府，墺匈從此必分離[815]。

拳拳[816]力守門羅訓，烈烈爭揚帝國光。廿紀風潮喧大地，乘茲飛躍太平洋。

英齊德晉競雌雄，別有俄秦善戰攻。多少中山宋魯衛，可憐誰是古周東。

茫茫西海沸鯨波，滅國新潮昔昔多。禍水早生巴爾幹，誰知泛[817]濫入支那[818]。

禁煙一疏驚天下[819]，戰禍先開粵海東。灼灼[820]芙蓉[821]生毒焰，神州湧起火蓮紅。

813　薄海皆稱撒遜強：薄海，泛指海內外廣大地區。撒遜，即盎格魯撒克遜　Anglo-Saxon。

814　薰蕕自昔難同器：喻善惡、好壞不能共處。《孔子家語·卷二·致思》：「回聞薰蕕不同器而藏，堯桀不共國而治，以其類異也。」薰，香草，比喻善類；蕕，臭草，比喻惡物。

815　墺匈從此必分離：「墺匈」即奧匈帝國，奧地利公國吞併匈牙利後，合稱為奧匈帝國。因匈牙利人民不堪奧地利殘暴統治，故時有革命抗暴之舉。第一次世界大戰結束後，英美強國為削弱奧匈帝國勢力，遂助匈牙利獨立。

816　拳拳：誠懇貌。

817　編者按：「泛」，臺灣分館藏本誤作「沈」。

818　支那：古代西方（如印度、希臘、羅馬等）稱中國為支那（當係「秦」帝國的對音），後來佛教經典即將中國翻譯為支那，唐·義淨《南海寄歸內法傳·師資之道》：「且如西國名大唐為支那者，直是其名，更無別義。」近代日本亦稱中國為支那，當時中國知識分子（如梁啟超等）亦多以此自稱。

819　禁煙一疏驚天下：指林則徐於道光十九年（1839）上書〈錢票無甚關礙宜重禁吃煙以杜弊源片〉，主張嚴禁鴉片。

820　灼灼：音「卓」，鮮明貌。

821　芙蓉：即「阿芙蓉」，鴉片煙的另稱。明·李時珍《本草綱目》：「阿芙蓉前代罕聞，近方有用者，云是罌粟花之津液也。罌粟結青苞時，午後以

景尊[822]已死微言絕，信教誰爭自主權。我愛**馬丁**[823]真健者，雄談痛裭法王[824]冠。

詩學誰能入上乘，鄂謨樸伯[825]各觀興。莫言西海文潮異，也有詞人杜少陵[826]。

幾回革命幾回傾，多少頭顱誓不生。百里巴黎花世界，儘教流血造文明。

峨峨[827]鷲首向西東，獨立高峰顧盼雄。彼得遺謀今尚在，俄沙鼓吹大王風。

左提長劍右神旗，起逐英師助法師[828]。俠女遺風齊下拜，捨身救國愧男兒。

驅除異族**葛蘇士**[829]，拯救同胞**馬志尼**[830]。國自少年吾已老，英風長布海之湄。

大針刺其外面青皮，勿損裡面硬皮，或三五處。次早津出，以竹刀刮，收入瓷器，陰乾用之。」

[822] 景尊：指耶穌。基督教於唐初傳入中國，稱景教。嚴復常以「景教」一詞，名基督教，而以「景尊」稱耶穌。

[823] 馬丁：馬丁・路德（Martin Luther, 1483-1546），1517 年發表反對教會販售贖罪券的〈九十五條論綱〉，主張改革教會，在幾經教會的壓迫與辯難後，創立了新教路德宗。

[824] 法王：指羅馬教宗。

[825] 鄂謨樸伯：鄂謨，通譯荷馬，荷馬（Homeros，約前 9 世紀-前 8 世紀），古希臘遊吟詩人，生於小亞細亞，失明，著有《伊利亞德》和《奧德賽》兩大史詩。樸伯：（AlexanderPope, 1688-1744）今譯蒲伯，英國詩人。16 歲時著《田園詩》，立即名噪一時，著有《捲髮遇劫記》、《隱居頌》。

[826] 杜少陵（712-770）：即杜甫，字子美，號少陵野老，一號杜陵野客、杜陵布衣，盛唐詩人，因其詩作對仗工整、格律嚴謹，內容則多表現為關懷民瘼的寫實精神，後世尊之為「詩聖」。

[827] 峨峨：高聳美好貌。

[828] 左提長劍右神旗，起逐英師助法師：指英法百年戰爭（1337-1453）中，聖女貞德（Jeanne la Pucelle, 1412-1431）帶領法軍對抗英軍入侵。

趙盾殺君[831]原愛國，武侯討賊[832]為安民。畫工畫我當真我，功罪千秋付史臣。

金錢勢力肆狼吞，商戰場中勁一軍。奴視陶朱婢倚頓[833]，有誰豪富等摩根[834]。

烈烈丹心滅國仇，夭夭[835]玉貌怒橫眸。一身殉汝知無憾，莫信他人假自由。

天地不仁[836]聞戰禍，人民何罪陷瘡痍[837]。是真淑女真慈母，萬國齊升十字旗[838]。

---

[829] 葛蘇士（Louis Kossuth, 1802-1894）：今譯科蘇特，匈牙利人。科蘇特為抵抗奧地利哈布斯堡王室的統治，領導 1848 年的匈牙利革命，並於隔年建立匈牙利共和國，任元首。後革命失敗，流亡國外。曾言：「站在中間的，是一種軟弱的證明。」

[830] 馬志尼（Giuseppi Mazzini, 1800-1872）：義大利民族解放領袖，生於熱那亞，曾參加燒炭黨，1830 年參加暴動被捕入獄，出獄後避居法國。1834年組織青年義大利黨，以「愛義大利超於一切」、「重建義大利為獨立國家」為宗旨，號召義人為國家統一而奮鬥。

[831] 趙盾殺君：前 607 年，晉靈公荒淫無道，趙盾多次直諫。靈公欲殺趙盾，派鉏麑行刺。鉏麑感於趙盾忠公親國，不忍下手，觸槐而死。九月，靈公同趙盾飲酒，埋伏甲士欲殺趙盾，提彌明以死相救，趙盾逃出晉都。乙丑日，趙穿殺靈公而立襄公弟黑臀，是為成公。趙盾復反，任國政。君子譏盾：「為正卿，亡不出境，反不討賊」，故太史書曰：「趙盾弒其君」，見《史記・四十三趙世家・第十三》。

[832] 武侯討賊：指諸葛武侯討伐曹魏。按：三國蜀諸葛亮死後諡為忠武侯，後世稱之為武侯。

[833] 奴視陶朱婢倚頓：陶朱，指范蠡，曾積累財產百萬，自號陶朱公。倚頓，山東貧士，聞陶朱公致富，前往請教，果依陶朱公指點而致富。

[834] 摩根：約翰・皮爾蓬・摩根（John Pierpont Morgan, 1837-1913），美國金融資本家，富可敵國，兩次應總統之請，拯救美國經濟危機。

[835] 夭夭：美盛貌。

[836] 天地不仁：典出《老子》：「天地不仁，以萬物為芻狗」清・魏源《老子本義》：「結芻為狗，用之祭祀，既畢事則棄而踐之。」

[837] 瘡痍：傷害，比喻戰爭後民生凋敝貌。

[838] 十字旗：即紅十字旗，紅十字標誌人道和同情。

登天早信非難事，縮地於今亦有方。一自[839]殺蛙[840]生電後，上天下地任翱翔。

悼李蓮卿校書[841]（十首）

> 李蓮卿，北里之翹楚也。豐姿妙曼，秀外慧中，余一見而悲其遇。客秋，余開赤城花榜[842]，拔女冠軍，頓覺名噪一時。人為女幸，而女則自悲不已，蓋狂且之肆辱由是而起。余至是而為之恨矣。本年七月朔，女以病歿，年十有六；人為之弔，余則為之賀也。嗚呼！天何此醉，我見猶憐。歌唇含雨，珍伊手底馨香；掬水青波，墜此懷中明月。樽前之紅淚半枯，江上之青衫未浣。余雖懺斷情魔，亦安能已於言者耶？

一朵蓮花墜劫塵，紅樓半現女兒身。秋風昨夜吹裙帶，好向西天証夙因。

花榜開時費品評，劍花[843]熱血亦柔情。為花請命憐花瘦，爭奈[844]花神喚不𧞤[845]。

寶蓋銀旛[846]好護持，一泓春水漲瑤池。采蓮隊裏歌聲好，翻作東山薤露詞。

---

839 一自：自從。

840 殺蛙：當係「愛迪生」。湯瑪斯・阿爾瓦・愛迪生（Thomas Alva Edison，1847-1931），美國發明家，其發明「電燈」對世人貢獻甚大。按：以上「阿爾瓦」（Alva）音近「殺蛙」，故雅堂如此漢譯。

841 校書：即「女校書」。唐代薛濤，係蜀中能詩文的名妓，時稱女校書。後因以「女校書」為妓女的雅稱。

842 赤城花榜：赤城，即台南市，花榜，選美。明治三十三年（1900）雅堂於《臺南新報》開「赤城花榜」專欄，遴選十美。

843 劍花：雅堂之號，此為雅堂自謂。

844 爭奈：怎奈。

845 𧞤：「應」的古字，音「硬」。

愛河十笏阻崑崙，燈炧[847]香銷拭淚癡[848]。遲爾荷花生日後[849]，沈沈風雨慘離魂。

藕斷絲連恨未消，莫愁湖畔月無聊。十分金粉飛蝴蝶，覓爾香魂剪紙招[850]。

涉江荷葉水田田，悔向蓮臺作散仙。懺爾癡情心一片，他生莫墜有情天。

生既漂零死又遲，早春花事蝶先知。分明瓜字[851]人如玉，憔悴埋香淚暗垂。

冷雨敲窗不忍聽，茫茫孽海夢難醒。從今淨土埋春骨，萬樹梅花葬小青[852]。

依依柳色黯錢塘，曉月棲鴉葉底藏。欲問五陵舊年少[853]，孤墳誰為築鴛鴦。

薛荔[854]紅墻月上時，落花滿地夢迷離。芙蓉鏡底人何處，天外塵間兩不知。

846　寶蓋銀旛：寶蓋，佛道或帝王儀仗所用之傘蓋。銀旛，用銀箔、羅彩剪成飾物或小幡。旛，狹長而下垂的旗幟，泛指旌旗。

847　燈炧：炧，音「謝」，「炨」的本字，燭餘也，即蠟燭燃燒後的殘餘部分。按：雅堂此處「燈炧香銷」係喻指李校書香消玉殞。

848　底本作「癡」，不合格律。《全臺文》主編黃哲永建議擬作「痕」。

849　荷花生日後：古時江南風俗，陰曆六月二十四日為荷花生日，荷花因而又有「六月花神」之雅號。

850　剪紙招：舊俗，剪紙為幡，以招死者之魂。

851　瓜字：瓜字可分成兩個八字，故稱女子十六歲時為「破瓜之年」。

852　萬樹梅花葬小青：杭州西湖孤山瑪瑙坡旁有一馮小青石墳，參前〈孤山〉「孤山」，注131。此以李蓮卿喻馮小青。

853　五陵年少：指京都富豪子弟。

854　薛荔：音「必立」，一種蔓生植物，亦稱為「木蓮」，葉橢圓，花細而隱於花托中，果實浸出的黏液可製造涼粉及清涼飲料。

咏史（一百三十首）

盧梭

一篇民約論，革命湧全球。專制餘威死，西歐熱血流。

馬利儂[855]

自由今不死，假名好成名。十尺斷頭上，淒淒風雨聲。

若安[856]

國破君亡日，纖纖一女兒。麾旗呼健卒，威武懾英師。

拿波崙

全球歸節制，戰鬥孕文明。海島幽囚日[857]，談兵氣尚橫。

爹亞[858]

敗績君囚虜，要盟國破殘。一場新演說，流淚憶師丹[859]。

---

[855] 馬利儂：羅蘭夫人（Madame Roland，1754-1793），法國大革命時期著名的女政治家。羅蘭夫人於 1793 年 11 月 8 日被其政敵送上斷頭臺，臨刑前在自由神像留下了一句為後人所熟知的名言：「O Liberté, que de crimes on commet en ton nom!」（自由，自由，多少罪惡假汝之名以行！）

[856] 若安：聖女貞德。貞・德（Jeanne d'Arc, 1412-1431），又譯珍妮・達爾克，幼名貞妮德，生於英法百年戰爭末期，有「奧爾良的女兒」之稱，百年戰爭中，阻止英軍佔領法國，因而有「幸運之神」、「法國之守護神」之譽。

[857] 海島幽囚日：1814 年盟軍攻入巴黎，4 月 13 日，拿破崙被迫退位，放逐於地中海上厄爾巴小島。路易十八重回法國，即法王位，波旁王朝復辟。1815 年，拿破崙自厄爾巴島返回法國，旋即為第七次反法同盟擊敗，史稱百日王朝，拿破崙則被放逐於大西洋之聖赫勒拿島。

[858] 爹亞：今譯梯也爾。路易・阿道夫・梯也爾（Louis Adolphe Thiers, 1797-1877）。七月革命後，先後擔任內閣大臣、總理和外交大臣之職。1871 年至 1873 年，出任第三共和國首任總統。

麥馬韓[860]

英雄多好色，富貴等泥沙。旅館傾談日，迷離百合花[861]。

俾士麥[862]

世界無公理，唯知鐵血強。乃公真詭譎，咄哉[863]佛狼王[864]。

瑪志尼[865]

少年義大利，結會運新機。再造新羅馬，孤軍戰四圍。

克林威爾[866]

弒君冒不韙[867]，愛國抱孤忠。畫我當真我，圖形笑畫工[868]。

859　師丹（?-3 A.D.）：字仲公，西漢琅邪東武（今山東諸城）人。哀帝時主
　　張「限田限奴」，以緩和日益激化之階級矛盾，後因貴族官僚反對，未能
　　實行。
860　麥馬韓：麥克‧馬洪（Patrice de Mac-Mahon, 1808-1893），法國元帥，法
　　蘭西第三共和國第二任總統。
861　百合花：法國國花香根鳶尾，體大花美，婀娜多姿，與百合花極為相似，
　　故有人將百合花視為法國國花。
862　俾士麥：俾斯麥（Otto von Bismarck, 815-1898），普魯士王國首相，德意
　　志帝國第一任宰相（總理），人稱「鐵血宰相」。
863　咄哉：警覺之詞。
864　佛狼王：指拿破崙三世，普法戰爭（1870）時任法國第二帝國皇帝。佛
　　狼，即佛朗、佛朗機，法蘭克（Frank）的舊譯。
865　瑪志尼：馬志尼（Giuseppe Mazzini, 1805-1872）參前〈讀西史有感〉「馬
　　志尼」，注 830。
866　克林威爾：克倫威爾（Oliver Cromwell, 1599-1658），英國政治改革家。
　　17 世紀初加入國會軍，為獨立黨首領，1653 年，殺英王查理一世，廢除
　　君主制，解散議院，征服愛爾蘭及蘇格蘭，自任國民總督。
867　不韙：過失、不是。韙，音「尾」。
868　畫我當真我，圖形笑畫工：雅堂此處意謂，若要描繪就應該是真實無誤，
　　徒具形式只是畫匠的手藝罷了。

納爾遜[869]

吾生不識畏，雷雨豈能迷。何物奇男子，威名著海西。

虎奇[870]

萬國尊公法，名儒發性天。誰知今世界，交際在強權。

赫胥黎[871]

塵塵人物界，天演日開張。優劣無分別，吾生貴自強。

達爾文

競爭循進化，人治戰天行。近世強民族，權輿此論評。

勵節夫[872]

區區竇人子[873]，信口可開河。鑿破三洲路，帆檣日夕過。

---

[869] 納爾遜：霍拉肖·納爾遜（Horatio Nelson, 1758-1805），英國海軍上將，
被譽為「英國皇家海軍之魂」。

[870] 虎奇：亨利·惠頓（Henry Wheaton, 1785-1848），美國著名國際法學家，
1836 年出版《萬國公法》。

[871] 赫胥黎：湯瑪斯·赫胥黎（Thomas Henry Huxley, 1825-1895），英國著名
博物學家，因捍衛達爾文之進化論而有「達爾文之堅定追隨者」之稱。

[872] 勵節夫：即麥哲倫。

[873] 竇人子：貧家子弟。竇，音「具」，《漢書·卷六十八·霍光傳》：「又
諸儒生多竇人子，遠客飢寒，喜妄說狂言。」

亞剌飛[874]

國權今墜地，民力欲回天。讀史傷埃及，文明付野煙。

馬丁路德

威武不能屈，雄談折法皇。歐州掃雲霧，耶教[875]日當陽。

成吉思汗

立馬天山上，兵威震亞州。黃人須尚武，大勇服全球[876]。

拔都[877]

鐵騎行歐陸，暗呼白種驚。至今說黃禍[878]，西海懾威稜。

---

[874] 亞剌飛：艾哈邁德·阿拉比帕夏（Ahmed 'Urabi Pasha，1841-1911），帕夏是敬語，相當於英國的「Lord」，是埃及殖民時期地位最高的官銜。艾哈邁德於 1875 年加入青年埃及協會，1879 年創立祖國黨，主張埃及獨立。1882 年領導埃及軍民抵抗英軍，失敗被捕，流放斯里蘭卡，1901 年獲釋。

[875] 耶教：耶穌教之簡稱。

[876] 黃人須尚武，大勇服全球：成吉思汗的蒙古軍隊崛起亞洲之後，曾一路攻打到歐洲地區，當時歐洲人稱之為「黃禍」，是為亞洲人富強的標誌，但時至清末時歐美列強已然崛起，亞洲諸國，包含中國、朝鮮、日本等國，均受到相當程度的欺侮。故雅堂此處意謂：身為黃種人的亞洲成吉思汗後代，必須重新講究「尚武」的精神，讓黃種人的勇敢能重新征服全球。

[877] 拔都（1209-1256）：成吉思汗之孫，1242 年建立欽察汗國（包括今天哈薩克鹹海和裏海北部，並延伸至中歐多瑙河一帶），又稱金帳汗國。

[878] 黃禍：13 世紀蒙古帝國曾三次西征，於中亞、西亞與東歐一帶大肆燒殺，歐洲人遂將此稱為「黃禍」。

麥荊來[879]

陽守門羅訓，陰揚帝國光。乘茲新世紀，飛躍太平洋。

梅特涅[880]

三聖結同盟[881]，霸權吾獨攬。壯哉自由神，大聲破肝膽。

五月花[882]

黑奴慘鞭樸，女子發慈心。文字收功日，平權福至今。

雅麗

七歲如花女，編成獨立軍。提筐慰兵士，大將感名言。

---

[879] 麥荊來：威廉·麥金利（William McKinley, 1897-1901），美國第 25 任總統。曾發動對西班牙戰爭，佔領古巴、波多黎各、夏威夷、菲律賓，1901 年 9 月 6 日於汎美博覽會上，遭一名波蘭無政府主義者開槍射擊，8 日後身亡。

[880] 梅特涅：克萊門斯·梅特涅（Klemens Wenzel von Metternich, 1773-1859），19 世紀奧地利宰相。拿破崙兵敗後，主持維也納會議（Congress of Vienna, 1814-1815），推動歐陸各國均勢。

[881] 三聖結同盟：指神聖同盟，拿破崙帝國瓦解後，1815 年由俄羅斯、奧地利、德國在巴黎簽署建立的反法聯盟。

[882] 五月花：《The May flower》的中文譯名，美國女作家斯托夫人（Harriet Beecher Stowe, 1811-1896）著，但近代譯介者將此部小說誤為作者另一部小說《湯姆叔叔的小屋》（又譯《黑奴籲天錄》），並把作者譯為批茶（Beecher 之音譯）。一篇署作「友人譯寄、觀雲潤稿」之〈批茶女士傳〉云：「當 19 世紀，美洲有名女子，以一枝纖弱之筆，拔無數沉淪苦海之黑奴，至今歐美人嘖嘖稱之為「女聖」者，則批茶女士是也。」（刊《選報》第 18 期，1902 年 6 月出版）

蘇菲亞[883]

姍姍[884]弱女流，雄膽大於斗。袖底爆彈飛，親屠專制虎[885]。

梅村女子[886]

梅村一女子，愛國作犧牲。願庇法軍死，寧從普將生。

格盧麥丁[887]

天地胡不仁[888]，人類為芻狗。淑女發慈悲，捨身救戰苦。

---

[883] 蘇菲亞：蘇菲亞‧利沃夫娜‧佩羅夫斯卡婭（Sophia Lvovna Perovskaya, 1853-1881），俄國女革命家，民意黨領導人之一。1881 年 3 月 1 日炸死沙皇亞歷山大二世，同年 4 月 3 日被沙皇政府判死刑，死時僅 28 歲。按：蘇菲亞刺殺俄國沙皇的的傳奇事蹟在清末已經傳遍中國學界，清光緒二十八年（1902）梁啟超在他創辦的《新小說》月刊上發表了羽衣女士的《東歐女豪傑》共五章，其中主要就是寫蘇菲亞。次年梁啟超又自撰〈論俄羅斯虛無黨〉一文，提及「女豪傑蘇菲亞等」炸死沙皇亞歷山大二世的壯舉，並讚頌說：「虛無黨之事業，無一不使人駭，使人快，使人歆羨，使人崇拜。」

[884] 編者按：「姍」，臺灣分館藏本作「叱」。

[885] 親屠專制虎：此處喻指炸死沙皇亞歷山大二世之舉。「專制虎」，《禮記‧檀弓下》有「苛政猛於虎」的名言，後以專制苛政比喻暴君或指暴君的統治。

[886] 梅村女子：指清末名妓賽金花，樊增祥（1846-1931）曾仿吳梅村〈圓圓曲〉，作〈前彩雲曲〉和〈後彩雲曲〉歌詠其事跡。賽金花，十五歲嫁狀元洪鈞為妾，以公使夫人身份隨洪出使德、俄、荷、奧四國，夫病故後，重墮風塵，其相關軼事在曾樸《孽海花》有諸多影射及敷演；八國聯軍入侵北京時，傳言因其勸說聯軍統帥瓦德西減少妄殺搶掠，因而名留青史，惟經學界考證，傳言恐非事實。

[887] 格盧麥丁：盎格魯‧麥丁，今譯弗羅倫斯‧南丁格爾（Florence Nightingale, 1820-1910），英國護士和統計學家。克里米亞戰爭（1853-1856）時，奔赴戰地開設醫院醫療傷患，人稱「克里米亞的天使」、「提燈天使」。

[888] 胡不仁：何不仁，何其不仁之意。雅堂此處化用《老子》「天地不仁」之語而轉以反詰。

楠正成[889]

嗚呼史臣碑，百世聞風起。糾糾大和魂，奮身為國死。

豐臣秀吉[890]

人奴取將相，百戰服群雄。兩度征韓役，軍威震海東。

兒島高德[891]

天莫空勾踐，時非無范蠡。櫻花春爛熳，倚劍讀題詞。

北條時宗[892]

元兵蔽海[893]至，舉國盡驚惶。碎書又斬使，禦侮安扶桑[894]。

---

[889] 楠正成：楠木正成（1294-1336），明治時追尊大楠公，為鎌倉幕府末期到南北朝時期著名武將。楠木正成一生竭力效忠南朝的後醍醐天皇，後世敬其忠義多智，譽為軍神。

[890] 豐臣秀吉（1537-1598）：原名木下藤吉郎、羽柴秀吉等，綽號禿鼠（猴為後世編造），本是足輕（下級步兵），後因侍奉織田信長而崛起，自室町幕府瓦解後再次統一日本，並發動萬曆朝鮮戰爭。

[891] 兒島高德（生卒年不詳）：又稱備後三郎，生於備前國兒島郡。據《太平記》載：笠置山失陷，後醍醐天皇第二次的倒幕計畫「元弘之變」失敗，被廢，放逐至「隱岐」。途中兒島高德欲救天皇，不得，夜潛至天皇「行在」（帝王巡幸所居之地），斫櫻樹，白而書之曰：「天莫空句踐，時非無范蠡。」意指擊倒北條氏之決心堅定，將以范蠡助勾踐復國為榜樣。天皇獲知，倒幕之志愈堅。

[892] 北條時宗（1251-1284）：鎌倉幕府的第八任執權（鎌倉幕府的官名，當時為最高領導人），二次擊退蒙古遠征軍。

[893] 蔽海：形容海上軍隊之多，將整個海洋障蔽。

[894] 扶桑：日本之代稱。

西鄉隆盛[895]

功罪由人論，臣心愛國多。秋風麑島役[896]，銅像獨巍峨。

秦王政

秦王避胡患，萬里築長城。胡患宮中出，亡秦禍早成。

漢武帝

東海觀朝日，西疆拓遠天。老來雄略盡，宮裏望神仙。

唐玄宗

昔斬婉兒[897]頭，今想玉環[898]面。前後同心腹，剛柔自深淺。

---

[895] 西鄉隆盛（1828-1877）：號南洲。幕末時期薩摩藩（位於九州西南部鹿兒島）的武士，極力主張廢除幕府，還政於天皇，與木戶孝允（桂小五郎），大久保利通並稱「維新三傑」。西鄉前期致力於倒幕運動，維新底成後則鼓吹對外擴張，尤堅持征韓論，政府不受，乃辭職回到鹿兒島，興辦軍事政治學校（私學校，1877），後發動史稱「西南戰爭」的武裝叛亂，兵敗自殺。明治十年（1877）被褫奪官位，然民間同情聲浪甚高，最終在黑田清隆的奔走下，於二十二年（1889）獲特赦，並追贈「正三位」的官階。三十年（1897）在東京上野恩賜公園西鄉隆盛的塑像落成。他一手牽著薩摩犬，一手握腰間日本刀。當時中國著名的思想家王韜、黃遵憲、梁啟超等人都曾到上野公園瞻仰西鄉隆盛的銅像。

[896] 麑島役：明治十年（1877），薩摩藩不平之士族攻擊鹿兒島的政府軍火庫，揭開「西南戰爭」序幕。西鄉隆盛聞訊後即返鄉統率士族，以「質問政府」為名，揮軍北上，於熊本城與政府軍爆發激戰，隨後被擊退回鹿兒島，西鄉兵敗自殺。

[897] 婉兒：上官婉兒（664-710），唐陝州陝縣人（今河南三門峽）。上官儀孫女，儀被殺，婉兒隨母鄭氏配入內庭，年十四即為武則天掌文誥。中宗時，封為昭容。曾建議擴大書館，增設學士，代朝廷評天下詩文，一時詞臣多集其門。臨淄王（即唐玄宗）起兵，與韋后同時被殺。

[898] 玉環：楊貴妃（719-756），名玉環，號太真，唐玄宗之寵妃。

宋高宗[899]

君父行殘忍，忠奸失鑒衡。乞和甘事虜，穢德辱中興。

明太祖

漢祖原無賴，唐宗出庶民。鳳陽[900]天子貴，提劍掃胡塵。

趙武靈王

變法從胡服，強兵右武功。中原今病弱，願振大王風。

管仲

管子天下才，霸齊猶其小。尊王又攘夷[901]，功利國之要。

李斯

嬴秦毒[902]黔首[903]，上蔡罪之魁[904]。為相逢君惡，遭刑好自哀。

---

[899] 宋高宗：趙構（1107-1187），字德基，南宋開國皇帝。靖康二年（1127）
金兵俘徽、欽二宗北去後，宋室南渡，高宗於建康即位，還都臨安，終
保有南方之地。後以秦檜為相，殺岳飛，與金媾和，奉表稱臣，以成偏
安之局。在位三十六年。

[900] 鳳陽：安徽鳳陽，明太祖朱元璋出生地。

[901] 尊王又攘夷：即「尊王攘夷」，典自《春秋·公羊傳》：「尊勤君王，攘斥
外夷」，意謂尊崇並擁戴王室，且排除對中原不利的蠻夷戎狄等外族。

[902] 毒：荼毒。按：秦王以法家治國，嚴刑峻罰，故謂之荼毒。

[903] 黔首：戰國及秦代對人民之稱謂，泛指百姓。

[904] 上蔡罪之魁：李斯為楚國上蔡人，此以上蔡代指李斯。罪之魁，指秦始
皇之焚書坑儒之舉，乃出於李斯的建言。

如姬[905]

竊符成救趙，巾幗善酬恩。公子愁無策，侯生[906]重一言。

齊姜[907]

醉遣晉公子，懷安實敗名。封侯夫婿重，送別豈無情。

呂后[908]

沛公[909]薄[910]兒女，父子且無情[911]。呂雉忘夫婦，鋤[912]劉亦勺羹[913]。

---

[905] 如姬：戰國時期魏安釐王之寵姬。前 257 年，秦國出兵攻趙。趙國向魏國求援，然魏王懼怕秦軍，按兵不動。侯嬴為信陵君獻策，求如姬盜兵符，信陵君率門客前往將軍晉鄙處調兵，晉鄙不從，為朱亥所殺，信陵君率兵解趙國之圍，見《史記·魏公子列傳第十七》。

[906] 侯生：即侯嬴（?- B.C.257），戰國時期魏國之隱士，見後〈侯嬴〉注。

[907] 齊姜：齊桓公之宗女，晉文公之夫人。重耳逃亡及齊，齊桓公以宗女妻之，遇之甚善，有馬二十乘，公子安之，從者以為不可，將行，謀於桑下。蠶妾在其上，以告姜氏。姜氏殺之，而謂公子曰：「子有四方之志，其聞之者，吾殺之矣。」公子曰：「無之。」姜曰：「行也！懷與安，實敗名。」公子不聽，姜與子犯謀，醉而遣之。大意為：齊桓公接待重耳頗殷，隨從以為重耳不該安於齊國，乃於桑樹下謀畫出走事，採桑女聽之，以告齊姜，齊姜慮事洩漏，乃殺桑女；再質諸重耳出走事，重耳否認，齊姜勸行，不聽，乃與子犯謀，灌醉重耳再送出齊國。典出《列女傳·卷二·賢明傳》。

[908] 呂后：漢高皇后，姓呂名雉（B.C.241-180），字娥姁，單父（今山東省單縣）人。高祖死後，被尊為皇太后，又稱為漢高后、呂后、呂太后。

[909] 沛公：即漢高祖劉邦。劉邦本於沛縣任泗水亭長，陳勝「揭竿起義」後，劉邦殺沛縣令而舉兵反秦，自此便自稱「沛公」。《史記·卷八·高祖本紀第八》：「高祖初起，始自徒中。言從泗上，即號沛公。」

[910] 薄：在此作動詞解，意謂薄弱、不重視。

[911] 沛公薄兒女，父子且無情：楚漢相爭時，劉邦於彭城兵敗，為求順利逃命，數度推落同在車上的子女（漢惠帝、魯元公主）。據《史記·卷七·項羽本紀第七》載：「漢王道逢得孝惠、魯元，乃載行。楚騎追漢王，漢王急，推墮孝惠、魯元車下，滕公常下收載之。如是者三。曰：『雖急不可以驅，奈何棄之？』於是遂得脫。」又，彭城之役項羽擄獲劉邦雙親，

曹大家[914]

修史傳千古，威儀化漢宮。於今興女學，莫愧大家風。

班婕妤[915]

女子修才德，尤宜體氣雄。試看漢宮事，婕妤勇當熊。

二喬[916]

銅雀羅聲伎[917]，曹瞞[918]慾望饞[919]。兒家好夫婿，威武鎮江南。

後以烹殺其父為逼降，劉邦不為所動，反唇辯道：「吾與項羽俱北面受命懷王，曰『約為兄弟』，吾翁即若翁，必欲烹而翁，則幸分我一桮〔杯〕羹。」（出處同上）當時項羽叔父項伯即指出：「為天下者不顧家」，此語可視為劉邦看淡親情的證明。

912 鋤：在此作動詞解，剷除、根除的意思。

913 呂雉忘夫婦，鋤劉亦勺羹：呂后在劉邦駕崩後，大權獨攬並大封外戚諸呂為侯，造成日後「諸呂集團」與「劉姓皇族」奪權鬥爭，故雅堂譏其「忘夫婦」（漠視夫婦之倫），這等於剷除劉姓宗室將他們煮做羹湯來吃一樣。按：「勺羹」之典，參注 911。

914 曹大家：即班昭（生卒年不詳），一名姬，字惠班，東漢扶風安陵（今陝西咸陽）人。班彪女，班固妹。嫁曹世叔，早年守寡。漢和帝知其博學高才，遂召入宮，人稱曹大家（家音「姑」）。兄班固編纂《漢書》未竟而卒，班昭承其遺志，獨立完成第七表〈百官公卿表〉與第六志〈天文志〉，《漢書》遂成。

915 班婕妤（約 B.C. 48-約 2 A.D.）：西漢成帝嬪妃，冊封為婕妤。一日，成帝欲與班同輦出遊，其以「賢聖之君皆有名臣在側，三代末主乃有嬖女」，不敢奉命。趙飛燕、趙合德姐妹入宮後，漸失恩寵，自請服侍太后。太后死後又為太后守陵，最後孤單而終。今存作品僅〈自悼賦〉、〈搗素賦〉、〈怨歌行〉（亦稱團扇歌）三篇，後人疑為偽作。婕妤，西漢嬪妃的名位，為 14 等級中第 2 級，東漢無此名，晉代恢復，明中葉後不存。

916 二喬：指三國吳喬公之女，大喬嫁孫策、小喬嫁周瑜。

917 銅雀羅聲伎：銅雀，指銅雀臺，故址在今河北省臨漳縣西南古鄴城的西北隅。銅雀羅聲伎，指三國魏曹操在銅雀臺網羅歌舞藝妓。

孫夫人[920]

劍影橫綃帳[921]，燈光掩畫樓。吳宮深似海，夜夜夢荊州。

王昭君

尚留青塚在，遺恨入琵琶。空對胡天月，難忘漢苑花。

梁夫人[922]

黃天蕩遙遙，匝地鼓聲震。婦人在軍中，兵氣為之振。

---

[918] 曹瞞：曹操小字阿瞞，歷代文人鄙夷曹操者，多以曹瞞稱之。按：曹操即史上所謂「亂世之奸雄」，挾天子以令諸侯，壟斷朝權意欲吞併天下，故雅堂對之不屑。

[919] 慾望饞：饞，貪嘴，在此作貪婪解。雅堂此處當受古典小說《三國演義》影響，第四十四回〈孔明用智激周瑜，孫權決計破曹操〉寫道：「瑜曰：『操欲得二喬，有何證驗？』孔明曰：『曹操幼子曹植，字子建，下筆成文。操嘗命作一賦，名曰『銅雀臺賦』。賦中之意，單道他家合為天子，誓取二喬。』……孔明即時誦銅雀臺賦云：『……攬二喬於東南兮，樂朝夕之與共……』周瑜聽罷，勃然大怒，離座指北而罵曰：『老賊欺吾太甚！』」以上，《三國演義》中周瑜和孔明鬥智，周先假裝意欲降曹，孔明知之，則故意言曹操之所以南下東吳，實在垂涎「二喬」豔名，待將二喬擄獲，日後安置銅雀臺中以遂其淫慾。因「二喬」中的小喬乃周瑜妻，故孔明以「激將法」令其改口。按：羅貫中《三國演義》此一橋段，為正史所無，實小說家言，雅堂或者因為想顯示對曹操的高度不滿，故特意用此典故。

[920] 孫夫人：正史無載其名，戲曲稱孫尚香，三國孫堅之女，孫策與孫權之妹，性情剛烈勇猛，才華敏捷，自幼喜歡習武練劍，婢女咸佩刀劍，後嫁與劉備。

[921] 綃帳：輕紗帳。

[922] 梁夫人（1102-1135）：南宋楚州（今江蘇淮安）人，韓世忠之妻。南宋建炎四年（1130），與韓世忠阻擊金兵於黃天蕩（今鎮江北），留下「擊鼓戰金山」之佳話。韓世忠在楚州創立軍府，其親自織簾為廬，與士卒同力役，朝廷封為安國夫人，後改秦國夫人。

花木蘭

秦風今未泯，女子亦從戎。飲馬長城窟，征袍戰血紅。

紅拂

侯門深似海，巨眼識英雄。旅店傾談日，虬髯拜下風。

謝道韞[923]

咏絮才飄逸[924]，清談善解圍[925]。王郎何負負[926]，妃匹怨空閨[927]。

漢高祖

馬上取天下，三章約法仁[928]。如何成帝業，專制繼嬴秦[929]。

---

[923] 謝道韞（生卒年不詳）：又作謝道蘊，東晉謝安侄女，安西將軍謝奕之女，嫁王羲之子王凝之。自幼聰識，有才辯，對比夫婿的庸碌，道韞心中頗難平衡（參下文「負負」之注）。晉安帝隆安三年（399），假借「五斗米道」起兵作亂的孫恩攻陷王凝之的守城，凝之被殺，道韞手刃數賊方才被執，後來孫恩敬其節義，赦免之，其後，道韞寡居會稽。編者按：「道韞」，臺灣分館藏本誤作「靈蘊」。

[924] 咏絮才飄逸：《世說新語·言語》：「謝太傅寒雪日內集，與兒女講論文義。俄而雪驟，公欣然曰：『白雪紛紛何所似？』兄子胡兒曰：『撒鹽空中差可擬。』兄女〔道韞〕曰：『未若柳絮因風起。』」後因以為女子有詩才之典。

[925] 清談善解圍：《晉書·列女傳》載：「凝之弟獻之嘗與賓客談議，詞理將屈，道韞遣婢白獻之曰：『欲為小郎解圍。』乃施青綾步障自蔽，申獻之前議，客不能屈。」

[926] 負負：十分慚愧貌，指愧對其妻。按：王凝之雖為著名書法家王羲之的兒子，但資質平庸，實在難以匹配「才女」謝道韞。史書對此亦有著墨，《晉書·列女傳·王凝之妻謝氏》：「〔道韞〕初適凝之，還，甚不樂。安曰：『王郎，逸少子，不惡，汝何恨也？』答曰：『一門叔父，有阿大（謝尚）、中郎（謝據）；群從兄弟復有『封胡羯末』（指謝韶、謝朗、謝玄、謝川，俱有才名），不意天壤之中乃有王郎！』」

[927] 妃匹怨空閨：指婚配之事。妃，音「配」，婚配。空閨，內室，亦指婦女居所。

項羽

天亡非戰罪[930]，末路困英雄。氣盡虞同死[931]，司晨笑沛公[932]。

田橫

五百人從死，函頭[933]入漢廷。封王何足貴，北面恥韓彭[934]。

張騫

漢威宣外域，博望乘槎通。進取堪模範，誰人繼鑿空。

班超

傭書徒碌碌，投筆覓封侯。斷得匈奴臂，淒涼絕塞秋。

孟軻

七雄爭戰世，遊說各西東。我獨行仁義[935]，民權演大同。

---

[928] 三章約法仁：指劉邦起兵之初，「約法三章」的典故。《史記·高祖本紀》：「〔劉邦〕與父老約法三章耳，殺人者死，傷人及盜抵罪。」按：因為嬴秦採「嚴刑峻法」治國，劉邦認為太過苛刻，故起兵之後對所征服的城池都會貼榜告示，約法三章，以顯示自身軍隊的仁德與正義。

[929] 如何成帝業，專制繼嬴秦：劉漢的統治，依然崇尚嚴刑峻法，由司馬遷《史記》所書「酷吏列傳」可知，故雅堂譏諷之。

[930] 天亡非戰罪：蜀漢相爭，最後項羽被劉邦軍隊圍困於「垓下」，知道大勢已去，乃悲憤地說：「此天之亡我，非戰之罪也。」（《史記·項羽本紀》）

[931] 氣盡虞同死：指項羽氣數已盡之際，虞姬自刎，與項羽同赴黃泉。

[932] 司晨笑沛公：指牝雞司晨，即母雞報曉，喻婦人專權。牝，音「聘」。呂后為人有謀略，助劉邦殺韓信、彭越等異姓王。漢高祖十二年（195 B.C.），劉邦死，惠帝立，尊呂后為皇太后。惠帝仁弱，實由呂后掌政，呂后乃大封外戚諸呂為侯，造成朝政動盪，故雅堂譏諷劉邦不如項羽。

[933] 函頭：以物套頭。

[934] 北面恥韓彭：北面，猶稱臣，泛指向對方屈服。韓彭，漢初名將淮陰侯韓信與建成侯彭越之並稱，二人初非劉漢陣營，但皆成為開國功臣，又於入漢後陸續被殺。

荀卿

小儒談天下，專制長君威。試看嬴秦毒，焚書此禍機。

商鞅

以身殉立法[936]，法重即身輕。國法長存日，吾身死亦生。

韓愈[937]

闢佛非知佛[938]，尊儒乃外儒[939]。文章自千古，原道可刪除。

---

[935] 我獨行仁義：指戰國時代只有孟子獨自標舉「仁義」的旗幟遊說諸國。
按：《孟子·梁惠王》開篇即云：「孟子見梁惠王。王曰：『叟，不遠千里
而來，亦將有以利吾國乎？』孟子對曰：『王何必曰利？亦有仁義而已
矣。』」以上，孟子遊說戰國諸侯強調「仁者無敵」的理念，但效果甚微。

[936] 以身殉立法：戰國時期，秦孝公用商鞅推行變法，太子駟觸犯新法，被
商鞅定罪。後太子駟成為秦惠文王，欲除商鞅。商鞅出逃，因新法苛酷、
無人敢收留，終為補殺，世謂「作法自斃」，語出《史記·商君傳》。

[937] 韓愈（768-824）：字退之，唐河南南陽人。少習六經，博覽百家之書。
貞元八年（792）進士，曾任監察御史，後以直言貶連州，永貞元年（805），
撰寫「五原」（〈原道〉、〈原性〉、〈原毀〉、〈原人〉、〈原鬼〉）之文，以尊
孔孟排異端相號召，主張復興儒學，扶樹名教。元和十四年（819）上〈諫
迎佛骨表〉，諫阻唐憲宗迎佛骨入宮，被貶潮州刺史，後曾任國子祭酒等
職，卒諡文。

[938] 闢佛非知佛：韓愈〈諫迎佛骨表〉力言：「佛本夷狄之人，與中國言語不
通，衣服殊製。口不道先王之法言，身不服先王之法服，不知君臣之義，
父子之情。」雅堂不以為然，故稱其「闢佛非知佛」。

[939] 尊儒乃外儒：韓愈〈原道〉強調儒家「道統」思想在時間上早於佛、老，
為華夏正統。並且力言：「斯道也……堯以是傳之舜，舜以是傳之禹，禹
以是傳之湯，湯以是傳之文武周公，文武周公傳之孔子，孔子傳之孟軻。
軻之死，不得其傳焉。」以上，確立「堯舜禹湯文武周公孔孟」的「道
統」觀，雅堂不以為然（詩中並未說明原因），故稱其「尊儒乃外儒」，
意謂雖然表面上尊崇儒家，實際上卻對儒家正統傳承不甚了解，換言之，
對儒家正統很外行。

司馬遷

龍門[940]大手筆，著史識窮通。眼底無餘子[941]，紛紛檜下風[942]。

老子

漢晉同宗老，興亡各異途。五千言道德，致用在吾徒。

孫武

孫子明兵法，吳宮教美人。十三篇尚在，智勇信廉仁。

告不害[943]

孟荀皆說性，善惡各師宗[944]。告子言流水，持衡在執中[945]。

---

[940] 龍門大手筆：龍門，山西河津縣，為司馬遷的出生地，借指司馬遷。司馬遷《史記・太史公自序》云：「遷生龍門，耕牧河山之陽。」

[941] 餘子：餘，剩餘、多出，「餘子」意謂其他的人。按：「眼底無餘子」意謂司馬遷的《史記》可以傲視千古，無人可以同其比憑。

[942] 紛紛檜下風：《左傳・襄公二十九年》載，吳國季札聘於魯，請觀周樂，云：「自鄶以下無譏焉」，「鄶」即「檜」，意謂：「國風」自「檜風」以下，已無足觀，故不予置觀。雅堂借用此典，其意一如「眼底無餘子」，意謂後繼作史書者，之於司馬遷《史記》就像是「國風」的「檜風」以下一般，毫無可觀之處。按：《詩經》「檜風」，根據鄭玄《詩譜》云：「周夷王、厲王之時，檜公不務政事，而好絜衣服，大夫去之，於是檜之變風始作。」因今存「檜風」僅四，且詞格有卑弱之勢，故季札不願評論。

[943] 告不害：戰國時思想家，名不詳，一說名不害。曾受教於墨子之門，善口辯，講仁義，後與孟子議論人性，主張「性無善無不善也」，認為性無善惡，善惡都是後來才有的，所謂「性猶杞柳也，義猶桮棬也」，原始的性既非善亦非惡，就像杞柳的本質一樣素樸，而所以會有「義」的行為舉止，是因為後天的塑造，就好像強杞柳以為桮棬一樣。告子此說，當時自成一家之言，其言論見《孟子・告子》篇。

[944] 孟荀皆說性，善惡各師宗：先秦儒家學說中，孟子主張「性善」，荀子主張「性惡」，所以雅堂言「各師宗」，意謂各師其宗。按：孟子性善，以為性中有仁義禮智「四端」，分別呼應惻隱、羞惡、恭敬、是非之心，故其主張「我固有之」且當「擴而充之」；相反地，荀子性惡，其〈禮論〉

屈原

孤臣放逐地，香草美人[946]情。王死終難悟，沈羅怨未明。

聶政

匹夫負勇氣，義俠報人仇。提劍衝階上，呼聲斬相頭。

伍員

興吳自滅楚，功罪詎能償。既短宗邦祚，還令敵國狂。

申包胥[947]

秦庭七日哭，袍澤[948]與君同。復楚償前志，孤臣愛國忠。

云：「性者，本始材朴也。偽者，文理隆盛也。無性，則偽無所加；無偽，則性不能自美」，〈正名〉：「性者，天之就也；情者，性之質也；欲者，情之應也。」由以上可知，荀子之性惡乃「性朴情惡」，情則因慾望貪念之故，故「惡」。

[945] 告子言流水，持衡在執中：《孟子·告子》：「告子曰：『性猶湍水也，決諸東方則東流，袂諸西方則西流。人性之無分於善不善也，猶水之無分於東西也。』」意謂：人性的本質就如同流水一樣，引導它向東就向東，引導它向西就向西，因為人性本無善惡，所有德行（如仁義）是待後天塑造才成的。按：雅堂所謂「持衡在執中」，衡，秤桿，執中，提住秤桿的重心。此句意指人性的善與惡，決定權在於本心抉擇，就像持秤桿一樣，要能懂得平衡之道。

[946] 香草美人：香草喻忠貞；美人喻賢臣，比喻忠貞賢良。

[947] 申包胥（生卒年不詳）：春秋時楚國大夫，本姓公孫，名包胥，因封於申，故號申包胥。申包胥與伍員友善，伍員出逃時曾與包胥言：「我必復〔覆〕楚。」包胥曰：「勉之！子能復之，我必能興之。」魯定公四年（506 B.C.）伍員以吳國軍力攻楚，破郢都，楚昭王出逃至隨。伍員掘楚平王墓鞭屍。包胥入秦乞師，秦伯不允，乃依庭牆哭七日，感動秦伯，終遣將助楚；後昭王返國賞功，包胥逃而不受。

[948] 袍澤：原指戰袍和襯衣，代稱軍隊中同事。

樊於期[949]

義重身何惜，呼天仰劍亡。頭顱入幽谷，怒目視秦王。

侯嬴[950]

志士重肝膽，夷門[951]話別時。魂隨公子去，一劍報相知。

朱亥[952]

屠狗有奇士，鼓刀出魏城。奪軍椎晉鄙，效命答侯嬴。

田文[953]

孟嘗稱愛客，狗盜目奇材[954]。獨有馮諼[955]拙，焚券市義來。

---

[949] 樊於期（?- B.C.227）：戰國末年人，本為秦將，逃於燕國。秦王政暴怒，以金千斤、邑萬家，購求樊於期之首。燕太子丹使荊軻刺秦王，荊軻謀以樊將軍首與燕督亢之地圖獻秦王，以利行刺。樊於期聞知，遂自殺以助荊軻。

[950] 侯嬴（?- B.C.257）：戰國時期魏國之隱士，為魏都大梁（今河南開封）之守門小吏。信陵君魏無忌，待以上禮。前 257 年，秦國白起率軍圍攻趙國邯鄲，信陵君欲援趙，侯嬴為之謀劃，定計使魏王寵妃如姬盜虎符，力士朱亥矯詔殺晉鄙，奪軍救趙，史稱「信陵君竊符救趙」。侯嬴則於信陵君出發前，北向自刎身亡，以送信陵君，見《史記‧七十七魏公子列傳》。

[951] 夷門：指戰國魏國都城大梁之東門。

[952] 朱亥（生卒年不詳）：戰國時魏人，以屠為業。秦圍邯鄲時，魏遣晉鄙率軍救趙，因懼秦兵，便留軍於鄴，逗留觀望。魏公子無忌得侯嬴獻計盜得兵符，侯嬴又薦朱亥同行。至魏營，晉鄙疑信陵君有詐，朱亥即出袖中鐵椎擊殺晉鄙，奪得兵權，破秦師，遂解邯鄲之圍。

[953] 田文：孟嘗君（?-279 B.C.），嬀姓，田氏，名文，戰國四公子之一，為齊國宗室，以廣招賓客，食客三千聞名。

[954] 狗盜目奇材：指孟嘗君的食客當中，有善於偷竊者，其偽裝成狗進行偷盜，幫助孟嘗君偷得寶物。按：《史記》卷七十五〈孟嘗君列傳〉：「齊湣王二十五年，復卒使孟嘗君入秦，昭王即以孟嘗君為秦相。人或說秦昭王曰：『孟嘗君賢，而又齊族也，今相秦，必先齊而後秦，秦其危矣。』

魏無忌[956]

濁世佳公子，猶傳得士名。竊符能救趙，醇酒送殘生。

魯連[957]

蹈海身甘死，平生不帝秦[958]。昏昏爭戰世，扶義賴斯人。

於是秦昭王乃止。囚孟嘗君，謀欲殺之。孟嘗君使人抵昭王幸姬求解。幸姬曰：『妾願得君狐白裘。』此時孟嘗君有一狐白裘，直千金，天下無雙，入秦獻之昭王，更無他裘。孟嘗君患之，遍問客，莫能對。最下坐有能為狗盜者，曰：『臣能得狐白裘。』乃夜為狗，以入秦宮臧中，取所獻狐白裘至，以獻秦王幸姬。幸姬為言昭王，昭王釋孟嘗君。孟嘗君得出……」

[955] 馮諼（生卒年不詳）：亦作馮驩，齊人，為孟嘗君門客，以彈鋏三歌，自嘆不受重視，孟嘗君逐一遂其心願。馮諼後以焚券市義、遊梁求售、立廟於薛，為孟嘗君鞏固權位。孟嘗君為相數十年，無纖芥之禍者，馮諼之計也。諼，臺灣分館藏本誤作「援」。

[956] 魏無忌：信陵君（?-243 B.C.），姬姓，名無忌，魏國公子，與齊國孟嘗君、趙國平原君、楚國春君並稱戰國四公子。天性仁厚，好養士，有賢名，曾用侯嬴計卻秦救趙；秦伐魏時，率領五國兵歸救魏，大破秦兵，聲名威振天下。後被讒廢用，抑鬱不樂，病酒而死。

[957] 魯連（生卒年不詳）：魯仲連，簡稱魯連，戰國時齊人，曾學齊之於稷下學宮；後遊於趙，為趙國解除危難，平原君欲贈與千金，推辭不受。喜為人排難解紛而不肯仕宦任職，故後稱替人解圍者為「魯仲連」。

[958] 平生不帝秦：謂魯仲連秉持道義，不願尊秦為帝。按：據《戰國策‧趙策》所載，戰國後期，趙國在「長平之役」後，秦軍圍困趙都邯鄲，國勢岌岌可危，當時魏安釐王派辛垣衍進入邯鄲遊說平原君，勸平原君說服趙王「尊秦為帝」。魯仲連得知後加以阻止，並指出：「今秦萬乘之國，梁亦萬乘之國，交有稱王之名。睹其一戰而勝，欲從而帝之，是使三晉之大臣，不如鄒、魯之僕妾也。且秦無已而帝，則且變易諸侯之大臣，彼將奪其所謂不肖，而予其所謂賢，奪其所憎，而與其所愛；彼又將使其子女讒妾，為諸侯妃姬，處梁之宮，梁王安得晏然而已乎？而將軍又何以得故寵乎？」此話使得辛垣改變原意，秦軍聞知此事，便退兵五十里。這時候信陵君率魏軍擊秦，秦軍便撤圍而去。

荊軻

易水風蕭瑟，輕身赴虎狼。誰云疏劍術，氣已懾秦王。

高漸離[959]

燕趙多奇士，悲歌起市中。聲聲遊俠淚，擊筑挾秋風。

墨翟[960]

兼愛風[961]天下，宗言在寢兵[962]。率徒馳宋難，遊俠此先聲。

楊朱

一毛非不拔，權利我須持。痛惜衰亡者，遺權失利時。

---

[959] 高漸離：戰國末燕人，擅長擊筑，與荊軻友好。荊軻刺秦王時，高漸離與太子丹送之於易水河畔，高漸離擊筑，高歌：「風蕭蕭兮易水寒，壯士一去兮不復還。」

[960] 墨翟（B.C. 478？-376？）：墨子，名翟，魯國人。墨家創始人，其先為宋國公族目夷氏（墨臺氏），後因亂遷魯，至墨翟時已降為「賤人」（〈貴義〉），曾做過造車子的工匠（〈魯問〉）。據《淮南子·要略》：「墨子學儒者之業，受孔子之術，以為其禮煩擾而不說，厚葬靡財而貧民，（久）服傷生而害事，故背周道而用夏政」，以「興天下之利，除天下之害」（〈兼愛〉）為教育目的，強調「兼相愛交相利」的「愛利思想」，一時蔚為顯學，與儒家並峙。墨子一生主要從事講學和救世之急，而以後者為重，具有宗教精神，墨家門徒有嚴密組織，墨子死後集團的繼任者稱「鉅子」，門徒稱為「墨者」，成員多來自社會中下層，鉅子由前一任鉅子指定；紀律嚴明，有犧牲精神，「墨子服役者百八十人，皆可使赴火蹈刃，死不還踵」（《淮南子·泰族訓》），故《莊子·天下》評之曰：「其生也勤，其死也薄，其道大觳；使人憂，使人悲，其行難為也。恐其不可以為聖人之道，反天下之心。天下不堪。墨子雖獨能任，奈天下何！」

[961] 風：風行。儒、墨兩家學說在戰國初年並列為顯學。

[962] 寢兵：休兵，意謂停止戰爭。按：墨子思想主張「非攻」，《墨子·非攻》：「子墨子曰：今且天下之王公大人士君子，中情將欲求興天下之利，除天下之害，當若繁為攻伐，此實天下之巨害也。今欲為仁義，求為上士，尚欲中聖王之道，下欲中國家百姓之利，故當若非攻之為說，而將不可不察者此也。」

賈誼[963]

年少負奇氣，前席策治安。太息長沙謫，離憂吊屈原[964]。

張良

千金求力士，博浪椎秦王。惜乎擊不中，俠氣凌秋霜。

馬援[965]

馬革裹我屍，男兒好死時。天南銅柱折[966]，誰耀漢家威。

王導[967]

一掬新亭淚，山河舉目殊。今當事王室，江左有夷吾[968]。

---

[963] 賈誼（B.C. 200-168）：西漢洛陽（今河南洛陽東）人，世稱賈太傅、賈長沙、賈生。年少即以育詩屬文聞於世人，後見用於文帝，撰〈治安策〉，提出「眾諸侯而少其力」，以鞏固國權。後被貶，於長沙途中渡湘水作〈吊屈原賦〉以自喻。

[964] 吊屈原：「吊」通叚「弔」，祭奠死者之謂。《史記‧屈原賈生列傳》：「（漢文帝）以賈生為長沙王太傅。賈生既辭往行，聞長沙卑溼，自以壽不得長，又以適去，意不自得。及渡湘水，為賦以弔屈原。」按：賈誼〈弔屈原賦〉云：「已矣！國其莫我知兮，獨壹鬱其誰語？鳳漂漂其高逝兮，固自引而遠去。」以上所言，表面上力勸屈原當遺世獨立，實則乃自我寬慰之詞。

[965] 馬援（B.C.14- 49 A.D.）：字文淵，東漢茂陵（今陝西省興平縣東北）人。初依隗囂，後歸光武帝，拜伏波將軍，平交趾。有「大丈夫老當益壯」及「男兒要當死於邊野，以馬革裹屍還葬」等語，世稱「馬伏波」。

[966] 天南銅柱折：馬援在交趾曾立銅柱，為漢之極界，誓曰：「銅柱折，交趾滅。」

[967] 王導（267-330）：字茂宏，西晉臨沂（今山東臨沂縣）人。年少時即有才識，歷事元、明、成帝三朝，出將入相。晉之中興，王導功不可沒。東晉南渡，王導與友人於新亭飲宴，舉目見山河，不禁相與對泣，感慨不已，事見南朝宋‧劉義慶《世說新語‧言語》。

溫嶠[969]

五胡亂天下，烈士恥家居。他日簪纓[970]貴，今朝且絕裾[971]。

祖逖

中原今未復，擊楫嘆中流。慷慨吞胡羯，誰能步豫州[972]。

劉伶[973]

魏晉時昏墊，逃名隱醉鄉。竹林多逸士[974]，之子[975]獨佯狂。

陶潛

詩酒明心性，悠然遠俗塵。折腰何不屑，恥作易朝臣。

---

[968] 江左有夷吾：夷吾，指管仲。《晉書·溫嶠傳》：「于時江左草創，綱維未舉，嶠殊以為憂。及見王導共談，歡然曰：『江左自有管夷吾，吾復何慮！』」後以「江左夷吾」喻有輔國救民之才者。

[969] 溫嶠（288-329）：字太真，西晉祁（今山西省祁縣）人。博學有識，初為劉琨參軍，長安、洛陽陷，元帝鎮江左，以琨使奉表勸進，其母固止之，嶠絕裾而去，既至，帝嘉而留之。明帝立，平王敦、蘇峻之亂，拜驃騎將軍，封始安郡公，諡忠武。

[970] 簪纓：古代達官貴人之冠飾，後遂藉以指高官顯宦。

[971] 絕裾：扯斷衣裳，指去意堅決。南朝宋·劉義慶《世說新語·尤悔》：「溫公初受，劉司空使勸進，母崔氏固駐之，嶠絕裾而去。」

[972] 豫州：此指祖逖（266-321），字士稚，東晉范陽遒縣（今河北保定）人。司馬睿任為豫州刺史。祖逖為東晉的北伐名將，曾募得二千餘人，收復黃河以南大片領土。逖死後因朝廷動亂，北伐事業遂廢。

[973] 劉伶（生卒年不詳）：字伯倫，晉沛國（今安徽宿縣）人，曾為建威參軍。性好酒，放情肆志，與嵇康、阮籍等同稱為「竹林七賢」，著有〈酒德頌〉。

[974] 逸士：遁世隱居之人。

[975] 之子：猶此人。《詩·周南·漢廣》：「之子于歸，言秣其馬。」

王通[976]

講學尊尼父，西遊策太平。隋亡唐已作，門下集群英。

張仲堅

大局如棋局，楸枰[977]一著輸。中原有天子，雄略正扶餘。

石敬瑭[978]

石晉最不肖，奴顏父契丹。燕雲何日返，義士怒衝冠。

王彥章[979]

功成即帝王，亂世無天子。試撫鐵槍痕，何知為賊死。

張宏範

宋臣自滅宗，立石紀功勳。媚外屠同種，豺狼不與群。

禰衡[980]

擊鼓罵曹瞞，聲聲落肝膽。座客半驚逃，布衣真勇敢。

---

[976] 王通（584-618）：字仲淹，隋代龍門（今山西省河津縣西）人。曾西遊長安，奏〈太平十二策〉，不為所用，退居河汾教授，受業者眾多，卒後門人諡曰文中子，相傳有《中說》十篇，內容多後學者所偽託。

[977] 楸枰：棋盤，古時多用楸（音「秋」）木製作，故名。

[978] 石敬瑭（892-942）：五代時沙陀部人。原為後唐明宗婿，拜河東節度使，鎮守太原。清泰三年（936），以割讓燕雲十六州及年獻帛三十萬匹為條件，獲契丹支持，滅後唐後，改國號晉，建都開封，尊稱契丹君主為「父皇帝」，自稱「兒皇帝」。後以納吐谷渾之降，受契丹責難，憂憤而卒。

[979] 王彥章（863-923）：字賢明，五代時鄆州壽張（今山東東平西南）人。彥章為後梁將領，以驍勇善戰著稱；後梁亡，不降後唐，被殺。

[980] 禰衡（173-198）：字正平，三國平原郡般縣人，有辯才，善屬文，氣剛傲，嘗擊鼓罵曹操，後為黃祖所殺。撰〈鸚鵡賦〉，為漢賦代表作之一。

石勒[981]

聽史論成敗[982]，平生服漢高。丈夫宜磊落，曹馬[983]竊人豪[984]。

王猛[985]

捫蝨談時務，雄才世鮮儔。事秦誰得主，伐晉不遺謀。

郭子儀[986]

單騎見回紇，軍中盡失驚。令公真健者，力戰復唐京。

---

[981] 石勒（274-333）：後趙明帝，字世龍，羯族，上黨武鄉人。初歸效劉淵，據有襄國，後殺劉曜自稱帝，擁有冀並幽司豫兗青徐雍秦十州之地，在五胡十六國中最為強盛。在位十五年卒，諡明帝。

[982] 聽史論成敗：石勒不懂文字，但喜歡聽人講書，每次聽講都能發出獨到議論，論斷成敗。按《世說新語‧識鑒第七》：「石勒不知書，使人讀《漢書》。聞酈食其勸立六國後，刻印將授之，大驚曰：『此法當失，云何得遂有天下？』至留侯諫，乃曰：『賴有此耳！』」

[983] 曹馬：曹操與司馬懿之合稱。曹，臺灣分館藏本誤作「會」。

[984] 平生服漢高，曹馬竊人豪：石勒崇拜劉邦，對於曹操、司馬懿的功業極度不以為然。《晉書‧石勒傳》：「〔石〕勒因饗高句麗、宇文屋孤使，酒酣，謂徐光曰：『朕方自古開基何等主也？』對曰：『陛下神武籌略邁于高皇，雄藝卓犖超絕魏祖，自三王已來無可比也，其軒轅之亞乎！』勒笑曰：『人豈不自知，卿言亦以太過。朕若逢高皇，當北面而事之，與韓彭競鞭而爭先耳。脫遇光武，當並驅于中原，未知鹿死誰手。大丈夫行事當磊磊落落，如日月皎然，終不能如曹孟德、司馬仲達父子，欺他孤兒寡婦，狐媚以取天下也。朕當在二劉之間耳，軒轅豈所擬乎！』其群臣皆頓首稱萬歲。」

[985] 王猛（325-375）：字景略，前秦丞相、大將軍。王猛少年窮苦，東晉大將桓溫兵進關中時，謁見王猛。王猛捫蝨，侃侃談論天下事，旁若無人，見《晉書‧王猛傳》。後以「捫蝨」形容放達從容，侃侃而談。

[986] 郭子儀（697-781）：唐華州鄭縣（今陝西華縣）人，歷事玄、肅、代、德四帝，平定安史之亂等諸多亂事，封汾陽王，世稱「郭令公」。

駱賓王[987]

賓王討武曌[988]，大義發文章。裴相稱知士[989]，觀衡失短長。

文天祥

崖山悲宋祚，燕市[990]嘆朝腥。自古誰無死，丹心照汗青。

黃宗羲

故國流離日，扶桑去乞師[991]。滿腔民賊恨，握筆著明夷[992]。

朱之瑜[993]

禹城[994]胡塵滿，扁舟泛日東。浪浪亡國淚，化作海潮紅。

---

[987] 駱賓王（640-684）：字觀光，唐初義烏（浙江義烏）人，與王勃、楊炯、盧照鄰合稱初唐四傑。早年落魄無行，好與博徒遊。武則天光宅元年（684），徐敬業起兵伐武則天，駱賓王為之起草〈討武氏檄〉，斥武后罪狀，敬業失敗後，不知所終，著有《駱丞集》。

[988] 曌：音「兆」，明亮，同「照」。武則天所造十九新字之一，並以為己名。

[989] 裴相稱知士：裴相，即裴度（765-839），字中立，河東聞喜（今山西省聞喜東北）人，唐憲宗、穆宗、敬宗三朝宰相，有知人之名。

[990] 燕市：即燕京，北京城，元代首都。

[991] 扶桑：古國名，傳說在東方海域，後為日本之代稱。

[992] 明夷：即《明夷待訪錄》。明夷，指在黎明前之昏暗；待訪，指等待明君來訪。《明夷待訪錄》旨在提倡民權，反對君主專政專權。顧炎武曾評：讀此書，可知史上帝王專制之弊端。

[993] 朱之瑜（1600-1682）：字魯璵，號舜水，明浙江餘姚人，寄籍松江。少有志概，及長，精研六經，特通毛詩。南明亡後，東渡定居日本，在長崎、江戶（今東京）講學，提倡「實理實學」。朱以為「學問之道，貴在實行」，「聖賢之學，俱在踐履」，著有《朱舜水集》。

[994] 禹城：泛指中國。

李秀成[995]

洪楊[996]末造[997]時，舉國皆豎子[998]。難得忠王忠，百戰照青史。

石達開[999]

翼王亦人傑，孤旅入川中。虎鬥龍驤[1000]劇，淒涼哭北風。

李鴻章

欵日和非拙，聯俄策未迂[1001]。釀成東亞禍，一幅滿洲圖。

西施

霸越功還罪，亡吳策獨奇。黃金重鑄像，我欲鑄蛾眉。

陳稜

犵鳥蠻花地，光風霽月[1002]天。登高望滄海，不見虎賁船。

---

[995] 李秀成（1823-1864）：清廣西藤縣人，太平天國名將，驍勇善戰，曾出兵常州、蘇州、嘉興等地，大破清軍江南大營，封忠王。後為曾國荃所擒，刑前留有數萬字的「自述」供詞，提供其一生戰事和觀點，為重要史料，《李秀成親供手跡》後於民國五十一年（1963）由曾國藩後人曾約農先生公布於世。

[996] 洪楊：太平天國洪秀全與楊秀清之並稱。

[997] 末造：即「末世」之意。

[998] 豎子：本為小孩、僮僕之意，亦用以罵人，猶今言「小子」。按：「舉國皆豎子」意謂整個太平天國都是不成材的小子。

[999] 石達開（1831-1863）：清廣西貴縣人，性豪邁，有大志，從洪秀全起事，封翼王。後為韋昌輝所逼，走贛、湘、擾滇、黔，欲入川，至大渡河為清軍所執，死於成都。達開能詩，近有輯本行世。

[1000] 龍驤：昂舉騰躍貌。驤，馬昂首貌。此喻群雄奮起。

[1001] 欵日和非拙，聯俄策未迂：甲午戰後，李鴻章赴日談判，簽署「馬關條約」，割讓遼東半島、臺灣全島及澎湖列島與日本，賠款二億兩，一時朝野上下「聯俄拒日」呼聲四起。欵，同「款」。

[1002] 光風霽月：指雨過天晴，風清月明。

管寧[1003]

潛龍人不見，善德化遼東。亂世身終隱，清操卻上公[1004]。

韓世忠[1005]

南渡君臣醉，江山半壁孤。朝廷今已小，何處好騎驢。

鄭虎臣[1006]

宋奸賈似道，亡命竄彰州。快絕虎臣劍，飛騰斬佞頭。

謝枋得[1007]

禹域胡塵滿，何山是首陽。故人莫相問，事虜恥行藏。

[1003] 管寧（158-241）：字幼安，東漢北海朱虛（今山東省臨朐縣東）人。曾四處遊學，學問淵博，後因天下動亂，與邴原、王烈等避亂「遼東」，管寧在此講學以終。寧或作「甯」。

[1004] 上公：公爵之尊稱，泛指高官顯爵。

[1005] 韓世忠（1089-1151）：字良臣，號清涼居士，南宋延安（今陝西綏德縣）人。出身貧寒，18 歲應募從軍，英勇善戰，胸懷韜略，於抗擊西夏、金之戰中，立下汗馬功勞。

[1006] 鄭虎臣（1219-1276）：字廷翰，又字景兆。父鄭塤，遭奸臣賈似道陷害，流放至死。虎臣受株連，充軍邊疆，後遇赦放歸。德祐元年（1275），虎臣在押解奸臣賈似道途中，將其誅殺，為天下除奸，事見《閩都別記》。

[1007] 謝枋得（1226-1289）：字君直，號疊山，南宋信州弋陽（今江西上饒）人。自幼天資聰慧，過目不忘。喜讀書，性豪俠，嫉惡如讎，平生以忠義自任。德祐二年（1276），呂文煥嚮導元兵，大舉侵犯江東，枋得以守土有責，組織民團，得民兵萬餘人，與元兵戰於安仁（今江西餘仁），以寡擊眾，一戰而敗，信州失陷，妻兒被俘，謝倉皇負老母逃入建寧山中，改名換姓，終日麻衣草履，東向慟哭，世人不解其身世，目之為狂人。

鄭和[1008]

醜虜[1009]識天驕，星軺[1010]萬里遙。西南諸島國，冠劍拜中朝。

福王由槤[1011]

清兵已渡江，帳下猶歌舞。湖水本無愁，美人自千古。

史可法[1012]

聞說揚州破，南都半壁殘。梅花臺下路[1013]，何處葬衣冠。

[1008] 鄭和：參前〈東林景商〉「三寶船高壓島酋」，注 363。

[1009] 醜虜：對敵人的蔑稱，典自《詩·大雅·常武》：「鋪敦淮濆，仍執醜虜。」鄭玄箋：「醜，眾也……就執其眾之降服者也。」漢代時，用以代稱「匈奴」，《後漢書·和帝紀》：「匈奴背叛，為害久遠。賴祖宗之靈，師克有捷，醜虜破碎，遂掃厥庭。」雅堂此處則用以蔑稱海外蠻族。

[1010] 星軺：指使者之乘車。軺，音「搖」。

[1011] 福王由槤：按，福王為朱由崧，由槤為桂王。朱由崧（1607-1646），明福王朱常洵子，崇禎十六年（1643），襲封福王。明亡，流落淮安（今江蘇淮安），由鳳陽總督馬士英等擁立監國於南京，繼而稱帝，建元弘光。1644-1645 年在位，昏庸無能，沉湎酒色，由馬士英專政，任用閹黨阮大鋮，排斥東林領袖史可法。弘光元年（1645），清軍渡江，弘光帝逃至蕪湖黃得功軍中，旋為降將劉良佐所俘，挾之南京，次年押至北京處死。

[1012] 史可法（約 1602-1645）：字憲之，又字道鄰，明河南開封（今河南開封）人。進士出身，師承左光斗，為東林黨人，官至兵部尚書、東閣大學士。清兵入關後，史可法輔佐南明抗清，弘光元年（1645）鎮守揚州，城陷失蹤。南明隆武朝廷諡忠烈，監國魯王朝廷諡忠靖，永曆時改諡文忠。乾隆時改諡忠正。

[1013] 梅花臺下路：史可法死後，其遺體不知下落，隔年（1646），史德威將其衣冠葬於揚州城天甯門外梅花嶺。

左光斗[1014]

一疏請移宮[1015]，臣心稟至忠。奸璫[1016]如鬼蜮，構陷道終凶。

楊繼盛[1017]

椒山負正氣，抗疏論奸徒。天上詎明聖，臣罪詎當誅。

黃道周[1018]

文酒風流會，儒臣飲恨多。黃公抱忠孝，慧眼顧橫波。

鄭成功

拒清存漢族，闢地逐和蘭[1019]。弔古生餘恨，東寧[1020]落日寒。

[1014] 左光斗（1575-1625）：字遺直，號浮邱，明安徽桐城人。官御史，立朝
忠鯁，不畏權要。光宗崩，與楊漣協力，排除宦官勢力，扶持幼主，後
為魏忠賢所害，死於獄中。

[1015] 移宮：明季三大案之一。泰昌元年（1620），光宗死，熹宗繼立。光宗
寵妃李選侍與宦官魏忠賢據乾清宮不出，欲藉熹宗年幼而專權。朝臣劉
一燝、周嘉謨、楊漣、左光斗等迫使李遷移至噦鸞宮，而後舉行即位儀
式，史稱移宮案。

[1016] 奸璫：奸佞之宦官。璫，漢代宦官帽上之飾品。

[1017] 楊繼盛（1516-1555）：字仲芳，號椒山，明直隸容城人。韃靼部之長俺
答數入寇，咸寧侯仇鸞請開馬市以和之，繼盛上疏摘其謬，坐貶狄道典
史。俺答敗約，帝思其言，遷兵部武選司；後以彈劾嚴嵩，為嵩構陷，
棄屍於市。穆宗立，追諡忠湣。

[1018] 黃道周（1585-1646）：字幼玄，號石齋，明福建漳浦人。工書畫，以文
章風節高天下，不諧流俗，為時所忌。南都亡，唐王以為武英殿學士，
率師出衢州，與清兵遇，兵敗被執，不屈而死。著有《易象正義》、《續
離騷》等。

[1019] 和蘭：「荷蘭」（Nederland）之另譯。按：《明史》「外國列傳」有「和
蘭」傳，載曰：「和蘭，又名紅毛番，地近佛郎機。永樂、宣德時，鄭
和七下西洋，歷諸番數十國，無所謂和蘭者。其人深目長鼻，髮眉鬚皆
赤，足長尺二寸，頎偉倍常。……其本國在西洋者，去中華絕遠，華人
未嘗至。其所恃惟巨舟大炮。舟長三十丈，廣六丈，厚二尺餘，樹五

朱術桂[1021]

艱辛避海外，留髮見高皇。千古誰爭烈，吁嗟北地王[1022]。

五妃

魁斗山邊路，萋萋草亦香。王孫歸不返，環珮冷斜陽。

陳永華[1023]

杖策談時局，軍門禮數寬。兵農輔文教，遺愛在臺灣。

桅，後為三層樓。旁設小窗置銅炮。桅下置二丈巨鐵炮，發之可洞裂石城，震數十里，世所稱『紅夷炮』，即其製也。然以舟大難轉，或遇淺沙，即不能動。而其人又不善戰，故往往挫衂。其所役使名『烏鬼』。入水不沉，走海面若平地。其柁後置照海鏡，大徑數尺，能照數百里。其人悉奉天主教。所產有金、銀、琥珀、瑪瑙、玻璃、天鵝絨、瑣服、哆囉嗹。國土既富，遇中國貨物當意者，不惜厚資，故華人樂與為市。」

[1020] 東寧：即臺灣。鄭成功稱台南為東都明京，鄭經則建東寧王國。

[1021] 朱術桂（1617-1683）：字天球，號一元子，為明太祖九世孫，封寧靖王。南明時先後在方國安、鄭鴻逵、鄭成功軍中任監軍，後隨明鄭退守臺灣；施琅克臺時，術桂不降，殉國前留下絕命詞「艱辛避海外，總為幾莖髮；於今事已畢，祖宗應容納。」

[1022] 北地王：劉諶（?-263），蜀漢後主劉禪之子，劉備之孫，劉禪封為北地王。勸阻劉禪降魏未果，殺妻子而後自殺。

[1023] 陳永華（1634-1680）：字復甫，明福建同安人，為舉人陳鼎之子。清兵入閩，陳鼎殉國，永華乃投效鄭成功，相談甚得，遂委為鄭經之師；成功入台後，授「諮議參軍」；鄭經立，軍國大事必諮問永華，而明鄭在台的經濟、教育與治安建設，多出自永華擘畫。鄭經伐清前，立克𡒊為世子、監國，永華為東寧總制使，委以國政，克𡒊為永華婿，大小事皆聽永華，馮錫範、劉國軒忌之。鄭經伐清敗退後，委靡不振，永華復遭排擠，乃辭官歸隱，不久卒，謚文正。

鄭克壓[1024]

幾年任監國，巨禍起蕭牆[1025]。夫死婦從死，君亡明乃亡。

沈光文[1026]

扁舟東海去，文獻啟臺灣。詩禮傳荒服，番黎拜杏壇[1027]。

李茂春[1028]

梅花香似雪，蝶夢正酣時。弔古尋遺跡，高風在海湄。

[1024] 鄭克壓（1664-1681）：幼名欽，鄭經庶出長子，陳永華之婿。永曆三十
四年（1680）鄭經伐清失利，撤返東寧，委靡不振，政事皆委由克壓處
理。隔年，鄭經病危，授克壓監國劍印，欲其繼立，惟鄭經過世後，權
臣馮錫範聯合鄭經從弟鄭哲順等宗室、將領發動政變，擁立年僅十二歲
的鄭克塽（克塽為馮錫範婿）為延平王，更誣陷克壓非鄭經親生，派人
絞殺克壓，克壓妻陳氏亦自殺殉夫。今台南延平郡王祠乃有「夫死婦亦
死，君亡明乃亡」之聯。

[1025] 蕭牆：古代宮室內當門而立之小牆，喻內部。

[1026] 沈光文（1612-1688）：字文開，號斯庵，浙江鄞縣人，曾與史可法共同
抗清，永曆六年（1652）欲赴泉州，遇颶風漂流至臺灣。鄭成功入台後，
以賓禮待之；不久鄭經繼位，光文作賦諷刺當道，幾遭不測，因而輾轉
避居於目加溜灣、大崗山、羅漢門（今高雄內門）等地，以行醫、授徒
維生。入清後，光文與諸羅縣令季麒光組織「東吟社」（亦名福臺新詠），
往來唱酬，推動詩運；全祖望稱「海東文獻，推為初祖。」著有〈臺灣
輿圖考〉、〈草木雜記〉、〈流寓考〉、〈臺灣賦〉、《文開詩文集》
等。

[1027] 番黎拜杏壇：番黎，指生番。杏壇，相傳為孔子聚徒授業講學之處，後
指授徒講學之處。

[1028] 李茂春（生卒年不詳）：字正青，福建龍溪人，明隆武二年（1646）舉
人，時往來廈門，與諸名士遊。鄭成功辟為參軍，與陳永華交善。永曆
十八年（1663）至臺，卜居永康里。茂春好吟詠，喜著述，構一禪宇，
匾曰「夢蝶處」，與住僧禮誦經文為娛，人稱「李菩薩」，卒葬新昌里。

朱一貴[1029]

明亡三十載，海國有田單[1030]。飼鴨宵中起，威儀復漢官。

吳彭年

七星旗盡黑，八卦火猶紅。一死酬君國，決決[1031]掛[1032]劍風。

唐景崧[1033]

市中呼袒臂[1034]，自主局粗成。十日遺民去[1035]，當年枉請纓[1036]。

[1029] 朱一貴（1690-1722）：原名祖，福建漳州人，康熙五十三年（1714）來
臺，居大目丁（今高雄田寮區），養鴨為業，人稱「鴨母王」。五十九
年（1920）臺灣知府王珍，因虧公官銀被參劾，乃強徵各地銀兩以彌補
財政的漏卮；一貴遂聚眾起義，建年號「永和」，隨即攻陷臺灣府城（台
南），各地群起響應，清廷只剩淡水死守；六十年（1721）福建水師提
督施世驃、南澳鎮總兵藍廷珍抵臺，以優勢兵力平定事變。事後清廷為
澄清吏治，設立巡台御史。

[1030] 田單（B.C. 284-279）：戰國齊國臨淄人。燕國樂毅滅齊國，齊國僅剩莒
和即墨兩座孤城。時即墨守將戰死，城中人共推田單為將軍，燕齊交戰
五年，周赧王三十六年（279B.C.），田單使反間計，迫使燕國撤換名將
樂毅，復以「火牛陣」大破燕軍，收復齊國七十餘城。

[1031] 決決：宏大貌。

[1032] 編者按：「掛」，臺灣分館藏本誤作「卦」。

[1033] 唐景崧（1841-1903）：字維卿，廣西灌陽人。歷任臺灣道、臺灣布政
使、臺灣巡撫。光緒二十一年（1895）割臺議起，丘逢甲建議臺灣自主，
臺民爭贊之，乃建「臺灣民主國」，設議院，推景崧為總統。及日軍攻
基隆，佔獅球嶺，景崧遂棄官潛逃，臺北兵潰，藩庫被劫一空，秩序大
亂。六月七日，日軍佔領臺北，臺灣民主國宣告敗亡。

[1034] 袒臂：指挽袖起義。

[1035] 十日遺民去：遺民，遺棄人民。按：光緒二十一年（1895）五月初二，
唐景崧任臺灣民主國總統，五月十一日，日軍攻陷基隆，唐景崧逃至滬
尾（今臺灣淡水）的德商忌利士洋行（Douglas），並乘德國籍輪船鴨打
號（Arthur）棄職逃亡至廈門。至此，民主國成立不過十日。

[1036] 按：中法戰爭期間，唐景崧先於光緒八年（1882）自請前往越南，招撫
劉永福及其黑旗軍歸附清廷、抗法，復於十年（1884）力抵抗法軍有功，

譚嗣同[1037]

變法身甘死，高歌喚國魂。提刀向天笑，肝膽兩崑崙[1038]。

唐才常[1039]

三湘[1040]暗雲霧，突兀現龍頭。一度玄黃血，長江水不流。

史堅如[1041]

郎君齡十七，冒險發榴彈。氣振青年界，相呼殺漢奸。

馮夏威[1042]

國權不自由，人生不如死。一死酬同胞，眾生實可恥。

　　升任服建臺灣道，並撰《請纓日記》以志戰事。

[1037] 譚嗣同（1865-1898）：字復生，號壯飛，清湖南瀏陽人，精通群籍，為人任俠，富改革思想。光緒變法時，任軍機章京，參與新政。變法失敗後，為慈禧太后所殺。

[1038] 作者注：「前二句一作『救世編仁學，捐軀喚國魂』。」此兩句語本譚嗣同〈獄中題壁〉：「我自橫刀向天笑，去留肝膽兩崑崙。」

[1039] 唐才常（1867-1900）：號黻丞，亦字佛塵，湖南瀏陽人，清末維新派領袖，與譚嗣同意氣相投，成刎頸交。甲午戰敗，馬關條約議成，才常義憤，遂在湖南積極參與維新運動；戊戌政變後，組織自立會，建自立軍，並於光緒二十六年（1900）領導自立軍起義，後為張之洞殺害。

[1040] 三湘：指湖南。

[1041] 史堅如（1879-1900）：名文緯，字經如，後改堅如，廣東番禺人。光緒二十六年（1900）惠州起義，堅如於廣州響應，購炸藥兩百磅，謀炸兩廣總督德壽宅院，因藥量不足，德壽自床上震落，僅受虛驚。後堅如赴香港，途中為清兵所擒，遇害於珠江碼頭。孫中山稱：「浩氣英風，實足為後死者之模範。」

[1042] 馮夏威（1881-1905）：廣東省南海縣人，光緒二十一年（1895）隨父至美國當鐵路苦工，備受虐待。三十一年（1905）「限禁來美華工條約」屆滿，美國政府拒絕廢約，清政府對此無動於衷，於是以廣東為中心，掀起反美拒約浪潮。時，馮夏威回國，加入上海人鏡學社，決心以死殉國。同年6月14日，馮獨自至美國領事館前服毒自殺，留下遺書以喚起民眾。

鄒容

年少膽如斗，編成革命軍。神州須克復，大義策同群。

吳樾

一彈雖細微，足破五臣[1043]膽。蠢爾[1044]小朝廷，豈不曰勇敢。

陳天華[1045]

學界風潮急，森川水自流。迷波公莫渡，一棒猛回頭。

春日寄吾廬小集

十笏騷壇共策勳，誰盟牛耳冠三軍。一天花雨供吟料[1046]，半榻茶煙繞枕紋。小集清幽來劍佩，論交淡薄在詩文。敲殘銅鉢聲聲壯，頻向江東憶暮雲[1047]。

[1043] 五臣：指光緒二十八年（1902）清廷派遣出國考察之五位大臣，輔國公載澤、兵部侍郎徐世昌、戶部侍郎戴鴻慈、湖南巡撫端方、商部右丞紹英。

[1044] 蠢爾：無知蠢動貌。

[1045] 陳天華（1875-1905）：原名顯宿，字星台、過庭，別號思黃，湖南新化人。光緒三十年（1904）與黃興、宋教仁在長沙創立華興會，策劃武裝起義，事泄逃亡日本。明治三十七年（1905）加入同盟會，任《民報》編輯，以通俗說唱體著〈警世鐘〉、〈猛回頭〉、〈獅子吼〉等文，宣傳革命思想，其影響較之章太炎〈駁康有為政見書〉及鄒容〈革命軍〉，有過之無不及。三十七年（1905）12月在東京參加反日活動，留下五千言〈絕命書〉，勉勵同學「堅韌奉公，力學愛國」。12月8日晨，於日本大森灣投海自盡。黃興為〈絕命書〉作跋，孫中山則讚為「熱心血性的革命黨」。作品被輯為《陳天華集》。

[1046] 供吟料：提供了吟誦詩歌的材料。

[1047] 作者注：「五溪山人約來不果，故及。」語出杜甫〈春日憶李白〉：「渭北春天樹，江東日暮雲。」

題陳瞻[1048]含飴弄孫圖

老樹鬱蒼蘢，孫枝更秀美。天然好圖畫，採入翁家裏。階下植寧馨[1049]，休言吾老矣[1050]。他日菽水歡[1051]，色笑供甘旨。借問翁所居，介在箕山與潁水[1052]。詩酒自風流，東坡老居士。含餌弄幼孫，但得佳孫如肖子[1053]。君不見歲寒松柏獨後雕，老幹成龍凌絳霄[1054]。

春日遊臺中公園

弔古尋詩上大墩，芙蓉朵朵簇朝暾[1055]。煙花色繞將軍像，鼙鼓[1056]聲沈戰士魂。莽莽春城鬧鶯燕[1057]，離離塵海聚琴樽。我來別有興亡感，獨對河山倚北門。

[1048] 陳瞻：居里不詳。

[1049] 寧馨：此指寧馨兒，為六朝俗語，即如此孩子。《晉書·卷四十三·王戎傳》：「何物老嫗，生寧馨兒！然誤天下蒼生者，未必非此人也。」後轉以「寧馨」為美好義，用以稱讚他人孩子俊秀美好。

[1050] 吾老矣：典出《論語·微子》：「齊景公待孔子，曰：『若季氏則吾不能，以季孟之間待之。』曰：『吾老矣、不能用也。』孔子行。」略譯：齊景公和臣子討論接待孔子的想法，說：「如果像季氏那樣接待孔子，我是不能夠的，我可以按季孫、孟孫之間的地位接待他。」又說：「我老了，不能重用他了。」孔子聽聞此語，就離開了齊國。

[1051] 菽水歡：意指奉養父母，雖粗疏淡食，亦能使父母歡慰。

[1052] 箕山與潁水：相傳許由隱居箕山之下，潁水之陽，躬耕自食，以手掬飲，後為隱居不仕之典。

[1053] 肖子：言行作風類似其父，頗有乃父作風之子。

[1054] 絳霄：指天空極高處。因古人觀天象以北極為基準，仰首所見者皆在北極之南，故借南方之色以為喻，見明·王逵《蠡海錄·天文類》。

[1055] 朝暾：朝日、晨曦。

[1056] 鼙鼓：鼙，音「皮」，古代軍中用的小鼓。

[1057] 鶯燕：鶯與燕，皆春鳥。

瑞軒[1058]夜宴，即呈席上諸子

瑞軒三宿夜鏖詩[1059]，雅會何時復見之。座有元龍皆氣壯，人能夢蝶
豈言卮[1060]。當筵侑酒[1061]歌桃葉[1062]，倚檻聽歌唱柳枝[1063]。如此風流
天也羨，大墩山月故遲遲。

婦病（二首）

慊慊瘦卻幾分餘，半榻棲遲倦起居。柳葉眉痕愁銷後，桃花顏色熱生
初。香奩寶匣絲成繭[1064]，玉杵元霜藥搗蜍[1065]。秋雨茂陵[1066]消受慣，
而今病到女相如[1067]。

[1058] 瑞軒：位於今台中公園內，林瑞騰所築，原屬林家的私人花園，接鄰台
中公園（落成於明治三十六年，1903），明治四十四年（1911）台中市
區改正時擴建公園，便將附近一帶土地包含於內。當時騷人墨客聚會常
於此詠唱，櫟社亦多次於此聚會。雅堂旅居台中時即住在瑞軒，並在此
撰寫〈瑞軒詩話〉。

[1059] 鏖詩：指鬥詩。鏖，音「熬」，雙方苦戰。

[1060] 言卮：義同卮言，卮，音「之」，無頭無尾、支離破碎之言辭。《莊子·
天下》：「以卮言為曼衍，以重言為真，以寓言為廣。」後亦作為對己
作之謙詞。作者注：「陳槐亭自鹿港來會，中報記者莊雲送【從】時亦
過從。」按：此即以陳之龍代指陳槐庭，莊周代指莊雲從。

[1061] 侑酒：佐酒、勸酒，為飲酒者助興。侑，音「又」，相助。按：歌女陪
侍，為當時詩人雅集之慣習，雅堂〈蔡啟運先生事略〉：「比年以來。
詩學昌熾。南之南社。北之瀛社。嘉之羅山吟社。中之霧峰吟社。後先
爭起。春秋佳日。折簡相邀。〔蔡啟運〕先生未嘗不至。……先生頗好色。
每會時。諸少年必召伎侑酒。先生顧之樂。或命侍寢。諸少年每竊竊笑。
先生若不聞也。早日則出定情詩以示。眾傳誦。先生又自喜。」見載《漢
文臺灣日日新報》，1911.05.02，01 版。

[1062] 桃葉：漢樂府「清商曲辭」吳聲歌曲名。《樂府詩集·清商曲辭二·桃
葉歌》郭茂倩解題引釋智匠《古今樂錄》云：「〈桃葉歌〉者，晉王子敬
所作也。桃葉，子敬妾名，緣於篤愛，所以歌之。」按：以上可知，〈桃
葉歌〉屬情歌類。

[1063] 柳枝：古樂府曲調名，又稱〈楊柳枝〉。

[1064] 香奩寶匣絲成繭：香奩，奩，音「連」，指女子化妝箱，借指閨閣。絲

亂頭鬆鬢對寒檠[1068]，膽弱長防夢裏驚。姊妹名花煩汝問，君臣良藥倩儂烹。慣依抱日嬌郎體[1069]，默禱慈雲大士聲。午汗已回身尚熱，分涼奉倩[1070]總癡情。

贈愛卿，次蕉綠軒主韻（四首）

十載歌場顧盼雄，狂生合拜美人風。未修鶴鳥三年約[1071]，到底靈犀一點通[1072]。文字新交金粉地，姓名舊注綺羅[1073]叢。看花我亦傷心者，欲補情天奪化工。

成繭，此喻因長期生病不用妝奩而使之纏繞蜘蛛絲如繭一般。

[1065] 玉杵元霜藥搗蛉：此借裴航搗藥一事。元霜，神話中的一種仙藥。傳說裴航為唐長慶間秀才，一次途經藍橋驛，見一織麻老嫗，航渴甚求飲，偶見雲英姿容絕世，欲娶其為妻，嫗云：「昨有神仙與藥一刀圭，須玉杵臼搗之，欲娶雲英，須以玉杵臼為聘，為搗藥百日乃可。」事見唐·裴鉶《傳奇·裴航》。

[1066] 茂陵：茂陵縣，在今陝西省興平縣東北，為漢武帝陵墓所在。詳前〈遊南苑〉「五陵」，注 602。語本唐·李商隱〈寄令狐郎中〉：「休問梁園舊賓客，茂陵秋雨病相如」，意指仕途坎坷而興的憂悒，以及體弱而生的病痛。

[1067] 女相如：相如，即司馬相如，以辭賦見稱。女相如意謂有才華能詩文的「女才子」。

[1068] 寒檠：猶寒燈。檠，音「晴」，燈架、燭台，或代指燈。

[1069] 慣依抱日嬌郎體：語本李商隱〈房中曲〉：「嬌郎癡若雲，抱日西簾曉。」

[1070] 奉倩：三國魏荀粲（約 209-約 238），字奉倩，荀彧之子。粲因妻病逝，痛悼不能已，每不哭而傷神，歲餘亦死，年僅二十九歲，見《三國志·魏志·荀惲傳》，後為悼亡之典實。

[1071] 鶴鳥三年約：比喻三年歸隱之約。

[1072] 靈犀一點通：典自李商隱〈無題〉：「身無綵鳳雙飛翼，心有靈犀一點通。」按：「靈犀」，古人傳言犀牛角上有上下相貫的白紋並且直通頭腦，感應靈敏，故稱之「靈犀」。後藉以比喻兩人特別有默契，心領神會，可不言而喻。

[1073] 綺羅：指穿著華服之人，代指貴婦、美女。

當場歌舞管絃清，福慧修來笑幾生。半榻燈光釵影亂，一鞭春色[1074]麴塵[1075]輕。迷離楊柳藏蘇小，管領芙蓉比曼卿。紅袖青衫知己淚，天涯淪落兩心傾。

底事紅稀綠暗[1076]時，捲簾無語客來遲。如花美眷憐君豔，似水流波顧我癡。閑課侍兒鈔樂府，早知好色誦風詩。未曾真箇消魂否，漂渺巫山[1077]化幾疑。

千里追風附驥蠅[1078]，鞭搖金縷[1079]我非能。尋春杜牧遲三月[1080]，賣賦長門病茂陵[1081]。兒女情長花解語[1082]，英雄氣短劍飛騰。劇憐羅隱[1083]評春慣，聲價從茲十倍增。

[1074] 一鞭春色：宋・無名氏〈西地錦〉：「重過黃梁古驛，著一鞭春色。」指春光盈滿。

[1075] 麴塵：指柳樹、柳條。嫩柳葉色鵝黃，故稱。

[1076] 紅稀綠暗：猶言綠肥紅瘦，形容葉盛花稀之暮春景象。

[1077] 巫山：指男女幽會之處。

[1078] 千里追風附驥蠅：驥，千里馬。此指蠅因附於千里馬之尾而至上千里之路。喻凡人因沾賢人之光而名聲大振。《史記・伯夷列傳》：「伯夷叔齊雖賢，得夫子而名益彰。顏淵雖篤學，附驥尾而行益顯。」

[1079] 鞭搖金縷：此指追求功名利祿。

[1080] 尋春杜牧：詳前〈滬上逢香禪女士〉「杜牧之」，注 154。尋春指涉實際時間，人來尋春而春季已過，或也暗指他遇麗女而再訪時該女已婚嫁生子一事。

[1081] 賣賦長門：漢・司馬相如〈長門賦〉序：「孝武皇帝陳皇后，時得幸，頗妒，別在長門宮，愁悶悲思。聞蜀郡成都司馬相如，天下工為文，奉黃金百斤，為相如、文君取酒，因于解悲愁之辭，而相如為文以悟主上，陳皇后復得親幸。」後以「賣賦」指賣文取酬。

[1082] 花解語：形容女子善解人意。

[1083] 羅隱（833-909）：本名橫，字昭諫，唐末餘杭人。二十歲起應進士舉，十次不中，遂改名羅隱，自號江東生。羅隱貌古而陋，恃才忽睨。眾頗憎忌，不為公卿所喜。曾作〈贈妓雲英〉：「鍾陵醉別十餘春，重見雲英掌上身。我未成名君未嫁，可能俱是不如人？」

次陳菊譜題周金鳳傳後韻（二首）

英雄兒女一腔愁，釵影迷離劍氣秋。盡說單寒生翠袖[1084]，誰知義俠
出青樓。歡場作客憐鴉髻，香國封侯笑虎頭[1085]。湖海元龍心未老，
為他紅粉洗嬌羞。

萍梗遭逢亦夙因，看花無那[1086]此情真。文章有淚窮才子，金粉多愁
嘆美人。但使過江同白傅[1087]，如何盡室作巫臣[1088]。恨天未補媧皇石，
不怨蹉跎[1089]怨不仁[1090]。

遣懷

為儒務其全，讀書求其理。靜坐斗室中，天下事尺咫。縱橫五大洲，
上下廿四史。國政紛如絲，哲學非一揆[1091]。立憲與專制，有時相角
抵[1092]。樂天與悲世，亦復相訾毀。甲言此方非，乙謂彼方是。我欲
提其綱，必先竟其委[1093]。博古而昧今，頑然徒林兕[1094]。尊今而薄古，

[1084] 單寒生翠袖：單寒，衣服單薄，不足以蔽寒。翠袖，青綠色衣袖，泛指
女子的裝束。杜甫〈佳人〉：「天寒翠袖薄，日暮倚修竹。」以狀佳人的
堅貞。

[1085] 虎頭：形容貴人之相，借指武將、勇士。

[1086] 無那：無奈，無可奈何。

[1087] 白傅：唐詩人白居易之代稱。白晚年曾官太子少傅，故稱。

[1088] 巫臣（生卒年不詳）：一名屈巫，字子靈，春秋時楚國人，封於申，亦
稱申公巫臣。因與子重、子反不睦，娶夏姬奔晉，二子滅其族。巫臣乃
自晉使吳，教吳用兵伐楚，自是楚疲於奔命。

[1089] 蹉跎：音「搓陀」，《楚辭》王褒〈九懷·株昭〉：「驥垂兩耳兮，中
阪蹉跎」，洪興祖《補注》：「蹉跎，失足。」後用以喻指失時、失意。

[1090] 不仁：此借用《老子》語：「天地不仁，以萬物為芻狗」，意指上天待藝
妓周金鳳甚薄，任她一生飄零、蹉跎。

[1091] 一揆：一致。

[1092] 角抵：對峙、並立。

[1093] 竟其委：究竟事情的本末原委。

[1094] 兕：音「四」，古代一種似牛的野獸。

蠢如遼東豕[1095]。曰古有唐虞，曰今有歐美。唐虞典籍存，國粹長不
死。歐美思想新，民權日興起。世界入大同，進化循其軌。如日光中
天，如泉流不止。萬派本同源，道在人驅使。譬如用兵家，知彼又知
己。又如奏樂時，宮商兼角徵。太上比太羹[1096]，其次得其旨。其次
食其餘，其次舐其滓[1097]。造化生斯人，博愛無彼此。顱圓而趾方，
耳目其聽視。如何賢者賢，或又鄙者鄙。貧富若不均，貴賤竟難比。
謂同父母仁，厚薄萬千里。或地有肥磽[1098]，否則種良否。如何虞舜
德，其弟乃有庳[1099]。又如漢惠慈[1100]，其母乃呂雉。我心頗懷疑，天
演大奇詭。冥冥高在上，人類為傀儡[1101]。我欲破其牢[1102]，我自鞭其
捶[1103]。我生東海東，風雲處廿紀。我年未三十，前途大莫擬。郅治[1104]
追羲皇，教化參孔李。禮樂周姬公，文章漢太史。既登故人堂，復入
今人壘。文明兩大流，亞歐同一水。希臘科學生，印度佛風靡。耶穌
宗教興，一呼而百唯。黨徒愛天國，救世無遠邇。洎今有英倫[1105]，

[1095] 遼東豕：比喻少見多怪且自命不凡。《後漢書‧卷三十三‧朱浮傳》：
「若以子之功，論於朝廷，則為遼東豕也。」

[1096] 太上比太羹：太上，猶太古、上古。太羹，或作「大羹」，不和五味之
肉汁。《左傳‧桓公二年》：「太羹不致。」

[1097] 滓：音「紫」，渣子，沉澱物。

[1098] 肥磽：土地肥沃或瘠薄。磽，音「敲」，土壤堅硬貧瘠，不適宜耕種。

[1099] 有庳：地名，亦作「有鼻」，位於今湖南省道縣，舜封其弟象於此。庳
音「必」。

[1100] 漢惠慈：即漢惠帝劉盈（B.C. 213-188），漢高祖劉邦之嫡長子，在位七
年。高祖十二年（195 B.C.），劉邦死，惠帝仁弱，實由呂后（呂雉）
掌政。惠帝崩（188 B.C.），改立少帝，呂臨朝稱制先後達十六年之久。

[1101] 傀儡：比喻受人操縱，不能自立之人或組織。

[1102] 牢：牢籠，指上天的掌控。

[1103] 捶：音「槌」《說文解字》：「捶：以杖擊也。」鞭其捶，意謂鞭打、
撞擊上天的控制。

[1104] 郅治：音「至志」，指天下大治，清明太平。

[1105] 英倫：即英格蘭（England），英國的一個構成國，位於大不列顛島的東
南方，蘇格蘭以南，威爾斯以東，是英國面積最大，人口最多，經濟最
發達的一個部分，用以代稱英國。

憲政尤文斐[1106]。德法亦富強，俄民權不齒。革命勢沸騰，貴族未可恃[1107]。哀哀古支那，漢族為奴婢。政教久紛紜，變法長已矣。西力日東漸，一的集萬矢。和戎涸金錢，割地踞關市[1108]。故國大可傷，同胞亦可恥。人生非鳥獸，胡得聊爾爾[1109]。物競炎炎中，天擇存有幾。易稱窮通變，書言天顧諟[1110]。合群力則強，尚武長其技。橫覽員輿[1111]上，夢見偉人偉。左揖馬志尼，右挈葛蘇士。華那亞歷山[1112]，峨峨坐一几。岳王髮衝冠，延平憤撫髀[1113]。誓復四百州，濁世掃糠秕。萬邦登春臺[1114]，昊天[1115]降福祉。談笑仰北斗，黃河清可俟。賦詩問靈魂，大言天縱子[1116]。

哭曾九[1117]皋[1118]

老蒼[1119]絕人種[1120]，殄滅[1121]亂如麻。山嵐瘴氣大風起，百千萬劫數河沙。死亡相繼不聞哭，我為君哭哀煢獨[1122]。母老兒幼苦零丁，進退

[1106] 文斐：即斐然，有文彩貌。

[1107] 編者按：「恃」，臺灣分館藏本作「持」，誤。

[1108] 關市：指關隘與市場。

[1109] 聊爾爾：姑且、如此罷了。

[1110] 顧諟：《書‧太甲上》：「先王顧諟天之明命，以承上下神祇。」顧，還視。諟與是，古今之字異。言先王每有所行，必還迴視是天之明命。後以「顧諟」指敬奉、稟順天命。

[1111] 員輿：指地球，員通「圓」。

[1112] 華那亞歷山：華那，Warner 之音譯，源於古德國華納（男子名），意指抵抗侵略之人。亞歷山，參前〈讀西史有感〉「歷山事業」，注 781。

[1113] 撫髀：摸著大腿。髀，音「必」。

[1114] 登春臺：《老子》：「眾人熙熙，如享太牢，如春登臺。」後以「登春臺」比喻盛世和樂氣象。

[1115] 昊天：蒼天。

[1116] 天縱子：指上天所賦予之超群才智。按：連橫表字天縱，此或為連橫自指。

[1117] 編者按：「曾九」，臺灣分館藏本誤作「九曾」。

[1118] 曾九皋：居里不詳。

[1119] 老蒼：本指白髮蒼蒼的老人，此處似隱喻蒼天老爺，即上天。

狼狼實維谷。嗚呼！老蒼絕人種，殄滅亂如麻，天遣凶禍到君家。二十四年一噩夢，誄[1123]君應為讀南華。

弔曾九皋

哭君披髮涕滂沱，知在山阿語女蘿[1124]。小劫便隨瘴癘[1125]沒，老成不解夭傷多。生勞未必死安否，母老將如子幼何。幾輩故人皆宿草[1126]，踏青休向北邙[1127]過。

題謝頌臣[1128]先生科山生壙[1129]（八首）

宇宙干戈裏，空山草自春。海隅無淨土，地下有奇人。死傍要離塚[1130]，生為蒼葛[1131]民。放懷千載上，獨泣問麒麟[1132]。

[1120] 絕人種：斷絕子嗣。

[1121] 殄滅：滅絕。

[1122] 煢獨：孤單寂寥。煢，音「窮」。

[1123] 誄：哀悼死者之文章。

[1124] 女蘿：即松蘿。多附生在松樹上，成絲狀下垂。屈原〈山鬼〉：「若有人兮山之阿，被薛荔兮帶女蘿。」此或指曾九皋已為鬼靈。

[1125] 瘴癘：指山林間溼熱蒸發毒氣所生的疾病。

[1126] 宿草：隔年的草。《禮記・檀弓上》：「朋友之墓，有宿草而不哭焉。」後多用為悼亡之辭，借指墳墓，或指人已死多時。

[1127] 北邙：亦作「北芒」，即「北邙山」，在洛陽之北，東漢、魏、晉王侯公卿多葬於此，後用以代稱墳地。

[1128] 謝頌臣（1852-1915）：謝道隆，字頌臣、頌丞；因排行第四，又被稱為「謝四」，臺中豐原人，為丘逢甲表兄。臺灣割讓之際，謝氏募集義勇軍，率「誠」字正中營駐紮頭前莊（今桃園蘆竹區）；事敗，遂西渡。明治二十九年（1896）返臺，隱於醫，與林癡仙、林資修、連橫等人時相往從，於酒酣耳熱之際，痛陳時事。晚年自營生壙於大甲溪右鍋底窩；又於風景幽美處築草堂，稱為「小東山」。著有《小東山詩存》、《科山生壙詩集》。

[1129] 生壙：指人還活著的時候，預先為自己造好的墓穴。壙，墓穴。

[1130] 死傍要離塚：要離，春秋末吳國刺客，相傳吳王闔閭派專諸刺殺王僚後，又派要離謀刺出奔在衛之王子慶忌，事見《史記・魯仲連鄒陽列

鼎窩山[1133]上望，佳氣鬱蒼蒼。古樹摩崖直，奇花繞澗香。銅碑銘鳥篆[1134]，石柱煥龍光。下馬徘徊處，吟詩愛夕陽。

旗鼓當前立，觀兵當將臺。揮戈難返日，傳箭早驚雷。馬革違初志，牛皮[1135]付劫灰。相將攜斗酒，醉喝墓門開。

生死原無定，彭殤[1136]亦等觀。埋頭詩界好，放眼酒場寬。招隱思叢桂，遺芳采沚蘭[1137]。乍聞山鬼嘯，春夢破邯鄲[1138]。

莽莽塵寰內，滄桑一剎那[1139]。先生真曠達，此地足婆娑。傍祖全純孝[1140]，偕妻誓靡他[1141]。年年松柏長，落葉滿巖阿[1142]。

傳》。後以「魂傍要離」稱頌死者操守高潔之典。梁鴻，字伯鸞，東漢人，避世高士，「及卒，伯通等為求葬地於吳要離塚傍。咸曰：『要離烈士，而伯鸞清高，可令相近。』」指人的氣性相合，見《後漢書‧逸民傳‧梁鴻》。

[1131] 蒼葛：周朝陽樊人，《左傳‧僖公二十五年》：「戊午，晉侯朝王，王饗醴，命之宥。請隧，弗許，曰：『王章也。未有代德，而有二王，亦叔父之所惡也。』與之陽樊、溫、原、欑茅之田。晉於是啟南陽。陽樊不服，圍之。蒼葛呼曰：『德以柔中國，刑以威四夷，宜吾不敢服也。此，誰非王之親姻，其俘之也？』乃出其民。」略謂晉文公朝周天子，請求死後能用隧道之葬禮，周王以不符規制，不允，但賜晉文公陽樊、溫、原、欑茅之田地。陽樊人不服，晉軍圍之，蒼葛認為晉之舉失德，且陽樊民皆周王親戚，乃放人民離去。倉葛民，以喻流離之人。

[1132] 獨泣問麒麟：此指才能傑出的人離世。典出《公羊傳‧哀公十四年》：「十有四年春，西狩獲麟……孔子曰：『孰為來哉！孰為來哉！』反袂拭面，涕沾袍。顏淵死，子曰『「噫！天喪予。」子路死，子曰：『噫！天祝予。』西狩獲麟，孔子曰：『吾道窮矣！』」

[1133] 鼎窩山：即「大窩山」，位於苗栗縣大湖鄉。

[1134] 鳥篆：篆體古文字，形如鳥的爪跡，故稱。

[1135] 牛皮：指牛皮城，即安平城。

[1136] 彭殤：彭，彭祖，長壽之徵。殤，未成年而死。指長壽與夭折。

[1137] 沚蘭：沚，音「只」，水中之小塊陸地。蘭，香草。

[1138] 春夢破邯鄲：指虛幻不能實現之夢想。邯鄲，古趙國都城。唐‧沈既濟《枕中記》載盧生在邯鄲客店中遇道士呂翁，用其所授瓷枕，睡夢中歷數十年富貴榮華。及醒，店主炊黃粱未熟。後因以「邯鄲夢」喻虛幻之事。

憶昔登高日，秋風寫畫圖。狂吟佳士集，沈醉美人扶。壽域[1143]生青草，情天種白榆[1144]。祇今留翰墨，題詠滿東都[1145]。

恥作趨時客，甘求壽世文。胸中有邱壑，眼底小風雲。日月忽其逝，功名何足論。東山[1146]桃李發，絲竹尚紛紛。

曉日升東海，芙蓉萬朵紅。招魂呼屈子，生祭醉陶公[1147]。游戲仙原俠，輪囷[1148]鬼亦雄。百年誰不死，談笑陋沙蟲。

讀史偶成（二首）

漢高唐太皆無賴，陳涉張堅[1149]亦足豪。成敗論人心不忍，紛紛國史等牛毛。

豎儒幾敗而公事，孺子居然帝者師。一例滅秦亡六國，留侯[1150]何有復韓時。

1139 剎那：音「岔挪」，梵語「ksana」之音譯，又作「叉拏」，意譯為須臾、念頃，即一個心念起動之間。後用以比喻極其短暫的時間。

1140 純孝：猶至孝。

1141 靡他：音「米拖」，指人之意志堅強，至死不變。語本《詩經·鄘風·柏舟》：「髧彼兩髦，實維我儀，之死矢靡它。」

1142 巖阿：山之曲折處。

1143 壽域：壽穴，墳塋。

1144 白榆：白色的榆樹。此指枌榆，代指故鄉。

1145 東都：指臺灣。鄭成功稱臺灣為東都，鄭經改名東寧。

1146 東山：此指隱居之地。據《晉書·謝安傳》載：謝安早年曾辭官隱居會稽之東山，經朝廷屢次徵聘，方從東山復出，官至司徒要職，成為東晉重臣。後因以「東山」為典，指隱居或遊憩之地。

1147 陶公：指東晉·陶潛。

1148 輪囷：碩大貌。囷，音「軍」。此處或為肝膽輪囷之省，謂勇氣過人、氣魄雄大。

1149 陳涉張堅：陳涉，即陳勝（？- B.C.208），秦陽城人，字涉。秦二世元年七月，與吳廣率領戍卒九百人，在蘄縣大澤鄉揭竿而起。既佔領陳縣，勝乃自立為王，國號張楚，見《史記·陳涉世家》。張堅，即虬髯客張仲堅。

埔裏社[1151]（四首）

淒絕萬山中，紆迴一水通。崖危難勒馬，秋盡不聞鴻。鼓角[1152]驚防險，風雲[1153]看鑿空。舉頭天外望，獵火四圍紅。

孤城如斗大，辛苦駐防軍。互市[1154]來降虜，和戎息戰氛。溪聲長吼月，山勢半侵雲。旅況難[1155]消遣，悲笳入夜聞。

聞說開山使，提兵此地過。平時思戰伐，弔古對山河。驛路晨傳柝[1156]，軍門夜枕戈。有苗[1157]終格服，耕稼滿巖阿。

蕭蕭新隘路[1158]，落落[1159]幾番家。傍石茅為屋，當門竹映沙。馘頭誇出草[1160]，黥面[1161]比簪花。今夜關山月，婆娑醉舞斜。

[1150] 留侯：即張良（?- B.C.186），字子房，漢高祖封為留侯。先世原為韓國貴族，秦滅韓後，張良圖謀復韓，結交刺客，於古博浪沙狙擊秦始皇，未遂，逃亡至下邳。後成為漢高祖劉邦的謀臣，與蕭何、韓信被稱為漢初三傑。

[1151] 埔裏社：簡稱「埔里」，原為平埔族埔里社，又稱為「埔裏社」、「埔裡社」、「埔社」。此詩又載連橫《臺灣詩薈》。《臺灣詩薈》題作〈埔里社丁未舊作〉。

[1152] 鼓角：戰鼓和號角，軍隊中發號施令之用。

[1153] 連橫《臺灣詩薈》作「風雨」。

[1154] 互市：相互交易。

[1155] 連橫《臺灣詩薈》作「誰」。

[1156] 傳柝：打更聲。柝，音「拓」，木梆。

[1157] 有苗：中國古代部族名，亦稱三苗。

[1158] 隘路：指狹窄而險要之路。

[1159] 落落：稀疏貌。

[1160] 馘頭誇出草：馘，音「國」，古代戰爭中割取敵人左耳，以計數獻功。出草，指「獵人頭」。昔某些原住民部落有出草之習俗，即下山獵取漢人或其他部落人之首級。

[1161] 黥面：黥，《說文解字》：「墨刑在面也」，本意是對罪犯的臉上刺字並塗墨。後並用以指稱刺青、紋身，故黥面即臉上刺青。

宿內國姓莊[1162]

探險搜奇得得[1163]行，秋風匹馬大埔城[1164]。書生挾策[1165]來談史，上將
麾戈此屯兵。星斗滿天浮夜氣，河山終古[1166]屬延平。蛟龍關鎖何時
去[1167]，怕聽荒雞下五更。

[1162] 內國姓莊：指埔里內國姓莊。傳說鄭經時，國姓屯田軍右武衛劉國軒為
追剿北港溪上游之高砂族，即台中大肚一帶的平埔族大肚社人而深入此
地，為紀念此事，故將此地命名為「國姓」。然《東槎記略·埔里社記
略》卻認為「國姓」，乃「國勝」訛轉，與鄭成功之國姓，無關。作者
注：「是劉武平屯田處，泐碑猶在。」

[1163] 得得：狀聲詞，走路聲或馬蹄聲，或作專程解釋。

[1164] 作者注：「大埔城即埔裏社。」

[1165] 挾策：手拿書策。

[1166] 終古：永恆。

[1167] 蛟龍關鎖何時去：關鎖，借指關閉。作者注：「蛟龍關鎖去之玄，劉武
平碑中語也。」

劍花室外集之二

自癸酉（1933）至乙亥（1935）

茶（二十二首）[1]

山水之間見性靈，平生愛好是茶經。眾中陸羽[2]今何在，把臂同來辨
渭涇[3]。

若深小盞孟臣壺[4]，更有哥盤[5]仔細鋪。破得工夫來瀹茗，一杯風味勝
醍醐[6]。

紙窗竹屋絕纖塵，自瀹清泉瀉供春[7]。難得素心人對語，晚來妻子共
沾唇。

陽羨[8]名陶取次求，大彬[9]而後幾人收。潘家別具甄埏手[10]，□□□□
□□□。

---

[1] 《雅堂詩集》原書標 22 首，但目前僅見 21 首。

[2] 陸羽（733-804）：字鴻漸，號竟陵子、桑苧翁、東岡子，又號「茶山御
史」，唐復州竟陵（今湖北天門市）人，以著《茶經》聞名於世，被譽為
「茶聖」，奉為「茶仙」，祀為「茶神」。

[3] 渭涇：猶涇渭，比喻清濁、高下之分。

[4] 若深小盞孟臣壺：泡工夫茶三件最主要茶具有孟臣砂壺、若深小杯、哥
窯茶盤。若深小杯，指康熙間製作，杯底書「若深珍藏」，一般為白地藍
花，底平口闊。孟臣壺，相傳為明代江蘇宜興紫砂陶壺名匠惠孟臣首
創，其所製作小壺，壺胎壁薄，作工細膩，體態輕巧，蜚聲中外。

[5] 哥盤：即哥窯茶盤。按：哥窯，在浙江省琉華山，清·和珅，《大清一統
志》：「居民以陶為業，昔有章氏兄弟主琉田窰，其兄所造者佳，世號為哥
窰。」又明·呂震《宣德鼎彝譜》：「內庫所藏柴、汝、官、哥、鈞、定
各窯器皿，款式典雅者寫圖進呈……」相傳柴窯毀於五代，後世只列五大
名窯，即官、哥、汝、定、鈞。

[6] 醍醐：從酥酪中提制的油。

[7] 供春：此指供春壺。明代正德、嘉靖年間，江蘇宜興制砂壺藝人供春所
作的壺，人稱供春壺。

四家名器[11]世同稱,別有奇壺署髮僧。君德逸公[12]何足數,古香古色獨飛騰。

新茶色淡舊茶濃,綠茗味清紅茗穠。何似武夷奇種好,春秋同挹[13]慢亭峰[14]。

安溪競說鐵觀音[15],露葉疑傳紫竹林。一種清芬忘不得,參禪同證木犀心。

北臺佳茗說烏龍,花氣氤氳[16]茉莉濃。飯後一杯堪解渴,若論風味在中庸。

松風謖謖[17]瓦鐺[18]鳴,火候還看蟹眼[19]生。細檢相思燒作炭[20],泥爐竹扇□雙清。

8　陽羨:縣名。漢代設置,隋改為義興,故址在今江蘇省宜興縣南。

9　大彬:時大彬(1573-1648),字少山,明崇禎時宜興制壺名家。時大彬所作陶壺,壺小,以柄上拇指痕為識。

10　潘家別具甄埏手:潘家,指潘仕成(生卒年不詳),字德畬,清嘉慶至道光年間廣東番禺人,先世以鹽賈起家,在廣州建別業名「海山仙館」,收藏法書名畫極富。潘嗜茶,特製茗壺,以壺蓋唇外陰文篆書「潘」字印為識,至今流傳,人稱「潘壺」。甄埏手,指和泥燒制陶器者。

11　四家名器:宜興紫砂壺,始於明代正德年間。自萬曆至明末為紫砂壺發展之高峰,繼「壺家三大」後有「四名家」,即董翰、趙梁、元暢、時朋。董翰以文巧著稱,其餘三人則以古拙見長。

12　君德逸公:宜興沙壺最著者有髮僧(未見)、君德、逸公、秋圃、尊圃、孟臣、供春、潘壺(潘仕成)等八家。

13　同挹:挹,推崇。

14　慢亭峰:即今福建崇寧縣武夷山之慢亭峰。作者注:「武夷多奇種,而慢亭峰尤傑出。烹瀹之時,須以春秋兩季之茶合泡,色味方勻。」

15　安溪競說鐵觀音:福建安溪縣產鐵觀音,屬青茶類,泡於杯中「綠葉紅鑲邊」,是烏龍茶之上品,素有茶王之稱。

16　氤氳:香氣濃郁。

17　謖謖:音「素」,狀聲詞,形容風聲呼呼作響。

18　瓦鐺:陶製炊器。

19　蟹眼:比喻水初沸時泛起之小氣泡。

20　細檢相思燒作炭:相思樹乃燒製木炭之最佳材料。

故園花木擁寧南，祖澤[21]汪洋兩井甘。劫後重尋游釣地，祇餘古月印寒潭。

岡山寺外兩泉奇，曾侍先嚴禮大悲。曉起瀹茶親供養，慈雲甘露至今垂。

瑞軒風景最清華，汩汩新泉湧水花。竹簟[22]蘆簾詩味永，客來更與試奇茶。

□□□□□□□，獨有高人葉水心[23]。揀得奇茶頻就我，清談不覺夜鐘沈。

初秋曾到淡江邊，萬綠叢中嘒一蟬[24]。邀得詩人洪逸雅，旗槍[25]相對試山泉[26]。

回首津門坐月明，清談難遣美人情。一壺秋圃今猶在，桑海浮沈歲幾更。

羊羹[27]美酒醉顏酡[28]，冠蓋京華[29]意氣豪。南柳巷頭春寂寂，烹茶我自讀離騷。

---

[21] 祖澤：指祖先之恩澤。

[22] 竹簟：竹蓆。簟，音「店」。

[23] 作者注：「余居臺北十二年，與葉友石先生交最篤。先生精醫術，能詩，能書，能飲，又嗜茶。每得奇茗，輒就余煎喫，據榻清談，夜闌始去。」

[24] 嘒一蟬：嘒，音「惠」，《說文解字》：「小聲也」，在此形容蟬鳴。嘒一蟬即隻蟬鳴叫。

[25] 旗槍：綠茶名。浙江的特種茶類之一，由帶頂芽的小葉製成，芽尖細如槍，葉開展如旗，故名。今產於浙江省杭州市西湖區和餘杭、富陽、蕭山等縣市，已有四百多年歷史。

[26] 作者注：「淡水水道發源之地，距市數里，樹木蒼茂，水由石罅而出，為世界第三名泉，以其水質極佳也。□□初秋，曾與洪逸雅煮茶於此。」

[27] 羊羹：古代調味八珍之一。

[28] 顏酡：醉後臉泛紅暈。酡，音「陀」。

[29] 冠蓋京華：指京都之仕宦、貴官雲集。

醉鄉汹漠[30]睡鄉幽，大種粗豪[31]小種柔。花兩半簾春欲去，一甌[32]真足
蕩奇愁。

卻暑何能浣熱腸，時人競作飲冰狂[33]。新泉活火親煎喫，一碗翛然竟
體涼。

坡仙[34]風格本清奇，試院煎茶自賦詩。不用撐腸五千卷[35]，一甌常及
日高時。

爐篆[36]瓶花小閣幽，客來細與試釵頭[37]。盧同[38]俗物安知味，七碗何殊
飲渴牛。

塵寰擾□□□□，濁世何能判醉醒。我與三儂同□□，酒星摘去換茶
星[39]。

關中紀遊詩（三首）

漢唐舊跡已無城，虎視龍興幾戰爭。試上鐘樓南北望，秦山渭水擁西
京[40]。

---

30 汹漠：偏遠之地。
31 粗豪：舉止豪爽不拘小節。
32 甌：喝酒、飲茶的碗杯。甌，音「歐」。
33 飲冰：吃冰、喝冰水。
34 坡仙：蘇軾號東坡居士，文才蓋世，仰慕者稱之為「坡仙」。
35 不用撐腸五千卷：撐腸，形容過飽，腸腹有撐起之感。作者注：「東坡〈試
   院煎茶〉詩：『不用撐腸文字五千卷，但願一甌常及睡足日高時。』」
36 爐篆：指香爐中的煙縷，因其繚繞如篆書，故稱。
37 釵頭：白山茶花之別稱。
38 盧同：當作「盧仝」，同、仝為異體字。盧仝（795-835），號玉川子，唐
   河南濟源人，愛茶成癖，著有長歌〈盧仝七碗〉：「日高丈五睡正濃，軍將
   打門驚周公。……」流傳頗廣。
39 作者注：「清初汪三儂自序有『我欲上奏天帝廷，摘去酒星換茶星』之語，
   余亦有此懷抱。」
40 作者注：「今長安城建於明代，僅有唐城九分之一，鐘樓在城之中央，形
   勢雄偉。」

豐鎬[41]遺京尚可尋，靈臺靈沼[42]已銷沈。周家製作今猶昔，我欲西歸報好音[43]。

蓬萊宮闕水空茫，采藥難求不死方。蓋世英雄徒復爾[44]，驪山[45]一角弔斜陽。

驪山弔秦始皇陵（廿四首）

驅車城外訪阿房，舞殿歌臺跡渺茫。六國自亡秦亦滅，楚人一炬太猖狂[46]。

茂陵[47]一土勢嶙峋[48]，廢苑荒涼草不春。俯視功臣陪葬地，野花來薦李夫人[49]。

漢朝武德冠西東，攘臂爭談衛霍[50]功。今日匈奴猶未滅，稜稜[51]石馬欲嘶風[52]。

---

[41] 豐鎬：指豐京和鎬京，周之舊都，在今陝西省長安縣西南。

[42] 靈臺靈沼：靈臺，周文王臺名。靈沼，《詩·大雅·靈臺》：「王在靈沼，於牣魚躍。」《毛傳》：「靈沼，言靈道行於沼也。」後指帝王恩澤所及之處。

[43] 作者注：「豐鎬二京，遺趾尚存。文武成康諸陵，歷代修理，今猶完好，曾往展謁。」

[44] 復爾：猶言如此。

[45] 驪山：山名。在今陝西省臨潼縣東南，有秦始皇陵寢。

[46] 楚人一炬太倡狂：楚人，指西楚霸王項羽攻陷秦都咸陽，火燒「阿房宮」事，詳〈端午弔屈平〉「咸陽一炬」，注348。猖狂，猖，原作倡，逕改之；狂妄放肆，胡作非為之意。

[47] 茂陵：漢武帝墓，在陝西省興平縣東北。

[48] 嶙峋：山石奇兀聳峭貌。

[49] 李夫人：漢武帝寵妃。作者注：「茂陵在興平縣，右為李夫人塚，其左則衛青、霍光、霍去病、公孫宏之墓也。」

[50] 衛霍：指衛青、霍去病。

[51] 稜稜：威嚴不阿。

[52] 作者注：「霍去病墓前石刻尚多，內有石馬足踏匈奴，尤為巨製。」

高資[53]大俠付秋雲，甲第[54]園庭蕩夕曛。誰似長卿多病[55]日，春風鬢影
對文君[56]。

建章長樂[57]草蒼蒼，古木昏鴉噪夕陽。此地尚存天祿閣[58]，漢家文物
已淒涼[59]。

終賈才華出漢庭，觓觓中壘[60]善談經。儒宗競說江都相[61]，門揭猶書
下馬陵[62]。

括目[63]滄溟戰氣催，一時鷹犬盡登臺。書生但作凌雲賦[64]，不及南山
射虎[65]來。

---

[53] 高資：指富有資財。
[54] 甲第：豪門貴族之宅第。
[55] 長卿多病：《史記‧司馬相如列傳》：「相如口吃而善著書，常有消渴疾。」
  後以「長卿病」形容文人體弱。
[56] 作者注：「漢時茂陵移民萬家，高資大俠，錯處其間。今則一片荒原，並
  無水木。人事之變，何其亟耶。高清坵詩：『相如居茂陵，白石青苔冷；
  彈琴看文君，春風吹鬢影。』」
[57] 建章長樂：西漢都城長安有未央、長樂、建章三大宮。建章宮是漢長安城
  西郊一處園林式的離宮。長樂，位於長安城內東南隅。
[58] 天祿閣：漢宮中藏書閣名。漢高祖時創建，在未央宮內。
[59] 作者注：「天祿閣在未央宮之後，現為劉中壘祠，其左右則建章、長樂也。」
[60] 觓觓中壘：觓，音「工」，剛直貌。中壘：指西漢劉向，因其曾官中壘校
  尉，故後稱劉中壘。
[61] 江都相：董仲舒以〈天人三策〉，為武帝所賞識，任為江都相。後借指經
  世良謀。
[62] 下馬陵：位於今陝西省西安南方之咸寧縣。董仲舒埋葬於此，其門人至此
  皆下馬以示追念，故謂之下馬陵。作者注：「訪董仲舒墓。墓在長安孔廟
  之南，近由西京籌備會重修門揭，大書『漢下馬陵』四字，為張溥泉先生
  手筆。」
[63] 括目：指不同於前時之眼光。
[64] 書生但作凌雲賦：典出司馬相如〈大人賦〉「飄飄有凌雲之氣，似游天地
  之閒意。」漢武帝見之大悅。
[65] 南山射虎：形容擅長騎射者。《史記‧李將軍列傳》：「廣所居郡，聞有虎，
  嘗自射之。及居右北平，射虎，虎騰傷廣，廣亦竟射殺之。」

側身天地數奇才，又向昆明覓劫灰。漢月秦雲隨夢去，河聲嶽色入詩來[66]。

戰罷歸來血尚紅，東西馳騁逐群雄。昭陵[67]六駿[68]今亡二，片石猶銘討伐功[69]。

塔[70]影橫空夕照殘，鐘聲迢遞度林巒。輕沙細草城南路，古寺停車看牡丹[71]。

苑柳宮花取次荒，美人脂粉尚留香。頻年落拓塵襟齷[72]，來試華清第一湯[73]。

美人終不易江山，傾國傾城豈等閒。太液芙蓉未央柳[74]，僅留詩句在人間[75]。

雷雨空山氣渺冥[76]，歌聲浩蕩感精靈，家亡國破兵戈裏，憔悴詩人杜少陵[77]。

---

[66] 作者注：「訪昆明池舊址。」
[67] 昭陵：唐太宗墓，位於今咸陽市禮泉縣九嵕山，是「唐十八陵」中規模最大者。陵園北面祭壇司馬門內東西兩廡有「昭陵六駿」石雕，現存其四，藏於西安碑林。
[68] 昭陵六駿：編者按：「駿」，臺灣分館藏本作「駭」，誤。
[69] 作者注：「昭陵六駿：曰特勒驃，曰青騅，曰白蹄烏，曰什伐赤，曰颯露紫，曰拳毛騧，為唐代石刻之瓌寶。十年前，某軍閥盜賣外人，陝人士聞之，中途截回，已亡其二。現在四石在西京圖書館。」
[70] 編者按：「塔」，臺灣分館藏本作「塔」。
[71] 作者注：「慈恩寺在曲江近附，為玄奘法師譯經處。其內一塔，則歷史上著名之雁塔也。院中牡丹方開。」
[72] 塵襟齷：塵襟，世俗之雜念。齷，音「玉」，玷污。
[73] 華清第一湯：唐華清宮的溫泉浴池，在陝西省臨潼縣城南驪山麓。作者注：「華清溫泉現有八湯，而貴妃池尤勝，色澄無臭。」
[74] 太液芙蓉未央柳：太液，池名。芙蓉，荷花。未央，宮名，在今陝西省西安市西北長安故城內。此泛指唐代宮苑。
[75] 作者注：「太液池已淤，未央宮故址尚存。美人黃土，渺不可見，千古多情人應為一哭。」
[76] 渺冥：渺遠貌。

樊川[78]風景似江南，細柳新荷水蔚藍。占得名山分一席，千秋香火供詩盦[79]。

韋杜城南尺五天[80]，游驄且繫酒家前。百錢買得村醪[81]醉，聽說題詩李謫仙[82]。

曲江春水久停流，錦纜牙檣[83]何處求。宮殿已蕪花木盡，行人猶說曲江頭[84]。

白馬馱經萬里歸[85]，慈恩功德古來稀[86]。塔鈴[87]自語禪林靜，法相[88]宗風已式微[89]。

77　作者注：「少陵訪杜子美故宅，今稱塔院。」
78　樊川：西安城南少陵原與神禾原間之一片平川。
79　詩盦：盦，音「安」，同「庵」，圓形的草屋。作者注：「杜工部祠堂在故宅，明時移建牛頭寺旁。今由張溥泉、居覺生諸人重建，俯視樊川，水木清華，風景殊勝。」
80　韋杜城南尺五天：唐代韋氏、杜氏皆居於長安城南，世為望族，時稱「韋杜」。語謂：「城南韋杜，去天五天，以其迫近帝都也。」又因長安城南山青水秀，林木繁茂，為貴族豪門聚居之地，後亦借指風景秀麗之地。
81　村醪：村酒。醪，音「牢」，本指酒釀，引申為濁酒。
82　作者注：「韋曲村醪味甘而酸，為長安名釀，聞太白嗜此，所謂斗酒詩百篇者也。」
83　錦纜牙檣：錦纜，錦制纜繩，或指精美之纜繩。牙檣，象牙裝飾之桅杆，後為桅杆之美稱。
84　作者注：「曲江為唐時名勝，今已淤廢，讀老杜哀江頭一詩，為之悽愴。」
85　白馬馱經萬里歸：據《隋書・經籍志・佛經》載：「後漢明帝，夜夢金人飛行殿庭，以問於朝，而傅毅以佛對。帝遣郎中蔡愔及秦景使天竺求之，得佛經四十二章及釋迦立像。并與沙門攝摩騰、竺法蘭東還。愔之來也，以白馬負經，因立白馬寺於洛城雍門西以處之。」
86　慈恩功德古來稀：指玄奘曾在慈恩寺主持譯佛經，功德巨大之事。
87　塔鈴：佛塔上之風鈴，又名驚雀鈴，用來驚走飛鳥，保護建築物。
88　法相：即法相宗，中國佛教主要宗派之一。唐玄奘及其弟子窺基繼承古印度瑜伽行派學說所創立。該宗以為萬法唯心所現、唯識所變，故稱為法相唯識宗、唯識宗。
89　作者注：「興教寺謁玄奘法師塔。」

灞橋柳色蕩詩魂，惘惘征途日欲昏。閒倚車窗望天末，樓[90]鴉流水野人村[91]。

古柏森森夾泮池，棠梨落盡日長時。先生飯後無他事，獨向碑林讀古碑[92]。

上相軍威震朔方，天戈[93]遙指定新疆。潼關大道垂垂柳，遺愛猶稱召伯棠[94]。

將軍大樹久飄零，革命公園[95]剩一亭。鐵馬金戈何處去，油油但見麥苗青[96]。

黃壤膏腴上上田，芙蓉花發滿秦川[97]。荒畦破屋無人過，軍令森嚴課懶捐[98]。

籤燈永夜聽秦腔[99]，慷慨悲歌氣未降。馴驥[100]小戎[101]如可作，關中再起夏聲[102]龐。

---

[90] 編者按：「樓」，臺灣分館藏本作「樓」，誤。

[91] 作者注：「灞橋為長安出入大道，柳色依然。」

[92] 作者注：「碑林在長安孔廟之後，內藏漢、唐、宋、明碑碣甚多。又有唐咸通石刻十三經，尤為瑰寶。」

[93] 天戈：指帝王之軍隊。

[94] 召伯棠：《詩·召南·甘棠序》：「〈甘棠〉，美召伯也。召伯之教，明於南國。」孔穎達疏、朱熹《集傳》並謂召伯巡行南土，布文王之政，曾舍於甘棠之下，因愛結於民心，故人愛其樹，而不忍傷。後世因以「召棠」為頌揚官吏政績之典實。作者注：「左文襄平定新疆時，自潼關至迪化，開闢大道，兩旁植柳數萬株。民國以來，砍伐殆盡。今潼關路上猶有存者，人稱左柳。」

[95] 革命公園：位於西安西五路北側。民國十六年（1927）2月，為紀念西安死難軍民，馮玉祥率眾公祭，建烈士祠和革命亭，供市民憑弔紀念。

[96] 作者注：「革命公園地占數百畝，僅築一亭，麥秀油油，別饒風景。」

[97] 秦川：泛指今陝西、甘肅之秦嶺以北平原一帶。因春秋、戰國時地屬秦國而得名。

[98] 作者注：「陝中軍閥勒種阿片，每畝徵稅十金，其不種者亦課懶捐十金，歲收三千萬圓，為養兵自肥之計，民安得不窮且死哉。」

[99] 秦腔：流行於中國西北方，以梆子腔演唱之劇種。

秦中[103]自古帝王州，裘馬輕肥[104]事勝遊。劫後河山多破碎，五陵佳氣已無留。

寄沁園[105]

兩年不見陳驚座[106]，可有新詩寄雅堂。淡水西來春浩蕩，洛川[107]南望月蒼涼。奇愁繾綣縈江柳，古淚滂沱哭海桑[108]。且喜故人多薰錮，空山寧忍抱孤芳。

---

[100] 駟驖：指四匹黑馬所駕的車。驖，音「鐵」，黑色馬。

[101] 小戎：兵車。因車廂較小，故稱小戎。

[102] 夏聲：指夏朝的音樂，代表中原正統，與秦腔西戎對比。作者注：「易俗社聽秦腔。」

[103] 秦中：亦稱關中。陝西省中部平原地區（渭河流域一帶），因春秋、戰國時期地屬秦國而得名。

[104] 裘馬輕肥：即輕裘肥馬，形容生活豪華。語出《論語‧雍也》：「赤之適齊也，乘肥馬，衣輕裘。」

[105] 寄沁園：此詩收於連橫《臺灣詩薈》。沁園，即陳懷澄（1877-1940），字槐庭，又字心水，號沁園。彰化縣鹿港人，明治三十年（1897）與鹿港洪棄生、許夢青、施梅樵，苑裡蔡啟運共組「鹿苑吟社」；三十五年（1902）加盟櫟社，並協助處理庶務。著有《沁園詩草》，編有《吉光集》、《媼解集》。

[106] 陳驚座：指驚動所有在座之人。典出《漢書‧遊俠傳‧陳遵》：「（陳遵，字孟公）所到，衣冠懷之，唯恐在後。時列侯有與遵同姓字者，每至人門，曰陳孟公，坐中莫不震動，既至而非，因號其人曰陳驚座云。」此以陳遵代指陳沁園。

[107] 洛川：即洛水，今河南省洛河。

[108] 海桑：比喻世事翻覆，變化極大。

參、附錄

索引

參考文獻

《臺灣日日新報》資料庫（臺北：大鐸資訊股份有限公司，2005）。
《臺灣日日新報》資料庫（臺北：漢珍數位圖書公司，2011）。
《文淵閣四庫全書電子版》（臺北：迪志文化，2007）。

內藤素生編，《南國之人士》（臺北：臺灣人物社，1936）。
王欽祥、宰學明，《袁世凱全傳》（青島：青島出版社，1998）。
北市文獻委員會編校，《臺北市志・卷九・人物志》（臺北：北市文獻
　　　委員會，1962）。
徐朝華，《爾雅校注》（臺北：建宏書局，2002）。
連橫，《雅堂文集》（南投：臺灣省文獻委員會編印，1964）。
陳鼓應、趙建偉，《周易注譯與研究》（臺北：商務印書館，1999）。
喬光輝，《明代剪燈系列小說研究》（北京：中國社會科學出版社，
　　　2006）。
盧梭著，何兆武譯，《社會契約論》（北京：商務印書館，2003）。
釋印順，《般若經講記》（台北：正聞，1973）。
釋慈怡主編，《佛光大辭典》（高雄：佛光山，1989）。

邱佩冠，〈台南市六興境開山宮研究〉（新竹：玄奘大學宗教學系碩士
　　　論文，2012）。
劉宇光，〈康得倫理學的「幸福」（Glückseligkeit）概念〉，北京大學
　　　哲學系編，《哲學門》總第 18 輯（北京：北京大學出版社）。

孫風華，〈連橫的三次上海之行〉，《新民晚報》，2009.06.28。

「《臺灣文藝叢誌》暨其文人群作品集」資料庫：
　　　http://lgaap.yuntech.edu.tw/literaturetaiwan/wenyi/main.html

　　　　。

「文化部臺灣大百科全書」：http://taiwanpedia.culture.tw/web/index。

「教育部重編國語辭典修訂本」：

　　　　http://dict.revised.moe.edu.tw/cbdic/。

「教育部異體字字典」：http://dict.variants.moe.edu.tw/。

「智慧型全台詩資料庫」，http://xdcm.nmtl.gov.tw/twp/index.asp。

「萌典」：https://www.moedict.tw/about.html。

「漢典」：http://www.zdic.net/。

「臺灣記憶 Taiwan Memory 資料庫」：

　　　　http://memory.ncl.edu.tw/tm_cgi/hypage.cgi。

「臺灣漢詩數位典藏資料庫」：

　　　　http://lgaap.yuntech.edu.tw/literaturetaiwan/poetry/index.htm

　　　　。

「瀚典【臺灣文獻叢刊】」：http://hanji.sinica.edu.tw/。

Contents

Lien Heng (1878-1936), courtesy name Yatang, pseudonym Jianghua. This book is based on *Collected Poems of Chien Hua*, the 94th Category of *Taiwan Literature Series* edited by the Office of Economic Studies of the Bank of Taiwan, but supplemented with annotations and commentary. The whole book is divided into four parts: "Draft Poems from Mainland," "Draft Poems from Ningnan," "Supplement A to Collected Poems of Chien-Hua," and "Supplement B to Collected Poems of Chien-Hua." "Draft Poems from Mainland" includes Lien Heng's poems written during his travel in China (1911-1913); "Draft Poems from Ningnan" includes work written between his return back to Taiwan and final settlement in China (1914-1933). The draft poems were edited and selected by himself. The two supplements were compiled by Lien Chen-tung from manuscripts.

"Supplement A" includes Lien Heng's early work written before 1911; "Supplement B" includes the drafts written in his late years while living in Shanghai. In total, the book includes an impressive number of 915 poems.

國家圖書館出版品預行編目資料

劍花室詩集校注
江寶釵校注.- 初版.- 臺北市：臺灣學生，2020.06
　面 ；公分
ISBN 978-957-15-1818-3(平裝)
1. 臺灣文學　2. 詩集
863.51　　　　　　　　　　108015580

劍花室詩集校注

校　注　者	江寶釵
責 任 編 輯	黃清順、梁鈞筌、張淵盛、謝崇耀、 李知灝、黃千珊
美 術 設 計	徐上婷、蔡慈凌
編 輯 排 版	南曦文創股份有限公司
出　版　者	臺灣學生書局有限公司
發　行　人	楊雲龍
發　行　所	臺灣學生書局有限公司
地　　　址	臺北市和平東路一段 75 巷 11 號
劃 撥 帳 號	00024668
電　　　話	(02)23928185
傳　　　真	(02)23928105
E - m a i l	student.book@msa.hinet.net
網　　　址	www.studentbook.com.tw
登記證字號	行政院新聞局局版北市業字第玖捌壹號
定　　　價	新臺幣四〇〇元
出 版 日 期	二〇二〇年六月初版
I　S　B　N	978-957-15-1818-3

86323